九州文库

天门进士诗文选

淡渊题

第三卷

李国仿　校注

九州出版社
JIUZHOUPRESS

图书在版编目（CIP）数据

天门进士诗文选. 第三卷／李国仿校注. －－北京：
九州出版社，2023.3
　　ISBN 978－7－5225－1263－1

　　Ⅰ. ①天… Ⅱ. ①李… Ⅲ. ①中国文学—古典文学—
作品综合集 Ⅳ. ①I212.01

　　中国版本图书馆 CIP 数据核字（2022）第 191752 号

天门进士诗文选. 第三卷

作　　者	李国仿　校注	
责任编辑	沧　桑　蒋运华	
出版发行	九州出版社	
地　　址	北京市西城区阜外大街甲 35 号（100037）	
发行电话	（010）68992190/3/5/6	
网　　址	www.jiuzhoupress.com	
印　　刷	唐山才智印刷有限公司	
开　　本	710 毫米×1000 毫米　16 开	
印　　张	29	
字　　数	404 千字	
版　　次	2023 年 3 月第 1 版	
印　　次	2023 年 3 月第 1 次印刷	
书　　号	ISBN 978－7－5225－1263－1	
定　　价	98.00 元	

目 录
CONTENTS

程明懋(更名程守伊,夏津知县,钦加同知衔) ············ 1

文:邑侯方公(方遵辙)重修书院碑记 ············ 程明懋 / 1

熊士鹏(国子监博士) ············ 5

诗:登黄鹤楼 ············ 熊士鹏 / 5

泛舟到文学泉 ············ 熊士鹏 / 6

西塔寺怀古 ············ 熊士鹏 / 7

泛湖游西塔寺复入东湖游乾明寺 ············ 熊士鹏 / 7

渡华严湖 ············ 熊士鹏 / 9

贫士叹* ············ 熊士鹏 / 10

答蒋丹林先生(蒋祥墀) ············ 熊士鹏 / 11

送蒋笙陔修撰(蒋立镛)之杭州 ············ 熊士鹏 / 12

联:题桑苎庐陆羽像联 ············ 熊士鹏 / 12

文:竟陵诗选序 ············ 熊士鹏 / 13

竟陵文选序 ············ 熊士鹏 / 16

文学泉阁记 ············ 熊士鹏 / 18

九友游松石湖记 ············ 熊士鹏 / 20

游剪石台记 ············ 熊士鹏 / 25

冉公子传 ············ 熊士鹏 / 26

罗家彦(国子监祭酒) ············ 30

文:筹画旗民生计拟定章程折 ············ 罗家彦 / 30

拟孙绰游天台山赋* ············ 罗家彦 / 37

周氏宗谱序 ············ 罗家彦 / 42

附:题罗宝田(罗家彦)桃花石榴花梅花横幅* …………… 陈用光 / 44

蒋立镛(状元,内阁学士兼礼部侍郎) …………………………… 45

诗:春浪白于鹅 ……………………………………………………… 蒋立镛 / 45

太液池人字柳(得边字) ………………………………… 蒋立镛 / 46

六事廉为本 ………………………………………………… 蒋立镛 / 47

池塘生春草 ………………………………………………… 蒋立镛 / 48

山水含清晖 ………………………………………………… 蒋立镛 / 49

纪恩述德篇八十韵 ………………………………………… 蒋立镛 / 49

典试粤西归登岳阳楼 ……………………………………… 蒋立镛 / 56

梅花书屋 …………………………………………………… 蒋立镛 / 57

扬 州 ………………………………………………………… 蒋立镛 / 58

太和殿元旦朝贺班 ………………………………………… 蒋立镛 / 59

保和殿除夕筵宴班 ………………………………………… 蒋立镛 / 60

题亦政堂续集* …………………………………………… 蒋立镛 / 61

敬题旸谷年伯大人(林宾日)遗照诗* ………………… 蒋立镛 / 62

联:题京山长庆寺联* ……………………………………… 蒋立镛 / 63

文:子曰:中庸之为德也,其至矣乎* …………………… 蒋立镛 / 63

嘉庆十六年(1811年)辛未科殿试对策 …………… 蒋立镛 / 69

赶修湖北江汉堤工等事折 ……………………………… 蒋立镛 / 85

知人安民赋* ……………………………………………… 蒋立镛 / 87

杨忠烈公(杨涟)文集序 ……………………………… 蒋立镛 / 94

香案集序 …………………………………………………… 蒋立镛 / 98

史氏宗谱叙* ……………………………………………… 蒋立镛 / 100

恭祝诰封孺人易岳母王太孺人六十寿序 …………… 蒋立镛 / 102

恭贺大待封超翁解老先生八十二岁荣寿序* ……… 蒋立镛 / 107

重修龙泉寺记 ……………………………………………… 蒋立镛 / 112

附:题蒋笙陔前辈(蒋立镛)桂山秋晓图* …………… 陈 沆 / 114

题蒋笙陔阁学立镛金貂踏雪遗照* …………… 谢元淮 / 115

笙陔公(蒋立镛)传 …………………………………… 程恩泽 / 115

蒋笙陔公(蒋立镛)墓志铭 …………………………… 祝庆蕃 / 116

哭蒋笙陔(蒋立镛)文* ……………………………… 易镜清 / 119

程德润(原名程鸿绪,甘肃布政使、代理陕甘总督) ·········· 121

  诗:赋得受中定命* ································ 程德润 / 123

    谒孟庙* ·································· 程德润 / 124

    典试粤东途中偶成 ························ 程德润 / 125

    闱中杂咏(十首)* ························ 程德润 / 125

    黄梅山行* ······························ 程德润 / 129

    读杨忠烈公(杨涟)文集书后* ·············· 程德润 / 130

    滕王阁 ································· 程德润 / 130

    甲申五月廿七日召对勤政殿恭纪 ············ 程德润 / 131

    壬辰中秋即事书怀 ······················· 程德润 / 132

    若己有园落成喜赋一律 ··················· 程德润 / 133

    若己有园十六景 ························· 程德润 / 133

    送林少穆先生(林则徐)出关(二首) ·········· 程德润 / 137

    六盘山 ································· 程德润 / 138

    癸卯秋月罢官归里留别兰州士民(四首) ········ 程德润 / 138

    秦岭谒韩文公庙 ························· 程德润 / 140

    读 史 ································· 程德润 / 140

    得蒋笙陔庶子(蒋立镛)书* ················ 程德润 / 141

    哭刘孝长学博(刘天民)* ·················· 程德润 / 142

  联:题河楼联 ····························· 程德润 / 143

    题甘肃按察使司署联* ···················· 程德润 / 143

    题兰州蔬香馆联 ························· 程德润 / 144

    题兰州承流阁联 ························· 程德润 / 144

    题若己有园栖鹤亭联* ···················· 程德润 / 145

  文:生之者众,食之者寡,为之者疾,用之者舒

    ——会试答卷一道* ··················· 程德润 / 145

    销乌鲁木齐所属各厅州县仓储粮石事折 ········ 程德润 / 149

    叩谢钦点降捐道员分发陕西补用天恩折 ········ 程德润 / 152

    续修中卫县志序 ························· 程德润 / 154

    重修泰山南天门记 ······················· 程德润 / 155

    若己有园记* ··························· 程德润 / 157

　　　兰洲公（蒋立铣）传 ··············· 程德润 / 158
　　附：送程玉樵（程德润）典试广东* ······· 陈 沆 / 161
　　　程玉樵方伯德润饯予于兰州藩廨之若已有园次韵奉谢 ····· 林则徐 / 161
　　　委程德润署理潼商道印务片 ········· 林则徐 / 162

蒋元溥（原名蒋德濚，探花，江西盐法道） ··········· 163
　　诗：倚马可待 ·················· 蒋元溥 / 163
　　　蟋蟀俟秋吟 ················· 蒋元溥 / 164
　　　清风似雨余 ················· 蒋元溥 / 165
　　　人镜芙蓉 ·················· 蒋元溥 / 166
　　　绿杨花扑一溪烟 ·············· 蒋元溥 / 167
　　联：赠仲斌姻五兄联 ·············· 蒋元溥 / 168
　　文：古之愚也直，今之愚也诈而已矣
　　　　　——会试答卷一道 ············ 蒋元溥 / 168
　　　道光十三年（1833 年）癸巳科殿试对策* ··· 蒋元溥 / 171
　　　奉旨补授江西赣州府遗缺知府谢恩折 ···· 蒋元溥 / 175
　　　拟庾子山小园赋* ·············· 蒋元溥 / 177
　　　尹氏宗谱序* ················ 蒋元溥 / 182
　　　重修宗祠记 ················· 蒋元溥 / 184
　　　与德畲二兄亲家大人书* ·········· 蒋元溥 / 188
　　附：誉侯公（蒋元溥）传 ··········· 温予巽 / 189

许本墉（江西盐法道） ····················· 191
　　诗：安陆赴考途中遇石马咏 ·········· 许本墉 / 191
　　　兆龄公诔词* ················ 许本墉 / 191
　　文：奉旨补授江西瑞州府知府谢恩折 ····· 许本墉 / 192
　　　禁沔州僧人蔡福隆筑塞泽口呈 ······· 许本墉 / 194
　　　竟陵忠烈诗草序 ·············· 许本墉 / 196
　　　楚北柘江王氏宗谱序* ··········· 许本墉 / 197
　　　万节母传* ················· 许本墉 / 199
　　　罗楚石先生（罗佳珩）墓志铭 ······· 许本墉 / 201

蒋启勋(原名蒋式松,二品,衡永郴桂道) ·········· 206

　诗:赋得聚米为山 ···················· 蒋启勋 / 206

　　李母胡太孺人八十贞寿诗* ·········· 蒋启勋 / 207

　联:挽曾国藩联 ···················· 蒋启勋 / 209

　文:定于一

　　——会试答卷一道 ················ 蒋启勋 / 210

　　同治上江两县志序 ··············· 蒋启勋 / 214

　　重锓类证治裁序 ················· 蒋启勋 / 216

　　石鼓书院志序* ················· 蒋启勋 / 218

　附:调补蒋启勋江宁府知府折 ······ 曾国藩　张之万 / 220

胡聘之(山西巡抚) ······················· 222

　文:赋得芦笋生时柳絮飞 ·············· 胡聘之 / 222

　　飞鸟投远碧 ···················· 胡聘之 / 223

　　一钩淡月天如水 ················· 胡聘之 / 224

　　三月三十日南康阻风 ·············· 胡聘之 / 225

　　题传砚图 ····················· 胡聘之 / 226

　联:题兰州两湖会馆联* ·············· 胡聘之 / 226

　文:不违农时,谷不可胜食也

　　——会试答卷一道 ················ 胡聘之 / 227

　　请变通书院章程折 ··············· 胡聘之 / 232

　　山右石刻丛编序 ················· 胡聘之 / 238

　　东冈鲁氏续修族谱序 ·············· 胡聘之 / 240

　　胡氏宗谱序 ···················· 胡聘之 / 242

　　携雪堂试帖诗注 ················· 胡聘之 / 244

敖名震(福州府知府) ····················· 247

　联:题书斋联 ···················· 敖名震 / 247

　文:徐母廖太孺人暨朱太孺人八十寿序 ···· 敖名震 / 247

　　尹孺人传* ···················· 敖名震 / 252

胡乔年(翰林院侍读) ··· 254

诗：赋得千林嫩叶始藏莺 ····························· 胡乔年 / 254

　　清风弄水月衔山 ································· 胡乔年 / 255

　　题墨盒* ··· 胡乔年 / 255

联：联　语* ··· 胡乔年 / 256

文：畏大人，畏圣人之言

　　——会试答卷一道 ····························· 胡乔年 / 256

　　刘氏续修宗谱序 ······························· 胡乔年 / 260

　　李母胡太孺人六十节寿序* ····················· 胡乔年 / 263

　　周椿妻刘氏赞 ································· 胡乔年 / 266

蒋传燮(雅安知县，加同知衔) ··························· 268

诗：赋得尽放冰轮万丈光 ····························· 蒋传燮 / 268

　　赋得报雨早霞生 ······························· 蒋传燮 / 269

附：和卿公(蒋传燮)传 ······························· 周　杰 / 270

　　蒋和卿公(蒋传燮)墓志铭 ····················· 冯　煦 / 272

周树模(黑龙江巡抚，民国平政院院长) ··········· 274

诗：寄题黑龙江东湖别墅诗(有序)* ··················· 周树模 / 274

　　泊园偶步 ······································· 周树模 / 277

　　什刹海看荷花 ································· 周树模 / 277

　　行部至满洲里 ································· 周树模 / 279

　　题拿破仑画像 ································· 周树模 / 280

　　挽胡蕲生姻丈(胡聘之) ····················· 周树模 / 281

　　老　境 ······································· 周树模 / 283

　　斋中卧雨 ····································· 周树模 / 283

联：挽杨杏城士琦联 ································· 周树模 / 284

文：江省中俄边界办结情形折 ····················· 周树模 / 284

　　金山公余摘钞叙* ······························· 周树模 / 288

　　他塔喇氏家谱序* ······························· 周树模 / 290

　　胡石庄先生(胡承诺)诗集序 ····················· 周树模 / 294

　　鲁文恪公(鲁铎)遗集序 ······················· 周树模 / 297

　　大隐楼集序 ··································· 周树模 / 299

贻屠梅君(屠仁守)书 …………………………………… 周树模 / 301

上胡蕲老(胡聘之)书 …………………………………… 周树模 / 305

示从弟泽生书 …………………………………………… 周树模 / 307

记汤池 …………………………………………………… 周树模 / 319

附:周公(周树模)墓志 ………………………………… 左绍佐 / 321

刘元诚(三品,金山知县) …………………………………………… 329

诗:吴节母金孺人赞* …………………………………… 刘元诚 / 329

赋得马饮春泉踏浅沙 …………………………………… 刘元诚 / 330

由即用知县签掣江苏,感怀严君* ……………………… 刘元诚 / 331

淇生胡公(胡聘之)过沪* ……………………………… 刘元诚 / 334

拟邀周少朴(周树模)过署未从* ……………………… 刘元诚 / 335

九月十九日随恩太守勘荒* ……………………………… 刘元诚 / 336

晚泊盘门见洋房初建数间* ……………………………… 刘元诚 / 337

平粜稳米价* …………………………………………… 刘元诚 / 338

创立金邑团练* …………………………………………… 刘元诚 / 339

河道疏瀹告竣* …………………………………………… 刘元诚 / 340

七十生辰* ………………………………………………… 刘元诚 / 341

生前一日公出次晚返署作此自嘲* ……………………… 刘元诚 / 343

文:子曰:行夏之时,乘殷之辂,服周之冕,乐则韶舞

——会试答卷一道 …………………………………… 刘元诚 / 344

金山鸿泥偶存序* ………………………………………… 刘元诚 / 349

绣余伴读居学吟草序* …………………………………… 刘元诚 / 350

重修金山卫学文庙大成殿碑记* ………………………… 刘元诚 / 355

陶庵题词* ………………………………………………… 刘元诚 / 357

程村遇寇记* ……………………………………………… 刘元诚 / 359

棠林冈祖墓碑记* ………………………………………… 刘元诚 / 362

显考星田府君暨显妣方太淑人墓表* …………………… 刘元诚 / 365

附:赤驭仁兄大人(刘元诚)暨德配程淑人七旬双寿序* ……… 王毓藻 / 371

陈本棠(知县) …………………………………………………………… 375

联:题黄鹤楼联 …………………………………………… 陈本棠 / 375

沈泽生（湖北省政务厅长）……………………………… 376

　诗：朔方多风沙* ……………………………… 沈泽生 / 376

　　次韵奉和寄怀* ……………………………… 沈泽生 / 378

　　次韵奉和东坡生日诗* ……………………… 沈泽生 / 378

　联：题杨家场花园后门联* …………………… 沈泽生 / 379

　　沈白湖先生（沈德攀）八秩双庆寿联* ……… 沈泽生 / 381

　文：府县郡制序* ……………………………… 沈泽生 / 381

周　杰（翰林院编修）…………………………………… 386

　诗：赋得鄂州南楼天下无 …………………… 周　杰 / 386

　　和沈白湖先生（沈德攀）* …………………… 周　杰 / 387

　文：沈氏谱序* ………………………………… 周　杰 / 388

　　周孺人六旬荣辰寿序 ……………………… 周　杰 / 390

　　秭归郭孝廉銮坡生圹碑志* ………………… 周　杰 / 394

附　录 …………………………………………………… 398

　天门进士传略 ………………………………………… 398

　部分科举名词汇释 …………………………………… 404

　天门进士名录 ………………………………………… 407

　天门进士著作存目 …………………………………… 411

　明清天门文科举人名录 ……………………………… 413

　天门建制沿革表 ……………………………………… 419

　清代文职和命妇封赠品级表 ………………………… 422

仰望天门进士的背影 ………………………… 李国仿 / 423

访谈录 ………………………………………… 李国仿 / 436

后　记 …………………………………………………… 445

　　说明：目录标题中括号内的人名为注者所加，以方便读者识别。标题中的书名号从略。带有"＊"的为基于《天门进士诗文》的增补篇目。

程明懋（更名程守伊,夏津知县,钦加同知衔）

程明懋(mào),字勖德,号冕旃(zhān),更名守伊,天门市净潭乡白湖口村程家门人。生于清乾隆甲戌(1754年)十一月十四日。清嘉庆三年(1798年)戊午科举人,清嘉庆十年(1805年)乙丑科进士。任山东夏津县知县,钦加同知衔。墓在黄家口夹洲子(旧地名),今属卢市镇。

邑侯方公（方遵辙）重修书院碑记

程明懋

懋初为诸生时,携笔袋赴院课,院中规制已非复李华阴、胡天都、王福山旧物矣,然堂阶尚未倾圮也[1]。后北游成均,出就广文,槃跚朱路者三十余年[2]。复由乡贡通籍春官,待次于乡里[3],偶过城西课院,见茂草颓垣,大异曩昔,心甚恻之[4]。士气不振,学校荒凉,谁之咎与[5]?

我公自下车以来,首即捐修黉宫,重增礼器,为士类培根本[6]。又复于书院设立条规,添资膏火[7]。学有长,舍有上,课有内外,以及赏赉、饭食、薪水之资,岁费五六百金,皆捐廉与之[8]。常嫌院宇之太陋也,劝捐兴修,刘生天民捐资应之[9]。乃于崇文堂后葺旧舍七间,中奉先师孔子位,迁山长主其中[10]。东庑供先代创立院规诸公像碑[11],西庑即我公讲艺休憩之所。又于讲堂前另起一厅事,为诸生分校处[12]。案几厨灶,悉如位置。堂上两楹设二题名额,使列胶庠、登科第者署之[13],以示鼓励。不期月而事竣,邻封若角陵、白浀、江洲诸属,数百里外且有闻风而来者,亦不惮教益焉,螺山之侧断断如也[14]。子侄辈课余归,谈及我公谆谆告诫之意,如家人父子,蔼然可亲,未尝

1

不深服其爱士之苦心也。夫国家作育人材百余年矣,使宰牧之官尽能泽以诗书,庇以宫室,而饮食之,而教诲之,士焉有不争自濯磨以进于道者[15]？化民成俗,其必由学乎!

黉宫之役,懋实董其事[16]。书院之成,首士及诸生童均来请记于余[17],故略陈梗概。至于条规细目,另勒于石,以劝来者。是为记。

赐进士出身、文林郎、候知县事、治年愚弟程明懋顿首拜撰[18]。

治下门生范璋、李庸顿首同拜。受业门人李达龄敬书。

皇清嘉庆十七年,岁次壬申,仲夏月榖旦立[19]。

题解

本文录自 1988 年版《天门县志》第 1087 页,参考 1990 年版《天门教育志》第 37 页补足、校订。

邑侯方公:指时任知县方遵辙。清道光元年(1821 年)版《天门县志·卷之十八·秩官》第 23 页记载:"方遵辙,柳湖,直隶宛平县人,安徽桐城籍。举人。爱民重士,捐修学官、祭品。图详《学校志》。"方为清乾隆己酉(1789 年)举人,清嘉庆十五年(1810 年)至二十一年(1816 年)任天门知县。

注释

[1]诸生:明清两代称已入学的生员。俗称秀才。

院课:清代书院考试方式之一。即师课。清代书院考试有官课及师课,官课由地方长官主持,师课由书院山长主持。相对于官课而言,师课又称院课。

规制:指建筑物的规模形制。

倾圮(pǐ):倒塌。

[2]成均:相传为五帝时的宫廷学校,西周为国学以教王室子弟的机关。古代的最高学府。唐高宗时曾改国子监为成均监,后人亦称国子监为成均。

广文:古代国学中的馆名,流传成为儒学教官的别称。

槃跚:犹蹒跚。行走摇晃不稳貌。

朱路:典自"杨朱路"。借指分别的道路。《淮南子·卷十七·说林训》:"杨子见逵路而哭之,为其可以南,可以北。"

[3]由乡贡通籍春官:由乡试中举而后参加礼部会试。意思是,先后中举、中进士。

乡贡:指乡试。

通籍:指初做官。亦谓做了官,朝中有了名籍。籍:挂在宫门外的名单牌。竹片制成,二尺长,上写姓名、年龄、身份等,出入宫门查对之用。

春官:礼部。

待次:旧时指官吏授职后,依次按照资历补缺。

[4]曩(nǎng)昔:往日,从前。

恻:忧伤。

[5]谁之咎与(yú):谁的过失呢?与:同"欤"。文言助词。表示疑问、感叹、反诘等语气。

[6]下车:旧时官吏初到任为下车。

黉(hóng)宫:旧指学宫。

士类:文人、士大夫的总称。

[7]膏火:照明用的油火。亦指旧时书院、学校中给学生的灯油津贴费用。

[8]学有长:指在众生员中有学长。

舍有上:疑指有高年级的生员。宋代太学分外舍、内舍和上舍,学生可按一定的年限和条件依次而升。

赏赉(lài):赏赐。

捐廉:旧谓官吏捐献除正俸之外的养廉银。

[9]劝捐:劝人出资,办理慈善事业。

刘生天民:刘天民,字孝长,更名为刘漳(chún),天门市岳口镇人。清嘉庆二十一年(1816 年)丙子科举人。远安学博。著名诗人,有《云中集》。王柏心有《刘孝长传》。

[10]山长:五代时蒋维东隐居衡岳讲学,受业者称其为山长。元代书院设山长,既主持院务,又多兼书院的主讲,也称洞长。清乾隆时,山长改为院长。清末仍名山长。

[11]东庑:正房东边的廊屋。古代以东为上首,位尊。

[12]厅事:官署视事问案的厅堂。古作"听事"。

[13]列胶庠:科举时代称进了学,成为生员、贡生或监生。原文为"列赐庠"。

登科第:犹登科。科举时代应考人被录取。

[14]期月:一整年。

邻封:本为相邻的封地。泛指邻县,邻地。

角陵:京山在西魏时名角陵县。清顾祖禹撰、中华书局 2005 年版《读史方舆纪要·卷七十七·湖广·京山》第 3590 页记载:"皂角镇,县东南七十里,接竟陵县界。《寰宇记》:'地多丘陵及皂角树,西魏因以角陵名县。'"

白洑(fú)。潜江旧名。复旦大学出版社《中国行政区划通史·宋西夏卷》第 404 页"荆湖北路州县沿革"转引史料云:"潜江县,唐大中十一年(857 年),以人户输纳不便,置征科巡院于白洑。皇朝乾德三年,因之升为潜江县。"

江洲:汉川旧名。清同治十二年

(1873年)版《汉川县志·卷一·沿革》第1页记载:"(汉川县)汉江夏郡地,南北朝梁置梁安郡,西魏改魏安郡置江州,寻改郡曰汉川。"

不惮:不怕。

螺山之侧断断如也:指邻县人慕名到白螺山之侧的书院求学,态度虔诚。

螺山:白螺山。清乾隆乙酉(1765年)初版《天门县志·卷之一·地理》第12页记载:"白螺山,县城内西南隅,地势隐隐隆起。自丹台观迤逦而南,居人称是白螺云【以掘地多螺壳,故名】。"书院在白螺山南侧、今天门中学旧址。

断断如:专诚守一的样子。

[15]作育:培养,造就。

宰牧:宰相与州牧的并称。泛指治民的官吏。

濯磨:洗涤磨炼。比喻加强修养,以期有为。

[16]董其事:主持其事。

[17]首士:书院内负责办理生员生活事务的人。

生童:生员和童生。

[18]治:"治生"的省略。旧时部属对长官或旅外官吏对原籍长官的自称。

年:科举时代同科考中者互称。

[19]嘉庆十七年:壬申,1812年。

穀旦:良辰,晴朗美好的日子。旧时常用为吉日的代称。

熊士鹏（国子监博士）

熊士鹏（1755—1843 年），字两溟，一字莼湾，号东坡老民，天门市横林镇人。清嘉庆十年（1805 年）乙丑科进士。初授知县，不就。曾任武昌府教授、国子监博士。著有《瘦羊录》（十四种）等。

王学泰编著、天津古籍出版社 2004 年版《中国古典诗歌要籍丛谈·上册》第 234 页记载："（熊）士鹏字两溟，一字莼湾，天门（今属湖北）人。嘉庆乙丑（1805 年）进士，武昌府教授。喜培植孤寒，提倡风雅，奖掖后进。著有《两溟诗集》。"

登黄鹤楼

熊士鹏

楼外远天波浪深，羁人乘兴独登临[1]。江南江北何穷恨，秋雨秋风共此心。鹦鹉无言竟垂翼，凤凰到处不闻音。当年只有周公瑾，思饮醇醪直至今[2]。

题解

本诗录自熊士鹏著、清嘉庆乙亥（1815 年）版《鹄山小隐诗集·卷之二》第 2 页。

注释

[1]羁人：旅客。

[2]周公瑾、醇醪（láo）：《三国志·周瑜传》云，程普："与周公瑾交，若饮醇醪，不觉自醉。"周公瑾：周瑜，字公瑾。醇醪：味厚的美酒。

泛舟到文学泉

熊士鹏

烟际微茫泛小查,偶寻古井辘轳斜[1]。此泉尚涌唐时水,何寺曾为楚客家[2]?城对野天生月窟,湖依渔舍种芦花[3]。挈来茗具人知否,博士无烦著《毁茶》[4]。

题解

本诗录自熊士鹏著、清嘉庆乙亥(1815年)版《鹄山小隐诗集·卷之四》第7页。

文学泉:又名陆子井,俗称三眼井,在今天门市文学泉路南侧。相传陆羽曾在此取水品茶,因其曾拜太子文学徙太常寺太祝之职(未就),故以"文学"名泉。此井久埋,失其所在。至清乾隆三十三年(1768年)天旱,居民掘荷池,见断碑,有"文学"字迹,得泉水,清甘而冽,即甃井,建亭,立碑,以复胜迹。后亭被毁,新中国成立后重建。现井口径0.9米,上覆八方形巨石,凿三孔,作"品"字状。唐宋时此地为陆地,明代修筑城墙就地取土,遂成水池。

注释

[1]烟际:云烟迷茫之处。

小查:小船。查:木筏。

[2]何寺曾为楚客家:指陆羽少时以西塔寺为家。

楚客:指陆羽。陆羽客居浙江湖州著《茶经》。

[3]月窟:月宫,月亮。

[4]挈来茗具人知否,博士无烦著《毁茶》:指陆羽自带茶叶茶具向李季卿献茶,受羞辱后愧愤而撰《毁茶论》。

《新唐书·陆羽传》记载:"羽衣野服,挈具而入,季卿不为礼。羽愧之,更著《毁茶论》。"

博士:茶博士。古代本指善于烹茶的人。后称卖茶人及茶馆伙计。此处指陆羽。唐《封氏闻见记》:"李季卿宣慰江南,时茶饮初盛行,陆羽来见,既坐……李公心鄙之,茶罢,命奴子取钱三十文酬茶博士。"

无烦:不须烦劳,不用。

西塔寺怀古

熊士鹏

西塔荒凉兴不除,残碑卧处正愁予。草堂自昔依桑苎,茶井于今产蛤鱼[1]【裴迪《咏陆羽茶泉》诗云:"草堂荒产蛤,茶井冷生鱼。"】。曾读遗经知水味,偶拏小艇爱湖居[2]。绿蓑青箬尘如洗,为问渔翁许结庐[3]。

题解

本诗录自熊士鹏著、清嘉庆乙亥(1815年)版《鹄山小隐诗集·卷之四》第7页。

西塔寺:参见本书第一卷吴文企《西塔寺施田疏》题解。

注释

[1]桑苎(zhù):桑苎翁。陆羽自号。

[2]遗经:指陆羽所著《茶经》。

拏(ná):牵引。

[3]青箬(ruò):青箬笠。雨具。箬竹叶或篾编制的笠帽。

结庐:构建房子。

泛湖游西塔寺复入东湖游乾明寺

熊士鹏

淡泹湖光似画溪,吴天烟雨竟陵西[1]。艇依鸭绿春桥小,花落猩红草阁低。正叹季疵茶未品,还寻裴迪句曾题[2]。白云影里垂杨外,刚听人家唱午鸡[3]。

羡煞西江碧似油,风吹船尾作船头[4]。合教云梦连三澨,应与沧浪共一流[5]。湖面还多名士鲫,客心可狎野人鸥[6]。请从覆釜洲边去，暂且停桡问酒楼[7]。

环县烟波半钓槎，岸横塔寺树周遮[8]。空怜神骏支公马，那得蔷薇张末花[9]。此日谁分巾柘水，当年并作雁鸿家[10]。湖西更望湖东好，只少青山倒影斜[11]。

击汰中流白袷凉，片云片雨正青苍[12]。鸂舟浪涌桃花水，雉堞风生薜荔墙[13]。钟忽飞来知近寺，酒曾携处好流觞[14]。他时有客如相访，为道吾生属渴羌[15]。

题解

本诗录自熊士鹏著、清嘉庆乙亥（1815 年）版《鹄山小隐诗集·卷之四》第8 页。

乾明寺：清道光元年（1821 年）版《天门县志·卷之六·山川》第 26 页记载："东禅寺又曰乾明寺。寺前长堤接东门河街。"

注释

[1]淡沱（duò）：亦作"淡沱"。形容风光明净。

吴天烟雨竟陵西：竟陵西湖风景好比苏杭。化用皮日休诗句"竟陵烟月似吴天"。吴天：指苏南浙北地区。

[2]季疵：陆羽，字鸿渐，一名疾，字季疵。

[3]唱午鸡：日午鸡鸣。

[4]羡煞（shà）：极为羡慕。煞：极，很。

西江：清道光元年（1821 年）版《天门县志·卷之六·山川》第 18 页记载："县河至姜家河又东三里，为西江，又曰巾江。在县西门外。陆鸿渐所歌即其处也。"

[5]三澨（shì）：三澨河。今天门河。

沧浪：古水名。在今湖北境内。或云汉水之支流，或云即汉水。本诗中，作者认为三澨河与沧浪水为同流。

[6]名士鲫：成群游动的鲫鱼。东晋在江南建立后，北方的名士纷纷投奔，当时有人说："过江名士多于鲫。"

野人鸥：指水中栖鸟。语出李峤《同赋山居七夕》："暂惊河女鹊，终狎野人鸥。"典自"狎鸥"。《列子》寓言中的海上之人以纯洁之心待鸥，鸥数百相就。海上之人一旦有捕鸥之意，鸥即飞舞不下。诗文中常用狎鸥表现超逸出世的生活情趣。

[7]覆釜洲：参见本书第一卷吴文企《西塔寺施田疏》题解。

桡(ráo):桨,楫。

[8]钓槎:钓舟。

[9]空怜神骏支公马:指驻锡于西塔寺的支公因马雄健而爱马。《高僧传·支遁传》记载:"人尝有遗遁马者,遁受而养之。时或有讥之者,遁曰:'爱其神骏,聊复畜耳。'"据清乾隆乙酉(1765年)初版《天门县志·卷二十三·仙释》第1页记载,天门城北走马岭、东北六十里养马嘴两地名,均与支公养马爱马有关。

神骏:形容良马、猛禽等姿态雄健。

支公:名遁,字道林,为东晋著名僧人。

那得蔷薇张耒花:张耒在竟陵有诗《鸿轩下有蔷薇予初至时生意盖仅存耳予为灌溉》云:"堂下蔷薇亲灌溉,辛勤才见一春花。"

张耒:字文潜,号柯山,楚州淮阴(今江苏淮安)人。北宋诗人。黄庭坚、秦观、晁补之、张耒并称"苏门四学

士"。元符二年(1099年),贬复州(宋地名,州治今湖北天门)监酒税。

[10]巾柘:指巾水和柘水。巾水即今石家河,俗称东河。柘水即天门河。

[11]湖西更望湖东好:湖西指西湖,湖东指东湖。

[12]击汰:拍击水波。亦指划船。
白袷(jiá):白色夹衣。

[13]鹢(yì)舟:船头画有鹢鸟图像的船,亦泛指船。
雉堞(zhì dié):城上排列如齿状的矮墙,作掩护用。

[14]流觞(shāng):古人每逢三月上旬的巳日(魏以后始定为三月三日)集会于环曲的水渠旁,在上流放置酒杯,任其顺流而下,停在谁的面前,谁即取饮,叫做流觞。

[15]渴羌:晋王嘉《拾遗记·晋时事》:"有一羌人,姓姚名馥……好啜浊糟,常言渴于醇酒。群辈常弄狎之,呼为渴羌。"后因以称嗜酒的人。

渡华严湖

熊士鹏

湖上扁舟相送迎,青钱顾直此身轻[1]。水飞独鸟夕阳影,秋借一村黄叶声。摇落何须悲宋玉,穷愁底事笑虞卿[2]。钓人泊艇芦花外,鱼尾莲莲酒亦清[3]。

题解

本诗录自熊士鹏著、清嘉庆乙亥(1815 年)版《鹄山小隐诗集·卷之一》第 5 页。

注释

[1]青钱顾直:带上船钱酒钱。语出杜甫《拨闷》:"已办青钱防顾直,当令美味入吾唇。"

青钱:即青铜钱。

顾直:雇直,雇佣劳动力的工资。

[2]摇落:凋残,零落。

宋玉:战国时楚人,辞赋家。或称是屈原弟子,曾为楚顷襄王大夫。其流传作品,以《九辩》最为可信。《九辩》首句为"悲哉秋之为气也",故后人常以宋玉为悲秋悯志的代表人物。

穷愁:穷困愁苦。

底事:副词。表疑问,询问原因。可译为"为什么"。

虞卿:战国时人。虞氏。因进说赵孝成王,被任为上卿。受相印。后因拯救魏相魏齐,弃相印与魏齐一起投奔信陵君。信陵君疑而未决,魏齐自杀。虞卿乃居住魏国,穷愁著书,作成《虞氏春秋》。后用为咏不得其志之典。

[3]葰葰(xǐ):摇曳貌。

贫士叹

熊士鹏

饥必食玉山禾,渴必饮廉泉水[1]。贫士有奇怀,膏粱龌龊何足齿!瘦妻在前泣,瘦男在后啼。地荒天黑盗蜂起,瘦尨猃猃声何凄[2]!为我谓尨声何凄?室中何所有,蠹书不可以为衣[3];室外何所有,石田不可以疗饥[4]。朝掐木皮,暮掘草根。道逢富人,骑马如颠。酒肉皤其腹,泉布悍其颜[5]。扬鞭捋须向我笑:"书不如田,田不如钱。"

题解

本诗录自熊士鹏著、清嘉庆乙亥(1815 年)版《鹄山小隐诗集·卷之三》第 1

页。胡小伟主编、河北人民出版社 1995 年版《中华五千年名诗一万首·下》第 870 页收录本诗。

贫士:穷士,穷儒生。

注释

[1]玉山禾:传说中的昆仑山的木禾。

廉泉:作者针对"贪泉"而反用的泉名,并非确指。一说是确指的泉名。

[2]尨(máng):多毛的狗。

狺狺(yín):犬吠声。

[3]蠹(dù)书:被蛀坏的书。泛指破旧书籍。

[4]石田:多石而无法耕作的田地。

疗饥:解决吃饭问题。

[5]皤(pó):大(腹)。

泉布:古代泉与布并为货币,故统称货币为泉布。一说布即是泉,一物而两名。

答蒋丹林先生(蒋祥墀)

熊士鹏

华严湖水碧无涯,路隔长安遍地沙。朝听轮蹄曾视草,晚看毛颖又生花[1]。南归梦野仍如客,北望都门转似家[2]。故旧无多风景改,双鱼读罢使人嗟[3]。

题解

本诗录自熊士鹏著、清道光丙申(1836 年)版《耄学集续刻》第 2 页。

蒋丹林:蒋祥墀,字盈阶,号丹林。

注释

[1]轮蹄:车轮与马蹄。此处指车马声。

毛颖:毛笔的别称。

[2]梦野:天门城区有梦野台。此处指天门。

[3]双鱼:指书信。

送蒋笙陔修撰(蒋立镛)之杭州

熊士鹏

汉口迟留酒数觞,忽鸣吴榜入鲈乡[1]。鼋鼍喷雨生秋水,雕鹗抟风上夕阳[2]。历历金焦帆影过,娟娟苕霅橹声凉[3]。断桥最是销魂处,草绿裙腰一道长[4]。

题解

本诗录自熊士鹏著、清嘉庆乙亥(1815年)版《鹄山小隐诗集·卷之十五》第11页。

修撰:元明清时翰林院职官名。主要职责为掌修国史、实录等。蒋立镛中状元后即授翰林院修撰。

注释

[1]吴榜:船棹。指船。

鲈乡:产鲈鱼之乡。泛指江南水乡。

[2]鼋鼍(yuán tuó):大鳖和猪婆龙。

雕鹗(è):雕与鹗。猛禽。

抟(tuán)风:称乘风捷上。

[3]金焦:金山与焦山的合称。两山都在今江苏省镇江市。

娟娟:同"涓涓"。缓流,细流。

苕霅(tiáo zhá):苕溪、霅溪二水的并称。在今浙江省湖州市境内。

[4]断桥:又名段桥、宝祐桥。位于杭州西湖。一端接白堤,一端跨环湖的北路。从孤山通过来的白堤到此而断,因此得桥名。

题桑苎庐陆羽像联

熊士鹏

流水前身鸣雁杳,

名山何处读书归?

题解
本联录自天门市吴建平藏旧抄《桑苎庐读茶经记》。

竟陵诗选序

熊士鹏

竟陵诗不始于钟谭,亦不止于钟谭[1]。而近代名家论诗者辄云,某人某句诗似竟陵派,抑何所见之太偏也[2]!今夫泰华之高,不知其几千仞也[3];江海之深,不知其几千寻也。乃若其中岩穴之所生殖、渊泉之所游泳,奇奇怪怪,层出迭生,又不知其几千种也。而徒举一木一石、一鳞一介[4],谓足以尽泰华、江海之盛。此固属管窥蠡测者之所为[5],而吾窃叹近代之论诗者亦何以异乎是也!诗之变也无穷,而其为体也屡迁。雅不同于风,颂不同于雅[6]。自汉魏晋唐以迄于今,亦不同于《三百》[7],要皆学焉,而各得其性之所近。居台阁者喜高华,居山林者喜清远[8]。乃遂谓台阁语易丑、山林语易俊,则必欲人皆伏处草茅,对田里景物模山范水,而后乃夸为陶韦、储柳[9]。及与之抒写其兵戎慷慨之气,润色乎佩玉雍容之词,则未免废然返焉,是珠风而砾雅颂也[10],其失之偏也。固宜抑或转相仿效,惟知尚声调、崇浮华,卒不见所为性情之真、气韵之妙,则亦无殊乎内土木而外冠裳也,又岂得为善哉?

竟陵自唐以前无论已,即陆皮所著作甚富,亦间有存者[11]。而宋张徽《沧浪集》无传焉[12]。及鲁文恪公提唱宗风,颇与茶陵气体相近已,为崆峒、信阳开先声[13]。其一时接踵而起者,殆不仅钟谭。而钟谭别开风气,故最著要[14]。其中如李大泌、黄伯素、涂布衣诸人,亦矫矫特出者也[15],岂可概以钟谭例之哉?自古诗人未有诸体而皆佳者也,亦未有同曲而独工者也。才以全而见难,物以孤而称奇。论诗者必责其全,则白甫可议也[16];苟赏其孤,则郊岛复生也[17]。罗五侯以成鲭,贡九牧而铸鼎[18]。"四美具,二难并[19]。"诚有赖乎选诗者之善于取也。

予志已荒矣[20]。远之不能如《三楚诗萃[21]》,广搜博采;近之不能如《湖北诗录》,求益选肥[22]。而但取吾竟陵已往之什,编为一集,以见自笑城、寒河而外[23],固大有人在。吾甚怪夫人拘墟之陋[24],而且笑其门户之见不广也。

时道光癸未年嘉平月八日,熊士鹏谨识于鄂城东坡[25]。

题解

本文录自熊士鹏编、清道光癸未(1823 年)版《竟陵诗选》。

注释

[1]钟谭:指钟惺、谭元春。

[2]竟陵派:又称竟陵体或钟谭体。中国明代后期文学流派。以竟陵(今天门)人钟惺、谭元春为代表而得名。出现在公安派之后,认为公安派作品俚俗、浮浅。主张文学创作应抒写性灵,反对拟古文风。但他们所谓性灵,是指学习古人诗词中的精神,这种古人精神,不过是"幽情单绪"和"孤行静寄"。竟陵派所倡导的幽深孤峭的风格,指文风求新求奇,刻意追求字意深奥,常用怪字,押险韵,由此形成雕琢字句、语言佶屈、文风艰涩隐晦的特色。追随者有蔡复一、张泽、华淑等。较有成就的作家刘侗所作《帝京景物略》,为竟陵体语言风格代表作之一。

抑:古同"噫"。叹词。

何:多么。

[3]泰华:泰山与华山的并称。

[4]一鳞一介:义同"一鳞半甲"。比喻事物的零星片断。介:甲。

[5]管窥蠡(lí)测:管中视天,以瓢量海水,喻眼光狭小,见识不广或不自量力。

[6]雅、风、颂:指《诗经》中的三个部分,是《诗经》的分类、体制。风是用于教化、讽刺的作品;雅是"正"的意思,言王政所以兴废的作品;政事有大有小,故有大雅、小雅之分;颂是祭神祀祖时用以赞美"盛德"的舞歌。

[7]迨:至,到。

三百:代称《诗经》。语出《论语·为政》:子曰:"诗三百,一言以蔽之,曰:思无邪。"

[8]台阁:古代对某官府的一种代

称。东汉时,设尚书台辅佐皇帝,直接处理政务,因尚书台置于宫廷之内,故称之台阁。"台阁"往往与"公府"对举。

高华:典雅华美。

清远:清美幽远。

[9]陶韦:东晋诗人陶渊明,唐诗人韦应物,二人诗多写山川林园、田庄农舍的自然景物,语言质朴简淡,同情人民疾苦,论者以陶韦称之。

储柳:指唐代诗人储光羲和柳宗元。储、柳皆受陶渊明山水田园诗的影响。

[10]废然返:废然思返。指沮丧失望而回头,不想再前进了。

是珠风而砾雅颂:这是把《诗经》中的"风"当珍珠却把"雅"和"颂"当砂砾。

[11]陆皮:指陆羽、皮日休。两人都是竟陵人。

[12]张徽:天门进士。

[13]鲁文恪公:鲁铎,谥文恪。

提唱:提倡。

宗风:文学艺术各流派独有的风格和思想。

茶陵:明成化、正德年间形成的诗歌流派。首领为茶陵(今属湖南)人李东阳,故名。

崆峒(kōng tóng)、信阳:指前七子领袖李梦阳和何景明。李梦阳,字献吉,号空同子,庆阳(今甘肃庆阳)人,是前七子代表人物。何景明,字仲默,信阳人。

[14]著要:首要。

[15]李大泌、黄伯素、涂布衣:指竟陵人李维桢、黄问、涂始。李维桢,参见本书第一卷李维桢传略。黄问,字伯素,举人。涂始,字修人,清初景陵青山人;八岁侨寓襄阳,易姓吴;五七言近体,雅淡天成,自辟一家;无功名,故称布衣。

[16]白甫:当指李白、杜甫。

[17]郊岛:指孟郊、贾岛。

[18]罗五侯以成鲭(zhēng):典自"五侯鲭"。《西京杂记·卷二》载,西汉成帝时,帝同日所封母舅王谭、王商、王立、王根、王逢时五人号五侯。五侯不睦,宾客间不得互相往来。当时,有个叫娄护的能言善辩,他"传食五侯间,各得其欢心,竟致奇膳,护乃合以为鲭,世称五侯鲭"。鲭:鱼肉合烧的杂烩。后因称美味佳肴为五侯鲭。

贡九牧而铸鼎:古代关于禹铸九鼎的神话。夏禹时,远方各地图画山川奇异之物献上,大禹使九州之牧收取铜铁等,铸九鼎,将鬼神百物的图形都铸在上面,使百姓认识它们。然后再进入山林川泽,就会对山精水怪等有所防备,不致受害。

[19]四美具,二难并:语出王勃《滕王阁序》。良辰、美景、赏心、乐事四种美事一时齐备,贤主、嘉宾两种难得的人欢聚一堂。

15

[20] 予志已荒：我的志向已经荒疏。

[21] 三楚诗萃：书名。

[22] 湖北诗录：书名。清高士熙编纂。

求益：买菜求益。指像买菜一样在价钱上争多论少。比喻斤斤计较。益：增加。

[23] 什：篇什。《诗经》的"雅"和"颂"以十篇为一什，所以诗章又称篇什。

笑城、寒河：指钟惺、谭元春。钟惺为竟陵皂市人，皂市有笑城遗址，钟惺葬于附近。谭元春居竟陵寒河。

[24] 拘墟：比喻人孤居一隅，见闻狭隘。拘：限制。墟：指所居之地。

[25] 道光癸未：清道光三年，1823 年。

嘉平：腊月的别称。本为腊祭的异名。腊祭，每年十二月八日举行的年终祭祀，以祭先祖百神为主，故十二月称嘉平。

识（zhì）：通"志"。记。

竟陵文选序

熊士鹏

君子之学也博，其服也乡[1]。乡为先世歌哭聚族地，《诗》所云"维桑与梓，必恭敬止"也[2]。十室有忠信，三人有我师[3]。固皆不可狎而玩之[4]，而况博学有文者乎，而况博学有文者之为乡先辈乎？老聃，苦县人也，以《道德》传。庄周，蒙人也，以《南华》传。屈原、宋玉，秭归、宜城人也，以骚赋传。杜甫、孟浩然，襄阳人也，以诗传。顾楚才亦何可胜数？今特举其人所易知皆晓者，既遍天下，后世传其书，以为楚大有人焉而不可轻。又或有生长、流寓于其地者，其所咏歌皆不虚，尚且宝贵而什袭之，以备异日邑乘之用[5]。

盖文字之足重也久矣。竟陵自萧齐以来[6]，代有风雅才，而传者绝少。岂皆高驰而不顾欤[7]，抑或久湮而遂亡欤？古富贵而名磨灭者，亦何足惜！彼其心但营营于宫室妻妾，及所识穷乏得我者之卑且陋，身存与存，身亡与亡，当如白驹之过隙。乃若博学有文之士，雷动而天随，金声而玉色，实有其光焰不可掩遏者，而亦与草木同腐，则岂非传述无人之过欤[8]?

予自鄂退处于家,吴生履谦好古文,乃搜罗故家文史稿本,求予评论,并请捐赀附梓,与予前刻《竟陵诗选》为一集。诚佳事也,抑有虑焉。家无多书籍,恐失考证,一也。老而不能博采,恐遗漏,二也。猝不及精择,恐淆去取,三也。有此三咎,讪笑交至,亦姑听之矣。吴生曰:"陆文学曰,风俗之美,无出吾乡。"是集出,使属博学有文者览之,当亦幸斯文未坠,夫孰有甘为西家愚夫者也[9]?

时道光丙申年七月中浣[10],熊士鹏谨识于鹄山小隐藏书所。

题解

本文录自吴履谦编、清道光丙申(1836年)版《竟陵文选》。

注释

[1]君子之学也博,其服也乡:君子的学问要通博,衣服要随乡俗而不标新立异。语出《礼记·儒行》。

[2]维桑与梓,必恭敬止:看到桑树梓树林,恭敬顿生敬爱心。因桑梓为父母所种,故应恭敬。东汉以来一直以桑梓借指故乡或乡亲父老。语出《诗经·小雅·小弁》。

[3]十室有忠信,三人有我师:只有十户人家的小地方,也会有忠实可靠的人;三个人在一起行走,其中也总会有值得学习的。语出《汉书·武帝纪》:"夫十室之邑,必有忠信;三人并行,厥有我师。"

[4]狎而玩之:狎玩。接近、戏弄。

[5]流寓:寄居他乡。

什袭:什袭而藏。将物品层层包裹起来收藏好。

邑乘(shèng):县志,地方志。

[6]萧齐:即南朝时期的齐朝,以皇室姓萧,历史上也叫萧齐。此处指竟陵王萧子良,明人辑有《南齐竟陵王集》。

[7]高驰而不顾:高视阔步什么也不理会。语出屈原《涉江》。

[8]雷动而大随:谓天性之动合于自然。语出《庄子·在宥》:"渊默而雷声,神动而天随。"谓君子静处而有生气,心神活动顺乎自然。

金声而玉色:比喻人的坚贞品格和操守。

传述:转述。

[9]西家愚夫:本指孔子的西邻。指不识圣贤的愚人。《书言故事·师儒类》:"东家丘"注引《家语》:孔子西家有愚夫,不能识孔子是圣人,乃曰:

"彼东家丘，吾知之矣。"后世把孔子当作圣人崇敬，但当时孔子的西邻却轻蔑地称呼为东家丘。

[10]道光丙申：清道光十六年，1836年。

中浣：唐宋官员行旬休，即在官九日，休息一日。休息日多行浣洗。因以中浣指农历每月中旬的休息日或泛指中旬。

文学泉阁记

熊士鹏

泉以文学名，非重其官也，将以循名而核实也[1]；阁既圮而复建，非壮其观也，将以蠲浊而流清也[2]。方陆子舍释从儒也[3]，则以愿学孔子为念，遂庐火门山而从邹夫子游，其立志已偁偁乎远矣[4]。唐天宝后，叛臣强藩日以滋甚，陆子独行歌击木，作《四悲诗》，作《天之未明赋》，作《君臣契》三卷。度其胸中感时愤世，意欲有所建白而无由，乃不得不托诸文词，以写其郁积磅礴之气[5]。复且以其所著书贮于褐布囊，与一时名公钜卿、忠臣义士相唱酬，如颜鲁公、李萼、耿湋诸人[6]，固无日不游、无游不诗也。此其耳目之所赏识、襟怀之所抱负，既已高出尘俗万万，乃世皆舍此不传，而徒传《茶经》，何欤？陆子之前有陆通，即接舆也。接舆知尊孔子而不与言[7]，陆子知尊孔子而切愿学，此知陆子非接舆比也。接舆狂狷类也[8]，陆子文学类也。且其平生喜工书，其论书法云："徐吏部体裁，在似右军，以得其皮肤眼鼻也；颜太师点画，在不似右军，以得其筋骨心肺也。"非深于书法者不能道[9]。乃世亦并此不传，而辄赞《茶经》似《周礼》，美其功不在稷下，甚且陶其形而祀为神[10]，则又何欤？人情略大节而务细行，喜新奇而厌正论[11]。以彼陆子行至高，与颜、李诸人游，大都皆慷慨仗节、以古圣贤自命、而卒能赴难捐躯经千百折而不回者，则以陆子之清风亮节有所砥砺者深也。

其始也不知其所自来，其终也不知其所自往。朝苔暮雪，阒然不滓,鉴流而知名,辨名而知味,亦偶寄兴于茶,而栖饮于此泉耳,非必以此矜神奇也[12]。宜当日贤君相之以文学征欤,宜后之君子睹斯泉而爱之者亦即以文学名斯泉欤[13]?

邵公治政之暇[14],与予过西塔寺,见有桑苎庐,曰:"此为陆子发迹之所则可,而不可为此寺释家祖也。"遂寻文学泉故址,泉水素清冽,而为瓦砾沟水所湮塞,故浊而不可食。命里人持畚捐,掘碑碣[15],得陆子像焉,曰:"此宜为陆子汤沐地。"尔乃表数泽,规原隰,甃井眉[16],树石槛,中建阁,而四围缭绕以垣篱。澄然而虚,渊然而净[17],于是向之浊者蠲而清者流矣。邑中人士皆知陆子为文学中人,而又得天气之至清者,非浮屠与鬻茗者所得而尸祝之也[18]。然则邵公此举,其所系岂浅鲜哉[19]?此固可为清者道而难与浊者言也。

题解

本文录自熊士鹏著、清道光刻本《天门书院杂著》第3页。

注释

[1]循名而核实:义同"因名核实""循名责实"。按照事物名称来考察实际内容,以求名副其实。

[2]圮(pǐ):毁坏,坍塌。

蠲(juān)浊而流清:除去污浊,让清水流动。

[3]舍释从儒:指陆羽不肯出家而"愿学孔子"。

[4]庐:古代指平民一家在郊野所占的房地。引申为指季节性临时寄居或休憩所用的简易房舍。此处有搭建陋室的意思。

火门山:在天门市佛子山镇,天门山西北。

倜倜(tì):远貌。

[5]建白:对国事提出建议,陈述主张。

无由:犹言路不通。

磅礴:混同,充满。

[6]名公钜卿:同"名公巨卿"。指有名望的权贵。

唱酬:以诗词相唱和。

潭:音 wéi。

[7]接舆知尊孔子而不与言:指春秋末楚隐士接舆尊崇孔子,迎孔子车而歌,却不与孔子交谈,因为接舆主张出世,孔子主张入世。

[8]狂狷(juàn):志向高远而固持操守的人。

[9]徐吏部:徐浩,唐代官吏、书法

家。历官中书舍人、岭南节度观察使、工部及吏部侍郎，封会稽郡公，故人称徐会稽。

右军：王羲之，东晋大书法家，后人尊为书圣，曾官右军将军，世称王右军。

颜太师：颜真卿，唐代名臣、杰出的书法家。曾任太子太师。德宗时，李希烈叛乱，颜真卿受命前往劝谕，被李希烈扣留，颜真卿忠直不屈，被缢杀。因此，下文说"赴难捐躯"。

[10]稷：周之先祖。相传姜嫄践天帝足迹，怀孕生子，因曾弃而不养，故名之为"弃"。虞舜命为农官，教民耕稼，称为"后稷"。

陶：烧制陶器。

[11]正论：正确合理的言论。

[12]朝苕(tiáo)暮霅(zhà)：指陆羽隐居苕霅。苕霅：苕溪、霅溪二水的并称。在今浙江省湖州市境内。

皭(jiào)然不滓：形容陆羽操行高洁，不与世俗同流合污。皭然：洁白貌。不滓：不被染黑。

矜：自夸。

[13]宜当日贤君相之以文学征欤：无怪当日圣君贤相以太子文学的官职来征召他。

[14]邵公：指时任天门知县邵襄。

[15]畚揭(běn jū)：两种器具。畚：古代用草绳编成的盛器，后编竹为之，即畚箕。揭：抬土的器具。

[16]尔乃：这才，于是。

表薮泽：立石碑于沼泽地。薮泽：指水草茂密的沼泽湖泊地带。

规原隰(xí)：砌圆井于低洼处。规：画圆。原隰：平原和低下的地方。

甃(zhòu)井眉：砌井台。甃：砌，垒。井眉：亦作"井湄"。井口的边沿。

[17]澄然而虚，渊然而净：井里的水便澄清透明得像空虚无物，深深地显得明净无比。

[18]天气：古人指轻清之气。

非浮屠与鬻(yù)茗者所得而尸祝之也：不是一般僧道和卖茶的所能当作神主加以祭祀的。浮屠：佛教语。指和尚。鬻：卖。尸祝：祭祀。

[19]所系岂浅鲜哉：所关联的道理难道还小吗？

九友游松石湖记

熊士鹏

竟陵无山也，界云杜则有之[1]。松根于山，石胎于山[2]，无山则无松无石；湖无松、石愈明矣。何以名？松德贞，石德坚，又与水不类。不松而松,不石而石,不类松石而松石,此余所以疑而急欲一游也。

先是周鹤汀邮书余与张星海,期以寒食日往游于湖,且曰:"魏汇古、张竹樵、马兰陔其与俱来。"及期,竹樵羁汉阳未归。而余厮养卒方青鞋布袜欲行[3],促余去。遂与蒋五溪由塞上过隍台招星海,星海拉余招毛子。毛子善种花,凡移徙无不活。隔数畦笑指园有桃者,其家也,至则行矣。已而皆会鹤汀家。郝子自二河来,释贯然自七甲来。七甲者,故陈司徒别业也[4],废为寺,游湖者皆憩此。释贯然嗜诗,尝乐与诗人游。祖峡山伻来闻讯[5],遂约买舟以俟。贯然去,汇古来。鹤汀出《鼓琴图》诗,相与歌吟以迟[6],兰陔俄持雨具来。惧雨,群欲返。厮养卒嘻曰:"是游也,为雨阻乎?"力劝之行。顷复霁,而舟子已舣艇湖上矣[7]。

湖水最清冽,岸势犬牙差互,渊然虚,澄然静[8]。始自浅浦春草中,斗折蛇行,舟轇轕不利[9]。一篙入深处,水濠然有声[10]。合野绿天碧而坠于湖,荡空泛影,诸人一路笑语之声,皆浮于水。见有眼微碧者、袍深青者、须眉拂拂欲绿者。外此,坠黑者为云,飞白者为鹭,叶紫赤者为荇,其浪之黄间绿者为麦。列坐湖上者:洲如月;村坞散处如连环、如带;树如荠;岭如螺、如绿沉瓜[11]。湖中穿波涛往来而渔者,罾之,罣之,汕而撩罛之[12]。触处邂逅,心随目异,骤莫能穷[13]。其首尾出入,厮养卒乐不可支也,曰:"我歌可夫?"扣舷引吭,众水一深,音响入于水中,吸水声以上于空,往来翕忽[14]。然终不解所谓松石者。汇古曰:"子不闻陆季疵品水乎[15]?竟陵自西江文学外,松石为最。舟中若载茶灶瓦铛,停篙中流,掬绿煮之,风温不燥,火活不烈。沸声渊永[16],松涛生焉;乳色轻圆,石花浮焉。沃之沁心,灌之清骨。陶贞白之听松,孙子荆之漱石,不必求肖,想当尔尔[17]。"余犹疑而不信也。

象鼻者,故明冢宰周公祖茔也[18]。湖于吾邑为秀出。摄衣而上,察其形,矗若象鼻而饮于水,堪舆家传为周公发迹处[19]。噫!抑知贤哲之生之本于天乎?将亦由其人,翘然杰出[20],不因于地乎?或有之，奚待求也？然碑碣苔蚀藓剥，不堪读。墓前明器翁仲，偃仆攲侧，为樵夫牧竖所坐卧[21]。以周公勋名，彪炳百数十年耳，固已如此。人欲久富贵，而观居此世者，可悟也。相与太息者久之，反而登舟。

有树木芊蒉，禽鸟喧聒[22]，沉浮于湖之北者，则七甲也。释贯然立而望焉。寺门临湖上，浪花波纹拍其下，揽贯然襟袖，苍翠欲滴。入寺，花卉缤纷，蓊勃香气[23]。余初不识峡山，星海谓其面有佛气。及见，果然。煮茗饮客，著碗碧色。少呷焉，微馨绝类[24]。则睨视汇古，笑曰："松石，松石，不吾欺矣[25]。"然独惜竹樵不在此，及观壁间游记，知此处风景已为竹樵所有。记中所云南园、北园者，未见也。导星海诸人游其处，荒凉萧瑟，如象鼻。星海因叹："司徒昔年，与名公钜卿相聚为乐，冠盖稠浊，棋酒喧溢，固无日不然也[26]。今不意其至此！"余亦叹。

竹樵、星海尝欲得如吾辈六七人，醵钱买傍松石田数十亩，构四三茆屋其上[27]，风月雨雪中，相与赋诗饮酒，因捉湖光于几席履舄下[28]，此愿殊不奢，事固无难为，又不犯造物者之所忌也。然斯游，且不得竹樵共之，遑论其他。用是，以知吾辈会合之不可常也，矧百余年后乎[29]？又奚暇叹司徒为？

已而，贯然撷园蔬，煮野蕨[30]，饮诸人酒。酒半，汇古脱帽偏袒，手剌余酒曰[31]："子一饮，我亦且一言。人生知己不过一二人，骤欲合并甚难。合并矣，或非其地，则弗乐；得其地，不得其时，犹弗乐也。以余八人皆同志，而濯松石之波，采寒食之花，得人得地得时，莫非得天也？又得贯然为主人，清矣。三笑、六逸于此兼之，香山之后，此其继乎？然余欲易老而友也，请子论所以绘九友图者[32]。"余亦酢之以酒曰[33]："汇古，竹樵若来，则为方外十友矣[34]。无斯人焉，九友而已。然此厮养卒，图中又恶可少乎？"汇古悦，诸人亦悦，皆为之进一觞。饮罢，辞峡山，迂道自东岳行。汇古返华严，贯然复持楫以送。湖穷而岸见，迥异来时[35]。回望七甲，隐见不常，已峭然十里烟际矣[36]。于是诸人伫立岸上，目送贯然摇楫而去。

题解

本文录自熊士鹏著、清嘉庆乙亥（1815 年）版《鹄山小隐文集·卷三》第 15 页。

松石湖：位于天门市干驿镇镇区东北。北抵杨巷村李家八湾、张家湖尾，南抵红庙村罐头嘴，东抵长湖村古老台，西抵朱岭村大房嘴。今多淤塞为农田。

文中提及的人名可考者如下：

周鹤汀：周道河，字润九，号鹤汀，天门人。太学生。

张星海：张祖骞，字星海，号查田，天门人。乾隆举人。官山西长治知县。

魏汇古：魏正钰，字琢夫，号汇古，天门人。魏明寰（钝翁）长子。庠生。与熊士鹏为性命之交。

张竹樵：张清标，字令上，号竹樵，汉川人。诸生。名噪艺林二十年。中年卒。

马兰陔：马致远，字子猷，号兰陔，天门人。嘉庆举人。官应山县训导。

注释

[1]界：毗邻，毗连。接界。

云杜：京山市的旧称。

[2]胎：事的开始，根源。

[3]厮养卒：犹厮役。

[4]陈司徒别业：陈所学的别墅。司徒：户部尚书别称为大司徒。陈所学官至户部尚书。

[5]祖峡山伻（bēng）来：起初僧人峡山派人来。祖：初，开始。伻：使者，差人，仆人。

[6]迟：等待。

[7]舣（yǐ）艇：停船靠岸。

[8]渊然虚，澄然静：明净得像空虚无物，澄清透明显得清澈无比。渊、澄：渊澄。谓明净，清澈。

[9]舟轇轕（jiāo gé）不利：船被水草纠缠行进不顺。轇轕：交错，杂乱。引申为纠缠不清。

[10]漎（cōng）然：水声。

[11]绿沉瓜：一种深绿色的瓜，史载梁武帝西苑食绿沉瓜。绿沉：在深底色上显示的绿色。

[12]罾（zēng）：古代一种用木棍或竹竿做支架的方形渔网。此处指用罾捕鱼。

罧罟（lǐng tīng）：小孔网。此处指用这种渔具捕鱼。

汕：古代称抄网类的捕鱼用具。与"撩罟"义同。

撩罟（liáo gǔ）：捕鱼的网，今谓之抄网。此处指用这种渔具捕鱼。

[13]触处邂逅，心随目异，骤莫能穷：处处所见，不期而遇；所见不同，心情不同。景象疾速变换，所见不能穷尽。

[14]翕（xī）忽：犹倏忽。急速貌。

[15]陆季疵：陆羽，字季疵。

[16]渊永：深长，深远。

[17]陶贞白之听松：陶弘景谥曰贞白先生。南朝齐东昏侯萧宝卷无道，陶弘景筑三层楼，终日闭门不出，唯听吹笙以自娱，特爱听风吹松树发出的声响。

孙子荆之漱石：《世说新语·排调》载，孙子荆年少时欲隐居，告诉王武子"当枕石漱流"，误说"漱石枕流"。王问："流可枕，石可漱乎？"孙回答："所以枕流，欲洗其耳；所以漱石，欲砺其齿。"

不必求肖，想当尔尔：不求逼真，想象中的大概是这个样子。尔尔：如此。语出钟惺《浣花溪记》。

[18]冢宰周公：指吏部尚书周嘉谟。冢宰：吏部尚书。

[19]堪舆家：旧指以看风水为职业，替他人相宅、相墓者。

发迹：谓由隐微而得志通显。

[20]翘然：特出貌。

[21]明器：亦称冥器。指古代随死者葬于墓地的各种器具。

翁仲：指墓前石人。传说秦阮翁仲身长一丈三尺，异于常人，始皇命他出征匈奴，死后铸铜像立于咸阳宫司马门外。后因称铜像、石像为翁仲。

偃仆：仆倒。

欹（qī）侧：倾斜，歪斜。

牧竖：牧童。

[22]芊蒝（qiān liàn）：青盛貌。

喧聒（guō）：喧嚣刺耳。

[23]蓊（wěng）勃：浓郁。

[24]绝类：非常相似。此处呼应前文"沸声渊永，松涛生焉；乳色轻圆，石花浮焉"。

[25]松石，松石，不吾欺矣：指在松石湖上煮茶，声如松涛，形如石花，取名松石湖，没有骗人。

[26]冠盖稠浊，棋酒喧溢：化用钟惺《浣花溪记》中的"冠盖稠浊，磬折喧溢"。参见本书第一卷钟惺《浣花溪记》相关注释。冠盖：仕宦的代称。稠浊：繁多杂乱。喧溢：声音嘈杂。

无日不然：没有哪一天不是这样。

[27]醵（jù）钱：凑钱，集资。

茆（máo）屋：茅屋。茆：通"茅"。

[28]因捉：此处有拘囚的意思。

履舄（xì）：此处指"履舄交错"之处，就是席间。座席外很多鞋杂乱地放在一起。形容宾客众多。古代单底鞋称履，复底鞋称舄，故以履舄泛称鞋。

[29]矧（shěn）：况且。

[30]野蔌（sù）：野蔬。蔌：菜肴。原文为"野藪"。有误。

[31]斝（jū）：挹，酌。

[32]三笑：典自"虎溪三笑"。东晋慧远法师居庐山，流泉绕寺，送客从不过溪桥，时虎辄鸣号，故名虎溪。慧远送陶渊明、陆修静至虎溪，三人相与大笑。

六逸：典自"竹溪六逸"。指居徂

徕(cú lái)山日与遨游、酣饮的李白、孔巢父、韩准、裴政、张叔明、陶沔六个超逸的名士。

香山、九友图:典出于香山九老的故事。唐会昌五年三月,白居易于洛阳与胡杲(gǎo)、吉旼(mín)、郑据、刘真、卢贞、张浑等,举行尚齿(敬老)会,各赋诗纪事。同年夏,又有李元爽及僧如满亦告老回洛,举行九老尚齿之会。因绘图,书姓名年齿,题为九老图。香山,在河南洛阳龙门山之东。白居易,字乐天,晚号香山居士。

[33]酢(zuò):客人用酒回敬主人。

[34]方外:世俗之外,旧时指神仙居住的地方。

[35]见:古同"现"。出现,显露。下文"隐见"的"见"同此。

迥异:大不相同。

[36]烟际:云烟迷茫之处。

游剪石台记

熊士鹏

避客丰山寺中,僧皆懒残[1],不足谈。藏弄《华严经》百卷[2],为蝉鼠衣食巢窟。手薰晒终日,列几上,读之文极奇,宜髯苏晚年诗文俱从此中出也[3]。

过摄庵访谭漱朝,与步寒河,登鹄湾先生剪石台[4]。台四面皆溪,溪横斜处有梅,梅上有桂。桂旁松四株,修百尺,森森然皆作老龙鳞矣。石隐松际不可见,漱朝运杉横溪上,略彴可渡[5]。见石尤嵌空玲珑,雨则沘生,曙则烟出,土人以此验阴晴[6]。云方筑斯台时,先生以诗闻天下,游襄阳山中而得石,经大堤而得剪[7],剪并携归,以名其台。

余登陟其上,婆娑松桂间,左石右梅,犹想见当年园亭之盛,且仿佛其对美人吟诗处也。去腊雪大如掌,辄着屐探梅,梅一枝临水盼我。今秋桂放,余又登焉。此台百数十年,芜没野水荒天中,未有人过而问者。余三登而三咏之,其显晦固有时哉,抑亦近世所属目者不在此也[8]?

既而得《岳归堂诗集》,余尤爱焉。每丰山钟鸣时,眼光直出纸背上,其孤洁之性,幽渺之音,绝似东野、阆仙诸人[9]。选付王生槐录之,出示漱朝。漱朝曰:"吾祖诗大有禅意,摄庵为其读书地。剪夫人亦能诗,有《剪草》。其手钞《华严经》,字画极端丽,藏此庵中。今皆不存。"余又问,同时有谭叟,所谓隔寒河四五村者,亦云无人知其处也。

题解

本文录自熊士鹏著、清嘉庆乙亥(1815年)版《鹄山小隐文集·卷五》第20页。原题为《谭鹄湾先生诗选序》。

剪石台:位于今天门市岳口镇徐越村一组(八二湾)。

注释

[1]懒残:性懒而食残。

[2]藏弆(jǔ):收藏。

[3]髯苏:苏轼的别称,以其多髯故。

[4]寒河:当指牛蹄支河流经新堰西寒土岭的一段。谭元春世居地在寒河以南。

鹄湾:谭元春,字友夏,号鹄湾。

[5]略彴(zhuó):独木桥。略:简小的意思。彴:独木桥。

[6]泚(cǐ):出汗。

曙:天刚亮。

土人:旧指世居本地之人。

[7]剪:谭元春妾名剪。

[8]显晦:隐显,显露和隐晦。

属(zhǔ)目:注目。

[9]岳归堂诗集:谭元春诗集。

幽渺:深幽而微小。

东野、阆(làng)仙:指孟郊、贾岛。孟郊字东野,贾岛字浪仙,一作阆仙。

冉公子传

熊士鹏

冉公子本,字务来,贵州贵筑人也,或曰余杭人[1]。父东陆,官杭州水师都督,生公子于杭。年十四,父卒。扶柩归黔,以门功例袭官[2],不受。貌肥白如瓠,发漆黑,眉目明秀如画。日读书一二寸,辄能道其奥义。

已而游碧鸡、金马山中，遇苾刍僧，深目而猴喙，短髭须[3]，大腹。坐虎茵石上，腰悬小瓮囊。取一物掷空，白光闪烁，飞鸟纷纷四堕。见公子，跃而起，而空中物已飘瞥入囊矣[4]。公子张目良久，乃拜。拜已，复灰心木立[5]，不敢仰视。僧笑曰："公子焉往，盍从我？"即导入岩洞，授以囊中物，则匕首也。居洞中岁余，啖石如青泥，不食亦不饥，行峭壁如飞，玃猱不能及[6]，遂尽得其术而辞归。

初为海澄黄士简子婿。乾隆庚寅秋[7]，将入闽辞婚。纡道清溪[8]，访李卿亭。卿亭家奴方城，魁岸有力[9]。头上二红毛，长与身齐。善使刀。尝走太行、王屋间，遇群盗舞槊而来[10]，城避槊，夺槊，群盗皆三失槊矣，由是城以勇闻。闻公子善手臂，能空手入白刃，数请与公子对[11]。公子清癯如鹤[12]，终日无一言，目光炯炯射人，无复少时富贵气。署后楼三层，傍山而立。八月十四夜，公子趺坐楼下，城居楼上，数请公子登[13]，公子终弗应也。时山月当楼，四望无云。欻檐霤如鸟飞声[14]，城寒噤者再，已而寂然。及明，公子出二红毛示城，城惊伏，魄若失。

宁海提督段秀林爱其才，荐官，不受。经处州，总镇膏泽，长白人，以礼迓公子[15]，因与公子论用兵。公子笑曰："坐谈足矣，战必蹶[16]。"诘朝[17]，天风萧瑟，厩马鸣嘶，旌旗耀日，戈矢砺霜。膏同公子驰马出郊，登坛大阅[18]。公子传以马上三枪法，至今处州兵独称善云。时兵不下三千人。公子曰："吾能以双剑胜之。"膏乃鸣鼓合兵，三千人刀槊戈戟衷公子[19]。公子舞剑出入，尘上匝天[20]。但闻拨刀声、断槊声、折戈戟声，锵锵然地上鸣。左右手持人击人，夺马跃马，风驰雨骤。俄顷而冉公子大呼曰："老子自此逝矣。"遂不见。

或曰，客从蜀中来，犍为人[21]。衣敝补衣，好雌黄图史文字，使酒骂座[22]，时陵蔑其父兄[23]。一夕失其首，书壁曰："利齿儿污吾剑[24]。吾，冉公子也。"后得其首于溷中[25]。或曰，吾尝与岭南客游，客言冉公子衣袈裟，持钵桂林山中，斫一人头去，其人固狼也。李雪坪曰："之二说者，余皆疑之。"乙未秋[26]，尝遇冉公子于淮安，与谈诗，最喜王孟[27]，即赠以诗曰："策马春申浦[28]，秋风夜渡河。高歌逢壮士,不醉当如何?与击铁如意,还呼金叵罗[29]。快来谈剑术,抚掌笑荆轲。"公子微哂曰[30]:"佳哉,佳哉!"遂去,其后亦不知所终云。

论曰[31]:少时闻寒蛩暮鸟诗,为大侠题咏,字字有剑气,非侠士不能也。尝读《剑侠传》,虬髯、磨勒[32],固烈丈夫哉;隐娘、红线[33],女而侠,抑又奇矣。若冉公子,惜吾未见也。彼尝笑荆卿非英雄,卒以秦舞阳歼焉,不如聂政直入上阶[34],犹见侠士本色。然抉眼屠肠何取哉[35]!天下中山狼多矣,假令冉公子在,当必使其血濡缕[36]。

题解

本文录自熊士鹏著、清嘉庆乙亥(1815年)版《鹄山小隐文集·卷四》第17页。

注释

[1]贵筑:县名。清康熙二十六年(1687年)改贵州、贵前二卫置,治今贵州省贵阳市,与新贵县同为贵阳府治。三十四年废新贵县入贵筑县。1957年并入贵阳市。

[2]门功:祖先的功勋。

[3]碧鸡、金马:今云南昆明市东有金马山,西有碧鸡山。

苾刍(bì chú):即比丘。本西域草名,梵语以喻出家的佛弟子。为受具足戒者之通称。

猴喙(jiā huì):猪嘴。

髭(zī)须:嘴周围的胡子。

[4]飘瞥:迅速飘落或飘过。

[5]木立:呆立,失神站立。

[6]玃猱(jué náo):猴类。

[7]乾隆庚寅:清乾隆三十五年,1770年。

[8]纡(yū)道:绕道而行。

[9]魁岸:魁梧高大。

[10]矟:长矛。

[11]数(shuò):屡次。

[12]清癯(qú):清瘦。

[13]趺(fū)坐:两脚盘腿打坐。

[14]欻(xū):忽然。

檐霤(liù):屋檐流下的雨水。

[15]迓(yà):迎接。

[16]蹶(jué):挫折,失败。

[17]诘朝:明晨,第二日。诘:犹"翌"。

[18]大阅:古代军礼之一。对军队(包括战车、步卒)的大检阅,也是军队的一次作战训练。

[19]裹:包围。

[20]匝:布满,遍及。

[21]犍为:县名。属四川省。

衣敝补衣:穿破旧的衣服。

[22]雌黄图史文字:指对历史妄

事议论。雌黄：信口胡说。雌黄原是抄校书籍时用来涂抹文字的一种矿物质。图史：图书和史籍。

使酒骂座：称在酒宴上借酒使性、辱骂同席的人。

[23]陵蔑：凌侮蔑视。

[24]利齿儿：口齿伶俐的人。

[25]溷(hùn)：厕所。

[26]乙未：乾隆四十年，1775年。

[27]王孟：唐代山水田园诗人王维、孟浩然的并称。

[28]春申浦：即黄浦江。在今上海市。又名春申江，简称申江。相传为春申君所凿，故名。

[29]铁如意：铁制的爪杖。

金叵罗：古酒器。为一种金制的小酒杯。

[30]微哂(shěn)：犹微笑。

[31]论曰：与"论赞"用法相同。附在史传后面的评语。

[32]虬髯(qiú rán)、磨勒：指唐传奇中的虬髯客、昆仑奴。磨勒：唐传奇中昆仑奴名。

[33]隐娘、红线：指唐传奇中的聂隐娘、红线女。

[34]荆卿：即荆轲。

聂政：战国时期韩国刺客。

[35]抉眼屠肠：同成语"屠肠决眼"。语出《战国策·韩策二》："聂政大呼，所杀者数十人。因自皮面抉眼，自屠出肠，遂以死。"抉眼：挖出眼珠。屠肠：剖腹出肠。

[36]濡缕：沾湿一缕。语出《史记·刺客列传》："得赵人徐夫人匕首，取之百金，使工以药淬之，以试人，血濡缕，人无不立死者。"

罗家彦（国子监祭酒）

　　1990年版《岳口镇志》第269页记载（节录）：罗家彦（1786—1832年），号宝田，岳口三狮街人。清嘉庆十三年（1808年）进士。先后任宜都训导、翰林院编修、浙江道监察御史。嘉庆十五年任河南大主考，嘉庆二十四年为会试、乡试同考官。罗翰林告老还乡后被人谋杀，葬于岳口东郊鉴湖池周围（今保安桥水工部附近）。

　　清道光元年（1821年）版《天门县志·卷之十九·选举》第39页记载：罗家彦，翰林院编修，前浙江道监察御史。庚午科河南大主考，己卯会试、乡试同考官。

　　文海出版社1973年版《近代中国史料丛刊》第十辑第140页收录的魏茂林原编、钱惟福重校《清秘述闻续·卷四·乡会考官类四》（影印本）第1页记载：清道光十二年（1832年）壬辰科江西考官：祭酒罗家彦，字宝田，湖北天门人。戊辰进士。吏部员外郎许球，字玉叔，安徽歙县人。癸未进士。【正考罗家彦病故】

筹画旗民生计拟定章程折

罗家彦

　　浙江道监察御史臣罗家彦跪奏，为筹画旗民生计拟定章程，恭折奏闻，仰祈圣鉴事[1]。

　　窃惟我朝厚泽深仁，其于旗民生计区画周详，教养生成，惟恐一夫不得其所，圣恩诚为至优极渥[2]。惟近来生齿日繁[3]，而各项差使俱有定额。往往有食指殷繁之家，或一、二人关支钱粮，其余皆坐食耗费，以至日用支绌[4]。而国家经费有常，势难遍为周恤[5]。且此后年复一年，生长日增，尤需食用。是以筹画生计，时廑圣衷[6]。

　　臣仰体鸿慈，窃以为今日之势，筹此大策，要在不费国家之帑藏而自裕旗民之日用[7]，且见效必速而行之又可久者，斯为良法。古者养民之政，只论耕桑。而旗民聚处都城，其事皆格碍难行[8]。惟木棉之利[9]，前代虽有，至本朝始盛。此正天之惠爱黎元，而为我朝特发其菁华，以助养民之善政。臣尝远稽古事，近察时宜，窃以为木棉之利，有可裨益旗民而举行甚易者[10]。考王宏著议谓延安一府，不知纺织，生计日蹙[11]。非尽其民之惰，以无教之者耳。当于每州县发纺织之具一副，令有司依式造成，散给里下[12]，募外郡能织者为师，即以民之勤惰、工拙为有司之殿最[13]。一、二年间，民享其利，将自为之而不烦程督矣[14]。计延安一府四万五千余户，每户不下三女子，固已十三万余人，其为利益岂不甚多？又崔实《政论》云，前为五原太守，土俗不知缉绩[15]，乃于雁门广武迎织师，使巧手作机乃纺以教民织，载《汉书》本传中。是纺织之政，古人有行之者矣。且臣来自田间，见乡民无田可耕、无业可执者，一家老幼男女勤于纺织，不惟衣食赡足，兼可以驯致充盈，此又征于今而可信者[16]。旗民生长都城，非尽安于怠惰，惟未见民间操作之勤，故旷其力而不知所用[17]。夫三代之世，国无闲民，故《周礼》"九职任民"，凡"化治丝枲"[18]，稽核妇功，事虽纤细，亦必勒于政典[19]。今日民间自食其力，自谋赀本，原不必上之人代为经画[20]。至旗民坐食日久，治生为亟，必先为之借给工本[21]，稽考课程，以期可行可久。臣请为我皇上条分缕晰而敬陈之——

按口分给工本也。查纺车一具，约值制钱二、三百文[22]，即按口借给，令其自置。按每人一月可纺棉花线六斤。棉花市价时有增减，目下每斤只值制钱二百余文。虽昂贵之时，亦不过三百有零。即以三百作价，每口先借给制钱一千八百文，以作工本。此项工本、纺车之价，除本人现挑差使及有志读书或家计充裕者不准借给外，其余老幼男女可以致力者，按口借给，于次月朔日即令缴纺线六斤交官[23]，每线一斤给纺功制钱三百文。如一家有数人纺绩，即每月可获数千制钱之利，衣食有资矣。至所借工本、纺车之价，限一年内于给发功钱时，分作十二次扣完，以归公项。以后即可因纺功余利作为工本，不必官为借给，是立法之初所借公项不多，一年便可归款。既于公项无损,而民食大有裨益。

收缴棉线,支放钱文,责成佐领以下等官也[24]。查每月各佐领下户口应支放纺线功钱若干,仿照各馆月费之例,于前月初旬用印票向户部支领,临时弹压稽核[25],令属官照数给领,毋许克扣。

招募纺工,分班教习也。查京城内外,小民有知纺绩者,招募十名,令每名分教十人纺绩之事。虽至愚者,不过一日,即可熟习。是一日内可教成百人矣,次日即令此百人各分教邻居十人,是第二日又教成千人矣。由此类推,不过十日之内,城中老幼男女无不遍习其事矣。

招募织匠,成造布匹也。盖纺绩既行,缴线必多,不可不织成布匹,变价归公。宜按照旗分各置织机三十座[26]。又仿照江南织造之例,招募附近直隶、山东机匠三十名【每名月支工食制钱二千一百文】,每月机匠一名限定成布十五匹【每匹重二斤,宽约一尺,长约五丈】。其有余暇,听其借机自织售卖,以示体恤。

发卖官局,缴价归公也。查棉线二斤,织布一匹【重二斤】。各旗置机三十座,计八旗,共二百四十座,每月可成布三千六百匹。市上布价虽时有增减,然至贱之时每匹【重二斤】可值制钱一千一、二百文。以至贱之价发卖官局,商人尚可获利,自必欣然乐就。即将价值随时归公,勿许丝毫积欠,令经管官收存归款。

制造机座,年终扣还垫款也。查制机一座,南方约制钱三千;京师木料较贵,约需制钱五千文。二百四十座计制钱一千五百吊。统计一年之内,成布四万三千二百匹。每匹以制钱一千一百发商,约得制钱四万七千五百二十吊。除工本纺钱、织匠工食开销制钱三万九千一百一十八吊外,尚余制钱二千五百九十二吊,即将制机工费扣存归款,余钱贮库。

核计赢余,酌给纸张费用,以裕办公也。查每年赢余数千,除立法之始扣还工本、纺车机价外,以后并无扣还归款之处。户部及佐领处需用纸张、心红[27],应准开销。即于此项盈余,酌给一、二百、千,以裕办公,勿许浮冒[28]。

添设机座,宜随时斟酌也。前云每旗置机三十座,亦只约略计算。如纺织行之有效,宜随时添置,以供织造。

纺绩宜认真稽核也。在乡民自食其力,勤劳习惯,原不待于催督。至旗民素未操作,一旦驱之纺绩,在勤者因衣食有资,自必欣然乐赴;而惰者安逸成性,势必始勤终怠。责成佐领等官,于朔日收缴纺线时,如每月不及六斤,及不留心纺绩、草率完缴者,立予惩戒;其纺线甚细,酌加工钱,以示鼓励。至妇女安逸日久,亦不可任其怠惰。《周礼》有典妇功之职[29],以稽核女功,是古圣人亦不使妇功闲旷、坐食耗财[30]。令佐领等官责成各宅家长缴线如额,违者责罚。

随时更换织匠也。织布之事非如织造绸缎之难,愚者亦不过十日可学而知。如一年之后,旗人有能织布者,即将原募织匠酌量裁退,令旗人陆续充补。

棉花准易布匹也。棉花各省皆有。产于南者十之六,产于北者十之四。纺织既行,需用棉花必多,商贾闻其易于销售,自必贩运赴京,断不至于缺乏。若再准其以花易布,则所积愈多,更可用之不竭矣。

择入官空房,安设机座也。民间环堵之室[31],即可安置纺车数具。旗民各有栖身之所,自能就地纺绩。至每旗设机三十座,只就入官空房十余间[32],便可安设,不必另置房屋,以省糜费。

以上十二条,如蒙允准施行[33],其效有四——

稽查易周也。近来旗民常有报逃不返及游荡滋事者。此法一行,既可赡足衣食,不至无端逃逸,且每日皆有工课,亦不能游手好闲。于稽查之法,亦不严而自密矣。

风俗可归俭朴也。盖勤则必俭,理本相因。凡人自食其力,未有不自爱其财。且比户纺绩[34],共效勤劳,奢侈之心无自而生矣。

布匹日渐充足也。布为日用所需,京城取给外省,近来益见昂贵。此法一行,一年即可得四万三千余匹。三、四年后不惟京城可以足用,并可以衣被外省矣[35]。

法可久行也。纺织之事,安坐而为。既不同沾体涂足之苦,亦非如佣工执鞭之贱,行之必无流弊。所谓因民之利,而利之惠而不费,又所谓以佚道使民劳而不怨也[36]。且此后生齿益繁,则生财者益众,其有益于经费尚小,其有补于民食甚钜。况人有恒业必有恒心,放僻邪侈无自而生[37],其效更大矣。

臣愚昧之见,是否可行,伏祈皇上圣明睿鉴训示[38]。谨奏。

嘉庆二十一年十月二十九日[39]。

题解

本文录自罗家彦奏折。原件藏中国第一历史档案馆,档案号为04-01-36-0012-040。标题为本书编者所加。

筹画:谋划。

旗民:清代旗人和民人的合称。民人主要指汉人。

中国第一历史档案馆编纂、广西师范大学出版社2006年版《嘉庆帝起居注·十八·嘉庆二十一年十一月》(影印本)第470页记载:"(嘉庆二十一年十一月)初九日甲寅。内阁奉谕旨:八旗都统等奏驳御史罗家彦条奏《筹画旗民生计章程》一折,所驳甚是。该御史条陈,以为旗民生计艰难,欲令八旗老幼男妇皆以纺织为业。当奏上时,朕即觉其事不可行。今该都统等所奏,果众论俱以为事多窒碍,公同议驳。本日特召见诸皇子、军机大臣等,明白宣谕:我八旗满洲,首以清语、骑射为本务,其次则诵读经书,以为明理治事之用。若文艺即非所重,不学亦可。是以皇子等在内庭读书,从不令学作制艺,恐类于文士之所为。凡以端本务实,示所趋向。列圣垂训,命后嗣无改衣冠,以清语、骑射为重。圣谟深远,我子孙所当万世遵守。若如该御史所奏,八旗男妇皆以纺织为务,则骑射将置之不讲。且营谋小利,势必至渐以贸易为生,纷纷四出,于国家赡养八旗劲旅、屯住京师本计,岂不大相剌谬乎?近日旗人耳濡目渐,已不免稍染汉人习气,正应竭力挽回,以身率先,岂可导以外务、益远本计矣!即如朕三年一次阅选秀女,其寒素之家,衣服尚仍俭朴。至大臣官员之女,则衣袖宽广逾度,竟与汉人妇女衣袖相似。此风渐不可长!现在宫中衣服,悉依国初旧制,乃旗人风气。日就华靡,甚属非是。各王公大臣之家,皆当力敦旧俗,倡挽时趋。不能齐家,焉能治国?以副朕崇实黜华至意。罗家彦此折,若出于满洲御史,必当重责四十板,发往伊犁。姑念该御史系属汉人,罔识国家规制。但伊识见如此,竟欲更我旧俗,岂能复胜言官之任?著革退御史,仍回原衙门以编修用。将此通谕知之。"

倪玉平著、人民出版社 2020 年版《清史：1616-1840》第 288 页叙述"八旗生计"时云："但这些办法皆系治标不治本。尤其是清廷坚持不让旗民从事生产劳动,是导致八旗生计问题的重要原因。嘉庆二十一年(1816 年),御史罗家彦奏请允许旗人从事手工业活动,受到嘉庆帝的严饬:'该御史条陈,以为旗民生计艰难,欲令八旗老幼男妇皆以纺织为业。当奏上时,朕即觉其事不可行。今该都统等所奏,果众论俱以为事多窒碍,公同议驳。'最后罗家彦也被贬官。"

注释

[1]臣:对皇帝,汉人官员自称臣、微臣或臣等,宦官及清代旗籍文武官员对皇帝自称奴才。都是谦称。

恭折奏闻:恭敬地呈上奏折,奏请皇帝知悉。奏闻:臣下将情事向帝王报告。

仰祈圣鉴:祈请皇上审阅。圣鉴:清代文书中,表示请皇帝看阅本文书的用语。

[2]窃惟:私下考虑。谦辞。

区画:筹划。

生成:养育。

至优极渥(wò):至优至渥。非常优厚。

[3]生齿:人口,人民。

[4]食指殷繁:人口众多。食指:指家庭人口。殷繁:繁多,众多。

关支:领取。

支绌:款项不够支配。绌:指不够、不足。

[5]周恤:周济,接济。

[6]时廑(jǐn)圣衷:天子时时挂念在怀。廑:关注挂念。圣衷:天子的心意。

[7]仰体:谓体察上情。

鸿慈:大恩。

要:纲要,要点。

帑(tǎng)藏:国库。帑:国库或国库所藏的金银财帛。

[8]格碍:阻碍,障碍。

[9]木棉:通称棉花。

[10]时宜:当时的需要或风尚。

举行:施行。

[11]蹙(cù):窘迫。

[12]有司:官吏和官署泛称。古代设官分职,各有专司,故称。

里下:下里。乡里。

[13]殿最:泛指等级的高低上下。

[14]程督:对于法定赋税、工程劳役、学课等的监督。

[15]缉绩:犹纺织。

[16]赡足:富足,充足。

驯致:逐渐达到。

征:证明,证验。

[17]旷其力:空费其力。旷:徒然,徒劳。

[18]三代:夏商周三个朝代。

九职任民,化治丝枲(xǐ):语出

《周礼·天官·冢宰》:"以九职任万民。一曰三农,生九谷;二曰园圃,毓草木……七曰嫔妇化治丝枲。"

九职任民:分平民为九种职业。

化治丝枲:指缫丝绩麻。贾公彦疏:"嫔妇谓国中妇人有德行者,治理变化丝枲以为布帛之等也。"化治:变化治理。丝枲:指缫丝绩麻之事。

[19]妇功:时指纺织、刺绣、缝纫等事,为妇女四德之一。

勒于政典:编纂入政典。政典:记载治国的典章或制度的书籍。

[20]经画:经营筹划。

[21]工本:制造器物所用的成本。

[22]制钱:明清两代按其本朝定制由官炉所铸铜钱。制钱以别于前朝旧钱和本朝的私炉钱。它的计算采用十进制,以文为单位,千文为一串,或称一贯、一吊。清初,规定每枚制钱重一钱,称作一文,每千文为一串钱,并规定一串钱相当于一两银。

[23]朔日:农历每月初一。

[24]佐领:清代八旗组织基本单位名称。是满语"牛录"的汉译。掌管所属户口、田宅、兵籍、诉讼等。初时一佐领统辖三百人,后改定为二百人。其长亦称佐领,世袭者称为世管佐领,选任者称为公中佐领。

[25]印票:旧时官方颁发的券证。

弹压:制服。此处有监管之意。

[26]旗:清代以旗帜的名色作为区别的兵民一体的组织。

[27]心红:指红色印泥。

[28]浮冒:虚报冒充。

[29]典妇功:官名。周朝设此官,掌管妇人丝麻,为功官之长。

[30]闲旷:空闲无事。

坐食:谓不劳而食。

[31]环堵:四周环着每面一方丈的土墙。形容狭小、简陋的居室。

[32]入官:旧指把罪犯的财产没收入官府。

[33]允准:同意,准许。

[34]比户:家家户户。

[35]衣被外省:加惠于京都以外的地方各省。衣被:比喻养护,加惠。

[36]佚道:逸道,使百姓安乐之道。

[37]况人有恒业必有恒心,放僻邪侈无自而生:语出《孟子·梁惠王上》:"无恒产而有恒心者,惟士为能。若民,则无恒产,因无恒心。苟无恒心,放辟邪侈,无不为己。"没有固定的产业收入却有固定的道德观念,只有读书人才能做到。至于一般老百姓,如果没有固定的产业收入,也就没有固定的道德观念。一旦没有固定的道德观念,那就会胡作非为,什么事都做得出来。

恒业:指家庭的固定产业。

恒心:常有的善心。

放僻邪侈:同"放辟邪侈"。肆意为非作歹。

[38]睿鉴:御览,圣鉴。

[39]嘉庆二十一年：丙子， 1816年。

拟孙绰游天台山赋

罗家彦

灵越奥区，天台峻趾[1]。拔地千寻，去天尺咫[2]。仙侣盘桓，神明栖止[3]。荫牛宿而结根，标琼台而直指[4]。峭岩屹嵫以堆青，华顶焱炎而凝紫[5]。八桂俯而北倾，九峰罗而西峙[6]。嵯崒玲珑，嶙峋逦迤[7]。然而近智者域于游观，拘墟者穷于言拟[8]。非夫矢幽通契元旨，曷足以广拓心胸，陟崛嶙而离尘滓[9]？客有心游万仞，理彻三幡[10]。招我乎绛阙，驾我乎云轓[11]。纷默默而沉晓雾，赫旷旷而涌朝暾[12]。攒岩雪聚，秀壑云屯[13]。心颜顿豁，风雨齐吞[14]。缥缈乎天柱，诛荡兮天门[15]。俯天山若培塿兮，橛天顶之崚嶒[16]。夫何羡乎峰名天姥兮，与泰岱之号天孙[17]。其遥望也，山南则有丹气卷舒，赤城秀峭[18]。壁蠹朱崖，云蒸绛壑。磴道霞铺，石龛绮错[19]。烂兮若阳谷之朝鲜，皎兮若虹桥之闪烁[20]。其菡萏盘郁也，如气满函关[21]；其崼巘嵯峨也，如花开莲萼[22]。其笼烟罩雾也，则丹楼之彩流华[23]；其散紫攒红也，则图画之纹勾绰[24]。更有西南半壁，瀑布飞流。悬崖珠喷，倒岭云浮。中峰练界，晓树烟兜[25]。风习习其将秋兮，晶帘未卷；天耿耿其欲曙兮，银河不收[26]。铃铃金策，款款银鞭[27]。相与陟台岭，莅仙邱[28]。人生快意，此地勾留[29]。愿言至止，莫负斯游[30]。于是披枳径，入林烟[31]。石齿齿，水溅溅[32]。楢溪路直，五界峰连[33]。忽而危桥绵亘，悬磴回沿[34]。径不盈尺，道竟如弦。苔深屦滑，石泐霜坚[35]。讶修途之欲阻，幸长葛之低缘[36]。初度岩而俯瞰兮，下临无地[37]；旋履险而忽平兮，别有一天[38]。石门雾豁，岭树烟开[39]。长松映日，细草侵苔。缁尘不到，山雨欲来[40]。杳不知乎人境，名尔称乎天台。又况灵溪一曲，水碧如醅[41]。月波荡漾，烟水漆洄[42]。能不使人意远，羌欲去而徘徊[43]。少焉云梯直上，霞路高攀[44]。樊桐三级,螺髻双鬟[45]。几经信宿,直到仙关[46]。其中则有珍台焄蒿,紫雾斑斓[47]。琪花满眼,芝草被山[48]。红葩黛饰,青草侵苔[49]。阳林翳蔚,阴渠潺湲[50]。应真骖鸾而来下,王乔控鹤而不还[51]。泂远离乎尘俗,允克集乎仙班[52]。泊矢游览既周,闲情小住[53]。荡涤烦襟,逍遥仙路[54]。则见皓月当空,暮烟匝树[55]。法鼓扬声,通仙远顾[56]。乃吟振衣千仞之诗,咏群仙高会之赋[57]。山之灵兮壶日偏,游莫乐兮列真毕赴[58]。安得永托兹岭兮,兀同体于太素[59]?

题解

本文录自鸿宝斋主人编、清光绪二十年(1894年)版《赋海大观·卷三上·地理类》第57页。题下有"以题为韵"几字。马积高、叶幼明主编,陈建华副主编,湖南文艺出版社2014年版《历代词赋总汇·清代卷·第十五册》第14916页收录本文,注明作者为天门进士罗家彦。

《游天台山赋》是孙绰创作的一篇赋。孙绰,字兴公,中原中都(今山西平遥)人。西晋著名文人孙楚之孙。绰少时与兄统渡江,家居会稽。喜山水,爱隐居,博学,善为文。始任著作佐郎,袭封长乐侯。后为征西将军参军、太学博士、尚书郎等,转为永嘉太守,迁散骑常侍,领著作郎。天台山:山名。在浙江天台县北。

注释

[1]灵越:对古越地之美称。孙绰《游天台山赋》:"荫牛宿以曜峰,托灵越以正基。"天台山的山峰,在牵牛星的照耀之下,山脉的位置正处在灵秀的越国境内。

奥区:腹地。

峻趾:高高的基础。

[2]千寻:形容极高或极长。古以八尺为一寻。

[3]仙侣:仙人之辈。

神明:天地间一切神灵的总称。

栖止:寄居,停留。

[4]荫牛宿(xiù)而结根:意思是,天台山在越国地区,是牵牛星座的分野。牛宿:星宿名。二十八宿之一,玄武七宿的第二宿。有星六颗。又称牵牛。结根:植根,扎根。

标:标明,显出。

琼台:山峰名。在天台山西北。

[5]屹嶭(niè):山高而中断。嶭:山中绝的样子。

华顶:天台山主峰。

焱(yàn)炎:形容太阳的光和热。

[6]八桂:八株桂树。语出《山海经·海内南经》:"桂林八树,在番隅东。"郭璞注:"八树而成林,言其大也。番隅,今番隅县。"孙绰《游天台山赋》:"八桂森挺以凌霜,五芝含秀而晨敷。"桂树茂盛挺拔,凌霜而不凋;灵芝包孕着英华,在清晨开放。

九峰:借喻九嶷山。

[7]崷崒(qiú zú):高峻的样子。

嶙峋:形容山石峻峭、重叠。

逦迤:迤逦。曲折连绵貌。

[8]近智:智力短浅,没有远见的人。

域:局限。

游观:游逛,观览。

拘墟:比喻人孤居一隅,见闻狭隘。拘:限制。墟:指所居之地。

言拟:言谈。

[9]矢:通"誓"。

幽通:谓与神灵相遇。

兀旨:本来的意义。

陟(zhì):登高,登上。

崒(qún)嶙:山相连貌。

尘滓:比喻世间烦琐的事务。

[10]三幡:道家谓色、空、观三者最易摇荡人心,故以三幡为喻。

[11]绛阙:宫殿寺观前的朱色门阙。亦借指朝廷、寺庙、仙宫等。

云轓(fān):疑指"云车"。传说神仙以云为车。轓:车。

[12]黕黕(dǎn):黑色无光。

赫旳旳(hù):赤色敞亮貌。

朝暾(tūn):初升的太阳。亦指早晨的阳光。

[13]攒岩:凑集的岩石。

秀壑:秀丽的山沟。

云屯:如云之聚集。形容盛多。

[14]心颜:心情和脸色。

顿豁:突然开朗,突然明朗。

[15]诶(dié)荡:诶荡荡。空旷无际貌。语出《汉书·礼乐志·郊祀歌·天门》:"天门开,诶荡荡。"

[16]培塿(lǒu):本作"部娄"。小土丘。

樴(zhǐ):刺。

嶟嶟(zūn):高峻陡峭。

[17]天姥:山名。在浙江省嵊县与新昌县之间。

泰岱:即泰山。泰山又名岱宗,故称。

天孙:泰山的别名。

[18]丹气:赤色的水气。亦指彩霞。

赤城:山名。多以称土石色赤而状如城堞(dié)的山。在天台县北,为天台山南门。

[19]磴(dèng)道:有台阶的登高道路。

霞铺:如霞光四射。

石龛(kān):供奉神像或神主的小石阁。

绮错:谓如绮纹之交错。

[20]烂:色彩绚丽。

阳谷:传说中的日出之处。

朝鲜:朝日鲜明,晨曦清亮。

皎:光明,光亮。

[21]蓊蓇(pén yūn):烟霭氤氲或香气郁盛。

盘郁:曲折幽深貌。

函关:函谷关,秦关名。古代传说,老子曾乘青牛到西方游历,途经函谷关赴流沙而终未返回。司马贞索隐引《列仙传》:"老子西游,关令尹喜望见有紫气浮关,而老子果乘青牛而过也。"

[22]嵥嶪(jié yè):山高峻。语出张衡《西京赋》:"嵯峨嵥嶪,罔识所则。"

嵯峨(cuó'é):高峻貌。

莲萼:荷花。

[23]丹楼:红楼。多指宫、观。

[24]勾绰:中国画用笔的方法。勾是用线勾勒,绰是分析。

[25]练界:界练。谓介于石壁之间的白匹练。喻瀑布。

[26]耿耿:隐约有点儿光亮的样子。

[27]铃铃:象声词。手杖触地声。

金策:指禅杖。僧所持。

款款:徐缓貌。

银鞦(qiū):指代马。鞦:指络在牲口股后尾间的绊带。

[28]相与:共同。

莅(lì):来,到。

仙邱:仙丘。仙山,仙人住的山。

[29]勾留:逗留,停留。

[30]愿言:思念殷切貌。

至止:到达,到来。止:语气词。

[31]披:开辟。

枳径:疑指长满枳棘的小径。

[32]齿齿:排列如齿状。

濊濊:流水声。

[33]楢(yóu)溪路直,五界峰连:化用孙绰《游天台山赋》:"济楢溪而直进,落五界而迅征。"渡过楢溪一直朝前走,斜穿过五界而前行。

楢溪:山名。在天台县东。又名欢溪。

五界:地名。据说因为地处五县交界而得名。

[34]危桥:高耸之桥。

悬蹬:高悬的石桥。

[35]石泐(lè):石头碎裂。泐:石头依其纹理而裂开、解裂。

[36]讶:惊诧,疑怪。

修途:长途,远路。

[37]无地:犹言看不见地面。形容位置高渺或范围广袤。

[38]一天:一块天空。

[39]豁:消散。

[40]缁尘:黑色灰尘。常喻世俗污垢。

[41]灵溪:水名。在天台西北。

醅(pēi):未滤去糟的酒。亦泛指酒。

[42]潆(yíng)洄:水流回旋的样子。

[43]羌:乃,反而。

[44]霞路:云路。

[45]樊桐三级:樊桐为传说中的山名。郦道元《水经注·河水一》:"昆仑之山三级,下曰樊桐,一名板松。"

螺髻:比喻耸起如髻的峰峦。

双鬟(huán):古代年轻女子的两个环形发髻。

[46]信宿:连宿两夜。

[47]珍台:华美之台。

嵲奡(ào):高峻深邃貌。

[48]琪花:仙境中玉树之花。

芝草:灵芝。菌属。古以为瑞草,服之能成仙。

被:遍及。

[49]红葩:红花。

黛饰:以粉黛饰容。

[50]阳林、阴渠:语出孙绰《游天台山赋》:"惠风伫芳于阳林,醴泉涌溜于阴渠。"山南树林中的和风储藏着芬芳,山北沟渠中喷溅着清甜的泉水。阳林:山南的树林。阴渠:山北的沟渠。原文为"荫渠"。

翳蔚(yì):障蔽。

潺湲(chán yuán):水慢慢流动的样子。

[51]应真骖(cān)鸾而来下,王乔控鹤而不还:语出孙绰《游天台山赋》:"王乔控鹤以冲天,应真飞锡以蹑虚。"王子乔骑着白鹤冲天而去,得到真道之人应真可以手执锡杖在天空中飞行。

应真:佛教语。罗汉的意译。意谓得真道的人。

骖鸾:谓仙人驾驭鸾鸟云游。

王乔控鹤:相传周灵王太子王子乔喜吹笙,学凤鸣,道士浮丘公接他上嵩山。三十年后,有人找到他,他说:叫我家里人在七月七日那天在缑氏山等我。到时候,王子乔骑着白鹤在山顶上向大家招手。见刘向《列仙传·王子乔》。后因以控鹤指得道成仙。控:驾驭。

[52]洵:诚然,确实。

允:语气助词。

仙班:天上仙人的行列。

[53]洎(jì):至,到。

周:普遍,全面。

小住:稍停。

[54]烦襟:烦闷的心怀。

仙路:登仙之路。

[55]匝:满,环绕。

[56]法鼓:宗教活动所用之鼓,如佛寺的大鼓,道坛所击之大鼓。

通仙:谓众仙。

[57]振衣:抖衣去尘,整衣。

高会:盛会。

[58]山之灵:山灵。山神。

壶日:借指仙境。

游莫乐兮:游山最快乐的事啊莫过于。

列真:犹言众仙人。道教称得道之人为真人。

[59]兀:无知貌。

同体：同一形体，共一形体。　　　　　太素：古代谓最原始的物质。

周氏宗谱序

罗家彦

明少保周公明卿先生扬历中外，宣力四朝[1]，其伟绩忠谋照耀史册。匪徒吾邑之望，洵胜朝社稷臣也[2]。余居京师久，每与同邑诸君子谈及先生立朝大节，咸敬仰不谖[3]。辄欲裒集遗文疏稿，都为一集，以存先生之绪余[4]，而卒不可得。

丁亥冬奉讳旋里[5]，其裔孙茂才位谦以其尊甫蓬山先生所撰宗谱，问序于余[6]。余受而读之，乃知其系出东吴，历豫章之安福，而宦籍于楚，世居竟陵，至少保始大其门[7]。入我朝百数十年来，族姓蕃衍，代有哲人[8]。噫！少保之遗泽长矣[9]。

慨自习俗之偷也，世家大族鲜有矩训，不数传而凋替零夷，宗绪废坠几不可考[10]。其或有鉴于此，收族合宗，修明谱系。而世次冒滥黩宗已甚，即不然而笔墨芜陋[11]，详略失宜。欲表扬先德，而适以自晦[12]，其贤不肖相去几何哉？兹谱昭穆著晰，体裁谨严；嘉言懿行，罔不备载[13]。蓬山洵善体先志[14]，使族之人有所观感，世德相承于勿替，其为功于宗族匪浅鲜也。噫！少保之遗泽长矣。

余不敏，不克仰逮前贤硕德于万一[15]。幸生当圣世，朝野清明，遭际过于少保远甚[16]。窃愿以少保之才望心迹，奉为圭臬，用缀片言，以志景仰之忱云尔[17]。

赐进士出身，前国子监祭酒，翰林院编修、侍讲侍读，詹事府司经局洗马、左春坊左中允，日讲起居注官，国史馆总纂，浙江道监察御史，邑人罗家彦撰并书[18]。

道光八年三月十二日[19]。

题解

本文录自清光绪二十一年(1895年)版、天门市多祥镇九湖沟村《周氏宗谱·卷首·序》第11页。

注释

[1]少保周公明卿:指周嘉谟。

扬历:功名、声威远扬。扬:传播,称颂。历:仕宦经历。

中外:朝廷内外。

宣力四朝:指周嘉谟效力于神宗(万历)、光宗(泰昌)、熙宗(天启)、思宗(崇祯)四朝。宣力:效力,尽力。

[2]匪徒:非徒。不仅,不但。

洵:诚然,确实。

胜朝:指已灭亡的前一朝代。

[3]谖(xuān):忘记。

[4]裒(póu)集:辑集,聚集。

都:总。

绪余:本指蚕抽丝后留在茧子上的残丝。引申指理论的一部分或其遗留部分。

[5]丁亥:清道光七年,1827年。

奉讳旋里:因父母去世而返回故乡。奉讳:指居丧。古人讳亡父母名,因称居丧为奉讳。

[6]裔孙:远代子孙。

茂才:岁举常科。原称秀才,因避刘秀讳改称茂才。

尊甫:对他人父亲的敬称。

问序于余:向我要序。请我作序。

[7]宦籍于楚:指在楚地为官。宦籍:记录官员名位的簿册文书。此处指为官。

大其门:昌大其门。使他的家族昌盛。

[8]蕃衍:繁盛众多。

哲人:智慧卓越的人。

[9]遗泽:留下的德泽。

[10]偷:浅薄。

矩训:矩教。规矩合度的教诲。

凋替:凋谢,死亡。

零夷:陵夷,衰颓。

宗绪:祖先留下的事业。

[11]世次:世系相承的先后。

冒滥:胡乱冒充。

黩宗:玷污祖宗。

已甚:过甚。

芜陋:荒芜浅陋。引申才能低劣。

[12]自晦:自隐才能,不使声名彰著。

[13]昭穆:参见本书第二卷谭篆《安陆府志序》注释[14]。此处泛指宗族关系。

懿行:善行。

备载:详细记载。

[14]洵善体先志:确实善于继承先人的遗志。体:继承。

[15]不克仰逮前贤硕德于万一:前贤大德,只有仰慕,而不能及于万分

之一。

[16]圣世:圣代。封建时代称当代为圣代,意为圣明的时代。

遭际:犹际遇。

[17]才望:才能声望。

心迹:思想与行为。

奉为圭臬:遵奉为准则或法度。圭臬:土圭和水臬。古代测日影、正四时和测度土地的仪器。

云尔:语末助词。犹言如此。

[18]詹事府司经局洗马:詹事府为官署名,掌太子家事。明代詹事府下设有左右春坊及司经局等,名义上有辅导太子之责,实际上与翰林院所掌相同,其设官专门用来容纳文学侍从之臣。明清有司经局洗马的官名,隶詹事府,无实职。清为从五品,以备翰林官之升转。

左春坊左中允:春坊为官署名,指太子宫府。魏晋以来,称太子宫太子府为春坊。唐置太子詹事府,以统众务,置左右二春坊,以领各局。清朝詹事府置左右春坊,其长官为左右庶子,正五品。其属官有左右中允,正六品;左右赞善,从六品。左右春坊各官,掌记注撰文。

日讲起居注官:清代秘书官员,侍从皇帝,记录皇帝言行,兼入宫讲论经史。由翰林、詹事等日讲官担任。

[19]道光八年:戊子,1828 年。

附

题罗宝田(罗家彦)桃花石榴花梅花横幅

陈用光

榴房桃萼斗新奇,不忘枝高出手时。说与百花头上放,师生心事友生知。

题解

本诗录自陈用光著、清咸丰五年(1855 年)版《太乙舟诗集·卷十二·七绝》第 30 页。

陈用光:字硕士、石士、实思,江西建昌府新城县(今黎川县)人。清嘉庆六年(1801 年)辛酉科进士。官至礼部侍郎。桐城派中期代表人物。

蒋立镛（状元，内阁学士兼礼部侍郎）

蒋立镛(1782—1842年)，字序东，号笙陔，天门市净潭乡状元村人。清嘉庆十六年(1811年)辛未科状元。有《香案集》传世。

1921年版《湖北通志·卷一百四十·人物志十八》第11页记载："蒋立镛，字笙陔。嘉庆辛未一甲一名进士，授修撰。历主河南、广西乡试。四迁侍讲学士转侍读学士，进少詹事，擢内阁学士兼礼部侍郎。"

春浪白于鹅

蒋立镛

一篙春水白，遥岸望如何。绿浪刚浮鸭，银涛乍浴鹅。湖边光掩映，沙上影婆娑。派接鸥盟迥，声旋鹳阵俄。岂真溪濯绢，不比雪翻罗。换忆临池去，乙看刷羽过[1]。苍茫分画鹢，杳霭点青螺[2]。欣值宸游畅，晴开太液波[3]。

题解

本诗录自王凯贤编著、昆仑出版社2012年版《清朝状元诗榜眼诗探花诗·上》第200页。

本诗为试帖诗。题目出自唐代韩偓(wò)《信笔》："春风狂似虎，春浪白于鹅。"

注释

[1]换忆、乙看：语义待考。疑文字有误。　　刷羽：禽类以喙整刷羽毛，以便奋飞。

[2]画鹢(yì):船的别称。鹢:水鸟名,古时常画鹢首于船头,取其善飞之义,故名船为鹢或鹢首。

杳霭:云雾缥缈貌。

青螺:喻青山。

[3]宸(chén)游:帝王之巡游。

太液:元明清时太液池指今北京故宫西华门外的北海、中海和南海。

太液池人字柳(得边字)

蒋立镛

濯濯春前柳,阴森太液边[1]。如人双影合,比字几行联。梢接飞鸿迹,文呈贯鱼篇[2]。偃波从此地,作态似当年[3]。有眼凭垂顾,多情费写传。真逢神九烈,果验日三眠[4]。体宛分欧褚,时难辨永宣[5]。朝朝思染翰,如映玉堂仙[6]。

题解

本诗录自王凯贤编著、昆仑出版社 2012 年版《清朝状元诗榜眼诗探花诗·上》第 201 页。

本诗为试帖诗。元明清时太液池指今北京故宫西华门外的北海、中海和南海。人字柳在太液池畔,乾隆间风吹一枝着地,本株倾斜欲倒,命以折枝撑住,日久埋枝即活,发叶生枝,与本枝作"人"字形,因名为人字柳。

注释

[1]濯濯:明净貌,清朗貌。

[2]鱼(yú):鲢鱼。

[3]偃波:指偃波书。书体名。即版书,状如连文,故称。为颁发诏命所用。

作态:故意作出某种姿态或表情。

[4]九烈:封建社会用以形容妇女的节烈。九,极言其甚。

三眠:指柽柳(即人柳)的柔弱枝条在风中时时伏倒。

[5]欧褚:唐代大书法家欧阳询与褚遂良的并称。

永宣:指明永乐、宣德两朝。

[6]染翰:以笔蘸墨。谓挥笔疾书,撰写文章。

六事廉为本

蒋立镛

呈材逢圣代,计吏述周官[1]。清列三言首,廉开六事端[2]。推仁庭养鹤,勖职室悬狟[3]。匪懈羔羊革,无邪獬豸冠[4]。律严霜入抱,心朗月澄观。台已黄金贵,家犹白屋寒[5]。愿将臣节励,好报帝恩宽。况忝冰衔领,循名敢自安[6]。

题解

本诗录自费丙章辑、清道光丙戌(1826 年)版、广东省立中山图书馆藏《近科馆阁诗钞·卷一》"嘉庆辛未科"第 1 页。

六事廉为本:语出苏轼《六事廉为本赋》。

注释

[1]呈材逢圣代,计吏述周官:意思是,能在圣明的时代显示薄才,按照周礼设官分职,大家才得以跻身官员行列。

圣代:封建时代称当代为圣代,意为圣明的时代。

计吏:职官名。古代掌管会计簿籍的官员。

[2]清列三言首:语出宋代吕祖谦《官箴》:"当官之法惟有三事:曰清,曰慎,曰勤。"清康熙二十一年(1682 年)五月,康熙皇帝御书"清慎勤",颁发直隶各省督抚。

廉开六事端:语出《周礼·天官·小宰》:"以听官府之六计,弊群吏之治:一曰廉善,二曰廉能,三曰廉敬,四曰廉正,五曰廉法,六曰廉辨。"

[3]悬狟(huán):"悬狟素飧(cān)"的省略。比喻无功受禄。

[4]匪懈羔羊革,无邪獬豸(xiè zhì)冠:意思是,清廉,毫不懈怠;守正,一无邪念。

羔羊革:羔羊皮。旧时用以誉正直廉洁官吏之词。

獬豸冠:古代御史等执法官吏戴的帽子。古有"獬豸决讼"之说,相传皋陶被舜任命为法官时,开始用獬豸参加审查疑案。诉讼双方到庭,獬豸所触一方为有罪,另一方无罪。獬豸冠是这种神判法的遗制。

［5］台已黄金贵：黄金台，比喻延揽士人之处。

白屋：指以白茅覆盖的房屋，为古代平民所居，指平民或寒士。

［6］忝（tiǎn）：辱，有愧于，常用作谦辞。

冰衔：谓清贵的官职。

池塘生春草

蒋立镛

谢氏新篇著，西堂雅话传[1]。庭芝原秀发，池草忽芊绵[2]。入梦春三月，怀人水一川。生机迎沼上，乐意到窗前。色共荆华映，情应柳絮牵[3]。长从风雨夜，结此咏歌缘。好助文泉瀹，频增意蕊圆[4]。恩波涵太液，茂育畅尧天[5]。

题解

本诗录自费丙章辑、清道光丙戌（1826年）版、广东省立中山图书馆藏《近科馆阁诗钞·卷一》第4页。

池塘生春草：语出谢灵运《登池上楼》："池塘生春草，园柳变鸣禽。"

注释

［1］西堂：泛指西边的堂屋。《南史·谢惠连传》："（谢灵运）尝于永嘉西堂思诗，竟日不就。"

［2］芊绵：草木茂盛貌。

［3］荆华：荆花。紫荆花。

［4］瀹（yuè）：以汤煮物。

意蕊：指心情，心意。谓其纠结如花蕊，故云。

［5］恩波涵太液："恩波凤池"的化用。喻指天子恩泽。太液：元明清时太液池指今北京故宫西华门外的北海、中海和南海。

茂育畅尧天：太平盛世，万物繁茂滋长。茂育：努力育养。尧天：太平盛世。

山水含清晖

蒋立镛

雅兴湖中发,佳游石壁还。依岩寻绿水,飞瀑有青山。景揽清晖共,音偕爽籁环[1]。翠含松色岭,秋老蓼花湾。岚涌潭千丈,波涵岫一鬟。琴弹流峙外,文赋媚辉间。仁智真诠悟,天渊乐意关[2]。试征灵运句,俯仰悦宸颜[3]。

题解

本诗录自费丙章辑、清道光丙戌(1826 年)版、广东省立中山图书馆藏《近科馆阁诗钞·卷一》第 6 页。

山水含清晖:语出谢灵运《石壁精舍还湖中作》:"昏旦变气候,山水含清晖。"

注释

[1]爽籁(lài):指清风。

[2]仁智:仁智乐。《论语·雍也》:"知者乐水,仁者乐山。"后以仁智乐指遨游山水的乐趣。

真诠:真谛。

天渊:高天和深渊。

[3]试征灵运句:意思是,上述佳游之悟,验证了谢灵运的诗句言之有理。谢灵运《石壁精舍还湖中作》中有"清晖能娱人,游子憺(dàn)忘归""虑澹物自轻,意惬理无违"的诗句。

宸(chén)颜:借指帝王。

纪恩述德篇八十韵

蒋立镛

嘉庆十六载,孟夏月建巳[1]。皇帝重临轩,廷试天下士[2]。济济三百人,群材腾骧起[3]。自顾驽骀姿,安敢望骐骥[4]?廿一对策问,廿四十本拟[5]。门外烂银袍,鹄立听宣旨[6]【四月二十四日,诸进士齐集乾清门外听宣旨】。

舳舻射晨曦，金钟一声骇[7]。上御乾清宫，糊名亲手启。意在防漏泄，传说徒尔尔[8]【是日五鼓，读卷八大臣十本进呈。上阅毕，用早膳后，升座亲拆弥封。读卷官跪于旁，书写姓名于卷面，云第一甲一名某人】。谼荡天门开，飞来忽片纸[9]。首唱臣镛名，王【毓英】吴【廷珍】以次递[10]【乾清门启钥亲王袖中出名单，唱名】。拥立玉阶旁，惊惶不知喜。笋班排一一，斗觉万人指[11]。学士为引导，去朝天尺咫[12]。小臣草莽来，严威不敢视[13]。但闻天语重，云是监臣子[14]【引见时，上问，董中堂云："蒋立镛之父现为国子监祭酒。"天颜甚喜】。【以上十本引见】

监臣本孤直，感激何能已[15]。举朝贺阿父，王侯识面每[16]。父曰儿早归，大母已门倚[17]。入门拜大母，阿母为颐解[18]。抚顶与儿语，秀才巾顿改。喜极反掩涕，全家疑梦里。弟妹各相觑，牵衣儿女骇[19]。瘦妻亦扶病，为我检冠履。

越翼日传胪，待漏趋丹陛[20]。雉尾宫扇飐，彤云五色韡[21]。上御太和殿，如受元旦礼。韶乐奏中和，传呼鸿胪寺[22]。三人掖出班，臣躬九拜稽[23]。黄榜案正中，钤以紫泥玺[24]。云盘下九天，翼卫材官靡[25]。敬随龙亭出，中道直如砥[26]【是日，胪唱礼毕，校尉等以云盘承黄榜，置龙亭中，由午门迎至礼部张挂】。上马长安门，京尹为授箠[27]。旗拂绿杨烟，带飘红杏蕊。人生得意事，春风马蹄驶[28]【顺天府尹搭彩棚于长安门外，为一甲三人敬上马酒三爵，簪花披红，遂上马，由长安街行至顺天府，饮宴】。驻马揖京尹，京尹为设醴。冯翊阁特开，幢盖张两阤[29]。观者万余人，鼓吹一何斐[30]【设宴于顺天府大堂。一甲三席居中，府尹、府丞左右二席】。

粉署又赐筵，主人天子使[31]。宫花一枝春，金牌恩荣纪【又至礼部，与诸进士饮宴，谓之"恩荣宴"。上遣亲王监礼。惟一甲一名得金花一枝，上有银牌，镌"恩荣宴"三字】。京尹送归第，虎坊聚桑梓。座中尊前辈，宾主半师弟【归第，例请历科鼎甲。是日，同乡京官于虎坊桥全楚会馆内设宴[32]，公贺镛，即借此请历科鼎甲前辈。座中茹古香先生为补廪师,胡西庚先生为会试座师,汪瑟庵先生、陈雪香先生为殿试读卷师,王伯申先生为乡试主师,彭宝臣先生为会试房师】。科第何足荣,盛名难副耳。百六十余年,黄冈惭继轨[33]。文字征因缘【是科孟艺题即黄冈先生会试题】,况有渊源在。沆瀣成一家,臣心本如水[34]【湖南、湖北属全楚同乡,而分卷不回避,故镛得出彭宝臣师门下。传胪后赠镛以伟人相国所赠唐伯虎"臣心如水"印章】。回忆春宴日,决科卜筊抵[35]。吉语兆文章,骊珠今果采【新正同乡团拜日,公叩文昌帝君[36],卜签以决会试。签云:"桃花百叶不成春,家有骊珠自不贫。莫叹老株生意尽,瑶池沐浴赐衣新。"时家君主卜,皆以"家有骊珠"之语为镛预贺,且谓惟一甲一名得"赐衣"】。岂曰神降福,弥感帝锡祉[37]。【以上传胪归第】

越二日进表【廿六日,镛父率镛至圆明园,上表谢恩】,御园来迤迤。臣父蒙引对,臣镛宫门侍[38]。上曰:"汝监师,汝其厘文体[39]。汝子策文优,浮华一以洗。高第朕特拔,汝家积德累[40]。汝母定欢颜,汝子有子几?"家世逮垂询,君恩铭肌髓。【以上圆明园谢恩】

越三日释褐【廿八日,镛率诸进士午门上表谢恩。蒙赐朝衣冠带,随到太学释褐】,观碑到槐市[41]。谒圣复谒师,坐受掌故美【向例,进士释褐后拜国子师。满汉司成、司业,皆高踞公座受拜,不答礼。或稍动则不利鼎甲】。阿父大司成,镛拜与众齿[42]。为镛手簪花,为镛三爵酾[43]。清秘述旧闻,此事轶前史[44]。【以上释褐】

父归语大母,一庭乐恺涕[45]。大母呼镛前:"听我说祖祢[46]。我家世儒素,耕读为根柢[47]。鲲鹏争奋飞,门第光戟棨[48]。汝祖志四方,人伦鉴模楷[49]。汝年始就傅,期汝掇青紫[50]。诗书岂望报,忠厚自足恃。巍巍启圣祠【先祖晴峰公于县中捐修崇圣祠】,凄凄五烈里【明末流贼之难,蒋氏有姒娣五人携手投河尽节,先祖为竖碑碣表扬之】。虹堤只手撑【每年倡修堤垸,保固良田亿万余顷】,义渡千夫摆【各河岸不便行旅处,皆设义渡】。况溯高曾上,隐德说尤夥[51]【始祖公璟公自江西迁景陵,至镛十五代,忠厚传家。太高祖蕉园公孝行已蒙旌】。至行泣鬼神,庇荫到如此[52]。汝勿坠家声,汝祖可不死。文章期报国，励职从兹始。"

  闻此感愧并，薄植敢自委[53]？藜辉窃照读，光阴当惜晷[54]。幸际昌明世，元气调鼎鼐[55]。携手瀛洲路，万里汇学海[56]。测蠡鲜见闻，所幸日趋鲤[57]。两世叨承明，常愿葵衷矢[58]。

题解

本诗录自1919年版、天门市净潭乡状元村《蒋氏族谱》。

纪恩述德：记叙皇帝恩德的意思。

韵：指一联诗句。

2013年11月28日《光明日报》刊载邸永君的《殿试述略》云：

  殿试结束之翌日清晨，皇帝依例单独召见前十名新科进士，史称"小传胪"。而正式揭晓殿试名次，则安排在皇帝召见之后。由填榜官负责填写榜文，所用黄纸为表里二层，称为"金榜"，有大小之分。小金榜交奏事处，存于大内；大金榜则钤满汉文"皇帝之宝"玉玺，于二十五日传胪时，张挂于长安左门外，以昭告天下，咸使知闻。因"鲤鱼跳龙门"之典，长安左门又被称作"龙门"。

  "传胪大典"，是科举时代国家最隆重的仪式之一。而放榜传胪之后，则有"状元游街"之盛举。届时，新科状元公须领诸进士拜谢皇恩，一甲三人直接授职，状元授修撰，榜眼、探花授编修，并特允从午门正门出宫，依次经过太和门、午门、端门、天安门、大清门，至长安左门外观看张贴金榜。其后，状元公率同科进士赴礼部，参加专门为庆贺中进士登科而举行的宴会，唐、宋称"探花宴"，明代称"琼林宴"，清代则称"恩荣宴"。宴会之后，状元公尚需率众进士赴孔庙，拜谒至圣先师孔子。礼拜既毕，再赴国子监立碑，将新科进士姓名，泐于石碑之上。至此，殿试程序全部完成。

  阅读本诗时，可参阅本书第二卷蒋祥墀《子立镛幸胪首唱祥墀纪恩敬赋四首》。

注释

[1]嘉庆十六载：清嘉庆十六年，辛未，1811年。

建巳：夏历四月。

[2]临轩：古时皇帝不坐正殿而在殿前平台上接见臣属，叫临轩。

廷试：殿试。

[3]腾骧（xiāng）：腾跃貌。引申指宦途得意。

[4]驽骀(nú tái):驽、骀都是劣马。比喻才能平庸。

骠駬(lù'ěr):骏马名。周穆王八骏之一,毛为绿色。泛指良马。比喻良才。

[5]廿一对策问:四月二十一日参加廷试,回答策问。策问:以经义或政事等设问要求解答以试士。

十本拟:指下文作者自注"是日五鼓,读卷八大臣十本进呈"。阅卷采弥封制,读卷大臣阅后拟定名次,将前十名试卷进呈,由皇帝决定。

[6]烂银袍:形容进士们身上的长袍闪着灿烂的银光。

鹄立:天鹅伸长脖子站立,形容盼望。

[7]觚(gū)棱:宫阙上转角处的瓦脊。

[8]徒尔尔:徒然。枉然,白白地。

[9]䜣(dié)荡:䜣荡荡。空旷无际貌。语出《汉书·礼乐志·郊祀歌·天门》:"天门开,䜣荡荡。"

[10]王【毓英】:应为"吴毓英",或"王毓吴"。吴毓英原名王毓吴,后归宗改名吴毓英。中进士时名吴毓英。

次递:应为"次第"。指王、吴依次为榜眼、探花。

[11]笋班:玉笋班。指英才济济的朝班。唐代宰相李宗闵曾主管贡举考试,他所精选出来的门生大多容貌清秀,风度优雅,时人称为玉笋。唐末把出众的朝士们称为玉笋班。

斗觉:陡觉。斗:通"陡"。

[12]学士:此处指东阁大学士董诰,下文注释称"董中堂"。清高宗、仁宗时军机大臣,东阁大学士,文华殿大学士。明清时称大学士为中堂,因为明代大学士实际掌握宰相权力,其办公处在内阁,中书居东西两房,大学士居中,故称中堂。

去朝天尺咫:朝见近在咫尺的天子。

[13]严威:敬畏。

[14]天语:帝王的诏谕。

监(jiàn)臣子:国子监祭酒之子。蒋立镛之父蒋祥墀时任国子监祭酒。

[15]孤直:孤高耿直。

[16]王侯识面每:王侯们每每与父亲大人见面(都要祝贺)。

[17]大母:祖母。

[18]颐解:解颐。欢笑的样子。

[19]骏(ái):呆。

[20]越翼日:到了第二天。翼:即"翌"。

传胪(lú):即唱名,科举制度中,贡举殿试后放榜,宣读皇帝诏命唱名之典礼,叫传胪。古代以上传语告下为胪,即唱名之意。

待漏:旧时皇帝五更临朝,官员们要半夜进宫,在朝房等候。古人用铜壶滴漏计时,所以用待漏表示等候之意。

丹陛:古时宫殿前涂上红色的

台阶。

[21]韡（wěi）：鲜明茂盛。

[22]韶乐奏中和：奏中和韶乐。中和韶乐：明清两朝宫廷音乐。清代，中和韶乐为雅乐，在殿堂、坛坊上演奏，用于吉礼各种祭祀。中和：中正平和。韶乐：相传为虞舜时音乐。

鸿胪寺：官署名，掌宾客。鸿胪之名，取大声传赞之意。实其本职为引导外宾。后世礼部有主客一司，鸿胪寺始专掌行礼之仪。

[23]掖出班：搀扶着走出行列。掖：搀扶，又着人的胳膊。

九拜稽（qǐ）：朝见皇帝时的"三叩九拜"。古代一种隆重的跪拜礼。拜：拜手。古人行跪拜礼时两手相拱，低头至手。因头不至地而至手，故曰拜手。稽：稽首。古人行跪拜礼时叩头至地，并在地上停留一会儿。

[24]黄榜：皇帝的文告。也指殿试后朝廷发布的榜文，因用黄纸书写，故名。

钤以紫泥玺：用紫泥封口，盖上皇帝的玉印。

[25]云盘下九天：皇帝颁布诏书。云盘：承接诏书的铜制云纹圆托盘。九天：指帝王。

翼卫材官靡：承担护卫任务的武官向后退。翼卫：护卫。材官：多用以称供差遣的低级武职。靡：指后退，倒退。

[26]中道：道路的中央，路上。

[27]京尹：京府尹之通称。首都所在地区的行政长官。清指顺天府尹。

箠（chuí）：鞭子。

[28]春风马蹄驶：在和煦的春风中得意扬扬地纵马奔驰。唐代诗人孟郊多次赴考不中，四十七岁进士及第后，作《登科后》："昔日龌龊不足夸，今朝放荡思无涯。春风得意马蹄疾，一日看尽长安花。"

[29]戺（shì）：阶旁斜石。指堂前。

[30]鼓吹一何斐：鼓吹乐是多么动听。

[31]粉署：汉代尚书省用胡粉涂壁，后世因称尚书省为粉署。

[32]全楚会馆：北京湖广会馆。位于两广路虎坊桥十字路口西南。明万历年间，张居正为使入京的同乡有栖息之地，捐私宅修建了全楚会馆。清嘉庆十二年（1807年），全楚会馆大修，改名湖广会馆。

[33]黄冈惭继轨：指湖北于清代继刘子壮之后，蒋立镛再获状元。刘子壮，字克猷，湖广黄州（今湖北黄冈市）人。清顺治六年（1649年）己丑科状元。继轨：谓接继前人之轨迹。

[34]沆瀣（hàng xiè）成一家：沆瀣一气。沆瀣本指夜间的水气。唐代崔沆任主考官，崔瀣去参加考试，崔沆便录取了他，后便有"座主门生，沆瀣一气"的俗语。此处有慧眼识英才的

意思。

[35]决科:谓参加射策,决定科第。后指参加科举考试。

卜筊(jiào):卜筊(jiào),掷筊。占卜术的一种,用杯形器物,投掷于地,视其仰覆以占吉凶。

[36]文昌帝君:民间和道教尊奉的掌管士人功名禄位之神。民间传说农历二月三日是文昌帝君诞日,士子们一般都到庙中或道观中有文昌殿的地方去礼拜。

[37]锡祉:赐大福。语出《诗经·周颂·烈文》:"烈文辟公,锡兹祉福。"有武功文德前来助祭的诸侯,列祖列宗会赐给你们大福。锡:赐。

[38]引对:皇帝召见官员有所询问。

[39]厘文体:端正文风。此处指在国子监任职。厘:治理。

[40]高第朕特拔:意思是,你这个状元,是我钦点的。高第:经过考核,成绩优秀,名列前茅。特拔:特别提拔。

[41]释褐(hè):亦作"解褐"。脱去平民衣服。喻始任官职。后亦以新进士及第授官为释褐。北宋太宗太平兴国二年(977年)赐新及第进士与诸科举人绿袍、靴、笏(hù)。此后,中第者未命官而先解褐,成为定制。

观碑到槐市:到学宫观看进士题名碑。槐市:汉代长安读书人聚会、贸易之市。因其地多槐而得名。后借指

学宫、学舍。清代进士题名碑在与国子监紧邻的孔庙。

[42]大司成:周代掌教国子(王及公卿大夫子弟)之官。唐代于唐高宗李治在位时一度改国子监为司成馆,祭酒为大司成。后恢复旧名。历代相沿以司成为国子监祭酒的别称。

[43]酾(shī):斟酒。

[44]清秘:谓清净秘密之所。多指宫禁之地。引申为清贵。

[45]乐恺:欢乐。

[46]祖祢(mí):先祖和先父。亦泛指祖先。

[47]儒素:指儒学,儒业。

根柢:比喻事物的本源或基础。柢:主根。

[48]戟棨(qǐ):棨戟。有缯衣或油漆的木戟。古代官吏所用的仪仗,出行时作为前导,后亦列于门庭。

[49]人伦鉴模楷:被人视作楷模。人伦:谓品评或选拔人才。鉴:鉴识。

[50]就傅:从师。

青紫:本为古时公卿绶带之色,因借指高官显爵。

[51]夥(huǒ):多。

[52]至行:卓绝的品行。

[53]薄植敢自委:我自知根基薄弱、学识浅薄,怎敢自甘落后。薄植:根基薄弱,学识浅薄。自委:自己放弃、辜负。

[54]藜辉窃照读:典自"藜阁家声"。讲的是刘向勤学的故事。参见

本书第一卷陈所学《四六积玉序》注释[19]"蓺燃太乙"。

[55]幸际昌明世:欣逢盛世。

元气调鼎鼐(nài):调和阴阳,调和食物。比喻辅佐皇帝治理国家。调鼎鼐:调和鼎鼐。在鼎里调和食物。谓调和阴阳,执掌大政。鼐:大鼎。

[56]瀛洲:唐太宗为网罗人才,设置文学馆,任命杜如晦、房玄龄等十八名文官为学士,轮流宿于馆中,暇日,访以政事,讨论典籍。又命阎立本画像,褚亮作赞,题名字爵里,号十八学士。时人慕之,谓登瀛洲。

[57]测蠡鲜见闻:自己见识短浅。

测蠡:蠡测。用瓢去测量海水,比喻见识短浅。蠡:瓢。

所幸日趋鲤:幸运的是可以天天向父亲请教。趋鲤:借指父教。语出《论语·季氏》"鲤趋而过庭"。是说孔子教训儿子孔鲤的事。

[58]两世叨承明:我们家两代承受皇恩,入朝为官。叨:犹忝。表示承受之意。常用作谦辞。承明:即承明庐,汉承明殿旁屋,为侍臣值宿之处,后因代指入朝为官。

葵衷矢:立誓尽葵花向日之忠。
葵衷:葵忠。

典试粤西归登岳阳楼

蒋立镛

洞庭波起夕阳浮,纵目层楼亦壮游[1]。鸿雁声随天共远,鱼龙气与水争流[2]。神仙有约今朝醉,词赋何灵终古留[3]。如此长风当破浪,苍茫万里是归舟。

题解

本诗录自清光绪十七年(1891年)版《巴陵县志·卷七十六》第69页。署名蒋立镛,注明"字笙陔,天门人。道光进士,修撰"。丁宿章编、清光绪九年(1883年)版《湖北诗征传略·卷二十九》第24页收录此诗。

典试:主持考试。
粤西:古代广西别称。亦名西粤。

注释

[1]层楼:高楼。

壮游:谓怀抱壮志而远游。

[2]鱼龙:鱼和龙。泛指鳞介水族。

[3]何灵:无灵。没有性灵。徐世

昌辑、1929年版《晚晴簃诗汇·卷一百二十五》为"无灵"。

终古:久远。

梅花书屋

蒋立镛

绕屋梅花看不足,枝枝写作珊瑚绿[1]。张之素壁生昼寒,万卷书围窗下读[2]。暗香疏影何清奇,其人与笔两得之[3]。年来苦耐燕山雪,一忆梅花一首诗[4]。盘龙山下郁苍翠,何年虬干得其四[5]?君岂五柳七松俦,逢人但道梅为字[6]。

题解

本诗录自丁宿章编、清光绪九年(1883年)版《湖北诗征传略·卷二十九》第24页。本诗为题画诗。潘焕龙著,陈春生、余尘编校,中国致公出版社2018年版《潘焕龙文集·卧园诗话·卷之二》第270页云:"予家中有梅花书屋,张茶农深解元为作第一图……周芸皋凯观察作第五图,题词数十家。蒋立镛翰撰云……"潘焕龙,字四梅,号卧园,湖北罗田人。举人。知县。诗人。

注释

[1]写作:犹写成。指作诗文、绘画等。

[2]素壁:白色的墙壁、山壁、石壁。

昼寒:即使是白天,也有一种寒意。

[3]暗香疏影:宋林逋《山园小梅》

诗之一:"疏影横斜水清浅,暗香浮动月黄昏。"后遂以暗香疏影为梅花的代称。

清奇:清秀不凡。

其人与笔两得之:谓画如其人、其人如画。两得:同时兼得两种长处、两种利益。

[4]苦耐:吃苦耐劳。

[5]虬干:盘绕弯曲的枝干。

[6]五柳七松:泛指志趣高尚的隐士。五柳:陶渊明隐居,于宅边植有五柳,因以五柳为号,世称五柳先生。七松:唐郑薰晚年,于里第植小松七棵,自号七松处士。

侪:同辈。

扬 州

蒋立镛

垂柳丝丝绿满城,依然凉月二分生[1]。六宫秋雨繁华梦,一觉春风薄幸名[2]。不信美人皆绝世,可怜天子最多情。竹西亭外销魂处,夜半空闻玉笛声[3]!

题解

本诗录自丁宿章编、清光绪九年(1883年)版《湖北诗征传略·卷二十九》第24页。

注释

[1]凉月二分生:典自"二分明月"。《全唐诗》卷四七四徐凝《忆扬州》诗:"天下三分明月夜,二分无赖是扬州。"假如天下的明月是三分的话,那么扬州即占其二分,以此比喻扬州的繁华。后常以二分明月特指扬州的繁华景象。

[2]六宫:古代皇后的寝宫,正寝一,燕寝五,合为六宫。

薄幸:薄情,负心。

[3]竹西亭:在今扬州市北。代指扬州及其各名胜古迹。

销魂:谓灵魂离开肉体。形容极其哀愁。

夜半空闻玉笛声:谓春夜闻笛声,感伤凄凉。李白《春夜洛城闻笛》云:"谁家玉笛暗飞声,散入春风满洛城。此夜曲中闻折柳,何人不起故园情?"

太和殿元旦朝贺班

蒋立镛

寅初,朝服貂褂,恭谒殿前祗候[1]。届时,立于殿内西三楹之前,东向。上升座受贺[2],礼成乃退。旧制,元旦,起居注官先侍慈宁门班[3]。礼毕,由右翼门趋至中和殿甬道西,俟上御中和殿,偕内大臣、侍卫、内阁、礼部、都察院诸执事人员,行礼毕,由太和殿后西门趋进。今分为二班,以免仓皇失仪。

阊阖天开晓气清,清班侍立指三楹[4]。光依帝座星辰近,春满皇洲日月明[5]。拜表中庭腾瑞霭,鸣鞭下界动欢声[6]。人间第一嘉祥事,岁岁朝元贺太平[7]。

题解

本诗录自蒋立镛著、清道光十三年(1833年)版《香案集》第1页。

元旦:新年第一天。旧指夏历正月初一。

班:特指朝班。古代群臣朝见帝王时按官品分班排列的位次。

注释

[1]朝服:举行隆重的典礼时官员着装。

祗(zhī)候:恭候。

[2]升座:登上座位。

[3]起居注官:随侍天子左右记录天子言行的官。清代由翰林、詹事等日讲官兼任。

[4]阊阖(chāng hé):传说中的天门。

清班:清贵的官班。多指文学侍从一类臣子。

[5]皇洲:帝都。

[6]拜表:对神拜献祈祷文。

中庭:古代庙堂前阶下正中部分。为朝会或授爵行礼时臣下站立之处。

鸣鞭:古代皇帝仪仗中的一种,鞭形,挥动发出响声,使人肃静,故又称静鞭。

下界:指人间,对天上而言。

[7]嘉祥:犹祥瑞。

朝元:古代诸侯和臣属在每年元　　旦贺见帝王。

保和殿除夕筵宴班

蒋立镛

辰初,蟒袍貂褂,恭谒殿内祗候[1]。席于殿之西北隅。上将进殿后门出席,前排立,东向。上升座[2],赐坐。行一叩礼。宴毕,仍出席如前。俟上出殿后门,乃退。

肆筵设席今何夕,送旧迎新古有年[3]。万里藩封依几下【筵宴年班外藩,惟王公一二品得预】,九重翊卫倚天边[4]。成书敢食文章报【年例,起居注进书,作前后序者预宴[5]】,陪宴欣承雨露偏。归献高堂说君赐,瘦羊博士好同传【是日,携得果品并羊腊一方,归献严亲为寿[6]】。

题解

本诗录自蒋立镛著、清道光十三年(1833年)版《香案集》第2页。

筵宴:宴会,酒席。

注释

[1]祗(zhī)候:恭候。

[2]升座:登上座位。

[3]肆筵:设宴。

[4]藩封:又叫封藩。封建王朝分封王亲贵戚、重臣和臣服各国以土地,此种制度称藩封。

预:参与,参加。

翊(yì)卫:弼辅护卫。

[5]起居注:起居注官。随侍天子左右记录天子言行的官,即起居注官。清代由翰林、詹事等日讲官兼任。

[6]瘦羊博士:东汉甄宇的外号。指能克己让人的人。东汉光武帝建武年间,岁终祭神后,皇帝照例要给博士每人一头羊。羊有大小肥瘦,博士祭酒建议杀羊分肉或采用抽阄办法。博士甄宇认为不足取,就带头选了最瘦的一头,众人也就不再争执。光武帝得

悉此事,在一次朝会问起"瘦羊博士"何在? 甄宇的这一称号遂传遍京师。

羊腊:古代蒙古族食品。将羊肉经腌制后再烘烤或烟熏而成。

题亦政堂续集

蒋立镛

生前诗板重鸡林,风雅何期起变音[1]。劳瘁从知余兴减,涕零总觉受恩深。江南惆怅兰成赋,天末凄凉老杜心[2]。诵到月圆人别句,惜君怀抱付销沈[3]。

丙戌三月[4],校海树遗集,怅然久之,辄题八句。年姻愚弟蒋立镛识[5]。

题解

本诗录自刘珊著、清道光己酉(1849 年)版《亦政堂续集》。原题为《题辞》。

亦政堂续集:刘珊诗集。刘珊(1779—1824 年),字介纯,号海树,汉川垌塚人。清嘉庆十六年(1811 年)辛未科进士。官至庐州知府。著有《亦政堂诗抄》《亦政堂续集》等。

注释

[1]诗板重鸡林:典自"诗入鸡林"。鸡林国的宰相因喜欢白居易的诗,而通过商人以高价收买,以后人们就用以称赞作品的流传广泛,价值的高贵。诗板:亦作"诗版"。题上诗的木板。

何期:犹言岂料。表示没有想到。

变音:变徵之音。高而悲壮的声音。

[2]兰成:北周庾信的小字。庾信有代表作《哀江南赋》。

天末:天的尽头。指极远的地方。

老杜:指杜甫,以别于杜牧(称小杜)。杜甫《天边行》有"天边老人归未得,日暮东临大江哭"之句。另有《天末怀李白》。

[3]销沈:销沉。凋落,死亡。

[4]丙戌:清道光六年。1826 年。

[5]年:科举时代同科考中者互称。

敬题旸谷年伯大人(林宾日)遗照诗

蒋立镛

天地见圜方,池潢不屑顾[1]。纷纷稻粱谋,一笑趋若鹜[2]。仙禽骨珊珊,世人那知故[3]。先生清妙机,对竹每凝虑[4]。翩然下寥廓,似知素心素[5]。片雪落空庭,翱翔入仙署[6]。苍虬结巢高,阶除挺珠树[7]。饮以桃溪水,餐之沆瀣露[8]。清俸分到汝,依依若稚孺[9]。猗彼凌霄姿,凤向蓬壶住[10]。清白守素风,羽毛丰养护。临飙一振翰,万里瞬旦暮[11]。江淮河汉间,翼覆遍妪煦[12]。岂无泽中鸿?安宅均含哺。岂无空仓雀?饮啄得其趣。慈惠爱物心,吉祥济时具。始叹鹤在阴,中孚相感赴[13]。积善有余庆,惇大乃成裕[14]。家国通一理,庇荫真足据。上酬罔极恩,人生贵遭遇[15]。再拜展此图,千载起敬慕。

敬题旸谷年伯大人遗照。

时道光壬辰四月,笙陔侄蒋立镛拜稿[16]。

题解

本诗录自蒋立镛书法作品。作品影印件原载黄泽德编、福建人民出版社1992年版《林公则徐家传饲鹤图暨题咏集》第42页。参见本书第二卷蒋祥墀《奉题封公旸谷先生(林宾日)遗照诗》题解。

注释

[1]圜方:圆与方。方圆。

池潢:池塘。

[2]稻粱谋:本指禽鸟寻觅食物,多用以比喻人谋求衣食。

[3]珊珊:高洁飘逸貌。

[4]清妙:清高美好。亦指清高美

好之士。

[5]素心:心地纯朴。

[6]仙署:仙官办事之所。借称道教祠观。

[7]苍虬:形容树木盘曲的枝干。

阶除:台阶。

[8]沆瀣(hàng xiè):夜间的水气。

[9]清俸:旧称官吏的薪金。

[10]猗:叹词。常用于句首,表示赞叹。相当于"啊"。

蓬壶:即蓬莱。古代传说中的海中仙山。

[11]飙:泛指风。

振翰:展翅高飞。

[12]姬煦:生养覆育。姬:指地赋物以形体。煦:指天降气以养物。

[13]中孚:《中孚》卦象泽上有风,谓风行泽上,无所不周。故又以指恩泽普施。

[14]余庆:指留给子孙后辈的德泽。

惇(dūn)大乃成裕:敦厚宽大成宽容之德。语出《尚书·洛诰》:"明作有功,惇大成裕。"

[15]遭遇:遭际。遭遇时机,指受到达官贵人的提拔、赏识。

[16]道光壬辰:清道光十二年,1832年。

题京山长庆寺联

蒋立镛

片石孤云窥色相,

清池皓月照禅心。

题解

本联录自龚联寿编著、复旦大学出版社1998年版《中华对联大典》第309页。联后注:"(长庆寺)在京山三阳店。"

本联化用唐代李颀《题璿公山池》中的"片石孤峰窥色相,清池皓月照禅心"诗句。

子曰:中庸之为德也,其至矣乎

蒋立镛

圣人思中庸,而深赞其德之圣焉。

夫德孰有外于中庸者？唯其中庸所以为至也,子故深赞之欤。

昔《中庸》一书,孔门传道之书也。探原于性命之微,推极夫位育之盛,道其不可几及乎[1]？夫子恐人以道为难能,特揭其德以训曰[2],道原于天,德备于人,人同具一德,圣贤莫能加也;人各具一德,智愚莫能外也,吾用重思中庸焉[3]。

益自唯皇降衷,皆有恒心[4]。衷中也,恒庸也[5]。人得之为德也,人不能离德以求中庸,即不能外中庸以为德,而德遂以中庸著。

中肇于虞之十六字,执中此德,协中亦此德也[6],而秩礼叙典,帝典本惇庸,盖中则未有不庸者[7]。

庸系于乾之九二爻,庸行此德,庸言亦此德也,而闲邪存诚,阳德悉昭中正,盖庸则未有不中者[8]。

故其为德也,不偏而不易也,莫御而莫遗也,易知而易从也,可法而可则也[9]。

德者才之范围,才欲大而德欲细。古圣人制作侔乎天地,智巧佐乎阴阳,而按之于德,则固日月之常也[10]。德以尽性,铭盘杅篆传其文[11];德以彰身,左准右规饰其度;德以养心,组桑斫桐鸣其豫,迨至举世悉遵典训[12]。人谓才之创所未有,而究不得为德之增所本无者。有如此中庸也,则巍巍者乎!

德者功之底蕴,功欲高而德欲卑。古圣人光被格于上下,照临及乎四方[13],而微之于德,又皆意计之中也。德在缉熙,父子君臣止其敬[14];德在风化,闺门家室感其和[15];德在修明,人官物曲尽其利,迨至奕世悉受裁成[16]。人谓功之量莫与京,而不知实德之分无所歉者[17]。有如此中庸也,则巍巍者乎!

其至矣乎!非至精不足察几,非至变不足极数,非至神不足通微[18],中庸则不以幽深为至,而以平淡为至也。仁义礼智根于心,达其性之不能已;喜怒哀乐中乎节,率其情之无所漓[19],盖愈淡而愈圣焉。故三德以建,有极而推;九德以彰,有常为勖[20]。

唯至道可极天,唯至圣可企天,唯至圣可达天,中庸则不以广远为至[21],而以浅近为至也。精之功用在鬼神,见诚之不可掩[22];显之知能在夫妇,见道之不可离[23],盖即近而即至焉。故司徒之考,德有中和[24];司乐之教,德有祗庸[25]。

安得至人在上,以德化民,俾斯民无过无不及,岂不蒸蒸然日臻至沽哉[26]?

题解

本文录自田启霖、刘秀英编著,黑龙江大学出版社 2017 年版《明清会元状元科举文墨今译·第四册》第 1948 页。原载《增广大题文府初集》。

子曰:中庸之为德也,其至矣乎:语出《论语·雍也》:子曰:"中庸之为德也,其至矣乎!民鲜久矣。"孔子说:"中庸这种道德,该是最高的了,大家已经是长久地缺乏它了。"中庸:儒家的政治、哲学思想。主张待人、处事不偏不倚,无过无不及。

注释

[1]推极:推求穷究。

位育:正治培育,使天地万物各得其所并给以长养抚育。

几及:达到。

[2]难能:不易做到,做不到。

揭:扛,持。

[3]用:因此。

[4]降衷:施善,降福。

恒心:常存的善心。

[5]恒庸:恒就是平常。

[6]肇:开始,初始。

十六字:指《尚书·大禹谟》中"人心惟危,道心惟微,惟精惟一,允执厥中"十六个字。宋儒把这十六字看作尧、舜、禹心心相传的个人道德修养和治理国家的原则。

执中:谓持中庸之道,无过与不及。

协中:符合中庸之道。

[7]秩礼:古代辨上下、贵贱之礼。

叙典:规定伦理次序的常法。

帝典:指《尚书》中的《尧典》《舜典》篇。

惇(dūn):崇尚,重视。

[8]庸系于乾之九二爻,庸行此德,庸言亦此德也,而闲邪存诚:语出《周易·乾》:九二曰:"见龙在田,利见大人。"何谓也?子曰:龙德而正中者也。庸言之信,庸行之谨,闲邪存其诚,善世而不伐,德博而化。易曰:"见龙在田,利见大人。"君德也。九二爻辞说:"龙显现于田地上,利于出现大德大才之人。"说的是什么意思呢?孔子说:"是譬喻有龙德的君子已得中正之道,平常的言谈无不诚实,平常的行为无不谨慎,能防止邪恶的侵蚀而保

存诚信,为世人做善事而不自夸,德业广博而能感化一切。所以《易》经说:'见龙在田,利见大人',就是说大人已具备了君主的品德。"

九二爻:《易》卦爻位名。乾卦倒数第二爻。乾卦是从上到下依次排列的六道杠杠,即"六爻",每道杠杠从下到上分别对应初九、九二、九三、九四、九五、上九。

庸行、庸言:分别指常行、常言。

阳德:阳光。

中正:得当,不偏不倚。

[9]法、则:作为准则,作为规则。

[10]制作:指礼乐等方面的典章制度。

侔(móu):齐等,相当。

智巧:智慧与技巧。

阴阳:天地。

日月:每日每月。

[11]尽性:儒家谓人物之性均含天理,唯至诚之人,才能发挥人和物的本性,使各得其所。

铭盘杆(yú)篆:镌刻在圆盘、方盂一类器物上的铭文。盘杆:圆盘与方盂的并称。用于盛物。古代亦于其上刻文纪功或自励。杆:同"盂"。

[12]养心:修养心神。

絙(gēng)桑斫桐:弹琴鼓瑟。传说伏羲斫桐为琴,絙桑为瑟。絙:紧,急。

鸣其豫:鸣豫。谓逸豫过分。沉溺于欢乐自鸣得意。语出《豫》卦初六

爻辞之语。

典训:《尚书》中《尧典》《伊训》等篇的并称。指经典或《尚书》。

[13]光被格于上下:光辉照耀四海之外,以至于天上地下。旧时歌颂帝王德业辉煌。语出《尚书·尧典》:"光被四表,格于上下。"被:及。格:至。上下:指天地。

照临及乎四方:照射到四方。语出《左传·昭公二十八年》:"照临四方曰明。"

[14]德在缉熙,父子君臣止其敬:语出《诗经·大雅·文王》:"穆穆文王,于缉熙敬止。"文王的德行是多么美好啊!能持续他昭明的威仪,为天下人民所景仰。缉熙:光明。止其敬:敬止。敬仰。止:语助词。

[15]风化:犹风教,风气。

闺门:宫苑、内室的门。借指宫廷、家庭。

[16]修明:谓谨饬而清明。

人官物曲:语出《礼记·礼器》:"人官有能也,物曲有利也。"人的官职各有所能,物的性能各有所利。

奕世:一代接一代。

栽成:犹栽培。谓教育而成就之。

[17]莫与京:没有与之比大。

实德:犹实惠。

[18]至精:极其精微神妙。

察几:明察事之迹兆。

至变:谓极尽变化之能事。

极数:穷尽其技艺、道理。

至神:极其神明。

通微:通晓、洞察细微的事物。

[19]中乎节:符合礼义准则。

率其情:顺其性情。

漓:浅薄,浇薄。

[20]三德:三种品德。随文而异。《尚书·洪范》:"三德,一曰正直,二曰刚克,三曰柔克。"孔颖达疏:"此三德者,人君之德,张弛有三也。一曰正直,言能正人之曲使直。二曰刚克,言刚强而能立事。三曰柔克,言和柔而能治。"

有极而推:极力推崇。

九德:古人所崇尚的九种德行。九德内容,说法不一。《逸周书·常训》:"九德:忠、信、敬、刚、柔、和、固、贞、顺。"

勖(xù):勉励。

[21]至道:最高的原则、准则。

至圣:指道德智能最高的人。

极天、企天、达天:均指通达于天。

广远:博大深远。

[22]精之功用在鬼神:精诚,就其功用来说,在于鬼神。语出《中庸章句》:程子曰:"鬼神,天地之功用,而造化之迹也。"程颐说:"鬼神是天地的一种功能和作用,是宇宙创造演化产生的一种痕迹。"

见诚之不可掩:语出《中庸》:"夫微之显,诚之不可掩,如此夫?"微渺的总要显露出来,真相不可能被掩盖,就像这样吧。

[23]显之知能在夫妇,见道之不可离:君子的中庸之道,开始于匹夫匹妇的贤明,中庸之道是不可须臾离开的。语出朱熹《中庸或问·上》:"盖夫妇之际,隐微之间,尤见道之不可离处。"知能:智慧与才能。

[24]司徒:官名。周时为六卿之一,曰地官大司徒。掌管国家的土地和人民的教化。

中和:中庸之道的主要内涵。儒家认为能"致中和",则天地万物均能各得其所,达于和谐境界。

[25]司乐:大司乐。《周礼》官名。又称大乐正。为乐官之长,以乐舞教国子。

祗(zhī)庸:敬而有常。语出《周礼·春官·大司乐》:"以乐德教国子,中和祗庸孝友。"

[26]至人:旧指思想或道德修养最高超的人。

日臻至沽:一天天逐步达到至简的境界。

参考译文(引自田启霖、刘秀英编著,黑龙江大学出版社2017年版《明清会元状元科举文墨今译·第四册》第1949页)

圣人思考中庸,深深赞扬它是道德最高尚的了。

道德哪有在中庸之外的,正因为如此,所以中庸是道德最高尚的,夫子所以深深赞扬吧!

从前《中庸》一书,是孔门传播圣人之道的著作。其书探究性命的隐微,推求穷究于安其所在而化育万物的盛大,中庸之道难道不可达到最高尚吗?夫子担心人因为中庸之道不易做到,特别列举其道德而解释说,道来源于天,道德具备于人。人各自具有永恒如一的道德,聪慧与愚昧不能在其外。我因此反复深深思考中庸之道啊!

大概伟大天帝降福下民,都有永恒不易的善心。衷是中,恒是常。人得之是道德,人不能脱离道德以寻求中庸,即不能在中庸之外以为有道德存在,而道德于是就以中庸而显著。

中开始于虞舜的十六字,的确实行中正之道就是这个道德,服从中正之道也是这个道德,而规定上下贵贱的礼法与伦理次序的常规,《尧典》与《舜典》以敦厚与平常为根本,大概中正之道没有不是平常的。

平常连系于乾卦九二爻,常行中正之道是这个道德,常言也是这个道德,防止邪僻保存其诚实,君王的道德都显示中正,大概平常就没有不是中正之道的。

所以其为道德,不偏而不变,不能阻止而不能遗失,容易知道而容易顺从,可规范而可效法啊!

道德是才能的限制,才能要广大而道德要细小。古圣人著述等同于天地,智慧与技巧辅佐于阴阳,而考察于道德,就固然是每日每月之行的常规。道德以尽其天赋的禀性,盘盂等器物以篆文所刻铭文传播文化典籍;道德以彰扬其身,左准绳右规矩以做修饰其身的尺寸;道德以修养其心,身居桑枢之屋,弹奏桐丝之琴而自鸣其不胜欢愉,及至举世都遵守准则性的教训。人说才能之创作是不存在的,而探究不得为本来是没有之道德增加。有这样的中庸,是多么崇高啊!

道德是功业的根底,功业要想高而道德要想低。古圣人的光明感通于上下,照耀到四方,而比道德要微小,又都是意料之中的。道德在发扬光大,父子群臣都努力做到恭敬;道德在教育感化,家庭之内感情和睦;道德在于政治清明,官民竭其物之性能的利用,及至世世代代都得到裁节而成功。人说功业的数量没有与之比大小,而不知道巨大恩德的分量是无所欠缺的。有这样的中庸,是多么高大啊!

其中庸是最崇高啊!不是极其精微神妙不足以明察几微,不是极其变化不足以极尽其道理,不是极其神明不足以通晓几微,中庸就不以深而幽静为极致,而以平和淡泊为极致啊!仁义礼智根源于心,达到其本性不能停止;喜怒哀乐符合礼法的准则,遵循性情不浇薄,大概愈平淡而愈达到极致。所以建立三德,有目标而推究;以彰扬九德,勉励遵循常规。

只有至道可以达于天,只有至圣可以仰慕天德,只有至圣可以乐天知命,中庸不以广远为达到,而以浅近为达到,精微的功效在于鬼神,看到诚实不可以掩藏;显示的智慧才能在于普通夫妇,看见圣人之道不可离开,大概就近而就到啊! 所以大司乐考察,道德有中正平和;大司乐教化,道德敬而有常。

哪里能够有道德才能最高尚的人在上,以道德教化人民,使广大人民无过无不及,难道不是蒸蒸日上而取得最大收获吗?

嘉庆十六年(1811年)辛未科殿试对策

蒋立镛

臣对[1]:臣闻建极所以绥猷,经邦在乎济运,明刑斯能弼教[2],卫民莫如足兵。帝王寅承宝命,本内外交修之实,握天人协应之机[3]。以课宥密,兢业凛夫九重;以利转输,贡赋通乎三壤[4]。以示慈祥,法归于准情酌理;以昭震叠[5],义著于怀德畏威。是以《诗》歌敬止之文,《书》美浚川之绩,《礼》记参听之命,《易》系容保之辞[6]。综搜载籍,主术懋而日月就将,民利兴而金汤巩固[7]。国有政简刑清之化,士讲安民和众之方[8]。所由规矩乾坤,甄陶品汇,胥一世而跻之仁寿者,恃此也[9]。

钦惟皇帝陛下,道契执中,治昭普利[10]。沛好生之大德,修整武之常经[11]。固已庄敬日强而堤防永赖,简孚有众而法制相维矣[12]。乃圣怀冲挹,葑菲无遗[13]。既观民而设教,复询事以考言[14]。进臣等于廷,而策之以传心学、筹河防、慎典刑、严军制之至计[15]。如臣愚昧,何足以知体要? 顾当对扬伊始之时,敬念"敷奏以言"之义,敢不勉述素所诵习者,以效管窥蠡测之微忱乎[16]?

伏读制策有曰:"危微精一之旨,为帝王道统所开。"而因揭夫内圣外王之功用[17]。臣谨按:《史记·五帝纪》云:"帝喾溉执中以遍天下[18]。"执中之说固不自《尚书》始,然删《书》断自唐虞。尧执中,舜用中,汤建中,先后一揆[19]。孔子特加一"庸"字,盖以性情言中和,以德行言中庸,其理无非一"中"也。朱子谓《大学》自格致诚正以至修齐治平[20],始终不外乎"敬"。《中庸》自中和位育以迄圣神功化,枢纽不外乎"诚"[21]。诚则不息,敬则必勤。诚敬立而帝王之体用赅矣[22]。二书实与《尚书》相表里。真德秀《大学衍义》分四大纲:曰格致,曰诚正,曰修身,曰齐家,意在于正本清源,故略治平而不言。明邱浚以正朝廷、成功化等目补之,乃为完备。唐太宗《帝范》十二篇,始《君体》《建亲》,终《阅武》《崇文》。宋范祖禹《帝学》八卷,上自三皇五帝,下迄神宗。以至张蕴古《大宝箴》凛物侈声淫之戒,李德裕《丹扆箴》庐宵衣正服之条[23],皆有足述者。《孔传》训"皇极"为"大中"[24]。朱子曰:"中所以为皇极也。"以"极"为在中之准则可,以"极"训"中"则不可。五行、五事、八政、五纪,极之所由立;三德、稽疑、庶征、五福、六极,极之所由推[25]。以《洛书》以五居中,而《九畴》以皇极为本也。仰维圣学高深,崇儒重道。洵足接心源于往哲,树作睹于群伦,复绎经筵讲论,阐用中之微旨,发顺动之真诠,固宜其昭垂万古矣[26]。

制策又以今之治河,兼欲利漕[27]。此诚一劳永逸之策也。考《玉海》载《禹贡》九州末系河[28],是为运道之始。顾黄河自唐以前,北行入海。晋开运元年滑州之决,河乃自北而东。宋熙宁八年澶州曹村之决,河乃自东而南。元延祐六年筑汴梁护城,使水南汇于淮,而河始与淮通。清口者,黄淮之会合也。淮之力易弱,黄之力常劲。黄水倒灌,清口必至淤淀。洪泽湖水不出,自高堰各坝流入高宝诸湖、入运河,则下流皆为泽国,而运道亦以不通。故欲收淮河之利,宜加意于清口,添筑拦黄矶嘴、长坝,以杀黄势[29]。其或淮黄并涨,又宜保固高家堰。潘季驯所为用束淮刷黄之策[30],坚筑高家堰,蓄洪泽所注全淮之水,以七分入清口刷黄入海,而以三分入运河,自山阳、宝应、高邮、江都三百里以内以达之江,诚有以固东南之保障、导粮艘之关键也。自古河徙无常,惟在善治河者审时度势,或设矶嘴以御其冲,或修月堤以防其溃,或挑引河以杀其流[31]。而其大指不外助淮以敌河,使淮治而河亦治;合黄淮以治漕,使黄淮治而漕亦治。庶水得遍行,而胥归实用耳[32]。方今海宇恬波，河流顺轨，皆仰赖睿谟筹画，集众议而衷一是，俾运道常通，而仓庾益见充实已[33]。

制策又曰："虞廷弼教，钦恤惟刑[34]。"而欲使察狱之道无枉无纵。夫五刑之制起于蚩尤，唐虞、三代因革不同[35]，而要无失乎刑期无刑之意。史称汉文帝十三年除肉刑，然崔浩《汉律序》谓文帝除肉刑而宫不易[36]。《通鉴》谓西魏大统十三年除宫刑[37]。《书正义》及《周礼疏》又谓至隋唐乃赦。则肉刑之除，不尽在汉矣。《周官》五刑之属各五百，穆王增为三千，轻刑增而重刑减。然《周礼》郑注引夏刑"大辟二百、膑辟三百、宫辟五百、劓墨各千[38]"，则三千之制自夏已然，即《吕刑》所本。法十家出于理官，名七家出于礼官，源流自别。礼、乐分为二职，兵、刑合为一官，详略各异故也。昔陈咸言："为人议法，当依于轻。虽有百金之利，慎无与人重比[39]。"盖汉承秦法，过于严酷，咸亦有激而言。至苟慕轻刑之名，而不恤惠奸之患，则姑息市恩[40]，如唐太宗纵囚一事，亦不免为欧阳修所讥耳。臣读御制《慎刑论》，往复重申，戒喜怒之勿纵，虑轻重之失宜，更恭绎御制《息讼安民论》[41]，仍本慎刑之意。推原勤政，非治民之要道欤？

制策又以"兵可以百年不用，不可以一日不备"。臣惟古者寓兵于农，蒐苗狝狩[42]，皆于农隙以讲武事。自管子作内政，寄军令，而兵农始分[43]。汉初南军以卫宫城，北军以卫京师，得内外相制之道。唐置府兵，一变为彍骑，再变为方镇[44]，其制益坏。宋统外兵于枢密，总内兵于三卫[45]，有召募、拣选、廪给、训练、屯戍、迁补、器甲、马政之目。明京兵锦衣十二卫，留守四十八卫，即唐府兵之遗[46]。边兵如蓟辽、大宁诸司等卫，即汉募民实塞下之遗。大抵自唐宋后专用募兵，而游手无藉之徒应募滥入[47]，养兵之费日浩，而实无所可用。必如宋臣苏轼疏河北弓箭社事宜，乡勇自相团练[48]，人情不扰，而边备修。特不至戎服执器，奔驱满野，如王安石保甲之法耳[49]。圣朝承平化洽，疆宇敉宁，海岛、重洋之区输诚者亿万计[50]。然犹敕谕屡颁，谆谆以简阅为念[51]。属在将弁，孰敢不鼓舞而振兴哉[52]？

若此者，基命以单心，宜民以利运，缓刑以尚德，奋武以昭戎，洋洋乎畅九垓而沂八埏,盖亘古而独隆也[53]。臣尤伏愿皇上,懋持盈保泰之怀,臻累洽重熙之盛[54]。时几已敕而益表洁齐,清晏已歌而愈勤疏凿,彰瘅已分而弥思保惠,戎兵已诘而更切怀柔[55]。逊志之修敏焉,翕河之颂陈焉,折狱之良称焉,知方之训著焉[56]。腾英声,蜚茂实,总八极而为量[57]。于以弥纶宇宙,鼓铸群生,开骏发之远祥,固保定之宏业[58],则我国家万年有道之长,视诸此矣。

臣末学新进,罔识忌讳,干冒宸严,不胜战栗陨越之至[59]。臣谨对。

题解

对策原文录自清道光癸巳(1833年)刊行、清光绪六年(1880年)补刊、广东省立中山图书馆藏《状元策·第一册·辛未科》第3页。

殿试:是皇帝对会试录取的贡士在官殿中亲自进行的策问考试。殿试取中者即为进士。参见本书第三卷附录《部分科举名词汇释》第1条。

注释

[1]臣对:臣下我对策如下。对:对策。古代科举考试时,士子针对皇帝策问,提出一套治理政事的方略。

[2]建极所以绥猷(yóu):"建极绥猷"是说君王要建立至高统治法则,顺乎治民之道。建极:指帝王建立法度以治国。参见下文注释[24]"皇极"。绥猷:顺乎大道。

明刑斯能弼教:"明刑弼教"是成语,指大家知道法律而守法,以此来辅助教化所达不到的地方。

[3]寅承宝命:恭承天命。

交修:天子要求臣下匡助。

协应:配合呼应。

[4]课:讲习,学习。

宥(yòu)密:深广貌。也可解释为小心勤勉。宥:通"有"。语助词。

三壤:《尚书·禹贡》所记禹时的田亩贡赋制度。将九州的田地土壤按其肥瘠、地势高低等情况分为上、中、下三品,每品又分为上、中、下三等,据此确定其贡赋的等级。

[5]震叠:震动,恐惧。

[6]敬止:敬仰。止:语助词。

浚川:疏通河道。

参听:协助断决,协助治理。

容保:宽容爱护。常用指爱民。

[7]主术:君主控制臣下的权术。

懋:大,盛大。

就将:谓每日有所成就,每月有所

进步。

金汤:金属造的城,沸水流淌的护城河。形容城池险固。

[8]政简刑清:旧时形容法令精确而简练,社会风气好,很少有犯罪的人。

和众:使百姓关系融洽。

[9]规矩乾坤:治理天下的意思。语出葛洪《抱朴子·辞义》:"乾坤方圆,非规矩之功。"

甄陶品汇:造化万物。甄陶:烧制陶器。比喻化育,培养造就。品汇:品种类别。

胥:皆,都。

跻之仁寿:步入太平盛世。语出《汉书·礼乐志》:"驱一世之民,跻之仁寿之域。"

[10]钦惟:发语词。犹言敬思。

道契:谓彼此思想一致、志趣相投。

执中:谓持中庸之道,无过与不及。

[11]好生:爱惜生灵,不嗜杀。

整武:整军经武。

常经:通常的行事方式,常规。

[12]简孚有众:要从众人中核实验证。语出《尚书·周书·吕刑》:"简孚有众,惟貌有稽。"简孚:犹核实。

[13]圣怀:皇上的心意。

冲挹(yì):谦抑,谦退。

菲(fēng)菲无遗:采集蔓菁和萝卜时,不因根部不好而抛弃茎叶。比喻

对一点点可用的人才广为收罗任用。

[14]观民而设教:观察民风,实施教化。

询事以考言:询事考言,审核所做的事和所讲的话,形容认真检查总结工作。询:问。考:审查。

[15]传心学:指儒家的道统传授之学。

典刑:儒家典籍中记载的古代刑法的总称。

至计:最好的计策、办法。

[16]体要:精要,指事物的关键。

对扬:称赞,颂扬。

敷奏以言:陈奏,向君上报告政务。语出《尚书·舜典》。

素所诵习:平时诵读学习的。

微忱:一点儿诚意,些许诚心。

[17]危微精一:《尚书·大禹谟》"人心惟危,道心惟微,惟精惟一,允执厥中"的省称。意思是,人心是危险难安的,道心却微妙难明。惟有精心体察,专心守住,才能坚持一条不偏不倚的正确路线。宋儒把这十六字看作尧、舜、禹心心相传的个人道德修养和治理国家的原则。

内圣外王:修身能具有圣人的才德,治国能够施行王者的政治。古时美化统治阶级代表人物之辞。语出《庄子·天下》:"内圣外王之道,暗而不明,郁而不发。"内:指修身。外:指治国。王:旧指以仁义治天下的君主。

[18]帝喾(kù):(上古)高辛氏之

追称。高辛或为部落所居地名。喾似高辛氏之名。传说为黄帝曾孙，司马迁将其列入五帝之一。

溉执中：与"允执厥中"义同。谓言行符合不偏不倚的中正之道。溉：通"概"。平允。

[19]揆(kuí)：道理，准则。

[20]《大学》自格致诚正，以至修齐治平：格致诚正、修齐治平为儒家"八条目"，宋代理学标榜的"内圣外王"的八个步骤。常与"三纲领"合称为"三纲八目"。源于《礼记·大学》："古之欲明明德于天下者，先治其国；欲治其国者，先齐其家；欲齐其家者，先修其身；欲修其身者，先正其心；欲正其心者，先诚其意；欲诚其意者，先致其知；致知在格物。"《大学》本是《礼记》篇名，儒家经典之一。后宋儒从《礼记》中将其抽出，与《论语》《孟子》《中庸》相配称为《四书》。南宋朱熹撰《四书章句集注》，遂列为儒家重要经典之一。

格致诚正："格物、致知、诚意、正心"的略语。格物：推究事物的原理。致知：获得知识。诚意：使心志真诚。正心：谓使人心归向于正。

修齐治平：修身、齐家、治国、平天下的略语。儒家的伦理政治思想。意思是，一个人自身的道德修养是管理好家庭、治理好国家、平定天下的前提条件，而治理国家、平定天下是自身修养的必然延伸。

[21]中和位育：语出《礼记·中庸》："致中和，天地位焉，万物育焉。"达到中正平和，天地便能各正其位，万物也能各依本性而生长。位育：正治培育，使天地万物各得其所并给以长养抚育。

圣神功化：与"神功圣化"义同。指帝王的功绩和教化，旧时对人君的颂扬之辞。

[22]体用赅：体用兼备。体用是古代哲学的一对范畴。指本体和作用。一般认为，"体"是最根本的，即本原、根本；"用"是"体"的外在表现，即"体"的功能或作用。

[23]凛物侈声淫之戒：畏惧并戒除奢华和沉溺于声色的毛病。物侈：侈物，多余的物品。

丹扆(yǐ)箴：谏书名，唐李德裕撰。唐敬宗时，宦官当权，朝官权力受到压制，李德裕因上是疏，劝谏敬宗疏远小人，罢除弊政，分为六部分。丹扆：红屏风，为皇宫用物。指上朝进谏。

胪(lú)宵衣正服之条：列举帝王夜晚办公、身着朝服的条规。胪：列举。宵衣：天不亮就穿衣起身。旧时多用来称颂帝王勤于政事。正服：古代礼仪所规定的正式场合所穿的服式，如朝服、祭服等。

[24]皇极：指帝王施政的最高准则。语出《尚书·洪范》："建用皇极。"皇：大。极：屋极，位于最高正中处，引

申为标准。

大中:借指无过而不及的中正之道。

[25]五行、五事、八政、五纪:本句中的类似略语参见本文译文。

稽疑:谓用卜筮决疑。泛指考察疑事。《尚书·洪范》:"明用稽疑。"

庶征:各种征候。《尚书·洪范》:"八、庶征:曰雨,曰旸,曰燠,曰寒,曰风。"

[26]洵:诚然,确实。

心源:犹心性。佛教视心为万法之源,故称。

往哲:先哲,前贤。

作睹:"圣人作而万物睹"的略语。谓圣人奋起治世而万物昌盛、尽皆瞻睹。语出《乾·文言传》。

经筵讲论:清代帝王开经筵时聆听儒臣所讲授而书写的心得。如玄烨的《经筵绪论》,胤禛(yìn zhēn)的《经筵讲议》,弘历的《经筵御论》等。经筵:皇帝御席,与侍讲、侍读等官讲论经史,谓之经筵。

昭垂:美名流传。

[27]漕:水道运输。

[28]州末系河:九州所开凿的河道最终都与黄河相通。

[29]加意:注重,非常留心。

矶嘴:鸡嘴坝,顺水坝之旧称。保护河岸、堤防和滩地的靠岸较短建筑物。

以杀黄势:以减弱黄河水势。

[30]潘季驯所为用束淮刷黄之策:潘季驯是明代著名的水利专家,曾四次出任治理黄河的总督。他提出并实践了解决黄河泥沙问题的三条措施,即:束水攻沙,蓄清刷黄,淤滩固堤。

[31]月堤:又称越堤。堤形弯曲如半月状的堤。修筑在遥堤或缕堤危险地段外侧或内侧,两头仍弯接大堤。其作用为保护并加强遥堤或缕堤抗洪的功能。

引河:分泄正河之水的人工开挖的新河道(或河段)。

[32]遄行:犹速行。

帑(tǎng):国库,国库藏的金帛。

[33]海宇恬波:海内安定。海宇:犹言海内、宇内,谓国境以内之地。恬波:平息波澜,喻使局势平静。此处与"浪恬波静"义同。

河流顺轨:河水在主河槽内平稳地流动。

睿谟:皇帝圣明的谋略。

衷一是:只裁断于一个正确的意见。

仓庾:储藏粮食的仓库。庾:露天的谷仓。

[34]虞廷:亦作"虞庭"。指虞舜的朝廷。相传虞舜为古代的圣明之主,故亦以虞廷为圣朝的代称。

钦恤:谨慎用刑,怜悯为怀。钦:谨慎。恤:体恤。《尚书·舜典》:"钦哉钦哉,惟刑之恤哉。"

[35]五刑:我国古代五种法定刑罚的简称。夏商周三代的奴隶制五刑包括墨、劓(yì)、剕(fèi)、宫、大辟五种。

唐虞:尧舜。

三代:夏商周三个朝代。

因革:犹沿革。包括因袭与变革。

[36]肉刑:也称"体刑"。我国古代残废犯人肢体或残害犯人肌肤或机能,并使之不能康复的刑罚。

宫:亦称"腐刑""下蚕室""阴刑""腐"。我国古代对男犯割去其生殖器,女犯幽闭宫中的刑罚。奴隶制五刑之一,仅次于死刑。

[37]大统:北朝西魏元宝炬文帝的年号(535—552年)。

[38]大辟:我国古代死刑的概称。辟:刑也。大辟犹言极刑。

膑(bìn)辟:刑罚名。即除去膝盖骨。

宫辟:即宫刑。

劓(yì)墨:劓刑和墨刑。劓:古代割去鼻子的肉刑。墨:用刀刺刻面颊,染以黑色,作为惩罚的标记。

[39]重比:谓从严议罪,从重拟刑。

[40]苟:随便,苟且。

不恤惠奸之患:不顾惜养奸的危害。

市恩:卖恩。

[41]恭绎:恭谨地研读。绎:抽丝。引申为寻究事理。

[42]蒐(sōu)苗狝(xiǎn)狩:古代帝王春季打猎叫蒐,夏季打猎叫苗,秋季打猎叫狝,冬季打猎叫狩。

[43]作内政寄军令:管仲向齐桓公提出的军制改革主张。把军令寓于内政之中,寓兵于农,兵民合一。把军事组织和行政组织有机结合起来,平时生产,战时从征。内政:国政。

[44]犷骑(kuò qí):唐代中期宿卫兵名。唐代府兵制衰落后,被召募至京师,分隶诸卫,担任宿卫任务的士兵的称呼。犷:张满弩弓。犷骑,取其强勇之意。

方镇:镇守一方的军事地区名。其长官晋时称持节都督,唐时称节度使。唐代的大方镇管辖十余州,小方镇管辖三、四州。

[45]枢密:宋枢密院长官枢密使的简称。

三卫:古代的一种军事建制。唐承隋制,宫廷禁卫军设三卫,即亲卫、勋卫、翊(yì)卫。每卫设中郎将一人,掌有关宫廷禁卫事务。宋代仍沿置三卫,各有郎、中郎若干员。

[46]锦衣:明代锦衣卫亲军指挥使司之略称。

府兵:府兵制,西魏、北周、隋、唐兵制名。西魏大统年间宇文泰所建。将收编关陇豪族武装编为二十四军,由六柱国统领。府兵军士另立户籍,与民户有别。选拔体力强者充任。平日务农,农闲练武,有事出征。当时有府兵约 5 万人，是西魏的主要武力。北周武帝时，府兵军士改称侍官，不属柱国。唐天宝八年（749 年），折冲府（唐府兵制军府总称）无兵可交，府兵制遂名存实亡。

[47] 无藉：无赖。

[48] 苏轼疏河北弓箭社事宜：指苏轼《乞增修弓箭社条约状》。弓箭社：北宋边境人民的自卫武装组织。

团练：就地选取丁壮加以编组而教练。

[49] 王安石保甲之法：王安石新法之一。王安石为恢复兵农合一制，变募兵为保甲，而立此法。其法规定：以十户为一保，五十户为一大保，五百户为一都保。后改以五户为保，二十五户为大保，二百五十户为都保。分置保长、大保长、都保正和都副保正。规定每户两丁以上选一丁充保丁，按时训练，在当地巡查治安。又在保内实行连坐法。

[50] 承平：相承平安之意。指社会秩序比较持久的安定的局面。

化洽：教化遍布。

敉（mǐ）宁：抚定，安定。

输诚：献纳诚心。

亿万：极言其数之多。

[51] 敕谕：诏令文体的一种。始于明朝，皇帝的专用文书。

简阅：检查，挑选。

[52] 属（zhǔ）在将弁（jiàng biàn）：将士之间。将弁：旧时武官的通称。

[53] 基命以单心：以孤忠之心承受天命。基命：谓人主初受天命而就位。单心：孤忠之心。

奋武：奋扬武威，用武力。

昭戎：戎昭。指兵戎之事。

畅九垓（gāi）而沂（yín）八埏（yán）：上达九天，下及八方。九垓：犹言天下，全部九州。沂：通"圻""垠"，崖，边际。八埏：八方的边际，八方。古人认为九州（中国）之外有八埏。

独隆：此处指独特的极盛时期。

[54] 懋（mào）：通"茂"。盛大。此处是使盛大的意思。

持盈保泰：戒勉富贵极盛时要小心谨慎，以免招祸。盈：盛满。泰：平安。

臻（zhēn）：达到。

累洽重（chóng）熙：谓前后功绩相继，累世升平。

[55] 时几已敕而益表洁齐：时时警饬己身，还要斋戒沐浴。敕：自敕，警饬己身。洁齐：洁斋。斋洁。谓斋戒沐浴以洁身。

清晏：安宁平静。

疏凿：开凿。

彰瘅（dàn）：彰善瘅恶。表扬好的，谴责坏的。

保惠：保护并施以恩惠。

戎兵已诘：武备已经整治。语出《尚书·立政》："其克诘尔戎兵以陟禹之迹。"要整治武备，循禹之迹统一天下。戎兵：军服和兵器。诘：治。

[56] 逊志之修敏：与"逊志时敏"

77

义同。态度谦虚,经常想到自己的不足,以勉励自己。比喻谦虚好学,时时鞭策自己。逊志:态度谦虚。时:经常。敏:奋勉。

翕(xī)河之颂陈:河以顺轨而合流,因而颂词纷陈。翕河:指河以顺轨而合流。

折狱:断案。

知方之训著:教导将士义勇兼备的效果显著。知方:典出"有勇知方",既有勇气且知道义。

[57]腾英声,蜚茂实:语出《史记·司马相如列传》:"俾万世得激清流,扬微波,蜚英声,腾茂实。"后因以蜚英腾茂称颂人之声名事业日盛。蜚:同"飞"。英:英华之声,指名声。茂:茂盛之实,指实际。

总八极而为量:把总览八方作为度量。八极:汉代的一种地理观念。八方极远之地。古人认为九州(中国)之外有八埏。

[58]弥纶:包括,统摄。

鼓铸:鼓扇炽火,冶炼金属以铸造。谓陶冶、锻炼。

开骏发之远祥,固保定之宏业:开远方之祥瑞,保帝王之大业。语出王融《三月三日曲水诗序》:"骏发开其远祥,定尔固其洪业。"

骏发:英俊风发。骏:通"俊"。

远祥:远方之祥瑞。

[59]臣末学新进,罔识忌讳,干冒宸(chén)严,不胜战栗陨越之至:这是殿试对策中的套语。意思是,我学无根本,新登科第,不知忌讳,冒犯皇威,惶恐至极。

末学新进:与"末学后进"近似。指学识肤浅的新科之士。末学:无本之学。新进:谓新入仕途或新中科第。

宸严:天子的威严。

陨越:亦作"殒越"。本义是颠坠、惶恐。封建社会上疏皇帝时的套语。谓犯上而表示死罪之意。

参考译文(引自杨寄林编、2002年版《中华状元卷·大清状元卷》第545页)

臣下我对答:臣下我听说建立最高准则是用来落实安邦大计的,治理国家有赖于开发利用水道物资运输,明察刑狱方能辅助教化,保卫人民最重要的是充实军队。古代帝王恭承天赐大命,依靠在"内圣"与"外王"两方面自我修养之实效,把握天人协和感应的机宜。通过坚持宏深静密地积累德行,在深宫里养成了兢兢业业恭谨畏慎的作风;通过致力于发展水上运输,使得贡赋通达全国各地;通过将法律修订得合情合理,表明了对人民的慈祥之心;通过一再显示军事震慑力量,道义使得周边各个少数部族表现为怀德畏威。因此,《诗经》咏唱其恭敬的文字,《尚书》赞美其治水的功绩,《礼》记录其察狱听讼的训令,《易》缀录其主张宽待和保卫人民的言辞。综览搜寻群籍所载,可知君主的统治术兴盛就要不断学习,民众的利益兴起而国势便会固若金汤,国家具有政简刑清之风尚,士子讲求安民和众之方略。这些正是帝王赖以经天纬地、造化万物,使全社会步入仁德长寿境地的缘由。

敬思皇帝陛下,行道合乎"执中"的原则,治绩显示在普利民生上,扩展爱护生灵之大德,修明整军经武之常规。当然已经使自己的庄严敬慎之心日益坚强,江河的堤防修筑得永久可靠,众多的士兵经过训练而熟悉武艺了,国家各项法律制度也形成相互联结的完整体系了。然而圣上的心怀竟如此谦逊,对小事考虑得点滴无遗。既观察民风而设定教化之方,又垂询国事而考察浅近之言。特将臣下我等召进朝廷,而策问有关传心学、筹河防、慎典刑、严军制等方面的最佳方略。像臣下我这般愚昧,何能足以知其大体与精要?但当此应对称扬开始之时,敬念"敷奏以言"这句古训的意义,怎敢不尽量陈述平素诵习所得,从而献上一点儿管窥蠡测的陋见,借以表示自己的一片忠诚呢?

恭读策问诏书而见其上说:"危微精一的思想,是帝王道统的起始。"并进而揭示它对于实现"内圣外王"的功用。臣下我谨按:《史记·五帝纪》说:"帝喾治理百姓采取'执中'的方针而像河水遍润天下。"可见"执中"的说法,事实上不是从《尚书》开始的。然而孔子删定《尚书》,上限断自唐虞,而尧"执中"、舜"用中"、汤"建中"的不同提法,其实前后是一个道理。孔子特加一"庸"字,因为"中和"是讲性情的,"中庸"是讲德行的,其实质无非是一个"中"字。朱子认为《大学》自"格致诚正"直至"修齐治平",始终不外乎一个"敬"字。《中庸》从"中和位育"起,到"圣神功化"止,关键不外乎一个"诚"字。"诚"则不息,"敬"则必勤。诚敬之心树立起来,帝王之道的本体和功用就完备了。《大学》《中庸》二书实际上与《尚书》是互为表里的。真德秀的《大学衍义》分为四大纲:"格致""诚正""修身""齐家"。因其意在于正本清源,故而省略了"治平"不讲。明人邱浚以"正朝廷""成功化"等目补充它,方为完备。唐太宗的《帝范》十二篇,始自《君体》《建亲》,终于《阅武》《崇文》。宋人范祖禹撰有《帝学》八卷,上始自三皇五帝,下迄于宋神宗。以至张蕴古的《大宝箴》严肃提出为帝王者要注意戒除奢侈豪华和沉溺于声色的毛病,李德裕《丹扆箴》胪列帝王夜晚办公、身着正服的条规,都有值得称述的内容。《孔传》将"皇极"即帝王治理天下的准则"解释为"大中"即"万分中正之道"。朱子说:"中正之道"是构成整个"准则"体系的手段。把整个"准则"体系看作在"中正之道"中起准绳作用的东西是可以的,但把"准则"解释为"中正之道"则不可以。《尚书·洪范》中所说的"五行"即木、火、土、金、水,"五事"即貌、言、视、听、思,"八政"即食、货、祀、司空、司徒、司寇、宾、师,"五纪"即岁、月、日、星辰、历数,是"准则"建立的基础;而"三德"即正直、刚克、柔克,稽疑即以卜筮决疑之方法,"庶征"即从自然气象及其变化推测人事的法则,"五福"即寿、富、康宁、好德、老有善终,"六极"即早夭、疾、忧、贫、恶、弱,则是"准则"借以推广开来的途径。因为《洛书》是以"五"这个数居中,而天帝赐给禹治理天下的九种法则是以"皇极"为根本的。敬思圣上学问高深,崇儒重道,委实足以从先哲那里接续心学之渊源,在众人中树立"圣人作而万物睹"的形象。且又不断讲论经学,阐发"用中"的精微要妙的旨趣以及"顺天而动"的真义。这就自然要昭垂万古了。

策问诏书又认为:现在治河要兼顾到便利漕运。这真是一劳永逸之计啊!查考《玉海》所载述的《禹贡》,大禹治水后,九州所开凿的河道最终都与黄河相通,这是运输水道的开始。但黄河在唐朝以前是北行入海的。后晋开运元年滑州决口,黄河便自北而东。宋神宗熙宁八年澶州曹村处决口,黄河又自东而南。元朝延祐六年筑汴梁护城,使水南汇于淮河,黄河始与淮河相通。清口即是黄淮的汇合处。但淮河水力容易减弱,黄河水力却经常保持强劲。黄河水一倒灌入淮,清口必然形成淤塞,洪泽湖水不得由高家堰各坝流进高宝境内诸湖入运河,于是淮河下游皆成水淹之地。漕运水道亦因此而不通。故欲收淮河之利,宜加意于清口,添筑拦黄矶嘴、长坝,以减轻黄河水势。鉴于有时黄淮并涨,又宜保固高家堰。潘季驯所设计的用"束淮刷黄"之策,坚筑高家堰,蓄住洪泽湖所注入的水流,使全淮之水以其七分泻入清口冲刷黄河所带来的泥沙入海,而以其三分流入运河,自山阳、宝应、高邮、江都三百里以内以达于长江,这对于加强东南地区的防涝保障,解决漕粮运输的关键问题,实在是个合理的方案。自古黄河水道迁徙无常,只有靠善于治河者审时度势,或设矶嘴以抵御其冲,或修月堤以防遏其溃,或挑引河床以减弱其流。而治河的大思路则不外乎借助淮水以抵拒黄河的倒灌,使淮水得治而黄河亦得其治;合黄淮以治理漕运,使黄淮得治而漕运亦得其治。差不多做到水得畅速而行,而国家钱财用有实效。方今海宇风平浪静,河流顺道,全仰赖皇上睿智宏谟的筹谋规划,广集众议而折中一是,使得运道常通,而仓库越发得到充实。

策问诏书又说:"虞舜时在辅助教化方面,对施用刑罚采取慎重而哀怜的态度。"由此想使察狱之道无冤屈无宽纵。说起"五刑"之制,原肇始于蚩尤。唐、虞、三代沿革不同,但总的说来都没有违背"设置刑罚以期达到无人犯法受刑"的本意。史称汉文帝十三年废止肉刑,但崔浩《汉律序》说,文帝废肉刑却仍保留了宫刑。《通鉴》载西魏大统十三年废宫刑,而《尚书正义》及《周礼疏》又说此刑直至隋唐时才宽免。可见肉刑的废除,不全在汉代。《周礼》记载"五刑"的种类各有五百,穆王增为三千,但增加了轻刑而减少了重刑。不过据《周礼》郑注所引,《夏刑》的"五刑"种类为大辟二百、膑辟三百、宫辟五百、劓与墨刑各一千,则"刑罚三千"之制在夏代便已形成,它便是《吕刑》制定的依据。法家十家出于掌狱讼的理官,名家七家出于礼官,源流自相区别。司礼司乐分为二职,掌兵掌刑合为一官,是因为施政侧重面有详有略的缘故。从前陈咸说过:为犯罪人议定他适应的刑罚,应当从轻。虽有百金的利诱,也千万不要按从重来给人定刑。因为汉承秦法,过于严酷,陈咸也是带着愤激情绪讲这番话的。至于轻率地追求轻刑的虚名而不体察对奸恶之徒讲仁慈的危害,那就属于姑息卖恩了。例如唐太宗放死刑犯回家过年一事,也不免受到了欧阳修的批评。臣下我读过御制《慎刑论》,记得其中反复重申,告诫断狱定案者切不可放纵自己的喜怒情绪,要谨防量刑轻重上的失当。臣下我更恭敬地寻绎了御制《息讼安民论》,见其仍本着慎重刑法的旨意,推求勤政为民之初衷。这些不正是治民的要道吗?

策问诏书又认为:"兵可以百年不用,不可以一日不备。"臣下我想到古代寓兵于农,春蒐、夏苗、秋狝、冬狩的集体围猎制度,都是利用农闲讲求武事。自从管子作内政,寄军令,兵与农开始分离。汉初以南军保卫宫城,以北军卫戍京师,合乎内外相制之道。唐朝建置府兵,一变而为彍骑,再变而为方镇,兵制越变越坏。宋代由枢密院统辖"外兵","内兵"则由"三卫"总领,其下设有分掌召募、拣选、廪给、训练、屯戍、迁补、器甲、马政等事宜的名目。明朝的京兵置有锦衣十二卫,留守兵四十八卫,这是唐朝府兵制的遗存;边兵如蓟辽、大宁诸司所置各卫,即为汉代招募流民充实塞下之制的遗存。大抵自唐宋后专用募兵,而游手无业之徒应募滥入,使得养兵之费日益浩大,但实际上却无可用之兵。看来必须如宋臣苏轼关于河北弓箭社事宜奏疏所言,实行乡勇自相团练,才能既不扰民又加强了边地的防务。不至于强迫百姓身着戎装手执兵器,奔驱于满山遍野,像王安石推行的保甲法那样罢了。我圣朝社会稳定,民风和睦,疆宇安宁。在海岛和重洋之外的地区,向我朝献纳诚心者数以亿万计。然而皇上仍屡颁敕谕,深切地以检查军队训练情况、挑选将士为念。凡属在军将士,谁能不感到鼓舞和振奋呢!

像以上这些问题:依据天命来尽心于圣德修养,从便利人民出发来改进漕运,通过宽缓刑罚使社会更崇尚道德,依靠勤奋讲武而使军威大震。盛大得上到九重天,下至八方边际,造成了亘古未有的极盛之世。臣下我更祝愿皇上扩展持盈保泰的心怀,以达历代大平之辉煌。时时防微杜渐已经做到之后,更要斋戒沐浴以表诚敬;百姓们已在歌颂天清地静之时,愈须勤勉地继续抓好疏浚河道的工程。

对百官已经彰善惩恶，则进而考虑如何保民惠民；对军队已经严加整顿训练，则更深切地怀柔远方。对谦虚美德的修养与日俱进，对治河成效的颂词纷陈，断狱的清官受到普遍称赞，教导将士要有勇知方的训导收到显著的效果。仁德的名声交腾，隆盛的业绩飞布，把总揽八方边际作为度量。赖此足以统摄宇宙，铸造群生，开启深谋大智所长远呈现的吉祥，巩固上天保定的大业。那么，我国家万年有道之永福便由此奠定了。

臣下我学无根本，新入仕途，不知忌讳，冒犯皇威，不胜战栗跃腾之至。

臣下我谨对。

附　嘉庆十六年（1811年）辛未科殿试策问及参考译文

殿试策问（录自清道光癸巳〈1833年〉刊行、清光绪六年〈1880年〉补刊、广东省立中山图书馆藏《状元策·第一册·辛未科》第1页）

奉天承运，皇帝制曰：

朕诞膺昊眷，寅缵丕基，于今十有六年。幸函夏宁谧，海洋肃清，惟日孜孜，冀臻上理。探帝王建极之原，期河漕安澜之庆，刑罚清而民讼息，操防肃而兵制严。尔多士以敷奏为明试，爰资启沃，伫听嘉谟。

"危微精一"之旨，为帝王道统所开。尧曰"执中"，舜曰"用中"，汤曰"建中"，与《中庸》"致中和"之义有合否？朱子谓《大学》之"格致诚正"以至"修齐治平"，始终不外一"敬"；《中庸》之"圣神功化"，枢纽不外一"诚"。心法治法一以贯之，二书实括其全，能申明其意欤？真德秀《大学衍义》，略"治平"而不言，何欤？唐太宗《帝范》、范祖禹《帝学》，以及《大宝》《丹扆》之箴，有可采欤？《洪范》"皇极"，汉儒训为"大中"，宋儒又以为不然，何欤？

禹之治河先疏下流，《禹贡》一书可按也。若今之治河则兼欲利漕，其治法不过曰疏曰浚曰塞。潘季驯云："水性不可拂，河防不可弛，地利不可强，治理不可凿。"此诚不易之论也。夫以堤束水，以水刷沙，自有成法。顾何以浊流或致分侵，运道或成淤淀？以借黄济运，苟且目前，不顾后患。宜用何策使之涓滴不久，又能利漕？其于入口出口、堤防闸坝之利，宜何如置力欤？国家数百万漕，岁资济运，而施工亦所费不赀。必使清足敌黄，黄不倒灌，水得遄行，帑归实用，始于河漕，均有裨益。讵可因循怠忽，致失机宜欤？

虞廷弼教，钦恤惟刑。《周官》大司寇以"五刑"纠万民。有"五禁""五戒"，所以使勿犯也；有"三刺""五听"，所以致其慎也；有"三赦""三宥""八议"，所以加之仁也。肉刑除于何代？刑之属三千，夏商与周同否？法与名何以分为二家？兵与刑何以合为一典？人命至重，所谓悉其聪明，致其忠爱，岂不在折狱者之无成心、无偏见钦？朕哀矜庶狱，每阅谳牍，再三审慎，以期无枉无纵。而司狱者或以姑息为阴德，或以武健为胜任，岂称"不刚不柔，受土嘉师"之意钦？

兵可以百年不用，不可以一日不备。《易》占利用，《书》称克诘，《礼》有蒐苗狝狩之典，皆于农隙讲武，所以振国威也。周制寓兵于农，管子作内政而兵农以分。汉有南北军之屯，唐有府兵、彍骑之制，宋有禁兵、乡兵之殊。元立五卫，明设京兵、边兵。统属异同，其详若何？今直省营制，非不勾稽有册，简阅有规，校练有期，侵冒有禁，保无有老弱充伍、巡防疏惰、习为具文而无实效者乎？近日又有团勇、练勇之称，究竟有益无益？其何以副朕整饬戎行、设兵卫民之意？多士试详言之。

夫心法为宰化之枢，河防为安民之本，刑罚中而祥风洽，训练谨而武备修。皆致治之要图、经邦之大计也。多士学古入官，讲求实用，其各以素所诵习著于篇，毋泛毋隐，朕将亲遴焉。

殿试策问参考译文（引自杨寄林编、2002年版《中华状元卷·大清状元卷》第539页）

皇帝的制策说：皇帝我承受苍天眷顾，恭谨地继承了盛大的基业，至今已经十六年了。所幸全国安定，海洋肃清。只管每日孜孜以求，希图达到最高的治理，探求帝王建立治理天下准则的本原，期盼黄河及漕运水道得到根治的喜庆，刑罚清正而民间争讼平息，军队训练与防务整肃而军事制度严明。你们众士子以铺陈上奏作为公开应试，于是希望从中获得你们提供的启发和补充，伫立而听大家的好对策。

"人心惟危，道心惟微，惟精惟一，允执厥中"的旨意，是帝王道统的起始。唐尧说"要执'中'"，虞舜说"要用'中'"，商汤说"要建'中'"，这与《中庸》里讲的"要达到'中和'境界"的含义有相合之处吗？朱子指出：《大学》中所讲的"格致诚正"以至"修齐治平"，始终不外乎一个"敬"字；《中庸》里所讲的"圣神功化"，其关键不外乎一个"诚"字。"心法"与"治法"贯通在一起，而这两本书实际上已概括了它们的全部内容。你们能申明他这段话的意蕴吗？真德秀的《大学衍义》省略了"治平"不讲，这是为什么呢？唐太宗的《帝范》，范祖禹的《帝学》，以及《大宝箴》《丹扆箴》，有可以选取的内容吗？《尚书·洪范》中的"皇极"概念，汉儒解释为"大中"，宋儒又以为不对，这是什么原因呢？

大禹治河的办法是先疏通下游河道，这有《禹贡》一书可资查核。若是讲到现在的治河,那就兼有便利漕运之目的了。其治法不外乎疏、浚、塞。潘季驯说过:"水性不可违拗,河防不可松弛,地利不可强求,治理不可随意。"此话诚属不刊之论。用堤防来约束洪水,借水力来冲刷泥沙,这自然是早有成法的。但为何其结果或是导致浊流分侵两岸,或是造成运道泥沙淤积? 单靠引借黄河洪水来解决运河漕运之需,是个苟且于目前而不顾后患的法子。那么宜用何种办法,使河水水位不偏低,又能有助于漕运呢? 而在对入口、出口、堤防、闸坝的开发利用上,又当如何致力呢? 国家每年花数百万两银子用于漕粮水运,而在治河施工上支出巨大。务必要使清流足以抵拒黄流,黄河水不倒灌进淮河,运河水得以畅行,国家钱财用到实处,这才对治河与漕运,均有裨益。怎可因循怠惰、玩忽职守,以致坐失机宜呢?

虞舜时在辅助教化方面,对施用刑罚采取慎重而哀怜的态度。《周礼》记载:大司寇以野刑、军刑、乡刑、官刑、国刑等五类刑罚纠察矫正万民的行为。同时设有"五禁""五戒",以此叫人们不要触犯法律;定有"三刺""五听"等对犯罪事实进行多方面调查核实的制度,借以保证断狱量刑的慎重;在对犯罪人进行审判时,又有"三赦""三宥""八议"等对老幼愚蠢健忘者和亲贵贤能之人实行减免刑罚的特殊规定,以此施仁政于人民。肉刑废除于何代? 古代治罪的名目有三千,夏商与周朝相同吗? 法家与名家为何要分立为两家? 军法与刑法为何可合为一典? 人命问题至关重大。世上所说决断刑狱者一定要竭尽其聪明才智,奉献其忠爱之心,而这岂不在于他们既无成心又无偏见吗? 皇帝我哀怜犯法待刑的庶民,每逢批阅定案文牍,总是再三审慎,以期无冤屈无宽纵。而执掌刑狱的官员有的以姑息为积阴德,有的以猛峻为胜任职务,这难道符合"不刚不柔,方能适合于王者善良的民众"这两句古训的意思吗?

兵可以百年不用,不可以一日不备。《周易》主张占卜获得有利时机方可用兵,《尚书》称许能整治军队之人,《周礼》载有春蒐、夏苗、秋狝、冬狩的集体围猎制度,都是在农闲时讲习军事,以此振扬国威。周朝本是实行"寓兵于农"制度的,自管仲作内政,兵与农由此分开。汉代建有南北两军屯戍京师。唐代兵制先后有府兵制和彍骑制。宋代军队有中央"禁兵"和地方"乡兵"的区别。元代将军队分置为五"卫"。明代设置了京兵和边兵。历代军队统属关系上的异同,其详细情况如何? 现在中央直辖省的兵营管理制度,并非未做到考核有簿册,检查挑选有规章,操练比武有定期,对侵吞冒领士兵粮饷有禁令。但谁能担保就一定没有老弱兵丁充塞行伍、对巡逻防务疏忽怠惰、惯于对上做虚假空洞的例行报告而并无治军实效等不良现象了呢? 近日又有了"团勇""练勇"的名称,究竟有益无益? 怎样才能符合皇帝我整饬戎行、设兵卫民的旨意? 你们众士子试详言之。

心法是决定教化的关键,河防为安民的根本,刑罚适当则祥风和顺,训练谨严则军备修明。这都是实现治国的要图、赖以经邦的大计。众士子学古从政,讲求实用,那就请各将平素所诵习的写于答卷上,不要空泛,不要隐讳。皇帝我将亲自遴选你们。

赶修湖北江汉堤工等事折

蒋立镛

翰林院侍讲学士臣蒋立镛跪奏,为湖北江汉堤工请旨饬令赶修以备水患,并禁止抢劫棍徒以安民俗,查参贪污知县以儆官方,仰祈圣鉴事[1]。

臣窃惟旱干水溢[2],自古常有,惟恃有修防补救之功。湖北荆州江水堤工为枝江、松滋、公安、石首、监利等县保障[3],襄阳汉水堤工为钟祥、京山、潜江、天门、汉川、沔阳、孝感、黄陂等县保障。春夏水涨,一被冲决,下游无不浸淹。每逢八、九月水退时,地方官赶紧修筑,以备来岁水患。若修筑不能坚固,每致旋筑旋溃。本年水患较甚,去年业经前任湖广总督卢坤、新任总督讷尔经额等先后奏,蒙皇上特旨抚恤赈济,分别蠲缓[4]。天恩浩荡,有加无已,百姓实深感激。近闻江汉两处堤工自八、九月水退至今,尚未兴修。十月底云南主考路过荆州、安陆等处,目击情形,府道州县观望迟疑,毫无定见。倘明年春涨,又成一片汪洋,民命其何以堪! 仰恳皇上饬令地方官赶紧修筑,毋致承办官吏草率侵冒,俾工坚料实[5],以成一劳永逸之计。

再闻得孝感、黄陂抢劫之案甚多,地方官置若罔闻,或避重就轻,规避处分[6]。凡家道稍裕,多有迁居城内者。其他州县类此者恐亦不少。仰恳皇上饬下督抚,出示查禁,照例惩办,以安民心而靖民俗[7]。

再闻得署天门县知县吕恂去岁办理赈务[8],将合邑民商捐赈银二万余两,只发一万,余皆肥己。又督抚捐有被灾各州县棉衣三千件,银两吕知县领回,乡民有来领者,止给草衣[9],而以棉衣开报。故乡间有"吃抚恤,吃钱粮,两张大口;欺皇上,欺百姓,整日勾心"之谣。今年九、十月间,吕知县尚在天门署事,如再令办理赈务,百姓何由得沾实惠?仰恳饬下督抚撤任查参,以儆官方而苏民命[10]。

湖北现无御史,臣籍隶天门,职备讲官,例得奏事,所有家乡传闻情形不敢壅于上闻[11]。谨缮折恭奏,伏乞圣鉴[12]。谨奏。

道光十二年十二月十三日[13]。

题解

本文录自蒋立镛奏折。原件藏中国第一历史档案馆,档案号为03-3974-042。标题为本书编者所加。

中华书局1987年版《清实录·道光朝实录·卷之二百三十·道光十三年癸巳正月戊子》(影印本)第438页记载:"谕内阁:前据蒋立镛奏'湖北堤工,地方官未赶紧兴修;孝感、黄陂抢劫之案甚多;署天门县知县吕恂侵蚀捐赈棉衣、银两'各款,当降旨交穆彰阿等查办。兹据奏:'讷尔经额于到任后查知,各属官民希冀借帑兴修,以致观望迟延,即严饬该管道府亲诣督勘筹议,并勒限严督赶办,春汛以前均可一律完竣。至历年残缺堤工,须俟水势归槽,方能集费修筑,实非有意迟延。孝感、黄陂二县因上年捻匪窜入抢劫滋扰,业经该督等严饬营县尽力搜捕。当时各乡居民防范绸缪,在所不免,嗣获犯后民情安帖,乡民并非全迁城内。州县遇有抢劫案件,据实具报,处分甚轻,若一讳匿,转成私罪。即被害之人,无不即时上控。现检查两县及各州县,并无被控抢劫案件。其无规避处分讳盗不报之事,自属可信。又吕恂上年代理天门县事,共收绅商捐输工赈钱文,查明各垸内实在贫民户口,择其公正绅士耆民,将钱文当堂给领。每垸给钱自一百余千至数十千文不等,有花名细册、绅耆领状可据。其余钱文,为修复各垸溃堤之用,均系绅耆经手,俱有工程底账可查。不但该员毫无沾染,且未假手吏胥,可保无克扣之弊。至制备御寒棉衣草衣,系该员捐廉施舍,并未报销,从何侵冒'等语。穆彰阿系钦派大臣,讷尔经额系新任湖广总督,交查事件,均无所用其回护。既据详查具奏,自系实在情形。蒋立镛所奏,著毋庸议。"

注释

[1]翰林院侍讲学士:官名。元明　　清翰林院均置此职,讲论文史,甚为清

显。并不实际担任讲经之职,实任需加经筵官之衔。明品等为从五品,清为从四品。主要任务为文史修撰,编修与检讨。

臣:对皇帝,汉人官员自称臣、微臣或臣等,宦官及清代旗籍文武官员对皇帝自称奴才。都是谦称。

棍徒:恶棍,无赖。

查参:调查参劾。

儆:告诫,警告。

仰祈圣鉴:祈请皇上审阅。

[2]窃惟:私下考虑。谦辞。

[3]堤工:堤防工程。

[4]蠲(juān)缓:指免征或缓征赋税。蠲:除去,免除。

[5]饬令:上级命令下级。多用于旧时公文。

侵冒:非法占有公物或他人之物。

俾:使。

[6]规避处分:设法躲避(对这类事的)处置。

[7]督抚:总督和巡抚的并称。明清两代最高地方官,兼理军政、刑狱。

出示:告示。

靖:治理。

[8]署:署理,兼摄。指代理,暂任或试充官职。

赈务:赈济的事务。

[9]被灾:受灾。

草衣:粗劣的衣服。

[10]苏:拯救,解救。

[11]职备讲官:指作者时任翰林院侍讲学士。职备:备职。任职的自谦之词。犹言徒充其职。备:备员。充数,凑数。

奏事:向皇帝陈述事情。

壅于上闻:隐藏实情而不向朝廷呈报。上闻:向朝廷呈报。

[12]缮折恭奏,伏乞圣鉴:写上奏折,恭敬地呈上,祈请皇上审阅。缮:抄写。敬辞。伏乞:向尊者恳求。与"伏祈"相同。

[13]道光十二年:壬辰,1832年。

知人安民赋

蒋立镛

粤稽古帝,岳牧畴咨[1],仰光华于复旦,体覆载以无私[2]。明四目而达四聪,一人方思赞赞[3];刊九山而陂九泽,庶民共乐熙熙[4]。惟执中之心法,有皋陶之见知[5]。往者洪流初警,狂狂獉獉[6]。缅义皇其远我，思左右而惟人[7]。屈轶之草在庭，时方指佞[8]；蓂脯之风似扇，泽待饮醇[9]。纵有邪触神羊，保无良莠之杂出[10]；当兹政除害马，要使风俗之还淳。帝乃运全神，昭大德[11]；鉴人伦，定民则[12]。官分乎伯羲仲和，壤辨乎黎青坟黑[13]。冀铎韬其入告，尔乃嘉谋嘉猷[14]；伫秸秸以偕来，奏庶艰食鲜食[15]。其知人也，外著文明，内涵浚哲[16]。如轩镜之在县，如善旌之可结[17]。如铸焦山之鼎，匪奸弗形[18]；如求赤水之珠，匪幽弗澈[19]。岂纳于大麓之野，总百揆而风雨不迷[20]；宛居在深山之中，闻一言而江河若决[21]。其安民也，己饥己溺，以简以宽[22]。民利兴而耕凿普，民居定而巢窟安[23]。桑土既蚕，非复绚发俪皮之旧[24]；烝民乃粒，何有污尊抔饮之观[25]？可以阜吾民之财兮，航海梯山以作贡；可以解吾民之愠兮，衢歌壤击而腾欢[26]。则见夫凤仪于廷，汝为汝翼[27]；蚁慕于野，成邑成都[28]。民得人而乃治，人于民为最亲[29]。孰奏九成之箾，赓歌济乎八伯[30]；孰舞两阶之羽，感格迨夫七旬[31]？用作朕耳目股肱，慎乃在位[32]；畴若予草木鸟兽，政在养民[33]。于是皋陶复赞于禹曰：惟民厚生，惟人宣力[34]，何忧乎怀山襄陵，何畏乎巧言令色[35]？知之也必审，日严六而日宣三[36]；安之也勿迁，日出作而日入息[37]。如神明如父母，毋谓惟帝其难[38]；曰放勋曰重华，允为百王之则[39]。

我皇上贤路宏开，仁恩普济[40]。士赓械朴之歌，野美甘棠之愒[41]。乃犹乙夜观书，奎章草制[42]。盐梅舟楫，勖百职以寅清[43]；井里桑麻，裕四民而子惠[44]。方将六府修，三事和，而比隆于唐虞之世[45]。

题解

本文录自鸿宝斋编、清光绪二十年（1894年）上海斋石印本《赋海大观·卷五》第21页。

知人安民：知人善任，安定百姓。儒家典籍中倡导的为政之道。语出《尚书·皋陶谟》："在知人，在安民。"人：指官吏。民：指平民。

注释

[1]粤：古同"聿""越""曰"。文言助词。用于句首或句中。

稽：查考。

古帝：指前代帝王。

岳牧：泛称封疆大吏，国家重臣。为尧舜时四岳十二牧之省称。

畴咨：访问，访求。

[2]仰、体：上下文互文。仰体。谓体察上情。

光华于复旦：语出《尚书大传·虞夏传》："日月光华，旦复旦兮。"日月的光辉普照世间万物，一天又一天永不止息。相传舜将禅让给禹，便与大臣们唱起《卿云歌》，这是最后两句。诗句通过赞美日月的光辉，表达了君臣们希冀清明的政治能在神州大地处处实施，并能代代相传的良好祝愿。

覆载以无私：语出《礼记·孔子闲居》："天无私覆，地无私载，日月无私照。"天宇无私地覆罩万物，大地无私地承载万物，日月无私地照临万物。覆载：比喻帝王的恩德。

[3]明四目而达四聪：语出《尚书·舜典》："舜格于文祖，询于四岳，辟四门，明四目，达四聪。"据《尚书》记载，舜即位后曾向四岳求教，并要求群臣远视四方，以广开视听。四目：能观察四方的眼睛。四聪：能远闻四方的听觉。

赞赞：赞助。一说犹明明。语出《尚书·皋陶谟》："予未有知，思曰赞赞襄哉。"我并没有什么见识，只是一直在考虑如何成就治国之道罢了。

[4]刊九山而陂九泽：九山砍去林木可以献祭，九泽也设置了堤防。语出《尚书·禹贡》："九山刊旅，九川涤源，九泽既陂，四海会同。"九山大都斩木通道了，九条大河也已疏通了，九泽也大都修筑了堤防，四海之内统一了。

刊：削除。

九山：九条山脉，即岍（qiān）及岐至荆山、壶口、雷首至太岳、厎（dǐ）柱、析城至王屋、太行、恒山至碣石、西倾、朱圉（yǔ）、鸟鼠至太华、熊耳、外方、桐柏至陪尾、嶓（bō）冢至荆山、内方至大别山、岷山之阳至衡山。

陂（bēi）：堤防、圩岸。

九泽：雷夏、大野、彭蠡（lí）、震泽、云梦、荥波、菏泽、孟猪、猪野。

庶民：众民，平民。

乐熙熙：和乐的样子。

[5]执中之心法，有皋陶（yáo）之见知：禹能持中庸之道，皋陶是亲身经历而懂得的。语出《孟子·尽心下》："由尧舜至于汤，五百有余岁。若禹、皋陶，则见而知之；若汤，则闻而知之。"由尧、舜统治直至商汤治理国家，有五百多年，像禹和皋陶这些人，是亲身经历而懂得尧、舜之道的；象商汤，却是耳闻尧、舜之道才懂得的。

执中：谓持中庸之道，无过与不及。

心法:泛指授受的重要心得和方法。

皋陶:舜之贤臣。

见知:见而知之。指同时代的事,以别于后代对前代事的"闻而知之"。

[6]狂狂獉獉(pī pī zhēn zhēn):原始野蛮。

[7]羲皇:指上古伏羲时代。

[8]屈轶之草在庭,时方指佞:典自"屈轶指佞"。张华《博物志·卷三》:"尧时有屈轶草生于庭,佞人入朝,则屈而指之,一名指佞草。"屈轶草是神话中的草,传说尧太平盛世之时,生长在宫廷前,倘佞人入朝,便弯曲而指向他,故又叫指佞草。后因以屈轶指佞用为识别忠奸真伪的典故。

[9]蓂(shà)脯之风似扇:蓂脯亦作"蓂莆""蓂甫"。古代传说中的一种神异的草。《说文·艸部》:"蓂,蓂莆,瑞草也。尧时生于庖厨,扇暑而凉。"《白虎通·封禅》:"蓂莆者,树名也,其叶大于门扇,不摇自扇,于饮食清凉,助供养也。"《论衡·是应》:"言厨中自生肉脯,薄如蓂形,摇鼓生风,寒凉食物,使之不臭。"

[10]邪触神羊:谓辨触奸邪的獬豸(xiè zhì)。典自"獬豸触邪"。古代传说中有神羊,名獬豸,能辨邪触不正者。

[11]大德:儒家伦理思想范畴。以"大德"为圣人应有的至上的美德。《礼记·学记》孔颖达疏:"大德谓圣人

之德也。"

[12]鉴人伦:善品评或选拔人才。鉴:鉴识。人伦:谓品评或选拔人才。

民则:人们行为的准则。

[13]伯羲仲和:指羲氏和和氏兄弟。传说尧曾命羲仲、羲叔、和仲、和叔两对兄弟分驻四方,以观天象,并制历法。

黎青:青黎。青黑色。土青曰黎,似黎草色也。

坟黑:黑坟。色黑而坟起。谓土地肥沃。

[14]冀:希望,盼望。

铎鞀(táo):鞀铎。鞀鼓和木铎。古代察贤和征询民意时用。

尔乃:这才,于是。

嘉谋嘉猷(yóu):治国的好谋略、好规划。嘉谟:好计谋。嘉猷:治国的好规划。猷:谋略。

[15]伫:企盼,期待。

秸秸(zhì jiē):秸秸。禾秆。

奏庶艰食鲜食:语出《尚书·益稷》:"暨稷播,奏庶艰食鲜食。"(治毕洪水,舜)同后稷一起播种粮食,把百谷、肉食送给百姓。奏:进,进献。庶:庶民。众民,平民。艰食:谓百谷。鲜食:鲜活的食品。指鸟兽、鱼鳖之类。

[16]知人:谓能鉴察人的品行、才能。

外著文明,内涵浚哲:语出《尚书·虞书·舜典》:"舜曰重华,协于帝,浚哲文明。"舜的名字叫重华,与尧

帝志向相合。他智慧深邃，通达而善于治理天下。文明：谓文德辉耀。浚哲：深邃的智慧。

[17]轩镜之在县：轩镜即"轩辕镜"。任昉（fǎng）《述异记·卷上》："饶州俗传轩辕氏铸镜于湖边，今有轩辕磨镜石，石上常洁，不生蔓草。"古时传说铜镜是轩辕氏首先制作的，饶州曾有轩辕氏的磨镜石。后因用为咏镜的典故。县：通"悬"。

善旌之可结：善旌即古代人主为求善言所立之旗。语出《管子·桓公问》："舜有告善之旌而主不蔽也。"结：建造，构筑。

[18]铸焦山之鼎，匪奸弗形：传说夏禹以九牧之金铸鼎，上铸万物，使民知何物为善，何物为恶。另京口焦山有古鼎，相传周时物，上有篆文。

[19]求赤水之珠，匪幽弗澈：典自"黄帝失玄珠"。见《庄子·天地篇》："黄帝游乎赤水之北，登乎昆仑之丘而南望，还归，遗其玄珠。"后玄珠被象罔找到。求赤水：原文为"赤求水"。

[20]纳于大麓之野，总百揆（kuí）而风雨不迷：语出《尚书·舜典》："纳于百揆，百揆时叙。宾于四门，四门穆穆。纳于大麓，烈风雷雨弗迷。"尧命舜总管所有事务，舜也处理得井井有条。又叫舜广开四方之门，迎接各方觐见的部落首领，来朝的宾客都肃然起敬。又叫舜深入山林，行祭祀山川之事，风雨得以调顺。大麓：广大的山

林。百揆：总理国政之官。

[21]居在深山之中，闻一言而江河若决：语出《孟子·尽心上》："舜之居深山之中，与木石居，与鹿豕游，其所以异于深山之野人者几希；及其闻一善言，见一善行，若决江河，沛然莫之能御也。"舜住在深山的时候，在家只有树和石，出外只见鹿和猪，跟深山中的一般人不同的地方极少；等到他听见一句好的言语，看到一桩好的行为，便采用推行，这种力量，好像江河决了口，哗啦哗啦地没有人能阻止得住。

[22]己饥己溺：看到有人挨饿或落水，就好像是自己造成的一样。后世多用以作为称颂统治者体恤下情，关心民间疾苦的套语。语出《孟子·离娄下》："禹思天下有溺者，由己溺之也。稷思天下有饥者，由己饥之也。"禹见到世上有落水的人，就觉得是自己使他落水的；稷见到天下有挨饿的人，就觉得是自己使他吃不饱的，所以急急忙忙去拯救。

以简以宽：语出《尚书·大禹谟》："临下以简，御众以宽。"以简约的法则统治臣民，以宽容的态度驾驭百姓。

[23]耕凿：耕田凿井。泛指耕种，务农。

巢窟：此处泛指栖居。

[24]桑土既蚕：《尚书·禹贡》："桑土既蚕，是降丘宅土。"土地已能种植桑树，饲养家蚕，人们从躲避洪水所

筑的高坡上搬下平地居住了。

绹（táo）发：单缠结头发的方法，古书上称之为绹发。

俪皮：成对的鹿皮。古代用为聘问、酬谢或订婚的礼物。

[25] 烝（zhēng）民乃粒：语出《尚书·益稷》："烝民乃粒，万邦作乂（yì）。"百姓有粮食吃，天下才能安定。烝民：众民，百姓。

污尊抔（póu）饮：谓掘地为坑当酒尊，以手捧酒而饮。

[26] 阜吾民之财、解吾民之愠：使百姓财物丰厚，让百姓消除怨怒。《南风歌》是一首表现上古太和气象的诗歌，传为虞舜所作。其歌曰："南风之薰兮，可以解吾民之愠兮。南风之时兮，可以阜吾民之财兮。"后因以阜财解愠为民安物阜、天下大治之典。

航海梯山：渡过大海，攀越高山。谓经历艰远的途程。

衢歌壤击：同"击壤讴歌"。此指到处都有歌颂祝祷。相传帝尧时，一老者边击壤，边唱道："日出而作，日入而息，凿井而饮，耕田而食，帝力于我何有哉？"后以击壤指歌颂太平。衢歌：街头巷尾的歌谣。指民歌。壤击：击壤。

[27] 凤仪于廷：语出《尚书·益稷》："箫韶九成，凤凰来仪。"箫韶之乐演奏九遍，扮演凤凰的舞队错落相间，仪态万方。仪：仪态，仪容。廷：虞廷。

汝为汝翼：语出《尚书·益稷》：

"臣作朕股肱耳目。予欲左右有民，汝翼。予欲宣力四方，汝为。"大臣们做我的左膀右臂和心腹耳目。我佑助人民，你们要辅助我。我要宣力于四方，你们要尽力而为。

[28] 蚁慕于野：指万民向往。《庄子·徐无鬼》："羊肉不慕蚁，蚁慕羊肉，羊肉膻也。"后以蚁慕比喻向往、归附。

成邑成都：相传舜三度迁移，百姓慕德而从，所至处自成都邑。形容圣人到处都受到百姓的拥戴。语出《吕氏春秋·贵因》："舜一徙成邑，再徙成都，三徙成国。"

[29] 民：指平民。

人：指官吏。

[30] 九成之箾（xiāo）：指九章韶乐。语出《尚书·益稷》："箫韶九成，凤凰来仪。"九成：犹九阕。乐曲终止叫成。箾：古同"箫"。

赓歌：酬唱和诗。

济：此处为"及"的意思。

八伯：古代畿（jī）外八州的最高长官，分别掌管四方诸侯，相传尧舜时皆有。

[31] 舞两阶之羽，感格迨夫七旬：语出《尚书·大禹谟》："帝乃诞敷文德，舞干羽于两阶，七旬，有苗格。"帝舜从此大兴德政，民众挥着盾牌、美羽在帝廷前跳着舞。七十天后，三苗前来归顺。

两阶：宫廷的东、西阶梯。主人走

东阶,客人走西阶。

羽:干羽。古代舞者所执的舞具。文舞执羽,武舞执干。指文德教化。

感格:感动,感化。此处指归顺。

迨:等到,及。

七旬:指战争持续七十天。

[32]用作朕耳目股肱:参见上文"汝为汝翼"注释。

慎乃在位:帝王在位,当谨慎从事。语出《尚书·益稷》:"都,帝!慎乃在位。"

[33]畴若予草木鸟兽:谁来给我管理山川的草木鸟兽。语出《尚书·舜典》:"畴若予上下草木鸟兽?"

政在养民:语出《尚书·大禹谟》:"德惟善政,政在养民。"有德行的国君要善于修政,修政的目的在于养民。养民:养育人民。

[34]厚生:使人民生活充裕。

宣力:效力,尽力。

[35]怀山襄陵:谓洪水汹涌奔腾溢上山陵。语出《尚书·尧典》:"荡荡怀山襄陵,浩浩滔天。"怀:包围。襄:升到高处。

巧言令色:指用花言巧语和媚态伪情来迷惑、取悦他人。语出《尚书·皋陶谟》:"何畏乎巧言令色孔壬?"哪里还畏惧花言巧语善于装假的坏人呢?

[36]知之也必审:语出《孔子家语·五仪解第七》:"知不务多,必审其所知;言不务多,必审其所谓;行不务

多,必审其所由。"知识不求多,但必须审查自己所知道的是否正确;言语不求多,但必须审查自己所说的是否必要;行动不求多,但必须审查自己所作所为的具体途径。

日严六而日宣三:语出《尚书·皋陶谟》:"日宣三德,夙夜浚明有家;日严祗(zhī)敬六德,亮采有邦。"每日能表现出三种美德,日夜都恭敬努力,卿大夫就能保持其封地。每天能庄严地实践六种美德,用以辅助政事,诸侯就能保持他的邦国。严:通"俨"。矜持、庄重的样子。宣:表现,践履。

[37]安之也勿迁:安土重迁的意思。

日出作而日入息:参见上文"衢歌壤击"注释。

[38]惟帝其难:连帝王也感到不容易。语出《尚书·皋陶谟》。

[39]日放勋日重华:指尧舜。《尚书·尧典》:"曰若稽古,帝尧曰放勋。"《尚书·舜典》:"曰若稽古,帝舜曰重华。"

允:确实。

则:楷模,准则。

[40]贤路宏开:同"广开贤路"。从多方开辟招纳贤才的途径。宏开:大开。

[41]棫(yù)朴之歌:棫朴为《诗经·大雅》中的篇名。该篇诗序称是咏"文王能官人也",故多以喻贤材众多。

甘棠之憩:典自"憩棠"。《史记·燕召公世家》:"召公巡行乡邑,有棠树,决狱政事其下,自侯伯至庶人各得其所,无失职者。召公卒,而民人思召公之政,怀棠树不敢伐,歌咏之,作《甘棠》之诗。"《诗经·召南·甘棠》:"蔽芾甘棠,勿翦勿败,召伯所憩。"此为周人怀念召伯德政的颂诗。后因以憩棠喻地方官的德政。

[42]乙夜观书:典自"乙览"。唐代苏鹗《杜阳杂编·卷中》:唐文宗曾对左右说:"若不甲夜视事,乙夜观书,何以为人君耶?"甲夜、乙夜分别指初更、二更时分。视事指处理政务。后遂称皇帝亲阅为乙览。

奎章草制:草拟诗文书法。奎章:指帝王的诗文书法等。草制:草拟制书。

[43]盐梅舟楫:盐和梅调和,舟和楫配合。喻指辅佐的贤臣。盐梅:盐和梅子。盐味咸,梅味酸,均为调味所需。亦喻指国家所需的贤才。舟楫:比喻宰辅之臣。

勖(xù):勉励。

寅清:语出《尚书·舜典》:"夙夜惟寅,直哉惟清。"早晚都要精诚、洁净地主持祭礼啊。后世多以寅清为官吏箴戒之辞,谓言行敬谨,持心清正。寅:恭敬。清:廉洁。

[44]四民:旧称士、农、工、商为四民。

子惠:慈爱,施以仁惠。

[45]六府修,三事和:"六府三事"为古代政教纲目。六府:古以水、火、金、木、土、谷为六府。这是民众生活必需的物质。府为储藏货财之处,此六者为货财所聚,故名。三事:指正德、利用、厚生。这是治理民众的三件政事。语出《尚书·大禹谟》:"地平天成,六府三事允治。"水土平治,万物长成,六府三事得到切实的治理发展。

比隆:同等兴盛。

唐虞:尧舜。

杨忠烈公(杨涟)文集序

蒋立镛

君子之于小人,若水火之不相容、薰莸之不相合[1]。故君子见奸欺无君者[2],攻之不遗余力。然求其无害于国而止,不必遽置诸死也。小人则阴伺巧中,快心于搒掠斩杀、血肉狼籍,使善类股栗[3],畏其毒而逃其灾,然后为所得为,莫敢吾抗[4],而不知恶盈祸极、殒身赤族,其惨烈有甚于君子创惩所不忍至者[5]。而国随颠覆,无救于亡。此忠魂毅魄所为痛哭于九原,而遗憾于君之不明、天之不祚者也[6]。

吾乡杨忠烈公以劾魏珰惨死诏狱[7],天下莫不伤之。吾谓公之死于逆竖也[8],犹死于蛇虎寇盗鬼魅也。古今类然,亦何足异?所可惜者,公有应变之才、持重之力、识远之量[9]。值多事之际,足以扶危而立倾,振衰而兴废。以立朝未久,任事未重[10],仅以气节显也。而天下且惊之,后世且慕之,是以龙比视公,不知以伊吕视公矣[11]。夫公未尝与朝士为仇,特以盛名直节为人嫉忌[12],故谤伤者众,思避其锋而卒之不免。盖时党祸方炽,逆珰既切齿而甘心,群小即阿附以相戕贼[13]。而正人又分门户于其间,视其死为不切于己[14]。故与同狱诸君子体无完肤,而尸填牢户也。观公之请移宫也,未尝不欲善全李选侍;其谏内批屡降也,未尝不欲戒谕忠贤,使保全恩宠[15]。其后司风宪也[16],忠贤少知顾忌,久不敢肆。公亦安之,冀其改图[17]。自非恶不可忍,公亦不至尽列其罪,呼祖吁天也。其论辽沈黔蜀败衄之势、应敌择将之道[18],洞若观火;殷忧硕画[19],在远不忘。其恬退田里,又有倏然尘表之致[20]。或谓公之情过激而气过亢者,实未尝合公生平始终而熟察深论之也。夫公之死惨矣,不一瞬而起东林之狱[21],其惨亦不减于公,岂皆劾逆珰者哉?道消道长[22],其势然也。嗟乎!公之一疏,虽不足启昏主之聪、伸直臣之气,而逆珰族灭之祸,实发于此。然则公固非无功徒死者矣,况雪冤、赐谥、赠荫优加,至我朝犹庙食不替[23]。虽非公所冀幸,然是可为效忠者劝也[24]。夫公固不徒以文字显[25],然读其文,可以想见其性情之和平、志气之坚定,悉由学之正与养之优,而非"婞直以亡身"与脂韦以避祸者所得借口也矣[26]。

日讲起居注官,翰林院侍读学士[27],前左右春坊中允、赞善,国史馆纂修,河南、广西主考官[28],乡后学蒋立镛顿首拜撰。

题解

本文录自杨涟著、清道光十三年(1833 年)版《杨忠烈公文集·蒋序》第 9 页。参见本书第一卷周嘉谟《表忠歌》题解。

注释

[1]薰莸(yóu):香草和臭草。喻善恶、贤愚、好坏等。

[2]奸欺:虚伪欺诈。

无君:"无父无君"的省略。孟轲斥责墨翟、杨朱之语。后以讥刺无伦常者。

[3]巧中:"巧中说话,巧中有人"的意思。都碰巧了,碰巧正谈话,碰巧有人听。意谓说话正恰被有关的人听到。

榜掠(péng lüè):也作"榜掠(péng lüè)"。拷打。

善类:善良的人,有德之士。

股栗:大腿发抖。形容恐惧之甚。

[4]莫敢吾抗:"莫敢抗吾"的倒装。吾:指上文"小人"和下文"魏珰"。

[5]殒身:丧生。

赤族:诛灭全族。

创惩:惩戒,惩处。

[6]祚(zuò):保佑,赐福。

[7]魏珰(dāng):指魏忠贤。珰:汉代武职宦官帽子的装饰品,后借指宦官。

诏狱:又称锦衣卫狱。明朝由锦衣卫掌管的特殊刑狱。

[8]逆竖:对叛逆者的憎称。

[9]持重:稳重,谨慎。

识远:见识远大。

[10]立朝:指在朝为官。

任事:犹言承担职务。

[11]伊吕:指伊尹和吕尚。商伊尹辅商汤,西周吕尚佐周武王,皆有大功,后因并称伊吕泛指辅弼重臣。

[12]朝士:朝廷之士。泛称中央官员。

直节:谓守正不阿的操守。

[13]党祸:指因党争而引起的祸难。

戕(qiāng)贼:残害。

[14]正人:正直的人,正派的人。

不切于己:与己无关。切:靠近,贴近。

[15]请移宫、李选侍:指杨涟于泰昌元年(1620 年)迫李选侍移宫。

内批:从宫内传出来的皇帝圣旨。

戒谕:告诫,训导。

[16]司:掌管。

风宪:古代御史观民风正吏治,谓之风宪。明代监察机关都察院又称风宪衙门,风宪官即监督法律执行的御史。

[17]改图:改变计划。

[18]败衄(nù):战败。

[19]殷忧:忧伤。

硕画:远大的谋划。

[20]恬退:指安然退隐。

田里:指故乡。

倏(shū)然:迅疾。

尘表之致:谓人品超世绝俗,达到极致。

[21]东林:指明末东林党。

[22]道消道长:"小人道长,君子道消"的化用。道德卑下的人得势,品德高尚的人必定失势。邪气上升,则正气下降。语出《否·彖(tuàn)传》:"内阴而外阳,内柔而外刚,内小人而外君子,小人道长,君子道消。"

[23]赐谥:大臣死后,天子依其生前事迹评定褒贬给予称号。

赠荫:古代朝廷对已死有功人员的子孙授以官爵。

优加:优礼有加。指给予优待礼遇。加:施加。

庙食:谓死后立庙,受人奉祀,享受祭飨。

不替:不废弃。坚持不变。

[24]冀倖:犹倖幸,希冀。

劝:奖勉,鼓励。

[25]不徒:不独。

[26]婞(xìng)直以亡身:语出屈原《离骚》:"鲧(gǔn)婞直以亡身兮,终然夭乎羽之野。"鲧太刚直不顾性命,

结果被杀死在羽山荒野。婞直:倔强,刚直。

脂韦:油脂和软皮。比喻阿谀或圆滑。语出《楚辞·卜居》。

[27]日讲起居注官:清代秘书官员,侍从皇帝,记录皇帝言行,兼入宫讲论经史。由翰林、詹事等日讲官担任。

翰林院侍读学士:官名。翰林院学士之一,职在为皇帝及太子讲读经史,备顾问应对。

[28]左右春坊中允、赞善:春坊为官署名,指太子宫府。魏晋以来,称太子宫太子府为春坊。唐置太子詹事府,以统众务,置左右二春坊,以领各局。清朝詹事府置左右春坊,其长官为左右庶子,正五品。其属官有左右中允,正六品;左右赞善,从六品。左右春坊各官,掌记注撰文。

国史馆纂修:国史馆为翰林院附属机构。国史馆的提调、总纂、纂修等官,多由翰林院官员兼任。总纂地位较高,不一定亲自参加具体编纂,而最后由其总成。纂修、协修分司具体编纂,而以纂修为主,其职多由内阁侍读学士、侍读及翰、詹人员充任。

主考官:明清科举考试主持各省(包括京城)乡试的主试官。

香案集序

蒋立镛

起居注官,即古左史也[1]。地分清切,仪制綦崇[2]。《大清会典》暨《词林典故》载之详矣,然往往有临时检阅及履其地而茫无所措者[3]。

镛自道光元年四月[4],蒙恩命充是职。资俸未深,讲求益切[5]。每次记之以诗,俾无遗忘。迄今十三年来,凡朝祭燕射、在宫在园之地[6],几于遍历。回忆曩昔,同直膺封圻、跻卿贰者大半[7]。至或以出使暂离,或以改官[8],再到新旧更换,岁不绝书。惟镛以结袜之材,备簪毫之选[9],未尝一日稍闲。此中之聚散存亡,则又感慨系之矣。兹同人以镛久历是职,问途已经[10],因出拙诗正之,咸谓援据详明[11],可为先导。乃不揣固陋,更加删补,都为一册[12],计七律三十八首,付之剞劂,即作侍班册档可也[13]。若夫行围、橐笔之荣,则请俟诸异日[14]。

道光十三年癸巳嘉平除日,蒋立镛识[15]。

题解

本文录自蒋立镛著、清道光十三年(1833年)版《香案集》。书名"香案集"由蒋立镛同年程恩泽题。本文标题为本书编者所加。

香案:典自"香案吏"。元稹曾为宰相,谪出为浙东观察使,自称是玉皇香案吏谪居蓬莱。后因以香案吏借指在朝官员。

注释

[1]起居注官:随侍天子左右记录天子言行的官。清代由翰林、詹事等日讲官兼任。

左史:古代史官。周代左史主记国君行动。

[2]地分(fèn):地步、情况。

清切:清贵而切近。指清贵而接近皇帝的官职。

仪制:礼仪制度。

綦(qí)崇:极高。

[3]履其地:指亲临其地。

[4]道光元年:辛巳,1821 年。

[5]资俸:资历和俸禄。

讲求:修习研究。

[6]朝(zhāo)祭:满族旧时祭祀活动。因于清晨举行,故名。

燕射:古代射礼之一。指宴饮之射。泛指宴饮作乐。

[7]曩(nǎng)昔:往日,从前。

同直:指朝臣一同当值。

膺封圻(qí):承当封疆大吏之任。封圻:指封疆大吏。

跻卿贰:升迁为侍郎。卿贰:侍郎的别称。尚书为卿,故副手侍郎为贰卿,也称亚卿。

[8]改官:旧时官员晋升调任的一种制度。

[9]结袜之材:做袜子的材料。有浅薄之材的意思,为自谦之辞。典自"袜材"。苏轼《筼筜(yún dāng)谷偃竹记》:"(文)与可画竹,初不自贵重。

四方之人持缣素而请者,足相蹑于其门。与可厌之,投诸地而骂曰:'吾将以为袜!'"

备簪毫之选:候选皇帝身边的近臣。簪毫:簪笔。借指皇帝身边的近臣。

[10]同人:旧时称在同一单位共事者或同一行业中人。

问途已经:问途于已经。问路要向走过此路的人打听。

[11]援据:引证。

[12]都:总。

[13]剞劂(jī jué):本指刻镂的刀具,此处是雕版、刻印的意思。

侍班:古代臣下轮流在宫内或行在所随侍君王,记事、记注起居,或处理其他事务,称侍班,即入直。

册档:簿册,卷宗。

[14]行围:又称打围或围猎。清入关前,满族社会已盛行,后渐成制度。

橐(tuó)笔:古代书史小吏,手持橐(náng)囊,簪笔于头,侍立于帝王大臣左右,以备随时记事,称作持橐簪笔,简称橐笔。

[15]道光十三年:1833 年。

嘉平:腊月的别称。本为腊祭的异名。腊祭,每年十二月八日举行的年终祭祀,以祭先祖百神为主,故十二月称嘉平。

除日:农历十二月最后一天。

史氏宗谱叙

蒋立镛

粤昔家严典试两浙,命镛复桑梓应试,肃函礼聘芷田老夫子大人馆于家塾[1]。镛荷裁成,盖以老夫子与家严肄业兰台书院,文行兼优,同攉黉宫仪在,月谊久矣[2]。镛质鲁,蒙诲谆谆,得与兄醉六列门下,游泮食廪[3]。辛酉科,羲民叔及门获选,镛以未拔见责[4]。甲子秋庆登蕊榜[5],辛未夏领祀枣糕,兼以屡邀典试,职司衡鉴,差可稍慰殷怀[6]。时奉严命扶慈榇归里,闻夫子讲乾滩姻眷徐云屏家,就馆叩谒,视镛不胜欣喜,犹然先年函丈受业景象[7]。逗留三日,晤两世兄鹤年、朝臣,曩昔之同窗如昨,故复之聚首益亲,絷维两夕[8],话及修谱一事,敬承钧训,附序谱牒,不敢以谫陋辞[9]。

窃夫子世家溧阳,系周太史佚公之后,以官为氏,籍楚有年,簪缨不替[10],盖先世德泽所留贻者远也。忆镛留京时,尝与南省贵族修撰致光先生叙府世系[11],已洞悉其渊源。越明至今,景陵贤书世登,乡贤崇祀,代不乏人,实吾邑望族也,奚俟镛赘[12]?镛与府属通家[13]。凡为子弟者,务沐先人遗泽,不忘累世家声。龙门接武,应征伏蒲上,世袭忠箴[14];麟阁著勋,讵仅灌邺旁,民歌贤令[15]?"粲乎隐隐,各得其所[16]。"庶无负吾夫子命序之深意云[17]。

赐进士及第、翰林院修撰[18]、诰授资政大夫、内阁学士兼礼部侍郎、受业门生蒋立镛顿首拜撰。

题解

本文录自清咸丰五年(1855年)版、天门市干驿镇史岭村《史氏宗谱·序》第3页。

注释

[1]粤:古同"聿""越""曰"。文 言助词。用于句首或句中。

家严:对自己父亲的谦称。

典试:主持考试。

两浙:指浙江省。今浙江省以富春江等为界分为浙东、浙西。

肃函:恭敬地上书。旧时致函尊长或朋辈较尊者之用语。

馆:教私塾。

[2]裁成:犹栽培。谓教育而成就之。

肄(yì)业:修习课业。古人书所学之文字于方版谓之业,师授生曰授业,生受之于师曰受业,习之曰肄业。

同擢黉(hóng)宫仪在:疑指一同被举拔为学宫的表率。黉宫:旧指学宫。

月谊:疑为"年谊"的化用。芷田老夫子与蒋祥墀只是同学,不是同年。年谊:科举时代称同年登科的关系。

[3]质鲁:质朴鲁钝。

游泮:明清科举制度,经州县考试录取为生员而入学的,称为入泮,也称游泮。泮:泮宫,即古代的学宫。

食廪:食廪饩(xì)。指成为有津贴的廪膳生。

[4]辛酉:清嘉庆六年,1801年。

及门:指受业弟子。

见责:被责备,责备我。

[5]甲子:清嘉庆九年,1804年。

蕊榜:传说中道教学道升仙,列名蕊宫。后指科举考试中揭晓名第的榜示为蕊榜。

[6]辛未:清嘉庆十六年,1811年。

枣糕:清朝宫廷御用糕点,曾有宫廷第一糕点之美称。

衡鉴:品评,鉴别。

差可:犹尚可。勉强可以。

[7]榇(chèn):古时指内棺,后泛指棺材。

乾滩:今天门市干驿镇。

姻眷:姻亲。

函丈:原谓讲学者与听讲者坐席之间相距一丈。后用以指讲学的坐席。

[8]世兄:明清时称座师、房师的儿子为世兄。后亦为有世交的平辈间之互称。

絷(zhí)维:谓绊马足、系马缰,示留客之意。语出《诗经·小雅·白驹》。

[9]钧训:尊称别人的训示。

谫(jiǎn)陋:浅陋。

[10]有年:多年。

簪缨:古代官吏的冠饰。比喻显贵。

不替:不废弃。坚持不变。

[11]南省贵族修撰致光先生:当指史致光。史为浙江绍兴人,清乾隆五十二年(1787年)丁未科状元,授翰林院修撰。历湖北乡试正考官、云南贵州布政使、云贵总督等职。贵族:对他人宗族的敬称。

府世系:指史府世系。下文"府"也指史府。

[12]越明:经过了明代。

贤书世登：每一代都有人中举。"登贤书"为科举考试用语。指乡试中举。贤书：本义指举荐贤能的名单。

乡贤崇祀：入乡贤祠接受崇拜奉祀。乡贤：地方上有才德与有声望的人物。

代不乏人：代有其人。指每一时期或世代都有同类的人出现。

望族：有声望的家族。

奚俟镛赘：哪里还要等到我蒋立镛来赘述？

[13]通家：犹世交。

[14]龙门：喻声望高的人的府第。也可以理解为众望所归者。

接武：步履相接。前后相接，继承。

伏蒲：汉元帝欲废太子，史丹候帝独寝时，直入卧室，伏青蒲上泣谏。事见《汉书·史丹传》。后因以伏蒲为犯

颜直谏的典故。

忠箴：忠诚的劝告。

[15]麟阁："麒麟阁"的省称。泛指画有功臣图像的楼阁。

讵：岂。

灌邺：指史起"引漳水灌邺"。史起，战国魏人，在西门豹后约百余年也为邺令，曾引漳水灌邺地之田，以富河内，民歌颂之："西门溉其前，史起灌其后。"（语出左思《魏都赋》）

贤令：贤明的县令。

[16]粲乎隐隐，各得其所：语出班固《西都赋》。本指分职明显，各业兴盛，各如其所愿。此处指史氏前贤盛多，各自受到或朝或野的肯定。

[17]庶：庶几。也许。表示希望。

[18]赐进士及第：原文为"赐进士出身"。

恭祝诰封孺人易岳母王太孺人六十寿序

蒋立镛

吾邑与云杜接壤[1]，自五华山逦迤而西，重峦叠嶂，绵亘数百里。其间世家大族、代承科目、蔚然称极盛者[2]，首推易氏。镛以子婿故，悉其世德最审，而于岳母王太孺人之懿范尤详[3]。

甲子冬，既与内子拜别后堂束装来京[4]。又二年，内兄珊屏以谒选来[5]。又二年，珊屏之同祖弟莲航以赴礼闱试继来，来则道孺人之德意不置[6]。辛未春[7]，莲航与镛同举进士。孺人闻报时喜其侄之

能成名,并喜镛之能与其侄之相与有成也[8]。

镛窃计甲子迄今,违孺人之训者九年,而孺人年已六十矣。莲航供职薇省,将以八月某日为堂上人开五旬双寿之觞,珊屏昆季亦必有以寿孺人[9]。乃莲航告镛曰:"适得家言,严君以祖母在堂[10],辞不为寿。"并述孺人之意,以辞镛之为孺人寿,斯固恒言不称老之义。而莲航之所以寿其堂上人,与珊屏昆季之所以寿孺人,究乌能已[11],则镛之所以寿孺人又乌能已哉?

孺人系出琅琊望族[12]。年及笄,归我岳父穆亭公[13]。公为眉川公之仲子,伯则静亭先生,叔则厚斋先生。方眉川公官教授时,三人迭往侍养[14]。孺人事姑余太孺人尽孝,即以姑命持家政,操井臼[15],勤纺织,甚得欢心。迨眉川公授广宁县尹[16],伯叔眷属俱奉太孺人来署。孺人与穆亭公摒挡门户,井井有条。是时值邪教蜂起,乡间讹言贼至[17],各谋奔窜。孺人持重筹画[18],而贼卒不至。已而眉川公解组归里[19],筑室于陈山之阳,日与诸孙欢娱。孺人则朝餐夕膳,手调以进,一家团栾之乐至斯而一聚[20]。"夫家人离,必起于妇人。故睽次家人,以二女同居其志不同行也[21]。"孺人娣娌三人,人各男女七八人;仆婢佣厮几及数十人[22]。孺人以仲妇持家,而能同居合食,一门孝友,阃以内奉若家督,虽古之义门,何以加焉[23]?

又数年,伯以豫章库使去,叔以枣阳训导去,老人甘旨之奉[24],肩任一身。而诸侄子女之留而未去者,悉依孺人左右,视如己出。其己女暨侄女之已嫁者亦必时加存问[25],而究无尺帛寸缕之私。盖孺人性本仁厚,而济之以敬慎,明于大义,不为毫发私利计,故宜于其家如此也。

南庄为子弟读书之所,距家里许。中植松杉百余,本杂以桃梨梅杏、芰荷兰蕙之属,俾得游息其间[26]。四围石垣缭之,前通一门,不禀白不得出。凡饮食衣服之用、纸札膏火之需,惟一老仆往来。昔吕原明甫十岁,申国夫人教极严[27]。市井里巷,郑卫之音[28],未尝一接于耳;不正之书,非礼之色,未尝一接于目。故公之德器大异于人[29]。今孺人之教若此,不宜其克昌厥后欤[30]?长君珊屏以名诸生就选广文，丁卯一应京兆试，荐而未售[31]，旋出摄石首□□□□眉川公鳣堂旧舍[32]，一时老学□□□□□之。群季亦英挺俊秀。诸孙林□□□□□孺人顾而乐之。壬戌覃恩[33]，以叔枣阳训导□□花灿烂，闾里观光。而孺人执谦益下[34]，无日不□□妇事，上以慰九衮起居之心，下以励封鲊丸熊□□[35]。至振济贫乏，虽厚费不之惜，其所以博德施仁□□后福者至矣。他日珊屏昆季联翩，捷步看花[36]□□莲航同官京师，方将□□□锡，显亲扬名，孺人且安舆迎养鱼轩[37]□□□□□衣相辉映。而镛亦得从莲花幕里瞻元□□□□流霞之杯[38]，则镛之所以寿孺人又在彼……

赐进士及第、翰林院修撰、愚婿蒋立镛顿首拜撰。

嘉庆十七年十月[39]。

题解

本文录自蒋立镛贺寿条屏。原件藏京山博物馆。

诰封：明清时代对官员及其先代和妻室授予的封典，五品以上由皇帝诰命授予，称诰封，即封诰；五品以下用敕命授予，称敕封。清代制度，以封典给官员本身称为授，给官员曾祖父母、祖父母、父母和妻室，存者称为封，已死的称为赠。

文中提到的"南庄"指今京山市永兴镇南庄村七组。眉川公即易履泰，举人，曾任汉阳府教授、广东广宁知县。易履泰有三子：易大枞（静亭先生）、易大谟（穆亭公，蒋立镛岳父，易本瑛之父）、易大醇（厚斋先生，枣阳训导，易镜清之父）。易本瑛，字珊屏，石首训导。易镜清，字本杰，号莲航，进士，庆阳知府。

注释

[1]云杜：京山市的旧称。

[2]世家大族：世代显贵的家族。科目：指通过科举取得的功名。

[3]世德：累世的功德，先世的德行。

审：详细，仔细。

懿范：专用以赞美妇女的好品德。

[4]甲子：清嘉庆九年，1804年。

内子：妻的通称。称己之妻。

[5]谒选：官吏赴吏部应选。

[6]礼闱：指礼部或其考试进士的场所。

不置：不舍，不止。

[7]辛未：清嘉庆十六年，1811年。

[8]相与：共同，一道。

[9]薇省：紫薇省的简称。借指中

枢机要官署。

堂上人:指父母。父母居住的正房称堂上。

昆季:兄弟。长为昆,幼为季。

[10]适得:恰恰得到。

[11]乌:何,哪里。

[12]琅琊:指王姓郡望琅琊郡。今山东临沂。

望族:有声望的家族。

[13]及笄(jī):笄是古代妇女簪的一种。照礼制,女子成年才能著笄,古称及笄,就是表示已成年,可以结婚。

归:出嫁,嫁。

[14]教授:清代府学官称教授,州学官称学正,县学官称教谕,负责教育所属生员。

侍养:奉养。

[15]姑:称夫之母,公婆。

操井臼:身操井臼。亲自汲水舂米。指亲自操持家务。

[16]迨:等到,及。

县尹:元代称知县为县尹。

[17]讹言:虚假、谣传的话。

[18]持重:稳重,谨慎。

[19]解组:解下系印的丝带,指辞官。组:丝带。

[20]团栾:团聚。

[21]夫家人离,必起于妇人。故睽(kuí)次家人,以二女同居其志不同行也:语出周敦颐《通书·家人睽复无妄第三十二》:"家人离,必起于妇人。

故睽次家人,以二女同居而志不同行也。"家人这一卦最主要的是内卦离中间的阴爻,它代表的是家庭主妇。一个家庭要想搞好,要想有起色,必然是因为家庭主妇很好。睽卦在《周易》的卦序排位上,仅次于家人卦。说两个女儿都居住在家里,她们各怀心意,各打各的算盘。二女:指出嫁的和没有出嫁的女子。

[22]佣厮:厮佣。佣工,雇工。

[23]孝友:孝顺父母、友爱兄弟。

阃(kǔn)以内奉若家督,古之义门,何以加焉:一家人把(岳母)当作家长,即使是古时候尚义的门族,也没有超过岳母家的。

阃:门槛,门限。

家督:谓家长,户主。

义门:旧谓尚义的门族。

何以:反问的语气,表示没有或不能。

加:超过。

[24]豫章:古代区划名称。江西建制后的第一个名称,即豫章郡(治南昌县)。

库使:官名。清代设于中央部、院、寺之各库,为未入流之库官。掌守档册,或兼司出纳,或供令使。

训导:学官名。明清府、州、县学皆设训导,为府学教授、州学学正、县学教谕的副职。

甘旨之奉:儿子侍奉母亲的饮食。这话含有恭维的口吻。甘旨:美味的食物。奉:侍候。

[25]存问:问候、探望。通常带有客气的意思。

[26]芰(jì):菱角。

游息:犹行止。

[27]吕原明:吕希哲,字原明,寿州(治今安徽凤台)人。吕公著长子。北宋理学家。著《岁时杂记》。官至光禄少卿。

申国夫人:即北宋大臣吕公著之妻,性严有法,教子成名。

[28]郑卫之音:本是春秋战国时郑、卫两国的民间音乐,儒家认为不同于雅乐,故称为淫靡之声。

[29]德器:道德修养与才识度量。

[30]克昌厥后:做善事来庇荫子孙,使得子孙都兴旺起来。昌:昌大。厥后:其后世子孙。

[31]广文:古代国学中的馆名,流传成为儒学教官的别称。

丁卯:清嘉庆十二年,1807年。

应京兆试:进京参加科举考试。京兆:京都。参见本书第二卷蒋祥墀《子立镛幸胪首唱祥墀纪恩敬赋(四首)》注释[16]。

荐而未售:指应试未中。未售:义同"不售"。货物卖不出去。比喻考试不中(士人应试未中,没能换得施展才能的机会)。

[32]鳣:音zhān。

[33]壬戌:清嘉庆七年,1802年。

覃恩:广施恩泽。旧时多用以称帝王对臣民的封赏、赦免等。

[34]扬(huī)谦:谓施行谦德。泛指谦逊。

[35]九袠(zhì):九十岁。十年为一袠。

封鲊(zhǎ):典自"封鲊训廉"。三国时吴人孟宗,字恭武。他在任监池司马时以鲊(糟鱼)寄母,母不受退还,说道:你身为鱼官,竟以鲊寄我,这是合适的吗?旧以封鲊称颂贤明的母教。

丸熊:形容母善教子。唐朝柳仲郢幼年好学,其母韩氏,曾和熊胆丸,让其夜晚嚼咽,以助勤促学。

[36]昆季联翩,捷步看花:指兄弟同登进士。

捷步看花:唐代诗人孟郊多次赴考不中,四十七岁进士及第后,作《登科后》:"昔日龌龊不足夸,今朝放荡思无涯。春风得意马蹄疾,一日看尽长安花。"

[37]安舆:即安车,老年人和妇女乘坐的车子。后指迎养亲老。

鱼轩:古代贵族妇女所乘的车。用鱼皮为饰。

[38]莲花幕:指幕府。南朝齐王俭的府第。俭于高帝时为卫将军,领朝政,用才名之士为幕僚,后世遂以莲花幕为幕府的美称。后泛指大吏之幕府。

流霞:一种美酒。原文缺"流"。

[39]嘉庆十七年:壬申,1812年。

恭贺大待封超翁解老先生八十二岁荣寿序

蒋立镛

　　盖闻华封有长年之祝,麦邱传上寿之贤[1]。绛县隐人,推甲子于亥字[2];南阳居士,永岁月于菊花[3]。是古多异常之龄,岂今无过量之数[4]?况举觞而祝台背,本出戚里之深情[5];酌酒以祈介眉,亦属周亲之至爱[6]。固非徒尚赞扬之语,而侈颂祷之文矣[7]。独是《洪范》之言五福也,以寿为先,而好德与诸福而并重[8];宣圣之赞大舜也,以寿为极,而大德为致福之本原[9]。可知德之隆者,年方大也。今试即超翁解老先生之为人而历历言之,亦可见其有德矣[10]。

　　惟公平阳显胄,吉安世家[11]。赋性醇谨,禀质温良[12]。忠信以居心,朴诚以处世[13]。一笑一颦,悉天真之流露[14];或行或止,胥视履之考祥[15]。敦孝友之行,伦常无愧[16];课农桑之业,省视维勤[17]。积贮既赢而未尝鄙吝,睦姻任恤之风于今未坠[18];家道虽裕而不尚奢华,黄农虞夏之俗于此仍留[19]。而且人赖解纷,有鲁连之令誉[20];自甘唾面,同施德之芳声[21]。倾北海之樽,宴宾不惜其费[22];联香山之社,会友宁嫌其频[23]。严比匪之戒,友不滥交,卜子夏之拒人,良有以也[24];凛非义之防,财无苟得,项仲山之洁己,何多让焉[25]?珠生合浦,擎来照乘之光,仍时切义方之训[26];兰满瑶阶,芳挹蕙丛之露,犹日勤培植之功[27]。善可称扬,晋贤之贻谋宛在[28];才堪肆应,吉水之雅望犹存[29]。虽遁迹邱园,隐处以肆志[30];而化行间表,群仰其端方[31]。今日者按君寿数,已逾太公钓渭之年,乃白首而康健,有时散步逍遥,无烦太乙之杖[32];抚厥春秋,将近梁灏对廷之日,乃苍颜而矍铄,倘或诏书下赉,何须蒲轮之车[33]?久住尘寰,不效鹤鸣天上[34];延留世宙,奚容犬吠云间[35]?缘是思天锡遐龄,原非倖致[36];因而知人膺寿考,厥有由来[37]。苟非德之积累有素,胡以年之永享若是哉[38]?

　　时属悬弧之辰,候中无射之律[39]。节届重阳,不羡登高落帽,惟喜济济宾朋于席前献南山之颂[40]；令当九日，既觇系背茱囊，更欣翩翩子弟于堂下舞戏彩之衣[41]。伏愿老圃秋容淡，岁岁共洗金厄[42]；寒花晚节香，年年来献菊酒矣[43]。

乡眷[44]：杨汶辉、张士杰、张秉元、李恒正、王图南、张汰、张怀光、李硕、李毓华、李增业、纪永耐、李嵋、王化南、李廷士、李振邦、徐立本、张宗周、侯寀顿首拜[45]。

龙飞嘉庆岁在乙亥菊月上浣[46]，蒋立镛撰并书。

题解

本文录自蒋立镛《恭贺大待封超翁解老先生八十二岁荣寿序》影印件。该件收录在高玉森编著、文物出版社 2011 年版《弘扬博物馆珍藏中国名家法书》第 216 页。

待封：等待朝廷封赐。封：封建时代朝廷封赐臣僚爵号。以封典给官员本身称为授，给官员曾祖父母、祖父母、父母和妻室，存者称为封，已死的称为赠。

注释

[1]华封有长年之祝：传说唐尧游于华，华地守封疆之人，祝其寿、富、多男子。语出《庄子·天地》。后多以华封三祝为祝颂之词。华：地名。封：封疆，疆界，域界。此指守封疆之官封人。

麦邱传上寿之贤：典自"麦丘老人"。麦丘之地的老人。后常用作祝寿之辞。春秋时，齐桓公出猎追逐白鹿。追到麦丘这个地方，遇见一位 83 岁的老人。桓公与老人一起饮酒，并要老人以他的高寿来为自己祝寿。麦邱：麦丘。为避孔丘讳，将"丘"写作"邱"。地名，战国时齐邑，今山东商河县境内。上寿：古称上寿百二十岁，中

寿百，下寿八十。后泛指高寿。

[2]绛县隐人，推甲子于亥字：意思是，今年是乙亥年，超翁解老先生年高。典自"绛县老人""绛人甲子"。《左传·襄公三十年》：绛县老人用"甲子"回答他的年龄，有"四百有四十五甲子"。

[3]南阳居士，永岁月于菊花：意思是，九月逢超翁解老先生寿诞。春秋时，楚国宛（今河南南阳）人百里奚到秦国以后，被秦穆公重用，授以国政，这时，百里奚已是七十多岁。农历九月是菊花开放的时期，因称九月为菊月。

[4]过量：超越数量，无数。

[5]举觞而祝台背:举杯庆贺老人高寿。举觞:举杯。台背:即"鲐(tái)背"。谓老人背上生斑如鲐鱼之纹,为高寿之征。

戚里:泛指亲戚邻里。

[6]以祈介眉:语出《诗经·豳(bīn)风·七月》:"为此春酒,以介眉寿。"后以介眉为祝寿之词。介:通"丐"。乞,祈求。眉寿:长寿。古人认为眉毛长的人寿命也长。

周亲:至亲。

[7]侈:炫示。

颂祷:赞美祝福。

[8]《洪范》之言五福也,以寿为先:《尚书·洪范》记载:五福,"一曰寿,二曰富,三曰康宁,四曰攸好德,五曰考终命"。五福中,寿排在了首位,也就是民间常说的"五福寿为先"。

[9]宣圣之赞大舜也,以寿为极:《中庸》引孔子之语赞扬大舜,说明"大德"不但得位,得禄,得名,还得寿。朱熹注曰:"舜年百有十岁。"宣圣:汉平帝元始元年谥孔子为褒成宣公。此后历代王朝皆尊孔子为圣人,诗文中多称为宣圣。

[10]历历:逐一,一一。

[11]平阳显胄:周武王有个儿子唐叔虞,是周成王的弟弟,他的儿子中有一个叫桐良的受封于解地(今山西解县),称为解良。解良的后代在解地世代定居,以地名解为氏。平阳:解氏的望族居住在平阳(今山西临汾)和雁

门(今山西代县)。显胄:显贵的后嗣。胄:古代帝王或贵族的后嗣。

吉安世家:指江西吉安府的解氏世系。世家:家世,世系。

[12]醇谨:淳厚谨慎。

禀质:天质。

温良:温和善良。

[13]居心:心地,存心。

[14]颦(pín):皱眉。

悉:尽,全。

天真:事物的天然性质或本来面目。

[15]胥:全,都。

视履之考祥:语出《易·履》:"上九:视履考祥,其旋元吉。"上九,回顾小心行走的过程、考察祸福得失的征祥,转身下应阴柔至为吉。

[16]敦孝友之行:切实履行孝友之道。敦……行:敦行。切实履行,专心实行。孝友:孝顺父母、友爱兄弟。

伦常:本指封建伦理道德。此处指天伦,指父子、兄弟等天然的亲属关系。

[17]课:谓致力于,从事。

省视:察看。

[18]积贮:指积聚储存的谷物或钱财。

赢:古同"嬴"。满,有余。

鄙吝:形容心胸狭窄。

睦姻任恤:和睦亲邻、救济贫苦。语出《周礼·地官·大司徒》:"二曰六行:孝、友、睦、姻、任、恤。"睦:亲于九

族。姻：亲于外亲。任：信于友道。恤：振忧贫者。

[19]黄农虞夏：黄帝、神农、虞舜、夏禹的合称。

[20]鲁连：即鲁仲连。战国时齐人，善计谋划策，常周游各国排难解纷。

令誉：美好的声誉。

[21]自甘唾面：典自"唾面自甘"。语出《新唐书·娄师德传》。意谓有人把唾沫吐在自己脸上，不要去擦，而让它自己干掉。比喻受了侮辱，不加反抗，要逆来顺受。

芳声：美好的声誉。

[22]北海之樽：典自"北海尊"。孔融为北海相，时称孔北海。融性宽容少忌，好士，喜诱益后进。及退闲职，宾客日盈其门。常叹曰："座上客恒满，尊中酒不空，吾无忧矣。"见《后汉书·孔融传》。后常用作典实，以喻主人之好客。

[23]香山之社：典自"香山社"。因香山居士(白居易别号)曾参与，故名。泛指志同道合者的结盟。

[24]比匪：接近小人、土匪。

卜子夏之拒人：语出《论语·子张》：子夏之门人问交于子张。子张曰："子夏云何？"对曰："子夏曰：'可者与之，其不可者拒之。'"子夏的学生向子张问怎样去交朋友。子张道："子夏说了些什么？"答道："子夏说：'可以交的去交他，不可以交的拒绝他。'"卜子

夏：孔子晚年弟子。姓卜，名商，字子夏。以文学著称，为孔门四科十哲之一。

良有以也：是很有些原因的。良：甚，很。以：原因，道理。

[25]非义：不义，不合乎道义。

项仲山之洁己：典自"饮马投钱""渭水三钱"。汉时项仲山饮马渭水，投钱三枚以为偿，后多以此典喻清白廉洁。

何多让焉：意思是，古人清廉，但与超翁解老先生相比，多么逊色。让：逊色，不及。

[26]合浦：汉代郡名，在今广西合浦县东北。珍珠自古以来就有海水、淡水产两类，品质以产于广西合浦的海水珍珠为好。

照乘：光亮能照明车辆的宝珠。

切：靠近，贴近。

义方之训：教人以为人之道的训言。义方：做人的正道。古代家庭中父母及其他年长者对子弟的教育内容。

[27]瑶阶：玉砌的台阶。亦用为石阶的美称。

挹(yì)：指吸取。

[28]称扬：称许赞扬。

晋贤：竹林七贤。指魏晋间七位玄学名士。嵇康、阮籍、山涛、向秀、刘伶、阮咸、王戎七人相与友善，经常做竹林之游，饮宴酣畅，世人称之为竹林七贤。

贻谋:指父祖对子孙的训诲。

[29]肆应:谓各方响应。引申指善于应付各种事情。

雅望:清高的名望。

[30]遁迹邱园:隐居乡村家园。邱园:乡村家园。

肆志:纵情而无所顾忌。

[31]化行:教化施行。

闾表:当指乡里的榜样。

端方:庄重正直。

[32]太公钓渭:姜子牙名尚,一生贫穷,80岁时在渭水钓鱼,周文王识其才,拜为太师,执掌国事。文王死后,武王尊为尚父。后助武王伐纣,建立西周。后常以此作为才智之士被重用或贤才待用的典故。

太乙之杖:典自"太乙燃藜""藜阁家声"。参见本书第一卷陈所学《四六积玉序》注释[19]"藜燃太乙"。

[33]抚厥春秋:依其年龄。

梁灏(hào)对廷:指梁灏年迈中状元。《宋史·梁灏传》记载,梁灏82岁才考中状元。对廷:廷对。在朝廷上回答皇帝的咨询。指殿试对策。

下贲:敬语。下降,降临。

蒲轮之车:指用蒲草裹轮的车子。转动时震动较小。古时常用于封禅或迎接贤士,以示礼敬。

[34]尘寰:尘世,人间。

[35]世宙:宇宙,世界。

犬吠云间:传说汉淮南王刘安得道,鸡犬食所余仙药,跟他升天。后世用作咏神仙的典故。《神仙传》:淮南王好道,白日升天。时余药置庭中,鸡犬舐之,尽得升天,故云:"鸡鸣天上,犬吠云中。"

[36]天锡遐龄:天赐高寿。遐龄:高寿。

倖致:侥幸得到。

[37]人膺寿考:人受其长寿。膺:承受,接受。寿考:长寿。

厥:其。

[38]年之永享:永得长寿。

[39]悬弧之辰:悬弧辰。男子生日。

无射之律:无射律。古十二律之一。位于戌,故亦指阴历九月。

[40]登高落帽:典自"孟嘉落帽"。《晋书·孟嘉传》记载,孟嘉在重阳节登高宴席上,风吹落帽,风度依然翩翩;被人嘲笑时,又能从容作对,使四座叹服。后比喻人的气度宽宏举止潇洒。

南山之颂:"寿比南山"的意思。祝愿寿命象终南山那样长久。多用于祝寿的颂辞。语出《诗经·小雅·天保》:"如月之恒,如日之升,如南山之寿。"

[41]觇(chān):看。

茱囊:茱萸囊。装有茱萸的佩囊。古俗重阳节取茱萸缝袋盛之,佩系身上,谓能辟邪。

舞戏彩之衣:典自"彩衣""舞蝶斑衣"。指孝养父母。参见本书第二卷程飞云《李节孝(王太孺人并子占黄)》注释[1]。

[42]金厄：金制酒器。亦为酒器之美称。

[43]菊酒：菊花酒。

[44]乡眷：乡亲眷属。

[45]宋：音 cǎi。

[46]龙飞：指即天子位。

乙亥：清嘉庆二十年，1815年。

重修龙泉寺记

蒋立镛

　　士夫之来宦京师者，声车马，味尘坋，赁屋聚居，若旋蠡然[1]。值夫天朗风熏、月清雪皓，世诧为良辰嘉会者，恒苦无以发摅其志气[2]。而旅宦之错处外城，鳞次栉比，密之又密，其湫隘蕴郁[3]，视内城尤甚。独宣武坊之西南隅，地势污坳，隙土广绰[4]，丛林古刹，往往而有、而最胜、而宜于士大夫之燕游[5]，龙泉又其较著者。

　　考洪武《北平图经书》，龙泉在旧城开阳东坊，开山第一代祖师谷氏净端号龙泉老人创建，因以龙泉名其寺，至元二十四年立碑。《析津志》云："在天宝宫西北。"又云："在清夸门西，俗号五台寺。"二书皆久佚，文载《永乐大典》。余幸备员史馆，得紬绎旧闻，识其建置命名之权舆[6]。既读《杨禹江集》，有《丙戌夏日陪宋商邱过龙泉寺观风氏园古松之作》。又知经寮佛屋，不鲜胜观，而斯寺独久为名流所盘礴也[7]，乌可听其倾废、弗思整饰哉？

　　明以来叠事修治。其著于碑者，正统初一修之，康熙间再修之，乾隆中又修之。比嘉庆初年而寺复颓圮[8]。于是吾乡蔡君镜舫乐其幽胜，悯其沦铺，布满金钱，谋更鼎建，择善知识而授其事于僧清远[9]。清远老退，付于其僚瑞光。瑞光亦衰，付其徒绍祖。会绍祖因他故辞去，清远复代理半载，始付诸方丈惟一。清远、惟一，皆楚产也。

　　溯自嘉庆十年乙丑始，至道光廿一年辛丑止，历三十七年，而龙泉乃焕然称上刹焉[10]。凡瑞光重修客堂三间,绍祖重修左右廊二十八间,惟一重修天王殿一区、方丈前后屋十五间、灵房六十余间、厨房十二间,又置别产店房一所,以供岁时补葺之费。盖始终其事者,清远。而清远所杖以开筑奠基者,蔡君镜舫力也。於戏[11]!岂特沙门实饫其福[12]。凡吾士夫今日之得以豁舒胸臆、排解烦懊,畴非蔡君之赐哉[13]?清远以余与蔡君同籍楚北,念创置之艰劬,感檀施之逾量[14],谓不可无文以纪之,爰为钩稽颠末,丹诸贞石,俾后人知蔡君之不遴于财[15],与清远诸僧之不苟于财,乃相得益彰云。

赐进士及第、诰授通奉大夫、内阁学士兼礼部侍郎衔、文渊阁直阁事、稽察中书科事务,加三级、纪录十次,天门蒋立镛撰。

赐进士出身、诰授通议大夫、大理寺卿、稽察右翼觉罗学,加三级,昆明赵光书。

赐进士出身、诰授中宪大夫、江西署按察使司按察使、暂理通省盐法道、汉阳叶名琛篆额。

大清道光辛丑仲秋月,中兴第一代清远率继席门人绍祖、惟一暨两序首领大众同立[16]。

题解

本文录自国家图书馆藏北京龙泉寺石刻拓片。

龙泉寺位于北京市陶然亭路南侧龙爪槐胡同,陶然亭小学校园内。

注释

[1]尘坌(bèn):尘埃。

旋蠡:旋螺。

[2]发摅(shū):抒发,舒散。

[3]湫(jiǎo)隘:低下狭小。

蕴郁:郁积。

[4]污坳:低洼。

陈土:闲地。

[5]燕游:闲游,漫游。

[6]备员:充数,凑数。

紬(chōu)绎:理出头绪。

权舆:起始。

[7]盘礴:徘徊,逗留。

[8]颓圮(pǐ):毁坏,坍塌。

[9]沦铺:犹沦陷。

知识:结识,交游。

[10]上刹:敬称佛寺。

[11]於戏(wū hū):亦作"於熙",犹"於乎"。叹词。就是"呜呼"用于吉祥或没有悲伤的情况下的另一种写法。

[12]饫(yù):饱食。引申为饱足。

[13]畴:谁。

[14]艰劬(qú):艰辛劳苦。

檀施:布施。

逾量:超过限度。

[15]勾稽颠末:查考事情的始末。

丹诸贞石:书丹于碑石。

邅:通"客"。贪酓。

[16]道光辛丑:道光二十一年,1841年。

中兴第一代:由衰落而重新兴盛的第一代。

两序:佛教制度。为禅宗或其他大寺中的僧职制度,即按朝廷分文、武两班之序,而将执事僧分成东、西两序。东序以练达世事者担任,主要负责寺内杂务,有都寺、监寺、副寺、维那、典座、直岁六职。西序则以精通礼仪者担任,有首座、书记、知藏、知客、知浴、知殿六职。东序各首称知事,西序各首称头首。

附

题蒋笙陔前辈(蒋立镛)桂山秋晓图

陈 沆

使粤不受千金装,携归粤山四壁张。粤山之奇不可想,无依无援破空上。就中独秀一峰尊,千万烟云为供养。使者论山如论文,意取独出空匹群。使者爱山如爱士,搜罗有尽心无已。画图指点秋思深,门下吕君知此心。

题解

本诗录自陈沆著、清咸丰二年(1852年)刻本《简学斋诗删·卷之四》第10页。

陈沆:字太初,号秋舫。室名简学斋、白石山馆,蕲水人。清嘉庆二十四年(1819年)己卯科状元。官监察御史。被魏源称为"一代文宗"。

题蒋笙陔阁学立镛金貂踏雪遗照

谢元淮

飞霓集瑞满瑶天，儤直从容出讲筵。前世定为香案吏【阁学著《香案集》一卷】，此身真是玉堂仙。袍披李白才无敌，靴没韦斌意转虔。不数梁时裴子野，新诗争和早朝篇。

父大司成子状元，探花郎又属文孙。词林盛事推三楚，科第嘉祥萃一门【阁学尊人丹林先生，乾隆庚戌翰林，嘉庆辛未适官祭酒。阁学以第一人及第，故事新进士释褐成均，大司成亲为递酒簪花。方行此礼时，子拜父坐，一时传为佳话。阁学长君誉侯，道光癸巳以第三人及第。祖孙父子，三世翰苑，同时在朝，尤为近代希有】。我昔京华劳枉顾，君今奕叶荷殊恩。何知薄宦淮南客，舣棹披图更细论【时誉侯于扬州舟次，出图索诗】。

题解

本诗录自谢元淮著、清光绪元年（1875年）刻本《养默山房诗稿·卷三十一》第30页。

阁学：清代称内阁学士。

谢元淮：字钧绪，号默卿，湖北松滋人。他参加了陶澍主持的淮北票盐改革，后来又主持了淮南票盐改革。官终盐法道。

笙陔公（蒋立镛）传

程恩泽

公蒋氏，讳立镛，号笙陔，楚北竟陵人也。生平以文学著。

将诞夕，母林太夫人见月华齐涌五彩，缨络四垂，惊视久之，而公于寅刻降生，此乾隆壬寅八月十六日也。少负奇才，读书过目成诵。

嘉庆甲子举于乡,辛未成进士,殿试以一甲一名及第。历官至内阁学士。

当释褐成均时,尊甫丹林公适官祭酒,为之递酒簪花,议者比之昆山徐氏为尤荣。其典试也,力崇实学,故所得佳士如林。

汉江频年水溢,制军周公天爵欲开狮子口,引水北流。公寓书止之。迄今天、汉诸邑不致生灵鱼鳖者,皆公力也。

性孤直,事多忤俗。在词垣时,叠蒙宣宗召见,将大用之,有媒蘖其失者,遂沉沦十余年。古所谓"硗硗者易缺,皎皎者易污",公其近之。

生平不持筹算,虽处窘之,而急人之急。有友负官累钜万,已拟大辟。公倡首重捐,亲朋皆翕然乐从,虽臧获辈亦有感动而伙助者,由是友人之罪遂释。道光壬寅春,家乡荐饥。公奉讳回里,以行囊所存二百金,易米以济近族,然犹以未克全恤为憾也。

精书法,得者珍之,外夷使臣皆欲识面款求。诗品亦劲隽,不落前人町畦。著有《香案集》,梓行于世。

夫以公之学济公之才,使非有忌而沮之者,将拜首飏言、功勒鼎钟矣,岂仅以文学见哉!

赐进士出身、诰授荣禄大夫、户部右侍郎,加三级,年愚弟程恩泽顿首拜撰。

题解

本文录自1919年版、天门市净潭乡状元村《蒋氏族谱》。

程恩泽:字云芬,号春海,安徽歙县人。清嘉庆十六年(1811年)辛未科进士。官至户部侍郎。蒋立镛《香案集》书名为程恩泽题。

蒋笙陔公(蒋立镛)墓志铭

祝庆蕃

赐进士及第、诰授资政大夫、都察院左副都御史、署刑部右侍郎、年侍生祝庆蕃拜撰[1]。

赐进士出身、诰授资政大夫、总督仓场、户部侍郎、门人毛树棠书丹。

赐进士出身、诰授光禄大夫、经筵讲官、协办大学士、吏部尚书、馆愚弟卓秉恬篆盖[2]。

阁学蒋笙陔先生以辛丑五月奉其太先生之丧南归[3]，未及葬而公殁，其孤元溥以赴闻，且持状乞铭[4]。蕃愕悼者弥日[5]，知公之以大事未终为憾也。蕃何足以铭公？顾念与公同举进士，入馆又为后辈，交知三十年，契最深，铭不敢辞。

案状：公姓蒋氏，讳立镛，字序东，号笙陔。世籍湖北天门，先世代有隐德。至太先生丹林公以翰林起家，遂为箕裘传[6]。

公幼颖异，太先生教綦严[7]。年二十三举于乡，三十成进士。廷对独悉河防[8]，仁宗睿皇帝亲拔为第一人。今上御极，荐擢至内阁学士[9]。凡典河南、广西试者二，校京兆试、殿廷阅卷各一，门下多名显士[10]。哲嗣誉侯复为癸巳一甲第三人，屡司文枋[11]。清华三世，上第传家，先生之遇可谓荣矣[12]。

而蕃独有惜者，先生内行修洁，质直光明，处事能持大体[13]。其刚肠嫉恶之严，偶一发露，此公之真也。世只知先生文艺之工、遭际极盛，而先生志节之大或未之知，而先生亦内蕴而未之用也。使天假先生以年，终必用。即不用，先生之学养必尤宏，胡遽膺末疾而抱以终也[14]？岂天之不欲竟先生之用邪，抑留待后嗣以竟其志邪？嗟夫！古君子之以文艺掩其气节，或终身未及一试者，岂少也哉？

公生于乾隆壬寅八月十六日寅时，殁于道光壬寅正月二十七日丑时[15]，年六十有一。子元溥，癸巳一甲第三名进士，官国子监司业[16]。女一。孙五：可松、可榕、可桐、可栋、可枫。将以是年十二月初四日奉窆于邑东之段家岭，艮山坤向[17]。铭曰：

黄河入海覆斗式，千里一曲复一直[18]。漾淼淳浤遏之抑，榑桑陈芳萃百福[19]。沐日浴月宝此域，子子孙孙兼无极[20]。

道光二十二年，岁次壬寅，十二月。

题解

本文录自蒋立镛墓志拓片。原题为《皇清诰授资政大夫内阁学士兼礼部侍郎衔蒋笙陔公墓志铭并序》。

祝庆蕃:字晋甫,号葊畦,河南固始人。清嘉庆十九年(1814 年)甲戌科进士第二人(榜眼)。官至礼部尚书。

毛树棠:字荫南,号苇村,河南武陟人。清嘉庆二十二年(1817 年)丁丑科进士。官至户部右侍郎、总督仓场。

卓秉恬:字静远,四川华阳(今成都华阳)人。清嘉庆七年(1802 年)壬戌科进士。官至吏部尚书,武英殿大学士。

蒋立镛墓在始迁祖公璟公始迁地段家岭,今净潭乡状元村七组(汪家台)东南民房前。

注释

[1]年侍生:科举时代一般同年登科者来往中的自称。

[2]馆愚弟:此处及"入馆又为后辈"中的"馆"指国史馆。

[3]阁学:清代称内阁学士。

辛丑:清道光二十一年,1841 年。

太先生:此处称老师的父亲。

[4]状:行状。亲友为死者所写的叙述生平事迹的文章。

[5]蕃愕悼者弥日:我终日骇愕悼悯。

[6]翰林:职官名。明清为进士朝考后,得庶吉士的称号。另,清代翰林院的修撰、编修、检讨等官也称翰林。

箕(jī)裘:家传的事业。参见本书第二卷蒋祥墀《蒋氏族谱序》注释[28]。

[7]綦(qí)严:极严。

[8]廷对:在朝廷上回答皇帝的咨询。指殿试对策。

[9]御极:皇帝登基,即位。

荐擢:荐升。一级一级地荣升到。

内阁学士:清代独有的官名,位居内阁大学士之下,负责传达正式诏命及章奏,担任这个官职的人必兼礼部侍郎,是一种职务轻简而地位高华的秘书官。

[10]典河南、广西试:主持河南、广西的考试(乡试)。

校京兆试:主持京都的考选考试。

殿廷阅卷:担任殿试、廷试的阅卷官。

显士:名士,名流。

[11]哲嗣:对别人儿子的敬称,等于说令嗣。

屡司文柄:屡次执掌考选文士的权柄。

[12]清华:谓门第或职位清高

显贵。

上第:考试成绩中的第一等。

遇:优遇,优待。

[13]内行修洁:操守品行高洁。内行:平日家居的操行。

质直:朴实正直。

大体:重要的义理,有关大局的道理。

[14]遽膺末疾:猝然染病。末疾:四肢的疾患。

[15]乾隆壬寅:清乾隆四十七年,1782年。

道光壬寅:清道光二十二年,1842年。

[16]国子监司业:国子监的副长官。协助祭酒教授生徒和掌管训导之政。

[17]窆(biǎn):下葬。

艮山坤向:坐东北朝西南。风水罗盘中间有一层是指示二十四山方位的。从北方开始依次序排列分别是壬子癸、丑艮寅、甲卯乙、辰巽巳、丙午丁、未坤申、庚酉辛、戌乾亥,共二十四个方位。每一个汉字表示一"山",占360度中的15度。如艮与坤相对,艮在东北,坤在西南,各占15度。

[18]覆斗式:像倒扣的北斗。此处形容黄河曲曲折折。

[19]渺淼(miǎo):当指水流悠长广阔。

渟泓(tíng hóng):渟泓。积水深的样子。

遏之抑:遏抑。阻止抑制。

榑(fú)桑:即扶桑。传说中的神树,为日出之处。

[20]沐日浴月:谓受日月光华的润泽。

羕(yàng):水长流。

哭蒋笙陔(蒋立镛)文

易镜清

於乎!予之不见兄也,七年于兹矣。忆自丙申秋予揖别出都时,兄无恙也。亡忽而闻其病矣,且闻其病而风淫四肢不仁矣,即窃窃然忧之。然犹幸其年未衰老,可冀其徐调以就痊也。洎庚子夏尊甫丹林先生归道山,冬初榇还,闻兄以病未随往,又痛兄之病何以久不愈,而事亲竟不能终其事也。辛丑秋闻其卜葬有日,已买舟言旋矣,于是信兄之疾果愈,而困厄将自此解乎。孰知力疾南下,甫抵汉皋,遂至不起。痛哉！以兄之存心行事,有不应止是而竟止是耶！以兄之气体兴会,有不应止是而竟止是耶！以兄之境遇家计,有不可遽止于是而竟止是耶！其存心则和厚而慈祥也,其行事则爽直而磊落也,有季布然诺之诚、鲁肃指囷之雅焉。其气体则厚重而精神满腹也,其兴会则豪迈而挥洒自如也,有陈遵投辖之雄、莱公蜡泪之风焉。夫施于人者慈,得于天者厚,凡此皆上寿之征。而襟怀洒落,不以险夷改度,尤世所谓得春夏气者,乌在其不能遐龄也乎？至论其境遇,则实有不可遽逝也者。祖孙父子京宦数十年,家之清窭如故也。一门食指数十人,仰事俯畜,俱须贤嗣一人为之经理,兄于此而果可翩然撒手而行乎？吾知知兄必有大不忍者,此又无可如何者也。而兄竟往矣,而兄亦无遗憾矣。科名大魁也,官爵卿贰也,年算花甲也。子肖孙贤,箕裘克继。上被九重之知遇,下为海内所推许。人生如斯,亦复何求？而予之怒焉心悲者,则与兄名场以至宦途,依依聚首数十年。朋友而姻娅,姻娅而骨肉。一旦于数千里外闻兹凶耗,其情何能已乎？昨岁闻兄甫出都,忽中途令全家皆归,当为诧异。且私尤其失计,合宅长途往返匪易,是亦不可以已乎。而岂知冥冥中早若有默改其衷者,似预令其团栾一堂,为含饭属纩计,岂非天哉？岂非天哉？如是则乌庸为是无益之伤悼也。惟回思都门话别时,即为此生永诀之日,此则予之所万不及料而亦兄之所虑不及此者,可胜恸哉！人天路绝,无由再晤。即欲素车白马,向墓门执绋一送,而亦不可得,谨具絮酒只鸡,望南遥奠。兄其有灵,其式飨之。痛哉！

题解

本文录自易镜清著、清光绪元年(1875年)版《二知斋文钞·卷三》第23页。

易镜清:字本杰,号莲航,京山人,蒋立镛岳父的侄子。进士。庆阳知府。

程德润（原名程鸿绪，甘肃布政使、代理陕甘总督）

程德润（1787—1851年），字玉樵，一字伯霖。原名程鸿绪，号少磐。清嘉庆十九年（1814年）甲戌科进士。签分吏部，补考功司主事，升文选司员外郎、江南道御史，转兵科给事中、刑科掌印给事中。补授甘肃巩秦阶道。历升山东盐运使、甘肃按察使、甘肃布政使、代办陕甘总督事。清道光二十三年（1843年），因前在御史任内失察银库亏短案内革职，钦点降捐道员分发陕西补用，官终陕西按察使。有《白螺山馆诗钞》（《程玉樵诗稿》）传世。

清嘉庆甲戌科会试朱卷程德润履历表记载：程德润，乡榜名程鸿绪，字泽之，号玉樵。乾隆丁未年五月二十七日生。湖北安陆府天门县廪生。太高祖为进士程飞云三子程大复（昆山知县），高祖程彝（岁贡），曾祖程明履（举人，教谕），祖父程体敦（太学生），父程茂先（太学生）。行一，胞弟程德昭、程德辉、程德涵、程德濡。戊辰恩科乡试中式第二名，会试中式第七十七名，殿试第二甲第五十名。钦点吏部主事。

清光绪甲午（1894年）版、天门市胡市镇程老村《鹤塘程氏世谱·卷六》第64页记载：程德润，字玉樵，号少磐。嘉庆戊辰举人、甲戌进士。吏部主事。充道光辛巳科顺天乡试同考官，壬午科广东乡试大主考，丙戌科会试同考官。特授甘肃按察使，旋升甘肃布政使、护理陕甘总督。赏戴花翎。公为御史时，正色立朝，敷陈剀切，于时政多所裨益。而谏草辄焚，人无知者。道光七年，钟祥修堤之役，发星使履勘，人始知为公之功。山东盐务积疲，公为运司，探源别奸，俾商裕而课不荒。初至甘肃，值新疆不靖，总办军需局事，而清查之案又起，人咸以为难。公不动声色，心识神数，各立定章程数十条，兵既无忧，库亏亦渐完。盖其措置大事，恢恢乎有余地如此。至操守狷洁，上达宸聪，成皇帝尝谕曰："汝之清廉，朕所素知。"其渥膺眷注，有自来矣。生于乾隆四十八年五月二十七丑时，卒于咸丰元年八月十三子时，葬四合镇杨家六湾来鹤山茂先公冢右。配何氏，葬西湖尾走马岭陶家塝。继吕氏，葬杨家六湾，合冢。庶杨氏、庶陈氏，葬西走马岭姜家湾。嗣子廷杓、廷槃。公置有茔祭田在四合镇杨家六湾，十九亩七分。又置段家场祭田，二十亩八分。（本书编者按：程德润墓在今天门市九真镇周场村十七组杨六湾程家坟茔）

《清实录·宣宗成皇帝实录·卷一百十八·道光七年润五月上》记载:(闰五月戊申)谕军机大臣等,寄谕湖广总督嵩孚。御史程德润《奏请修复堤防以资保障》一折,据称"湖北安陆府属京山县王家营堤工,于道光二、四、六等年屡次溃口,下游各州县连年被灾,而天门尤当其冲,民田、庐墓及城池、仓库,多被淹浸。上年冬间,经该督奏明,亲往履勘,并委各道府集议,博采众论,期为一劳永逸之计。现在上游居民倡议废堤,纷纷聚讼,或废或修,尚在未定。本年四月,桃汛忽来,所有上年被灾各处,又复汪洋一片。转瞬伏秋大汛经临,春麦既未登场,秋禾亦难播种,请饬相度修筑"等语。该处王家营堤工,田庐、城郭,攸资保障。若不及时修复,致令溃溢成灾。迨奏请抚恤缓征,而居民业已失所。至称议废旧堤,必须另开河道,建筑新堤。工程经费,尤属倍蓰(xǐ)。著该督前赴该处履勘,相度形势,悉心筹议,设法修筑。务令堤防得资捍卫,而灾黎均各复业,是为至要。该御史折,著钞给阅看,将此谕令知之。

中国人民政治协商会议岷县委员会文史资料研究委员会编、1990年版《岷县文史资料选辑第2辑》第95页记载:程德润,字玉樵,湖北人,道光九年(1829年)任。程到任后,即以宏奖文学为己任,用道署东茶马司旧署地为巩秦阶三郡建文昌书院,酿白金五千余两营造,所余发商生息,为膏火资。又捐廉金数百,购经史书籍及诗古文、制艺数十部,以备士子浏览。于是十九属髦彦,咸来讲肆,巾卷充闾门,成邹鲁院中士,掇巍科者后先济济。

户部银库短亏近一千万两,道光帝对历任查库御史数十人予以严厉处分,程德润被革甘肃布政使职以主事用。张永久著、中国言实出版社2015年版《晚清政商笔记》第274页云:"有个官员叫程德润,湖北天门人,时任甘肃布政使。因为参与过稽查户部银库,被朝廷革职,还要赔银一万四千四百两。程德润心中不服,私下里越想越郁闷。他想了个阴招,将一万多两赔银分摊给下属,按月扣款,闹得甘肃衙门里的官员在领薪水的时候,人人都抱怨账单上少了一大笔。当然,他们不敢公开抱怨,只能私底下议论。这件事情传到两江总督李星沅的耳朵里,也连连摇头,不齿于程德润的这种行为。在当天的日记中李星沅写道:'(程德润)被劾后,复勒派赔项,此岂读书人所为?'阴招也是招,程德润终于赶在年底交清了赔银,虽然被革职,但仍然在甘肃布政使位置上留用。也就是说,虽然官衔暂时不在头上,但是实权仍在。等过了这阵风头,朝廷开恩,乌纱帽还是会飞回来的。"

赋得受中定命

程德润

圣学崇知命,民生本受中[1]。涵三符太始,定一契参同[2]。素履行原正,黄裳理自通[3]。此心偏倚化,其极会归隆[4]。乾运星移斗,坤维岳镇嵩[5]。悬圭方测景,式玉倍持躬[6]。静悟资生意,精求位育功[7]。薪传千载合,作则仰宸衷[8]。

题解

本诗录自清嘉庆刻本《会试朱卷》(嘉庆甲戌科)程德润卷。标题下有"得中字五言八韵"。

赋得:凡摘取古人成句为诗题,题首多冠以"赋得"二字。科举时代的试帖诗,因试题多取成句,故题前均有"赋得"二字。

受中:指人禀受天地中和之气而生。语出《左传·成公十三年》:"民受天地之中以生,所谓命也。"古人认为天地有中和之气,人得之而生,于是有了生命。宋代郭印《和曾端伯安抚养生歌》:"夫人受中以生,惟我独得其正。"元代陈杰《充善堂为吴氏题》:"厥初生人,禀性受中。"嘉庆十九年(1814年)闰二月十二日御制《全唐文序》,云:"人受天地之中以生。"

定命:儒家典籍中天命神学的命题,也是神学定命论的概念,其含义与"成命"同。意谓天子在位,是受之于上天的"定命"或"成命"。语出《尚书·洛诰》。

注释

[1]圣学:孔子的学说主张。

知命:儒家关于认知天命的观念。谓懂得事物生灭变化都由天命决定的道理。

[2]涵三:函三。谓包含天、地、人三气。

太始:古代指天地开辟、万物开始形成的时代。

定一:定于一统。

参同:合而为一。

[3]素履:比喻行为本分、淳朴。

黄裳:喻中和以居臣职。

[4]会归:语出《尚书·洪范》:"会其有极,归其有极。"谓君王聚合臣

民有准则,臣民归依君王亦有准则。后以会归称共同归依。

[5]坤维:维系大地的绳子。古代以为天圆地方,天有九柱支撑,地有大绳维系四角。

[6]悬圭方测景:测影之圭为古代测日影的器具,长一尺五寸。比喻典范、表率。景:古同"影"。

式玉:试玉。形容仁人贤士愈经磨难,愈能保持本色。

持躬:指自己的修身。

[7]资生:生长发育。

精求:精心研求。

位育:正治培育,使天地万物各得其所并给以长养抚育。

[8]作则:本谓统治者的言行为百姓所效法。后指做榜样。

宸衷:帝王的心意。

谒孟庙

程德润

昔读孟氏书,今过邾子国[1]。巍巍峄山旁,庙堂森古柏。入门肃衣冠,从容诣几席。浩气常凛然,宫墙喜亲炙[2]。两庑列前贤,姓字光史册。微言幸得闻,祖典今为烈[3]。穿碑历汉唐,字体皆铁画[4]。中有天露井,甘泉泻琼液。饮此沁心脾,清风生两腋【时汲井水烹茶】。更闻博士贤,珍重守先泽。未得与之游,王事重行役[5]。

题解

本诗录自程德润著、清咸丰癸丑(1853年)刻本《白螺山馆诗钞》(《程玉樵诗稿》)"使粤集"第6页。

注释

[1]邾子国:周代东方著名方国之一,是鲁国的一个附属国。邾国的国君为曹姓,子爵。地理位置约在今山东省邹城市境内。

[2]宫墙喜亲炙:亲临孟庙受熏陶。宫墙:春秋时子贡用被数仞高墙所围比喻孔子德业高深,不易被人认识。语出《论语·子张》:"譬之宫墙,夫子之墙数仞,不得其门而入,不见宗庙之美,百官之富。"亲炙:亲自受熏

陶、教益。炙:火烤肉。比喻熏陶。

　　[3]微言:精深微妙的言辞。

　　祖典:此处含有典籍本源的意思,指《孟子》。

　　烈:显赫。

　　[4]穹碑:圆顶高大的石碑。

　　铁画:形容刚劲的书法。

　　[5]王事:国家公务。

　　行役:旧指因服兵役、劳役或公务而出外跋涉。

典试粤东途中偶成

程德润

　　远山何苍苍,白云常相逐。云山两莫辨,山断云能续。却爱山中人,夜伴白云宿。

题解

　　本诗录自程德润著、清咸丰癸丑(1853年)刻本《白螺山馆诗钞》(《程玉樵诗稿》)"使粤集"第10页,原题为《雨后见远山》。丁宿章编、清光绪九年(1883年)版《湖北诗征传略·卷二十九》第31页收录本诗。

　　典试粤东:主持广东省乡试。典试:主持考试。

闱中杂咏(十首)

程德润

龙门[1]

　　一路扬旌旆,官仪此日尊[2]。衔书来凤阙,仗节入龙门[3]。南国风云会,中天雨露恩。几人烧尾去,声价细评论[4]。

矮　屋

　　谁谓高轩客,能逃矮屋中[5]?人原相什伯,界早判西东[6]。烛尽皆成泪,檐低况受风。穷通知有数,莫谩怨苍穹[7]。

内帘[8]

故事崇分校,东西列五经[9]。眼妨今日白,衫记旧时青[10]。入幕宾咸集,垂帘户不扃[11]。郎官如列宿,十室聚文星[12]。

荐卷[13]

诸公凭巨眼,得意荐雄文[14]。渐觉鱼辞水,欣看鹤出群。青蓝知孰甚,皂白更须分。不有丹心在,焉能解众纷?

中卷[15]

百粤文章薮,何人最擅场[16]?佳篇能入彀,举业贵当行[17]。墨沈须珍重,朱衣究渺茫[18]。元灯今未坠,五色幸无盲[19]。

搜遗卷[20]

沧海茫茫际,遗珠尚可寻。灵犀惟所照,宝玉不终沈[21]。恐弃池中物,须知爨下音[22]。讵无毫发憾,聊以尽吾心。

落　卷

金针曾暗度,铁网更旁搜[23]。亦有佳篇在,难将定额浮。刘蒉终下第,宋玉只悲秋[24]。毷氉西风客,冬烘笑不休[25]。

刻朱卷[26]

吉羽争先睹,诸篇锦字裁[27]。文章原有价,梨枣讵为灾[28]。士擅雕龙手,人夸吐凤才[29]。洛阳看纸贵,传诵到金台[30]。

填　榜

棘闱将撤晓,蕊榜正题名[31]。我识文章妙,人传姓字荣。莲灯千炬朗,桂月一轮清。早盼泥金报,檐间听鹊声[32]。

副榜[33]

矮屋三年别,高文一例看。徒然登上第,那得试春官[34]。虎榜符能剖,蟾宫月未团[35]。穷经怜皓首,聊慰夜灯寒[36]。

题解

本诗录自程德润著、清咸丰癸丑(1853 年)刻本《白螺山馆诗钞》(《程玉樵诗稿》)"使粤集"第 24 页。

注释

[1]龙门:科举试场的正门。清代广东贡院中轴线上从南至北有头门、仪门、龙门、明远楼、至公堂、戒慎堂、聚奎堂等,号舍分列东西。

[2]旌旆:旗帜。

[3]衔书:帝王使者持送诏书。典自"凤凰衔书"。

凤阙:皇宫,朝廷。

[4]烧尾:唐以来士子登第或官吏升迁的庆贺宴席。

[5]高轩:高车。贵显者所乘。亦借指贵显者。

[6]什伯:十百。

[7]穷通:困厄与显达。

[8]内帘:清代科举考试的考务人员分为内帘和外帘两部分。内帘人员包括出题阅卷的官员和内监考、内收掌。其余人员均为外帘。为防止舞弊,考试期间内帘和外帘严禁接触。

[9]故事:先例,旧日的典章制度。

分校:科举时校阅试卷的各房官。

[10]眼妙今白白,衫记旧时青:今日虽贵为考官,但不能鄙薄应试之士,想当年,我们也是秀才。青衫指秀才的服装。

[11]扃(jiōng):上门,关门。

[12]郎官如列宿(xiù):这句说的是考官的身份。

郎官:隋唐以后,郎官多指六部的侍郎、郎中、员外郎。清代郎中、员外郎通称郎官。

列宿:众星宿。特指二十八宿。

[13]荐卷:科举考试中被选荐的试卷。

[14]巨眼:喻指锐利的鉴别能力。

[15]中卷:此处当指中式试卷。

[16]百粤:我国古代南方越人的总称。分布在今浙、闽、粤、桂等地,因部落众多,故总称百越。亦指百越居住的地方。

薮:人或物聚集的地方。

擅场:谓强者胜过弱者,专据一场。后谓技艺超群。

[17]入彀(gòu):彀中,指弓箭射程之内。后因以入彀比喻人才入其掌握,被笼络网罗。

当行:指内行的人。

[18]墨沈:墨汁。此处指墨卷。

朱衣:穿朱衣。指入仕、升官。

[19]元灯:谓宗派,渊源。

[20]搜遗卷:搜落卷,搜阅落卷。明清科举考试中防止弊端的一项措施。明代乡试中,主考官可在同考官未推荐的试卷(即落卷)中再查阅一遍,果有异材,亦可收录,称为搜落卷。清代的乡、会试中,均把搜落卷作为一种定制。

[21]灵犀:犀牛角。相传犀角有种种灵异的作用,如镇妖、解毒、分水等,故称。

[22]池中物:比喻蛰居无为的人。《三国志·吴志·周瑜传》:"刘备以枭

雄之姿,而有关羽、张飞熊虎之将……恐蛟龙得云雨,终非池中物也。"

爨(cuàn)下音:典自"爨下余"。谓灶下烧残的良木。典出《后汉书·蔡邕传》:"吴人有烧桐以爨者,邕闻火烈之声,知其良木,因请而裁为琴,果有美音。"后以爨下余比喻幸免于难的良材。

[23]金针曾暗度:典自"金针度人"。白居易有《白氏金针诗格》三卷。见《宋史·艺文志八》。金元好问《论诗》诗之三:"鸳鸯绣了从教看,莫把金针度与人。"因谓把某种技艺的秘法、诀窍传授给别人。金针:指传说中织女授予陶侃女采娘的绣花针。喻技术、秘诀。

铁网更旁收:典自"铁网珊瑚"。原为从海中摘取珊瑚的方法,后用以比喻搜罗人才或奇珍异宝。《新唐书》卷二百二十一下《西域列传下·拂菻(lǐn)》有相关记载。

[24]刘贲终下第:刘贲,字去华。幽州昌平人。唐大和二年对策,明陈大义,要皇帝去奸佞,近忠臣。主考官虽叹为妙文,但由于俱怕宦官,不敢录取刘贲,刘贲因而下第。据《新唐书·贾𝗌(sù)传》。

宋玉只悲秋:宋玉为战国时楚人,辞赋家。或称是屈原弟子,曾为楚顷襄王大夫。其流传作品,以《九辩》最为可信。《九辩》首句为"悲哉秋之为气也",故后人常以宋玉为悲秋悯志的代表人物。

[25]𢱢𢱢(mào sào):烦恼,郁闷。

冬烘:冬烘先生。旧指塾师。常含讥诮其迂腐浅陋之意。

[26]朱卷:此处特指中式朱卷文章。明清科举制度,乡、会试卷考生用墨笔书写叫墨卷;然后由专门誊录的人用朱笔誊写,不书姓名,只编号码,使阅卷者不能辨认笔迹,叫做朱卷。发榜后朱卷发还考生,中试者往往刻以送人。

[27]吉羽:"吉光片羽"的省略。神兽吉光身上的一片毛。比喻残存的艺术珍品。此处是稀有珍贵的意思。

[28]梨枣:旧时刻版印书多用梨木或枣木,故以梨枣为书版的代称。

[29]雕龙:指经过精雕细琢,文辞优美。

吐凤:称颂文才或文字之美。

[30]金台:黄金台的省称。比喻延揽士人之处。

[31]棘闱:科举时代试院的别称。古代试士,用棘围试院,以防止弊端,故称。

撤晓:通宵。撤:用同"彻"。

蕊榜:传说中道教学道升仙,列名蕊宫。后指科举考试中揭晓名第的榜示为蕊榜。

[32]泥金:本指用金和胶水制成的金色颜料。此处指泥金帖子。用泥金涂饰的笺帖。唐以来用于报新进士登科之喜。

[33]副榜:明清凡乡试、会试毕,录取者以正榜公布,另取若干答卷文理优长者,别立一榜,称副榜,不算正式录取,仅作备取。

[34]那得试春官:意思是,登副榜者不能进京参加会试。春官:礼部。此处指礼部主持的会试。

[35]虎榜符能剖:武科进士也能封官授爵。虎榜:龙虎榜的简称。即进士榜。到了清代则专称武科进士榜。符能剖:剖符谓帝王封官授爵,分与符节的一半作为信物。

蟾宫月未团:指中乡试副榜。与上文"桂月一轮清"意思相对。

[36]穷经怜皓首:可怜皓首穷经。皓首穷经指直到年老白头还在钻研经籍。形容勤勉好学,至老不倦。

黄梅山行

程德润

吾乡真是稻粱乡,才入新秋稻早黄。剧爱丰年民气乐,一壶村酒话斜阳[1]。

篱编竹枳屋编茅,半在山坳半水坳[2]。驷马高车多见惯,年年知被野人嘲[3]。

十里荒村五里庄,盛来瓜果满筼囊[4]。新秋本自无炎暑,况有松棚歇午凉。

枫林小憩午阴清,多谢山童问姓名。我自奔驰君自住,茅庐山下听书声【黄姓童生读书是处】。

题解

本诗录自程德润著、清咸丰癸丑(1853年)刻本《白螺山馆诗钞》(《程玉樵诗稿》)"使粤集"第13页。

注释

[1]剧爱:极爱,甚爱。

[2]水坳(ào):水边低洼处。

[3]野人:泛指村野之人。

[4]筼(yún)囊:竹囊。

读杨忠烈公（杨涟）文集书后

程德润

天生伟人，独禀正气[1]。用舍行藏，国运攸系[2]。生不逢辰，逆珰用事[3]。力挽狂澜，未竟其志。慷慨陈书，从容赴义。耿耿孤忠，千秋庙祀[4]。

题解

本诗录自杨涟著、清道光十三年（1833年）版《杨忠烈公文集·附表忠录》第33页。参见本书第一卷周嘉谟《表忠歌》题解。

注释

[1]禀：秉受。

[2]用舍行藏：同"用行舍藏"。古代儒家的一种用世态度。指任用时就出来做一番事业，不用时就退隐。行：指出来做官。语出《论语·述而》："用之则行，舍之则藏。"

[3]逆珰（dāng）：指魏忠贤。珰：汉代武职宦官帽子的装饰品，后借指宦官。

用事：指当权。

[4]耿耿：忠诚貌。

庙祀：立庙奉祀。

滕王阁

程德润

阁上仙踪不可求，子安一序足千秋[1]。天光水色开图画，风景依稀似鹤楼。

题解

本诗录自程德润著、清咸丰癸丑(1853年)刻本《白螺山馆诗钞》(《程玉樵诗稿》)"使粤集"第27页。

注释

[1]子安一序：指王勃所作《滕王阁序》。王勃，字子安。

甲申五月廿七日召对勤政殿恭纪

程德润

几人曾入麒麟阁，此日新弹獬豸冠[1]。未必文章能报国，须知鼓吹总为官[2]。依旬雨过天颜喜，解愠风来海宇安[3]。温语亲褒臣职愧，钦哉铁面立台端[4]。

题解

本诗录自程德润著、清咸丰癸丑(1853年)刻本《白螺山馆诗钞》(《程玉樵诗稿》)"使粤集"第29页。

甲申：清道光四年，1824年。

召对：君主召见臣下令其回答有关政事、经义等方面的问题。

注释

[1]麒麟阁：汉代阁名。在未央宫中。汉宣帝时曾图霍光等十一功臣像于阁上，以表扬其功绩。封建时代多以画像于麒麟阁表示卓越功勋和最高的荣誉。

獬豸(xiè zhì)冠：古代御史等执法官吏戴的帽子。古有"獬豸决讼"之说，相传皋陶被舜任命为法官时，开始

用獬豸参加审查疑案。诉讼双方到庭，獬豸所触一方为有罪，另一方无罪。獬豸冠是这种神判法的遗制。

[2]鼓吹：谓阐发意义，引申为羽翼，辅佐者。

[3]解愠风来：典自"南风解愠"。"南风解愠"是传说舜所作《南风歌》中的一句话。据《文选·琴赋》注引《尸

子》：舜作五弦之歌《南风》："南风之薰
兮，可以解吾民之愠。是舜歌也。"解
愠：消除怨怒。

[4]温语亲襃：意思是，皇上以温
和的话语称美我。原文为"温语亲襃
（yòu）"。

铁面：形容严肃、刚直。典自"铁
面御史"。北宋大臣赵抃（biàn）在任
殿中侍御史时，弹劾不畏权贵，声称
凛然。

台端：唐代侍御史称台端。

壬辰中秋即事书怀

程德润

秋风两度在边城，夜坐城楼百感生。只有凤凰能特立，问他鹬蚌
为谁争[1]？官居散地无妨冷，月到今宵也自明[2]。佳节良朋同一醉，
长空忽听雁飞声。

题解

本诗录自程德润著、清咸丰癸丑（1853年）刻本《白螺山馆诗钞》（《程玉樵诗
稿》）"岷阳集"第23页。

壬辰：清道光十二年，1832年。

即事：面对眼前事物。

注释

[1]特立：谓有坚定的志向和
操守。

[2]散地：闲散之地。多指闲散的
官职。

若己有园落成喜赋一律

程德润

醉翁一记古今传,思政堂开仰昔贤[1]。灵沼灵台非独乐,一邱一壑总天然[2]。云山到处皆如画,风月由来不用钱。若己有虽非己有,权将传舍作平泉[3]。

题解

本诗录自程德润著、清咸丰癸丑(1853 年)刻本《白螺山馆诗钞》(《程玉樵诗稿》)"兰山吟稿"第 1 页。

若己有园:一名望园,一名鹤园,又名憩园。在藩署后。

注释

[1]醉翁一记:指欧阳修所作《醉翁亭记》。

思政堂:此处泛指官署。北宋曾巩应池州知州王君之求,为王整修的后堂思政堂作《思政堂记》。

[2]灵沼灵台:相传文王建灵台,旁有水池名灵沼。

[3]传舍:即供传递公文的人或往来官员途中暂宿之所。

平泉:平泉庄。唐李德裕游息的别庄。

若己有园十六景

程德润

圆 桥

海上三山我有缘,蓬莱只合驻神仙。天风缥缈登临处,恰对西峰塔影圆。

方　塘

方塘半亩水盈盈，爱听鸣蛙两部声[1]。人在天光云影下，湛然心迹觉双清[2]。

四照厅

南飞燕子北飞鸿，爽气西来紫气东。莲叶田田花四壁，却疑身在画图中[3]。

蔬香馆

文人大半爱蔬香，只有菜根滋味长。秋来晚菘春早韭，好将佳句入诗囊[4]。

天香亭

太白风流今已邈，天香何必异沉香。倚阑默默人何处，为续清平调一章[5]。

芍药坡

此花最好是丰台，万紫千红次第开。却喜殿春无俗艳，何妨婪尾尽余杯[6]。

夕佳楼

参差楼阁小园东，山气遥分夕照红。一道清泉流石上，千重远岫列窗中。

小昆仑墟

张骞西去访河源，万顷波涛入禹门。我有灵符能调水，归墟即是小昆仑[7]。

花神庙

焚香叠鼓正迎神，多少游人泗水滨[8]。二十四番风信遍，散花天女为留春[9]。

襟带桥

小桥流水不生波，两岸菰蒲一苇过。欸乃声中山水绿，垂杨阴里听渔歌[10]。

月波亭

园中佳景似新秋,山色湖光一鉴收。十二阑干闲倚遍,月随波影荡轻舟。

鹿砦

鸣鹿呦呦不计年,梦中蕉叶亦茫然[11]。水心亭外蓼花畔,风景依稀似辋川[12]。

蓼畔

渡口斜阳衬晚霞,西风黄叶正栖鸦。休嫌水国秋容淡,红蓼何如白蘋花。

芥坳

谁将一勺灌坳堂,芥子须弥亦渺茫[13]。云梦胸中吞八九,南华秋水笑蒙庄[14]。

水心亭

方亭恰在水中央,四面荷风送晚凉。一叶扁舟呼不应,小童扶我过渔梁[15]。

旷怡台

雉堞排云亦壮哉,紫云深处旷怡台[16]。楼中仙子今何在?但有笙歌天上来。

题解

本诗录自程德润著、清咸丰癸丑(1853 年)刻本《白螺山馆诗钞》(《程玉樵诗稿》)"兰山吟稿"第 3 页。

注释

[1]两部声:指蛙鸣。典自"两部鼓吹"。语出《南史·孔稚珪传》:鼓吹乐用鼓、钲、箫、笳合奏,蛙声如鼓,以比鼓吹。孔稚珪的庭院里面,杂草丛生,中有蛙鸣。有人问他,是不是要学东汉时的名人陈蕃那样,不关心修整庭院,只关心修整天下?他说,他没有这样的大志,只是让庭院这样,好听两部鼓吹。

[2]湛然:淡泊。

双清:谓思想及行事皆无尘俗气。

[3]田田:莲叶盛密貌。

[4]秋来晚菘(sōng)春早韭:典自"早韭晚菘"。形容生活清淡简朴。语本《南史·周颙(yóng)传》:"文惠太子问颙菜食何味最胜,颙曰:'春初早韭,秋末晚菘。'"菘:白菜。

[5]清平调:唐代乐曲名。开元年间,长安禁中牡丹盛开,玄宗与杨妃赏花有感,命李白作《清平调》辞三章,又令梨园弟子略抚丝竹以成歌,玄宗自调玉笛以寄曲。后发展为一种词调。

[6]殿春:春季的末尾。指农历三月。

婪尾:指芍药花。

[7]归墟:古代神话中位于渤海极东面的大沟。其深无底,地上百川、海洋以及天河中的水都流入那里,但其水却不增也不减。

[8]叠鼓:较轻地连续击鼓。

[9]二十四番风信:即花信风。应花期而来的风。自小寒至谷雨,凡四月,共八个节气,一百二十日,每五日一候,计二十四候,每候应以一种花的信风。每气三番。如小寒:梅花、山茶、水仙。

[10]欸(ǎi)乃:象声词。摇橹声。

[11]鹿砦(zhài):军营的防御物。用树木设置的形似鹿角的障碍物。

呦鹿呦呦(yōu):语出《诗经·小雅·鹿鸣》:"呦呦鹿鸣,食野之苹。"鹿儿呦呦地鸣叫,召唤同伴共吃野地里的苹草。呦呦:鹿鸣声。

计年:计算岁月多少。

梦中蕉叶:指梦幻。参见本书第一卷熊寅《芙蓉岭》注释[2]。

[12]辋川:辋水,辋谷水。诸水会合如车辋环凑,故名。在陕西省蓝田县南,源出秦岭北麓,北流至县南入灞水。唐诗人王维曾置别业于此。

[13]坳堂:堂上的低洼处。

芥子须弥:芥为蔬菜,子如粟粒,佛家以芥子比喻极为微小。须弥山原为印度神话中的山名,后为佛教所用,指帝释天、四大天王等居所。佛家以须弥山比喻极为巨大。

[14]蒙庄:指庄子。庄子名周,宋国蒙人。做过蒙地方的漆园吏,故称蒙庄。

[15]渔梁:拦截水流以捕鱼的设施。以土石筑堤横截水中,如桥,留水门,置竹笱(gǒu)或竹架于水门处,拦捕游鱼。

[16]雉堞(zhì dié):城上排列如齿状的矮墙,作掩护用。

送林少穆先生（林则徐）出关（二首）

程德润

　　旧是文章侍从臣，九重特达庆知人[1]。先河后海官无旷，楚尾吴头迹已陈[2]。岂有浮云能蔽日，谁云天意不回春[3]？此行万里玉关路，壁垒秋风又一新。

　　筹笔行看靖海氛，欣传阃令属将军[4]。指挥已觉兵威壮，腾沸难排众口纷。世事空摩天外剑，乡思暂隔陇头云[5]。老成谋国惟忠尽，早晚凌烟录旧勋[6]。

题解

　　本诗录自程德润著、清咸丰癸丑（1853年）刻本《白螺山馆诗钞》（《程玉樵诗稿》）"兰山吟稿"第2页。参见本书第三卷林则徐和诗《程玉樵方伯德润饯予于兰州藩廨之若己有园次韵奉谢》。

注释

[1]特达：特出，特殊。

[2]先河后海官无旷，楚尾吴头迹已陈：此联说的是林则徐的从宦经历。1811年成进士，历任编修、监察御史等职。1820年秋，外放任浙江杭嘉湖道员。自1823年至1836年，历任按察使、布政使、河东河道总督、江苏巡抚、署理两江总督等职。1837年春，升任湖广总督。

[3]天意：帝王的心意。

[4]海氛：借指海疆动乱的形势。

阃（kǔn）令：军令，将令。

[5]陇头：陇山。借指边塞。

[6]老成：指旧臣，老臣。

凌烟：凌烟阁的省称。唐太宗为表彰开国功臣，为其画像并悬挂于凌烟阁。后常以上凌烟阁比喻功勋卓著。

137

六盘山

程德润

敢云行役苦,策马上盘山[1]。势接秦关险,攀同蜀道难。风声群壑响,雪意一鞭寒。梅陇频回首,西陲永奠安[2]。

题解

本诗录自程德润著、清咸丰癸丑(1853 年)刻本《白螺山馆诗钞》(《程玉樵诗稿》)"岷阳集"第 26 页。

注释

[1]行役:旧指因服兵役、劳役或公务而出外跋涉。

[2]奠安:安定。

癸卯秋月罢官归里留别兰州士民(四首)

程德润

三承恩命到金城【予自甘肃巩秦阶道荐升甘肃臬司藩司,并代办陕甘总督】,自顾疏慵宠若惊[1]。但以清操明素志,难言实惠及苍生。山川对我如相识,草木依人亦有情。最喜民淳风近古,时和岁稔答升平[2]。

元戎出塞重边防,旁午军书效赞襄[3]。一自八城归版籍,于今四表固金汤[4]。从征久识风云色,偃武常瞻日月光[5]。窃愿蒙番咸乐业,年年休养事农桑。

兰山佳气郁轮囷,多士如林尽席珍[6]。子建文章归典则【谓曹镜侯太史】,右丞诗律总清新【谓王景康孝廉】。雪深久立门前客,风暖徐回座上春[7]。寄语诸生须努力,天家不薄读书人[8]。

者番承乏愧旬宣,大数升沉岂偶然[9]。未识何时虚左藏,胥令在事赎前愆[10]。几经宦海风波险【予运司任内奉旨严议】,终负天恩雨露偏。多谢朋僚敦旧好,回家犹有买山钱[11]。

题解

本诗录自程德润著、清咸丰癸丑(1853年)刻本《白螺山馆诗钞》(《程玉樵诗稿》)"兰山吟稿"第7页。参见本书第三卷程德润《叩谢钦点降捐道员分发陕西补用天恩折》。

癸卯:清道光二十三年,1843年。

注释

[1]金城:古都邑名。地在今甘肃兰州西北。

臬司藩司:清代指按察使、布政使。

疏慵:疏懒,懒散。

[2]岁稔(rěn):年成丰熟。

[3]元戎:主将,统帅。

旁(bàng)午军书:军书旁午。军中的文告情报事务很多很忙。形容指挥军事很忙。旁午:指事情交错,纷繁。

赞襄:佐助。

[4]四表:指四方极远之地,亦泛指天下。

[5]偃武:停息武备。

瞻日月光:"瞻云就日"的化用。比喻臣下对君王的崇仰和追随。

[6]兰山:指兰州市区正南皋兰山。

轮囷(qūn):硕大貌。

多士:指众多的贤士。也指百官。

席珍:座席上的珍宝。比喻儒者美善的才学。

[7]雪深久立门前客:此处指向作者求学之人。典自"程门立雪"。程颐门人游酢(zuò)、杨时初见颐,颐瞑目而坐,二子侍立。既觉,顾谓曰:"贤辈尚在此乎?日既晚,且休矣。"及出门,门外之雪深一尺(《程氏外书》卷十二《传闻杂记》)。后常用程门立雪喻对师长的尊敬。

[8]天家:对天子的称谓。

[9]者番:这番,这次。

承乏:所任职位一时无适当人选,暂由自己来充数。旧时在任官吏常用的谦辞。

旬宣:周遍宣示。

大数:古时谓气达、命运。

[10]左藏:古代国库之一,以其在左方,故称左藏。

前愆(qiān):以前的过失。

[11]买山钱:为隐居而购买山林

所需的钱。《世说新语·排调》:晋代支道林派人请求深公允许他买下印山,作为隐居之所。深公答:"从没听说巢父、许由买山隐居。"后用买山等指归隐山林,用买山钱等形容退隐的机会。

秦岭谒韩文公庙

程德润

渐与长安远,秦云岭上寒。一封除弊政,八代挽狂澜。不信如来说,惟登曲阜坛[1]。高山今仰止,长揖慰瞻韩。

题解

本诗录自程德润著、清咸丰癸丑(1853 年)刻本《白螺山馆诗钞》(《程玉樵诗稿》)"关中吟草"第 3 页。

韩文公:唐代文学家韩愈,谥号文公。元和十四年(819 年)正月,他因谏阻唐宪宗迎取佛骨,被贬为潮州刺史。行经蓝关时写下《左迁至蓝关示侄孙湘》,有"云横秦岭家何在? 雪拥蓝关马不前"的名句。

注释

[1]曲阜坛:指韩愈崇儒反佛。隋唐时期佛教思想的蓬勃发展使当时社会呈现出佛老盛行、儒学式微的态势。韩愈为复兴儒学,主要从华夷之辨、扰乱纲常、浮屠害政三个方面对佛教进行了批判,在此基础上对儒家的"道"进行新的诠释与构建。

读　史

程德润

一代兴亡事,都归史册中。但能逢主圣,何必效臣忠。折槛逢其适,垂帘鲜有终[1]。小人与女子,覆辙古今同[2]。

题解

本诗录自程德润著、清咸丰癸丑(1853 年)刻本《白螺山馆诗钞》(《程玉樵诗稿》)"关中吟草"第 9 页。

注释

[1]折槛:用力拽住栏杆,以致把栏杆折断了。参见本书第一卷周嘉谟《南中奏牍叙》注释[3]"攀赤墀之槛"。

垂帘:谓女后辅幼主临朝听政。

[2]小人与女子:语出《论语·阳货》:"唯女子与小人为难养也,近之则不逊,远之则怨。"孔子说:"只有女子和小人是难以教养的,亲近他们,他们就会无礼;疏远他们,他们就会报怨。"

小人:儒家对道德品质低下或社会地位低微者的通称,常与"君子"对举。

得蒋笙陔庶子(蒋立镛)书

程德润

云树怀人切,书来竟隔年[1]。宦情甘淡泊,离绪写缠绵。历碌披尘案,清华羡木天[2]【君以辛未第一人及第】。星轺将命驾,莫谩赋归田[3]【来书有乞假归田之意】。

题解

本诗录自程德润著、清咸丰癸丑(1853 年)刻本《白螺山馆诗钞》(《程玉樵诗稿》)"岷阳集"第 12 页。

庶子:官名。太子官属。汉以后为太子侍从官之一种,南北朝时称中庶子,唐以后于太子官属中设左右春坊,以左右庶子分隶之,以比侍中、中书令。自此相沿,至清代犹用以备翰林官之迁转。清末始废。

注释

[1]云树:语出杜甫《春日忆李白》:"渭北春天树,江东日暮云。"当时杜在渭北,李在江东。诗句假借云树表达思念的感情。指亲友分隔在遥远的两地。

[2]历碌:车轮声。

木天:翰林院的别称。

[3]星轺(yáo):使者所乘的车。亦借指使者。

哭刘孝长学博(刘天民)

程德润

我是风尘客,君为著作郎。垂髫同笔砚,壮岁异行藏[1]。宦味秦云淡,离愁楚水长。忽传凶讣至,洒泪哭诗狂。

题解

本诗录自程德润著、清咸丰癸丑(1853年)刻本《白螺山馆诗钞》(《程玉樵诗稿》)"关中吟草"第6页。

刘孝长:刘天民,字孝长,更名为刘滈(chún),天门市岳口镇人。清嘉庆二十一年(1816年)丙子科举人。远安学博。著名诗人,有《云中集》。王柏心有《刘孝长传》。

学博:清代州、县学官之别称。

注释

[1]行藏:"用行舍藏"的省略。古代儒家的一种用世态度。指任用时就出来做一番事业,不用时就退隐。行:指出来做官。语出《论语·述而》:"用之则行,舍之则藏。"

题河楼联

程德润

高处不胜寒,溯沙鸟风帆,七十二沽丁字水^[1];
夕阳无限好,对燕云蓟树,百千万叠米家山^[2]。

题解

本联录自柳景瑞、廖福招编著,天津古籍出版社 2006 年版《中国古今名联鉴赏》第 154 页。

河楼:北京通州运渠河楼。

注释

[1]高处不胜寒:语出苏轼《水调歌头》:"我欲乘风归去,又恐琼楼玉宇,高处不胜寒。"

沙鸟:沙滩或沙洲上的水鸟。

七十二沽:河北省境白河支流,相传有七十二沽,其在天津者有二十一沽,故亦以借指天津。

丁字水:丁字沽。天津七十二沽之一。地处城厢北八里,是北运河、大清河的汇流处,成丁字形,故名。

[2]夕阳无限好:语出李商隐《乐游原》:"夕阳无限好,只是近黄昏。"

燕云:指燕山升起的云雾。

蓟(jì)树:即蓟门烟树,为燕京八景之一。

米家山:宋米芾(fú)善以水墨点染写山川岩石。其子友仁继承家学,并在山水技法上有所发展。世因称其父子所画山水为米家山。

题甘肃按察使司署联

程德润

多留余地培嘉卉,

小坐闲庭数落花。

题解

本联录自龚联寿编著、复旦大学出版社 1998 年版《中华对联大典》第 315 页。中国人民政治协商会议兰州市城关区委员会文史资料委员会编、2012 年版《城关文史资料选辑》第十三辑第 10 页收录本联。联前云："三堂东廊有道光十七年（1837 年）按察使程德润撰书楹联。"

题兰州蔬香馆联

程德润

瞻蒲望杏有余意[1]，
明月清风无尽藏。

题解

本联录自龚联寿编著、复旦大学出版社 1998 年版《中华对联大典》第 315 页。

注释

[1]瞻蒲望杏：掌握农时及时耕种。瞻蒲："瞻蒲劝穑"的略语。看见菖蒲初生，便督促农民及时耕种。望杏：指劝耕的时节。

题兰州承流阁联

程德润

节用爱人，愿为边陲多造福[1]；
承流宣化，须凭僚友共和衷[2]。

题解

本联录自龚联寿编著、复旦大学出版社 1998 年版《中华对联大典》第 315 页。

注释

[1]节用爱人：节省开支，爱护百姓。语出《论语·学而》。

[2]承流宣化：谓官吏奉君主之命教化百姓。

题若己有园栖鹤亭联

程德润

芦叶有声疑夜雨，
桃花依旧笑春风。

题解

本联录自陈田贵主编、敦煌文艺出版社 2015 年版《甘肃对联集成》第 10 页。上联化用唐代朱庆余(一作温庭筠)《南湖》"芦叶有声疑露雨"，下联出自唐代崔护《题都城南庄》。

生之者众，食之者寡，为之者疾，用之者舒

——会试答卷一道

程德润

详著生财之道，皆以相剂者生之也[1]。夫众与疾以开食用之先，寡与舒以裕生为之后[2]，其道实相剂也，故曰大也。尝思官礼为周公致太平之书[3]，固合人与事而治之者也。人有共分之职而不可偶滥其职，事有先举之功而不可侈大其功[4]。其端自君躬之习勤劳倡之，与君心之崇节俭慎之。六官具在，皆可与理财互参焉[5]。生财之大道何在哉？天产地产之日献其奇也，财岂患不生？第恐国中生齿虽

繁,而游惰去其一,淫奇又去其一[6]。天府披图而稽,将谷之数或不敌民之数矣[7],先王于是有所以生之者。自《太宰》以农先九职,间民无常业,既转移于职事。而且园圃薮牧,广休养滋息之方;臣妾工商,寓饬化阜通之意[8]。不得谓夫布里布立罚太严,川衡林衡取材太尽也[9],生何众也!诏爵诏禄之特垂为典也,财岂能不食[10]?第恐国家予颁有数,而衰庸杂其中,佞倖又杂其中。廪人按策而计,将食浮人无望其人浮食矣[11],先王于是有所以食之者。自《小宰》以廉冠六计,吏治无实功,既诏王以废置[12]。而且粢盛酒醴,表一人明洁之思[13];食饮膳馐,屏四方珍异之味。不仅以三酺四酺较其丰凶,六府六工称其饩禀也[14],食何寡也!且夫朝耕甸师之籍,暮应均人之征[15],多所生而阻所为,可乎?我观公旬之典,丰年三日,中年二日,无年一日,以此裕为之者,则农无愆期矣[16]。所以里宰有司,酂长有司,趣耕耨而稽女功,不徒奉行之故事[17]。极之种献秬秠,先上春而诏,后功勤芟稼,卜来岁以莅神[18]。盖上停鼖鼓,即不啻下凛鞭呼也,利用疾焉耳[19]。谨百尔之匪颁,纵一人之玩好,约于食而恣于用[20],可乎?我观建邦之经,九赋敛财,九式节财,九贡致用,以此筹用之者,则朝有常度矣[21]。所以司会有官,职币有官,视盈歉而量出入,不尚会计之虚文[22]。极之时颁岁会,观其通于三十年[23];散利薄征,救其荒以十二政[24]。盖市平总布,正不必朝禁泉刀也,利用舒焉耳[25]。平天下者,其法周礼,以为恒足之道可也。

题解

本文录自清嘉庆刻本《会试朱卷》(嘉庆甲戌科)程德润卷。

生之者众,食之者寡,为之者疾,用之者舒:语出《大学》:"生财有大道。生之者众,食之者寡,为之者疾,用之者舒,则财恒足矣。"生产财富有重大原则:生产财物的人多,消费财物的人少,创造财物的人生产迅速,使用财物的人消费舒缓,那么国家的财物自然就能常常充足了。食:消耗,亏损。后作"蚀"。

注释

[1]相剂:互相帮助、促成,互相　　调济。

[2] 食用：食指"食之者寡"中的"食"，用指"用之者舒"中的"用"。

生为：生指"生之者众"中的"生"，为指"为之者疾"中的"为"。

[3] 官礼为周公致太平之书：刘歆曾云《周礼》为"周公致太平之迹"。官礼：官府礼法。此处指《周礼》。

[4] 共分之职：指共职与分职。分职：各司其职，各授其职。

侈大：张大，夸大。

[5] 六官：周六卿之官。《周礼》以天官冢宰、地官司徒、春官宗伯、夏官司马、秋官司寇、冬官司空分掌邦国之政，总称六官或六卿。

互参：参互。互相参杂，相互参证。

[6] 第：只是。

国中：指王城之内。

生齿：人口，人民。

游惰：游荡懒惰。

淫奇：奇技淫巧。

[7] 天府：皇宫藏物之所。

披图：展阅图籍、图画等。

[8] 自《太宰》以农先九职，间民无常业，既转移于职事。而且园圃、薮牧，广休养滋息之方；臣妾、工商，寓饬化阜通之意：《太宰》中说的九种职业，"三农"居首。无固定职业者，可以辗转各地被雇。在园圃种植蔬菜果木的人，在沼泽草地的牧民，负责提供生活和生产资料。地位低贱的奴婢，工匠商人，负责加工和流通。语出《周礼·

天官·太宰》："以九职任万民：一曰三农，生九谷；二曰园圃，毓草木；三曰虞衡，作山泽之材；四曰薮牧，养蕃鸟兽；五曰百工，饬化八材；六曰商贾，阜通货贿；七曰嫔妇，化治丝枲（xǐ）；八曰臣妾，聚敛疏材；九曰闲民，无常职，转移执事。"太宰：相传殷置太宰。周称冢宰，为天官之长。九职：周时的九种职业。间民：闲民。无固定职业者。饬化：加工。阜通：使货物丰富，购销渠道畅通。

[9] 夫布里布：均为赋税。夫布：古代赋税的一种。指以货币形式支付的代替力役的人口税。里布：古代的一种地税钱。

川衡林衡：均为《周礼》官名。川衡：为地官之属，掌川泽之禁令。林衡：地官之属，掌保护巡守林木。

[10] 诏爵诏禄：谓诏赐以爵位、俸禄。语出《周礼·夏官·司士》："以德诏爵，以功诏禄，以能诏事。"

[11] 廪人：古代管理粮仓的官吏。

浮人：在外流浪的人。

浮食：多谓不事耕作而食。

[12]《小宰》以廉冠六计：西周"六计"皆以廉冠首。语出《周礼·天官·小宰》："以听官府之六计，弊群吏之治：一曰廉善，二曰廉能，三曰廉敬，四曰廉正，五曰廉法，六曰廉辨。"小宰：《周礼》官名。

既诏王以废置：《周礼·天官·大宰》："以八则治都鄙……三曰废置，以驭其吏。"太宰告诉帝王，依据八种制度治理王畿内的采邑……第三是废置制度，用来治理官吏。废置：指官吏的任免或帝王的废立。

[13]粢盛(zī chéng)：古代盛在祭器内以供祭祀的谷物。

酒醴：酒和醴。亦泛指各种酒。

一人：古代称天子。亦为天子自称。

明洁：清白，高洁。

[14]三釜(fǔ)：亦作"三釜"。古代一般年成每人每月的食米数量。

丰凶：丰歉。凶：庄稼收成不好。

六府：上古六种税官之总称。《礼记·曲礼下》："天子之六府，曰司土、司木、司水、司草、司器、司货，典司六职。"

六工：六种工匠。《礼记·曲礼下》："天子之六工曰：土工、金工、石工、木工、兽工、草工，典制六材。"

饩廪：古代官府发给的作为月薪的粮食。亦泛指薪俸。

[15]耕甸师之籍：耕……籍：古时每年春耕前，天子、诸侯举行仪式，亲耕籍田，种植供祭祀用的谷物，并以示劝农。历代皆有此制，称为耕籍礼或籍田礼。甸师：即甸人。古官名。西周时期置。掌种王田以供王用。

应均人之征：应……征：泛指响应某种征求。均人：官名。周设此官，掌平土地力政，均税赋征役。

[16]公旬：古代人民为统治者每年所承当的无偿劳役。

无年：饥荒之年。

愆(qiān)期：误期，失期。

[17]里宰：指里长。

酇(zàn)长：一酇之长。酇：周代地方组织单位之一，一百家为酇。

有司趋耕耨(nòu)而稽女功：语出《周礼·地官·酇长》："趋其耕耨，稽其女功。"耕耨：耕田除草。亦泛指耕种。女功：旧谓妇女从事的纺织、刺绣、缝纫等。

故事：旧事，先例。

[18]极之：疑同"极而言之"。谓把话说到尽头。

稑穜(lù tóng)：稑和穜。指谷类的早熟品种和晚熟品种。

上春：孟春。指农历正月。

功勤：功劳。

芟(shān)稼：锄草与种植谷物。泛指农业劳动。

卜来岁以莅神：求神问卜预知来年。卜……莅：莅卜。监视占卜。

[19]鼛(gāo)鼓：大鼓。古代用于役事。语出《诗经·大雅·绵》："百堵皆兴，鼛鼓弗胜。"高亨注："鼛鼓，一种大鼓。在众人服力役的时候，要打起鼛鼓来催动工作。"

不啻(chì)：无异于，如同。

凛鞭：当指"鸣鞭"。古代皇帝仪仗中的一种，鞭形，挥动发出响声，使人肃静，故又称静鞭。

利用疾焉耳：此处指创造财物的

人生产迅速。利用:谓物尽其用,使事物或人发挥效能。《尚书·大禹谟》:"正德,利用,厚生,惟和。"孔传:"利用以阜财。"焉耳:于是,而已。

[20]百尔:犹言诸位。亦指在位者。

匪颁:分赐。匪:通"分"。

约于食而恣于用:让众人简约消费,却让"一人"肆意消耗。

[21]邦:诸侯之国。

九赋:周代的九类赋税。

九式:周代九种经常性财政支出。其财物来源于九赋。

九贡:周代征收贡物的九种类别。

常度:固定的规律或法度。

[22]司会:掌管财务,担任度支职务。

职币:掌官用余财。

会计:管理及出纳财务。

虚文:毫无意义的礼节。

[23]时颁:疑指岁时颁赐。颁:指上文"予颁""匪颁"。

岁会:《周礼》记载的反映一年经济情况的计算文书。亦称"会"。岁会类似现代的年报。《周礼》记载:司会"以岁会考岁成",即指司会据群吏上报的岁计文书进行审查,以全面了解四方诸侯的治绩。

观其通于三十:《礼记·王制第五》:"以三十年之通制国用,量入以为出。"用三十年收入的平均数作依据来编制国家开支费用,酌量今年的总收入安排明年的总支出。通:整个,全部。

[24]散利薄征,救其荒以十二政:散利、薄征为古代十二荒政(赈济饥荒的政令或措施)之一、之二。语出《周礼·地官·大司徒》:"以荒政十有二,聚万民,一曰散利,二曰薄征。"散利:指遇到凶年官府借给百姓种子和粮食。薄征:减轻租税。

[25]市平:谓市场物价稳定。语出《周礼·地官·司市》。

总布:古代货财之正税。

泉刀:泉与刀皆古代钱币。因以泉刀迋称钱币。

利用舒焉耳:此处指使用财物的人消费舒缓。

销乌鲁木齐所属各厅州县仓储粮石事折

程德润

暂行代办陕甘总督事务、甘肃布政使司布政使臣程德润谨题为奏闻事[1]。

据甘肃布政使程德润呈,遵查乌鲁木齐所属各厅州县仓贮粮石,例应造报奏销后造册题销[2]。兹奉檄准乌鲁木齐都统咨送镇西、迪化贰府州属各州县[3],暨吐鲁番厅、库尔喀喇乌苏、精河、喀喇巴尔噶逊管粮屯员[4],各将道光拾玖年收支存剩、一切粮石造其细数奏销清册前来,相应汇造简明总册,同各散册一并详赍会题,等情前来[5]。该臣查得,乌鲁木齐库所属各厅州县仓贮粮石,例应造报奏销之后造册题销,历经遵办在案。

兹据甘肃布政使程德润呈,查得册开镇西府属宜禾、奇台贰县并吐鲁番厅、迪化直隶州,及所属昌吉、阜康、绥来叁县,库尔喀喇乌苏、精河、喀喇巴尔噶逊叁屯粮员,旧管道光拾捌年年底止[6],共贮各色京斗粮陆拾陆万柒千壹百叁拾捌石柒斗捌升陆合陆勺肆抄,又白面肆拾伍万捌千壹百捌斤伍两柒钱玖厘;新收道光拾玖年正月起,至拾贰月底止,共收各色京斗粮叁拾万壹千壹百玖拾叁石贰斗捌升柒合柒勺贰抄,又白面伍拾壹万捌千柒百玖拾肆斤伍两。开除道光拾玖年正月起[7],至拾贰月底止,共除各色京斗粮贰拾伍万伍千陆百伍拾贰石伍斗玖升肆合柒勺,又白面伍拾万伍百叁拾捌斤伍两肆钱壹分陆厘。实在道光拾玖年年底止[8],共贮各色京斗粮柒拾壹万贰千陆百柒拾玖石肆斗柒升玖合陆勺陆抄,又白面肆拾柒万陆千叁百陆拾肆斤伍两贰钱玖分叁厘。前项实在粮石,据各厅州县屯粮册登,俱各实贮在仓。至开除供支各案粮石,按册核算,均属相符,并无浮冒,应请准销所有造到册籍,理合汇造简明总册,同各散册一并详赍会题前来,臣覆核无异,除册分送部科外,相应会同乌鲁木齐都统臣惠吉合词具题,伏祈皇上圣鉴,敕部核覆施行[9]。谨题请旨。

道光二十二年四月二十六日。

题解

本文录自程德润奏折。原件藏中国第一历史档案馆,档案号为02-01-04-21179-020。

粮石:指粮食。以石计量,故称。

注释

[1]题为奏闻事:同"奏为奏闻事"。奏为……事:参见本书第二卷龚橓《新选奏疏》注释[1]。题:奏章。明清两代公文用语之一。又指上奏。奏闻:臣下将情事向帝王报告。

[2]遵查:下级机关向上级报送的文书中,表示遵照上级命令而查得某事的用语。

奏销:清代各州县每年将钱粮征收的实数报部奏闻,叫奏销。

题销:谓上奏经皇帝批准报销。

[3]都统:武官官衔。清末分武官为九等,第一等至第三等为都统、副都统、协都统。

咨送:谓移文保送。

[4]库尔喀喇乌苏:清代新疆地名。今新疆乌苏市。

喀喇巴尔噶逊:清代城堡名。亦称嘉德城。今新疆乌鲁木齐市属之达坂城。

屯:一种耕种、经营、占有国有土地的特殊经济组织形式。以耕垦为主要目的的带有军事性质的屯,隋唐以后各代也时有所见。

[5]清册:将财物或有关项目清理后详细登记的册子。

会题:即有关衙门共同会衔向皇帝题奏公事。清制,凡须几省或几个衙门共同定议之事,由一省或一个衙门主稿,其他省或衙门共同商酌定稿后,联合具名题奏或题覆,称为会题。

等情前来:同"等因前来"。前来,所引叙的文书已到达本处。明清时期的文书中,凡前面所引叙上级或平级机关的来文完毕,即用此语表示结束,并表明前面所引叙的来文已经到达本机关或本官员处,相当于"等因到臣""等因到本署"等语。多与"去后"联用。表明被查之所属机关已来文。

[6]旧管:犹原有。

[7]开除:去除,免除。

[8]实在:真实的情形。

[9]合词:联名上书。

具题:谓题本上奏。

敕部核覆施行:明清时期,大臣奏报皇帝的奏折和题本等文书中,请求皇帝命令中央有关某部审核后回复皇帝,以便施行的用语。敕部:皇帝命令中央某部。

叩谢钦点降捐道员分发陕西补用天恩折

程德润

分发陕西候补道臣程德润跪奏,为恭谢天恩、吁求恩训事[1]。

本月初一日,吏部以臣降捐道员带领引见[2],奉旨:"程德润,著准其降捐道员,分发陕西,照例补用。"钦此[3]。

窃臣楚北下士[4],知识庸愚。由甲戌科进士签分吏部[5],补考功司主事,升文选司员外郎、江南道御史,转兵科给事中、刑科掌印给事中[6]。历充辛巳恩科顺天乡试、丙戌科会试同考官,壬午科广东乡试副考官。道光十年,奉旨补授甘肃巩秦阶道[7]。历升山东盐运使、甘肃按察使、甘肃布政使、代办陕甘总督事。二十三年,因前在御史任内失察银库亏短案内革职,旋因赔款缴清,仰蒙特恩赏给主事。今在河南捐输[8],奏准降捐道员。复荷温纶,准予分发[9]。闻命之下,倍切悚惶[10]。伏念陕西为繁要之区[11],道员有监司之责。如臣梼昧,惧弗克胜[12]。惟有吁求恩训,敬谨遵循,于地方一切公事,随时留心,力图后效,以冀仰酬高厚鸿慈于万一[13]。

所有微臣感激下忱,谨缮折恭谢天恩,伏乞皇上圣鉴[14]。谨奏。

道光二十五年十二月初三日[15]。

题解

本文录自程德润奏折。原件藏中国第一历史档案馆,档案号为04-01-35-0678-004。道光皇帝在"程德润"名左朱批:"尚可。"

降捐:指清代降职官吏捐银换取官职。是捐纳之一种。民出钱物,国家给官称捐纳。

道员:官名。为明清两代介于省、府之间的高级官员。

注释

[1]天恩:指帝王的恩惠。　　　　吁求:呼吁恳求。

恩训:圣恩训示。

[2]引见:引导入见。旧指皇帝接见臣下或宾客时由有关大臣引导入见。

[3]钦此:归结皇帝的来文的用语。凡引叙皇帝的谕旨、朱批、诏令等文书完毕,即用此语表示引叙结束,并转入文书的引申段,后面叙述自己的意见。

[4]下士:才德差的人。

[5]签分:抽签分配。

[6]主事:清代为正六品,与郎中、员外郎并列为六部司官。

考功司:吏部下设考功司,掌管官吏的考课黜陟。有郎中、员外郎、主事。

文选司:文选清吏司,是明清时期吏部下设的机构。掌考文职官之品级与其选补升调之事,以及月选之政令。

御史:清代监察御史,是督察府、州、县的高级官员。

兵科给事中、刑科掌印给事中:兵科、刑科:官署名,指吏、户、礼、兵、刑、工六科中的兵科、刑科。宋以给事中分治六房,明改设六科给事中,初属通政司,后自为一曹,得与部院平列。清雍正时并入都察院。六科掌规谏、稽察、封驳等事。六科各有都给事中,左、右给事中各一,给事中若干人。掌印给事中:明称都给事中,清称掌印给事中。正五品。

[7]巩秦阶道:清代设立的道一级地方行政机构,辖巩昌府、秦州、阶州。此处指巩秦阶道行政长官道员。

[8]捐输:犹捐纳。

[9]温纶:皇帝诏令的敬称。

分发:清制,道府以下非实缺人员分省发往补用者,谓之分发。

[10]悚(sǒng)惶:惶悚。惶恐,害怕。

[11]繁要:繁复而重要。

[12]梼(táo)昧:愚昧。多作自谦之词。

惧弗克胜:惧怕不能胜任此职。

[13]以冀仰酬高厚鸿慈于万一:以期报答皇上万分之一的天高地厚般的大恩。鸿慈:大恩。

[14]微臣:卑贱之臣。古代官吏用来对君主称自己。

缮:抄写。敬辞。

[15]道光二十五年:乙巳,1845年。

153

续修中卫县志序

程德润

邑之有志,犹国之有史也。国无史,则孰知兴衰理乱之由[1]?邑无志,则孰知因革损益之事[2]?顾今之为志者,大率抄撮成篇[3],沿袭为事,欲以信今而传后也,难矣!

中卫邑宰郑君考堂[4],予老友也。道光辛丑春[5],因公来省,携所葺邑志,就正于予,云:中卫向无志乘[6],自前宰黄恩锡创为此书,迄今八十余年,未尝修葺,志且渐就湮没。元吉公余之暇,取旧志,网罗散失,始于庚子仲夏,成于辛丑仲春,乞予一言弁首[7]。予披览往复,详略得宜,信乎师《武功志》之遗意,而非徒袭其绪余者也[8]。

吁!中卫山水甲雍州[9],稻陇桑田,沃野千里。予三宦边陲,未曾一至其地。今观考堂所编《地理》一志,某山某水,引据甚悉,不啻置身于鸣沙流泉间矣[10]。遂走笔而为之序。

道光二十一年辛丑岁孟夏月,甘藩使者玉樵程德润撰并书[11]。

题解

本文录自清道光二十一年(1841年)版《中卫县志》。

注释

[1]理乱:治与乱。
[2]因革损益:指对待传统文化或典章制度的态度与方法。因:因袭、继承。革:革除、废弃。损:减损。益:增益。
[3]抄撮:摘录。
[4]邑宰:县邑之长。即县令。
郑君考堂:郑元吉,字考堂。
[5]道光辛丑:道光二十一年,

1841年。
[6]所葺邑志:所修县志。
就正:向人求教,以匡正学识文章的讹误。常用作谦辞。
志乘(shèng):志书。
[7]弁(biàn)首:卷首,前言。
[8]披览往复:反复展读。
武功志:县志名。康海纂修。清代王士祯谓前明郡邑志不啻充栋,而

文简事赅,训词尔雅,无如康对山(康海)《武功志》。武功县位于陕西中部。

遗意:前人或古代事物留下的意味、旨趣。

绪余:本指蚕抽丝后留在茧子上的残丝。引申指理论的一部分或其遗留部分。

[9]雍州:古九州之一。大致指今山西、陕西之间一段黄河以西、河套以南、秦岭以北地区,含有河西走廊大部分区域。后世用以代指这一地区。

[10]不啻(chì):无异于,如同。

[11]甘藩使者:甘肃布政使。藩:藩司。明清时布政使的别称。

重修泰山南天门记

程德润

岳五而岱为之宗,以其能生万物、雨天下也[1]。故帝者恒祀焉,七十二君尚矣[2],其著者见于《虞书》。朝廷敬祀勤民隆于三代,自省方亲祀之外,岁命官赍香供致祭[3],所以礼岱者尤隆。其自山麓至玉皇顶,凡神之所宅,有倾圮剥落者,守者以时闻,天子必发司农金修葺而丹腹之[4]。为民祈福,典至钜也。前岁,有司以庙工请,既发帑新之矣[5]。南天门当岳之南而最高,据全山之胜,为岱宗门户,故称天门。方请修时,大府以经费不足,未及勘估重修。适余衔命赍香致祭,见其栋宇摧折,墙垣坍圮。昔年琳宫贝阙、供奉神像之处,半为风雨剥蚀,殊不足以昭诚敬而壮观瞻[6]。将事之余,心甚惕然[7]。有司将复以闻,而朝廷当议蠲议赈之后,又海塘工方亟,似不便再三陈请,重烦司农[8]。爰于事竣后,亲加履勘估,计工料银二千三百余两,自捐俸廉,发交泰安郡伯,董其事,鸠工庀材[9],凡数阅月而告成。司事者请纪其事,余固非守土官,亦不敢有所祈于神,所以为此者,欲神之重福斯民,以答朝廷之禋祀而已[10]。是为记。

大清道光十五年乙未仲秋月,山东盐运使者、楚北程德润撰并书[11]。

题解

本文转引自中国日报网 2010 年 3 月 26 日刊载的《重修泰山南天门碑文揭秘》。2007 年《泰山晨刊》记者从泰山南天门西侧台基旁杂物堆中发现该碑，并录文标点。

同知府衔、泰安府泰安县知县秦应逵《重修泰山南天门关帝庙碑》记载："南天门上关圣帝君行宫，志谓自白云洞移来。重修者，道光乙未山东盐使，吾乡先达竟陵程公德润也。"

注释

[1]岳五而岱为之宗：旧谓五岳中泰山居首，为诸山所宗。

雨(yù)：润泽。

[2]七十二君：相传上古到泰山封禅者有七十二君。《史记·封禅书》引管仲语云："古者封泰山禅梁父者七十二家，而夷吾所记者十有二焉。"

[3]三代：夏商周三个朝代。

省方：指省视四方。

赍(jī)：带着。

[4]倾圮(pǐ)：倒塌。

丹臒(huò)：红色的涂漆。此处作动词用。

[5]帑(tǎng)：指国库或国库里的钱财。

[6]琳宫：仙宫。亦为道观、殿堂之美称。

贝阙：以紫贝为饰的宫阙。本指河伯所居的龙宫水府，后用以形容壮丽的宫室。

观瞻：引申为体统。

[7]惕然：忧惧的样子。

[8]议蠲(juān)议赈：审议灾情，蠲免赋税，赈济灾民。

司农：户部尚书。清代因户部主管钱粮田赋，故俗称户部尚书为大司农。

[9]俸廉：俸银和养廉银的合称。

发交：交付。

郡伯：知府的别称。因知府掌管一郡，相当于古代的方伯，故称郡伯。

董其事：主持其事。

鸠工庀(pǐ)材：招聚工匠，准备材料。形容建筑工程的准备。鸠：聚集。庀：准备。

[10]禋(yīn)祀：祭天神之礼。

[11]道光十五年：1835 年。

盐运使者：都转盐运使司盐运使。地方管理盐务的道员。

若己有园记

程德润

甘肃布政司署之东北隅有隙地一区,官此者营构相继也[1]。或前焉或后焉,或左焉或右焉,各立主名,离而不属[2]。余自道光丙申一摄司篆,丁酉再摄,未尝不徙倚于斯[3],思联缀之,然而非己有也。

今岁辛丑,奉恩命实补斯职,乃脴合众制,并为一园[4]。高则台之,洼则沼之。缭之以榭,围之以阑。磴可以升,彴可以度[5]。周回疏通,无澶漫泮涣之虞[6]。向之非己有者,今其为己有乎?

夫古之达人,以天地为逆旅[7],古今为旦暮,东西南北随其所适,泛然如不系之舟,今日不知明日泊止何处,奚有于一园?然而吾之心有不能自解者,一水一石不为之位置,如乖其方也[8];一草一木不为之序别,如失其所也;一禽一鱼不为之部居[9],如违其性也。吾亦不自知吾之何专壹若是也。

园既成,客请名。余曰:"是宜以若己有名之。何则[10]?天下事,留恋者滞,淡忘者堕。今自斗粟佐史之吏,慕高世之论,必曰官如传舍,其弊将率一世逃于空虚,而政教皆弛[11],为其与我漠然不相属也。时时视之若己有,则虽欲漠然而不得矣,此吾之所以名兹园也。夫兹园之非己有,吾岂不知之也?"遂书为记。

题解

本文录自1917年版《重修皋兰县志·卷十八》第11页。

注释

[1]营构:构思,创作。

[2]离而不属(zhǔ):相互依附而不相连接。

[3]余自道光丙申一摄司篆,丁酉

再摄:程德润于道光丙申、丁酉两次署理甘肃布政使一职。第一次署理不足一年,之后伍长华署理,梁章钜、赵炳炎任甘肃布政使。第二次署理一年,之后梁萼涵任、周开麒署理甘肃布政使。

道光丙申：清道光十六年，1836年。

摄司篆：此处指代理甘肃布政使官职。司：藩司。明清时布政使别称藩司。篆：指官印。

丁酉：清道光十七年，1837年。

徙倚：犹徘徊，逡巡。

[4] 辛丑：清道光二十一年，1841年。

奉恩命实补斯职：指程德润奉诏实任甘肃布政使。补：补任官职。

胹（ér）：烹煮。引申为调和。

[5] 彴（zhuó）：独木桥。

[6] 澶（chán）漫：稀疏散布。

泮涣：分散，涣散。

[7] 达人：豁达豪放的人。

递旅：客舍，旅馆。

[8] 位置：布置，安排，处置。

乖其方：对它的安排处置不合理。

[9] 部居：谓以类相聚，按类归部。

[10] 何则：为什么。多用于自问自答。

[11] 斗粟：一斗之粟。指少量的粮食。

佐史：汉代地方官署内书佐和曹史的统称。

高世：出尘离世，清高脱俗。

传舍：即供传递公文的人或往来官员途中暂宿之所。

率一世：引导天下之人。率：引导。一世：举世，全天下。

政教：儒家称古代国家的行政教化设施为政教。教指礼义教化，政指刑禁法制。

兰洲公（蒋立铣）传

程德润

　　昔杜牧之之分司洛阳也，日与李愿辈宴饮赋诗，议者谓其有雅人深致焉[1]；韩魏公为陕西安抚使，每宴客，郡斋声歌绕座，陕西之民金喷喷颂魏公之德不衰[2]。至今读其书而考其行，未尝不临风感慨，觉古人之不可复作而企予慕之[3]。

　　竟陵蒋兰洲司马[4]，风雅吏也。少时读书都门，兼通法律，有用世志[5]。尊甫丹林公任中丞时，公出就荣县丞，旋以县令需次豫省，进职司马[6]。中牟河决，河帅麟公筹赀修筑[7]。有山东盗刘五肆行劫掠,为地方害。公职司巡视[8],于夜半设计擒之,可不谓智且勇欤?嵩县富商赵某被孕怨者诬以杀人,邑令不能直。按察使命公理之,冤始雪。其宰永宁也,推道训俗,蠲代耕氓租,邑人顺赖[9]。久之,政通岁稔,与邑中士大夫赏雨于凤山之西亭,击钵催诗[10],以咏丰乐之盛。民为之歌曰:"黍苗既枯,雨随公至。公如不至,谁为余抚字[11]?"呜乎! 岂易得哉! 然公戆直性成,从不阿私长官,故逐队十年[12],一即真不可得,其夙昔抱用世之志者固如是乎?

配张宜人,婉娈有志操[13]。事姑林太夫人,以孝谨称[14]。姑病笃,刀圭无灵[15]。宜人因自割其肱,调羹以献[16],是夕而太夫人之病忽愈。是非孝可格天,曷克臻此[17]? 予因司马之传而并及之,欲使天下为人妇者,皆得行其孝于姑嫜也[18]。

赐进士出身、诰授资政大夫,甘肃布政使司布政使、护理陕甘总督[19],加五级、纪录十次,姻愚弟程德润顿首拜撰。

题解

本文录自1919年版、天门市净潭乡状元村《蒋氏族谱》。

兰洲公:蒋立铣,蒋祥墀之子,蒋立镛之弟。国学生。署永宁、叶县知县。军功,赏戴蓝翎。钦加同知衔,貤封中宪大夫。

注释

[1]杜牧之:杜牧,字牧之。

分司:唐代分别以长安、洛阳为西京、东都,政府机构设在长安。各机构分人到洛阳主持事务,称为分司。

雅人深致:指高雅的人意兴深远。亦用来形容人的言谈举止高尚文雅,不同于流俗。

[2]韩魏公:韩琦,北宋大臣,著名政治家,被封为魏国公。

声歌:指诗词歌赋等抒情遣怀的作品。

佥:都,皆。

[3]企予:踮起脚跟。予:相当于"而",助词。

[4]司马:后世称府同知曰司马。

[5]用世:旧时谓见用于当世,出来做官。

[6]尊甫丹林公:指蒋祥墀。蒋祥墀,字盈阶,号丹林。尊甫:对他人父亲的敬称。

中丞:明初置都察院,其副都御史之职与前代的御史中丞略同,称为中丞。

需次：旧时候补吏，要按其资历依次补缺，叫需次。

进职：进升官职。

[7]河帅麟公：指清道光年江南河道总督麟庆。麟庆被革职后发往东河中牟工地效力。

[8]职司：职掌。

[9]宰永宁：任永宁县知县。

推道训俗：推行礼义之道，改变当地风俗。

蠲（juān）代耕岷租：指为非农业者减租。蠲：除去，免除。代耕：谓从事农业以外的职业。

顺赖：顺从而信赖。

[10]岁稔（rěn）：年成丰熟。

击钵催诗：一边敲打钵体，一边限韵作诗。钵声停止，韵诗完成。参见本书第二卷刘必达《游双岩寺和成荗韵》注释。

[11]抚字：谓对百姓的安抚体恤。

[12]戆（gàng）直：刚直。

阿私：偏爱，曲意庇护。

逐队：谓随众而行。

[13]婉娈：柔顺，柔媚。

志操：志向节操。

[14]姑：称夫之母，公婆。

孝谨：孝顺而恭谨。

[15]病笃：病势沉重。

刀圭：古代量取药末的器具。形状如刀圭的圭角，一端尖形，中部略凹陷。借指药物。

[16]肱（gōng）：手臂。

调羹：调和羹汤。

[17]是非孝可格天，曷克臻此：这不是孝心感动上天，怎能达到这样的境界。

格天：古代统治者自称受命于天，凡有所作为，感通于天，叫格天。

[18]姑嫜（zhāng）：丈夫的母亲与父亲。

[19]诰授：朝廷用诰命授予封号。参见本书第二卷蒋祥墀《德阳新志序》注释[28]。

资政大夫：官名。明清文散官正二品升授称资政大夫。

护理：官制用语。清代省级长官出缺，未及派员接替，即以次官暂代其职，称护理。如总督、巡抚出缺，多由布政使护理。

送程玉樵(程德润)典试广东

陈　沆

去年名重五经房,今日轺车指粤乡。四十平头拜恩宠,九重亲口赞文章。秋程水驿兼山驿,海国珠光是月光。我有灵奇搜未遍,凭君收拾入诗囊。

题解

本诗录自陈沆著、清咸丰二年(1852年)刻本《简学斋诗删·卷之四》第13页。

程玉樵方伯德润
饯予于兰州藩廨之若己有园次韵奉谢

林则徐

短辕西去笑羁臣,将出阳关有故人。坐我名园觞咏乐,倾来佳酿色香陈。开轩观稼知丰岁,激水浇花绚古春【小山后有石湫吐水灌入园圃】。不问官私皆护惜,平泉一记义标新【君自撰园记,语多真谛】。我无长策靖蛮氛,愧说楼船练水军。闻道狼贪今渐戢,须防蚕食念犹纷。白头合对天山雪,赤手谁摩岭海云?多谢新诗赠珠玉,难禁伤别杜司勋。

题解

本诗录自林则徐著、清光绪丙戌(1886年)版《云左山房诗钞·卷六》第12页。林则徐全集编辑委员会编、海峡文艺出版社2002年版《林则徐全集·第六册·诗词》第210页,本诗标题下写作时间为道光二十二年八月初四日(1842年9月8日)。程德润著、清咸丰癸丑(1853年)抄本《白螺山馆诗钞》(《程玉樵诗稿》)"兰山吟稿"第2页收录本诗,注为"附《和诗》"。参见本书第三卷程德润《送林少穆(林则徐)先生出关(二首)》。

方伯:古代一方诸侯中的领袖称方伯。明清布政使皆称方伯。

藩廨:即布政使衙门。布政使也称藩司或藩台,故称其门为藩廨。

次韵:依照别人所作诗中的原韵及其用韵次序作诗叫次韵,也叫步韵。此诗是根据程德润赠诗的原韵和用韵次序所作。

林则徐《壬寅日记》云:八月初四,"玉樵来邀,赴之。其署中后园有林泉之胜,玉樵新为修葺,名之曰若己有"。

委程德润署理潼商道印务片

林则徐

再,臣接准吏部咨:"钦奉上谕:'山东盐运使员缺,着刘源灏补授。'钦此。"当经转行饬遵。所遗潼商道印务,应即委员接署,以便刘源灏交卸起程前赴新任。查有候补道程德润,曾任甘肃藩臬两司,堪以委令署理。

除檄饬遵照外,理合附片陈明,伏乞圣鉴。谨奏。

道光二十六年八月十五日。

题解

本文录自林则徐奏折。原件藏中国第一历史档案馆,档案号为03-3644-024。标题为本书编者所加。文中日期据林则徐全集编辑委员会编、海峡文艺出版社2002年版《林则徐全集·第四册·奏折卷》第35页补。

片:清代奏章的附件。

蒋元溥（原名蒋德瀼，探花，江西盐法道）

蒋元溥(1803—1853 年,生于清嘉庆乙丑八月初五,卒于清咸丰癸丑四月二十),字誉侯,原名蒋德瀼,状元蒋立镛之子,天门市净潭乡状元村人。清道光十三年(1833 年)癸巳科探花。

1921 年版《湖北通志·卷一百四十·人物志十八》第 12 页记载:"蒋元溥,字誉侯。道光癸巳一甲三名进士。授编修,荐升侍读。出为九江知府未至,署江西盐法道。及抵郡守任时,粤寇已炽,烽火逼境上。元溥筹备战守,不遗余力,以劳致疾,卒官。"

蒋元溥墓在今天门市干驿镇沙嘴村六组(上湾)东北约一公里,曾氏墩西南侧、土地台北。

倚马可待

蒋元溥

自诩仙才高,凭君试万言[1]。容惟夸倚马,不俟赋高轩[2]。驹影才过隙,鹍声已在门。据鞍争顷刻,下笔数更番[3]。驴背敲何待,龙文写其论[4]。草成同露布,阵合骤云屯[5]。上水嘲船缓,驱尘快驷奔[6]。看花催宴速,骧首拜新恩[7]。

题解

本诗录自王凯贤编著、昆仑出版社 2012 年版《清朝状元诗榜眼诗探花诗·下》第 219 页。

倚马可待:形容才思敏捷,为文顷刻而成。刘义庆《世说新语·文学》载,袁宏文思敏捷,为桓温记室。桓温北征,唤"袁依马前令作,手不辍笔,俄得七纸",文章极为可观。后遂用依马、倚马可待形容文思敏捷。李白《与韩荆州书》："请日试万言,倚马可待。"

注释

[1]仙才:超凡越俗的才华。宋王得臣《尘史》记宋祁对唐代诗人的评论云:"太白(李白)仙才,长吉(李贺)鬼才,其余不尽记也。"

[2]赋高轩:谓贵宾乘车过访。《高轩过》原是李贺应韩愈、皇甫湜(shì)要求自为诗的篇名,后用为文思敏捷、富有才学受到名人赏识而成名之典。

[3]据鞍:倚仗马鞍上。

[4]驴背敲:贾岛在驴背斟酌字句,称为驴背敲诗。

龙文:喻雄健的文笔。

[5]露布:军旅文书。

云屯:如云之聚集。

[6]上水嘲船缓:上水船,逆流而上的船。比喻文思迟钝。《唐摭言·敏捷》:"梁太祖受禅,姚洎为学士,尝从容,上问及廷裕(裴廷裕)行止。洎对曰:'顷岁左迁,今闻旅寄衡水。'上曰:'颇知其人构思甚捷。'对曰:'向在翰林,号为下水船。'太祖应声谓洎曰:'卿便是上水船也。'洎微笑,深有惭色。"

驱尘:车马奔驰扬起尘土。喻急驰。

[7]看花:唐时举进士及第者有在长安城中看花的风俗。

骧(xiāng)首:比喻意气轩昂。

蟋蟀俟秋吟

蒋元溥

夙性难趋熟,高吟惯俟秋。蟏蛸形自渺,蟋蟀兴偏幽[1]。消息金风送,因缘大火流[2]。争鸣羞众喙,怀响待吾俦[3]。一径苍苔外,三更古渡头。黄花同晚节,白月伴闲讴。语夏虫声躁,惊寒雁阵遒[4]。圣朝宏吁俊,岩穴应旁求[5]。

题解

本诗录自王凯贤编著、昆仑出版社 2012 年版《清朝状元诗榜眼诗探花诗·下》第 219 页。

蟋蟀俟秋吟：此处比喻贤臣遇圣主。语出汉王褒《圣主得贤臣颂》："蟋蟀俟秋吟，蜉蝣(fú yóu)出以阴。"

注释

[1]螗蛄(huì gū)：形体像蝉的害虫，体小，青紫色，有黑纹，生命短促。

[2]大火流：大火星渐向西下，是暑退将寒的征象。大火：星名。心宿中央的红色大星，即荧惑星。

[3]众喙：众人的闲言碎语。

怀响：能够发出音响的东西。

吾俦：我辈，我类。

[4]语夏：此处指夏虫。典自"夏虫不可语冰"。《庄子·秋水》："井蛙不可以语于海者，拘于虚也；夏虫不可以语于冰者，笃于时也。"不能与井中的青蛙谈起大海，因为它受到住处的局限；只生存于夏天的昆虫不能和它提到冰，是因为它受到季节的限制。

道：强劲，强健，有力。

[5]圣朝宏吁俊，岩穴应旁求：圣朝求贤，隐居在深山野林里的高士也应在选用之列。圣朝：封建时代对本朝的尊称。亦用作本朝皇帝的代称。吁俊：求贤。岩穴：古时隐士多山居，故称岩穴之士也为岩穴。旁求：四处征求，广泛搜求。

清风似雨余

蒋元溥

习习清风转，潇潇夏雨疏。每当风漾后，恰似雨晴余。薄润刚排闷，新凉乍袭裾[1]。淡云深径冷，明月小窗虚。泉响眠琴共，烟轻入画如。玉栏人倚处，冰簟客醒初[2]。丝重宜垂柳，香飘好送蕖[3]。帝廷占偃草，嘘植遍坤舆[4]。

题解

本诗录自翁心存辑、清同治七年(1868 年)版、广东省立中山图书馆藏《近科馆课分韵诗征·卷二·六鱼》第 4 页。

清风似雨余:语出唐司空曙《立秋日》:"澹日非云映,清风似雨余。"

注释

[1]排闼(tà):推开门。

[2]冰簟(diàn):凉席。

[3]蕖:芙蕖。即荷花。

[4]帝廷占偃草,嘘植遍坤舆:朝廷以德化民,恩德广布。帝廷:朝廷。偃草:风吹草倒。比喻道德教化见成效。嘘植:比喻呵护扶持。坤舆:地。

人镜芙蓉

蒋元溥

佳兆芙蓉记,郎君及第时。胪云人早至,朵殿镜重披[1]。梦果符江笔,春还入谢池[2]。爱伊蟠凤势,助我咏霓思。初日明如许,清芬撷若斯。波光吟皎洁,花影写葳蕤[3]。班已群仙领,名先九烈知[4]。御园红杏酒,锡宴预赓诗[5]。

题解

本诗录自王凯贤编著、昆仑出版社 2012 年版《清朝状元诗榜眼诗探花诗·下》第 220 页。

人镜芙蓉:唐段成式《酉阳杂俎续集·支诺皋中》:相国李公固言,元和六年,下第游蜀,遇一老姥,言:"郎君明年芙蓉镜下及第,后二纪拜相。"明年,果然状头及第,诗赋题有"人镜芙蓉"之目。后因以人镜芙蓉为预兆科举得中的典故。

注释

[1]胪云人早至,朵殿镜重披:传胪之日,新科进士早早地候于朵殿,等待诏命。

胪云:指殿试及第。科举时代殿

试及第者,由皇帝在殿上宣读名次,然后由卫士齐声高呼,胪传至阶下,故称。

朵殿:大殿的东西侧堂。

镜重披:化用"披镜"。疑指再次阅读。

[2]江笔:"江淹笔"的简称。传说南朝梁江淹少时,梦人授以五色笔,故文采俊发。后以江淹笔比喻杰出的文才或文才出众者。

谢池:"谢家池"的简称。南朝宋诗人谢灵运家的池塘。后亦泛指诗人家中的池塘。

[3]葳蕤(wēi ruí):华美貌,艳丽貌。

[4]班:班列。朝班的行列。

九烈:九列。指九卿的职位,代指九卿。烈:古同"列"。行列。

[5]御园:皇家的花园。

红杏酒:马致远[双调]《夜行船·秋思》:"和露摘黄花,带霜烹紫蟹,煮酒烧红杏。"这是文人骚客赏心悦目的三件事:带着清冷的露珠摘取菊花(黄花);在九月霜天里蒸食肥肥的紫蟹;一边饮酒,一边烧烤红杏。三件事物,色香味俱全,可谓一餐脱俗的美食。

锡宴:赐宴。

赓诗:和诗。

绿杨花扑一溪烟

蒋元溥

一望溟濛里,垂杨绿满堤[1]。细搀花影沾,轻扑絮烟迷。几度粘红舫,千丝漾碧溪。恰宜风力软,并作雪痕低。翠欲萦鸦点,香还衬马蹄。春浓琼岛外,阴𪩘画桥西[2]。粉蝶寻芳舞,新莺放晓啼。龙池依植好,瑞霭荷天题[3]。

题解

本诗录自翁心存辑、清同治七年(1868年)版、广东省立中山图书馆藏《近科馆课分韵诗征·卷二·八齐》第19页。

绿杨花扑一溪烟:语出唐代张泌《洞庭阻风》:"青草浪高三月渡,绿杨花扑一溪烟。"

注释

[1]溟濛：形容草木茂密。

[2]鬌（duǒ）：下垂。

[3]龙池依植好，瑞霭荷天题：意思是，龙池草木茂盛，祥云缭绕，全因敬承皇上的恩赐。

龙池：池名。所名之池非一。其一在唐长安隆庆坊玄宗未即位时所居的旧邸旁，中宗曾泛舟其中。玄宗即位后于隆庆坊建兴庆宫，龙池被包容于内。在今陕西西安兴庆公园内。

瑞霭：吉祥之云气。

赠仲斌姻五兄联

蒋元溥

清荫满阶开画本，
古香一榻坐书城。

题解

本联录自蒋元溥书法作品。

古之愚也直，今之愚也诈而已矣

——会试答卷一道

蒋元溥

继狂矜而言愚，愚更非昔比矣[1]。夫愚而直，犹不失为愚也。至愚而诈，则无所为直矣，所为与狂矜同慨哉。当谓好直不学其蔽绞[2]，是直固不能无蔽也。然有时尚足留愚之真、用人之智去其诈，是诈固多出于智也。乃有时转若成愚之习，于是天下至愚之人反为大不愚之事，岂特狂与矜有古今之殊哉[3]？试更验夫愚。今夫人之自安于愚者,何足道哉!然以为不安于愚,而以陶淑变其愚则可;以为不安于愚,而以矫诬文其愚则不可[4]。以为不安于愚,而以清明化其愚则可[5];以为不安于愚,而以假借忘其愚则不可[6]。盍由今而思古之愚乎,古不尽顽钝之夫也[7]。疾而得愚,则犹然任天而动[8]。任天则质,无粉饰故无回邪,是质而直也[9];任天则易,无矫揉故无委曲,是易而直也[10]。当其一意孤行,未必经权之悉协[11]。而出以不雕不琢,则天随而人可泯。吾见交友不失为切偲,事君不嫌于激懬,庶几遗直之操也哉[12]!古非必无巧令之侣也。疾而止愚,则犹然设诚而行[13]。诚则不欺,情伪去故性真留,是不欺之直也;诚则不挠,木讷存故刚毅著[14],是不挠之直也。使其稍为通变,岂不意气之胥融[15]?而任其何虑何思,则诚至而物莫动。即令世事欲尝以诡谲,人情欲诱以倾邪,何损劲直之概也哉[16]!而无如今之竞掩共愚也。夫愚者原鲜化裁[17],乃造文字以邀虚誉,借道义以淆讲学,援经据典以自证其师心,初不意赋质昏昧者之为欺滋甚也[18]。人方訾其愚之无识[19],而彼偏巧用其窥探;人且责其愚之无能,而彼偏惯行夫侥幸。诪张为幻[20],所谓温而直者无有矣,所谓清而直者无有矣,则诈而已矣。而无如今之转托于愚也。夫愚者原无机械[21],乃本欲进而巧为退,本欲疏而貌为亲,本欲厚取诸斯人而必固舍于一己,初不意秉性谨醇者之作伪若斯也[22]。人方怜其冥顽,而彼即阴行其愚弄之术;人且恕其椎鲁[23],而彼更显肆其愚妄之谋。儇薄成风[24],所谓大智若愚者无有矣,所谓以学愈愚者无有矣,则诈而已矣。所愿有治民之责者,矫末世浇漓之习,还三代浑噩之风[25],合天下而化其诈,并化其愚,且化其矜狂之疾也,讵不幸哉[26]!

题解

本文录自仲光军、尚玉恒、冀南生编,1995 年版《历代金殿殿试鼎甲朱卷·清代试题试卷》第 709 页。标点有改动。

古之愚也直,今之愚也诈而已矣:直:孔子的道德规范。意谓正直、耿直。语出《论语·阳货》:子曰:"古者民有三疾,今也或是之亡也。古之狂也肆,今之狂也荡;古之矜也廉,今之矜也忿戾;古之愚也直,今之愚也诈而已矣。"孔子说:"古代人有三种毛病,现在恐怕连这三种毛病也不是原来的样子了。古代的狂者不过是愿望太高,而现在的狂妄者却是放荡不羁;古代骄傲的人不过是难以接近,现在那些骄傲的人却是凶恶蛮横;古代愚笨的人还直率,现在愚笨的人只是欺诈罢了。"

注释

[1]狂矜:此处指《论语·阳货》中说的"狂"与"矜"。参见本文题解。狂:志气太高。矜:自负。

[2]蔽绞:语出《论语·阳货》:"好直不好学,其蔽也绞。"爱好直率却不爱好学习,它的弊病是说话尖刻。蔽:弊端,蔽障。绞:话语尖刻。

[3]特:只。

[4]陶淑:谓陶冶使之美好。

矫诬:谓假借名义,以行诬罔,虚妄。

[5]清明:神志清晰,清察明审。

[6]假借:假托,假冒。

[7]顽钝:愚昧迟钝。

[8]任天而动:由着上天的旨意行事。

[9]回邪:不正,邪僻。

质而直:朴实正直。

[10]易而直:平易正直。

[11]经权之悉协:指既遵循常规,又灵活变通,处置合宜。

经权:中国古代哲学中关于常变关系的一对范畴。西汉董仲舒提出经与权必须结合,而以经为主。经:常道。权:变通。犹当今之原则性与灵活性。

[12]切偲(sī):切切偲偲。相互敬重切磋勉励貌。

激戆(gàng):戆激。迂直激切。

遗直:指直道而行、有古人遗风的人。

[13]设诚:存心忠厚。

[14]木讷:为人质朴,出言迟钝。

[15]意气:意态、气概。

胥融:调和,和谐。

[16]诡谲(jué):奇异多变。

倾邪:指为人邪僻不正。

劲直:坚强正直。

[17]化裁:谓随事物变化而相裁节。后多指教化裁节。

[18]师心:以心为师,自以为是。

赋质:天赋资质。

昏昧:愚昧,糊涂。

[19]訾(zī):古同"咨"。嗟叹声。

[20]诪(zhōu)张为幻:以欺骗迷惑别人。诪张:欺诳。

[21]机械:巧诈,机巧。

[22]谨醇:醇谨。淳厚谨慎。

[23]椎鲁:愚钝,鲁钝。

[24]儇(xuān)薄:巧佞轻佻。

[25]浇漓:浮薄不厚。多用于指社会风气。

三代:夏商周三个朝代。

浑噩:淳朴。

[26]讵:岂。

道光十三年（1833年）癸巳科殿试对策

蒋元溥

　　臣对：臣闻博选者储才之务，鳌工者熙绩之经；除暴则道在诘戎，恤民则政先慎罚。综观载籍，作人咏于周什，治官系于易辞，誓师纪于书篇，参听详于戴记。伊古帝王乘乾御宇，本明无不照之神，裕敏则有功之治。以章俊民简拔当焉，以昭法守澄叙严焉，以励军政训练精焉，以重刑章邮罚丽焉。用是握镜临宸，蜚英腾茂。黼黻盈庙廊之佐，谟猷隆师济之班；怀柔宣弧矢之威，清简平狴犴之讼。所谓知周道济，匦宇归仁，洋洋乎被润泽而大丰美者也。

　　钦惟皇帝陛下典重抡材，治崇宣力。遵荡平而奏绩，本钦恤以质成。固已浚明翕受而庶尹允谐，戎阵夙娴而咸中有庆矣。乃圣怀冲挹，不遗细微。欲执两而用中，遂博征以广采。进臣等于廷，而策之以求俊乂、肃官常、饬戎行、慎刑典诸大政。如臣愚昧，何足以裨崇深？顾当对扬伊始之时，敬念拜献先资之义，敢不诵所习、述所闻，以效夫管窥蠡测之微忱乎？

　　伏读制策有曰："选士兴贤，治之大要"，而详推夫科举之法。此诚彰德育才之全谟也。臣谨按：古者大司徒宾兴乡大夫，州长党正皆书其人而登之于天府，首德行而次才能，可谓法良意美矣。汉郡国取士，其目大概有三：曰贤良方正也，孝廉也，博士弟子也。其制近古，其得人亦遂为盛一时，经明行修如董仲舒辈名贤接轸。魏立九品官人之法，而论者因有或损或难之讥。唐于制科之外尚有四事：曰身，曰言，曰书，曰判，则较汉而详。宋之三科，以直言、经学、吏理为目，其后增三科为六科，又增四科为十科，其法屡更，而事尤加密要，亦恃有藻鉴之识以维之耳。且夫荐剡之善否，惟视乎推毂者之公私。专引知识，则暗者易于私；止循资序，则才者无自进。此宋司马光所为，欲设十科以取士，独惜其不果行也。要之良乐为御，无虑骒骈之不来；卞和罗珍，岂虞琳琅之不至？惟任荐举之责者，不徒以汲引为虚文，将见其识溥、其志公,比周祛而登进广,所举不皆贤能也哉? 圣天子宏开珊网,大启珠囊,秉虚公以慎简,乃僚崇宽恕而随才器使,固宜菁莪蔚起,械朴奋兴,而内外收得人之庆矣。

制策又以考课之法代有不同,而因求夫整饬治原之要道。臣惟察吏始于虞廷,至周而八法治官府,八柄驭群臣,六计弊群吏,日有成,月有要,岁有会,设为考绩黜陟以课其官,而官之长又各自课其属。汉迄明之课臣也以名事,无论大小,一听于法,虽豪杰不能自主,较之以资,取之以望,是以名励天下而准之以法也。夫大吏者,小吏之表率也。大吏勤则小吏无不勤,而案牍不至有积压;大吏慎则小吏无不慎,而吏胥不至于为奸。夫然后用其强健明干,择其悃愊无华,或察于未事而得其真,或察于已事而知其政,制简易行,意诚善矣。然而任法虽公,任人又不易。以人事君者励其志节,秉以公忠,而何至有举劾失宜,且至有借以伸恩怨者? 郅隆之世,儒馆之臣亦胜钱谷谏净,侍从之职亦任刑狱边防,虽用人不求备,而通才之励自有由也。皇上勤求吏治,考课綦详,询谋既协于佥同,而保举仍期于核实,凡在委质策名之侣,敢不勉自濯磨以力图夫报称乎?

制策又曰:古者训练,"莫详于振旅茇舍治兵大阅之文",而因求所以简肄士卒。此诚保太平之至计也。臣按:《春秋传》曰:"天生五材,民并用之。"古之兵皆出于民,故民附则兵益多。秦汉始有募兵,然犹兵与民参用也。西汉京师州郡始立教试。唐则三时劝农,一时肄武。自昭义步兵后至宋代,均未有州郡训练之法,盖承平久则怠玩生,武臣边帅往往奉行故事,而不能练将以时、练兵以法。尺籍未虚,而有如马氏兵考所云兵数虽多,徒形劣弱;貔刘常举,而有如明史兵志所云旌旗虽盛,徒为容观。是在任统兵之责者尽心简阅,明贵贱,辨等列,顺少长,习威仪,养奇杰之气于礼义之中。将一兵有一兵之用,精锐有以选,老羸有以汰,器械有以简,阵法有以演。庶几兵皆效用而恩义可怀、号令可一,临敌能得其力;将皆听制而诚信是待、机权是运,任使克尽其心。饟食无有虚糜,而义勇于以可兴。训练尽善,虽决胜万里之外可也,岂徒一州一郡之资夫捍卫也哉? 圣朝饬戎讲武,兵法练于平时,军政行于轮岁,复以将帅之责,谕令修明纪律,俾为节制之师,克备干城之选,立法至周详矣。

制策又以明刑所以弼教,而因思有以清理庶狱。此尤勤恤之至意也。臣闻:五刑之设,上世所不废,古称象刑,惟明言象天道而作刑,非所谓量衣不犯也。《易》之言刑者,五卦、《噬嗑》之象曰:先王以明罚勑法,所以立法于未犯之先。《旅》之象曰:君子以明慎用刑而不留狱,所以用法于既犯之后。盖明而加以勑,则朝廷之令严如挟雷霆之怒;用而无所留,则万物之气畅而无伤造物之和也。夫狱者,生民之大命,不独合属之狱宜慎,即一隅之狱亦宜慎;不独重典之刑宜慎,即小过之罚亦宜慎。周官大司寇以纠万民五禁、五戒、五听,宽之以三赦,继之以三宥,束矢钧金之输,嘉石肺石之设,爱民深已。皋陶,刑官,而教民祗德,刑与德相维也;伯夷,礼官,而折民惟刑,刑以礼为本也。矜恤之典,春秋书肆大眚,嗣是而后汉有任出之诏,魏有权行之议,宋有贴放之名,厥旨攸符。隋文帝令高颎造新律,又勑苏威更定新律。明刘惟谦等造律文,盖刑律之繁与乐律相表里矣。皇上明慎用刑,期宽猛之相济,必轻重之适均,审册既呈,皆经宸断,虽纤毫莫之或疏,所由士皆怀刑、民罔干法,而讼狱息也。

若此者登庸以拔其尤,廉法以征其绩,步伐以贞其律,明畏以服其清,洵为凝命之鸿谟、体元之盛轨也。臣尤伏愿皇上,升恒齐量,健顺合符。以至诚无息之功,成会归有极之化。三物已兴而益加延揽,群工允迪而犹切谘诹,四方无拂而不懈狁蒐,两造频求而胥归伦要。经纬垓埏,荣镜宇宙。保定固其洪业,骏发开其远祥,翼翼绳绳,丕承丕显,则我国家亿万载无疆之庆基此矣。

臣末学新进,罔识忌讳,干冒宸严,不胜战栗陨越之至。臣谨对。

殿试对策题解

对策原文录自清道光癸巳(1833年)刊行、清光绪六年(1880年)补刊、广东省立中山图书馆藏《状元策·第四册·癸巳科》第12页。

殿试策问(录自清道光癸巳〈1833年〉刊行、清光绪六年〈1880年〉补刊、广东

省立中山图书馆藏《状元策·第四册·癸巳科》第1页)

奉天承运,皇帝制曰:朕寅绍鸿图,抚绥寰宇。勤孜宵旰,兢业不遑。仰承苍昊垂庥,边陲底定,疆圉乂安。惟益慎俭思艰,期无一夫不获。兹当临轩策士,式殷延访,用集嘉谟。

选士兴贤,治之大要。古者选举献贡,以德行道艺教之,然后予以明扬,何时改为设科较艺?汉代惟贤良得人为最,制犹近古。至九品官人法立,而古意浸失,损难赅讥,何欤?唐制科之外,择人者尚有四事,较汉魏为益详。宋之三科,以直言、经学、吏理为目,其后增以三科为六科,又增以四科为十科,条目若何?得人以何者为盛?夫专引知识,则嫌于私;止循资序,未必皆才。司马之言善矣。又何以建十科之议,而不果于行?

盖代有贤才,才皆资世。用里选则才由里选而出,用科目则才由科目而出。此所重之势则然。士人砥行立名,宜何如端志洁身,以应旁求之典。考课之法代有不同,上古之课臣以实政。既选天下之贤,专莅一职,而不置可否于其间。又设为考绩黜陟,以课其官,官之长各自课其属,故法简易行。汉迄明之课臣也以名,事无大小,一听于法,虽豪杰不能自主。较之以资,取之以望,是以名励天下,而准之以法也。然得其人,则考察必当;非其人,则举劾失宜。甚且有借以伸恩怨者,岂任法非公,抑任人不易?两得之道,将何所从?今谓善最不同,等差攸别,何以儒馆之才亦胜钱谷谏诤,侍从之职亦任刑狱边防?将通才之易得,或求备之无妨。夫贤否彰明,则政治毕举。儒者学古入官,何以备敷言试功之典欤?

训练士卒,莫详于振旅茇舍治兵大阅之文。周制所以卓越前古者,合在于是。西汉京师州郡,皆立教战法,其后何以州郡不行?唐三时劝农,一时讲武,犹古制也。何以自昭义步兵后至宋代,均未有州郡训练之条?盖练卒道在怀以恩义,一以号令,庶几临敌能得其力。练将道在待以诚信,运以机权,庶几任使克尽其心。然或始则法密而人知徼,继则法玩而势易怯者,何故?今较阅之时,果能明贵贱,辨等列,顺少长,习威仪,养奇杰之气于礼义之中,使娴夫坐作进退之节,安之而不慑,则统驭有方,止齐有序,虽决胜于万里之外可也,岂第行乎一州一郡而已?

明刑所以弼教,《易》言刑者五卦,《噬嗑》言明罚而不言折狱,《中孚》言议狱缓死而不言赦过宥罪。《贲》与《旅》何以一则无敢折狱,一则不留狱,可分晰欤?刑狱起于《讼》,而《讼》何以不言刑?皋陶,刑官也,而教民祗德。伯夷,礼官也,而折民惟刑。此何说也?自《虞书》有金作赎刑,《周官》乃有钧金之入。议者疑非圣人之法,抑有解欤?《虞书》之五刑与《周官》之五刑,秦之五刑与后世之五刑,同乎?异乎?《春秋》书肆大眚,其义例若何?

汉有任出之诏,魏有权行之议,宋有贴放之名,可一一举其词欤?乐有律,而刑亦有律,于义云何?狱者,生人之大命,荡涤瑕垢,以彰至治,岂非为政之急务欤?

夫明试以遴贤能,考察以熙政绩,教练以简军旅,钦恤以重民生,胥制治保邦之要图也。多士稽古有年,其各陈谠论,毋有所隐,朕将亲览焉。

奉旨补授江西赣州府遗缺知府谢恩折

蒋元溥

新授江西赣州府遗缺知府臣蒋元溥跪奏,为恭谢天恩、吁求恩训事[1]。

本月十二日,内阁奉上谕:"江西赣州府遗缺知府,著蒋元溥补授。"钦此。

窃臣湖滨下士,知识庸愚[2]。由进士授职编修,历充国史馆协修、纂修、总纂,文渊阁校理,教习庶吉士[3],补国子监司业,升司经局洗马、翰林院侍讲[4],充实录馆提调、日讲起居注官、咸安宫总裁,转补侍读[5]。京察一等,记名以道府用[6]。经大学士祁寯藻等以"在馆出力"保奏,奉旨:"遇有升缺,先行题奏[7]。"荷殊施之稠叠,方悚惕以难名[8]。

兹复渥奉温纶[9],补授今职。闻命之下,倍切兢惶[10]。伏念江西为繁要之区[11],知府有表率之责。如臣梼昧,惧弗克胜[12]。惟有吁求恩训,敬谨遵循,于地方一切公事,实力实心,矢勤矢慎,以冀稍酬高厚鸿慈于万一[13]。

所有微臣感激下忱,谨缮折叩谢天恩,伏乞皇上圣鉴[14]。谨奏。

咸丰二年五月十三日[15]。

题解

本文录自蒋元溥奏折。原件藏中国第一历史档案馆,档案号为04-01-12-0479-002。标题为本书编者所加。

遗缺：空额，因原任人员死亡或去职而空缺的职位。

注释

[1]天恩：指帝王的恩惠。

吁求：呼吁恳求。

恩训：圣恩训示。

[2]湖滨：此处指湖北江汉平原湖沼地区。

下士：才德差的人。

[3]编修：官名。宋代有史馆编修。明清属翰林院，位次修撰，与修撰、检讨同为史官。明清的翰林院编修以一甲二、三名进士（即榜眼、探花）补授，或以留馆的庶吉士学习三年后考试，合格者二甲授编修。编修无定员，也无实际职务。

国史馆协修、纂修、总纂：国史馆为翰林院附属机构。国史馆的提调、总纂、纂修等官，多由翰林院官员兼任。总纂地位较高，不一定亲自参加具体编纂，而最后由其总成。纂修、协修分司具体编纂，而以纂修为主，其职多由内阁侍读学士、侍读及翰、詹人员充任。

文渊阁校理：官名。文渊阁职官，掌阁藏《四库全书》的注册、点验等事。额设八员，以翰林院侍读、侍讲、修撰、编修、检讨及詹事府所属左右庶子、中允、赞善和洗马等官兼充。

教习庶吉士：选新进士入翰林院学习，称庶吉士；训课庶吉士者曰教习。此处指管理庶吉士教务的小教习。清改翰林院为庶常馆，设教习和小教习，教习由汉、满大臣各一人充当；小教习由侍讲、侍读以下官充任。

[4]国子监司业：国子监的副长官。协助祭酒教授生徒和掌管训导之政。

司经局洗马：明清有司经局洗马的官名，隶詹事府，无实职。清为从五品，以备翰林官之升转。

翰林院侍讲：官名。掌给皇帝讲学。为翰林院额定之官。

[5]实录馆提调：清代分设国史馆、实录馆。国史馆随时修纂，实录馆则专编前一代皇帝的政令。提调：官名。负责管领、调度的人。

日讲起居注官：清代秘书官员，侍从皇帝，记录皇帝言行，兼入宫讲论经史。由翰林、詹事等日讲官担任。

咸安宫总裁：咸安宫官学总裁。咸安宫官学是清代教育八旗子弟的学校。

侍读：翰林院侍读。官名。为帝王、皇子讲学之官。其职务与侍读学士略同，然级别较其为低。从五品。

[6]京察：明清定期考核京官的制度。明代每六年举行一次。清代吏部设考功清吏司，改为三年考核一次，在京的称京察，在外地的称大计。翰林院所属各京官察列一等者，可任知府

和道员。

记名:清制,官吏有功绩,交吏部或军机处记名,以备提升。

道府:道员、知府。

[7]大学士:官名。明代始专以殿阁大学士为宰辅之官,然官阶仅五品,其职务是替皇帝批答奏章、承理政务。自宣宗时乃以师保尚书兼大学士,官尊于六卿,职近宰相,称为阁老。清因之,设内阁大学士四人,为正一品;协办大学士二人,为从一品,成为文臣最高的官位,称为中堂。

题奏:谓上奏章。

[8]荷殊施之稠叠,方悚惕以难名:再三蒙受特别的恩惠,恐惧之心难以言表。稠叠:稠密重叠,密密层层。

悚惕:恐惧小心。

[9]温纶:皇帝诏令的敬称。

[10]兢惶:惊惧惶恐。

[11]繁要:繁复而重要。

[12]梼(táo)昧:愚昧。多作自谦之词。

惧弗克胜:惧怕不能胜任此职。

[13]矢勤矢慎:同"矢慎矢勤"。立誓谨慎和勤勉。

以冀稍酬高厚鸿慈于万一:以期报答皇上万分之一的天高地厚般的大恩。鸿慈:大恩。

[14]微臣:卑贱之臣。古代官吏用来对君主称自己。

[15]咸丰二年:壬子,1852 年。

拟庾子山小园赋

蒋元溥

若夫鲋谷玩古,每适幽居之乐[1];鹝林寄托,常怀知止之荣[2]。道判隆窊,心忘险易[3]。余家山麓,旧有敝庐,户不梯云,圃惟锄月[4]。但能容膝,即安向栩之床[5];聊可著书,便署子云之宅[6]。斯亦自为邱壑,借此栖迟者也[7]。

尔乃戢影蓬门,眷怀栗里[8]。十笏弯环,三弓逦迤[9]。覆篑成山,凿坳得水[10]。居自安夫拙鸠,垤有类乎封蚁[11]。缅潘岳之面城,忘晏婴之近市[12]。信小住之为佳,岂大观之可拟[13]?萧然环堵,我启我宇[14]。门借松遮,壁牵萝补[15]。犹复茆茨三四椽,蒿莱八九柱[16]。树蒙密兮映阶,花烂熳兮接坞[17]。麂眼疏篱,蜗涎润户[18]。

倚檐而桂比小山,绕屋则梅移大庾[19]。地与猿鹤为邻,人是烟霞之主。

当夫春水沦涟,春风旖旎[20]。访柳市兮非遥,问桃源兮在迩。过百五之韶光,娱千秋于院里[21]。曲榭流莺,新萍泛沚[22]。榆散如钱,苔萦似绮。蜂含露而拖香,燕斜风而寻垒[23]。红扑帘旌,碧侵屐齿[24]。课促园丁,歌听樵子。欣尘事之罕知,信幽赏之未已[25]。

至若招凉有馆,销夏名湾[26]。翠低溪水,青送远山。境居羲皇以上,人在夷惠之间[27]。蛙塘鼓震,蚓路绳环。萤点点其不瞬,蝉翳翳而自闲[28]。或临药圃,或度花关。或推窗而延伫,或策杖而往还[29]。弹松风兮几叠,沁萝月兮一湾[30]。

又如中庭露凉,板桥霜晓。半担黄花,一溪红蓼[31]。摇竿竿之青空,散寸寸之白小[32]。浓豆荚以碧垂,艳枫林而丹绕。燋麦云烘,寒虀雪晶[33]。绿酒红灯,苍松翠篠[34]。相与偃息乎横槮之林,逍遥乎汗漫之表[35]。

亦尝趋玉阙,直金门[36]。簪毫锁院,侍燕名园[37]。杨柳春旗之色,蓼萧湛露之恩[38]。然而东山萦思,南浦销魂[39]。徒沈音于雁帛,遂绝意于鹤轩[40]。青琐丹楹不必侈,松栋芝楣不足论[41]。

惟有驰俊赏于云霄,寄高情于烟雾[42]。寻芝岭之华颜,访苏门之广路[43]。有琴在弦,有笛在步[44]。石不叠而屏,水不航而渡。茶灶笔床,渔蓑钓具。可以养生,可以觅句[45]。祇自成小隐之篇,又何为梁园之赋[46]?

题解

本文录自鸿宝斋编、清光绪二十年(1894年)上海斋石印本《赋海大观·卷二十一下》第42页。标题下有"以题为韵并序"几字。

《小园赋》是庾信创作的一篇赋。庾信字子山,南阳新野人。北周文学家。诗以《拟咏怀》二十七首为代表作,又有《哀江南赋》等名篇。

注释

[1]鲋(fù)谷:语本《井》卦九二爻　辞"井谷射鲋"。谓井未被施用于汲饮

而柎被用于射取鲋鱼,喻失去养人济物之道。

幽居:僻静的居处。

[2]鹪(jiāo)林:语出《庄子·逍遥游》:"鹪鹩(liáo)巢于深林,不过一枝;偃鼠饮河,不过满腹。"小鸟在树枝上栖息,只不过占一根树枝;鼹(yǎn)鼠喝河水,也不过喝满肚子。比喻所需有限,极易满足。鹪鹩:小鸟名。

知止:谓懂得适可而止,知足。

[3]判:分。

隆窊(wā):高出和洼下。

[4]梯云:形容山路极其高险。

锄月:语出陶渊明《归园田居》:"晨兴理荒秽,戴月荷锄归。"早起垦荒除草,晚上扛着锄头踏月归来。

[5]向栩之床:典自"向栩隐灶"。《后汉书·独行列传·向栩传》:"向栩字甫兴,河内朝歌人,向长之后也。少为书生,性卓诡不伦。恒读《老子》,状如学道。又似狂生,好被发,著绛绡头。常于灶北坐板床上,如是积久,板乃有膝踝足指之处。"后以向栩隐灶指独行脱俗的隐士。向栩:原文为"向诩"。

[6]子云之宅:扬雄字子云。西汉文学家、语言学家。扬雄家中有一块田地,有一所宅院,世代以种田养桑为职业。扬雄少年时代就勤奋好学,博览群书。家境贫寒,但扬雄喜欢喝酒,很少有人前来拜访。后以此为典,咏隐居学者简陋的住所。

[7]邱壑:深山与幽壑。多借指隐者所居。

栖迟:隐居,息交绝游。

[8]尔乃:这才,于是。

戢影:匿迹,隐居。

蓬门:用蓬草编的门。指贫寒之家。

眷怀:眷顾,关怀。

栗里:地名。在今江西省九江市西南。陶渊明曾居于此。

[9]十笏:十个手版的长度。唐代刘𫗧(sù)《隋唐嘉话》:"显庆(唐高宗李治年号),王玄策使西域,有维摩居士石室,以手版纵横量之,得十笏。"十笏,十个手版。这里用作长度,表石室的面积。

三弓:极言其短。

逦迤:迤逦。曲折连绵貌。

[10]覆篑:倒一筐土。谓积小成大,积少成多。

[11]拙鸠:即布谷鸟。

垤(dié):小土堆。

封蚁:即蚁垤土。蚁冢。蚂蚁做窝时堆积在洞口周匝的浮土。

[12]潘岳之面城,晏婴之近市:语出庾信《小园赋》:"虽复晏婴近市,不求朝夕之利;潘岳面城,且适闲居之乐。"

潘岳之面城:潘岳,字安仁,西晋文学家。长于诗赋。他的《闲居赋》中有"退而闲居于洛之涘""面郊后市"等语。

晏婴之近市:晏婴,春秋时齐国大夫。《左传·昭公三年》载:晏婴的住宅靠近闹市,狭窄而又低湿。齐景公想给他换个好一点的地方,他辞谢说,家离市近,买东西方便,不要去麻烦别人。

[13]小住:稍停。

大观:谓规模宏大,内容齐备。

[14]环堵:四周环着每面一方丈的土墙。形容狭小、简陋的居室。

[15]壁牵萝补:化用"牵萝补屋"。南朝梁陶弘景《山居赋》:"牵藤萝补岩屋。"把爬满墙的藤萝牵引到茅屋顶上,以助遮风避雨。后用为咏自然清苦的生活条件之典。

[16]茆(máo)茨:茅茨。指简陋的居室。

[17]蒙密:茂密。

坞(wù):四面高中间凹下的地方。

[18]麂眼疏篱:麂眼篱。竹篱。篱格斜方如麂眼,故名。

蜗涎润户:蜗行所分泌的黏液润湿了门。

[19]桂比小山:疑指桂树竞相生长。唐代乔知之《赢骏篇》:"小山桂树比权奇,上林桃花况颜色。"

梅移大庾:大庾岭,亦称庾岭、台岭、梅岭、东峤山,在江西与广东边境。宋代赵希蓬《和舍后植花竹》:"竹比渭川知几亩,梅移庾岭可千株。"

[20]沦涟:谓水波起伏。

旖旎(yǐ nǐ):轻盈柔顺的样子。

[21]百五:寒食日。在冬至后的一百零五天,故名。

[22]流莺:即莺。流:谓其鸣声婉转。

新萍泛沚:水中的小块陆地浮现出始生之萍。沚:水中小块陆地。

[23]垒:巢,窝。

[24]帘旌:帘端所缀之布帛。亦泛指帘幕。

[25]幽赏:幽雅的欣赏情趣。

[26]招凉:避暑。

销夏:消夏。解暑,避暑。

[27]羲皇:指上古伏羲时代。

夷惠:伯夷、柳下惠的并称。古代廉正之士。

[28]不瞬:不眨眼。

翳翳(yì):晦暗不明貌。

[29]延伫:引颈企立。形容盼望之切。

策杖:扶杖。

[30]松风:古琴曲《风入松》的别称。

叠:量词。计算乐曲重奏或文辞反复遍数的单位。

萝月:藤萝间的明月。

[31]红蓼(liǎo):蓼的一种。多生水边,花呈淡红色。

[32]青空:碧空。蔚蓝的天空。

白小:银鱼。俗称面条鱼。

[33]燋(jiāo)麦:陈麦。燋:同"焦"。

寒齑(jī):寒斋。腌菜。

[34]翠篠(xiǎo):绿色细竹。

[35]相与:共同,一道。

偃息:安卧,闲居。

横梮(xiāo sēn):叶落后茎独立的样子。

逍遥:逍遥游。《庄子》篇名。篇中借用大鹏和小鸠、大椿和朝菌的比喻,说明任何事物都不能超越自己本性和客观环境,主张各任其性,放弃一切大小、荣辱、死生、寿夭的差别观念,便能逍遥自在,无往而不适。后用以指自由自在、无拘无束的游玩。

汗漫:形容漫游之远。

林、表:上下文互文。林表。林梢,林外。

[36]玉阙:指皇宫、朝廷。

直:当值,值勤。

金门:即"金马门"。汉代宫门,汉代征召才能优异的人待诏金马门。后亦泛指宫门。

[37]簪毫:簪笔。借指皇帝身边的近臣。

锁院:指翰林院。

侍燕:侍宴。宴享时陪从或侍候于旁。

[38]杨柳春旗之色:语出庾信《三月三日华林园马射赋》:"落花与芝盖同飞,杨柳共春旗一色。"春旗:旧俗于立春日或挂春幡于树梢,或剪缯绢成小幡,连缀簪之于首,以示迎春之意。

蓼萧湛露之恩:蓼萧、湛露分别指《诗经·小雅》中的《蓼萧》《湛露》。诸侯朝见,颂美天子而有《蓼萧》之作;天子燕飨、赏赐诸侯而有《湛露》。《蓼萧》,泽及四海也。后因以指君王的恩泽。《湛露》,天子宴诸侯也。后因喻君主之恩泽。

[39]东山萦思:东山为《诗经·豳(bīn)风》篇名。第三章有妻子怀念征夫的描写。

南浦销魂:屈原《九歌·河伯》:"子交手兮东行,送美人兮南浦。"河伯与我分别,顺流东行,愿河伯送我至面南的水边,我归楚国。南朝梁江淹《别赋》:"黯然销魂者,唯别而已矣。""送君南浦,伤如之何!"一朝离别因而黯然神伤。在南浦送别,更令人悲伤得难以言状。南浦:南面的水边。后常用称送别之地。销魂:谓灵魂离开肉体。形容极其哀愁。

[40]沈音:亦作"沉音"。沉吟。思量,考虑。

雁帛:指书信。

绝意:断绝某种意念。

鹤轩:《左传·闵公二年》:"卫懿公好鹤,鹤有乘轩者。将战,国人受甲者皆曰:'使鹤!鹤实有禄位,余焉能战?'"后因以鹤轩比喻滥厕禄位者。

[41]青琐丹楹:语出左思《吴都赋》:"雕栾镂楶(jié),青琐丹楹。"雕梁画木刻斗拱,青色连纹配红柱。青琐:装饰皇宫门窗的青色连环花纹。丹楹:朱漆的楹柱。

松栋芝楣:泛指华屋。松栋:指华

屋。芝楣:用芝(瑞草名)装点的门楣。

[42]俊赏:快意的游赏。原文为"峻赏"。

高情:高隐超然物外之情。

[43]芝岭:疑指江西波阳芝山。唐龙朔元年(661年),山上产灵芝三茎,刺史薛振上贡朝廷谎称系灵芝山所产。从此,芝山名扬天下,成为遐迩闻名的游览胜地。范仲淹游之,适逢天气晴好,登高远眺,可见庐山。后人常咏"芝岭花红""芝岭暮霞"。

华颜:华美的容颜。

苏门:山名。在河南省辉县西北。又名苏岭、百门山。晋孙登曾隐居于此。后因用以借指孙登。

[44]有琴在弦:概指丝竹乐器。

有笛在步:指笛步,又名邀笛步。地名。在南京市青溪桥右,为教坊所在地。相传晋王徽之曾在此邀桓伊吹笛,故名。

[45]觅句:指诗人构思、寻觅诗句。

[46]祇(zhī):恭敬。

小隐:谓隐居山林。

梁园:即梁苑,又称兔园。汉梁孝王刘武筑。为游赏与延宾之所,当时名士司马相如、枚乘、邹阳等皆为座上宾。故址在今河南商丘市东南。一说在今河南开封市东南。

尹氏宗谱序

蒋元溥

天门尹氏与应城、汉川、沔州、荆门之近派者,皆由江右庐陵而来,汉川张池口又诸尹分迁之始籍,谱中述之详矣。

慨自古宗法废而氏族微,魏晋历唐最重族望,而家乘于是乎繁。太史公据周谱作诸表,旁行斜上[1],经纬灿然,而谱式于是乎立。然族之有谱也,特以纪先世讳字爵里、生年卒葬及房支世系并迁移居址年代,其有事实者则另立为传,凡以示后世子孙勿忘而已。予尝见世俗目不知书,至其本宗讳字一再传而遂茫如,其或迁侨别隔,以同宗子姓有觌面不知为何许人者[2],亦可悲矣。有谱幸矣,而又不可不慎。夫郡邑之志与家族之乘,其弊莫不善于滥载人物。狄青先世无处参稽,满奋裔孙于何推校[3]?而乃遥遥华胄错认鲁公,其与郭崇韬之拜汾阳何以异哉[4]？

昔先祖副宪公辑予族谱牒[5]，闻江右多蒋姓，亲历铅山、南昌、乐平、鄱阳诸处搜访，皆与谱不合，乃据欧公谱式，以断自可见为始[6]，不复牵涉，盖慎之也。今阅尹氏诸谱，其上世邈远者，别载《源流考》一篇，而谱图则断自有唐思贞公始。其纪世系，则又只自有宋崇珂公始，诚得慎重之义矣。若夫世代愈近，则纪载必详。自庐陵而应城、而汉川，自汉川而沔州、而天门，又各有支谱。略者当略，详者当详，尤善之善者也。

风波湖与吾松石、华严衣带盈盈，尹氏又巨族世姻。今其支谱序曰："化游惰而归于勤俭，革强暴而泽以诗书。"真为敬宗睦族、知本要之言哉！尹氏子孙其慎守斯谱也。读《河南集》，则思何以为文士；读《言行录》则思何以为名儒；读唐两循吏传，则思何以坐言起行。为国家有用之才学者，流览载籍，稽古前贤，莫不闻风兴起，而况先世之清芬也哉！尹氏子孙其慎守斯谱也夫！

赐进士及第、翰林院编修、国子监司业、乙未庚子顺天乡试同考官，加三级，里人蒋元溥拜撰。

题解

本文录自清道光二十年(1840年)版、汉川市回龙镇池口村《尹氏宗谱》。

注释

[1]太史公据周谱作诸表，旁行斜上：语出《梁书·刘杳传》引桓谭《新论》："太史《三代世表》，旁行斜上，并效周谱。"周谱：周王室的谱录。旁行斜上：横列的年表、谱牒的格式，后用来称谓谱、表之体。旁行：横列。斜上：指上下格中纪事相接。

[2]觌(dí)面：迎面。

[3]狄青先世无处参稽：狄青出身贫贱，曾有人附会说他是唐朝名臣狄仁杰之后，狄青并不为改换门庭而冒认祖宗。参稽：参酌稽考，对照查考。

满奋裔孙于何推校：南朝齐满璋之自称高平满氏，是西晋司隶校尉满奋的后裔，与士族王源联姻。但沈约考证，满璋之家族"士庶莫辨"。满奋遇害后，他的后代也都被殄没，所以沈约认为满璋之是造假。推校：推求考校。

[4]遥遥华胄错认鲁公：唐宣宗大中末，颜标应试，郑薰主试，误以为颜真卿后，取之，旋知非是。后举子赋诗嘲之，有"错认颜标作鲁公"句。遥遥华胄：谓名人的远裔。嘲人自夸出于名门。

郭崇韬之拜汾阳：后唐名将郭崇韬自称是唐代名将郭子仪的第四代孙，其实没有根据。郭崇韬带领大军西征蜀地时，还特地走弯路来到兴平汾阳王郭子仪陵墓，以先祖之礼祭拜，洒泪号哭而去。

[5]副宪公：指蒋祥墀。副宪：副都御史的雅称。

[6]欧公谱式，以断自可见为始：欧公谱式指欧阳修谱例。以断自可见为始指以世系接续可考的始迁祖为一世祖。此处强调的是，不牵强攀附、冒认祖宗。参见本书第二卷蒋祥墀《蒋氏族谱序》注释[4]。

重修宗祠记

蒋元溥

溥惟古卿大夫士皆有庙[1]，以祀其先祖。故《孝经》以守其宗庙为卿大夫之孝。《大清会典》载，品官皆有家庙[2]。一、二、三品官，庙五间，两室，阶五级，两庑，三门。以朝服、少牢、俎豆、铡爵祀[3]。高、曾、祖、祢四室，祧者以昭穆藏于夹室[4]。著之古经者，如彼载之。今制者又如此，教孝之典讵不重哉[5]？

我祖、父世沐国恩，备员卿贰，先世祖妣俱受崇封[6]。自叔曾祖孟塘公以来，出膺民社者，代不乏人[7]。此正古所谓卿士大夫皆有庙以祀其先者，而况为合族子姓瞻拜受厘、俾展孝思之地乎哉[8]！

敬稽蒋氏宗祠，建自乾隆辛巳，迄时寝祐、前厅、门楼规制略备[9]。越辛卯，复建中厅。越丙午，垣墉、围舍、厨湢以次毕完[10]。迨庚戌，溥先大父已贵[11]，祠制宜崇，乃增高后寝基，翼以东西廊。祭有台，器有库。笾豆有品，祀享有时[12]。《谷梁传》论大夫士庙制之崇庳，而曰："德厚者流光[13]。"此之谓也。

嗟乎！我先世积德衍庆，俾后裔克炽而昌[14]。七十年中科名连绵,两登上第[15]。春秋展祀,冠裳济跄,过之者尚为徘徊叹慕,矧在子孙有不起敬起孝、寅念祖泽者哉[16]！乃者壬辰之秋,阳侯肆虐,三澨皆成巨浸[17],万庐悉付洪波,而宗祠遂荡圮无复存者[18]。族祖遥屏公伤之,亟寓书京邸,商为修复。祖父清宦长安[19],望南掩叹。外任者又囊无余俸[20]。至于族居子姓,素皆清寒。屡逢大祲,饔飧尚艰,安有赀以肩斯钜任[21]？此所以迟之又久而不克葳事也[22]。然赀力虽难裒集[23],而堂楹不可久虚。遥屏公乃纠合族众,量力捐输[24]。公,寒士也,至鬻产以为之倡[25],族众咸为感奋。自乙未至戊戌,后寝、中厅次第修举。旋以岁比不登[26],又复中止。辛丑、壬寅,溥叠遭祖、父大故,归,展谒祠宇[27],不胜凄怆。既营窀穸大事[28],力已告竭。然而祖庙未成,烝尝缺若,岂惟溥一人之戾,我祖、父亦何以瞑目于九原哉[29]？乃与叔祖东美公、堂叔宜泉公议再复捐输,克期竣事[30]。一切经营缔造,遥屏公任其劳[31]。溥亦敬备薄赀,效扫除之役。六阅月而始告成功焉,是为道光癸卯季夏也[32]。

嗟乎！溥幸承先人令绪,得绍书声[33]。而材轻禄薄,不能早襄黝垩[34],致重烦我诸父老,良自愧矣。顾以先人数十年之规模一朝而坏之,迟之十二年而始复之,创者难,守者亦不易。子孙之承先业,凡事类然,可不儆惧乎[35]？兹榱桷依然,几筵展告；先灵是妥,衍祚方长[36]。遥屏公既有细册以详其事,溥复谨志其年月于左[37]。酌古准今,动必遵礼。修德念祖,无忝所生[38]。溥愿与合宗共勉焉。

道光癸卯,十六世孙元溥谨撰[39]。

题解

本文录自1919年版、天门市净潭乡状元村《蒋氏族谱》。

注释

[1]惟:想,考虑。

卿大夫士:泛称各级官吏。卿大夫:卿和大夫。后借指高级官员。士:古代诸侯设上士、中士、下士,士的地位次于大夫。

[2]品官:有品级的官。品官与非品官相对而言,古代官分九品,列于九品的称入流,不列于九品的无品小官,

185

称未入流。

[3]朝服：举行隆重的典礼时官员着装。

少牢：旧时祭礼的牺牲，牛、羊、豕俱用叫太牢，只用羊、豕二牲叫少牢。

俎（zǔ）豆：俎和豆。古代祭祀、宴飨时盛食物用的两种礼器。

铏（xíng）爵：两种礼器。铏：古指盛菜和羹的小鼎，是一种礼器。爵：古代一种盛酒礼器，像雀形，比尊彝小，受一升。亦用为饮酒器。

[4]高、曾、祖、祢（mí）四室：指另设四室，奉高祖、曾祖、祖父、父的神位。祢：为亡父在宗庙中立主之称。

祧（tiāo）：继承。

昭穆：参见本书第二卷谭篹《安陆府志序》注释[14]。

夹室：古代宗庙内堂东西厢的后部，藏五世祖以上远祖神主的地方。

[5]制：规格制度。

讵：岂。

[6]备员卿贰：指蒋祥墀官至都察院左副都御使，蒋立镛官至内阁学士兼礼部侍郎。备员：充数，凑数。卿贰：侍郎的别称。尚书为卿，故副手侍郎为贰卿，也称亚卿。

崇封：荣誉崇高的封赠。

[7]盂塘：蒋其晖，字吉占，号盂塘。举人。知县。蒋开径第三子为蒋其暄（蒋祥墀父），第四子为蒋其晖。蒋祥墀祖屋台基前有东西向约两百米的卧牛形盂堰，今存。

出膺：出任。膺：担当，接受重任。

民社：指州、县等地方。亦借指地方长官。

代不乏人：指每一时期或世代都有同类的人出现。

[8]子姓：泛指子孙、后辈。

瞻拜：瞻仰、参拜。

受厘（xī）：汉代皇帝祭天地不自行，祭祀后受其余下的牲肉，借祭祀以致福的意思。厘：胙（zuò）。祭余之肉。

俾：使。

[9]乾隆辛巳：清乾隆二十六年，1761年。

迩时：近时。

寝祏（shí）：此处指宗祠。寝：皇家宗庙后殿藏先人衣冠之处。祏：古代宗庙里藏神主的石匣。

规制：规格制度。

[10]垣墉：墙。

厨湢（bì）：厨房和浴室。原文为"厨偪"。

[11]先大父：指去世的祖父。

[12]笾（biān）豆：古代祭祀及宴会时常用的两种礼器。竹制为笾，木制为豆。

[13]崇庳（bēi）：高低。庳：通"卑"。低下。

德厚者流光：道德高厚者影响深远。流：影响。光：通"广"。

[14]积德衍庆：积德行善，绵延吉庆。

克炽而昌:昌盛。克:能。

[15]两登上第:指蒋立镛、蒋元溥父子两登鼎甲,先后中状元、探花。上第:考试成绩中的第一等。

[16]展祀:施行祭祀。

冠裳:本指全套的官服,因借称有官职的士绅。

济跄(qiāng):仪容敬慎貌。

矧(shěn):况且。

寅念祖泽:敬思祖先的恩泽。

[17]乃者:往日。

壬辰:清道光十二年,1832年。

阳侯:古代传说中的波涛之神。

三澨(shì):三澨河。今天门河。

巨浸:大湖。

[18]荡圮(pǐ):毁坏,坍塌。

[19]清宦:显贵的官职。

[20]外任:任地方官,与朝官、京官相对而言。

[21]大祲(jìn):大侵。严重歉收,大饥荒。

饔飧(yōng sūn):早饭和晚饭,饭食。

钜任:重任。钜:通"巨"。

[22]蒇(chǎn)事:谓事情办理完成。

[23]裒(póu)集:辑集,聚集。

[24]纠合:集合,聚集。

捐输:清代出于急公好义之捐赠。

[25]鬻(yù):卖。

[26]岁比不登:接连几年歉收。比:屡屡。

[27]大故:指父母丧。亦用为死亡的代称。

展谒:敬辞。犹拜见,拜谒。

[28]窀穸(zhūn xī):墓穴。

[29]烝(zhēng)尝:冬祭日烝,秋祭日尝,烝尝泛称祭祀。

庋:罪过。

九原:九泉,黄泉。

[30]克期:克日。约定或限定日期。

[31]经营:筹划营造。

缔造:经营创建。

[32]六阅月:经过了六个月。

道光癸卯:清道光二十三年,1843年。

[33]令绪:伟大的事业或业绩。

绍书声:指继承书香门第的声名美誉。

[34]材辁(quán)禄薄:才学短浅福禄微薄。

早襄黝垩(yǒu è):早早地帮助做一些粉刷类的小事。黝垩:涂饰黑色和白色。

[35]类然:像这样。

儆惧:戒惧,警惕和畏惧。

[36]榱桷(cuī jué):屋椽。

几筵展告:疑指安排座席与几案,以祭告祖先。几筵:座席与几案。古代礼敬尊长或祭祀行礼时的陈设。

先灵是妥:祭祀祖先。先灵:祖先的神灵。是:助词。用在宾语和它的动词之间,起着把宾语提前的作用,以达到强调的目的。妥:泛指祭祀。

衍祚(zuò):福气绵延。

[37]左:古时竖行书写,从右至左,故下文在左。

[38]酌古准今:择取古代之事,用来比照今天的情况。

无忝(tiǎn)所生:不要辱没了你的父母。忝:玷污。所生:生身父母。

[39]"道光癸卯"一句,原在标题之下。

与德畲二兄亲家大人书

蒋元溥

德畲二兄亲家大人阁下:

小春既望,接展赙章,家严敬复道谢[1]。惟念情文周挚,寸素难宣,特缀词以罄别悃[2]。近谂禫吉匪遥[3],即可部署北上,知己中盼望阁下来游者,指不胜屈。一灯话雨,当扫榻以待之。弟自先祖弃养后,百为业集一身[4],不胜烦琐。史馆鱼鹿若常,秋间分校棘闱,得正别十九士[5],聊解人嘲已耳。

专肃布达,顺请台安[6]。即惟鉴恕不备[7]。

姻愚弟期蒋元溥顿首[8]。

题解

本文录自蒋元溥书法碑刻拓片。拓片收录在潘仕成编,潘桂、潘国荣校勘《尺素遗芬》。《尺素遗芬》收录入《广州大典·第四十七辑·子部·艺术类·第四册》,该拓片在第727页。

德畲(yú):潘仕成,字德畲,又称德舆、德隅。祖籍福建,世居广州。早年继承家业经营盐务,后承办海防和战船军工生产,遂成巨富。

注释

[1]小春:指夏历十月。十月天气温暖如春故称小春。

既望:农历十五日为望,十六日为既望。

赙(fù)章:赙赠和诔文。赙:送给丧家的布帛、钱财等。

家严:对自己父亲的谦称。

[2]周挚:至为真诚,至为笃厚。

寸素:"寸楮尺素"的省略。简短的书信。寸楮:短信。楮:纸的代称。尺素:古人以绢帛书写,常长一尺许,故称写文章所用的短笺为尺素。亦用作书信的代称。素:白色的生绢。

别悃(kǔn):至诚的别情。悃:诚恳,至诚。

[3]近谂(shěn)禫(dàn)吉匪遥:近念服丧结束之日不远。禫吉:谓禫祭和吉祭之间的丧期。禫祭:除丧服之祭。离死者亡日共二十七个月。禫祭后丧家生活归于正常。吉祭:丧礼结束过程中祭礼之一。死者安葬以前为"奠";此时,死者家属应哭声不断,以示哀痛,而后安葬行祭,称之为"虞";再后,家人行终哭礼,称之为"吉祭"。

[4]弃养:父母逝世的婉词。谓父母死亡,子女不得奉养。亦泛指尊者、长者死亡。

百为:百事。

[5]史馆:国史馆。翰林院附属机构。

鱼鹿:"鹿鹿鱼鱼"的化用。形容平庸,无作为。

分校:科举时校阅试卷的各房官。此处为动词。

棘闱:科举时代试院的别称。古代试士,用棘围试院,以防止弊端,故称。

正别:当指正榜和副榜。明清凡乡试、会试毕,录取者以正榜公布,另取若干答卷文理优长者,别立一榜,称副榜,不算正式录取,仅作备取。

[6]专肃:专诚敬书,禀白事情,词意较谨肃、敬肃略为亲密。

布达:书信用语。谓陈述表达。

台安:敬辞。多用于书信结尾,表示对收信人的问候。

[7]鉴恕:意为请鉴别体察给予谅解。多用于有一定身份的人。

不备:不详尽。书信结尾套语。

[8]期(jī):丧服中期服的简称。期服:为期一年之孝服。

附

誉侯公(蒋元溥)传

温予巽

君蒋氏,讳元溥,字誉侯。其先世由江西迁楚,世有令德。道光戊子举于乡,癸巳以一甲第三名及第,入翰林,四转至翰林院侍读。

寻出守九江,未至,权江西盐道。工楷书,苍劲而秀媚;诗赋亦斋泫典雅,著有《木天清课彤馆赋钞》,传诸艺林。

其官侍读也,承修《宣宗实录》,寅入酉出,莫名劳勚。人方以公辅期之,而不料以郡守用也。豫章盐政,日就阘茸。君下车即设立条教,凡有未宜于今者,皆屏而汰之。江右之民至今阴食其利而不知也。当是时,贼氛甚炽,烽烟鼙鼓,荐逼境上。君乃严斥,堠厉士卒,皇皇焉,日从事于戎马倥偬间,使贼不敢西向。朝廷方任之,乃忽膺痰疾而卒于官。

忆予供职清班,其鹤发童颜、立乌台而上谏书者,君之祖丹林中丞也。其高颡丰颐、蔼然玉立,传丹诏于螭殿者,君之父笙陔阁部也。斯时君方年少,佩球簪笔,以随其后。旁观者莫不望而艳之,曰:"此固蒋氏之祖孙父子也!"今老成云亡,君亦不起,岂造物之果忌其才欤?不然何夺斯人之速也?呜呼!君若不中道而殒,其功烈乌可量哉!

赐进士出身、诰授荣禄大夫、直隶巡抚,前江西布政使司布政使,加三级,年愚弟温予巽顿首拜撰。

题解

本文录自 1919 年版、天门市净潭乡状元村《蒋氏族谱》。

温予巽:字东川,陕西汉阴人。清道光十三年(1833 年)进士。官终甘肃布政使、代理陕甘总督。

许本墉（江西盐法道）

许本墉，清嘉庆九年甲子（1804 年）五月二十日生，字崇如、霁堂、侍庭，号茨堂，天门城关人。清道光十三年（1833 年）癸巳科进士，选翰林院庶吉士。曾任户部主事、户部员外郎。咸丰七年（1857 年）补授江西瑞州府知府。咸丰九年（1859 年）补授南昌府知府。咸丰十一年（1861 年）署江西盐法道。同治元年（1862 年）回任南昌府知府，同治五年（1866 年）离任。

安陆赴考途中遇石马咏

许本墉

石马停迹在孤洲，先人留下几千秋。青草成堆难下口，细雨纷纷如汗流。风吹阵阵无毛落，铁鞭追打不回头。日月常照谁人管？天地高栏夜不收。

题解

本诗录自 1994 年版、天门市杨林办事处庙台村《许氏家谱全书》。该谱记载，许本墉生于天门城关东门城隍街。

兆龄公诔词

许本墉

其渊源始自伊洛之水兮，其含吐巾柘于江河之浃兮[1]；皭然泥而不淟兮，其芳馨永遗兰芷兮[2]。

太史许本墉赠[3]。

题解

本文录自 1926 年版、天门市横林镇程家滩村《程氏宗谱·卷一·续修宗谱赞》第 10 页。

诔（lěi）词：即诔文。悼念死者的文章。

注释

[1]伊洛之水：指兆龄公先祖居住地为洛阳。

含吐巾柘：含巾吐柘。指扬水接纳巾水后汇入柘水。扬水即今西河，在石家河西。巾水即今石家河，俗称东河。柘水即天门河。扬水接纳巾水后从黄潭西三汊河汇入柘水。原文为"含吐市柘"。

涘（sì）：水边。

[3]皭（jiào）然泥而不滓：语出《屈原列传》。洁白地出污泥却不沾一点污黑。皭然：洁白貌。不滓：不被染黑。

兰芷：兰草与白芷。皆香草。此处比喻美德。

[3]太史：翰林。

奉旨补授江西瑞州府知府谢恩折

许本墉

新选江西瑞州府知府臣许本墉跪奏，为恭谢天恩、吁求宸训事[1]。

本月十七日，吏部以臣铨选知府带领引见[2]，奉旨："江西瑞州府知府员缺，著许本墉补授。"钦此[3]。

窃臣楚北庸材，毫无知识。由进士改庶吉士，散馆，以主事用[4]。签分户部，补山西司主事，荐升员外郎[5]。因丁忧在籍带勇克复城池，经前任湖广总督保奏，以知府归部选用，并蒙赏戴花翎[6]。涓壤未酬，方深兢惕[7]。兹以签选到班，复荷温纶[8]，准予补授斯缺。自天闻命[9]，伏地增惭。复念江西地处冲繁[10]，知府职司表率。现当逆踪甫净,善后筹防,在在均关紧要[11]。惟有吁求训诲,敬谨遵循;到任后勉矢慎勤,力图报称[12],以仰答高厚鸿慈于万一[13]。

所有微臣感激下忱,谨缮折叩谢天恩,伏乞皇上圣鉴[14]。谨奏。

咸丰七年十一月十九日[15]。

题解

本文录自许本墉奏折。原件藏中国第一历史档案馆,档案号为04-01-12-0489-164。标题为本书编者所加。

注释

[1]天恩:指帝王的恩惠。

吁求:呼吁恳求。

宸(chén)训:帝王的训示。

[2]铨选:选才授官。

引见:引导入见。旧指皇帝接见臣下或宾客时由有关大臣引导入见。

[3]钦此:归结皇帝的来文的用语。凡引叙皇帝的谕旨、朱批、诏令等文书完毕,即用此语表示引叙结束,并转入文书的引申段,后面叙述自己的意见。

[4]庶吉士、散馆:参见本书第三卷附录《部分科举名词汇释》第1条。

主事:清代为正六品,与郎中、员外郎并列为六部司官。

[5]签分:抽签分配。

荐升:一级一级地荣升到。

员外郎:清代六部之下设设,其主管官是郎中,副手是员外郎,再下是主事。

[6]丁忧:古代官员遇父母亡故,一般均解除官职,守丧三年(实际为二十七个月),称为丁忧。丁:当。

在籍带勇克复城池:在原籍天门带领乡勇克敌制胜收复县城。

花翎(líng):清代以孔雀羽制成拖在帽后表示官品的帽饰。

[7]涓壤:犹涓埃。细小的流水和尘埃。比喻很小的功劳。

兢惕:朝兢夕惕。谓日夜勤谨、自强不息。

[8]温纶:皇帝诏令的敬称。

[9]闻命:接受命令或教导。

[10]冲繁:谓地当冲要,事务繁重。

[11]逆踪:逆贼的踪迹。

在在:处处。

[12]勉矢慎勤:同"矢慎矢勤"。立誓谨慎和勤勉。

报称:报答。

[13]仰答高厚鸿慈于万一:报答皇上万分之一的天高地厚般的大恩。

鸿慈：大恩。

　　[14]微臣：卑贱之臣。古代官吏用来对君主称自己。

缮：抄写。敬辞。

　　[15]咸丰七年：丁巳，1857 年。

禁沔州僧人蔡福隆筑塞泽口呈

许本墉

　　户部主事许本墉等请详，禁沔州僧人蔡福隆筑塞泽口呈，为妄塞古河，群恳通详移知禁毁事[1]。

　　缘襄河南岸泽口支河分泄襄水[2]，由来已久。突有沔洲未削发而僧衣之蔡福隆，借塞梁滩改口之名，纠约下游潜、沔各垸，于十月十二日起手[3]，将泽口以内十里而近之吴家场河口，又名垱河，尽行填塞，宽四十余弓，长二百余弓，高八九尺、丈余不等。附近居民莫之敢撄[4]。目下虽未填满，然不早为禁毁，日久渐加高厚，此河必成断港。转瞬春汛一至，襄水消泄无地，北岸以下堤塍定多溃决[5]。天邑地居下游[6]，如顶灌足，其害何可胜言！

　　伏查[7]，此河即《禹贡》"沱潜既道"之潜，蔡传所谓"汉出为潜"也，《潜江县志》确凿可据。其河自泽口起，蜿蜒数十里，至田关、梅家嘴等处，以下支分派衍，形如瓜蔓。或汇长湖、里湖，或归白鹭、童子、九泾等湖，以及南达新堤闸口，东达沌口出江。分泄之河港既多，容纳之湖汉复广，以故襄河自安陆府治以下[8]，南岸全仗此河分泄。前因泽口水势倒灌，致有淤塞。道光五年，制宪李奏请筹款委员司潜主刘疏瀹[9]。今纵不加疏瀹，何至反行填塞，使经传所载数千年分泄之河，废于一旦？如谓迩年节遭溃淹，致有此举，不知天灾流行或南或北，原宜各安天命，岂可妄塞古河，只图利己，不顾壑邻？且此河一塞，水势必至壅激，不特襄河北岸当冲[10]，即襄河南岸与泽口内十里堤塍，亦难保不溃。一溃之后，伊等下游任受淹渍[11]，究竟何利于己？况伊等节遭水害，江水居十之七、八，汉水居十之二、三。江水之来路不能塞,汉水之去路独可塞乎?

为此绘图,群恳台前刻日通详各大宪[12],移知潜、沔二主,早加厉禁,押令将已填塞之土迅速挖毁[13],使襄水仍有分泄。万姓永戴鸿兹矣[14]。上禀[15]。

道光二十四年十一月 日[16]。

题解

本文录自清光绪二十年(1894 年)版《襄堤成案·卷二》第 14 页。原题为《户部主事许本塘等请详禁沔州僧人蔡福隆筑塞泽口呈》。

详:旧时上行公文的一种,用于向上级陈报请示。

沔州:沔阳州。今湖北省仙桃市。

泽口:汉江旧时"九口"之一。位于汉江右岸、潜江泽口镇境内。

呈:旧时公文的一种,用于下对上。

注释

[1]通详:指旧时下级向上级申报文书。

移知:移文通知。

[2]襄河:古水名。又称襄江、襄水。即今湖北省襄阳市以下汉水河段。

[3]垸(yuàn):湖南、湖北两省在湖泊地带挡水的堤圩,亦指堤所围住的地区。

起手:下手,着手。

[4]莫之敢撄(yīng):没有人敢去迫近他。撄:向……挑战或撩斗。

[5]堤塍(chéng):堤坝和田界。

[6]天邑:指天门。

[7]伏:敬辞。古时臣对君奏言多用之。

[8]安陆府治:今湖北省钟祥市郢中街道办事处。

[9]制宪李:指时任湖广总督李鸿宾。制宪:清代对总督的尊称,又称制台。宪和台都是对高级长官的尊称。

员司:旧时指政府机关的中下级官员。

潜主刘:指时任湖北潜江知县刘坤琳。

疏瀹(yuè):疏浚,疏通。

[10]不特:不只。

[11]伊等:你们。

[12]台前:台官。

刻日:限定日期。

大宪:清代地方官员对总督或巡抚的称谓。

[13]厉禁:严厉禁止。

押令:勒令。押:压。从上向下加以重力。

[14]永戴鸿兹:永远承当着别人的大恩大德。

[15]上禀:向上禀报。

[16]道光二十四年:甲辰,1844年。

竟陵忠烈诗草序

许本塘

南溟,予姻好[1]。性爽直,遇纷难辄排解之。尤嗜书,暇时读弗辍也。

自咸丰三年红巾贼起,吾邑相继失守[2],遭贼蹂躏。阅百余日[3],民人流离,死亡不计其数。予于是年七月,借京邑兵勇一千数百员名[4],首击贼于县北之刘家场,尽歼之。越日,双镇军保自潜邑统兵至[5],会剿复城。旋京山土匪复起,东南之贼不时来犯,四郊烽火无宁日。洎境内渐次肃清[6],查吾邑阵亡及赴义死者,将二、三千人,未及查明者尚无数可纪。南溟不殚采访,于节之尤著者歌咏之,得诗一百余首,又附志二首。如周子良斌,年少恂谨,为予所器重。渠避难南乡,当道误以奸细[7]。孙子滋号季瞻,事继母孝,与予为世兄弟[8]。其人尤光明倜傥,能任事[9]。时帮予修筑钟堤溃口,予倚之如左右手。是年三月廿八日,郡城陷,同予自工次归[10]。次日吾邑复陷,闻予避居离城八里之新渡,携一子、一侄往依予。忽贼至,走相失。越十余日,闻为周子往辩其诬,同为仇攀罹于法[11]。呜呼!士可杀而不可诬,若孙子之激于义而不惜一死,亦可谓难能矣,竟乃含冤地下,彼苍者天!非南溟表而出之[12],二子不几沉冤莫雪乎?予曾为二子纪咏,得南溟诗可弗存。今南冥诗将付梓,特详其所略,俾吾道毋郁而不发之光[13]。二子虽诬,仍如青天白日,益服南溟作诗之意。传诗乎,传人乎?其亦名教之大防也夫[14]!

霁堂兄许本塘顿首拜撰。

题解

本文录自郑昌运著、清咸丰己未(1859年)重镌《竟陵忠烈诗草》。原文无标题。郑昌运,号南溟,天门城关人。贡生。西安知府郑子兆之父。

注释

[1]姻好:姻亲。

[2]咸丰三年:癸丑,1853年。

红巾:对绿林好汉的称呼。因他们常头裹红巾而得名。此处指太平军。

[3]阅:经过,经历。

[4]京邑:指京山县。

兵勇:清代称临时招募的兵卒为勇,因以兵勇泛指兵卒。

[5]潜邑:指潜江县。

[6]洎(jì):到。

[7]恂谨:恭顺谨慎。

渠:通"遽"。匆遽。

当道:指执政者,掌权者。

[8]世兄弟:世交之家平辈间的称呼。

[9]任事:担任大事。

[10]工次:疑指工地。次:外出居住的地方、处所。

[11]罹于法:触犯法律。

[12]表而出之:此处指彰显他们的义举。语出《论语·乡党》:"当暑疹缔绤(zhěn chī xì),必表而出之。"夏天穿粗的或细的葛布单衣,但一定要套在内衣外面。表:本义为罩上外衣。

[13]俾吾道毋郁而不发之光:使我的想法不再郁积心中。

吾道:我的学说或主张。

郁而不发:阻滞不通。语出《庄子·天下》:"是故内圣外王之道,暗而不明,郁而不发。"

[14]名教:以儒家思想所定的名分和以儒家教训为准则的道德观念。

大防:大堤。引申为重要界限。

楚北柘江王氏宗谱序

许本墉

从来创业者必有裕后之传,迪光者必有恢先之绪,此守先待后、责有攸归,而非其人究亦力莫能胜也[1]。况谱系尤为要图,讵不思责有攸归乎?谱系尤属重典,讵不望力能胜任乎?

王子少梁【即昌灏】总角时,与墉应童子试,光明俊伟,英然有兰生气，移时爱与慕并[2]，心忆其人者久之。继游稽古祠，谒欧阳菱溪公，始知为良玉太翁之孙、振春先生之子。嗣是于王仙樵公、陈立堂公以及墉师欧阳星五公书舍时，相亲爱。旋且与墉往来，促膝坐谈，隐隐称莫逆矣。夫欧阳星五公者，墉少时执经受业师也[3]，亦旧姻也。王子少梁，墉少时把臂订交友也[4]，亦旧姻也。一则系出豫章吉水，一则系出豫章南昌，故于家乘特悉[5]。墉奉命莅守南昌，顷闻二公有修明谱牒之志，但星五公令族彦于菱溪公续修后复行增补，似觉易易[6]。而少梁氏念旧谱遗失，子孙繁衍，慨然取族谱而一一修明，谓非其责有攸归乎？向族属而一一遍访，谓非其力能胜任乎？纵自惭阙略未合通谱以汇其全[7]，则支谱一修，将所谓裕后者在斯，恢先者在斯。而凡星处竟陵，莺迁他邑，与夫籍守豫章，各各萌敬宗收族之念者，亦莫不基于斯矣。

呜乎！木之植也不厚，斯其生也不蕃；水之蓄也不深，斯其流也不畅。自时厥后，吾知蓄极而发，腾茂蜚英者，上蠹槐堂之苍翠[8]；拥极而通，分支别派者，永泛兰亭之清流。绳绳继继[9]，辉映后先，将以卜王氏之兴未有艾也。墉于欧阳星五公，备嚆矢之助，因不禁倾心邮寄，以导扬休美云[10]。

同治元年阳月上浣之吉[11]，赐进士出身、翰林院庶吉士、赏戴花翎，前任江西瑞州府兼署盐法道，现任江西南昌府知府霁堂许本墉拜撰。

题解

本文录自1908年版、天门市竟陵办事处大河村《楚北柘江王氏宗谱》。标题原为《序》。

柘江：指天门河上游一段，俗称渔薪河。

注释

[1] 迪光：继承、光大。

责有攸归：谓责任有所归属。

非其人究亦力莫能胜也：不适当的人做终究也不能胜任。

[2] 总角：古未冠（不足二十岁）男子的一种发式。古时因不剪发，儿童

头发长后,于发根处把它们扎在一起,垂于脑后,则称总发。若分作左右两股,扎成两束,则称作总角。因其像两牛角而称。

童子试:科举制度中的低级考试。童生应试合格者始为生员。

兰生:形容美酒香气四溢。此处指美善。

移时:过了好一会儿。

[3]执经:手持经书。谓从师受业。

[4]把臂:挽着手臂。

[5]豫章:古代区划名称。江西建制后的第一个名称,即豫章郡(治南昌县)。

家乘(shèng):原指家事的记录,此处指家谱。

[6]族彦:族中有才学、德行的人。

易易:简易,容易。

[7]通谱:同姓的人互认为同族。

[8]腾茂蜚英:蜚英腾茂。称颂人之声名事业日盛。

槐堂:宋王祐尝手植三槐于庭,曰:"吾子孙必有为三公者。"后其子旦果入相,天下谓之三槐王氏。见宋邵伯温《闻见前录》卷八。世因以三槐为王氏之代称。

[9]永泛兰亭之清流:典自"流觞曲水"。兰亭为亭名,在浙江省绍兴市西南之兰渚山上。东晋王羲之与谢安、孙绰等显达者及隐士文人在兰亭聚会宴咏。王羲之《兰亭集序》中云:"又有清流激湍,映带左右,引以为流觞曲水。"

绳绳继继:谓前后相承,延续不断。

[10]嚆(hāo)矢:响箭。因发射时声先于箭而到,故常用以比喻事物的开端。犹言先声。

导扬:宣扬,显扬。

休美:美善。

[11]同治元年:壬戌,1862年。

万节母传

许本塘

节母万孺人,邑处士培斋公女也。生长城市,秉性温良,其母刘太孺人素所钟爱。年十九于归徐公世彦[1],敬如宾,兼能支持家务。既而夫没后,险阻艰难备尝。实行积于中,美名著于外,统遐迩而无间言[2]。于何知之?于其行略知之[3]。行略者,节母之子守才所书也。一日，衣冠见余，出其所书行略，乞余为之传。余阅之不胜羡慕。盖其事舅也孝，怡色柔声，奉以甘旨，不以姑之没而稍懈[4]；其待弟妹也慈，教养婚嫁，极委曲，极周详，必使夫无累而后安。由此观之，徐母之处心积虑，亦甚劳苦矣。道光壬辰，母为未亡人，茕茕孑立，形影相吊，其身之孤苦为何如！况其时岁大歉，米玉薪桂，虽有产业，鬻而不售[5]，其境之艰苦为何如！而稚子弱女，卒以保全无患者，实徐母掬赢采藻之力也[6]。余既览其大概，因叹妇女持家，世所常有，而苦节之贞[7]，徐母为最。与金石同性，与日月争光。观往古而察来今，乾坤正气，钟于是人，名媛中未易一二数也[8]。且有贤母，必有贤子孙。子述母事，子之孝也。而孝之后复生孝子，理有固然。孙一，名永熙，克立人道。曾孙一，名昌浚，英物称奇[9]。从此继继承承，芝兰绕瑞，舍徐母之后人而谁与？余虽历任在外，笔墨就荒，犹能掀髯乐道，以志节孝于不朽云。

赐进士出身、翰林院庶吉士、户部员外郎，历任南昌府正堂、署江西盐法道、即升按察司，同治九年[10]，岁次庚午，春月吉日，姻愚弟许本塘顿首拜题。

题解

本文录自1929年版、天门市横林镇陶潭村《徐氏宗谱·祠墓》第58页。

注释

[1]于归：出嫁。

[2]实行：犹德行，操行。

间言：闲言。非议，异议。

[3]行略：记述死者生平概略的文字。

[4]舅、姑：称夫之父母，公公婆婆。

甘旨：美味的食物。

[5]鬻而不售：欲卖又卖不出去。

[6]掬赢：此处指抚育孤弱。

采藻：采集水藻。语出《诗经·召南·采蘋》："于以采藻？于彼行潦。"《〈诗〉序》谓《采蘋》是赞美"大夫妻能循法度"的诗，故后世以采藻用作颂扬妇德的典故。

[7]苦节之贞：语出《易·节》："节，亨。苦节，不可贞。"孔颖达疏："节须得中。为节过苦，伤于刻薄。物

所不堪,不可复正。故曰'苦节,不可贞'也。"意谓俭约过甚。后以坚守节操,矢志不渝为苦节。贞:通"正"。

[8]钟:汇聚;凝聚。

未易:不易,难于。

[9]英物:杰出的人物。

[10]正堂:明清两代称府县的长官。

同治九年:1870 年。

罗楚石先生(罗佳珩)墓志铭

许本塸

道光岁庚寅,夷陵罗楚石先生选天门司训[1]。吾楚名宿也,本塸兄弟以弟子员晋谒,聆其言论风采,恒敬惮之,即负笈于门[2]。时受业者众,而吴之观进士与本塸兄弟[3],先生尤器重之。本塸幸通籍,先生遽返道山[4]。顷方持节治醝江右,适嗣君子模司马邮先生行状,属为志铭,谨按状诠次之[5]。

先生讳佳珩,字佩先,号楚石,世为东湖人。赀赠朝议大夫、岁贡生廷彦公长子[6]。资颖异,束发受书[7],目数行下。始为文,即惊其长老。弱冠游黉校,旋食廪饩,尤自刻励钻研[8]。枕葄于经史子集,无不淹贯[9]。故其文精理宝光,风格遒上[10]。岁科试冠其军者六,学使鲍觉生先生亟称赏焉[11]。嘉庆癸酉登拔萃科,己卯中乡试第六名[12]。文誉噪国中,群以上第期之,公车四上不第[13]。丙戌大挑得教职,怡然曰:"广文虽冷,其可以卒吾业矣[14]。"里人延主六一书院讲席。先生校艺,必点窜、绳削[15],视塾师尤严,请业者屡恒满[16]。岁大比前数月,约诸生宿斋舍三日,如闱中式,由是士益加淬励[17]。顾湘坡太史实出其门[18]。未几赴官天门学博[19]。时吾邑熊两溟先生主讲书院,先生监院事,遇课题辄拟焉[20]。两溟见之大惊赏,传示院中诸生曰:"此真举业津梁也。"两溟以老辞,邑人士请于令,申牒大府,以先生继讲席[21]。评改课艺,一如在六一书院时。凡邑之有声庠序及奋迹云衢者[22],皆所成就云。性孝友,接物和易。读书外无嗜好,不善治生计,而慷慨好义,遇里党急难,即解囊助之。其盛德令望,足为儒林矜式[23]。顾自友教以来,弟子多蜚黄腾达以去,而先生仅以青毡老,何其丰于德而啬于遇耶[24]!生平著述甚富,坊间选其文入《小题文孚》,嗣君梓《藻思堂文集》行世[25],读者可以知其学矣。

配江太恭人,贤而有才。管家政,壹禀《内则》[26]。子七:长行元,议叙县丞[27],以弟行楷贵,貤赠朝议大夫。次行言,郡增生。行扬、行芳、行猷,议叙从九品。行周,四川知县,历署永宁、南江、什邡等县,权叙永直隶同知,加同知衔。行楷,选授湖南蓝山县,用守御功,保奏以同知即补,加运同衔[28]。孙启炳,由明经候选教职,加光署正衔[29]。启增,国学。启治,庠生。曾孙六人,元孙二人。多以诗礼世其家。

先生生乾隆戊戌年八月十六日,卒道光乙未年二月初六日,享年五十有八。以子行楷贵,诰赠奉直大夫,晋赠朝议大夫。与江太恭人合葬邑东乡刘家垭。铭曰:

先生之学,闳且肆也[30]。先生之品,纯且粹也。经师人师[31],惟先生兼之,而英才亦于是乎萃也。其河汾之流亚欤,潜德幽光,亦岂丹铅所能志也[32]。呜呼!先生不克隆其位于吾身,信能延其泽于后嗣[33]。

题解

本文录自聂光銮主修、清同治四年(1865年)版《宜昌府志·卷十四·艺文·铭》第96页。原题为《敕授文林郎诰赠朝议大夫罗楚石先生墓志铭》。署名为"庶常、江西盐法道许本塘,天门人"。

注释

[1]道光岁庚寅:清道光十年,1830年。

司训:明清时县学教谕的别称。

[2]名宿:素有名望的人。

弟子员:指经本省各级考试取入府、州、县学学习者,通称秀才。参见本书第三卷附录《部分科举名词汇释》第3条。

敬惮:敬畏。

负笈:背着书箱。

[3]受业:跟随老师学习。

吴之观:天门城关人。清道光二十一年(1841年)辛丑恩科进士。

[4]通籍:指初做官。亦谓做了官,朝中有了名籍。籍:挂在宫门外的名单牌。竹片制成,二尺长,上写姓名、年龄、身份等,出入宫门查对之用。

遽返道山:猝然去世。道山:传说中的仙山。旧时因称人死为归道山。

[5]持节治醝(cuó)江右:奉旨任江西盐道。持节:官员或使臣外出时持有皇帝授予的节杖,以示其威权。江右:古人在地理上以东为左,以西为右,故江西又名江右。

适嗣君子模司马邮先生行状:恰好罗楚石先生之子、担任司马的子模将罗先生的生平事迹邮寄给我。嗣君:称别人的儿子。行状:亲友为死者所写的叙述生平事迹的文章。

属(zhǔ):古同"嘱"。嘱咐,托付。

诠次:选择和编排。此处指作墓志铭。

[6]貤(yí)赠:谓将本身和妻室封诰呈请朝廷移赠给先人。

岁贡生:岁贡。参见本书第三卷附录《部分科举名词汇释》第3条。

[7]束发:古代男孩成童时束发为髻,因以为成童的代称。

受书:谓接受文化教育。

[8]游黉(hóng)校:求学于学校。游:求学。黉校:学校。

食廪饩(xì):指成为有津贴的廪膳生。廪饩:指科举时代由公家发给在学生员的膳食津贴。

尤自:尚自。

刻励:刻苦勤勉。

[9]枕菲(zuò):犹枕藉。枕头与垫席。引申为沉溺,埋头。菲:垫。

经史子集:古代文献的总称。本指我国传统图书分类的四大部类。经部包括儒家的经典和小学方面的书。史部包括各种历史书和某些地理书。子部包括诸子百家的著作。集部包括诗、文、词、赋等总集、专集。

淹贯:深通广晓。

[10]精理:精微的义理。

宝光:神奇的光辉。

遒上:超佚不群,雄健超群。

[11]岁科试:岁试与科试的合称。参见本书第二卷蒋祥墀《诸暨县试院碑记》注释[2]。

学使:即学政。地方专管考试的官。

[12]拔萃:清代用以代称拔贡。参见本书第三卷附录《部分科举名词汇释》第3条。

[13]上第:及第。

公车:古代应试举人的代称。汉代应举之人均用公家车马接送,后便以公车作为入京举人的代称。

[14]大挑:清乾隆以后定制,三科以上会试不中的举人,挑取其中一等的以知县用,二等的以教职用。六年举行一次,意在使举人出身的有较宽

的出路,名为大挑。

广文:古代国学中的馆名,流传成为儒学教官的别称。

[15]校艺:当指批阅学生的八股文习作。

点窜:删改,修改。

绳削:指木工弹墨、斧削。引申指纠正,修改。

[16]请业:向人请教学业中不懂的问题。

[17]大比:科举考试。明清时特指三年一次的乡试。

如闱中式:参加会试得中。中式:科举考试合格。

淬励:激励,鞭策。

[18]顾湘坡:顾嘉蘅,号湘坡,江苏昆山人,其父顾槐(号南林)来夷陵做官,为夷陵籍。清道光二十年(1840年)进士,官翰林院编修、南阳知府。

太史:翰林。

[19]学博:清代州、县学官之别称。

[20]熊两溟:熊士鹏,字两溟,天门市横林镇人。进士。

监院事:掌管书院的事务。

课题:考试的题目。

[21]申牒:用公文向上呈报。

大府:明清时称总督、巡抚为大府。

讲席:高僧、儒师讲经讲学的席位。亦用作对师长、学者的尊称。

[22]有声庠序:在学界享有声誉。庠序:古代地方学校的泛称。与天子

的辟雍、诸侯的泮宫等大学相对而言。后人通释庠序为乡学,亦以庠序概称学校或教育事业。

奋迹云衢:在朝廷位居高位。奋迹:谓奋起投身从事某活动。云衢:本指云中的道路。比喻朝廷,或居高位。

[23]矜式:敬重和取法。

[24]友教:指不执师徒之礼,以朋友的身份教授。

以青毡老:指以清寒贫困而终。青毡:借指祖先留存之物。《晋书》卷八十《王献之传》:王献之为人寡言少语,却有胆识。“夜卧斋中,而有偷人入其室,盗物都尽。献之徐曰:‘偷儿,青毡我家旧物,可特置之。’群偷惊走。”

丰于德而啬于遇:德泽深厚却不得志。啬:少。

[25]梓:印书的雕版。因雕版以梓木为上,故称。后泛指制版印刷。

[26]壹禀《内则》:都禀承于《内则》。内则:为中国传统儒学经典著作《礼记》中的一篇,汇集了从战国到西汉时期儒家关于家庭内部关系的道德准则。

[27]议叙:清制于考核官吏以后,对成绩优良者给以议叙,以示奖励。议叙之法有二,一加级,二记录。

[28]运同:古代盐政官名。位仅次于运使。

[29]明经:明清时称贡生为明经。

光署正:光禄寺署正。多见于清

末教谕、训导的加衔。

[30]闳且肆:宏伟恣肆。气势宏大,挥洒自如。

[31]经师:泛指传授经书的大师或师长。

人师:指德行学问等各方面可以为人表率的人。

[32]河汾:黄河与汾水的并称。亦指山西省西南部地区。隋代绛州龙门(今山西稷山)人王通设教河汾之间,受业者千余人。后以河汾指称王通及其学术流派。

流亚:同一类的人或物。

潜德幽光:指隐德。潜德:不为人知的美德。幽光:潜隐的光辉。常用以指人的品德。

丹铅:点校书籍所用的丹砂与铅粉。因亦指校订文字。此处指文字。

[33]不克隆其位于吾身,信能延其泽于后嗣:不能使自己居于高位,却能将德泽留给后世。

蒋启勋（原名蒋式松，二品，衡永郴桂道）

　　蒋启勋，生于清道光癸未（1823年）十二月初七，卒于清光绪丁亥（1887年）十二月二十三日，原名蒋式松，派名可松，字揆（kuí）生，号鹤庄，天门市净潭乡状元村人。官至衡永郴桂道。钦加二品衔，诰授资政大夫。墓在天门城区北走马岭。

　　1921年版《湖北通志·卷一百四十·人物志十八》第12页记载："蒋启勋，字鹤庄。咸丰庚申进士。授吏部主事，旋补稽勋郎中，迁河南道御史，出为镇江知府，调江宁知府，擢衡永郴桂道。"

赋得聚米为山

蒋启勋

　　聚米陈良策，谋猷纪伏波[1]。千仓开壁垒，一粟定山河。势本倾困出，功应覆篑多[2]。峰峦归露布，帷幄运星罗[3]。敌漫呼庚癸，兵原陋鹳鹅[4]。量沙同握算，扫穴不横戈[5]。南服留雄略，西征定凯歌。何如天讨速，洗甲颂嘉禾[6]。

题解

本诗录自顾廷龙编、成文出版社1992年版《清代朱卷集成·卷二十三》第173页。标题下注"得波字五言八韵"。

聚米为山：东汉马援堆米成山，以代地形模型，给皇帝分析军事形势、进军计划，讲得十分明了。指形象地陈述军事形势、险要的地形。

注释

[1]谋猷：计谋，谋略。　　　　　　　　　　伏波：谓平息变乱。此处指受封

为伏波将军的马援。

[2]倾囷（qūn）："倒廪倾囷"的省略。倾倒米仓和谷仓。比喻竭尽所有。囷：谷仓。

覆篑：倒一筐土。谓积小成大，积少成多。

[3]露布：军旅文书。

[4]庚癸：呼庚癸。粮的隐语。庚：天干中庚在西方，主秋，粮食在秋天成熟，作为粮食的隐语。癸：在北方，属水，作为水的隐语。呼叫要粮要水。《左传·哀公十三年》记载，吴申叔仪向公孙有山氏借粮，因军粮不能借与人，就以庚癸作隐语，暗中给粮。后成为比喻向人借贷，或请求救济之语。

鹳鹅：鹳鹅阵。春秋时的一种阵法，见载于《左传》。此阵以中军为鹳军，以两翼及外围为鹅军。作战时互相配合、互相掩护。

[5]量沙：《南史·檀道济传》："道济时与魏军三十余战多捷，军至历城，以资运竭乃还。时人降魏者具说粮食已罄，于是士卒忧惧，莫有固志。道济夜唱筹量沙，以所余少米散其上。及旦，魏军谓资粮有余，故不复追，以降者妄，斩以徇。"后以量沙为安定军心，迷惑敌人之典。

[6]天讨：上天的惩治。

洗甲：洗净甲兵，以便收藏。谓停止战事。

颂嘉禾：嘉禾颂。向朝廷歌功颂德之辞。《南史·梁宗室传下·萧映》："中大通三年，野谷生武康，凡二十二处，自此丰穰（ráng）。映制《嘉谷颂》以闻，中诏称美。"

李母胡太孺人八十贞寿诗

蒋启勋

冉冉苍竹叶，森森劲柏枝[1]。竹其擅其节，柏其挺其姿[2]。此生百岁计，莫谓一心痴。维彼太孺人，方许卜期颐[3]。安定传谱系，陇西乐唱随[4]。菽水承欢爱，梓里重矩规[5]。甘节□贞吉，坷坎□维持。手泽辛勤授，胆丸未肯辞[6]。体被鹑衣惯，辉流象服宜[7]。桂子香无极，桐孙毓有时[8]。草奏腾金凤，花旌下玉螭[9]。九重宣鼎命，再四表坤仪[10]。冰霜操可拟，金石质如斯。黍谷春回日，萱堂寿诞期[11]。荣辰开八秩，恭己进双卮[12]。嵩效三多祝，畴征五福奇[13]。

班衣欢妙舞,彩笔写新词[14]。戚党钦德范,孙曾仰福基[15]。

敕封孺人、旌表节孝、姻伯母李母胡太孺人八十贞寿[16]。

赐同进士出身、诰授荣禄大夫、衡永郴桂道、姻愚侄蒋启勋顿首拜撰。

题解

本诗录自1918年版、天门市渔薪镇《天门李氏族谱·卷三·节孝传》第10页。原文无标题。文前有《宏道公德配胡孺人传》,胡孺人为人能公之配、引之公(李继伸)之母,八十九卒。

注释

[1]冉冉:柔弱下垂貌。

[2]擅:持。

[3]卜:赐予,给予。

期颐:一百岁。

[4]安定:指胡姓郡望安定郡。此处指胡姓。

陇西:指李姓郡望陇西郡。此处指李姓。

[5]菽水:豆与水。指所食唯豆和水,形容生活清苦。常以菽水指晚辈对长辈的供养。

承欢:侍奉父母,让他们欢喜。

梓里:故乡。

[6]手泽:犹手汗。后多用以称先人或前辈的遗墨、遗物等。

胆丸:唐朝柳仲郢幼年好学,其母韩氏,曾和熊胆丸,让其夜晚嚼咽,以助勤促学。

[7]鹑衣:破烂的衣服。鹑尾秃,故称。

象服:古代后妃、贵夫人所穿的礼服,上面绘有各种物象作为装饰。

[8]桂子:"桂子兰孙"的省略。对人子孙的美称。

桐孙:桐树新生的小枝。后以桐孙称美他人子孙。

毓(yù):繁殖,养育。

[9]草奏腾金凤,花旌下玉螭:意思是,上奏朝廷,请求表彰李母胡太孺人;花旗骏马,表彰的礼仪异常隆重。草奏:草拟的奏章。金凤:多指凤形金钗。花旌:用花羽毛装饰的旗子。玉螭(chī):传说中的无角龙。此处为骏马的美称。

[10]九重宣鼎命,再四表坤仪:意思是,朝廷多次表彰李母胡太孺人为天下母亲的表率。九重:指宫禁,朝廷。鼎命:指帝王之位,国家之命运。坤仪:犹母仪。多以称颂帝后,言为天下母亲之表率。

[11]萱堂:代称母亲。

[12]八秩:八十。

恭己:谓恭谨以律己。

卮:古代一种酒器。

[13]崧效:效嵩呼。嵩呼:旧时臣下祝颂皇帝,高呼万岁,叫嵩呼。

三多祝:传说唐尧游于华,华地守封疆之人,祝其寿、富、多男子。语出《庄子·天地》。后多以华封三祝为祝颂之词。

畴征:箕畴有征。意思是,箕子九畴中提到的五福有根有据。箕畴:指《尚书·洪范》之"九畴"。相传"九畴"为箕子所述,故名。九畴:传说禹治理天下的九类大法。"次九日向用五福,威用六极。"

[14]班衣:即斑衣。指相传老莱子为戏娱其亲所穿的彩衣。

[15]戚党:亲族。

德范:道德风范。

福基:福祉的基础。指道德善行。

[16]旌表:表彰。后多指官府为忠孝节义的人立牌坊赐匾额,以示表彰。

挽曾国藩联

蒋启勋

欧阳公道德文章,出将入相[1];
郭中令富贵寿考,生荣死哀[2]。

题解

本联录自邹学耀主编、中国文联出版社 2011 年版《中国对联集成·湖南双峰卷》第 194 页。

注释

[1]欧阳公:对欧阳修的尊称。

[2]郭中令:郭子仪。郭曾任中书令。

寿考:长寿。

生荣死哀:生时荣显,死后使人哀痛惋惜。这是子贡论孔子的话。

定于一

——会试答卷一道

蒋启勋

　　大贤思一统之治，有一定而无不定者焉[1]。盖惟一故定，不定由于不一也。以"定于一"告梁王，孟子之意深矣[2]。且得一以清者，亦得一以贞[3]，固有一定而无不定者存。而天下之不定者，非不定之故，实不一之故也。圣天子熙绩临宸以至一者，修我王度即以至一者，齐夫舆情[4]，然后知大一统之治无因而定之，必有所以定之者尔[5]。王问天下之定，盖自春秋以降，分为十二，并为六七[6]，天下之待定也久矣。周京有底定之分，而乏耆定之功[7]。文武成康，休风其未远矣[8]，而何以先圣后圣难出一辙也？则所以定之者无具也[9]。列国有戡定之权，而无绥定之术[10]。纵横阖捭，习俗其易移矣[11]，而何以东帝西帝只霸一方也？则所以不定者有由也[12]。无以一之，恶能定也[13]？今夫一也者，岂惟是高掌远蹠，兼容并包，争地争城云尔哉[14]？必将圣主当阳，群后用命，为久安长治之规[15]。故量极乎统驭八荒，而效征乎抚绥九有[16]。遐想其时，上有一心之主，下有一德之臣。仁寿积而气和，忠厚积而气乐。情一，则列邦不能自为其风俗也[17]。献享之精通于神，积和之气塞于明[18]。势一，则万物无所角其材能也[19]。上哉夐乎，操何道而至此夫[20]？然而知定于一之非无据也[21]。夫拓土开疆，思定者匪一日矣。朝秦楚，莅中国，既缘木以求鱼[22]；开阡陌，侈富强，亦为丛而驱雀[23]。设也一人有庆，而国永赖[24]。将亿人兆人，纵殊方而归化；山国泽国，虽异俗而同风，此何如奠定乎[25]？夫北辰足以定天之星，而众星咸拱，惟不贰故一也[26]。彼建极之克一[27]，亦若是焉已矣。招贤纳士，求定者匪一邦矣。金台筑，雪宫成，独乐既不如同乐[28]；炙辀兴，雕龙诞[29]，千言复不如一言。设也一人元良，而邦以贞[30]。将同文同轨，车书合朝会之隆[31]；无党无偏，正直臻荡平之盛[32]，此何如大定乎？夫沧海足以定地之水,而万水朝宗,惟不息故一也[33]。彼首出之统一,亦若是焉已矣[34]。夫惟圣天子在上,内治外安,小怀大畏[35],四海九州,悉主悉臣,继继承承,于千万年也,猗歟盛哉[36]!

题解

本文录自顾廷龙编、成文出版社 1992 年版《清代朱卷集成·卷二十三》第 169 页。

定于一:天下一统就会安定。反映了孟子大一统的政治思想,表达了战国时期饱受战乱之苦的广大百姓渴望天下统一、社会安定的心愿,合乎历史发展的潮流。《孟子·梁惠王上》:孟子见梁襄王,出,语人曰:"望之不似人君,就之而不见所畏焉。卒然问曰:'天下恶乎定?'吾对曰:'定于一。''孰能一之?'对曰:'不嗜杀人者能一之。''孰能与之?'对曰:'天下莫不与也。'"孟子见了梁襄王,出来以后,告诉人说:"远看不像个国君,到了他跟前也看不出威严的样子。突然问我:'天下要怎样才能安定?'我回答说:'要统一才会安定。'他又问:'谁能统一天下呢?'我又答:'不喜欢杀人的国君能统一天下。'他又问:'有谁愿意跟随不喜欢杀人的国君呢?'我又答:'天下的人没有不愿意跟随他的。'"

注释

[1]大贤:才德超群的杰出之士。

一定:犹统一。

不定:不安定,不稳定。

[2]以"定于一"告梁王:参见题解。

[3]得一以清者,亦得一以贞:天地得到"道",因而天清地稳,侯王得道而成为天下的首领。语出老子《道德经·三十九章》。一:道。贞:通"正"。

[4]圣天子:圣贤君主。

熙绩:弘扬功业。

临宸(chén):指登临帝位。

王度:王者的德行器度。

齐夫舆情:有统一民心的意思。

齐:使整齐。舆情:群情,民情。

[5]大一统:大:重视、尊重。一统:指天下诸侯皆统系于周天子。后世因称封建王朝统治全国为大一统。

无因:无所凭借,没有机缘。

必有所以定之者尔:必定有安定天下的凭借。

[6]春秋以降(jiàng),分为十二,并为六七:春秋时期有十二个较大的诸侯国(鲁、齐、晋、秦、楚、宋、卫、陈、蔡、曹、郑、燕十二诸侯国),战国末期只剩七雄(秦、齐、楚、燕、韩、赵、魏)。以降:以下,以后。

[7]周京:西周王都镐京。故址在

今陕西长安区韦曲西北。

底定:犹奠定。安定。

分、功:上下文互文。分功。功分。犹功业。

耆定:达成。

[8]文武成康:周文王、周武王、周成王、周康王。后世称四圣人。

休风:美好的风格、风气。

[9]无具:疑与下文"无据"同义。与下文"有由"相对而言。

[10]戡定:平定。

权、术:上下文互文。权术。权谋,手段。

绥定:安抚平定。

[11]纵横阖捭(hé bǎi):化用"纵横捭阖",以与上文"文武成康"平仄错综。指在政治或外交上运用手段进行分化或拉拢。纵横:合纵连横。捭阖:打开和闭合,策士游说时用来演示的方法。策士以开合演示游说诸侯联合或分化。

[12]有由:有相同的途径。

[13]恶(wū):古同"乌"。哪,何。

[14]高掌远蹠(zhí):从高处擘开,往远处踏开。传说黄河河神手擘脚踢,把华岳一山分开为二。后用以比喻开拓、开辟。掌:用手掌擘开。蹠:用脚踏开。

云尔:语气词。用在陈述句末,助限止、终结语气。含有"似的""如此而已"等意思。

[15]圣主当阳,群后用命:天子南面向阳而治,诸侯禀天子命而行。当阳:古称天子南面向阳而治。群后:指各诸侯国的国君。

规:格局。

[16]统驭八荒:统率天下。八荒:八方荒远的地方。

抚绥九有:指安定天下。九有:九州。传说为上古我国中原的行政区划,也泛指全国。

[17]列邦不能自为其风俗:各国不能自以其风俗为善而与其他地方不一致。

[18]献享:奉献供品祭祀。

明:人世,阳世。

[19]万物无所角其材能:世间没有较量才能的地方。

[20]敻(xiòng):高超。

[21]无据:没有根据、凭借。

[22]朝(cháo)秦楚,莅中国:使秦国楚国来朝拜,君临中原。

[23]开阡陌,侈强强:将旧贵族封地取消分与他人,使他人成为豪富。

开阡陌:战国时,秦相商鞅曾下令挖开田间小路,整顿田亩。开阡陌封疆是商鞅变法的重要内容。当时为了建立田籍,确定私人土地占有的位置和面积,秦国政府下令在各农户田地之间用界道或其他标志确立分界线。

为丛而驱雀:为丛驱雀。把鸟雀赶到树林里去。原比喻为政不善,使百姓投向敌对方面。原文为"为丛而殴雀"。

[24]一人有庆,而国永赖:天子有善行,百姓永远仰赖他。语出《尚书·吕刑》:"一人有庆,兆民赖之。"一人:指天子。庆:善行。赖:仰赖。

[25]殊方:异域,风俗习惯不同之地。

归化:同化。

奠定:安定。

[26]北辰:指北极星。

不贰:忠诚不怀二心。

[27]彼建极之克一:帝王即位,天下得以一统。建极:指帝王即位。

[28]金台:古台名。又称黄金台、燕台。相传战国燕昭王筑此台置千金以招贤纳士。

雪宫:春秋战国时期的齐国宫室。位于齐都临淄(今山东淄博市辛店镇北)东门外。雪宫因处齐都雪门外而得名。

[29]炙輠(guǒ)兴,雕龙诞:淳于髡、邹奭(shì)这样的辩才应运而生。《史记》卷七十四《孟子荀卿列传》记载:邹衍、邹奭、淳于髡(kūn)都是齐国有名的辩士,因此,齐人称颂他们为"谈天衍、雕龙奭、炙毂过髡"。

炙輠:本作"炙毂过"。"过"为"輠"的假借字。輠:古时车上盛贮油膏的器具。輠烘热后流油,润滑车轴。刘向《别录》注:"过字作輠。輠者,车之盛膏器也。炙之虽尽,犹有余流者,言淳于髡智不尽,如炙輠也。"

雕龙:战国时齐人邹奭采邹衍之术,为文长于修饰,如雕镂龙文,时人称他"雕龙奭"。后用以比喻精心著文或善于文辞。

[30]一人元良,而邦以贞:天子有大善,则天下得其正。语出《尚书·太甲》:"一人元良,万邦以贞。"

[31]同文同轨:统一文字,统一车辙的宽窄。比喻国家政令统一。轨:车子两轮之间的距离,指车辙。

车书:车、书连用,泛指国家体制制度。车:车轨。书:文字。

合:适合。

朝会:古代诸侯朝见天子称朝会。秦汉以后,公卿议事中朝堂,亦称会。

[32]无党无偏,正直臻(zhēn)荡平之盛:语出《尚书·洪范》:"无偏无党,王道荡荡;无党无偏,王道平平;无反无侧,王道正直。"为政的不偏向自己的亲人,不袒护自己的朋友,王道的理想政治是宽广的;不袒护自己的朋友,不偏向自己的亲人,王道的政治是平坦的;不背逆,不倾斜,王道的道路是正直的。

臻:达到。

[33]朝宗:比喻小水流注大水。

[34]彼首出之统一,亦若是焉已矣:那统摄万物的道理,也像这样罢了。

首出:出而为首。出而为万物之首、万物之统领。

已矣:句末语气词的连用形式。表示肯定语气的加强。可译为"了"

"啦""罢了"。

[35]惟：由于。

内治外安：对内治国安民，对外安和四方。

小怀大畏：小国感怀我的德政，大国惧怕我的武力。语出《尚书·武成》："大邦畏其力，小邦怀其德。"

悉主悉臣：全都向一主称臣。

[36]猗欤(yī yú)盛哉：同"猗欤休哉"。多么好啊！古代赞颂的套语。

猗欤：叹词。表示赞美。盛、休：美好。

同治上江两县志序

蒋启勋

国家崇儒重道，治隆三古[1]。自宰相以逮守令，咸慎简通经史、达治体者以在位[2]。所以为天下计者，至深且远。

予家世以文学被恩遇，过庭之勖，一出于经训[3]。暨成进士，官铨部[4]，逮出守金陵；罔敢逾越。惟金陵之被兵也久[5]，残破甚于他郡。昔之炳乎焕乎其文物者，已澌为冷风[6]。深惧菲材不足振兴治术，用是兢惕[7]。

今年春，上元令莫君善徵、江宁令甘君愚亭[8]，同以修志事来请。余谓志为周官小史之遗，《春秋》之支津也[9]。《传》曰："拨乱世而反诸正，莫近于《春秋》[10]。"二君其裨予之不逮，与二君遂延嘉宾，采山问水，剪伐枚肆，掇拾灰烬，搜辑咨访于狐兔之野[11]，以续百年之阙佚。虽曰述故，其勤乃倍于作者矣[12]。

夫志之为类，大凡有三。一曰由旧，《春秋》所谓古常。一曰新作，《春秋》所谓托始[13]。一曰阙文，《春秋》所谓无闻而为信史也[14]。其咸丰以来兵事，又《春秋》所谓为天下记异者治世之要务也。然非握铅椠诸儒，道同相称，德合相友，亦安能隐括壹是，使就绳墨而同同哉[15]？

书既成，余顾而乐之。谓非二君之好儒，必不足以致诸儒；非诸儒和而不同，必不足以成巨制[16]。使天下之令尹，皆知笃于儒以裨治化[17]，则我国家亿万年无疆之休基于文治[18]，后之君子，其亦有乐乎此也。

赐同进士出身、知江宁府事，前河南道御史天门蒋启勋撰。

题解

本文录自清同治十三年(1874年)版《同治上江两县志》。

上江：上元、江宁两县。

注释

[1]治隆三古：指国家兴盛，堪比历史。

三古：上古、中古、下古。指我国古代史上三个历史阶段。具体说法不一。一说指伏羲、文王、孔子代表的三个时代。一说指伏羲、神农、五帝代表的三个时代。

[2]慎简：谨慎简选。

治体：治国的纲要。

[3]过庭：典自"鲤趋而过庭"。借指父教。语出《论语·季氏》，是说孔子教训儿子孔鲤的事。

勖(xù)：勉励。

一出于经训：全都受到先儒经训的濡染。经训：经籍义理的解说。

[4]铨部：指吏部。因吏部专司铨选，故称其为铨部。

[5]被兵：遭受战祸。

[6]炳乎焕乎：鲜明华丽的样子。

澌(sī)：尽。

[7]菲材：谦辞。菲薄之材，比喻才能小。

用是兢惕：因此勤谨异常。兢惕：

朝兢夕惕。谓日夜勤谨、自强不息。

[8]上元令莫君善微、江宁令甘君愚亭：指时任上元县知县莫祥之、江宁县知县甘绍盘。

[9]支津：支流。

[10]传：指《公羊传》。

拨乱世而反诸正，莫近于《春秋》：语出《公羊传·哀公十四年》："拨乱世，反诸正，莫近诸《春秋》。"治理乱世，使之复正，(可借鉴的书)没有哪一种比《春秋》更好了。

[11]裨予之不逮：成语"匡我不逮"的化用。指在我力所不及时帮助我。逮：能力达不到。

枚肆：枝条。枚：枝曰条，干曰枚。肆：条肆。指再生的树枝。

狐兔之野：指民间。

[12]述故：传述前人成说。相对于自己创新而言。

作者：开始，创作者。

[13]托始：借一事作为叙事的开端，即起源。

[14]信史：纪事真实可信、无所讳

饰的史籍。

[15]铅椠（qiàn）：古人书写文字的工具。铅：铅粉笔。椠：木板片。

隐括壹是：用统一的规范。隐括：用以矫正邪曲的器具。引申为标准、规范。壹是：一概，一律。

绳墨：木工画直线用的工具。喻规矩、准则。

[16]和而不同：孔子用语。谓和谐而不苟同。

巨制：指篇幅长、规模大的作品。

[17]笃：忠实。

治化：谓治理国家、教化人民。

[18]休：吉庆，美善，福禄。

文治：谓以文教礼乐治民。

重锓类证治裁序

蒋启勋

同治间，余守润州，后又承乏江宁[1]。林生崧廙至署来谒，盖余守润州时所取士也[2]，出其先祖羲桐先生医书一册，乞序于余[3]。书固有余先师芗畦吉君原序[4]，先生与余师素号神交。知先生以经济之学，郁不得志，沈潜泛览于古来之医集，抉其精英，以为是书，卓然必传于后无疑也[5]。

余疏于艺术[6]，医学一道，概未有知。而劳劳仕宦，捧檄东西，窃以牧民之道，其通于医术者，为生告之[7]。当乱离之后，民生凋敝，培植之政，犹医之急补元气也；奸民猾吏，非种必锄，犹医之涤瑕荡秽[8]，不遗余力也；政治之施行，必求其利害之所在，犹医之分经分络，不得妄施药石也[9]。其他正治从治之法，君臣佐使之宜，虚实损益之故，调和血气，爕理阴阳[10]，良医之于病，亦犹良吏之于民，昔人所以谓治病之道通于治国也。使先生当日幸获通籍[11]，出经济之学以治民，当有更传无穷者。乃先生以大用之才，为绪余之见[12]，阅是书者，咸为先生惜。不知士生一世，只求有益夫生民，治病治民，其揆一也[13]。今先生之医术传，先生之经济不因是深人想象欤[14]？既为生告之，遂书之以为序。

同治十三年,知江宁府知府事、天门鹤庄蒋启勋拜序[15]。

题解

本文录自林珮琴著、清光绪十年(1884 年)重锓本《类证治裁》。林珮琴,字云和,号羲桐,江苏丹阳人。

重锓(chóng qiān):重新刻板。锓:刻板。

注释

[1]守润州:任镇江知府。守:专指任郡守、太守、刺史等职。润州:清代镇江府,隋唐宋为润州。

承乏:所任职位一时无适当人选,暂由自己来充数。旧时在任官吏常用的谦辞。

江宁:清代江宁府所在地,今江苏南京市。

[2]廙:音 yì。

取士:选拔人才。

[3]乞序于余:求我作序。

[4]芗(xiāng)畦吉君:吉种颖,字秋丞,号芗畦,丹阳人。清嘉庆十年(1805 年)进士,授湖北南漳县知县,后升鹤峰州知州,迁四川会理州知州。

[5]经济:治理国家。

沈潜:沉潜。集中精力,潜心。

泛览:广泛阅读。

抉:挑选。

以为是书:而成此书。

卓然:形容特出。

[6]艺术:泛指六艺以及术数方技等各种技术技能。艺谓礼、乐、书、数、射、御,术谓医、方、卜、筮。

[7]劳劳:辛劳,忙碌。

捧檄:得官就任之意。檄:官符。东汉人毛义有孝名。张奉去拜访他,刚好府檄至,要毛义去任守令,毛义拿到檄,表现出高兴的样子,张奉因此看不起他。后来毛义母死,毛义终于不再出去做官,张奉才知道他不过是为亲屈,感叹自己知他不深。见《后汉书·刘平等传序》。后以捧檄为为母出仕的典故。

牧民:治民。古时把人君和官吏治民比做牧人牧养牲畜,因而把管理民政的官员,称作牧民。

为:对,向。

[8]涤瑕荡秽:清除污垢,去掉恶习。

[9]政治:治理国家的方略。

药石:药剂和砭石。泛指药物。

[10]正治从治:中医治疗学名词。语出《素问·至真要大论》:"逆者正治,从者反治。"正治:是一般常规的治疗方法,即针对疾病的性质、病机,从正面治疗。从治:又称反治,指和常规相反的治法。当疾病出现假象,或大

寒证、大热证对正治法发生格拒时所采用的治法。因治法与疾病的假象相从,故称从治。

燮(xiè)理:调和治理。

[11]通籍:指初做官。亦谓做了官,朝中有了名籍。籍:挂在宫门外的名单牌。竹片制成,二尺长,上写姓名、年龄、身份等,出入宫门时查对

之用。

[12]绪余:本指蚕抽丝后留在茧子上的残丝。引申指理论的一部分或其遗留部分。

[13]揆(kuí):尺度,准则。

[14]深人:有见识、有才学的人。

[15]同治十三年:甲戌,1874年。

拜序:恭敬地作序。

石鼓书院志序

蒋启勋

周官职方氏掌天下之图,辨其数要,周知其利害,即后世《一统志》所由昉,是职方氏固志之薮也[1]。今兵部职方司袭古之名,其掌故亦然[2]。余计偕时尝备员是司,而清泉李潜先主政[3],亦从事于其间。光绪庚辰,忝承简命,分守上湘[4]。适潜先假旋[5],主讲衡郡之石鼓书院。公余过访[6],以文字相交际。潜先出所撰《石鼓志》四卷,属为考订[7]。

夫石鼓在宋居四大书院之一,以太宗太平兴国三年赐额[8],见于《文献通考》。其时,张文定公齐贤初登进士第,通判衡州[9],振兴文教,故有是举。厥后,名贤达才叠加培植,而屡经易姓,兵燹荒残,其事或漫灭而无稽[10]。今观此志,首形势,次沿革,次金石,次官吏,次山长,又次艺文,又次经费规条,靡不详备[11]。彬彬乎,秩秩乎[12]!殆可以补郡志之缺,而为观风者所必择焉[13]。然则职方为藏志之山渊,官职方者即为撰志之熟路。而余与潜先始则同宦于北,继乃同聚于南。是志之成,又得同为校定,以同播诸士林[14]。虽萍踪之适合乎[15],不可谓非文字之因缘也!虽然余自下车以来,念守道无讲学处,每以为歉[16]。顷太子少保、兵部侍郎彭公自巡江回籍,倡建船山

书院[17]。他日就绪，必将有纪述，则《石鼓志》又其嚆矢也[18]。是为序。

赐同进士出身、湖南分守衡永郴桂兵备道、天门蒋启勋撰。

题解

本文录自李扬华编、清光绪六年(1880 年)刻本《国朝石鼓志》。

石鼓书院：位于湖南省衡阳市石鼓区石鼓山，始建于唐元和五年(810 年)。

注释

[1]职方氏：周代官名。掌天下地图与四方职贡。

数要：要术。指方术、学术、创作等方面的基本内容或要诀。

由昉(fǎng)：发端，起始。昉：曙光初现。

薮：人或物聚集的地方。

[2]掌故：旧制旧例。

[3]计偕：举人赴会试者。

备员：充数，凑数。

清泉李溍(jìn)先：李扬华，字溍先，号清泉，衡阳人。举人。入陕西巡抚刘蓉幕。曾主讲岳屏、石鼓、船山书院。

[4]光绪庚辰：清光绪六年，1880 年。

忝承简命：惭愧地承当任命。简命：简任，选派任命。

分守上湘：指作者任湖南衡永郴桂道。分守：指分守道。明清时代布政使、按察使的辅佐官，驻守在一定地方。多加兵备衔，管辖府、州，成为省以下，府、州以上的高级行政长官。

[5]假旋：乞假旋里。

[6]过访：登门探视访问。

[7]属(zhǔ)：古同"嘱"。嘱咐，托付。

[8]赐额：赐予匾额或题额。

[9]张文定公齐贤：张齐贤，字师亮，曹州冤句(今山东菏泽西南)人。北宋大臣。太平兴国二年(977 年)进士。醉酒失仪，被免相。起为兵部尚书、吏部尚书。谥文定。

通判衡州：任衡州通判。通判：州府长官的行政助理，分掌粮运、督捕、水利等事务。

[10]厥后：那以后。

达才：通达事理的人。

易姓：古代帝王把国家视为一姓之家业，故称改朝换代为易姓。

兵燹(xiǎn)：指因战乱所致的焚烧破坏。燹：兵火。

漫灭：磨灭，模糊不清。

无稽：无从查考，没有根据。

[11]山长：五代时蒋维东隐居衡岳讲学，受业者称其为山长。元代书

院设山长,既主持院务,又多兼书院的主讲,也称洞长。清乾隆时,山长改为院长。清末仍名山长。

靡不详备:没有一件不周详完备。

[12]彬彬:美盛貌,荟集貌。

秩秩:顺序之貌。

[13]观风:谓观察民情,了解施政得失。

[14]士林:指文人士大夫阶层、知识界。

[15]适合:犹言偶然相合。

[16]下车:旧时官吏初到任为下车。

守道:分守道。此处指作者自己。

[17]太子少保、兵部侍郎彭公:指晚清重臣和湘军重要首领彭玉麟。彭玉麟,字雪琴,衡阳人。诸生。官至兵部尚书。赠太子太保,谥刚直。清光绪四年(1878年)在彭玉麟的支持下,张宪和于回雁峰下的王衙坪王氏宗祠创建船山书院。船山书院因祭祀衡阳人王船山(王夫之)而建立。

巡江:指镇压太平军之后,1868年彭玉麟会同曾国藩奏定长江水师营制,1872年彭玉麟奉命巡阅长江五省水师,名颇著。

[18]嚆(hāo)矢:响箭。因发射时声先于箭而到,故常用以比喻事物的开端。犹言先声。

附

调补蒋启勋江宁府知府折

曾国藩　张之万

大学士、两江总督、一等侯臣曾国藩,江苏巡抚臣张之万跪奏,为拣员请调省会要缺知府,恭折仰祈圣鉴事。

窃臣等接准吏部咨开:同治九年闰十月初五日内阁奉上谕:"江南江宁府知府员缺紧要,著该督抚于通省知府内拣员调补。所遗员缺,著赵佑宸补授。"钦此。

查江宁府系冲、繁、难三项要缺,例应在外拣员调补。该府地居省会,政务殷繁,整顿地方,表率属僚,兼之时有发审案件,在在均关紧要,必须明干有为之员,方足以资治理。

查有镇江府知府蒋启勋,年四十九岁,湖北举人,国史馆录,议叙同知,报捐郎中,调赴军营,随同克复九江府城保奏,奉旨:"著以郎中

遇缺即选,并分部行走。"钦此。咸丰九年签分兵部。十年庚申恩科
会试中式进士引见,奉旨:"著俟报满后作为候补郎中以该部郎中即
补。"钦此。旋经选授吏部郎中,历俸期满,同治四年截取引见,奉旨
记名以繁缺知府用。五年考取御史引见,奉旨记名以御史用。六年
京察一等引见,奉旨记名以道府用。七年六月补授河南道监察御史,
九月二十七日奉旨补授江苏镇江府知府。八年三月二十六日任事。
该员守洁才明,治事耐劳,以之调补江宁府知府,洵堪胜任。据江宁
布政使梅启照等会详请奏前来,臣等往返函商,意见相同。合无仰恳
天恩俯念省会员缺紧要,准以镇江府知府蒋启勋调补江宁府知府,实
于地方有裨。如蒙俞允,该员系现任知府调补知府,衔缺相当,毋庸
送部引见。一切因公处分,亦毋须核计。所遗镇江府知府要缺,遵旨
即以赵佑宸补授,人地亦属相宜。

　　谨合词恭折具奏,伏乞皇太后、皇上圣鉴训示。谨奏。

　　同治十年七月初三日。

题解

　　本文录自曾国藩、张之万奏折。原件藏中国第一历史档案馆,档案号为 04-01
-13-0321-021。标题为本书编者所加。

胡聘之（山西巡抚）

胡聘之（1840—1912年），字蘄生、蘄笙、淇生，天门城关人。清同治四年（1865年）乙丑科进士。选庶吉士。历官御史、内阁侍读学士。清光绪十六年（1890年）授顺天府尹，次年任山西布政使、护理巡抚，旋改浙江布政使。二十一年擢陕西巡抚，寻调山西巡抚。主政山西期间，借助洋务自强之势，推进地方工业振兴，革新政治文化教育，扶持地方经济社会发展，是山西近代工业的奠基者，有"晚清重臣、洋务先锋"之誉。戊戌（1898年）变法后被革职。所编《山右石刻丛编》是山西省收录最多、著录最详、考证最精的石刻学著作。

郑天挺、吴泽、杨志玖主编，上海辞书出版社2000年版《中国历史大辞典》第2098页记载："胡聘之，清湖北天门人，字蘄生。同治进士，选庶吉士。历任河南道、太仆寺少卿。光绪十六年（1890年）任顺天府尹。次年任山西布政使。二十一年擢陕西巡抚，旋调任山西巡抚。戊戌变法时，改令德书院为山西省大学堂，并奏设武备学堂增设西学书目。戊戌政变后被革职。"

来新夏主编、学苑出版社2006年版《清代科举人物家传资料汇编》第109页记载："胡聘之，派名崇儒，字静轩，号淇笙，一号汤臣，复号莘臣。"

赋得芦笋生时柳絮飞

胡聘之

苗认芦芽短，飘怜柳絮轻。花飞宜共舞，笋折看初生。夜雨关心久，春风扑面迎。衔犹迟雁信，吹好趁鱼行[1]。浅水排难密，疏烟漾欲平。绿添新涨活，红衬夕阳明[2]。莼菜香分脆，萍踪化未成。上林宸赏惬，佳趣满蓬瀛[3]。

题解

本诗录自国家图书馆藏刻本《会试朱卷》(清同治乙丑科)胡聘之卷。

芦笋生时柳絮飞:语出苏轼《寒芦港》:"溶溶晴港漾春晖,芦笋生时柳絮飞。"

注释

[1]衔犹迟雁信:疑指大雁北飞,告诉人们春天来了。雁信:指书信。语出《后汉书·苏武传》:"教使者谓单于,言天子射上林中,得雁,足有系帛书。"

吹好趁鱼行:疑指鱼儿吞吐水沫,追随而行。

[2]新涨:指刚刚上涨的春水。

[3]上林:泛指帝王的园囿。

宸(chén)赏:谓帝王的游赏。

蓬瀛:蓬莱和瀛洲。神山名,相传为仙人所居之处。亦泛指仙境。

飞鸟投远碧

胡聘之

一碧浑无际,投林鸟渐飞。遥山看缥缈,远树辨依稀。雪翼摩千仞,天光幕四围。螺峰凝黛色,鸦点度斜晖[1]。明灭分清嶂,翩翻入翠微[2]。村连晴霭合,巢向暮云归[3]。倦羽依樵担,浮岚染客衣[4]。彤庭鹓鹭集,香绕御炉霏[5]。

题解

本诗录自王先谦辑、清光绪丁亥(1887年)版《近科分韵馆诗初集·卷二·五微》第34页。标题下注:"苏轼《过宜宾见夷中乱山》诗:行人抱孤光,飞鸟投远碧。"

注释

[1]黛色:青黑色。

[2]明灭:忽隐忽现。

清嶂:如屏障的青山。

翩翻:上下飞动貌。

翠微:泛指青山。

[3]晴霭:清朗的云气。

[4]浮岚：飘动的山林雾气。

[5]彤庭：汉代皇宫以朱色漆中庭，称为彤庭。后泛指皇宫。

鹓(yuān)鹭：鹓和鹭飞行有序，因喻百官朝见时秩序井然。

一钩淡月天如水

胡聘之

一望长空里，云容淡不收。天清真似水，月小恰如钩。尺五光疑泻，初三样许侔[1]。纤痕悬玳押，凉意浸珠楼[2]。鹤警寒先觉，鱼惊影乍浮[3]。玉绳低欲挂，银汉冷同流[4]。入户晖生夜，乘槎客泛秋[5]。甲兵欣尽洗，盛治巩金瓯[6]。

题解

本诗录自王先谦辑、清光绪丁亥(1887年)版《近科分韵馆诗初集·卷八·十一尤》第43页。标题下注："谢逸《夏景词》：人散后，一钩新月天如水。"

注释

[1]尺五：一尺五寸。极言离高处距离近。

初三样许侔(móu)：初三时淡月的模样与弯钩这般相似。侔：齐等，相当。

[2]纤痕：此处指细线。

玳押：以玳瑁做的镇帘轴。徐陵《玉台新咏序》："玉树以珊瑚作枝，珠帘以玳瑁为押。"

珠楼：华丽的楼阁。

[3]鹤警：谓鹤性机警。

[4]玉绳：星名。常泛指群星。

[5]乘槎(chá)：传说天河与海通，有居住海岛的人乘槎浮海而至天河，看见牛郎织女。见张华《博物志·卷三》。后用以比喻奉使。槎：竹、木筏。

[6]甲兵欣尽洗：欣喜的是兵甲不起，天下太平。语出杜甫《洗兵马》："安得壮士挽天河，净洗甲兵长不用。"

盛治：昌明的政治。

金瓯：金属做的盛酒器皿，借指国土。

三月三十日南康阻风

胡聘之

蠡湖东去片帆迟,风雨连宵搅客思[1]。花事阑珊余此日,萍踪漂泊竟何时[2]?青山约负难如券,绿鬓愁多渐有丝[3]。料得金钱还暗卜,几回消息问归期[4]。

题解

本诗录自王德镜主编、1993 年版《竟陵历代诗选》第 230 页。

注释

[1]蠡(lí)湖:湖名。在江苏省无锡市东南。相传春秋越范蠡伐吴时开造。

[2]阑珊:残,将尽。

[3]青山约负难如券:指因阻于风雨难以如约到达蠡湖。白居易《和微之春日投简阳明洞天五十韵》诗:“白首青山约,抽身去得无?”说的是白居易与元稹相约晚年归隐山中。

绿鬓:乌黑而有光泽的鬓发。形容年轻美貌。

[4]金钱还暗卜:与“金钱卜”义同。旧时以钱币占卜吉凶祸福的方法。其法不一,一般用六枚制钱置于竹筒中,祝祷后,连摇数次,使制钱在内翻动,然后倒出,排成长行,视六枚制钱的背和字的排列次序,以推断吉凶祸福。语出唐代于鹄《江南曲》:“众中不敢分明语,暗掷金钱卜远人。”在众人面前不敢明说心愿,只好暗中抛掷钱币占卜,算一算远方恋人何时归来。

消息:易学术语。指的是卦体的阴阳消长。汉虞翻喜用“消息”解释卦象的变化。

题传砚图

胡聘之

兵灾盗窃屡遗失，神物呵护竟获全[1]。始信君家富积累，允宜圭组相蝉联[2]。

题解

本诗录自《文物鉴定与鉴赏》2014 年第 10 期刊载的胡玮《庐山博物馆藏〈传砚图〉鉴赏》。

传砚图：庐山博物馆藏《传砚图》共两册，均为纸本。收录清代陈正勋、陈受培、陈銮三代所用砚拓片及 49 位名人题记题咏题跋。

注释

[1] 神物：神仙。　　　　　　　圭组：玉圭与印绶。引申指爵位、

[2] 允宜：合宜。　　　　　　　官职。

题兰州两湖会馆联

胡聘之

梓义重他乡，幸远偕玉节驰驱，藉培欢宴[1]；
楚材罗异地，愿同作金城保障，永靖烽烟[2]。

题解

本联录自龚联寿编著、复旦大学出版社 1998 年版《中华对联大典》第 571 页。联前注："胡聘之，字蘄生，清湖北天门人。"联后注："（两湖会馆）在甘肃兰州贤后街。见《兰州楹联汇存》。"

注释

[1]玉节:玉制的符节。古代天子、王侯的使者持以为凭。

[2]楚材:亦作"楚才"。楚地的人才。

金城:地名。古郡。在今甘肃兰州之西北。此处指兰州。

永靖烽烟:永远息兵的意思。

不违农时,谷不可胜食也

——会试答卷一道

胡聘之

民食不难足也,在上之重农时而已。夫谷生于农,而农有其时。不违焉,而食裕于民矣。足民者其念诸孟子意,谓王今者移民移粟[1],凡以为民食也。顾臣谓王欲足民必先重农,诚使东作不愆[2],而是穮是蓘,胥应小卯而来[3];斯西成可卜,而如坻如京,自免呼庚之苦[4]。而特恐三时或失,百谷不登[5],遂至家少余粮,而室忧悬罄[6],至此而始沾沾焉为转输之策也[7],抑亦非足民之本计矣。何则?民以食为天,食以谷为主。而欲民食之无缺,要在农时之不违。三日于耜,四日举趾[8]。谷之种端,赖人为矣。顾力之借乎人者,烟蓑雨笠,习其勤,固贵集十千之耦[9];而时之视乎天者,水耕火耨,恣其候,即难取三百之禾也[10]。所以瞻蒲望杏,验农祥者聿垂《小正》一书[11],扬州宜稻,青州宜麦,谷之生亦资地利矣。顾气之得乎地者,颖栗方苞,有嘉种,固可追后稷之穑也[12]。而时之因乎天者,作讹成易,有常期,乃能睹曾孙之稼也[13]。所以获稻烹葵,纪农事者备详《豳风》一册[14],言有农也,必有时也[15],王之民岂乐违之哉?乃兹者扈既趣矣,而民之荷矛戟者,竟无时而荷耰锄[16];禽将飨矣,而民之修甲兵者,更无时而修场圃[17]。石其田,草其宅,此而欲民之自食其力也,岂不綦难[18]?今试息战争,罢徭役,诏民归农,将见苍头、奋击之伦聚之[19],即主伯亚旅,酸枣鸿沟之界辟之,尽下隰高原[20]。一时野无游民,国无旷土[21]。将古所谓耕三余一、耕九余三者,不难为我民卜之矣[22]。而王犹虑农之不敏哉,而民犹患食之不充哉[23]。梁承三晋之遗风,其民素习勤苦,乃耒耜不惮其劳[24],而仓箱不闻有庆者,无他,害其时也[25]。今幸馨鼓不闻矣,吾见锄雨犁云,庆厥田之上上[26];崇墉比栉,欣我黍之与与[27]。即有时缓急莫济,而鱼梦堪征,自无忧鸿嗷待哺也[28],又何至劳小民之转徙也哉?梁据两河之沃壤[29],其地极为富饶,乃抚田隰之畇畇,难冀室家之溱溱者[30],无他,失其时也。今幸钱镈堪修矣,吾见或耘或耔,大田可取十千[31];有干有年,高廪兴歌亿秭[32]。即有时丰歉难知,而仓有红陈[33],自无忧野无青草也,又何至烦大君之补助也哉[34]?不可胜食,此足民之本计也。王诚欲尽心于民,其首于农时加之意焉可[35]。

题解

本文录自国家图书馆藏刻本《会试朱卷》(清同治乙丑科)胡聘之卷。

不违农时,谷不可胜食也:如果王(梁惠王)不在农忙季节去征兵、征工影响农业生产,那么百姓收获的粮食是吃不完的。语出《孟子·梁惠王上》。朱熹集注:"农时,谓春耕、夏耘、秋收之时,凡有兴作,不违此时,至冬乃役之也。"孟子认为,王道以得民心为本。统治者征兵役民,不妨碍农事节令,则谷粟食用有余,人民生活温饱,无所不满。这就是实行王道的开始。在当时各国统治者滥用民力的情况下,这种重视农业生产的主张有其积极意义。

注释

[1]足民:使人民富足。

移民移粟:语出《孟子·梁惠王上》:"河内凶,则移其民于河东,移其粟于河内;河东凶亦然。"河内遭遇荒年,就把那里的百姓迁移到河东,把河东的粮食运到河内;河东遭遇荒年也是这样。河内:专指今河南省黄河以北的地区。河东:黄河流经山西省境,自北而南,故称山西省境内黄河以东的地区为河东。

[2]诚使:假使。

东作不愆(qiān):春耕生产不错过。东作:古人以为岁起于东,而开始耕作,谓之东作。不愆:无过错,无过失。

[3]是穮(biāo)是蓘(gǔn):穮:翻地。蓘:培土。皆为耕作之事。泛指辛勤劳作。原文为"袞"。语出《左

传·昭公元年》。是:连词。表示承接,相当于"则"。

胥:全,都。

小卯:指二月。夏正建寅,二月为卯。

[4]西成可卜:秋天庄稼成熟可以预料。西成:谓秋天庄稼已熟,农事告成。

如坻如京:谓谷米堆积如山。后因以京坻形容丰收。语出《诗经·小雅·甫田》:"曾孙之庾,如坻如京。"坻:水中之高地也。京:高丘也。言周成王的谷仓,像高丘一样。

呼庚:呼庚癸。粮的隐语。参见本书第三卷蒋启勋《赋得聚米为山》注释[4]。

[5]三时:指春夏秋三季农作之时。

登:谷物成熟。

[6]悬磬:亦作"悬罄"。形容空无所有,极贫。磬:古代石制乐器,状如倒悬的瓦盆,中间空空。语出《国语·鲁语上》:"室如悬磬,野无青草,何恃而不恐?"

[7]沾沾:执着,拘执。

转输:周转输入。

[8]三日于耜(sì),四日举趾:正月开始修锄犁,二月下地去耕种。语出《诗经·豳(bīn)风·七月》:"三之日于耜,四之日举趾。"三日:三之日,相当于夏历的正月。四日:四之日,夏历二月。于:为也。此处指从事修理。

耜:有曲柄的形似犁的翻土农具。举趾:动脚举步。即开始动手锄地。

[9]烟蓑雨笠:身披蓑衣,头戴笠帽,在茫茫的烟雨中辛勤劳作。

十千之耦(ǒu):即"十千为耦"。语出《诗经·周颂·噫嘻》:"亦服尔耕,十千维耦。"大伙儿都来耕地呀,万人出动,配呀配成双。耦:两个人在一起耕地。

[10]水耕火耨(nòu):多作"火耕水耨"。古代南方的耕作方法。烧去杂草,灌水种稻。耨:锄草。古代一种耕种方法。

愆其候:失时。

即难取三百之禾也:难以取得三百捆禾稻的收获。语出《诗经·魏风·伐檀》。

[11]瞻蒲望杏:掌握农时及时耕种。瞻蒲:"瞻蒲劝穑"的略语。看见菖蒲初生,便督促农民及时耕种。望杏:指劝耕的时节。

农祥:指农事。

聿垂:注意,留意。聿:文言助词。无义,用于句首或句中。

小正:《夏小正》。中国现存最古的天文历法文献之一。传为夏代历书,实成书于战国中期。是书按夏历月序,分别记载每月中天象、物候和相应的农事、政事活动,为夏代以来积累的农牧业生产经验小结。

[12]颖栗:谓禾穗繁硕。颖:长出芒的穗。栗:谷粒饱满坚实。

方苞:芦苇破土出芽。苇之初生,似竹笋之含苞,故曰方苞。

嘉种:优良的谷种。

固可追后稷之穑也:就可以像后稷一样耕种了。原文无"也"。语出《诗经·大雅·生民》:"诞后稷之穑,有相之道。"后稷耕田又种地,辨明土质有法道。穑:本义是收获庄稼,这里泛指耕耘收种。

[13]作讹成易:东作、南讹、西成、朔易四者的缩略,均就农事泛言。东作谓春耕。南讹指夏时耕作及劝农等事。西成谓秋天庄稼已熟,农事告成。朔易谓岁末年初,政事、生活当除旧更新,有所改易。语出《尚书·尧典》。

常期:一定的期限。

乃能睹曾孙之稼也:就能看见像周成王田里丰收的庄稼了。语出《诗经·小雅·甫田》四章:"曾孙之稼,如茨如梁。"周成王田里的庄稼,像屋顶,像拱桥。曾孙:《诗经》中周成王的通称。

[14]获稻烹葵:收割稻谷,烹煮葵菜。语出《诗经·豳(bīn)风·七月》:"六月食郁及薁(yù),七月烹葵及菽。八月剥枣,十月获稻。"六月食李和葡萄,七月煮葵又煮豆。八月开始打红枣,十月下田收稻谷。

豳风:《诗经》的十五《国风》之一。共计七篇二十七章,都是西周时代的诗歌。

[15]有农、有时:此处当指顺应农时。

[16]扈既趣:指九扈驱赶百姓耕种。扈:九扈。传说中古代九个管理农务的官员。

民之荷矛戟者,竟无时而荷耰(yōu)锄:指百姓在农忙季节手持兵器打仗,竟然没有一刻手持农具。

[17]禽将飨(xiǎng)矣:鸟将要分享粮食了。语出《逸周书·大开武》:"若农之服田,务耕而不耨,维草其宅之;既秋而不获,维禽其飨之。人而获饥,云谁哀之?"飨:通"享"。

场圃:农家种菜蔬和收打作物的地方。

[18]石其田:当指以徙石和运土方式改造低产沙碛(qì)田。

草其宅:以草苫盖住所。

綦(qí)难:极难,很难。

[19]苍头:战国、秦汉时以青巾裹头的军队。

奋击:能奋力击敌的士卒。指精兵。

[20]主伯亚旅:指家长、兄弟及晚辈。此处指没有战争,四海之内皆兄弟。主伯:指家长和长子。亚旅:代称兄弟及子弟。语出《诗经·周颂·载芟》:"侯主侯伯,侯亚侯旅,侯强侯以。"耕作的时候,全家一齐出动,家长、兄弟及晚辈,还有男奴和女奴,大家都在忙碌。侯:发语词。强:男奴。以:女奴。

酸枣:酸枣县,今河南延津县。

鸿沟:古代运河,在今河南省,楚汉相争时是两军对峙的临时分界。

下隰(xí)高原:原隰。广平与低湿之地。泛指原野。

[21]野无游民,国无旷土:常作"野无旷土,国无游民"。游民:古代指无田可耕、流离失所的人。国:城邑。旷土:荒芜的土地。语出《礼记·王制》:"无旷土,无游民。"

[22]耕三余一、耕九余三:耕种三年,积余一年的粮食。耕作九年,可剩余三年的粮食。语出《礼记·王制》:"三年耕,必有一年之食;九年耕,必有三年之食。"

[23]不敏:不明达,不敏捷。

[24]梁:古国名。战国七雄之一,即魏。魏惠王时迁都大梁,因称梁。魏国由于占据着晋国的核心地区河东郡,其所占据的领土和人口比赵、韩略胜一筹。

三晋:古地区名。春秋末期,晋国的韩、赵、魏三家贵族瓜分了晋国,建立战国时期的韩、赵、魏三国,史称三晋。今代指山西省。

素习:平素熟习。

耒耜(lěi sì):翻土所用的农具。耒为其柄,耜为其刃。

不惮其劳:不怕劳苦。

[25]仓箱:喻丰收年。箱:车箱。借指车。

害其时:指妨碍农事节令。

[26]鼛(gāo)鼓:大鼓。古代用于役事。语出《诗经·大雅·绵》:"百堵皆兴,鼛鼓弗胜。"高亨注:"鼛鼓,一种大鼓。在众人服力役的时候,要打起鼛鼓来催动工作。"

庆厥田之上上:庆幸其田属第一等。

[27]崇墉比栉:喻聚积如城,紧密相连。语出《诗经·周颂·良耜》:"其崇如墉,其比如栉。"墉:城墙。

欣我黍之与与:欣喜我的小米多茂盛。语出《诗经·小雅·楚茨》:"我黍与与。"与与:茂盛的样子。

[28]鱼梦:典自"恩鱼"。借指蒙受君王恩幸。语出《三秦记》:"昆明池。汉武帝凿之,习水战,中有灵沼神池。云:尧时洪水,停船此池,池通白鹿原,人钓鱼于原,纶绝而去。鱼梦于武帝,求去其钩。明日,帝游戏于池,见大鱼衔索,曰:'岂非昨所梦乎?'取鱼去钩而放之。帝后得明珠。"

鸿嗷:语出《诗经·小雅·鸿雁》:"鸿雁于飞,哀鸣嗷嗷。"后遂以鸿嗷形容饥民哀号求食的惨状。

[29]两河:战国时指魏国属地河内与河东地区。

[30]昀昀(yún):田地已开垦的样子。

溱溱(zhēn):盛多貌。众多貌。

[31]钱镈(bó):古代两种农具名,铁铲,锄头。后泛指农具。

或耘或耔:除草培土。语出《诗经·小雅·甫田》。耘:除草。耔:给禾稼的根部培土。后因以耘籽泛指从事田间劳动。

大田：指大面积种植作物的田地。

十千：言其多。

[32]有干有年：辛勤劳作，赢得丰年。语出《尚书·多士》："今尔惟时宅尔邑，继尔居，尔厥有干有年于兹洛。"现在你们应当好好地住在你们的城里，继续做你们的事业。你们在洛邑会有安乐会有丰年的。有：助词。无义，作动词词头。干：劳作。

高廪兴歌亿秭：高大的粮仓，悠扬的歌声，难以斗量的粮食。语出《诗经·周颂·丰年》："丰年多黍多稌(tú)，亦有高廪，万亿及秭。"丰收年谷物车载斗量，谷场边有高耸的粮仓，亿万斛粮食好好储藏。廪：粮仓。亿：周代以十万为亿。秭：数词。十亿。

[33]红陈：形容粮食富足。红：指粟红腐。

[34]大君：天子。

补助：增益匡助。

[35]加之意：加意。注重，特别注意。

请变通书院章程折

胡聘之

头品顶戴、山西巡抚臣胡聘之跪奏，为时事多艰，需才孔亟，拟请变通书院章程，并课天算、格致等学，以裨实用，恭折仰祈圣鉴事[1]。

伏查上年钦奉谕旨[2]："自来求治之道，必当因时制宜。况当国事艰难，尤应上下一心，图自强而弭隐患[3]。朕宵旰忧勤，惩前毖后，惟以蠲除痼习、力行实政为先[4]。叠据中外臣工条陈时务，详加披览，采择施行[5]。著各直省将军、督抚，各就本省情形悉心筹画，酌度办法[6]。"等因。钦此[7]。

遵查升任顺天府府尹胡燏棻等条奏内，如练兵筹饷诸大端[8]，皆为当今急务，应请由臣酌核情形，次第奏明办理。惟裁改书院一事，关系人才之消长、学术之纯疵，不可不熟筹审议[9]。

夫国家书院之设，固欲多方造就、广育英才，以备任使。自教失其道，名存实亡。合天下书院，养士无虑数万人，而朝廷不免乏才之叹。从而议裁议改，畴曰不宜[10]。然苟不探其本，眩于新法，标以西学之名,督以西士之教,势必举中国圣人数千年递传之道术而尽弃之。变本加厉,流弊何可底止[11]?

臣观西学所以擅长者,特精于天算、格致,其学固中国所自有也。考《周礼》,宾兴贤能,教习国子,皆于德行而外,次以六艺[12]。孔门七十二子,《史》特以身通六艺表之。数者,六艺之一也。汉魏以降,代有专家。至宋胡瑗教士,其治事一斋,亦以算数分科,是中土教法[13],本自赅备无遗。且凡西士递创新法,动谓中土所未闻者,如地圆、地行、地转之说,《大戴礼》《尚书》《考灵曜》及《张子正蒙》,皆言之凿凿。光学、重学,《墨子》经上、经下篇,奥旨可寻[14],并在西人未悟其理以前。即就算术言,西法之借根,远逊中法之天元,后乃变为代数。若宋秦九韶正员开方,元朱世杰《四元玉鉴》,西法终莫能逾。对数为西法绝诣[15],然推算极繁。自李善兰著《对数探源》,省算不啻百倍,突过西人[16]。可见同此一理,只在善用其心,不必尽弃其所学。方今外患迭起,创钜痛深,固宜有穷变通久之方[17],以因时而立政,但能不悖于正道,无妨兼取乎新法。顾深诋西学者,既滞于通今,未能发其扃钥[18];过尊西学者,又轻于蔑古,不惮自决其藩篱[19]。欲救二者之偏失,则惟有善变书院之法而已。

查近日书院之弊,或空谈讲学,或溺志词章[20],既皆无裨实用,其下者专摹帖括,注意膏奖,志趣卑陋[21],安望有所成就?宜将原设之额大加裁汰,每月诗文等课酌量并减。然后综核经费,更定章程。延硕学通儒为之教授,研究经义以穷其理,博综史事以观其变[22]。由是参考时务,兼习算术。凡天文、地舆、农务、兵事,与夫一切有用之学,统归格致之中,分门探讨,务臻其奥[23]。此外,水师、武备、船炮、器械及工技制造等类,尽可另立学堂,交资互益。以儒学书院会众理以挈其纲维,而以各项学堂操众事以效其职业,共贯同条,有所宰属,然后本末不嫌于倒置,体用不致于乖违[24]。

臣前在藩司署、巡抚任内察见,士风朴质,类能好学深思,曾就省城令德书院勖其专治实学[25],兼习算数。因院长已革,御史屠仁守尝受学于同文馆总教习李善兰,于天算格致,颇能精晓,爰属其并教诸生[26]，俾识途径。臣此次到任后，调阅算学课卷，所有三角、测量、代数、几何诸题，多能精核[27]，相继来学者人数亦增。惟未尝议定章程，另筹膏火经费，博收广厉，其道无由[28]。今幸明奉谕旨，颁发条陈，整顿书院，诚为陶铸人才之大机[29]。

臣与学臣钱骏祥再四筹商，拟就令德书院别订规条，设算学等课，择院生能学者，按名注籍，优给膏奖。省外各府属如有可造之士，由臣与学臣随同甄录调院[30]。并于天津、上海广购译刻天算、格致诸书，俾资讲求。其一切费用，即于各书院汰额减课项下，量为挹注[31]。或有不敷，由臣等设法捐筹，不另开销公帑[32]。庶经费省而事易集，课程立而人知奋。遇有材能超越、新法明通、兼达时务者，不拘年限，由臣咨送总理衙门考试以备器使[33]。此外学有心得、算法通晓者，准令分教外府属各书院，递相传习，藉资鼓舞[34]。如此变通办理，自可收实效而祛流弊。拟请旨饬下各省督抚，于现在所有书院详议推行[35]。不惟其名惟其实，不务其侈务其精。收礼失求野之近效，峻用夷变夏之大防[36]。学术愈纯，人才日众。庶几自强之道，无俟于外求矣！

臣愚昧之见，是否有当，谨会同山西学政臣钱骏祥[37]，恭折具陈，伏乞皇上圣鉴训示[38]。谨奏。

题解

本文录自胡聘之奏折。呈折时间为光绪二十二年(1896 年)二月二十一日。原件藏中国第一历史档案馆，档案号为 03-7209-068。

注释

[1]孔亟:很紧急,很急迫。

课:讲习,学习。

天算:天文历算的简称。

格致:中国早期学科名称。原意是研究事物的道理。清代末年被用作对西方传入的物理、化学、动物、植物等自然科学的统称。

恭折仰祈圣鉴:恭敬地呈上奏折,祈请皇上审阅。圣鉴:清代文书中,表示请皇帝看阅本文书的用语。

[2]伏:敬辞。用于尊长。

钦奉谕旨:敬奉圣旨。钦奉:犹敬

奉。谕旨:清代皇帝因臣僚奏请而下的简单指令。

[3]弭(mǐ):止息,消除。

[4]宵旰(gàn)忧勤:形容帝王勤于政事,十分辛苦。宵旰:宵衣旰食。天不亮就穿衣起床,天晚了才吃饭。宵:夜。旰:晚上,天色晚。

蠲(juān)除:免除。

力行:犹言竭力而行。

[5]叠据:多次根据。

中外臣工:朝廷内外群臣百官。

披览:同"披阅"。翻阅浏览。给晚辈的信中用之。披:揭开。

[6]著(zhuó):公文用语。有"命令""派遣"的意思。

酌度:酌量,度量。

[7]等因:是转述它文之后的结束语,一般紧接所转述上级或同级机关来文之后。

钦此:归结皇帝的来文的用语。凡引叙皇帝的谕旨、朱批、诏令等文书完毕,即用此语表示引叙结束,并转入文书的引申段,后面叙述自己的意见。

[8]遵查:下级机关向上级报送的文书中,表示遵照上级命令而查得某事的用语。

顺天府府尹:顺天府为明清设置的行政区,即今北京。行政长官有府尹、府丞各一人。

胡燏棻(yù fēn):字芸楣,安徽泗州(今泗县)人。曾任顺天府尹、总理各国事务大臣,以谈洋务见称。

大端:主要的项目。

[9]消长:增减,盛衰。

纯疵:正确与错误。

熟筹审议:周密筹划、审查评议。

[10]畴:语助。无义。

[11]底止:尽头,止境。

[12]考《周礼》,宾兴贤能,教习国子:考查《周礼》,周时荐举贤能而宾礼之,让他们教导贵族子弟。语出《九章算术注·序》:"且算在六艺,古者以宾兴贤能,教习国子。"

宾兴:西周时地方向天子荐举人才的制度。亦称乡举里送。

教习:教导,教学。

国子:周代诸侯、卿、大夫、士之子。

六艺:古代教育学生的六种科目。《周礼·地官·大司徒》:"三曰六艺:礼、乐、射、御、书、数。"

[13]胡瑗(yuàn):字翼之,泰州海陵郡如皋人。北宋学者、教育家。胡瑗很重视因材施教,创立了著名的"苏湖教法",即分斋教法,把学校分为经义斋和治事斋两部分。经义斋选择"心性疏通、有器局、可任大事"的学生,对他们讲授儒家经典的经义。治事斋也叫治道斋,对学习研究治道的学生,分别讲授治兵、治民、水利、天文历律等等,一人各治一事和兼治一事,或专或兼,教师可因学生所专进行教学。

中土:古地区名。指中国。

[14]奥旨：深奥的含义。

[15]绝诣：指极高的造诣。

[16]不啻(chì)：无异于，如同。

突过：超过。

[17]创钜痛深：比喻受到巨大的创伤，痛苦之极。钜：同"巨"。大。

穷变通久：事物到了尽头就要变化，变化才能继续发展，才能久远。

[18]顾深诋西学者，既滞于通今，未能发其扃(jiōng)钥：看那些对西学深恶痛诋的人，既不通晓当今，又不能开启大门接受外来的东西。深诋：深恶痛诋，极其厌恶并加以痛斥。发：开启。扃钥：关闭加锁。

[19]不惮自决其藩篱：不怕自己拆掉全部屏障。意思是，不怕全部照搬外国的一套。

[20]溺志词章：心志沉湎于吟诗作文。

[21]帖括：泛指科举应试文章。明清时亦指八股文。

膏奖：膏火奖励。膏火：照明用的油火。亦指旧时书院、学校中给学生的灯油津贴费用。

卑陋：平庸浅陋。

[22]硕学通儒：泛指学识渊博的学者。硕学：学问渊博的人。通儒：旧指通晓儒家文献典故的学者。

博综：犹博通。广泛地通晓。

[23]务臻(zhēn)其奥：务必达到深奥的境界。形容钻研学问的高境界。

[24]以儒学书院会众理以挈其纲维，而以各项学堂操众事以效其职业，共贯同条，有所宰属，然后本末不嫌于倒置，体用不致于乖违：以儒学书院学习传统文化，以把握教育的大局；以专门学堂操练技能，以服务于各项职业。这样脉络连贯、事理相通而有主从，不会本末倒置、体用脱节。

纲维：纲领。

共贯同条：串在同一钱串上，长在同一枝条上。比喻脉络连贯，事理相通。

宰属：此处是主从、本末的意思。

体用：体用是古代哲学的一对范畴。指本体和作用。一般认为，"体"是最根本的，即本原、根本；"用"是"体"的外在表现，即"体"的功能或作用。

乖违：隔绝，离散。

[25]藩司署：藩司、藩署的合称。即布政使司。明清时布政使的别称。主管一省民政与财务的官员。

巡抚：明清时代地方的最高长官。巡抚与总督同为封疆大臣，只是巡抚品级稍次。

士风：读书的风气。

类：大都。

实学：不尚空疏，务求实用之学问。诸如传统的经世致用各学、西方科技等新学等。

[26]御史：清代监察御史，是督察府、州、县的高级官员。

同文馆:又称"京师同文馆"。官署名,清末培养译员,学习外国文化、科技的学校。

总教习:清末官学教师通称教习。在同文馆、时务学堂、京师大学堂等学校并设总教习一人,相当于校长或教务长。

属(zhǔ):通"嘱"。托付,请托。

[27]精核:仔细考核。

[28]厉:勉励,激励。

其道无由:这条道走不通。无由:无从,没有门径和机会。

[29]陶铸:烧制陶器和铸造金属器物,比喻造就人才。

[30]学臣:此处指学政。参见下文注释[37]。

甄(zhēn)录:鉴别选录。

[31]挹(yì)注:把液体从一个盛器中舀出,注入另一盛器中。比喻取有余以补不足。

[32]公帑(tǎng):公款。

[33]咨送:谓移文保送。移文是旧时文体之一,指行于不相统属的官署间的公文,亦泛指平行文书。

总理衙门:晚清的中央机构,主管外交事务。全称"总理各国事务衙门"。

器使:量材使用。

[34]递相:轮流更换。

藉资:借以。

[35]饬下:敕下,命令属下。

详议:审议。

[36]礼失求野:常作"礼失求诸野"。意谓古礼失传,可以在民间访求。

峻:严。

用夷变夏之大防:夷夏之防,中国传统文化中的一种伦理价值观。夷夏,指民族区别,尤指文明程度与伦理道德方面的分野。春秋时期,孔子为了维护周礼,提出"夷夏之防"的思想,把是否奉行忠君孝亲之道,作为划分夷夏、区别文野的标志。汉以后,"明华夷之辨"的命题为儒家所继承。明清之际的王夫之鉴于明亡于清的历史教训,也力倡华夷大防,"防之不可不严"。

用夷变夏:泛指用外来文化改造中国传统的东西。语出《孟子·滕文公上》:孟子曰:"吾闻用夏变夷者,未闻变于夷者也。"夷:指少数民族,有时也泛指异邦。夏:即华夏之邦。

大防:大堤。引申为重要界限。

[37]学政:清代学官。提督学政的简称,又称督学使者、学政使。主管所属各府、厅考试童生及生员。在任职期间,不论官阶大小,一律同督、抚平行。

[38]恭折具陈,伏乞皇上圣鉴训示:这是清代奏折结束时的常用语。意思是,敬奉奏折,详尽陈述,恳请皇上审察并做指示。

伏乞:向尊者恳求。与"伏祈"相同。

山右石刻丛编序

胡聘之

　　繄夫碑观郭、宋,始详善长之书;石列潞、蒲,爰见太平之记。稽宋人之宝刻,采及汉、周;读陶氏之丛钞,文无晋、冀。迨论搜罗于昭代,益勤研讨于墨华。王、陆之编,逮金源而考订;孙、赵所录,断元氏以标题。论碑例者不一家,集石跋者累数种,皆综佚遗于区夏,非专文献于魏唐。溯夫咸丰、同治以来,乃有碑目汇录诸作,自集成于通志,遂包举而鲜遗。然而踵欧录之成规,征名为重;仿广川之旧格,结体先论。豹隐未窥,虹藏不见。喜汲篇之有目,憾侠氏之无书。且详艺苑之谭,罕及政谟之用。夫夏传峋嵝,疏道云功;周勒歧阳,攻同志盛。凡此刻石填金之作,足证保邦致治之规。惟文采徒诩于士林,故志碣止资夫谈助。兹特广加搜辑,勤事参稽,镌华集一十四代而遥,翠墨有七百余篇之钜。元元本本,悉有补于见闻;郁郁彣彣,讵无关于损益。宏启参墟之蕴,可资晋史之求。用集琬珉,等观渊海,约可考者,盖有八焉:

　　羊肠马首,征蒙寺之文;王屋析城,入法轮之记。寇防安史,筑三堡于东陉;虏控兴灵,城四砦于西塞。佐国王而下晋绛,牛岭先争;翊太尉而保并汾,龙舟是扼。甸城路辟,通馈挽于和林;蒲下桥通,利征行于关陕。万户五路,殊郝传所书;九原四州,补元志之缺。大定之升府目,平安曰建州名。胥正史所未详,取兹篇而足证。则可考地域者一也。

　　并部行台,统军推劲。洛阴车骑,开府标雄。唐下淮西,用鸡田之族;晋战恒野,资雁塞之师。显德之捍刘宗,张护国建雄之镇;元符之御夏寇,合岚石麟府之军。校尉列忠孝之名,指挥有永安之号。以及任昌则班崇龙虎,聂珪则勋懋孟皋。平阳之旅,南镇武昌;闻喜之屯,北移朔漠。凡琢磨之有录,彰材武之无俦。则可考戎备者二也。

东雍建督,保洛是称;北都留司,兼训爰领。穆宗遏乱,招讨授于晋公;徽政不纲,宣抚寄之内侍。太原经司,详元丰而后;府中帅府,述正大之年。行省推穆哩之权,平章专察罕之柄。提仓著于一代,劝农重于两朝。他如汾、潞尝建节旄,忻、绛亦为防御。县秩以下,庆历加以都监;府尹诸官,至元必兼奥鲁。举兹民吏,多假武曹。则可考官制者三也。

秔稻桑麻,绎谢悰之记;蔷薇芍药,和蒲尹之词。春观颁书,园酿蒲桃之酝;绛亭赏胜,波凝菡萏之香。蜜酒藤花,奉宣差于宪北;丹粉铁冶,劳管领于交西。金银提职,是命刘瑛。骐骥盈郊,颂兴玉律。鄂城夸出磁之富,华峤有多玉之称。则可考物产者四也。

晋泽一泫,共仰文皇之笔;霍渠千顷,爰刊镇国之碑。田引龙泉,于公昭德;水疏鸑岭,介社留祠。阳武之凿熙宁,推经营于高氏;平定之开大德,详疏导于杨公。渠治古堆,首溯开皇之令;堰修涑野,人钦司马之名。五磨高兴化之规,三分泄漙沱之利。凡漶池之所润,罄翰墨而难终。则可考水利者五也。

紫谷柳泉,场见度支之刻;银河雪苑,诗留学士之题。颂灵庆之堂,赋逾百万;城圣惠之镇,社萃四千。姚相驰车,流潦败则天之世;王千起堰,丰盐复大观之朝。十井为沟,笼解梁而缭安邑;万商所辏,冠秦魏而明河汾。永济广泽之封,实加完泽;澹神风庙之额,爰锡崇宁。则可考盐法者六也。

蒙元草昧,封建实行。平阳有尹,总管代嗣厥官;辽州荐朝,长官世修其职。节分解绛,褒仪靳之勋;镇列崞坚,悉阁刘之胄。银符作佩,周侯煊赫于定襄;金节临戎,史帅雍容于河上。他如辽荣之域,王赵之宗,辟尺土而有功,胙世官而不替。洎中统之改制,乃移职而无存。则可考封置者七也。

晋邦人士,元代为宏。文毅忠谏,可补提举之碑;襄懋威名,能参平蛮之记。谦亨之拜廉访,在泰定恩复而还;宋翼之赞礼仪,当至顺亲郊之际。昂霄功在两江,不列郑鼎之传;梁瑛威宣四蜀,未与郝拔并书。云南参政,历昭居敬之贤;山北察廉,式著吕沇之绩。以及辛卯地震之异,丙申淮寇之兵,试博览于丰碑,颇加详于史牍。则可考故实者八也。

若夫吉金之集,在重识铭;博古诸编,曰补笺注。以论涔卤,则讥梴楗。栾戈箕鼎,已就蚀亡;吴鉴秦斤,莫详真伪。货泉多列,难曰征殷;剑刀有文,等之自郐。尚华则无嫌组织,征实则宜从柞芟。方治不沿,盖非无为。特是深山大泽,不无蕴藏;穷谷幽崖,每阻跋涉。郦亭所注,未尽见于元和;东武成书,或更广于永叔。拾遗之作,尚待后贤。故夫集此琳琅,在光参昂。残文未泐,补家传于河东;断碣能抚,续国记于上党。苟无关于辛史,自难录于晋阳。法帖诸班,所由从阙。至于广证群书,博求往籍,固将使法修执秩,备典于六卿;篇补嘉禾,毋忘乎五正。纂李璋之事实,非猎虚华;缉冀部之图经,期康氓物。庶几汉人可作,不兴覆瓿之谈;隋志有编,当入集碑之卷矣。

光绪戊戌,天门胡聘之撰。

题解

本文录自胡聘之编、清光绪己亥(1899年)版《山右石刻丛编》。

东冈鲁氏续修族谱序

胡聘之

邑先正鲁文恪公以清德重望彪炳胜国[1],自安南使归,志切养亲,投簪旋里,手订东冈谱图,以饴后人[2]。洎乎国朝[3],谱凡数修,而鲁氏之子孙奉公之遗教者至于今不忘。候选训导遐麓鲁君予诸孙辈承其教命[4],今年夏,以续修族谱来请序于予。

予惟古者收族之道,寓于宗法[5]。后世宗法不行,乃创为祠堂,有祠堂因有族谱。苏明允尝谓:“一人之身,分而至于途人[6],谱之所为作者是也。”然昔人以一人之身分至途人之故而作谱,今之为谱者或举本为途人者比而合之[7],而人心世道之害其变遂不可胜言。何则聚一姓之人或千户百户而汇以一谱,入其谱者辄诧于众曰:“吾,某族也！"一有锥刀之争，即号于族中，鸣钲鼓，执刀械，呼噪闾里。其黠者又从而广敛金帛，勾结牙胥，以兴词讼[8]。故今之称巨族者，常以睚眦小嫌酿为械斗[9]；械斗不已，继以大狱。致令豪猾不逞之徒，借此播弄乡曲[10]，荼毒善良。呜呼！人心之所以坏，世道之所以衰，岂不以是欤？

公之造斯谱也，谨世系，防冒滥，盖已逆烛其弊[11]；又为家约、俗言，以示箴砭[12]。厥后衍东、松樵复踵而述之[13]。故鲁氏之族虽散处遍城乡，卒无一人染于薄俗也[14]。

今去公四百年矣。故国山川，几经兵火，而梦野台池景物花蒔之胜，里人一一犹能称道[15]。瞻公之故址，览公之遗文，东冈诸君子毋亦有明允所谓"孝弟之心油然而生"者耶？

予归田数载，访求文献，既有慕于公之风概，而又嘉乡贤之后能不替其家声也，乃次而书之[16]。至于续修之故，鲁君自有纪述，予无复赘。

光绪十三年，岁次丁亥，闰四月中浣日[17]，诰授中宪大夫、前太常寺少卿胡聘之蕲生甫撰[18]。

题解

本文录自清光绪十三年(1887年)版、天门市干驿镇六湾村《东冈鲁氏宗谱》。

注释

[1]先正：亦作"先政"。前代的贤臣。泛指前代的贤人。

鲁文恪公：鲁铎，谥文恪。

彪炳胜国：形容业绩光耀前朝。胜国：被灭亡的国家。亡国谓已亡之国，为今国所胜，故称胜国。后因以指前朝。

[2]安南：古地区名和古国名。今越南。参见本书第一卷鲁铎《东冈鲁氏谱序》注释[8]。

志切养亲：奉养父母之心深切。

投簪旋里：弃官归里。投簪：丢下固冠用的簪子。比喻弃官。旋里：返回故乡。

饴：通"贻"。赠送。

[3]洎(jì)乎国朝：到本朝。洎乎：等到，待及。国朝：指本朝。

[4]予：赞许，称誉。

教命：犹教令。上对下的告谕。

[5]收族：以尊卑亲疏之序团结族人。

宗法：古代以家族为中心，按血统、嫡庶来组织、统治社会的法则。

[6]苏明允：苏洵，字明允，号老泉。

一人之身，分而至于途人：指一个先祖繁衍出许多后裔，而后裔互不相识。

[7]比而合之：此处指将陌生同姓连缀排比而成族谱世系。

[8]词讼：诉讼。

[9]睚眦(yá zì)：发怒时瞪眼睛。借指极小的仇恨。

[10]豪猾：强横狡诈不守法纪的人。

不逞：不得志，不满意。

播弄：操纵，摆布。

乡曲：乡里，亦指穷乡僻壤。形容识见寡陋。

[11]逆烛：逆向照耀。此处为明察、洞悉之意。

[12]箴砭(biān)：古代用石针治病。后借喻为纠谬，规谏。

[13]厥后：那以后。

[14]薄俗：轻薄的习俗，坏风气。

[15]梦野台：参见本书第一卷鲁铎《己有园》诗题解。鲁铎己有园位于梦野台侧。

花莳(shì)：本谓移植花苗。此处指花草。

[16]风概：犹节操。

不替其家声：不废弃家族世传的声名美誉。

次而书之：意思是，写下这篇序。次：编次，编纂。

[17]光绪十三年：1887年。

中浣日：古时官吏中旬的休沐日。泛指每月中旬。

[18]中宪大夫：文散官名。为正四品升授之阶。

太常寺：官署名。清初以其职属礼部，后乃归本寺，以满洲礼部尚书兼管寺事。

少卿：官名。正卿的副职。

甫：古代男子的美称。也作"父"。多附缀于表字后。

胡氏宗谱序

胡聘之

曩在京师，闻翰林院侍讲、族侄鲁生云[1]，始祖如寿公由汉川鸡鸣里迁竟陵。是鸡鸣里胡姓，吾宗也。惜谱牒散失，无从稽考耳[2]。

后予读礼回籍，鲁生以修谱事见属[3]，谨诺之。适值壬午、癸未年饥，饿殍载道[4]。大府命予赈恤，频年筹画[5]，不得一日暇。未几服阕[6]，奉诏进京，所谓谱事并未议及。敬宗收族之愿，何日慰耶？

甲午春，简放山西布政使司，寻理巡抚部院事[7]。侄子休邮寄谱图，系家香圃茂才所编辑，问序于予。公事之余细阅之，其始祖三洪公，明初由江西迁居汉川之鸡鸣里，传至今，十有八世。前五世用总叙法，后五世用分叙法，宗欧阳公断自可见之世，无所攀附，诚善本也[8]。然予重有感焉。魏之韦平，晋之王谢，唐之崔卢[9]，皆有谱牒，上之官司令史掌之[10]。唐太宗命高士廉等编天下谱牒为《氏族志》。古之维持风教者[11]，未有不自作谱始。使予回籍时无他事牵制，专心采辑，亦可追踪古人。况香圃之祖与鲁生之祖里居符合，因委溯源，非舍己之祖而祖他人之祖者可比。乃王事鞅掌[12]，无暇执笔，不独负鲁生之属，即所谓同原者失之当前，甚可愧矣！虽然，予子侄居乡者多，若从族中之请，议修谱事而溯所自出[13]，或居竟陵，或居鸡鸣里，庶分者可合，则香圃之谱，安知非予谱之先阶哉[14]？予此日序香圃之谱，安知后日不即自序其谱哉？

赐进士出身、头品顶戴、兵部侍郎、副都御史、提督山西全省军务、巡抚部院聘之蕲生氏拜撰[15]。

题解

本文录自清光绪壬寅（1902年）版、天门市净潭乡蒋场村《胡氏宗谱》。

注释

[1]曩(nǎng)：从前，过去。
京师：泛称国都。
鲁生：胡乔年，字鲁生、鲁笙。
[2]稽考：查考，考核。
[3]读礼：古人守丧在家，读有关丧祭的礼书，因称居丧为读礼。
见属(zhǔ)：嘱托我。

[4]壬午：清光绪八年，1882年。
癸未：清光绪九年，1883年。
[5]大府：明清时称总督、巡抚为大府。
赈恤：以钱物救济贫苦或受灾的人。
频年：连年，多年。

[6]服阕：古丧礼规定，因父母死亡，服丧三年，期满除服，称服阕。阕：终。

[7]甲午：清光绪二十年，1894年。

简放：清代谓经铨叙派任道府以上外官。

寻理巡抚部院事：不久，任巡抚。理……事：处理……政事。巡抚部院：一省行政长官为巡抚，常加副都御史衔，故称巡抚部院，简称抚院。

[8]欧阳公断自可见之世：语出欧阳修《欧阳氏序吉州庐陵县儒林乡欧桂里》。断自可见之世：指以世系接续可考的始迁祖为一世祖。此处强调的是，不牵强攀附、冒认祖宗。参见本书第二卷蒋祥墀《蒋氏族谱序》注释[4]。

善本：珍贵优异的古代图书刻本或写本。

[9]魏之韦平：指西汉韦贤、韦玄成与平当、平晏父子。韦平父子相继为相，世所推重。

晋之王谢：指晋王坦之（王戎）与谢安两家。晋朝时王、谢世为望族，故常并称。

唐之崔卢：自魏晋至唐代，山东士族大姓有崔氏、卢氏，长期居高显之位。

[10]令史：官名。汉代兰台尚书属官，居郎之下，掌文书事务，历代因之。

[11]风教：指风俗教化。

[12]王事鞅掌：语出《诗经·小雅·北山》："或栖迟偃仰，或王事鞅掌。"王事：国家公务。鞅掌：毛传："鞅掌，失容也。"言事多无暇整理仪容。引申指公事忙碌。比喻公务繁忙。

[13]所自出：指诞生圣贤的祖先。此处指祖先。

[14]先阶：指基础、凭借。

[15]聘之蕲生氏：胡聘之，字蕲生。氏：古时女子称姓，男子称氏。

携雪堂试帖诗注

胡聘之

胸中有抑郁磊砢、极不能平之气，偶于此题发泄之，遂尔激昂慷慨[1]，悲壮淋漓，所谓借他人酒杯，浇自己垒块，不止为魏武写照已也[2]。盖我师以俶傥权奇之质、纵横跌宕之才，驰骋名场、出入郎署者二十余年[3]。中间如宦海之艰难、世道之险阻，以至乡关烽火、绝塞星霜,无不备尝周历[4]。故诗中所云:"道远诸艰试,途穷百感侵。""揽辔来燕市,奔波又吏曹[5]。"皆自道其生平也。又素性倔强,不欲轻受人怜。故虽廿载蹉跎,一官蹭蹬,终不肯稍抑声价,以希诡遇[6]。如所云:"途愧心生畏,身惭尾乞怜。""望途无捷足,恋主有微忱[7]。"师之气骨可见,师之遇合亦可知矣[8]。然读"骨因劳倍健,德以闳逾沈[9]。将军尚无恙,努力到如今",意态雄杰,不肯作末路颓唐语[10]。固知廉颇善饭、马援据鞍,世有九方皋其人乎[11]?其所以许驰驱而报知己者[12],犹未晚也。

聘之猥以驽骀,得厕门墙,因于读诗之余,而志其梗概如此[13]。至其隶事之工、炼字之响,格律之苍老、气韵之沈雄[14],固非寻常试帖家所能道其只字,聘之几不能赞一词矣。

时在庚午又十月,受业胡聘之谨注[15]。

题解

本文录自吴可读撰、清光绪癸巳(1893年)版《携雪堂全集·附时文试帖》第29页。本文为附于吴可读试帖诗后的评注。原文无标题。吴可读,字柳堂,号吴樵,甘肃皋兰人。清道光三十年(1850年)进士。御史。

试帖诗:科举时代士子考试时照所出题目、按规定程式所作的诗。也叫"赋得体"。

注释

[1]磊砢(luǒ):形容心中不平。亦指郁结在心中的不平之气。

遂尔:于是乎。

[2]借他人酒杯,浇自己垒块:指借助某种事物来达到排遣愤懑的目的。语出《世说新语·任诞》:"胸中垒块,故须酒浇之。"垒块:块垒。土块积砌成堆。借喻心中的积郁和愁闷。

魏武:指魏武帝曹操。

[3]傲傥(tì tǎng)权奇:不同凡响。

语出《汉书·礼乐志》:"太一况,天马下,沾赤汗,沫流赭(zhě)。志傲傥,精权奇。"傲傥:卓异不凡。权奇:奇谲非凡。

纵横:雄健奔放。

跌宕(dàng):卓越,不同寻常。

名场:指科举的考场。

郎署:明清称京曹为郎署。清代称朝廷各部衙门司官以下的属官为京曹。

[4]绝塞:极远的边塞。

周历:遍历,遍游。

[5]揽辔:控御马匹缰绳。

燕市:指燕京。即今北京市。

[6]蹭蹬:困顿,失意。

声价:名誉身价。

诡遇:比喻用不正当的手段去追求、取得某种东西。

[7]微忱:微薄的心意。

[8]遇合:指臣子逢到善用其才的君主。

[9]闷(bì):掩蔽,隐藏。

沈:同"沉"。

[10]颓唐:萎靡不振貌。

[11]廉颇善饭、马援据鞍:喻老当益壮、思建功业者。语出《三国志·魏志·满宠传》:"昔廉颇强食,马援据鞍。"

廉颇善饭:典自《史记·廉颇蔺相如列传》:"廉将军虽老,尚善饭。"

马援据鞍:据《后汉书·马援传》载,马援年六十二,请求率兵出征,自请曰:"臣尚能披甲上马。"

九方皋:春秋时人,善相马。后用以喻善于发现人才的人。

[12]许驰驱:答应为人奔走效劳。语出诸葛亮《出师表》:"由是感激,遂许先帝以驰驱。"

[13]猥:谦辞。犹言"辱"。

驽骀(nú tái):驽、骀都是劣马。比喻才能平庸。

厕门墙:指师出其门。厕:杂置,参与。门墙:师门。科举时代考取进士的人称考官为师门。

志:记录。

[14]隶事:以故事相隶属。谓引用典故。

炼字:写作时推敲用字,以求工稳。

沈雄:沉雄。深沉雄浑。

[15]庚午:清同治九年,1870年。

受业:弟子对老师自称受业。

敖名震（福州府知府）

敖名震(1836—1902年)，字少海，天门城关人。清同治甲子(1864年)举人，甲戌(1874年)进士。散馆，授编修。历充国史馆协修、武英殿纂修、文渊阁校理本衙门撰文。光绪二十七年(1901年)八月二十九日谕旨任福州府知府，光绪二十八年(1902年)正月二十五日病故。

题书斋联

敖名震

竹几覆阴琴书韵，
花气熏窗笔砚香。

题解

本联录自湖北省楹联学会编、长江文艺出版社2002年版《中国对联集成·湖北卷》第368页。

徐母廖太孺人暨朱太孺人八十寿序

敖名震

徐君步青，予至亲也。性严峻，慎然诺[1]。幼废蓼莪[2]，终能恢旧业，抚弟侄成立，盖得于其母廖太孺人之训多矣。

太孺人者，姻伯孔臣公之德配也[3]。髫本端庄，笄尤淑慎[4]。丝已牵于金马,系原出自有熊[5]。羹记初调,遣小姑而尝味;衣经新瀚,告师氏以言旋[6]。熊入梦以频占,足真符鼎[7];雀中屏而获选,腹许坦床[8]。已而舅姑无禄,夫子告终[9]。太孺人前后经理其间,至纤至悉[10],罔不用尽心力矣。犹忆年未逢辰,事偏旁午[11]。镜兮已破,曲自谱夫离鸾[12];簧也谁吹,情独深乎乳凤[13]。每当残灯半灺,晓月将沉[14],四壁虫鸣,勤剪刀而不辍;三更雁语,操机杼以罔停。念尔时冷眼相遭,立身无地;问何日热肠可付,搔首呼天。幸而坎壈已经,丰亨渐遇[15]。主器莫如长子,治家不啻严君[16]。孺人乃矢口陈词[17],诸子咸鞠躬听命。谓居心宜厚,勿舍业以嬉。时当午以犹锄,秋收匪易;日逢庚而必拜,夏课綦严[18]。铭记粥馕,虑饔飧之难继[19];爱兼丝缕,念物力之维艰[20]。此盖戒家人贵有恒心,训子孙不徒革面也[21]。迄乎年歌大有,家庆小康[22]。二子宠荷龙光,粟原可纳[23];仲孙荣膺鹗荐,芹已早探[24]。孺人犹时凛鸠虔,日防燕息[25]。出先量入[26],井井有条;安不忘危,乾乾弗懈[27]。其措施内政,通晓人情如此。固宜瓜瓞呈祥,克睹林壬之盛[28];萱堂介寿,重周花甲之年[29]。

乃步青君于数千里外,遥寄鸿书,谨述大略,兼为其伯母朱太孺人八旬,倩予作序,予不敢辞。窃思扬扢西河为妄作,铺陈南岳尽夸辞[30]。朱太孺人者,徐公律初之德配也。济济门楣[31],绵绵宦族。生有大德,克享遐龄[32]。以予所闻,若宣文君之绛纱,存乎德教[33];郗夫人之耳目,关于神明[34]。标此两母[35],以为二太孺人颂。

题解

本文录自 2014 年版《湖北文征·第十一卷》第 494 页。原载《天门敖云门氏藏稿》。

注释

[1]然诺:承诺,许诺。

[2]废蓼莪(lù é):此处指丧父。典自"蓼莪咏废"。为追念父母尽心守孝的典故。参见本书第二卷谭篆《李

氏节孝诗(李母王孺人并子占黄)》注释[21]"蓼莪不须删"。

[3]姻伯:称兄弟的岳父及姊妹夫的父亲为姻伯。对疏亲长辈亦多用

此称。

德配：旧时用作对别人妻子的尊称。

[4]髫(tuǒ)：小儿留而不剪的一部分头发。此处指少年时。

笄(jī)：笄是古代妇女簪的一种。照礼制，女子成年才能著笄，古称及笄，就是表示已成年，可以结婚。

淑慎：善良恭慎。

[5]金马：汉金马门之简称，因当时有很多才士在金马门待诏备问，后世常用为有文才之称。

有熊：黄帝受国于有熊，也称有熊氏。廖姓中有以黄帝后裔为始祖者。

[6]羹记初调，遣小姑而尝味：化用古诗，称颂妇女勤劳贤惠。唐代王建《新嫁娘词》："三日入厨下，洗手作羹汤。未谙姑食性，先遣小姑尝。"

衣经新瀚，告师氏以言旋：化用古诗，称颂妇女成年累月辛苦地劳动。《诗经·周南·葛覃》："言告师氏，言告言归。薄污我私，薄浣我衣。"把心思告管家，说我省亲回娘家。急急忙忙洗内衣，洗了内衣洗外衣。新瀚：刚刚洗涤。师氏：女师。言旋：回还。言：语首助词。

[7]熊入梦以频占：典自"吉梦占熊"。熊为猛兽，古代占梦家谓梦熊是将生猛壮男子的吉贵之兆。

足真符鼎：疑为生长男的意思。参见下文注释[16]"主器"。

[8]雀中屏而获选：典自"雀屏中选"。雀屏中选：旧时把选中为女婿的人称为雀屏中选，后用来比喻选得佳婿或求婚被允。雀屏：绘有孔雀图案的门屏。语本《旧唐书·高祖太穆皇后窦氏传》："(窦毅)谓长公主曰：'此女(指窦后)才貌如此，不可妄以许人，当为求贤夫。'乃于门屏画二孔雀，诸公子有求婚者，辄与两箭射之，潜约中目者许之。前后数十辈莫能中。高祖(李渊)后至，两发各中一目。毅大悦，遂归于我帝。"意为高祖李渊因射中孔雀而得窦后为妻。

腹许坦床：典自"坦腹东床"。坦腹东床：东晋太尉郗(xī)鉴派门生到丞相王导家去选女婿，王导让他到东厢房去看。王家子弟中唯王羲之在东边的榻上坐着，敞着怀吃东西，像是没听见有这回事。后来就用坦腹东床称女婿。床：座榻。

[9]舅姑：旧时妻对夫之父母的称词。俗称公公婆婆。

无禄：无福，不幸。

夫子：称丈夫。

告终：特指生命结束。

[10]经理：经营管理，处理。

至纤至悉：形容极其详细，极其完备。至：最，极。纤、悉：细微详细。

[11]逢辰：谓遇到好时机。

旁午：指事情交错，纷繁。

[12]镜兮已破：比喻夫妻分离。

曲自谱夫离鸾：元代郑元祐《离鸾曲》："鸾孤飞，凤不归，百年虽远情依

249

依。请弹离鸾曲,祇(zhǐ)愁听者哭。"

离鸾:"离鸾别凤"的省略。比喻离散的夫妻或失去配偶的人。鸾:传说中凤凰一类的鸟。

[13]篪(chí)也谁吹:谁来吹奏篪管呢?典自"老妪吹篪"。北魏河间王琛有婢朝云,善吹篪。琛为秦州刺史,诸羌叛,屡讨不降。乃令朝云假为贫妪,吹篪而乞。羌皆流涕,相率归降。见北魏杨炫之《洛阳伽蓝记·开善寺》。篪:古代管乐器,形如笛,有八孔。

[14]炧(xiè):灯烛灰。诗词中常以指残烛。

[15]坎壈(lǎn):不平,喻不顺利、不得志。

丰亨:指古代贤明的帝王财多德高,事事顺遂。

[16]主器:主持鼎器。《易·序卦》:"主器者莫若长子,故受之以震,震者动也。"《序卦》认为,主持鼎器,最恰当的人是长子。器:即鼎。既为烹饪之器,又为象征权力的宝器。

不啻严君:无异于严父。严君:本指父母,后也专指父亲。

[17]矢口:出口。

[18]逢庚:庚指庚日,用天干来纪日时,有天干第七位"庚"字的那天。

夏课:科举考试用语。唐代落第举子,准备来年再试,于长安借静坊寺院或闲宅居住,撰写新文章,因时值夏季,谓之夏课。

綦(qí)严:极严。

[19]粥饘(zhān):稀饭的统称。饘:稠粥。

饔飧(yōng sūn):早饭和晚饭,饭食。

[20]爱兼丝缕,念物力之维艰:珍惜一丝一线,应常想到,这些东西生产出来是很艰难的。此句与上句化用古训。明末清初朱柏庐《朱子治家格言》:"一粥一饭,当思来处不易;半丝半缕,恒念物力维艰。"

[21]不徒革面:不独改变脸色或态度。意思是洗心革面,一心向善。

[22]大有:《周易》卦名。古语称年谷丰收为大有。

小康:家庭稍有资财,可以安然度日。

[23]宠荷:蒙受恩宠。

龙光:皇帝给予的恩宠,荣光。龙:通"宠"。

粟原可纳:粟纳。明清两代富家子弟捐纳财货进国子监为监生,可直接参加省城、京都的考试,称纳粟。

[24]仲孙:此处当指次孙。

鹗(è)荐:举荐贤才。孔融《荐祢衡表》:"鸷鸟累百,不如一鹗;使衡立朝,必有可观。"鹗:鱼鹰,因其趾具锐爪,江南渔民常用它来捕鱼。

芹已早探:芹探,同"撷芹"。谓生员入学。

[25]时凛:经常处于严肃状态。

鸠虔:疑为以笨鸟自警的意思。

鸠不善营巢故言其笨拙,后因用拙鸠为自称笨拙的谦辞。

燕息:安息。此处有懈怠的意思。

[26]出先量入:量入为出。根据收入情况确定支出限度。

[27]乾乾:自强不息。语出《易·乾》:"九三,君子终日乾乾。"

[28]瓜瓞(dié):大瓜熟小瓜生,代代相继。比喻子孙繁衍兴盛。瓞:小瓜。

林壬:言礼之盛大。语出《诗经·小雅·宾之初筵》:"有壬有林。"旧多从朱熹《诗集传》解释为礼仪盛大。

[29]萱堂:代称母亲。

介寿:祝寿。语出《诗经·豳(bīn)风·七月》:"八月剥枣,十月获稻,为此春酒,以介眉寿。"介:通"匄"。匄,祈求。

重周花甲:双花甲。六十年为花甲,双花甲即一百二十岁。

[30]扬扢(gǔ):显扬,弘扬。

西河:与"西河南阳之寿"义同。《礼记·檀弓上》:曾子对子夏说:"吾与汝事夫子于洙泗之间,退而老于西河之上。"孔子死后,子夏到魏国西河去讲学,活到九十多岁。

妄作:虚妄之谈。

南岳:南山之寿。南山:终南山。象长存的终南山那样长寿,多用作祝寿之辞。

[31]济济:盛大。

门楣:门庭,门第。

[32]克享遐龄:能够受用高寿。遐龄:高寿。

[33]宣文君之绛纱:典自"绛幔传经"。宣文君为十六国时前秦女经学家。姓宋,名失传,家传周官学。《晋书·韦逞母宋氏传》:苻坚曾到太学,问博士们学习经典的情况,感慨礼乐的遗缺。太常韦逞母宋氏是儒学世家之女,从小通晓《周官》音义,现在已八十高龄,只有她可以讲授。于是在宋氏家中设立讲堂,称宋氏为宣文君,让一百二十名学生隔着绛纱帐幔听她讲授,这样使《周官》学又得以复兴。

[34]郗夫人之耳目:郗夫人:王羲之的妻子,为郗鉴之女,名璿,字子房。书法卓然独秀,被称为女中笔仙。清道光二十五年(1845年),刘宇昌作《何氏百岁坊序》:"郗夫人年逾耆艾,犹逊神明不衰。宣文君坐授生徒,喜极庭帏之乐。"

[35]标:显扬。

尹孺人传

敖名震

郭母孺人,尹解元映辰公之女孙也[1]。名门望族,其得力于姆训者[2],殆有由来矣。故闺阃范仪,足动国家之旌扬,而为后世妇道之坊表者[3],盖天地之正气,而孺人得之为坚贞之操者也。孺人自道光壬午年于归,孝事舅姑,敬相夫子,必有女史能纪之者[4]。第至今岁时伏腊,其子其倓公犹痛念蓼莪[5],潸然泪下。盖丁亥年得元下世,其倓公甫三岁,而二女亦复然孤立[6]。郭外有田数亩,孺人课耕之暇,又自以生平备历之艰,使子女环而听之训之以成立[7]。呜呼!孟母之遗风,其在此与?以是知倓公之孝,皆由孺人之慈也;倓公之忠厚老成,亦由孺人之教也。吾与其倓游,感其思慕之诚谨,书其事于石,并系之以诗曰:

嗟哉郭母,励节弥坚[8]。有家不替,有子惟贤[9]。春晖寸草,辛苦昔年。丰碑屹屹,独立寒烟。风消雨蚀,百世将迁。赖兹彤管,彪炳遗编[10]。

赐进士出身、钦点翰林院庶吉士、姻愚侄敖名震拜题。

题解

本文录自清光绪三十二年(1906年)版、天门市多祥镇郭洲村《郭氏宗谱·闺范录》第2页。正文后注尹孺人"住本邑城内"。

注释

[1]尹解元映辰:尹映辰,清乾隆三十五年(1770年)庚寅恩科湖北武举第一名(解元),天门人。据1921年版《湖北通志·卷一百三十·人物志八》第38页。

[2]姆训:女师的训诫。

[3]闺阃(kǔn)范仪:妇女的典范。闺阃:特指妇女居住的地方。借指妇女。

旌扬:表扬。

坊表：言坊行表。谓言行为人表率。

[4]于归：出嫁。

舅姑：称夫之父母，公公婆婆。

夫子：称丈夫。

女史：古代女官名。以知书妇女充任。掌管有关王后礼仪等事。或为世妇下属，掌管书写文件等事。

[5]岁时伏腊：岁时：一年四季，即春夏秋冬。伏腊：指伏日和腊日。指一年中的重大节日或四季时节更换之时。

蓼莪(lù é)：长大的莪蒿。莪蒿，一名萝蒿，多年生草本植物，抱根丛生，俗谓之抱娘蒿。嫩叶可吃，味香美。语出《诗经·小雅·蓼莪》："蓼蓼者莪，匪我伊蒿。哀哀父母，生我劬(qú)劳。"《蓼莪》诗以蓼莪起兴，咏叹人子苦于兵役不得尽孝。后世用作悼念亡亲的典故。

[6]得元下世：指去世。元：本原。下世：去世。

夐(xiòng)然：形容差别很大。

[7]课耕：谓督促耕作。

成立：成人，成长自立。

[8]励节：砥砺节操。

[9]不替：不废弃。坚持不变。

[10]彤管：赤管的笔。专指女子事迹的记载。

胡乔年（翰林院侍读）

胡乔年（1834—1888年），字鲁生、鲁笙，号蒊湘，天门城关人。胡承诏胞弟胡承诰第九代孙。清道光甲午（1834年）七月二十九日生。清同治七年（1868年）戊辰科进士。历官左赞善、翰林院侍读。

赋得千林嫩叶始藏莺

胡乔年

色染千林嫩，声听百啭忙。絮曾随燕舞，叶始受莺藏。旧约依红杏，新阴占绿杨。春风初试剪，晓露正调簧[1]。

暗许金梭度，低看翠幕张[2]。伴呼晴日暖，痕锁暮烟凉。弱线才垂碧，轻衣半逗黄[3]。何如迁禁树，鸾凤共翱翔[4]。

题解

本诗录自顾廷龙编、成文出版社1992年版《清代朱卷集成·卷三十一》第131页。标题下注"得藏字五言八韵"。

千林嫩叶始藏莺：语出唐代郑愔（yīn）《奉和春日幸望春宫》："百草香心初胃（juàn）蝶，千林嫩叶始藏莺。"

注释

[1]调簧：调弄舌头。谓啼鸣。

[2]金梭：典自"掷金梭"。晋谢鲲调逗邻家女子，被女子投梭打坏了两颗牙。后世用作男女调情的典故。

[3]逗黄：显露出黄色。逗：透露，显露。

[4]禁树：禁苑中的树木。

清风弄水月衔山

胡乔年

水弄风双剪,山衔月半钩。乱峰围赤壁,危岸倚黄州。镜海天如洗,银云夜不流。蹴成三叠浪,吐出二分秋[1]。鸥梦惊初觉,螺鬟照欲收[2]。箬篷新白舫,玉笛小红楼[3]。瘦影萍花卷,轻香桂子浮。载吟坡老句,佳境接瀛洲[4]。

题解

本诗录自王先谦辑、清光绪丁亥(1887年)版《近科分韵馆诗初集·卷八·十一尤》第36页。标题下注:"苏轼《夜行武昌山》诗:清风弄水月衔山,幽人夜渡吴王岘。"吴王岘(xiàn):又称吴王台,在九曲岭下,三国时魏黄初三年(222年)吴王孙权曾建离官于此。

注释

[1]蹴:追逐。

[2]螺鬟:形容盘旋直上的峰峦。

[3]箬篷:用箬竹叶做的船篷。

[4]载吟:吟咏,诵读。载:词缀。嵌在动词前边。

坡老:对苏轼的敬称。

瀛洲:唐太宗为网罗人才,设置文学馆,任命杜如晦、房玄龄等十八名文官为学士,轮流宿于馆中,暇日,访以政事,讨论典籍。又命阎立本画像,褚亮作赞,题名字爵里,号十八学士。时人慕之,谓登瀛洲。后来的诗文中常用登瀛洲、瀛洲比喻士人获得殊荣,如入仙境。

题墨盒

胡乔年

福基仁兄大人正。

一枝笔兴月三更,夜深只为刊牍明。忽照珍珠几行字,灯花心内羡方浓。

弟胡乔年。

题解

本诗录自盛世收藏网发布的胡乔年题桃形墨盒照片。

联　语

胡乔年

文生于情随所感,
丝不若竹自然和。

题解

本联录自雅昌艺术网刊载的胡乔年书法作品照片。

畏大人,畏圣人之言

——会试答卷一道

胡乔年

窥天命之所寄,畏并深矣。夫大人,体天者也;圣言,宪天者也[1]。君子以畏天者畏之,非达天之学乎[2]?且大君者,承天之宗子[3];至圣者,赞天之功臣[4]。作君作师,所以佑下民,即所以助上帝也[5]。垂衣裳而理,声灵赫濯,遵一统之车书[6];揭日月而行,谟训昭垂,懔千秋之矩矱[7]。法在,则身受其治;道在,则心受其治。而受人之治者,实无非受天之治焉。则惕若之象,依然一钦若之神已[8],君子岂但畏天命哉?今夫天命者,帝王所以布政,亦圣贤所以垂教也[9]。五帝三皇以上，俗尚榛狉[10]。天特恐赤子苍生繁而无所统也[11]，而立一人以主持之。眷顾愈深，即付托愈重[12]。而神灵觇首出，遂以慰亿万姓之心思[13]。百家诸子之流，论多庞杂。天特恐微文奥旨秘而不能宣也[14]，而生一人以阐发之。钟毓益厚，即担荷益艰[15]。而精一衍心传，遂以振数千年之聋聩[16]。是大人也，圣人之言也，非皆君子所畏哉？且夫大人、圣言亦何以可畏也？其聪明本自天亶，而临民出治，复以严恭矢之[17]，赏以春夏，刑以秋冬[18]，其与天合撰者何？莫非自寅畏来也[19]。大人犹畏天，而事君如事天者，其畏当何如矣？其生安实由天纵[20]，而称先则古，复以祗惧将之，五《诰》观仁，六《誓》观义，其与天合德者何[21]？莫非从敬畏出也。圣人犹畏天，而希圣以希天者，其畏当何如矣？夫然而见尊王之义焉。扬虎拜，觐龙光[22]，非不懔君威于咫尺，而君子曰："此文貌也[23]。"古大人继天立极，阳以彰冕藻之华，即阴以锡彝伦之福，念及此而悚惶能自已乎[24]？分安愚贱，礼乐不敢专；道遵荡平，好恶无敢作[25]。元后也而帝天戴之[26]，盖不特畏以迹而直畏以心矣。夫登长吏之庭[27]，且有不寒而栗、不怒而威者，矧其为明明之后哉[28]？夫然而见法古之情焉，诵词章，详训诂[29]，非不钦圣道之高深，而君子曰："此肤末也[30]。"古圣人开天明道，隐以抉苞符之秘，即显以垂物则之恒，念及此而兢业何敢忘乎[31]？披一卷之书，如闻謦欬[32]；读百王之史，俨对典型[33]。往哲也而性命依之，盖不特畏以形而直畏以神矣[34]。夫听刍荛之论[35]，且有言之无罪、闻之足戒者，矧其为洋洋之谟哉[36]？此君子之畏天，即君子之知天也。

题解

本文录自顾廷龙编、成文出版社 1992 年版《清代朱卷集成·卷三十一》第 119 页。

畏大人，畏圣人之言：语出《论语·季氏篇第十六》：孔子曰："君子有三畏：畏天命，畏大人，畏圣人之言。"敬畏天命，敬畏王公大人，敬畏圣人的言语。这是君子所敬畏的三件事。孔子认为，凡属君子之人都有三种敬畏，其一是敬畏天命，天命在人事之外，非人所能支配，应顺从天的安排；其二是敬畏居高位之人，即最高统治者,在当时指周天子和各国诸侯;其三是敬畏圣人之言,圣人是人之至明至尊者,其言具有道德意义,是维护世人道心的规范,应当敬畏。大人:指在高位的人。圣人:指有道德的人。

注释

[1]体天:能体察上天的意志。

宪天:疑为"效法天道"的意思。

[2]达天:明了自然规律,乐天知命。

[3]大君:天子。

承天:承奉天道。

宗子:古代宗法制度称大宗的嫡长子。周天子是天下姬姓人的大宗,受封的姬姓诸侯对周天子说来是小宗……最先受封者死后,子孙奉他为始祖,立庙称为宗。他的嫡长子嫡长孙世世承袭封土,称为宗子。

[4]至圣:指道德最高尚的人。

赞天:辅佐天子。

[5]作君作师,所以佑下民,即所以助上帝也:选立君王和百官,是为了佑助天下万民,因为他们能够辅助上帝。语出《尚书·周书·泰誓上》:"天佑下民,作之君,作之师,惟其克相上帝,宠绥四方。"上帝佑助天下万民,为他们选立了君王,为他们选立了百官,因为他们能够辅助上帝,爱护和安定四方。

[6]垂衣裳而理:垂裳而治。原指穿着长大的衣裳,无所事事而天下治理得很好。后用以称颂帝王无为而治。

声灵赫濯:声威显赫的样子。语出《诗经·商颂·殷武》:"赫赫厥声,濯濯厥灵。"武丁有着赫赫声名,他的威灵光辉鲜明。声灵:声势威灵。赫濯:威严显赫的样子。

一统之车书:谓天下统一。车书:泛指国家体制制度。车:车轨。书:文字。

[7]揭日月而行:形容光明磊落。语出《庄子·达生》:"昭昭乎若揭日月而行也。"揭:高举。

谟训:"典谟训诰"的略语。典谟训诰是《尚书》中《尧典》《大禹谟》《汤诰》《伊训》等篇的并称。泛指经典之文。

昭垂:昭示,垂示,即显示给人看。

矩矱(yuē):规矩法度。矱:尺度。

[8]惕若:"夕惕若厉"的略语。朝夕戒惧,如临危境,不敢稍懈。

钦若:敬顺。

[9]布政:施政。

垂教:垂示教训。

[10]五帝:传说中的上古帝王,说法不一,以五帝为伏羲、神农、黄帝、尧、舜一说为多。

三皇:夏禹、商汤、周文王。我国历史上被认为是三代之贤君。

榛狉(zhēn pī):野兽在草木丛生处活动。形容上古时代尚未开化的原始状态。

[11]特:但,仅,只是。

赤子苍生:百姓,人民。

[12]眷顾:垂爱,关注。

[13]觇(chān):窥探,观测。

首出:杰出。

慑亿万姓之心思:慑服亿万百姓的心神。

[14]微文奥旨:隐寓讽喻的文辞、深奥的含义。

秘而不能宣:保守秘密,不对别人公开。

[15]钟毓:指受美好的自然风光的熏陶。

担荷:承受的压力或担负的责任。

[16]精一:专精,专一。

衍:递衍。依次衍生,逐步演变。

心传:佛教禅宗称以心传心。即不立文字,不依经卷,唯以师徒心心相印,理解契合,递相授受。

振数千年之聋聩:唤醒数千年麻木糊涂的人。振:振动。聩:先天耳聋。

[17]天亶(dǎn):谓帝王的天性。

严恭:庄严恭敬。

矢:誓。

[18]赏以春夏,刑以秋冬:先秦顺应四时以定刑赏的法律思想。春夏是万物滋育生长的季节,利于赏;秋冬是肃杀蛰藏的季节,利于刑。从而把四时运行的自然现象与国家的刑赏联系起来,以便合于天道、顺于四时。

[19]与天合撰:与天道相一致。合撰:合数。符合道理。

寅畏:敬畏,恭敬戒惧。

[20]天纵:天所放任,意谓上天赋予。后常用以谀美帝王。

[21]祗惧:敬惧,小心谨慎。

五《诰》观仁,六《誓》观义:语出《尚书大传》卷五:"六《誓》可以观义,五《诰》可以观仁。"五诰指《酒诰》《召诰》《洛诰》《大诰》《康诰》。六誓指《甘誓》《汤誓》《泰誓》《牧誓》《费誓》《秦誓》。相传孔子曾举《尚书》内容的七个方面,作为人们认识和鉴赏事物的途径、标准,后人因称为七观。

与天合德:与天的本性相一致。合德:犹同德。

[22]扬虎拜:叩谢美意。语出《诗经·大雅·江汉》六章:"虎拜稽首,对扬王休。"召伯拜谢行礼叩头,答谢我王美意丰厚。

觐龙光:朝拜皇帝。觐:朝拜。龙光:极称帝王容颜。

[23]文貌:礼文仪节。

[24]继天立极:指继承天子之位。天、极:均指帝位。

冕藻:华冕之玉藻。皇帝冠冕上的下垂之饰,周时为皇帝的祭服。后世用以咏帝王行祭礼。

锡:赏赐。

彝伦:指伦常。古指人与人之间

通常的道德关系和正常的社会秩序。

悚(sǒng)惶:惶惶。惶恐,害怕。

[25]分安愚贱:安守注定的愚笨轻贱。愚贱:愚笨轻贱。

道遵荡平:遵循先王平坦之道。荡平:平坦。

[26]元后:天子。

帝天:上天。

[27]长吏:旧称地位较高的官员。

[28]矧(shěn):况且。

明明:古时用以歌颂明智聪察又有明德的君王之赞辞。

[29]法古:效法古代。

诵词章,详训诂:诵说诗文,知悉古书中词句的意义。指精于经学章句训诂之学。词章:诗文的总称。训诂:对字词的解释。

[30]肤末:指肤浅的见解或事物的次要部分。

[31]开天明道:启发天性,阐明道理。

抉苞符之秘:揭示天苞地符隐含的道理。苞符:天苞地符。孔颖疏引《春秋纬》:"河以通乾出天苞,洛以流坤吐地符。"借喻记载广博。引为普遍包涵天地的道理。

垂物则之恒:垂示事物法则的常理。

兢业:谨慎戒惧。

[32]披:翻开;翻阅。

謦欬(qǐng kài):轻轻咳嗽。借指小声谈笑。

[33]俨对典型:很像面对典范。

[34]往哲:先哲,前贤。

[35]刍荛(chú ráo):割草打柴,也指割草打柴的人。指草野之人。

[36]洋洋之谟:指圣人治天下的宏图大略。洋洋:美善。语出《尚书·伊训》:"圣谟洋洋,嘉言孔彰。"君主的诏令,如此美好壮伟,通过美妙的言词,使其爱民之心益发显著。

刘氏续修宗谱序

胡乔年

谱者所以敦本睦族、率同姓之子弟以尊其尊、亲其亲也[1]。非谱,上无以考渊源之自,中无以详支条之分,下无以志派系之流。是以帝胄之贵必演玉牒,王室之亲必联金枝也[2]。谱之所关甚重,谱之宜修不诚急哉!

刘氏自陶唐迄汉以迄元末,其间或为博士,或为鸿儒,或中鼎甲,或登宰辅[3];或以孝友传家,或以诗书继世,人称望族久矣[4]。虽族姓繁衍,散处者若星布棋罗,要其世系历历可考而知独是,莫为之前,虽美弗彰;莫为之后,虽盛弗传[5]。子孙之能绍先美、启后昆者,莫不由祖宗缔造之宏、积累之厚者为之前焉;祖宗之能垂休光、昭来兹者,亦莫不赖子孙之相为表彰、善为赞述者为之后焉[6]。倘非敬宗收族以辑为谱牒,将世次不明、昭穆无叙[7],甚且聚散靡常、迁徙多方,祖宗之字讳莫考,子孙之沿传日失,文献不足之会,安得不杞宋兴悲也耶[8]?

今东滨先生以耄耋之躯倡为首举,丐余为序[9]。余悚然起曰:"卓哉!欧苏之遗轨也[10],而先生之所处为尤难矣。庐陵、眉山之族[11],当时派不甚分,则编次易,未若刘氏之散居天、沔、汉也。北宋升平之时,士大夫咸竞著作,则敦序易,未若今日之订于兵燹后也[12]。欧公官执政,而文章擅美;苏公官学士,而伯仲继起,则校雠缮刻易,未若先生之布衣承任、力能驱策也[13]。夫以时势之难如此,而能体先人之志[14],使四百余年之世系原原本本、继继承承,未尝识其面貌者,一旦笃宗族之谊[15],兴尊亲之思焉。是岂由陶唐炎汉、圣帝贤君之余泽无穷与,抑岂由墨庄藜阁、祖功宗德之培植有在与[16]?否则,由顺安公而下,群公先正之灵爽默为呵护与[17]?何古人任之而见为难者,先生肩之而若见为易耶?吾以知敦本睦族之情深,必欲率子弟以尊其尊、亲其亲者,有以观厥成也。"是为序。

同治九年,岁次庚午,季春月中浣三日,赐进士出身、钦点翰林院庶吉士鲁笙胡乔年序[18]。

题解

本文录自清同治十一年(1872年)版、天门市干驿镇刘洲村《刘氏宗谱·卷一》第45页。

注释

[1]敦本:注重根本。

[2]帝胄:皇族。

玉牒:记载帝王谱系、历数及政令因革之书。

金枝:帝王子孙的贵称。

[3]陶唐:指帝尧。尧初居于陶,后封于唐,为唐侯,故称陶唐。

博士:博通古今的人。

鼎甲:科举制度中状元、榜眼、探花之总称。以鼎有三足,一甲共三名,故称。

宰辅:辅政的大臣。一般指宰相。

[4]望族:有声望的家族。

[5]莫为之前,虽美弗彰;莫为之后,虽盛弗传:没有人给他引荐,即使有美好的才华也不会显扬;没有人做继承人,即使有很好的功业、德行也不会流传。语出韩愈《与于襄阳书》:"莫为之前,虽美而不彰;莫为之后,虽盛而不传。"

[6]绍:继续,接续。

后昆:后嗣,子孙。

缔造:指创立大事业。

垂休光、昭来兹:美德流传下来,导引后人。化用韩愈《与于襄阳书》:"士之能垂休光、照后世者,亦莫不有后进之士、负天下之望者为之后焉。"休光:盛美的光华。亦比喻美德或勋业。昭来兹:语出《大雅·下武》五章:"昭兹来许,绳其祖武。"来兹:指未来的岁月,来年。此处指后来者。

赞述:赞美称述。

[7]收族:以尊卑亲疏之序团结族人。

昭穆:此处泛指宗族关系。参见本书第二卷谭篆《安陆府志序》注释[14]。

叙:次第。

[8]会:附会。

杞宋兴悲:因事情缺乏证据而产生悲伤的感情。杞宋:"杞宋无征"的略语。《论语·八佾》:子曰:"夏礼吾能言之,杞不足征也;殷礼吾能言之,宋不足征也。文献不足故也。足,则吾能征之矣。"孔子说:"夏朝的礼,我能说出来,但是它的后代杞国不足以证明我的话;殷朝的礼,我能说出来,但它的后代宋国不足以证明我的话。这都是由于文字资料和熟悉夏礼、殷礼的人不足的缘故。如果足够的话,我就可以得到证明了。"后称事情缺乏证据为杞宋无征。

[9]耄耋(mào dié):犹高龄,高寿。

丐:求。

[10]欧苏:指欧阳修、苏轼。

遗轨:古人之遗迹,前人之法度。

[11]庐陵、眉山:指欧阳修、苏轼。欧阳修,自称庐陵人,因为吉州原属庐陵郡,人称庐陵先生。苏轼为四川眉山人。

[12]升平:太平。

敦序:谓使九族亲厚而有序。后

谓亲睦和顺。

兵燹(xiǎn):指因战乱所致的焚烧破坏。燹:兵火。

[13]执政:宋金某些高级官员的通称。此处指欧阳修曾任参知政事。

擅美:专美,独享美名。

学士:翰林学士。

校雠(jiào chóu):一人独校为校,二人对校为雠。谓考订书籍,纠正讹误。

驱策:驾驭鞭策。

[14]体:继承。

[15]笃:感情深厚。此处是使感情深厚的意思。

[16]与:同"欤"。

墨庄藜阁:刘氏的代名词。墨庄:宋刘藏书室。太保礼部尚书刘式殁,有遗书数千卷。其妻陈夫人名之墨庄。此宋初墨庄在江西。藜阁:典自"藜阁家声"。讲的是刘向勤学的故事。参见本书第一卷陈所学《四六积玉序》注释[19]"藜燃太乙"。

[17]灵爽:灵魂。

[18]同治九年:1870 年。

中浣:唐宋官员行旬休,即在官九日,休息一日。休息日多行浣洗。因以中浣指农历每月中旬的休息日或泛指中旬。

李母胡太孺人六十节寿序

胡乔年

余舅祖人能公之配[1],引之表叔之母也。人能公娶孺人年余而生表叔。表叔生四岁,人能公卒。无他子女之出,倚为命者一母一子而已。记孺人尝抚表叔首曰:"斯儿何时成立,俾未亡人得封九原下人乎[2]?"而表叔天性醇笃[3],少即循循礼让,俨若成人。析居在城南[4],以诸伯叔家皆在城东,日往东一次,立伯叔父母前,数语而退。诸伯叔父母亦爱重之,于月之朔望皆命群从子侄[5],往城南朝胡氏母,至于今不异。他所行事,莫不以孺人之心为心,是以至今竟忽忽不觉其岁月之已登六十也[6]。嗟乎!以一孤弱子奉一寡母,内而盐米酒浆之琐屑,外而往来应酬之纷繁,娶妇教子,兴宅置田,无不待经营于心,措施于手[7]。即人能公而在,且未卜时命为何[8]。如今若此,此其子之克承父志者何等,其妇之克体夫心者又何等耶[9]!夫天下惟孀母为最难耳。一失所天[10]，则抚此六尺孤，即须以母道兼父道，严既不忍，慈又不能。其子之愚懦者，犹可以从容化导[11]，俾有醒悟。其子之聪悟者，方且明欺其母以娱乐自恣[12]，不顾其母之吞声饮泣、悲吁呼天。而为其母者亦惟以饮冰茹蘖[13]，求对亡人于对下而不能顾其他，若此者夫岂少哉！夫岂少哉！

孺人有媳一人，孙一人，女孙若而[14]。人视昔之母子一堂，茕茕相吊，已觉不同，而家计又顺，冻馁差可无虑[15]。虽其间风波迭起，不无蹉跌[16]，而水静云平仍复其旧。且表叔已为请旌[17]，国恩家庆，并萃一时。表叔可为令子[18]，则孺人亦可为福人矣。孺人娣姒四[19]，长嫂倪，寿七十余。次则甘，下则黄。而甘又茕寡，有子一人，又不禄[20]，且无孙。孺人诚苦矣，若甘者不尤苦耶？倪母七十时余为之叙，黄母五十余亦为之叙。

今者表叔以例请，余以有事彝陵不果应，及归时则已宾朋满座，介寿称觥矣[21]。夫寿文非古也，西池王母，南岳夫人，满纸谀谈[22]，何补于孝慈之实？况余以十四即失母，今虽登蕊榜，列笋班，乞假焚黄[23]，而仰瞻堂上有老父一人，欲再见慈母之颜色而不可得。表叔固羡余之有父，余安得不羡表叔之有母？即欲文，何忍文哉！虽然，余幼时每随先祖母归宁，诸舅祖一抚以慈，不啻己孙[24]。今为孺人庆，为表叔庆，而此中又不能不有所感，不可以无文，不可以无言。因即表叔之所以寿孺人者为补书之，即以为孺人六十叙也，可以为孺人七十、八九十、百岁叙，亦无不可也。

同治八年，岁次己巳，嘉平月縠旦[25]，赐进士出身、同治戊辰科钦点翰林院编修、愚弥甥胡乔年顿首拜撰[26]。

题解

本文录自1918年版、天门市渔薪镇《天门李氏族谱·卷二·节孝传》第9页。原文标题为《六十节寿序》。文前有《宏道公德配胡孺人传》，胡孺人为人能公之配、引之公（李继伸）之母，八十九卒。

注释

[1]舅祖:称父之舅。

[2]未亡人:旧时寡妇的自称。

九原:九泉,黄泉。

[3]醇笃:敦厚诚笃。

[4]析居:分别居住。谓分家。

[5]朔望:朔日和望日。农历每月初一和十五。亦指每逢朔望的朝谒之礼。

[6]忽忽:倏忽,急速貌。

[7]不待:用不着,不用。

[8]时命:指命运。

[9]体:贴。

[10]所天:在封建社会里,受支配的人称所依靠的人为所天。或指丈夫,或指君主,或指父。此处指丈夫。

[11]化导:教化开导。

[12]自恣:放纵自己,不受约束。

[13]饮冰茹檗(bò):喝冷水,吃苦味的东西。比喻处境困苦,心情抑郁。也形容生活清苦。茹:吃。檗:俗称黄柏,味苦。

[14]若而:若干。

[15]茕茕(qióng)相吊:语出李密《陈情表》:"茕茕孑立,形影相吊。"茕茕:孤单。相吊:互相慰问。

差可:犹尚可。勉强可以。

[16]蹉跌:比喻受挫、失势。

[17]请旌:旧制,凡忠孝节义之人,得向朝廷请求表扬,谓之请旌。

[18]令子:犹言佳儿,贤郎。多用于称美他人之子。

[19]娣姒(sì):古代妯娌间,以兄妻为姒,弟妻为娣;相谓亦曰姒。

[20]不禄:夭折之称。

[21]不果:没有成为事实,终于没有实行。

介寿称觞:举杯祝寿。介:通"丐"。乞,祈求。

[22]寿文:祝寿的文章。

谀谈:谀辞。谄媚的言辞,奉承话。

[23]蕊榜:传说中道教学道升仙,列名蕊宫。后指科举考试中揭晓名第的榜示为蕊榜。

笋班:玉笋班。指英才济济的朝班。唐代宰相李宗闵曾主管贡举考试,他所精选出来的门生大多容貌清秀,风度优雅,时人称为玉笋。唐末把出众的朝士们称作玉笋班。

焚黄:旧时品官新受恩典,祭告家庙祖墓,告文用黄纸书写,祭毕即焚去,谓之焚黄。后亦称祭告祝文为焚黄。

[24]归宁:已嫁女子回娘家看望父母。

不啻(chì):无异于,如同。

[25]同治八年:1869年。

嘉平:腊月的别称。本为腊祭的异名。腊祭,每年十二月八日举行的年终祭祀,以祭先祖百神为主,故十二月称嘉平。

榖旦:良辰,晴朗美好的日子。旧

时常用为吉日的代称。

周椿妻刘氏赞

胡乔年

兰色不艳，其能在香；竹生不厚，其节弥长。其轰闻而骇听者[1]，义气之彰；其声希而味淡者[2]，人道之常。嗟哉孺人，无皎皎之烈，有黝黝之光[3]。孝行实冠闾里[4]，慈祥久著家乡。比匪知感，邪祟遁藏[5]。则又何羡乎穹石之能表，而虑乎坏土之不扬[6]？

题解

本文录自清光绪二十年（1894 年）版《沔阳州志·卷十·烈女贤孝》第 8 页。此页记载："周椿妻刘氏，性淑静娴姆教。姑年逾八十，病瘫痪。氏伺起居甚谨。岁荐饥，夫携子谋食于外，氏独留养姑数年。一日，有贼众涂面入室，四顾无物，欲取姑榇。一人曰：此妈殆毙，不以累孝妇。遂去。及姑卒，氏淡食三十年。其待娣姒如亲姊妹。多子不育，劝夫置妾，生三男。氏年六十七卒，村人皆梦车骑如云，拥氏出。至今贤德啧啧人口云。天门胡乔年赞曰。"原文无标题。

注释

[1]轰闻而骇听：使人听了轰动、震惊。

[2]声希而味淡：指平淡无奇，没有什么名声。

[3]皎皎：光明洁白的样子。

黝黝：形容天色昏暗看不清楚，黑中还带点微青，有一些反光。

[4]闾里：乡里。

[5]比匪知感：连行为不端之人也懂得知恩感德。此句说的是题解中

"有贼众涂面入室"一事。比匪："比之匪人"的略语。亲近行为不端之人。知感：知恩感德。

邪祟：旧指作祟害人的鬼怪。

[6]又何羡乎穹石之能表，而虑乎坏土之不扬：又为什么美慕树立石坊予以表彰，而担忧葬于坟墓连浮名也没有呢？

穹石：大石头。

坏土：一抔（póu）土。指坟堆。汉

266

廷尉张释之曾用"取长陵一抔土"婉指盗掘长陵(汉高祖刘邦陵墓)。后因以 一抔土代指陵墓。抔:抔。

蒋传燮（雅安知县，加同知衔）

蒋传燮（xiè）（1849—1896 年），字理堂，号和卿。天门市净潭乡状元村人。雅安知县，加同知衔。

1921 年版《湖北通志·卷一百四十·人物志十八》第 12 页记载："蒋传燮，字和卿。光绪丙戌进士。官雅安知县。"

赋得尽放冰轮万丈光

蒋传燮

放尽明蟾影，如冰夜月凉[1]。一轮呈皓彩，万丈写秋光[2]。魄早壶心濯，辉从镜面扬[3]。好驱云雾净，直讶水天长[4]。

偶傍银河转，难凭玉尺量[5]。无边空色相，有耀澈毫芒[6]。露冷浮兰气，风清送桂香。幸依蓬岛近，周句愿赓飏[7]。

题解

本诗录自顾廷龙编、成文出版社 1992 年版《清代朱卷集成·卷六十》第 341 页。标题下注"得光字五言八韵"。本诗为乡试试帖诗。

尽放冰轮万丈光：语出宋周必大《和仲宁中秋赴饮庄宅》："疾驱云阵千重黳，尽放冰轮万丈光。"

注释

[1]明蟾：古代神话称月中有蟾蜍，后因以明蟾为月亮的代称。

[2]皓彩：皎洁的月光。

[3]魄早壶心濯：灵魂沐浴在冰壶之中。语出李白《杂题二则》："夜来月下卧醒，花影零乱，满人衿袖，疑如濯

魄于冰壶。"

[4]讶:迎接。

[5]玉尺:尺的美称。

[6]色相:指万物的形貌。

毫芒:毫毛的尖端。比喻极细微。

[7]蓬岛:即蓬莱山。

周句:指本诗标题中周必大所赋诗句。

赓飔:谓飞扬轻举连续而歌。

赋得报雨早霞生

蒋传燮

早切为霖愿,崇朝象已呈[1]。天将甘雨报,人望彩霞生。风来侵晨绚,鸡筹破晓惊[2]。洒田尘待浥,出海曙犹明[3]。

掩映桃增色,平安竹有声。齐飞随鹜落,频唤笑鸠鸣[4]。余绮辉同散,新亭喜可名。依旬逢圣世,纠缦许重赓[5]。

题解

本诗录自顾廷龙编、成文出版社 1992 年版《清代朱卷集成·卷六十》第 313 页。本诗为会试试帖诗。

报雨早霞生:语出唐耿湋(wéi)《华州客舍奉和崔端公春城晓望》:"向人微月在,报雨早霞生。"

注释

[1]崇朝:终朝,整个早晨。

[2]鸡筹:鸡人报更筹。皇宫负责报更时的人称鸡人。筹:指更筹,漏壶中的浮标。

[3]浥(yì):湿润。

[4]齐飞随鹜落:化用王勃《滕王阁序》:"落霞与孤鹜齐飞,秋水共长天一色。"

[5]依旬:疑指雨应时。

圣世:犹圣代。

纠缦:萦回缭绕貌。

重赓:再和诗。

附

和卿公（蒋传燮）传

周　杰

当极盛难继之时而能蒿目龟手、潜躬味道，无诱于势利，养其根而俟其实[1]，卒以发抒其文章而见之于事业者，其惟蒋公和卿乎！

公为清乾隆庚戌进士、翰林院编修、左副都御史讳祥墀公之玄孙，嘉庆辛未一甲一名进士、翰林院修撰、内阁学士兼礼部侍郎衔讳立镛公之曾孙，道光癸巳一甲三名进士、翰林院编修、江西九江府知府、署盐法道讳元溥公之孙，咸丰庚申进士、湖南衡永郴桂兵备道讳启勋公之胞侄，咸丰辛亥挑取誊录、议叙山西盐大使讳式榕公之哲嗣也[2]。姓蒋氏，讳传燮，字理堂，号和卿，湖北天门人。少读书，过目不忘。为人清癯矗立，居恒恂恂如不能言[3]，人皆知为大器焉。光绪乙酉举顺天乡试，丙戌成进士，以即用分发四川，权蓬溪县篆，寻迁雅安令[4]。下车未几，遽以疾卒于县署，时年才四十八岁，抑何恒化之速也[5]？

公性醇粹，任真推诚，其判决不为聪强状，务得其情乃止，大府皆以龚黄望之[6]。尤敦族谊，常对人曰："吾宗祠地处卑辱奥潹，俟补阙后当积俸以增高之[7]。"乃中年凋谢，未竟所施，蒋人至今咸惜之。

伏思蒋氏以科第显者百有余年，家门鼎盛，世族华腴，海内延望，如班杨崔卢。虽门风之盛，天实相之。而要其经德秉哲、层累以基之者，必非无自[8]。使久居人间，必能整躬率物，挽末俗以还于古[9]，其位将不止县令已也，而天偏以中寿靳之，此余之所以不为公悲而为世悲也，虽然如公者庶几克绳祖武者欤[10]！

赐进士出身、翰林院编修、后学周杰拜撰。

题解

本文录自1919年版、天门市净潭乡状元村《蒋氏族谱》。周杰为天门进士。

注释

[1]蒿目龟(jūn)手:极目远望,心系穷苦民众。蒿目:极目远望。借指忧世爱民之情。龟手:冻裂手上皮肤。龟:通"皲"。

潜躬味道:潜心研究道的哲理。潜躬:疑指隐身,指专心致志。味道:体味道的哲理,体察道理。

养其根而俟其实:就像护养植物的根而等待它结出果实。语出韩愈《答李翊书》。

[2]誊录:誊录生。誊录所属下的誊录人员。清制,在会试下第的举人及顺天乡试正榜外选录能书者充任。

议叙:清制于考核官吏以后,对成绩优良者给以议叙,以示奖励。议叙之法有二,一加级,二记录。

盐大使:盐场大使。是清代盐政管理系统中的一个基本层级,主要掌管各产区食盐的生产与场灶缉私,虽系微员,责任甚重。

哲嗣:对别人儿子的敬称,等于说令嗣。

[3]清癯(qú):清瘦。

鼋(wù)立:逆立,即违逆之意。

居恒恂恂如不能言:与人相处,总是温顺恭谨,像是不会说话的样子。语出《论语·乡党》:"孔子于乡党,恂恂如也,似不能言者。"孔子在本乡的地方上显得很温和恭敬,像是不会说话的样子。恂恂:温顺恭谨貌。

[4]光绪乙酉:清光绪十一年,

1885年。

举顺天乡试:参加顺天府乡试中举。乡试:参见本书第三卷附录《部分科举名词汇释》第2条。

丙戌:清光绪十二年,1886年。

即用:清代铨选官员有即用之制。谓遇缺即可补用。

分发:清制,道府以下非实缺人员分省发往补用者,谓之分发。

权蓬溪县篆:谓权且署理蓬溪县官职。权……篆:权且署理某一官职。

寻:不久,接着,随即。

[5]下车:旧时官吏初到任为下车。

抑何:为何,多么。

悒(dá)化:谓人死。

[6]醇(tán)粹:醇厚,纯美。

任真:听其自然。率真任情,不加修饰。

推诚:以诚心相待。

其判决不为聪强状,务得其情乃止,大府皆以龚黄望之:裁断并不表现出个人聪敏的样子,而是务求符合实际情况才算为止,总督、巡抚对他寄予成长为龚遂和黄霸一类循吏的厚望。

大府:明清时称总督、巡抚为大府。

龚黄:后世把汉代龚遂与黄霸作为封建循吏的代表,称为龚黄。

[7]敦:推崇,崇尚。

卑辱:低下。

奥渫(xiè):污浊。

补阙:补缺。递补官职。

[8]伏思蒋氏以科第显者百有余年……必非无自:借用袁枚《司经局洗马缪公墓志铭》:"枚伏思缪氏以科第显吴门一二百载,氏族华腴,如班杨崔卢,海内延望。虽门风之盛,天实相之。而要其经德秉哲,层累以基之者,固非浅鲜也,宜其盛矣。"

伏思:敬辞。谓念及,想到。

华腴:指世代做大官的人家。

延望:形容盼望或仰慕之切。

班杨:指汉代扶风班氏和弘农杨氏(华阴杨氏)。班氏的代表人物有班彪、班固等。杨氏有杨敞、杨震等。

崔卢:自魏晋至唐代,山东士族大姓有崔氏、卢氏,长期居高显之位。

经德秉哲:施行德政,保持恭敬。

无自:无其原因。

[9]整躬率物:整饬自身,为下属做出榜样。

末俗:谓末世的习俗,低下的习俗。

[10]中寿:与上文"中年"意思相同。

靳:戏辱,奚落。

庶几:希望,但愿。

克绳祖武:能遵循祖先的足迹。

蒋和卿公(蒋传燮)墓志铭

冯煦

赐进士及第、奉政大夫、翰林院修撰,加三级,年愚弟赵以炯书丹并篆盖。

赐进士及第、奉直大夫、翰林院编修,加三级,年愚弟冯煦撰文。

君讳传燮,字和卿,湖北安陆府天门县人也。列祖著于庙廊,盛旅冠于江汉。忠□历世,屡邀恩眷之隆;耕读起家,迭获殊常之宠。史牒具详,无庸覼缕。君即中宪大夫誉侯公之孙、奉政大夫梅生公之子。胄积仁之基,累荣构之峻。特秉清真,少播令誉。奉亲能谨,鲤庭之训弥严;继祖有光,燕翼之谋用启。乙酉乃登贤书,丙戌即成进士。足知大器晚成,亦征有志必逮也。以即用知县签分四川,君父仍供职于山西。未几丁母艰去官,山川迢递,朝暮奔驰。无何而梅生公亦卒于河东,杯棬触目,食不能甘;风木生悲,泪继以血。因哀毁之过情,致忧劳而成疾。遂留主讲河东书院,雕绘士林,抑扬人杰。沈疴渐起,扶榇遄归。双椁既安,三年已届。服阙赴川,即充癸巳科同考官,得士七人。玉尺分裁,骊珠在握。继署蓬溪县篆,声绩兼著,心力遂疲。甫期月,即使知雅安县事。适值藏蛮蠢动,师旅纵横;筹饷安民,夙夜匪懈。民贫地瘠,爰施推解之恩;食少事繁,竟遘膏肓之疾。矢尽瘁于鞠躬,守致身之大义。遂卒于光绪丙申年五月二十七日巳时。君盖以道光己酉年三月十五日寅时生,仅年四十有八。

呜呼!壮而服仕,方宣紫陛之光;天不加年,遽夺苍生之望。如君者可谓身莞心枯、才高运蹇者矣。

君元配贾宜人先逝,继配熊宜人,妾杨氏。子四:芳圻、芳埏、芳均、芳堃。女二。君子将以丁酉年三月吉日,与贾宜人合葬于天门县之东乡,子山午向。恐陵谷之或迁,怀金石之可久,寄君行状,索余志铭。余昔受君伯鹤庄公知,且与君同谱,谂悉旧德,不敢以不文辞。式铭盛德,永播遗音。其词曰:

九江孔殷,三邦贡职。允矣君子,义耕仁植。爰斯厥后,世为亮弼。诞降生君,盛德所殖。明允笃诚,发于歧嶷。况以度思,有怀明发。翻然高举,归于魏阙。学优而仕,风移俗易。□□□□,声副其绩。哲人其萎,庶民感泣。壮志沈沦,雄图埋没。马鬣崇封,牛眠□□。□□□□,□□窀穸。用贻后昆,勿忘令则。

光绪二十有二年,岁次丙申……

题解

本文录自蒋传燮墓志。墓志现藏于天门市博物馆。标题原为《敕授文林郎晋授奉政大夫赐同进士出身同知衔四川雅州府雅安县知县蒋和卿公墓志铭并序》。标题中“敕授”和“知县蒋”系注者所补。

书丹者赵以炯为状元,官至广西提督学政;撰文者冯煦为探花,官至安徽巡抚。两人与蒋传燮为同榜进士。

蒋传燮墓在段家岭,今净潭乡状元村七组(汪家台)西北约一百米。

周树模（黑龙江巡抚，民国平政院院长）

周树模(1860—1925年)，字少朴，一字孝瓯，号沈观，又号逢源、泊园，室名沈观斋，天门市干驿镇人。清光绪十五年(1889年)己丑科进士。授翰林院编修。任都察院御史。1905年随五大臣赴英国考察，次年返国，改授江苏提学使。1908年7月任黑龙江巡抚。1914年5月、1916年7月两度担任民国平政院院长。主政黑龙江期间，移民垦荒，整顿捐税，兴办实业，发展文教，筹练新军，粉碎沙俄将满洲里划归俄境的阴谋，内政改革和外交活动卓有建树，有"北洋干将"之誉。

寄题黑龙江东湖别墅诗（有序）

周树模

出龙江府东门里许，有水泊一，周广数十顷。北直大道，亘以长桥[1]。迤南与农学校接，东连中学堂。原野清旷，水木明瑟[2]，实为边城佳胜。辛亥秋初至此，徘徊竟日，有乐斯邱，拟稍葺台榭，用发幽潜[3]。属王晦如太守董其事，度地绘图，经始有日矣[4]。会南中事起[5]，予旋亦引疾去，遂尔辍工。今年夏，涂子厚学使、周斗卿厅丞赓续成之[6]。工竣，子厚书抵予，并附图五：曰缋幽簃，曰蓼花吟舫[7]，曰春及亭，曰怀新亭，皆墅中所有。其湖心一亭，则留俟予题名，以谂来者[8]，因为署曰"澄观"，并各为诗缀诸图末，还寄子厚，亦淇澳有斐，不谖意也[9]。时壬子冬仲[10]。

边尘苦污人，出郭得清沚[11]。好事癖林泉，结构烦君子[12]。邱壑梦想存，楼台随地起。出塞古多悲，临流差足喜[13]。手杯属鸥鹭，菰中人万里[14]。一墅岂得专，风声常在耳。逝川日夜东，相与观

274

止水[15]。

缋幽豳

昔人图豳风,琐细尽民事[16]。精妙岂在图,在识艰难意。面兹数堵壁,欲起鞭牛背。

蓼花吟舫

日为蓼花游,更赋蓼花诗。吟赏关秘计,宾僚知者谁【《梦溪笔谈》:瓦桥关北与辽邻,无关河之阻,何承矩守关,始议因陂泽潴水为塞。欲自相视,恐其谋泄,日会僚佐,泛船置酒赏蓼花,作《蓼花游》数十篇,传至京师,人莫喻其意。后遂壅诸淀[17]】。群公富方略,起草今其时。

春及亭

方春冻不解,维夏始催耕。惜此逝驹景,起为叱犊行。亭间持盂酒,祝尔室长盈。

怀新亭

北徼号农国,豆麦天下无[18]。多鱼更宜牧,随时得所须。循垄看苞颖,荷锸真吾徒[19]。

澄观亭

扰扰此朝暮,何缘见本心。一泓明镜开,鉴我肝鬲深[20]。收视而屏息,为鼓空山琴[21]。

题解

本诗并序录自周树模著、1933 年版《沈观斋诗·卷一》第 12 页。

黑龙江东湖别墅:位于当时的黑龙江省省会齐齐哈尔市中华南路以北、二马路小学东北,是与龙沙公园齐名的著名花园。现为居民区。

注释

[1]亘:横贯,在空间横过或伸过去。

[2]明瑟:洁净明亮。

[3]辛亥:1911 年。

幽潜:隐微玄奥的道理。

[4]董其事:主持其事。

经始:开始测量营造。

[5]南中事:指辛亥革命武昌起义。

[6]涂子厚学使：涂凤书。时任黑龙江提学使司提学使。

周斗卿厅丞：周玉柄。时任黑龙江高等审判厅厅长。厅丞：清末改革官制，新建官署称厅的，其主官或称厅长，或称厅丞。

赓续：继续。

[7]缋豳簃：音 huí、bīn、yí。

蓼：音 liǎo。

[8]谂（shěn）：规谏，劝告。

[9]淇澳（yù）有斐：语出《诗经·卫风·淇澳》："瞻彼淇奥，绿竹猗猗……有斐君子，终不可谖兮。"看那淇水弯弯岸，碧绿竹林片片连……高雅先生真君子，一见难忘记心田。

淇澳：淇水的曲岸。淇：淇水。源出河南林县，东经淇县流入卫河。澳：奥。水边弯曲的地方。

斐：有文采貌。

谖（xuān）：忘记。

[10]壬子：1912年。

[11]清泚（cǐ）：清澈明净。

[12]结构：构筑，建造。

[13]出塞：出边塞。

临流差足喜：自己临水感到稍微高兴些。差：比较，略微。

[14]菰（gū）：植物名。即茭白。

[15]逝川日夜东，相与观止水：黑龙江不舍昼夜向东流去，我们却在一起观赏东湖的静水。喻天地翻覆，自己却偏居一隅。

相与：共同，一同，一起。

[16]昔人图豳风：指元赵孟頫（fǔ）所绘《豳风图》。后泛指有关农事的图画。

[17]宾僚知者谁：万福麟纂修、1933年版《黑龙江志稿·卷六十二·艺文·文征》第33页收录本诗，此处为"宾僚和者谁"。

瓦桥关北与辽邻……人莫喻其意：《梦溪笔谈》原文为："瓦桥关北与辽人为邻，素无关河为阻。往岁六宅使何承矩守瓦桥，始议因陂泽之地，潴水为塞。欲自相视，恐其谋泄。日会僚佐，泛船置酒赏蓼花，作《蓼花游》数十篇，令座客属和，画以为图，传至京师，人莫喻其意。"

六宅使：唐宋时皇帝诸子年长后分院居住，并置十宅、六宅使负责管理诸宅院事务。后只称六宅使。

潴（zhū）：蓄水。

[18]北徼（jiào）：北部边境，北方边远地区。

[19]苞颖：苞片、颖片。禾本科植物小穗基部的1—2个无花的苞片，具有保护作用。

荷锸（chā）真吾徒：意思是，我成了像扛锹者一样的农人。锸：锹。吾徒：犹我辈。

[20]肝鬲：肝膈。犹肺腑。比喻内心。

[21]收视：不视。有专心的意思。

泊园偶步

周树模

近市尘偏少,幽居擅一林[1]。蔽空无恶木,得气有春禽[2]。天与回旋地,诗传古淡心[3]。衰迟送日月,不是道根深[4]。

题解

本诗录自周树模著、1933 年版《沈观斋诗·四册》第 4 页。

泊园:周树模在北京的别墅。建于 1914 年。

注释

[1]幽居:僻静的居处。　　　[3]古淡:古朴淡雅。

擅:占有,据有。　　　　　[4]衰迟:衰年迟暮。

[2]恶木:贱劣的树。　　　　道根:修道的根底。

什刹海看荷花

周树模

千年净业湖,湖水绿于蓝[1]。前有西涯宅,后有梧门龛[2]。南皮昔来游,贤主留一酣[3]。桥东赋诗处,绿柳仍毵毵[4]。风中万柄荷,红妆倚镜函[5]。士女骋姿媚,屡停楼下骖[6]。衰翁亦好事,求友得两三。沿湖看落日,目尽西山岚。颇意少年时,始著朝士衫[7]。北都富名胜,往往恣幽探[8]。双松访慈仁,万柳寻城南[9]。无量净业花,尤予性所耽[10]。朝玩及日晡,莲实携满篮[11]。远香银锭桥,念之有余甘[12]。海水兹已浅,湖路犹能谙。何限绮罗人,冷笑霜雪髯[13]。隔岸张老室,每闻过客谈[14]【张文襄公故宅在湖之南岸】。安得就菰中,为我留茅庵[15]?

题解

本诗录自周树模著、1933 年版《沈观斋诗·四册》第 33 页。原题为《六月七日同卢慎之、郭啸麓、杨玉书、王晦如、闾庆皆什刹海看荷花》。

注释

[1]净业湖:今北京市西城区德胜门内西海、积水潭一带,俗称净业湖。因水北有净业寺而名。净业:清净无垢的身心活动。业:佛教泛指一切身心活动。

[2]西涯宅:指明李东阳西涯故居。

梧门龛(kān):法式善在寓所设置的诗龛。法式善,本名孟运昌,字开文,又字梧门,号时帆。高宗诏改今名,取意"竭力有为"。清乾隆进士。于京师厚载门北明李东阳西涯故居旧址筑诗龛及梧门书屋,收藏法书名画甚多,得名流咏赠,即投诗龛中。主持文坛三十年,时称"接迹西涯(李东阳)无愧色"。

[3]南皮:张之洞。张为直隶南皮人。

[4]毿毿(sān):同"毿毿"。细长貌。形容细长物披垂的样子。

[5]镜函:镜匣。此处指镜。

[6]骖(cān):古代驾在车前两侧的马。此处指马车。

[7]朝士:朝廷之士。泛称中央官员。

[8]幽探:谓探求幽胜之境。

[9]慈仁:慈仁寺。在北京广安门内。寺内有两棵金代栽植的松树。

万柳:万柳堂。在北京南城。

[10]无量净业花:指作为佛教的一种标志的荷花。无量净业:佛家有"久积净业称无量"之语。无量:本义为不可计算、没有限度。

耽:喜好。

[11]日晡(bū):申时,午后三时至五时。

[12]银锭桥:在今北京市西城区后海与前海联结处。明清为北城中观西山胜地。

[13]绮罗:指穿着绮罗的人。多为贵妇、美女之代称。

[14]张老室:张之洞故宅。在北京什刹海东南白米斜街。张之洞死后,被赠太保衔,谥号文襄。

[15]菰(gū):植物名。即茭白。

茅庵:用茅草等搭盖的小房子。形容房屋简陋朴素。庵:小草屋。

行部至满洲里

周树模

驱车径越黄龙塞,大漠风飙自古多[1]。万马喧腾谁部曲,百年瓯脱旧山河[2]。边人解作鲜卑语,戍客愁闻敕勒歌[3]。新向北庭增郡邑,小忠自效苦蹉跎[4]。

题解

本诗录自万福麟纂修、1933 年版《黑龙江志稿·卷六十二·艺文·文征》第34 页。标题下注:"新设胪滨府,接近俄界。"

行部:汉代制度,刺史常于每年八月间巡行所部,查核官吏治绩,称为行部。

满洲里:在内蒙古呼伦贝尔盟西北部。清末曾被俄国划入俄境。周树模任中俄勘界大臣,明确为中国领土,并在此设胪滨府。

注释

[1]黄龙塞:即黄龙府。在今吉林农安县古城,辽代军事重镇,金太祖完颜阿骨打后长期驻此,岳飞曾言"直抵黄龙府",即指此。

风飙(biāo):暴风。

[2]部曲:古代军队编制单位。将军出征时,所率军队分"部",置校尉与军司马;部下设"曲",置军侯;曲下设"屯",置屯长。后成为军队代称。

瓯脱:也作"区脱"。汉时匈奴语指边境屯戍或守望之处。

[3]鲜卑:我国古代北方少数民族之一。此处借指蒙古族。

戍客:离乡守边的人。

敕勒歌:六朝时少数民族敕勒族民歌。此处借指少数民族的歌曲。

[4]北庭:原指北匈奴的朝廷,后转为对北匈奴居住地的泛称。此处指东北方的领土。

小忠:此处指作者在北部边界新设城邑,加强防卫等忠于朝廷的作为。

蹉跎:光阴虚度。

题拿破仑画像

周树模

意气真如卷地潮,百年眉宇见票姚[1]。鞭笞海族蛟龙伏,驱遣神兵虎豹骄[2]。盖世雄风骓不逝,穷山泪血鸟来朝[3]。平生惜少轮台悔,埋骨荒崖恨未消[4]。

题解

本诗录自周树模著、1933 年版《沈观斋诗·一册》第 24 页。

注释

[1]票姚:骠(piào)姚。汉霍去病曾为骠姚校尉、骠骑将军。后多以骠姚指霍去病。

[2]海族:海洋生物的总称。此处指英、普、奥、俄等国组成的反法联盟。

[3]盖世雄风骓(zhuī)不逝:虽有盖世雄风,然而时运不济。指 1815 年,在比利时的滑铁卢,拿破仑率领法军与英国、普鲁士联军展开激战,法军惨败。语出项羽《垓下歌》:"力拔山兮气盖世,时不利兮骓不逝。"我力可拔山啊,豪气可盖世。时运不济啊,我的乌骓马也不走了。

鸟来朝:喻众望所归。

[4]平生惜少轮台悔:指拿破仑频

繁对外作战,缺少汉武帝那样的悔悟。

轮台悔:典同"轮台诏"。汉武帝时,为平息边患,开拓边域,曾派贰师将军李广利率大军多次远征轮台(今新疆轮台东南)。武帝晚年对这种远征之举感到内疚和悔悟,就发布《轮台罪己诏》。后以咏皇帝追悔往事、引咎自责。

埋骨荒崖:指拿破仑葬于流放地圣赫勒拿岛。1815 年 10 月,拿破仑被流放到大西洋的圣赫勒拿岛。六年后在岛上去世,就地安葬。1840 年 12 月 15 日,被隆重安葬在巴黎塞纳河畔的巴黎荣誉军人院。

挽胡蕲生姻丈(胡聘之)

周树模

飘零同异地,亲串益绸缪[1]。门巷经过数,诗篇赠答稠[2]。衔杯才几日,脱屣忽千秋[3]。从此只鸡局,深明何处求[4]?

我入词曹日,公官至九卿[5]。同光留老辈,悬赘视余生[6]。鼠狗频年患,莺花故国情[7]。寸心丛百感,五岳讵能平?

杖节吾诚忝,抽簪公早归[8]。至人甘处晦,衰凤每愁饥[9]。郢曲移宫徵,吴羹当蕨薇[10]。眼看耆旧少,岁晚欲何依[11]?

旧秩尊方镇,清芬继石庄[12]。聪明仍老寿,精彩不寻常。观化逢虞腊,还真作道装[13]【遗命以道服敛】。羲皇平日梦,好去傍云乡[14]。

题解

本诗录自周树模著、1933 年版《沈观斋诗·三册》第 33 页。

姻丈:对姻亲长辈的尊称。

注释

[1]亲串:亲近的人,后指亲戚。

绸缪(móu):情意殷切。

[2]门巷:门庭里巷。

数(shuò):屡次。

稠:密。

[3]衔杯:典自"衔杯对刘"。谓与酒友相聚。晋刘伶嗜酒,在文章中抒写痛饮之状及饮酒之乐。

脱屣(xǐ):典自"脱屣登仙"。汉武帝听到神话中有黄帝乘龙升天而去后,感叹地说:"我要能像黄帝那样升天而去,我将抛弃妻子如同抛拖鞋一

样。"后递用为弃家求仙之典。

[4]只鸡局:谓以微薄的祭品祭奠亡友。

深明:犹精深。

[5]词曹:指文学侍从之官。亦借指翰林。

九卿:此处指胡聘之任太仆寺少卿。参见本书周嘉谟《途次志喜(二首)》注释[12]"大小九卿"。

[6]同光:清同治(清穆宗年号)与清光绪(清德宗年号)的并称。

悬赘:附赘悬疣。附长在皮肤的

肉瘤、吊挂在皮肤上的瘊子。比喻多余无用的东西。

[7]鼠狗频年患:指辛亥革命前后的动荡。

莺花:莺啼花开。泛指春日景色。

[8]杖节吾诚忝(tiǎn):我实在是愧为地方大员。杖节:执持旄节。古代帝王授予将帅兵权或遣使四方,给旄节以为凭信。忝:辱,有愧于。常用作谦辞。

抽簪:谓弃官引退。古时做官的人须束发整冠,用簪连冠于发,故称引退为抽簪。

[9]至人:庄子用语。谓超俗得道之人。

甘处晦:甘于身处晦暗。指归隐。

衰凤:比喻衰世。孔子自叹身处衰世,凤鸟、河图不再出现。

[10]郢曲移宫徵(zhǐ):有"换羽移宫"的意思。指乐声之变化。此暗喻朝代的更替。

郢曲:战国时楚地的歌曲。比喻优美动听的乐曲。

宫徵:宫、商、角、徵、羽五音中的两个音,泛指五音。

吴羹:吴人所做的羹。以味美著称。故常用指美味佳肴。

蕨薇:蕨与薇。均为山菜,每联用之以指代野蔬。

[11]耆旧:故老,年老的旧好。

[12]方镇:镇守一方的军事地区名。其长官晋时称持节都督,唐时称节度使。唐代的大方镇管辖十余州,小方镇管辖三、四州。此处指清代地方最高行政长官总督、巡抚。

清芬:喻高洁的德行。

石庄:胡承诺,字君信,号石庄,天门人。明崇祯举人,入清后拒绝科举,拒绝官职。

[13]观化逢虞腊:指胡聘之逝世恰逢清朝灭亡。

观化:死亡的婉辞。

虞腊:典自"假途灭虢(guó)"。晋国向虞国借道攻打虢国,虞大夫宫之奇劝谏,虞君仍不听,他便率领族人逃奔曹国,并说:"虞不腊(不能在十二月祭祀祖先,即灭亡)矣!"此处指清亡。

还真:指死亡。

[14]羲皇平日梦:典自"北窗卧羲皇"。晋代陶潜曾经说:"五六月时,在北窗下睡卧,遇到凉风忽至,仿佛觉得自己就是上古伏羲时代的人。"形容人生活闲散自适。

云乡:白云乡,白云聚集之所。指深山中道士修炼或高士隐居之所。

老　境

周树模

老境如行路,经过始自知。一筇山曲处,双楫海枯时[1]。夜漏醒残梦,春花发故枝[2]。前尘从断灭,何有未来思[3]?

题解

本诗录自周树模著、1933 年版《沈观斋诗·一册》第 33 页。

注释

[1]一筇(qióng):一杖。筇:可以做手杖的竹子。

[2]夜漏:夜间的时刻。漏:古代滴水计时的器具。

[3]前尘:犹前迹,往事。断灭:绝灭。

斋中卧雨

周树模

梦里不知春去半,画帘香烬雨如秋。烟村桃杏寒无语,雾市蛟龙昼出游。囊括尚余三寸舌,花开已白五分头[1]。门前剥啄讯来客,多是中朝旧辈流[2]。

题解

本诗录自周树模著、1933 年版《沈观斋诗·一册》第 33 页。

注释

[1]囊括:括囊。喻闭口不言。五分:犹言五成,一半。

[2]剥啄:象声词。敲门或下棋声。讯来客:有客来访。也可理解为

告诉主人有客来访。讯：访问。也可　　理解为告诉。

挽杨杏城士琦联

周树模

凡事不为人先，平生所得犹龙学[1]；

此才止于中寿，起死曾无扁鹊方[2]。

题解

本联录自吴恭亨编、刘冬梅点校，上海科学技术文献出版社 2016 年版《对联话·卷九·哀挽四》第 275 页。

杨杏城士琦：杨士琦（1862—1918 年），字杏丞、杏城，安徽泗州（今泗县）人。举人。曾任袁世凯内阁邮传部大臣等职。

注释

[1]犹龙：谓道之高深奇妙，如龙之变化不可测。语出《史记·老子韩非列传》：孔子去，谓弟子曰："至于龙，吾不能知，其乘风云而上天。吾今日见老子，其犹龙邪！"孔子深叹其思想精深，犹如在天之龙，难见其首尾与变化。

[2]中寿：中等的年寿。

江省中俄边界办结情形折

周树模

奏为江省中俄边界业经会商核定，立案调印，谨将办结情形恭折具陈，仰祈圣鉴事。

窃宣统三年二月间，"准外务部咨行，奏请简派大员会勘中俄边界"一折[1]。钦奉朱批："著派周树模充会勘中俄边界大臣。"钦此钦遵[2]。行知来江[3],嗣于五月间,俄会勘边界大臣菩提罗甫率同随议各员,来至齐齐哈尔省城,会同商订,当将开议情形电奏。奉旨:"著周树模按照所陈情形,详细查勘,妥慎筹议,随时电商外务部办理。"钦此钦遵。在案[4]。

查江省地处边陲,三面邻俄。其西北一面与俄接壤者,原分水陆两路。陆路自塔尔巴干达呼第五十八鄂博起[5],至阿巴该图第六十三鄂博止,计长一百八十余里。水路自阿巴该图起,至额尔古纳河口止,计长一千四百余里。陆路国界定于雍正五年《阿巴该图界约》,水路则定于康熙二十八年《尼布楚条约》。水有天然之河流,陆有人为之鄂博,界限本极分明。乃历年既远,河流不免迁移,鄂博复多坍塌,只以地方荒僻,人户稀零,彼此尚能相安。自东清铁路与西比利亚连轨,沿边形势遂一变而为冲繁[6]。俄边村落相望,日以繁滋。我之旧设卡伦,既以年久废弛,庚子一役[7],守卡官兵又复逃亡殆尽,举凡刈草刊木、采矿开垦并渔猎牧畜等事,俄人皆恣意侵越,界务遂多**缪辖**[8]。所尤重者,俄人于东清铁路首站满洲里地方,布置经营,不遗余力;并将西比利亚车站暗中联接,错置其间;而以国防陆军建营移驻,攘夺私计,几于路人皆知。维时吉林延吉界务,正形棘手,惩前毖后,防维实不容迟。乃商同升任督臣徐世昌,一面在满洲里设置胪滨府治,并开立税关,以预占地步;一面严密派员将沿边界线确切调查,以备提议勘定,预杜侵越。此勘界缘起之大概情形也。

及宣统二年春间,商准外务部与驻京俄使,议定两国各派专员将沿边界线会同勘定。当委升任呼伦兵备道宋小濂酌派随员暨翻译、测绘各员,会同俄员儒达诺甫前往查勘。惟水陆各界二百年来从未复加勘定。既无当时互换印图足资考据,惟就条约意义与实地形势两相印证。而译音互异,陵谷多迁[9],以意揣测,颇难确定。况夏则港汊纷歧,冬则风雪弥漫,往复履勘,尤极困难。俄员复多方狡展[10],惟利是图。水路则以新旧河身为词,意在并包洲渚,独占航路。陆路则以国界鄂博强半无存[11],而蒙人致祭鄂博又复所在多有,牵混难清,得以随处附会[12],其所指塔奔托罗海并索克图及额尔得尼各界点,均在满洲里迤南[13],竟将满洲里地方划入彼境。其于华员所指各界点,若索克图暨察罕敖拉则会勘而不立案。若塔奔托罗海则并不前往会勘。甚至初勘阿巴图该时,彼竟调来兵队,越界开枪,肆意咆哮[14]。当经电咨外部,仍饬宋小濂与之和平商办。嗣后查勘各界,但以己意绘图注说,听候核夺,不必过事争持[15]。计自宣统二年四月起,三年三月止,时阅一年,水陆均经勘竣。陆路之未经会勘暨勘未立案各处,一并汇案送省,俟与俄大臣会同商订。此会勘边界之大概情形也。

当开议之初,即经彼此商明,只就两国勘界员所呈指界图暨会议录分别核定,毋庸亲往复勘;并订明核定各界,先由两原勘员陈述意见,提出证据,然后由两大臣秉公核办。即自塔尔巴干达呼第五十八鄂博起,以次核议,乃会议至九次,为时将两月,仅塔尔巴干达呼一处,彼此各执一词。在我以为可凭,在彼亦以为有据。徒此迁延,毫无要领。乃商令两国随议员各陈意见,通筹解决方法,再行会商。嗣经各随员提出陆路六鄂博一并核议,当经双方认可,以期简捷。

窃维此次界务,实以满洲里关系为最重。该处未经议定,其余均难解决。惟开议以来,未将满洲里单行提议。若令陆路合议,即可觇俄界务处全体对于满洲里是否与原勘员意见相同,庶便设法对付。又以正式会议必须立案,兹事体大[16],两大臣均不便轻于发言。若各随员私相讨论,彼此同意,则据以订定,否则作为无效,尽可任便陈说。故复婉商俄大臣,仍令各随员公同研究,勿挟争执之见,但求解决之方,一俟议有端绪,即呈由两大臣酌核订定,及各随员往复磋商。俄界务处虽不争前指之界,竟主张由满洲里划分,其意以车站为界,东清路线属我,西比利亚路线属俄。当经将该处属我领土一切确证据实质问,俄员等始则闪烁其词,继则强不说理。嗣复由俄大臣在议场提出一图,将无关重要地点略向北移,满洲里站仍然划入彼界。自谓极力让步,界线最为确实,立时迫求回答。时值江省防务吃紧,俄员乘危要挟,日促会议。臣一意坚持,不为所动。谈判之际,仍主和平,正告以满洲里为东清铁路租借地,系各国指开商埠地方,俄与各国早已公认为中国领土,万不能破坏东清铁路合同暨《朴斯茅茨条约》,以此相让,并当场宣明,此为最后宣言。俄大臣始默然无词,谓须请示政府,再行会议。当经电请外部,转电驻俄钦使与俄外部直接商办、往复磋商,俄政府始认将满洲里全城仍归中国管领。乃与俄大臣接续订议。其余各界,酌为退让,均系无甚妨碍。且从前约文单简,图记缺如,亦无确实证据可以指为我境。水路则将河中洲渚属中属俄分别核定。其两国边界按照原约,仍以额尔古纳河流为定。叠经会立第一、第二、第三,三次商定案暨核定水陆各界总案,先后签押盖印,彼此互换。所有陆路各界,议定通挖土壕,分立石碑,并将各界里数、方向暨经纬度数,刊入碑内。其水路从前误会各洲渚,亦各树立石碑,载明方里、度数,以垂久远而资遵守。此核定边界之大概情形也。

伏念中俄壤土相接,前此分界之案,靡不为其所侵。此次勘界以来,初受日俄协约之影响,继有蒙古商约之冲突,近则东南纷扰,警报频闻。俄员利此时机,势欲得满洲里而甘心。臣以满洲里站为列强注目之地,一涉退让,他国必借均势之说,要求同等利益,不得不始终坚持。幸赖京外协力,卒能就我范围,陆无损于边要,水仍限以河流。值兹时会之万难,尚不料有此和平之解决也。所有商定各案,本拟奏明请旨,适准外务部电咨划界条款业经俄使商准,作为完全了结,无须由两国政府批准,等因[17],自应遵照办理,以期迅速结案。

除将全案图表分咨阁部查照外,所有江省中俄边界业经会商核定缘由,理合恭折具陈,伏乞皇上圣鉴[18]。谨奏。

宣统三年十一月初五日。

题解

本文录自《近代中国史料丛刊》第一编第十九辑、周树模著《周中丞(少朴)抚江奏稿》(影印本)第1017页。文末上奏时间原在标题之下。

注释

[1]宣统三年:辛亥,1911年。咨行:将咨文移送平行机关。咨:旧时公文的一种。咨文的简称。用于同级机关。

简派:选派。

[2]钦此钦遵:旧时阁臣代皇帝批阅奏章和朝臣向皇帝启奏时每每使用的语词,意思是圣上旨意在此,领旨者遵命而行。

[3]行知:指通知事项的文书。

[4]在案:旧时公文用语。用作公文之承接语,不分引文等级。意即"有文在卷"。凡引文中引叙前文,在引结处用此语。

[5]鄂博:亦作敖包、脑包,蒙古语音译,意为"堆子"。

[6]冲繁:谓地当冲要,事务繁重。

[7]卡伦:满语音译,意为"防守处""哨所"。

庚子一役:庚子年(1900年),八国联军进犯北京。

[8]轇轕(jiāo gé):交错,杂乱。引申为纠缠不清。

[9]陵谷:指地势高低的变动。

[10]狡展:狡赖。

[11]强半:过半,大半。

[12]牵混:牵连混杂。

[13]迤南:向南。迤:延伸,向。

[14]恫(tóng)喝:恫吓。威吓,吓唬。

[15]核夺:审核决定。

过事:过问。

[16]兹事体大:此事重大。体:体制,规模。

[17]等因:公文用语,用于结束所引来文。意为"各项原因",用此作引结,使引文起讫分明。

[18]分咨:分别向各机关发出咨文。平级机关的来往咨文中,凡内容相同的咨文不止发往一个机关,即用此语附带说明。

阁部:明清时内阁的别称。

查照:旧时公文用语。要对方注意文件内容,或按照文件内容(办事)。

理合:照理应当。旧时公文用语。用作上行文归结语。

金山公余摘钞叙

周树模

吾邑刘赤骥先生,笃厚君子也[1]。与予同年成进士,出宰金山,有惠政[2]。士涵其教[3],民乐其居。在事殆且十年,子弟视民,民亦忘其为官长,盖煦煦然相乐也[4]。君澹于宦情,早有退志[5]。寻即乞假以归,山居多暇,辑士民所致颂祷之诗及其相与唱酬之作,命曰《金山鸿泥偶存》并《公余摘钞》,以书问序于予[6]。

予惟古今言吏治,如两汉尚已顾其时玺书褒勉[7],惟曰:"安静之吏,恺悌无华;日计不足,岁计有余[8]。"良史称述循吏之迹,亦曰:"所居无赫赫名,去后常见思[9]。"不必有非常而可怪者。然则君之所以治金山,与金山之人惓惓于君,谣咏而不能自已者[10],可知也已。今行省大吏以偿币之故,方急征敛[11],选用武健有气力者,朘民饷敌,竭泽而不恤其后,使民嚣然丧其乐生之心[12]。君得以此时引退闲居,与门生、儿子徜徉山水间,不可谓非幸。独予以不轩不轾之身,蹀躞黄尘,弗获与故人买山而偕隐[13]。循览卷中归来之什,其能无辍笔而怃然也乎[14]!

光绪二十八年,岁次壬寅,年愚弟周树模拜撰[15]。

题解

本文录自刘元诚著、清光绪二十八年(1902年)版《金山公余摘钞·卷一》。原题为《叙》。

注释

[1]飒:音fān。

笃厚:忠实厚道。

[2]出宰:由京官外出任县官。

金山:清江苏省松江府金山县,今上海市金山区。

惠政:仁政,德政。

[3]涵其教:为其教所浸润。涵:浸润,滋润。

[4]在事:居官任事。

殆且:接近,将近。

煦煦:和悦貌。

[5]宦情:做官的志趣、意愿。

退志:指辞官引退之志。

[6]问序于予:向我要序。请我作序。

[7]惟:想,考虑。

玺书:古代以泥封加印的文书。秦以后专指皇帝的诏书。

褒勉:嘉奖勉励。

[8]安静之吏,恺悌(kǔn bì)无华;日计不足,岁计有余:语出《后汉书·章帝纪》:"安静之吏,恺悌无华;日计不足,月计有余。"沉静稳重的官吏,至诚而不浮华。任职初期往往显得政绩不足,经过一段时间则显示出政绩绰绰有余。恺悌:至诚。

[9]所居无赫赫名,去后常见思:语出《汉书·何武传》:"其所居亦无赫

赫名,去后常见思。"这些官吏在位时无赫赫之名,离职后却常常被地方士民怀念。

[10] 惓惓(quán):深切思念,念念不忘。

谣咏:歌颂。

[11] 行省:古代地方最高一级行政机构。参见本书第一卷陈所学《奉贺藩伯明卿周公(周嘉谟)六十初度序》注释[4]。

偿币:赔款。

征敛:征收赋税。

[12] 朘(juān):剥削。

不恤:不忧悯,不顾惜。

嚣然:扰攘不宁貌。

乐生:谓以生为乐。

[13] 不轩不轾(zhì):车前高后低叫轩,前低后高叫轾,引申为高低、轻重、优劣。语出苏轼《上王兵部书》:"升高而不轾,走下而不轩。"此处指作

者撰写本文时,自觉地位不高不低。周树模墓志铭记载:"壬寅,服阕,入都,由编修授御史。"

蹀躞(dié xiè):小步行走。

黄尘:比喻俗世,尘世。

故人:旧交,老友。此处指《金山公余摘钞》作者刘元诚。

买山:《世说新语·排调》:晋代支道林派人请求深公允许他买下印山,作为隐居之所。深公答:"从没听说巢父、许由买山隐居。"后用买山等指归隐山林。

偕隐:一起隐居。

[14] 循览:浏览。

什:篇什。《诗经》的"雅"和"颂"以十篇为一什,所以诗章又称篇什。

怃(wǔ)然:惊愕貌。

[15] 光绪二十八年:1902 年。

年:科举时代同科考中者互称。

他塔喇氏家谱序

周树模

长白魁星阶观察,四修其家谱既竟,问序于树模[1]。树模受读终篇,凡古人收族敬宗之意与夫图牒传载之义例[2],具见于今江苏巡抚、四川程公德全两序及星阶自撰序例之中。粲然具备,无取复称[3],乃述族谱之所由兴起与其递变之故、关系之钜,最录而归之[4]。叙曰:

《周官》小史奠系世、辨昭穆[5]。谱录之掌,古有专司。司马迁以五帝系牒、尚书集世记为三代世表,民族渊源有自来矣[6]。班固以还不载谱系[7],小史之掌流为私家著述。魏晋以降迄乎六朝,族望渐崇,郡望乃重[8]。若沛国、宏农、太原、陇西、陈郡、琅琊之属,虽子姓散处至于殊方,而推言族望[9],必本所始。至于有唐,斯风未坠。刘知几讨论史志,谓族谱之书允宜入史[10]。欧阳修《后唐书》推本其意[11],撰为宰相世系。顾清门华胄不为宰相者,时有所遗途术稍稍隘已[12]。自宋以还,史家不得师承,斯义遂湮。惟郑樵《通志》首著氏族之略,其叙例之文,发明谱牒所系,慨切言之,所以重人类而明伦叙,盖得先王保民之精意焉[13]。元明以降,史官不及家世,谱牒乃为私家世守之册,君子于以知世变矣。

今夫比人斯有家,比家斯有国[14]。国也者,家族之所萃处[15],人类之所集合也。集合萃处,而无秩序以维持之,则人类不可以一日宁。秩序之生,生于爱敬;爱敬之心,发之于至亲之地,推之至于无远弗届,庶几大同之盛治也[16]。《易》同人之象曰:"君子以类族辨物[17]。"万物之生人为贵。人之所以异于物者,以族为类,由家人以薪至于同人也[18]。《书》曰:"九族既睦,平章百姓[19]。"言九族有和睦雍熙之征,百姓乃得辨别而章明之也[20]。孟子所谓施由亲始,实为中国一本之教、至精之义[21]。自近世国家主义东渐于中国,于是墨其说而杨其心之学者,欲并家族主义而废之[22]。又其甚者,直以中国敬宗收族之义为财竭兵孱之根[23]。因为是言者,抑何求法国拿氏之纪、美国华氏之传原本读之,其首篇皆详考受姓之原、支派之别[24],屡千万言,惟恐其不详且尽者,何尝内国家而外家族哉?

然则星阶观察是编之修,合于古人宗族之旨,仍无悖乎近世国家之义,傥所谓能会其通者耶[25]?抑又闻之奇渥温氏自北徼入主中夏者九十年,其姓氏名字皆由迻译而成[26]。后之修史者,以官私著述无可考证,遂至父子异姓、兄弟异籍、一人两传、两人一传,纠漫纷纭,不可究诘[27]。使蒙古之族而有星阶其人,家有谱牒以诏来祀,则后之秉笔执简者有所征实,何至乖连错谬[28],使后之读者仰其人之丰功伟业、嘉言懿行,而不能知为谁何之子姓也耶?然则闻星阶之风,其亦有投袂而起、操觚以从[29],记述宗谱,以备史官采择者欤,则尤区区所跂望于八旗华胄之通德君子[30],不能自已者也。

黑龙江巡抚、天门周树模拜撰。宣统三年九月[31]。

题解

本文录自他塔喇魁升纂修、1913年版《吉林他塔喇氏家谱》。

他塔喇:即元时塔塔儿,清初为满洲著姓,其氏族散处于扎库木、安楚拉库等地。

注释

[1]长白魁星阶观察:指魁升。魁升,他塔喇氏,字星阶,满洲镶红旗人,吉林永吉人。清宣统三年(1911年)任奉天财政司司长。1913年任黑龙江省财政厅厅长,7月任奉天政务厅厅长,暂代奉天省省长。观察:明清时道的行政长官别称观察。

问序:请作序。

[2]义例:著书的主旨和体例。

[3]粲然:明白貌。

无取复称:不敢将别人的话取为己有,再述说一番。

[4]递变:演变。

钜:通"巨"。

最录:集录。最:聚,聚合。

[5]小史奠系世、辨昭穆:语出《周礼·春官宗伯》:"小史掌邦国之志,奠系世,辨昭穆。"小史掌管王国和王畿内侯国的史记,撰定帝系和世本,辨别昭穆的次序。

小史:古小官名。

系世:记载世系的谱牒。

昭穆:此处泛指宗族关系。参见本书第二卷谭纂《安陆府志序》注释[14]。

[6]司马迁以五帝系牒、尚书集世记为三代世表:语出司马迁《史记·三代世表》:"于是以五帝系谍、尚书集世纪黄帝以来讫共和为世表。"于是利用《五帝系谍》《尚书》编列的世系,记载黄帝以来到共和这一时期,撰成《三代世表》)。

世表:世系表。以图表形式列叙帝王、大臣及其宗族世系事迹。

自来:由来。

[7]以还:以后,以来。

[8]以降:以下,以后。

族望:有声望的名门大族。

郡望:古称郡中为众人所仰望的贵显家族,如陇西李氏、太原王氏、汝南周氏等。

[9]沛国:指桓姓郡望沛国。今龙亢、相、铚(zhì)三县。

宏农:弘农杨氏即华阴杨氏。指杨姓郡望弘农郡。

太原:指王姓郡望太原郡。

陇西:指李姓郡望陇西郡。

陈郡:指谢姓郡望陈郡阳夏,今河南省太康县。

琅琊:指王姓郡望琅琊郡。今山东临沂。

子姓:泛指子孙、后辈。

殊方:远方,异域。

推言:推断论说。

[10]允宜:合宜。

[11]后唐书:指《新唐书》。

推本:探究,寻究根源。

[12]清门:清贵的门第。

华胄:指显贵者的后代。

途术:方法,办法。

[13]郑樵《通志》首著氏族之略:指郑樵所著《通志》中的"氏族略"。

慨切:愤激而恳切。

伦叙:有条理,顺序。

精意:精深的意旨。

[14]比:合。

[15]萃处:聚集。

[16]无远弗届:没有什么地方达不到。

庶几:希望,但愿。

大同:古代儒家所称上古以"天下为公"的社会,与"以天下为家"的"小

康"社会相对。

盛治:昌明的政治。

[17]同人:《易》卦名。离下乾上。意为与人和协。

君子以类族辨物:语出《周易·同人》卦辞:"天与火,同人,君子以类族辨物。"天火相互亲和,象征和同于人;君子因此分析人类群体而辨别各种事物以审异求同。

[18]蕲:通"祈"。祈求。

[19]九族既睦,平章百姓:各族和睦后,又辨明彰显朝廷百官的职守。语出《尚书·尧典》。平章:辨别彰明。百姓:百官。

[20]雍熙:谓和乐升平。

章明:昭著,显扬。

[21]孟子所谓施由亲始:语出《孟子·滕文公上》:"爱无差等,施由亲始。"人对人的爱是没有亲疏厚薄的区别,只是实行起来从父母开始罢了。

一本:同一根本。

至精:最为精深。

[22]国家主义:一般指以国家为最高价值、承认国家权力可以制约市民生活的一种政治原理。盛行于十九世纪的欧洲。

东渐:向东流入。引申谓向东方流传。

墨其说而杨其心:意思是,奉杨墨学说为宗。此处有"异端"的意思。墨、杨指战国时墨翟、杨朱,并称"杨墨"。杨朱主为我,墨翟主兼爱,是战

国时期与儒家对立的两个重要学派，为儒家斥为异端。《孟子·滕文公下》："杨墨二道不息，孔子之道不著，是邪说诬民，充塞仁义也。"

家族主义：以大家庭为纽带的宗族观念。中国儒家的伦理道德。家长制、数代同堂、门第思想、扬名显亲、封妻荫子等都是家族主义的表现。

[23]孱(chán)：弱。

[24]受姓：皇帝对有功臣民赐姓。

[25]傥：或许，或者。

会其通：会合变通。

[26]奇渥温：成吉思汗一族蒙古人的姓氏。

北徼：北部边境，北方边远地区。

中夏：指华夏，中国。

迻(yí)译：翻译。

[27]纠漫：纠缦。萦回缭绕貌。

究诘：追根问底。

[28]来祀：来年，后世。

执简：写作。

乖迕：抵触，违逆。

[29]投袂(mèi)：挥袖，甩袖。形容决绝或奋发。

操觚(gū)：执简。谓写作。

[30]区区：自称的谦词。

跂(qǐ)望：举踵翘望。跂：踮起脚跟站着。

通德：共同遵循的道德。

[31]宣统三年：辛亥，1911年。

胡石庄先生（胡承诺）诗集序

周树模

予年既冠[1]，居武昌经心学舍，始获读石庄先生《绎志》，略以窥见先生之学，盖岿然一代大儒也，而未知其能诗。后官京师，从其裔孙处得《菊佳轩诗》钞本，急欲录副梓行，适有乘槎之役，卒卒未果[2]。比还朝，则出为外吏[3]，南北驰走者且十年，不幸身见陵谷之变，一时知旧濡响相约为吟社[4]，以适己事。其于昔人著述之存佚，间加搜讨。一日，胡子民丈出家藏石庄诗旧刻见示[5]，《菊佳轩》外，益以《青玉轩》《颐志堂》二集。先生之诗，乃见完本。于是谋所以广其传，浼沈乙庵、樊樊山二公分任校勘，陈仁先侍御督剞劂[6]。十阅月而工竣[7]，用以偿予十余年之夙愿，不为非幸。

窃维先生之学，通天人，赅体用，姜斋、南雷未能或之先也[8]。诗亦浸淫汉魏,如古法物,非世俗稀绣章句者比[9]。顾其身隐文晦,埋藏巾柘间,以遂其孤往之韵[10]。其见于国初人著录者,仅亭林《日知录》附见参订名氏,《渔洋感旧集》存诗数十篇而已[11]。曩观《湖广通志》,列先生于《文苑》,于其所著书无最目焉[12],未尝不叹其识之陋而秉笔者之疏也。以《绎志》之奥美精深,百年后得李申耆而始显[13]。今距先生二百数十年矣,乃得以见此集之全。呜呼!文之传不传,与其传之或显或不显,岂得不谓之有数乎[14]?因备述获睹此集之崖略而即以志吾感焉[15]。

岁在焉逢摄提格立秋节,同邑后学周树模谨序[16]。

题解

本文录自胡承诺著、1916 年沈观斋重刻本《石庄先生诗集》。

胡石庄:胡承诺(1607—1681 年),字君信,号石庄,天门人。明崇祯举人。理学家,诗人。

注释

[1]冠:古代男子到成年则举行加冠礼,叫做冠。一般在二十岁。泛指成年。

[2]录副:指另录一份备案存查。

梓行:刻版印行。亦泛指出版。

乘槎(chá):传说天河与海通,有居住海岛的人乘槎浮海而至天河,看见牛郎织女。见张华《博物志·卷三》。后用以比喻奉使。槎:竹、木筏。

卒卒(cù):匆促急迫的样子。

[3]比:等到。

外吏:指地方官。

[4]陵谷之变:高岸变深谷,深谷变丘陵。比喻事物发生巨大变化。此处指朝代更替。语本《诗经·小雅·十月之交》:"百川沸腾,山冢崒(zú)崩,高岸为谷,深谷为陵。"

濡呴(xǔ):比喻济助。

吟社:诗社。

[5]胡子民:字伯寅,天门人。清光绪举人。

丈:对长辈的尊称。

见示:敬辞。对方把某物给自己看。

[6]浼(měi):请托。

沈乙庵:沈增植,字子培,号乙庵,浙江嘉兴人。清光绪六年(1880 年)进士,授刑部主事。

樊樊山:樊增祥,字嘉父,号云门,别字樊山,湖北恩施人。清光绪三年

(1877年)进士。累官陕西、护理两江总督。民国时,与周树模、左绍佐称"楚中三老"。

陈仁先:陈曾寿,字仁先,号耐寂、复志、焦庵,湖北蕲水县(今浠水县)人。清光绪二十九年(1903年)进士。官至都察院广东监察御史。

劌劂(jī jué):本指刻镂的刀具,此处是雕版、刻印的意思。

[7]十阅月:经过十个月。阅:经过,经历。

[8]窃维:私下考虑。谦辞。

天人:是中国伦理史上的一对重要范畴。古指天和人、天道和人道或自然和人为。

赅:完备。

体用:古代哲学的一对范畴。指本体和作用。一般认为,"体"是最根本的,即本原、根本;"用"是"体"的外在表现,即"体"的功能或作用。

姜斋:王夫之(1619—1692年),字而农,号姜斋,湖南衡阳人,晚年居衡阳之石船山,学者称为船山先生,是明清之际思想家。

南雷:黄宗羲(1610—1695年),字太冲,号南雷,学者称梨洲先生,浙江余姚人。明清之际思想家、史学家。

[9]浸淫:涉足,涉及。

法物:指法度、制度。

稀绣:疑指文章或学说不严整。

章句:文章的章节与句子。

[10]巾柘:指巾水和柘水。巾水即今石家河,俗称东河。柘水即天门河。

孤往:独自前往。喻指归隐。

[11]亭林:顾炎武初名绛,字宁人,居亭林镇,号亭林,江苏昆山人。

渔洋感旧集:清初文学家王士禛编选的一部收录清初诗人诗作的诗歌总集。王士禛:王士禛。清乾隆时,诏命改称士禛,号渔洋山人,山东新城(今桓台)人。清顺治时进士,曾任刑部尚书。

[12]曩(nǎng):从前,过去。

最目:总括文书内容的提要或目次,总目。

[13]李申耆:李兆洛,清代文学家、史学家、藏书家。其先本姓王,养于李家,遂姓李。字绅琦,更字申耆,晚号养一老人,阳湖(今江苏武进)人。清嘉庆十年(1805年)进士。主讲江阴暨阳书院二十年。致力于考据训诂。为阳湖派重要作家。

[14]有数:有气数,有因缘。旧谓命中注定。

[15]备述:详尽叙说。

崖略:大略,梗概。

[16]焉逢(péng)摄提格:甲寅年的太岁纪年名。1914年。焉逢:同"阏逢"。十大天干纪年"甲"的别称。摄提格:十二地支中"寅"的别称,用以纪年。

鲁文恪公（鲁铎）遗集序

周树模

　　天门在明曰景陵。距县治东六十里，有市曰乾镇[1]。南瞰澄湖，北枕华严、松石二湖。地气清淑，代产巨人[2]。明弘治时，鲁文恪公崛起东冈间，由翰林起家，荐升至祭酒[3]，遂谢病归，累征不起，以清德著名于时[4]。洎隆、万之际，周少保嘉谟、陈司徒所学，同时跻正卿，均以忤魏阉乞休归里[5]，名在东林党籍中，俗所称"一巷两尚书"者是也，其立朝大节，百世下犹在人口。冠盖之里[6]，为世夸荣，抑其次已。顾砥砺修名，蝉蜕轩冕，浸成为一乡风气者[7]，实自文恪公开之。

　　予以不才，生诸公之后，又同居一地，其感发兴起逾越寻常[8]。自有识以来，时欲搜访遗文以为矜式，迄不可得[9]。其散见于邑志杂记者，不过零章断句而已，无以知作者之大全。今年春，鲁公裔孙藩抱其遗集至都下[10]，问序于予。予受而读之，凡诗赋杂文共十卷，首尾完具，编次厘然[11]。综观诸作，大抵以盛德发为雅言，异于明人之矜奇吊诡、务为凌厉锋发、以才气高人者[12]。语淡而味长，气华而理实。其意初不在文，而其文敻乎不可及已[13]。

　　独念少保风猷彪炳史册[14]，而其文字不传。闻司徒有遗集钞本藏族之长老家，珍秘不以示人。倘能如文恪后人，表章先德，急谋梓行[15]，以广其传，予虽老，犹乐从事校雠之役也[16]。因序鲁公集，并以讯诸陈之宗人焉[17]。

　　辛酉岁春三月[18]，同里后学周树模谨序。

题解

本文录自 1922 年版《鲁文恪公集》（甘鹏云校、沈观斋刻）。

鲁文恪：鲁铎，谥文恪。

注释

[1]乾镇:天门市干驿镇古名乾镇驿。

[2]地气:土地山川所赋的灵气,风水。

清淑:清和。

[3]翰林:职官名。明清为进士朝考后,得庶吉士的称号。

荐升:一级一级地荣升到。

祭酒:国子监祭酒。古代中央政府官职之一,基本隶属于朝廷最高学府国子监。主要任务为掌大学之法与教学考试。

[4]清德:高洁的品德。

[5]隆、万之际:明隆庆、万历年间。

正卿:官名。即指九卿。后因九卿之外亦有卿官,故称九卿为正卿。

以忤魏阉乞休:因冒犯太监魏忠贤而恳乞去职告归。

[6]冠盖:仕宦的代称。

[7]修名:美好的名声。

蝉蜕轩冕:比喻解脱于官场。蝉蜕:蝉脱皮。比喻解脱。轩冕:卿大夫的轩车和冕服。做官的代称。

浸:润泽。

[8]感发兴起:感奋。

[9]矜式:犹示范。

迄:终于。

[10]都下:京都。

[11]编次厘然:编排次序很有条理。

[12]以盛德发为雅言:因为品德高尚,形诸笔墨,便成为正言。盛德:品德高尚,高尚的品德。雅言:指正确合理的言论。

矜奇:炫耀新奇。

吊诡:怪异,奇特。

凌厉锋发:形容文章意气昂扬、笔锋犀利。

[13]夐(xiòng):高超。

[14]风猷:风范道德。

[15]表章:同"表彰"。

梓行:刻版印行。亦泛指出版。

[16]校雠(jiào chóu):一人独校为校,二人对校为雠。谓考订书籍,纠正讹误。

[17]讯诸陈之宗人:将这件事告诉陈所学的族人。

[18]辛酉:1921年。

大隐楼集序

周树模

甘子药樵校刻嘉鱼方金湖先生《大隐楼集》竟[1]，持以示予，且督为序。余受而读之，凡十六卷，仍严冬友侍读编勘原本[2]，其裔孙承保乾隆间付刻者也。前有毕弇山尚书、卢抱经学士两序[3]。毕之言曰："同时作者如弇州、沧溟诸子，以立言为己任者，未能或之先也[4]。"卢之言曰："公诗不在沧溟、弇州下，而论诗者或不及之，将无以勋名掩其才华耶？"此皆确论，余固无以易也[5]。

明嘉、隆间，王、李主盟坛坫，天下学子靡然向风，于时竟陵、公安二派未兴，先生亦不能破王、李之藩而别有所树，盖笃于时然也[6]。且其意不在名，故名亦弗及。先生之恃以经国不朽者在于服俺答、奠北陲，为国家除数十年之边患[7]。今集中所载书、疏、论、议，关于边计者十而八九，其区处条理如大禹治水而脉络分明，如雷雨作解而百果草木皆甲坼[8]。适值江陵秉国[9]，采用其谋，于以成内外交济之功。

洎乎入管中枢[10]，告归得请，家居十五年，征召不及其门，赠谥不闻于后，亦事理之不可解者。先生之归也，哦诗问竹，啸歌于槃涧以自娱，若不复知有门户旌荣之事[11]，筑楼著书，署曰"大隐"，此其意岂可量耶？近三百年来，楚中不少劬学能文之士，顾往往深自讳匿[12]，不欲标榜以为名高；其在位也亦复难进易退，耻为斗捷争先、用徼一时之利[13]。由先生之事观之，楚风之旧有自来矣[14]。

余楚人也，其喜吟咏与先生同；其身当边局[15]，支持于危难之交，而幸免于过，亦与先生同。三复斯编，不无怅触[16]，因为标举大意如此，质诸药樵，想当相视而莫逆也[17]。

岁在元默阉茂七月既望，天门后学周树模叙[18]。

题解

本文录自方逢时著、1922 年版《大隐楼集》。方金湖:方逢时,字行之,号金湖,湖北嘉鱼人。明嘉靖二十年(1541 年)进士。辽东巡抚、兵部尚书。

注释

[1]甘子药樵:甘鹏云,字药樵,湖北潜江人。清光绪二十九年(1903 年)进士。吉林财政官。

竟:终了,完毕。

[2]严冬友:严长明,字冬友、冬有,江苏江宁人。内阁侍读。

[3]毕弇(yǎn)山:毕沅,因从沈德潜学于灵岩山,自号灵岩山人,江苏镇洋(今江苏太仓)人。清乾隆二十五年(1760 年)状元。湖广总督。

卢抱经:卢文弨(chāo),字召弓,号矶渔,又号檠斋、抱经,仁和(今浙江杭州)人。清乾隆十七年(1752 年)探花。提督湖南学政。

[4]弇州:明王世贞的别号弇州山人的省称。

沧溟:明李攀龙号沧溟。

未能或之先:未能或先之。没有人能够超过他。

[5]确论:精当确切的言论。

易:改变。

[6]王、李:指王世贞、李攀龙。

坛坫(diàn):议坛。

靡然向风:谓群起效尤而成风气。效尤:仿效坏的行为。

笃于时:眼界受着时令的制约。语出《庄子·外篇·秋水》。

[7]经国:治理国家。

服俺答:使俺答顺从。明万历初,方逢时总督宣大山西军务,与兵部尚书王崇古共决大计,接受俺答汗孙把汉那吉来降,使明与鞑靼归于和好。

奠北陲:稳定北方边境地区。奠:稳固地安置。

边患:边境遭到侵犯的祸患。

[8]区处:安排,处理。

雷雨作解而百果草木皆甲坼(chè):语出《易·解·彖(tuàn)传》:"雷雨作而百果草木皆甲坼。"雷雨作解:雷作。甲坼:种子外皮开裂而发芽。坼:裂开。

[9]江陵秉国:指神宗朝首辅张居正柄政,史称"江陵柄政"。秉国:执掌国政。

[10]洎(jì)乎:等到,待及。

入管中枢:指方逢时代替王崇古为尚书,署吏部事。

[11]哦诗:吟诗。

槃(pán)涧:指山林隐居之地。槃:快乐。

旌棨(qǐ):旌旗与棨戟。借指贵官。

[12]劬(qú)学:勤奋学习。

深自讳匿:自我隐匿。

[13]斗捷:取胜。

用徼一时之利:以谋一时之利。

[14]自来:由来,历来。

[15]边局:边疆局势。

[16]三复斯编:指反复阅读并体会这本书。

柽(chéng)触:感触。

[17]标举:揭示,标明。

质:评断。

莫逆:没有抵触。

[18]元默(yì)阉茂:壬戌年的太岁纪年名。1922年。元默:玄默。天干中"壬"的别称。阉茂:地支中"戌"的别称,用以纪年。

既望:周历以每月十五、十六日至廿二、廿三日为既望。后称农历十五日为望,十六日为既望。

叙:通"序"。

贻屠梅君(屠仁守)书

周树模

梅君世丈前辈大人左右[1]:

秋间挹清兄来京,接奉手谕[2],奖勖殷勤,甚感甚佩[3]。又汲汲以东事垂问,江湖魏阙[4],具见每饭不忘之思,即拟驰书奉布[5],而事关夷务,执政者讳莫如深,外廷不能得其要领[6],其见诸邸抄者,又无俟于赘言,以是久稽裁答[7]。

此次倭人兴兵,本以平高丽乱党为名,借遂其狡焉思启之计[8]。当事之初起,设以大军水陆继进,急起相持,倭谋未尝不阻也。乃北洋徘徊观望,累月经旬[9]。而我军之至高丽者,仅叶志超一军,兵不满二千人。而倭骤增兵至四五万人,火药粮饷,舳舻衔尾相接[10]。于是塞仁川之口[11],据韩王之城,筑炮台,布水雷,反客为主,以逸待劳。遂毁我师船,断我粮运。警报上闻,天子赫然震怒,催兵进发。海军提督丁汝昌贾竖下材,酒色余气,统带兵轮,逗挠不进[12],望见倭船,遁逃而返。俾倭人得以从容布置,扼守要隘。而我军更无海道进兵之地,专从陆路经营,会诸军于平壤,而大同江以南尽为倭有。唯时叶军孤悬牙山,援应已断。倭兵四合,血战连日,仅得溃围而出,逾小越堙,摘田瓜为食,间道抵平壤[13],兵众十损三四。平壤新集之兵,统帅未立,唯卫汝贵所部较多。卫汝贵者性贪诈,隶北洋麾下,以赂得统领,不为兵士所附。前驻天津小站营中,两次哗噪[14],争欲加刃。师行之日,人皆知其必败。平壤之役,果汝贵军先溃。虽左实贵忠勇奋发,独力支撑,众寡既悬,卒殒良将,此可为痛惜者也!

平壤溃后,我军退驻安州,扼险自固,乃政府趣令退师[15],画鸭绿江而守,于是朝鲜全境尽失。而我军日蹙[16],贼势益张。不得已命宋庆帮办北洋,出关节制诸军。驻九连城时,奉军阿恒额以二千兵守江下游,倭人乘其瑕而攻之。宋军赴援,倭从上游造浮桥暗度。宋军腹背受敌,败退摩天岭。兴京戒严,山陵之地,脱有震惊,臣子将自容何所?昨又闻金州告警,倭从皮子窝上岸扑金州,意在截断旅顺后路,得以水陆并进,内犯京师。诸路之兵难集,武库之械已空。举朝匡惧[17],不知所为。

谁秉国成,使边事决裂至此[18]?北洋办海军三十年,费国帑无数万[19],所称购船炮、制器械,皆空名无实。衅隙既开[20],先有和字横亘胸中,以致事事让人先著,自居后手。而政府二、三贪庸之辈,率以保全禄位、庇护私人为务。至军情危急,则皆相顾错愕[21],举棋不定。或有忠谋密计,其中专愎自擅者,又排抑而沮格之[22],以故着着皆错,渐至无着可下。即如丁、卫二将,国人皆曰可杀者也。台臣交章论劾,卒以扶之者众,免于失律之诛[23]。故疆场之士无一人致死者,此溃败之所以接踵也。事机已坏,天意难知。驻山海关之桂公,灞棘儿戏[24],素不知兵;羽林疲弱荷戈,观者匿笑[25],恐不足为长城之倚。传说朝廷注意在于太原,倘宫阙致尘生之变,将神州有陆沉之忧[26]。忆七、八年前相与把酒篝灯[27],纵谈时局。至于今日,不幸而其言皆验焉,亦可为悲愤而於邑矣[28]。我心如焚,不觉言之累纸,略无差择,唯希钧察不宣[29]。

十月三日树模顿首启。

题解

本文录自 2014 年版《湖北文征·第十二卷》第 156 页。

屠梅君：屠仁守，字梅君，号墨君，湖北孝感人。同治进士，选庶吉士，授编修。转都察院御史。授光禄寺少卿。左绍左《清授光禄大夫建威将军黑龙江巡抚周公墓志》记载："丙戌，会试，报罢，留京，馆于孝感屠侍御仁守家。侍御直声震天下，每有商榷，辄中窾要。君由是悟奏疏之秘，不为艰深，而沉潜于贾谊、陆贽之书，颇自谓有得也。"

注释

[1]世丈：有世交的长辈。

左右：旧时书信中称对方。不直称其人，仅称他的左右以示尊敬。

[2]接奉手谕：意为接到您亲笔写的指示。手谕：上司（或尊长）亲笔写的指示。

[3]奖勖(xù)：嘉奖勉励。

[4]汲汲：心情急切貌。

以东事垂问：以应对日本侵华的军务下问于我。东事：东方的事务。此处指应对日本侵华的军务。

江湖魏阙："身在江湖，心存魏阙"的缩略。指虽然隐居在野，心中却念念不忘政事。语出《庄子·让王》："身在江海之上，心居乎魏阙之下。"魏阙：古代宫门外两边高耸的楼观。楼观下常为悬布法令之所。亦借指朝廷。

[5]驰书：急速送信。

奉布：向收信人谦称自己写的书信。奉：敬辞。用于自己的举动涉及对方时。布：陈述，表达，抒写。

[6]夷务：清代后期指与外国有关系的各种事务。

讳莫如深：本谓事情重大，提起来会令人痛心，故而隐瞒不言。深：深重。

外廷：国君听政的地方。对内廷、禁中而言。也借指朝臣。

[7]邸抄：亦作"邸钞"。邸报，中国古代报纸的通称，地方长官在京师设邸，邸中传抄诏令、奏章等，以报于诸藩，故称。唐有，宋始称邸报，后世亦泛指朝廷官报，清代也称为京报，由报房商人经营。

无俟：不用等待。

以是久稽裁答：因此拖延回信。久稽：长期延续，长期拖延。裁答：作书答复。

[8]倭(wō)人：古代对日本人的称谓。

高丽：朝鲜历史上的王朝（918—1392 年）。我国习惯上多沿用来指称朝鲜或关于朝鲜的物产。

借遂其狡焉思启之计：借此实现侵华的图谋。

狡焉思启：谓怀贪诈之心图谋侵

人之国。语出《左传·成公八年》："夫狄焉思启封疆以利社稷者，何国蔑有？"

[9]北洋：北洋海军，北洋水师。清政府最大的海军舰队。

累月经旬：形容经历的时间长。累月：一月又一月。经旬：经过十来天。

[10]舳舻（zhú lú）：指首尾衔接的船只。舳：指船尾。舻：指船头。

[11]仁川：韩国第二大港市、海军基地。

[12]贾（gǔ）竖：旧时对商人的贱称。

下材：才能低劣的人。

酒色余气：有嗜酒、好色等邪旧之气集于一身的意思。嗜酒、好色、贪财、逞气，旧谓此四事最易致祸害人，故每并言。余气：残余未尽的邪旧之气。

统带：统辖带领。

兵轮：军舰。

逗挠：谓因怯阵而避敌。

[13]间（jiàn）道：抄小路。

[14]哗噪：喧哗吵嚷。

[15]趣令：急促下令。

[16]蹙（cù）：困窘。

[17]恇惧：畏惧。

[18]谁秉国成：谁把持朝政。国成：国家政务的权柄。

决裂：碎裂，破碎。

[19]国帑（tǎng）：国家的公款。

[20]衅隙：裂缝，可乘之隙。

[21]错愕（è）：因为事出仓促而惊惧。

[22]专愎（bì）自擅：专擅执拗。

排抑：排斥贬抑。

沮格：阻止，阻挠。

[23]台臣交章：宰辅重臣连续上奏。台臣：宰辅重臣。交章：谓官员交互向皇帝上书奏事。

失律：军行无纪律。

[24]灞棘儿戏：指军纪松散、衰败之师。汉文帝时，周亚夫为将军，屯军细柳。帝自劳军，至细柳营，因无军令而不得入。于是使使者持节诏将军，亚夫传令开壁门。既入，帝按辔徐行。至营，亚夫以军礼见，成礼而去。帝曰："此真将军矣！曩者灞上、棘门军，若儿戏耳！"见《史记·绛侯世家》。灞上：因地处灞水西高原上得名。在今陕西西安东，是古代咸阳、长安附近的军事要地。棘门：古地名。故址在今陕西省咸阳东北。

[25]羽林：禁卫军名。

匿笑：暗笑。

[26]陆沉：比喻国土沦陷于敌手。

[27]把酒篝灯：指灯下饮酒。篝灯：谓置灯于笼中。

[28]於邑：同"呜唈"。忧郁烦闷。

[29]略无差择：毫无选择。

唯希钧察：只是希望您能明察。钧：敬辞。用于对尊长或上级。

不宣：谓不一一细说。旧时书信末尾常用此语。

上胡蕲老（胡聘之）书

周树模

蕲生姻叔大人左右[1]：

春间接仪卿大弟手书，猥承盛谊，招襄幕事，于时已就两湖讲席，不便之他，当函致仪弟代达尊前，当蒙亮鉴[2]。敬维起居曼福、潭第增绥为颂[3]。

时局日益艰难。在朝在野，争言变法。横议百出，诡言莫惩[4]。至何以变而不失其正，变而不离其宗，当时不至窒碍难行，日久可以因仍无弊，则无有能言其窾要者[5]，由于博识时之名，而不达夫求治之实，又为西人之术所眩[6]，主见既乱，而思虑不密故也。

昨读长者《变通书院章程》一疏，周通详审[7]，字字经衡量而出。无老生守旧之迂谈，亦无世士用夷之悍说[8]。海内传诵，人皆以为名言。部下新政远聆大端，唯是采用西法，在中国乃为风气初开，于晋省尤属山林未启[9]，谋新舍旧，施措较难。所望移节东南，居江海通流之处，则高掌庶乎远跖[10]，大力益可回旋矣。

俄订新约，童孺皆知其不可，无故以东三省之地，拱手而授之虎狼。长白开矿，海口驻兵，尤为铸成大错。狡夷悍然而索之，庸臣贸然而许之。揆诸事理[11]，真不可解！法于广西开铁路，事同一例。以夷法考之，是直以属国视我矣，曷胜悲愤！

模一灯校艺，故纸痴蝇，徒以亲老远游，友朋规切，故郁郁居此[12]。或者大旆高迁，稍近乡土[13]。尚欲趋诣铃辕，面聆绪论[14]。不惟附小雅咨诹之末，兼欲储他时拜献之资[15]。

家乡频年水灾，今岁大风雹害尤甚[16]。庐舍荡坏，邑里萧条，流亡者众，蒿目棘心[17]。未识天意竟如何也！

专肃布诚，唯希钧察[18]。

题解

本文录自 2014 年版《湖北文征·第十二卷》第 157 页。

胡蕲老:胡聘之,字蕲生。老:古时对某些臣僚的尊称。

注释

[1]姻叔:凡亲戚中长自己一辈而又没有专门称呼的,如兄弟之岳父、姊妹之翁舅等,可称姻伯或姻叔,自称姻侄。如果长两辈,则可称太姻伯或太姻叔,自称姻再侄。

[2]猥:谦辞。犹言"辱"。

盛谊:深厚的情谊。

两湖:两湖书院。清光绪十六年(1890年),湖广总督张之洞创办于武昌,收湖北、湖南学生。

亮鉴:书函用语。意为察鉴、明鉴,了解我坦陈的好意、善意。亮:清亮,透亮。

[3]敬维起居曼福、潭第增绥为颂:深以您的起居幸福、府邸安顺为慰藉。

曼福:永远幸福。曼:长。

潭第:犹"贵府"。尊称别人的住宅。潭:大。

增绥:用于恭维问候对方安好绥和。

[4]横议:放纵、无所顾忌地批评、议论。

诡言:诡诈不正之言,怪诞不实之言。

[5]窒碍:有障碍,行不通。

因仍:犹因袭,沿袭。

窾(kuǎn)要:要害或问题的关键。窾:空处。要:要害。

[6]西人:旧时称欧美人。

眩:惑,迷乱。

[7]长者《变通书院章程》:指胡聘之《请变通书院章程折》。长者:旧时对德高者之称谓。多指性情谨厚者。

周通:四面畅达。

详审:详细,周密。

[8]世士用夷之悍说:当世之士用外来文化改造中国的猛劲言论。世士:当世之士。

[9]远聆大端:远远地聆听到事情的重要方面。

山林未启:山林尚未开辟。常指风气未开。

[10]移节:旧称大吏转任或改变驻地。

高掌庶乎远跖(zhí):高掌远跖,从高处擘开,往远处踏开。比喻规模宏伟的经营。传说黄河河神手擘脚踢,把华岳一山分开为二。掌:用手掌擘开。跖:用脚踏开。庶乎:表示对动作行为的揣测、估计,亦即"或许""大概"。

[11]揆(kuí):度量,揣度。

[12]校艺:考订儒家经籍。

故纸痴蝇:借指一味钻在古书堆里。比喻一味死读古书。语出宋·道原《景德传灯录·古灵神赞禅师》:"其师又一日在窗下看经,蜂子投窗纸求出。师睹之曰:'世界如许广阔,不肯出,钻他故纸,驴年去其?'"古灵神赞禅师在窗下看佛经,见有蜂想钻窗纸飞出去,说:"世界这么广阔,不肯出,偏偏去钻这旧纸,什么时候才能去得!"

亲老:父母年老。

规切:劝诫谏正。

郁郁:忧伤,沉闷。

[13]大旆(pèi):特指军前大旗。旆:旗上镶的燕尾状垂旒(liú)。

[14]铃辕:长官的公署或临时驻地。

面聆绪论:当面聆听教诲。绪论:言论。

[15]咨诹:咨询,访问。

[16]罹害:受害。罹:遭遇,受到。

[17]蒿目:举目远望。

[18]专肃布诚,唯希钧察:意为专此敬肃奉上我的诚恳之心,企望您能明察。

专肃:专诚敬书,禀白事情,词意较谨肃,敬肃略为亲密。

唯希钧察:只是希望您能明察。钧:敬辞。用于对尊长或上级。

示从弟泽生书

周树模

泽生弟足下:

南北暌阻[1],两岁于兹。想业与时进,声实均优[2]。比又鼓箧为诸生,则学中人也,益当黾勉有以副之[3]。里门薄俗,率以挂名胶序[4],视为学成。挑达子衿[5],同声相续。故书雅记[6],目不一睹;宿师良友[7],抗而弗亲。一室鸣息,百年醉梦。即有美材,终成枯落,可悼惜已。

夫学知不足,圣有明训[8]。不学之人,满腹何鼓?抑唐贤有云:"士先器识[9]。"器不深广,则涸若恶沱[10];识不远大,则囿于俗囿[11]。吾弟天资敦朴,夙娴教训[12]。其器与识,自异时俗。唯蛰居乡僻[13],首难得师,次难得书。昨承叔父手谕,为弟以读书之方相叩[14]。兄何足以知窍要[15]?顾自念少乏师承,所耆杂博[16]。耗心饾饤[17],寻摘枝条。长游四方,略有闻见。群经诸史,粗涉条列[18]。

迄以皇皇谋食[19]，罕有专业。然布指舒肱，濑知寻尺[20]。烦难重远，已则弗任。如昆季中力能任之[21]，固所心喜也，不敢自秘，为吾弟约言之。

通经之道，基于小学[22]。自周迄汉，靡易斯轨。学书九岁，讽籀千文[23]。古以为童习日程，今则属经生绝业[24]。视犬之字，骤见滋疑[25]；屈虫之谬，盲如未剖[26]。语以雅故，能勿面墙[27]。夫小学，不外形声二者而已。许君解字，形兼籀古[28]；陆氏释文，音列汉唐[29]【此专为读经而言，故只及释文。若音韵专学，则须导源诗骚，详究《玉篇广韵》，而以国朝顾氏《音学五书》、江氏《古韵标准》为锁匙也】。从事二书，即获端绪[30]。郝疏尔雅，最宜究心[31]；王疏广雅，亦须渐及[32]。于形晓通假，于音析古今。其于经训[33]，即有疑难，或推以形借，或证以音通，举隅知返，触类可悟。既解文字，兼详名物[34]。礼注诗笺，其总龟也[35]。

自外如《尧典》天文、《禹贡》地理，《毛诗·草虫》《论语·乡党》《礼记·月令》《仪礼·宫室》，《周官》禄赋车制、《春秋》族姓地名，国朝大师，皆有专学；逐渐稽求[36]，毋取杂越。其于实事求是，或庶几矣[37]。

欲知古今，莫如读史。然乙部浩繁[38]，穷年莫究。实惟《史记》、"两汉[39]"，综括众纲；体例义法，毕赅于是[40]。志详典制[41]，可知损益之宜；表详年月，足订纪传之缺[42]。钩铒参斠，日起有功[43]。至于渔仲所呵，未为平议[44]；子元所纠，动中机括[45]。二通【通志、史通】具在，诚宜甄综[46]，有所折衷。若仅畋渔碎事，獭祭致足贻讥[47]；吹索前人，膏骂皆属无谓[48]。允当悬为戒律，等诸座箴者也[49]。待《史》《汉》贯串，再涉全史。浏莅所及，衡尺在胸[50]。若夫温公编年【《资治通鉴》】，洞瞭治乱[51]；机仲纪事[52]【《通鉴纪事本末》】，融彻首尾。固与"马记""班书"，三体并峙[53]。如能精熟，亦足自立。躬行实践，宜法宋儒。

我祖濂溪[54]，首明宗旨。《太极通书》，究悉天人[55]。《二程遗书》，平实有加。张子正蒙，最精析理，《西铭》一篇，则六经之续也。

唯性道本属难闻,中人未可语上^[56]。叩虚求寂,易坠烟雾。厥惟朱子《小学》《近思录》,择精语详,言坊行表^[57]。践迹入室,以基以阶^[58]。语录或问,即须拣别^[59]。论渊源则郑堂有记^[60]【江藩《宋学渊源记》专举国朝人】,析原委则学案为详【全谢山《宋元学案》,黄梨洲《明儒学案》】。略一流观^[61],可知本末。诸事在兹,则立朝必为端人,野处不惭良士^[62]。如仅谈朱陆异同【可只观其经济出处,当自愧弗如】,争汉宋门户,发窍亦承,拾唾不厌^[63],盖其俱矣。

词章之事,先讲流别,再论工拙^[64]。

古异文笔,今区骈散^[65]。夫"直言曰言,论难曰语",见于许君所著^[66];"有韵为文,无韵为笔",详诸舍人所纂^[67]。论文则以偶俪,曰笔则以奇行^[68]。判若画域,无能侵越。然则六季绮靡,固文家之正派^[69];昌黎起衰,乃子氏之支余^[70]。第体制相沿^[71],名称相袭;改弦胶柱^[72],亦无庸耳。如果有志斯事,莫若溯源诸子^[73]。《吕览》翔实,《韩非》峻峭^[74];二者交资,其干乃植^[75]。次则选理贵于精熟,征实则李注多存古书,堪资考据^[76];课虚则萧楼兼综汉魏,实富菁英^[77]。自如别集,随时采览【张天如百三名家集,搜采已备】。若姬传之编《类纂》,特列词赋一门^[78];申耆之选《骈文》,不遗贾刘诸作【如《起昌陵疏》《过秦论》是也^[79]】。隐寓复古之意,允为操觚之式,则又反复申玩、源流自澈者也^[80]。

乐官失传,弦诵音辍;舞蹈陶咏,仅存诗教^[81]。汉魏迄今,作者踵接;吟哦之什^[82],几于充栋。茂倩《乐府诗集》,条贯井然,须时探讨。所宜穷析正变,不惟溺心词华^[83]。《古诗十九》,间以枚叔三章、河梁五字,谓出苏李之作^[84]。敦竺之音,实配风雅^[85]。黄初之世,陈思洪其源^[86],门庭最大;正始以后,陶阮畅其支,畦町独开^[87]。次则平原体大,康乐思沈^[88],以视仲宣、公干、太冲、安仁,殆有过之^[89]。至宣城清美,参军沈雄^[90],语其独至,开明耳目。醴陵开府,思密才赡^[91]。然江则失于格轻,庾则伤于色重^[92]。寸短尺长,宜知甄择^[93]。光禄错采,阴何用心^[94];营构殊工,匪完璞已^[95]。李唐号极工此制,然律排之兴,实为变古^[96]。四杰岿然^[97],亦当时之体耳。唯射洪【陈子昂】激宕,曲江【张九龄】振奇,道州【元缜】柔厚,独崇纯质,并属高唱[98]。谪仙、工部,天挺两宗[99],囊括众有,合节风人,乃百代之懿矩也[100]。昌黎取其歌行,香山材其乐府[101]。摩诘仿陶,远轶孟韦[102];义山学杜,不惭具体[103]。高、岑、钱、刘,各擅一壑[104]。凡此诸家,未容割弃。外若昌谷鬼才,惟堪摘句[105];玉川恶派,未足称宗,匪师法所在已[106]。宋时诗家,东坡弁首[107]。文藻纵横,鱼龙百变[108]。陆氏与配,尚非敌国[109]。若欧则曼声,梅祇清唱;山谷食古不化,石湖著采大櫢,未足与俪也[110]。元则《铁崖乐府》,杰出可观。明则高、李【梦阳】、何、王,皆为坚垒[111]。国朝之吴、王、施、赵、查、朱[112],波澜阔大,宗派显然。循其涂轨,不至蹉跌[113]。

自外百家林立,虽以束阁,无妨通雅[114]。抑士之读书,期于致用而已。孔子曰"从周",荀卿曰"法后王[115]"。当代掌故,必须谙悉[116]。如皇朝《三通》《大清会典》《大清通礼》,暨《圣武记》《满汉名臣传》《先正事略》。披览所及,务得要领。《经世文编》,尤为经济家橐钥,不可不详审而切究也[117]。

时局日坏,世变益奇。举世靡然,趋于西学[118]。凡天文学、算学、地理学,格致学之光学、气学、化学、电学、水学、火学,重学亦曰力学,植物学、动物学,穷精猎微,眩惑心志[119]。机器船炮,炮台铁路,日新月异,靡有纪极[120]。号曰俊杰识时,名为通变不倦。借矛攻盾,其说易穷。下乔入谷,相习不怪[121]。是则横流之势,匪芦灰可塞;阳景既移,讵麾戈能返[122]?觑察人事,我心怵焉[123]。养晦沈几[124],在有心者。

凡前数事,粗举崖略[125]。俾为向导,分类以求,积年易尽。冀涂路之可通,匪河汉而无极[126]。至天算舆地,尚有专门;金石目录,无关体要[127]。斯之所举,率以略诸。其或运澄照之明,鼓精猛之志[128]。先河后海,周悉夫原委;富有日新,浸蓄为盛大,则存乎其人之自至,而不俟鄙人之哓哓矣[129]。

丁亥冬至日,由都中白[130]。

题解

本文录自 2014 年版《湖北文征·第十二卷》第 155 页。

注释

[1] 睽(kuí) 阻：阻隔，分离。

[2] 声实：声誉与实际相符合。

[3] 比又鼓箧(qiè) 为诸生：近来又成为生员。鼓箧：谓击鼓开箧，古时入学的一种仪式。借指负箧求学。诸生：明清两代称已入学的生员。俗称秀才。

黾(mǐn) 勉：勉励，尽力。

[4] 里门：乡里之门。古制，同族聚居一里，里有里门。此处指故里。

薄俗：轻薄的习俗，坏风气。

胶序：殷学名序，周学名胶，后即用为学校的通称。

[5] 挑达子衿：谓乱世学校不修。语出《诗经·郑风·子衿》："青青子衿，悠悠我心……挑兮达兮，在城阙兮。"你的衣领青又青，常常在我心头萦绕……我踟蹰徘徊，经常在那个城楼上。挑达：往来相见貌。子衿：本义为"你的衣领"。指青衿，青领也。学子之所服。后因称学子、生员为子衿。衿：古人在胸前相交的衣领，今作"襟"。

[6] 故书：旧书，古书。

雅记：指历代载籍正史。

[7] 宿师：老成博学之士，即大师。宿：大。

[8] 圣有明训：圣人有明确的训示。

[9] 抑：文言发语词。

士先器识：士以器局与见识为先。语出《新唐书·裴行俭传》："士之致远，先器识，后文艺。"器识：器局与见识。

[10] 恶沱：浊水不流貌。

[11] 囿(yǔ) 于俗圉：受世俗的局限。

[12] 敦朴：敦厚朴实。

夙娴：平素就娴熟于师长的训导。

[13] 蛰(zhé) 居：长期隐居在某个地方，不出头露面。

[14] 叩：叩问，叩询。

[15] 窍要：窍门、要诀。

[16] 耆：同"嗜"。喜好。

[17] 饾饤(dòu dìng)：堆垒的食品。指堆砌辞藻。

[18] 条列：分项依序列举。

[19] 皇皇：彷徨不安的样子。

[20] 布指舒肱，濑(lài) 知寻尺：语出《孔子家语·王言解第三》："布指知寸，布手知尺，舒肘知寻，斯不远之则也。"摆开指头就可以知道寸有多长，伸开手就可以知道尺有多长，张开两臂就可以知道寻有多长，这是不远的规则。肱：手臂。寻：古代长度单位。一般为八尺。

[21]昆季:兄弟。长为昆,幼为季。

[22]小学:汉代称文字学为小学。因儿童入小学先学文字,故名。隋唐以后为文字学、训诂学、音韵学之总称。

[23]讽籀(zhòu)千文:讽读千字。汉许慎《说文解字叙》:"学童十七已上,始试,讽籀书九千字,乃得为史。"

[24]经生:汉代称博士。掌经学传授。

绝业:中断的学术流派。

[25]视犬之字,骤见滋疑:犬字象形,突然看见不免生疑。犬字象形,故孔子说:"视犬之字如画狗也。"朱骏声增加解释语"横视之也",告诉这个字横着看才像狗的形象。

[26]屈虫:即尺蠖(huò)。

[27]面墙:脸对着墙站着,什么也看不见。比喻不学而无所知。

[28]许君解字,形兼籀古:许慎所著《说文解字》,分析汉字字形参照古文与籀文。

籀古:古籀。古文与籀文的合称。古文是春秋战国时代的文字。籀文即大篆,因其著录于《史籀篇》故称籀文。通行战国时的秦国,与篆文相似。

[29]陆氏释文,音列汉唐:陆德明所撰《经典释文》,专为经典注音释义。此书主要价值在于保存了唐以前经书中的大量音读。

[30]从事:致力于(某种事情)。

端绪:头绪。

[31]郝疏尔雅:指清郝懿行《尔雅义疏》。

究心:专心研究。

[32]王疏广雅:指清王念孙《广雅疏证》。《广雅》为三国魏张揖撰写的一部字书。

[33]经训:对经书的训解。

[34]名物:事物的名称、特征等。

[35]礼注诗笺:指东汉郑玄《周礼注》《仪礼注》《礼记注》和《毛诗传笺》。

总龟:用以称内容博大的典籍。

[36]稽求:考查寻求。

[37]庶几:差不多,近似。

[38]乙部:史部书。古代群书四部分类法的第二部。隋以前称子部书为乙部,唐以后称史部书为乙部。

[39]两汉:西汉和东汉的合称。此处指《汉书》和《后汉书》。

[40]义法:桐城派古文家称著文应遵循的准则。

毕赅于是:在这些书中都很齐备。

[41]典制:典章制度。

[42]纪传:纪传体史书中的本纪与列传。

[43]钩铍(pī):探索分析。

参斠(jiào):参校。参照比较,参照校勘。常指为别人所著之书做校订工作;或以一书的一种本子做底本,参考其他本子加以校订。斠:古通"校"。校正。

日起有功：日进有功。天天上进，就有成就。指学术、技艺的成就是在持之以恒的勤学苦练中取得的。

[44]渔仲：郑樵，字渔仲，福建莆田人。南宋历史学家，无神论者。所著《通志》是《史记》之后的又一部通史。

呵：护卫。

平议：公平论断。

[45]子元：刘知几，字子元，彭城（今江苏徐州）人。所著《史通》是中国及世界首部系统性的史学理论专著。全书内容主要评论史书体例与编撰方法，以及论述史籍源流与前人修史之得失。

机括：本指弩上发矢的机件。喻治事的权柄或事物的关键。

[46]甄综：综合分析，鉴定品评。

[47]畋(tián)渔：打猎和捕鱼。

獭祭：獭祭鱼。谓獭常捕鱼陈列水边，如同陈列供品祭祀。比喻罗列故实，堆砌成文。

贻蚩：犹见笑。蚩：古同"嗤"。讥笑。

[48]吹索："吹毛索疵"的省略。

膏骂：如山膏好骂。膏：山膏。传说中的山中怪兽，好骂。

[49]座箴：座右箴。座右铭。

[50]浏莅：风吹草木声。此处有浏览、涉猎的意思。

衡尺：评量。

[51]温公编年：司马光所著编年体通史《资治通鉴》。温公：司马光，卒赠太师、温国公。

洞瞭：透彻地领悟。

[52]机仲纪事：袁枢所著《通鉴纪事本末》。该书是汉民族第一部纪事本末体史书。袁枢字机仲，南宋史学家。

[53]马记、班书：指司马迁《史记》、班固《汉书》。

三体：指《史记》纪传体通史、《汉书》纪传体断代史、《资治通鉴》编年体通史三种体例。

[54]濂溪：指宋代理学家周敦颐。濂溪本为水名，源出今湖南道县西都庞岭，东北流入沱水。周为道县人。学者称为濂溪先生，并称其学派为濂溪学派。

[55]究悉：详尽，明白。

[56]唯性道本属难闻：只是最好的学说难以闻知。性道：人性与天道。

中人未可语上：语出《论语·雍也》："中人以上，可以语上也；中人以下，不可以语上也。"资质在中等以上的人，可以给他讲高深的道理；资质在中等以下的人，不可以给他讲高深的道理。

[57]言坊行表：谓言行为人表率。

[58]践迹入室：指学习前人，造诣高深。践迹：踩着前人的足迹。犹蹈袭，因袭。入室：比喻学问或技艺得到师传，造诣高深。

以基以阶：意思是，以前人的学问

为基础和台阶。

[59]拣别:辨别。

[60]郑堂:江藩,字子屏,号郑堂,晚年自号节甫,清江苏甘泉(今扬州)人。恪守汉学之门户,博综群经,亦熟于史事。作《周易述补》,总纂《广东通志》。所著有《国朝汉学师承记》《国朝宋学渊源记》《隶经文》《炳烛室杂文》《江湖载酒词》等。

[61]流观:泛观,约略地看。

[62]立朝:指在朝为官。

野处不惭良士:在乡野居住不愧为贤士。

[63]朱陆异同:指南宋理学家朱熹与陆九渊在理学基本概念及治学方法上的争辩。在世界的本源、物质与精神的关系这些哲学的根本问题上,朱陆是一致的,但又有许多差异。

经济:经世济民。

拾唾:拾人唾余。蹈袭别人的意见、言论。

[64]词章:诗文的总称。

流别:引申为文章或学术的流派。

工拙:犹言优劣。

[65]文笔:古代关于文学形式的一对概念。南朝文人把文章分为两类,即文和笔两类。有韵者谓之文,无韵者谓之笔。语出南朝梁刘勰(xié)《文心雕龙·总术》。

[66]论难:辩论诘难。

许君所著:指许慎所著《说文解字》。

[67]舍人:指刘勰。梁武帝时,刘勰曾历任奉朝请、东宫通事舍人等职。

[68]偶俪:骈体,对偶。

奇行(jī háng):指不对偶的奇数句子、未排比的句子。泛指散体。

[69]六季绮靡:指六朝诗歌浮艳侈丽的形式主义之风。

六季:六朝。自三国以后至隋统一天下,史书合称南北各朝为六朝。

绮靡:指风格浮艳柔弱。陆机用以概括诗歌的语言形式美的一个概念。

文家:文章家,作家。

正派:犹正统。指学业、技艺等一脉相传的嫡派。

[70]昌黎起衰:指唐代韩愈领导的古文运动。

昌黎:唐韩愈世居颍川,常据先世郡望自称昌黎(今河北省昌黎县)人。宋熙宁七年诏封昌黎伯,后世因尊称他为昌黎先生。在唐宋八大家中,韩愈位列其首,苏轼誉他"文起八代之衰"。

起衰:谓振兴文运衰颓之势,建树富有生命力的新文风。

子氏:此处与"文家"对举,疑指儒家。

[71]第:只是。

体制:谓诗文体裁、格式。

[72]改弦:更换乐器的弦线。比喻改革制度或变更方法。

胶柱:胶住瑟上的弦柱,以致不能

调节音的高低。比喻固执拘泥，不知变通。

[73] 诸子：指先秦至汉初的各派学者或其著作。

[74] 吕览：《吕氏春秋》的别称。

韩非：指《韩非子》。

峻峭：古代诗学概念。作为一种诗文风格，它首先是立意的高峻不群，漠视礼法，啸傲权势，慢凌尘俗。

[75] 二者交资，其干乃植：指研读《吕氏春秋》《韩非子》二书，才抓住了做学问的根本。

[76] 选理贵于精熟：语出杜甫《宗武生日》诗："熟精《文选》理，休觅彩衣轻。"选理：指《文选》诗文的思想和条理。精熟：熟习精通。

征实则李注多存古书，堪资考据：指唐代著名学者李善注《文选》60卷。李用征引文献的方式，注明词句的出处。征引群书共23类，1689种。

征实：考求。张之洞论文选学有言："选学有征实、课虚两义。"

[77] 萧楼：疑指梁昭明太子萧统。萧统凭借东宫藏书三万卷，筑文选楼，招纳才学之士，讨论典籍，商榷古今。所编《文选》三十卷，是中国最早的一部诗文总集。

课虚：根据存在来考核抽象的道理。

[78] 姬传：姚鼐(nài)，字姬传，又字梦谷，室名惜抱轩，人称惜抱先生，安徽桐城人。清代经学家、桐城派文学家。

[79] 申耆：李兆洛，字申耆，晚号养一老人，江苏阳湖(今常州)人。清朝文学家、地理学家。选有《骈体文钞》。

贾刘：指西汉贾谊、刘向。

[80] 操觚(gū)：执简。谓写作。

[81] 弦诵：谓弦歌诵读的学习方法。弦：谓以弦乐器为歌唱伴奏。诵：谓不用乐器而只口诵，犹今之朗读。后世则以弦诵泛指教学之事。

陶咏：高兴得要咏叹并情不自禁，想舞蹈起来。陶：即乐，喜悦，陶然。

[82] 吟哦之什：指诗篇。吟哦：有节奏地诵读。

[83] 正变：指《诗经》的正风、正雅和变风、变雅及遵循其创作原则的作品。《毛诗序》以《诗经》风雅两部分中先王时代的作品为正声，此后则为变风、变雅。后世也就常用正变的观点来论述诗词派别。所谓正，指正宗、正统、正格；所谓变，指旁支、别派、别格。

溺心词华：沉溺于辞藻华丽。溺心：沉溺心灵。词华：文采，辞藻华丽。

[84] 枚叔：枚乘，字叔。西汉辞赋家。枚乘诗作，《文选》辑存一首。另徐陵《玉台新咏》载有《杂诗》九首，指名为枚乘作，后人多认为非枚乘作品。

河梁五字：指送别五言诗。河梁：河上的桥。在传说李陵与苏武送别的诗中，有"携手上河梁，游子暮何之"之句，后遂以河梁泛指送别之地。

苏李：西汉诗人苏武和李陵的并称。

[85] 敦竺：敦厚笃实。竺：通"笃"。

[86] 黄初：三国时期曹魏的君主魏文帝曹丕的年号（220—226 年）。此处指黄初体，三国魏黄初时期诗人的诗歌体式风格。

陈思：指陈思王曹植。

[87] 正始：三国魏废帝曹芳的年号（240—249 年）。

陶阮：晋陶渊明和三国魏阮籍的并称。两人皆为大诗人。

畦町（qí tǐng）：本指田垄、田界。此处指规矩，格式。

[88] 平原：指晋陆机。陆机尝官平原内史。

体大：指大部头著述，规模宏大。

康乐：指南朝宋文学家谢灵运。谢灵运曾袭封康乐公，故称。

思沈：思沉。思虑沉抑。

[89] 视：比照。

仲宣：王粲，字仲宣。三国魏国人，文学家，建安七子之一。

公干：刘桢，字公干，东平宁阳（今山东宁阳县南）人。汉末著名诗人，建安七子之一。

太冲：左思，字太冲。西晋文学家。

安仁：潘岳，字安仁。西晋诗赋作家。

[90] 宣城：谢宣城。指南朝齐谢朓。谢朓曾任宣城太守，故称。

清美：清雅美妙。

参军：鲍照，南朝宋文学家。后为临海王刘子顼前军参军，故后世称之为鲍参军。

沈雄：沉雄。

[91] 醴陵：江淹，字文通。南朝文学家。封醴陵侯。

开府：庾开府，指北周文学家庾信。因其官至骠骑大将军、开府仪同三司，故称。

才赡：富有才能。

[92] 江：指江淹。

庾：指庾信。

[93] 甄择：甄别选择。

[94] 光禄错采：指颜延之的诗刻意雕琢文辞。光禄指南朝宋人颜延之，字延年，曾任金紫光禄大夫，善五言诗，与谢灵运齐名。《诗品》：汤惠休曰："颜光禄如镂金错采，谢康乐如初日芙蓉。"

阴何用心：阴何为南朝梁诗人何逊与陈诗人阴铿的并称。语出杜甫："孰知二谢将能事，颇学阴何苦用心。"熟悉二谢能够用其特长，狠学阴铿何逊刻苦用心的精神。

[95] 营构：构思，创作。

殊工：特别精致。

匪完璞巳：不是没有人工雕琢的璞玉。意思是，好比加工而成的美玉。

[96] 李唐：指唐朝。唐皇室姓李，故称。

律排:此处当指律诗。

[97]四杰:初唐四杰。初唐诗人王勃、杨炯、卢照邻和骆宾王的并称。

[98]高唱:指格调高绝的诗歌。

[99]谪仙:专指李白。

工部:指杜甫。杜甫曾任检校工部员外郎。

天挺两宗:意思是,李白、杜甫天生卓越超拔,是为众人所师法的人物。

[100]众有:万物。

合节:合于节奏、节拍。

风人:比喻给人以教育或帮助。

风:吹拂。

彝矩:美好的规范。

[101]歌行:古代乐府诗的一体。后从乐府发展为古诗的一体,音节、格律一般比较自由;采用五言、七言、杂言,形式也多变化。

香山:指白居易。白居易,字乐天,晚号香山居士。

[102]摩诘仿陶,远轶孟韦:指王维师法陶渊明,并将田园诗和山水诗合流发展为田园山水诗,成就远超孟浩然、韦应物。

摩诘:王维,字摩诘,号摩诘居士。唐朝著名诗人、画家。

孟韦:唐代诗人孟浩然、韦应物的并称。王维、孟浩然、韦应物、柳宗元,四人都是唐代著名的山水田园诗人。

[103]义山学杜,不惭具体:李商隐学习杜甫,不以具体而微为惭。王安石云:"唐人知学老杜而得其藩篱者唯义山一人。"

义山:李商隐,字义山。晚唐著名诗人,与杜牧合称小李杜。

具体:"具体而微"的省略。总体的各部分都具备而形状或规模较小。

[104]高、岑、钱、刘:唐代诗人高适、岑参、钱起、刘长卿的并称。

各擅一壑:谓偏安一隅。语出《庄子·秋水》:"且夫擅一壑之水,而跨跱(zhì)坎井之乐,此亦至矣,夫子奚不时来入观乎!"况且我独占着一坑水,叉开腿享受着浅井中的快乐,这真是妙极了,您为什么不常常到我这里看看呢?

[105]昌谷鬼才,惟堪摘句:李贺才气怪谲,诗风奇诡,只能寻章摘句。李贺《南园(其六)》:"寻章摘句老雕虫,晓月当帘挂玉弓。不见年年辽海上,文章何处哭秋风。"

昌谷:唐诗人李贺的别号。李居昌谷(今河南省宜阳县西),故称。

鬼才:李贺才气怪谲,诗风奇诡,世称鬼才。

摘句:"寻章摘句"的省略。搜求、摘取片断章句。指读书或写作只注意文字的推求。

[106]玉川恶派:指卢仝(tóng)诗风鬼怪。高柄在《唐诗品汇》的总序中就提出"与夫李贺、卢仝之鬼怪,孟郊、贾岛之饥寒。此晚唐之变也"。

玉川:指唐诗人卢仝。卢仝自号玉川子。

匪师法所在已:意思是,不足以师法。

[107]东坡:苏轼自号东坡居士,因以东坡为其别称。

弁(biàn)首:卷首,前言。此处指位居第一。

[108]文藻:指文章,文字。

鱼龙百变:像鱼龙那样变化多端。鱼龙:古代一种由鱼化为龙的杂戏。

[109]陆氏:指南宋著名诗人陆游。

敌国:本指地位或势力相等的国家。此处指地位相等。

[110]欧:指北宋中期的文坛领袖欧阳修。

曼声:拉长声音,舒缓的长声。

梅:指北宋诗人梅尧臣。

山谷:指北宋著名诗人黄庭坚。黄庭坚自号山谷道人,亦省称"山谷"。

石湖:指南宋诗人范成大。范成大号石湖居士。

著采大樴(jiān):语义待考。

与俪:相并,相比。

[111]高、李【梦阳】、何、王:明代诗人高启、李梦阳、何景明、王世贞的并称。

坚垒:坚固的营垒。

[112]国朝:指本朝。

吴、王、施、赵、查、朱:指清代诗人吴伟业、王士禛、施闰章、赵执信、查慎行、朱彝尊。

[113]涂轨:犹轨道。

蹉跌:失足跌倒。比喻受挫、失势。

[114]束阁:束之高阁。把东西捆起来放在高高的阁楼上面。谓弃置不用。

通雅:通达高雅。

[115]从周:语出《论语·八佾》:"子曰:'周监于二代,郁郁乎文哉!吾从周。'"孔子说:"周代的制度是借鉴夏、商二代的制度而建立的,它多么丰富美好啊!我拥护周代的制度。"后因以为颂歌周制之典。

法后王:先秦以荀子、韩非为代表的"法今"的政治观。主张效法当代圣明君王的言行、制度,因时制宜。与"法先王"相对。

[116]掌故:旧制旧例;故事,史实。

谙悉:熟知。

[117]橐(tuó)钥:橐籥(yuè)。鼓风吹火的皮袋,比喻动力。橐:皮袋。籥:送风的竹管。

切究:深究。

[118]靡然:倒伏的样子。

西学:旧时我国称从欧美传来的自然科学和社会科学。

[119]眩惑:迷惑、迷乱,无所适从。

[120]纪极:终极,限度。引申为穷尽。

[121]下乔入谷:义同"下乔入幽"。从高大的树上下来,进入幽暗的

山谷。比喻人从良好的处境进入恶劣的处境。

[122]阳景:日光。

麾戈:挥戈。

[123]觑(mì)察:察看。

愍(nì):忧郁,伤痛。

[124]养晦:谓隐居匿迹。

沈几:也作"沉机",事物发展变化中难以觉察的先兆。

[125]崖略:大略,梗概。

[126]冀:希望。

涂路:途路。

河汉而无极:河汉无极。河汉:银河。无极:没有尽头。比喻言论迂阔,不着边际。

[127]体要:精要,指事物的关键。

[128]澄照:照澄。明朗清爽。

精猛:专心致力。

[129]存乎其人之自至:运用之妙,则在于各自的悟性和努力。存乎其人:语出《易·系辞上》:"神而明之,存乎其人。"本谓易道高深玄妙,只有圣智之人才能明白。后指对事物运用之妙,在乎各人的领悟。

哓哓(xiāo):唠叨。

[130]丁亥:光绪十三年,1887 年。

白:陈述。

记汤池

周树模

天门县治北六十里,有镇曰皂市,又十里曰汤池。池凡三:头池若釜然,半湮半泉[1],出如沸,土人谓可燖鸡子熟矣[2]。距头池十余丈为二池,水温挠之不烂手。上卧老柳一株,民屋周环之。距二池三十余丈为三池,荇藻交横[3],鱼虾游矣。居人廿余家,卖浴以为食。房室间甃石为池,穿地节节贯竹筒引水来注池中,水满则泄池口,浴毕有别窍流秽焉[4]。

余来值岁暮,北风甚紧,傫从缩肩摩足[5]。主者趣余浴,解衣毛发洒渐[6]。即水仅微温,渐浴乃渐奇暖,既霍然汗出而后已[7]。主者之言曰:"郎君今来非时[8]。岁二、三月,山谷间桃李怒华,士女冶游如织[9],皆争来就浴。推车、舁轿、贩鱼、卖锡之客,亦各自持钱求浴者,杀鸡办酒馔[10],盖终日不得歇也。"余应之曰:"方春阳和,乃凡水可得浴耳,不于隆冬沍寒时[11],奚显此水独温也哉?"主者笑颔其言[12]。余亦登舆以去[13],缘山足行稍稍至高处,回视北者崇山,南则冈峦间起,而汤池适当其凹。池所在,上有白气蓬蓬然[14]。

　　光绪乙酉作[15]。

题解

本文录自 2014 年版《湖北文征·第十二卷》第 151 页。原载《沈观斋文集》。

注释

[1]釜(fǔ):古代的一种锅。

湮(yān):淤塞。

[2]燖(xún):用火烧熟。

[3]荇藻(xìng zǎo):两种水生植物。

[4]甃(zhòu):砌,垒。

袽(rú):袽塞,堵塞漏舟的旧絮破布。此处意思是,用旧絮破布堵塞。

[5]傔(qiàn)从:随从人员。

[6]趣(cù):古同"促"。催促,急促。

洒淅:不寒而栗的样子。

[7]即水:接近水。

霍然:散发貌。

[8]郎君:对年轻人的尊称。作者

作此文时 25 岁。

[9]怒华:谓花盛开。

冶游:同"游冶"。野游,春天或节日里男女出外游玩。

[10]舁(yú)轿:抬轿子。

酒馔(zhuàn):酒和饭菜。

[11]沍(hù)寒:天气严寒,积冻不开。

[12]颔(hàn):点头。表示允可,赞许。

[13]舆:车。

[14]蓬蓬然:风起云涌的样子。

[15]光绪乙酉:清光绪十一年,1885 年。此句原在标题下。

附

周公（周树模）墓志

左绍佐

应山左绍佐文。

蒲圻张海若书。

长沙郑沅篆盖。

天门县乾镇驿，明吏部尚书周公嘉谟之故居在焉。与吾友周君之居，数十武而近[1]，同姓而宗谱不同也。尚书公为移宫领袖，终其身不与于珰祸[2]。庚子之乱，联军入都门，车驾播迁，百官荡析流离[3]。而周君奉讳在籍，方主江汉书院讲席，与诸生谈文说艺，雍雍如也[4]。辛亥之乱，君由龙江间行至天津，就访同年卢靖木斋[5]，坐未定，值直隶军队哗变，人情汹汹。卢故寓租界，君提一皮箧相随至其家，遂脱于难。说者以为尚书公与君之入坎出坎，履险如夷，由乾镇驿地气冲和所致，理或然乎[6]，可异也。今君之枢寄于佛屋，已逾期年[7]，葬有日矣。子延熊率弟延勋、延炯来请为文镌石于幽宫[8]。素交而后死[9]，不得辞。

按状：君姓周氏，讳树模，字少朴，号沈观，又号孝甄，晚年自号泊园老人，湖北天门县人。曾祖讳锡墉，木生曾祖讳锡培。祖讳祥铭。父讳启善，恩贡生，候选教谕。三世皆以君贵，赠一品封典。妣皆封夫人。封翁生子三[10]，君其次也。封翁为诸生有声，省试屡荐不售[11]，授徒自给，时以医术济人，乡人德之。

君一禀庭诰，教若夙成[12]。十五补弟子员，岁科试常列高等[13]。十九檄调经心书院肄业[14]，是年傅夫人来归[15]。二十六考取乙酉科选拔贡生，即以是科举本省乡试[16]。丙戌会试报罢，留京，馆于孝感屠侍御仁守家[17]。侍御直声震天下，每有商榷，辄中窾要[18]。君由是悟奏疏之秘，不为艰深，而沉潜于贾谊、陆贽之书，颇自谓有得也。己丑成进士，以二甲二名选庶吉士，散馆[19]，授编修。木天清望[20]，声光烂然。辛卯[21]，广东副主考。甲午[22]，会试同考官。癸卯[23]，山西副主考。乙未[24]，会试同考官。后又授江苏提学使[25]。玉尺在手，辄车几无停辙[26]。君以乙未丁内艰，己亥丁外艰，家居读礼[27]。时张文襄公督楚[28]，常伟视君，地方事多谘之。丙申大水[29]，君言修理唐心口堤，以工代赈，兼平粜济灾民[30]。文襄特以君主其事。堤成，至今赖之。又以礼聘，前后主两湖、经心、江汉、蒙泉各书院，奖借后进，循循不倦，士林翕服无间言[31]。

壬寅服阕[32]，入都，由编修授御史。劾广西提督苏元春、两江总督魏光焘，皆蒙廷旨嘉纳[33]。其他章疏，皆关国家大计，有声台中，天下想望丰采[34]。乙巳[35]，特派五大臣出洋考察政治，君以御史偕行。由日本历欧洲各国，所至旁询博问，慨然远想，思有所建白，以济时艰[36]。归国后，于君主立宪，多所敷陈[37]。泽贝子立宪一疏[38]，君之笔也。时议宪政，拟从官制入手，廷旨令君与朗润园王大臣参与会议[39]。有尼之者，阴嗾苏抚电请赴提学使任，交军机处饬赴新任，君遂外出[40]。丁未，东三省改设行省[41]，以徐公世昌为三省总督，调君为奉天左参赞，擘画一切，极为徐公所倚重[42]。戊申[43]，特授黑龙江巡抚。其地三面接近俄部，幅员辽阔，土旷人稀。东界已垦者呼兰、绥化两府，号为繁盛，于是为移民实边之计，规画详密，来者日多，乃添设呼伦、瑷珲、兴东三道，龙江、嫩江、黑河、胪滨、海伦五府，并十余厅、县，规模大定。会俄人图占我满洲里为彼领土，派兵一队，焚掠居民，夺取牲畜，势张甚。君不为所屈，据康熙二十八年旧约，卒定满洲里为中国属地。时中央派君为勘界大臣，俄人派陆军参赞儒里拉夫为勘界委员，重行勘界定约，可谓坚定不摇，能倚以办大事者也。

辛亥事起，龙江处极边之地，外有俄、蒙之煽逼，内有满、汉之猜疑，讹言四至，一日数惊。君从容镇定，秩序如常，商民安堵。至逊位诏下，乃引疾去职，蛰居沪上法界之宝昌路，闭门息影，栽花薅草[44]。尤喜植杜鹃花，罗数十盆于阶下，娇红照席[45]。又用东坡芹芽鸠脍法[46]，烹饪绝美。余与樊山老人，每属餍之[47]。自北来，鸠不可得，不复领此味矣。总统袁公意在礼致，而徐公世昌为国务卿，必欲引重[48]，使命往复，不获辞。甲寅来京就平政院长[49]。买宅城西，于宅东隙地筑土山，叠石为洞门，凿池种菱藕，构亭其中，栽松竹，驯养一鹤，署曰泊园，以示寄焉之意尔。丙辰，有洪宪建元之说，君主张正论，不谓然也[50]。而侦员探卒，暗伺于门，乃避地，仍归沪上。嗣以黄陂继任总统[51]，礼请来京，仍为平政院长。本非初志，旋即卸去。计前后在京十年，樊山老人与余三人，月必三四会，会辄茗谈，至夕而散，人或谓之"楚中三老"。及焕廷由中州来，常邀君与樊山老人及余，酒楼歌馆，拨散闷怀，人或比之"四皓[52]"。焕廷卒，君哭之痛。未一年，而君亦长逝矣。哀哉！

君日必早起，庭除洒扫，皆身督之。平生无博弈之好。书橱几砚，位置整严。综理微密，小物克勤，盖精神之管摄有余也[53]。一病不起，乃出意外。

君于天伦，友爱特至。长兄早逝，每念之辄涕下，赡养寡嫂，教育孤侄，岁必亲为调度[54]。三弟则留之同居，在苏在黑在京，未尝不偕。怡怡之情，老而弥笃[55]。

君于近人之文，崇伯言而薄才甫；于诗喜称"二陈"，谓后山、简斋[56]。要君于诗文，皆能窥古人深处，非浅尝者所知也。

君初无大病，微患利，次日犹为乡人题主[57]。家人请勿去，不听，归而加剧，遂卒。君生于咸丰庚申年七月初四日，卒于民国乙丑年八月十一日[58]，享年六十有六。著有奏疏若干卷，《沈观诗文集》若干卷。

妻傅氏，诰封一品夫人。子六人：长延熊，国务院统计局佥事。次延勋，美国康南耳大学文科学士，湖北印花税处会办，傅夫人出。次延炯，姜朱氏出；次延爔，姜刘氏出，皆充湖北官银钱局调查员。次延焯、次延煜，俱幼，姜刘氏出。女六：长适同邑李藩昌，瑞士庐山大学工学士，武昌造币厂长。次适蕲水陈曾矩，举人。三适沔阳杨廉，教育部佥事。四、五、六女，俱幼。孙三：庆基、庆垲、庆圭，俱幼。孙女三，俱幼。

延熊率诸弟，以丙寅年十月十八日，葬君于玉泉山之红门村，作亥山巳向,四执来揖,是为安宅[59]。余思畏吾村李公之墓,此乡先辈南人而北葬者也,皆在城西,去红门村凡几里。朝霞夕月,紫翠苍茫之处,其神灵或有相遇者乎。悠悠千载,足以供后人之流连已。

应山左绍佐拜撰,时年八十有一。

中华民国十有六年,岁次丁卯,十月十二日。

题解

本文录自国家图书馆藏周树模墓志拓片。原题为《清授光禄大夫建威将军黑龙江巡抚周公墓志》。墓志于北京市海淀区红门村出土。

左绍佐:湖北省德安府应山县(今广水市)人。清光绪六年(1880 年)庚辰科进士。监察御史,广东南韶连兵备道兼管水利事。晚年与樊增祥、周树模并称"楚中三老"。

注释

[1]武:半步,泛指脚步。

[2]尚书公为移宫领袖,终其身不与于珰祸:指周嘉谟等顾命大臣逼迫李选侍从慈庆宫移宫,周终身不参与魏忠贤阉党祸国殃民。

[3]庚子之乱,联军入都门,车驾播迁:指清光绪二十六年(1900 年),八国联军侵占北京,慈禧西逃。车驾:帝王所乘的车。亦用为帝王的代称。播迁:迁徙,流离。

荡析流离:荡析离居。指流离失所无所归。荡析:动荡离散。

[4]奉讳在籍:因父母去世而居于本籍。奉讳:指居丧。古人讳亡父母名,因称居丧为奉讳。

雍雍如:形容华贵,有威仪。

[5]辛亥之乱:指 1911 年辛亥革命。

龙江:指黑龙江。

间行:潜行,微行。

同年:唐代进士入第之后,称同登金榜之人为同年。

卢靖木斋:卢靖,字勉之,又字木斋,沔阳(今仙桃市)人。清光绪十一年(1885 年)以数学举于乡。近代著名藏书家、数学家。

[6]冲和:古指天地气合以生万物的和气。

或然:或许可能。有可能而不一定。

[7]期(jī)年:一年。期:时间周而复始,一年过去即将开始新的一年,故称期年。

[8]幽宫:谓坟墓。

[9]素交:真诚纯洁的友情,旧交。

[10]封翁:封建时代因子孙显贵而受封典的人。

[11]省试屡荐不售:参加乡试,屡考不中。不售:货物卖不出去。比喻考试不中(士人应试未中,没能换得施展才能的机会)。

[12]一禀庭诰:全承家教。庭诰:古代指家训文字。亦泛指家教。

凤成:幼小即成熟。

[13]岁科试:岁试与科试的合称。参见本书第二卷蒋祥墀《诸暨县试院碑记》注释[2]。

[14]檄调:行檄调动。

经心书院:位于湖北武昌,清代张之洞任湖北学政时所设。

肄(yì)业:修习课业。古人书所学之文字于方版谓之业,师授生曰授业,生受之于师曰受业,习之曰肄业。

[15]来归:古代称女子出嫁(从夫家方面说)。

[16]选拔贡生:指拔贡。参见本书第三卷附录《部分科举名词汇释》第3条。

即以是科举本省乡试:就在这一年参加本省乡试,中举。

[17]丙戌:清光绪十二年,1886年。

报罢:科举时代称考试落第。

馆于孝感屠侍御仁守家:在孝感屠仁守侍御家设馆教学。屠侍御仁守:屠仁守。参见本书第三卷周树模

《贻屠梅君书》题解。

[18]直声:正直的名声。

窾(kuǎn)要:核心,要害。窾:空档,中心。

[19]己丑:清光绪十五年,1889年。

二甲、庶吉士、散馆:参见本书第三卷附录《部分科举名词汇释》第1条。

[20]木天:翰林院的别称。

清望:清高的声望。

[21]辛卯:清光绪十七年,1891年。

[22]甲午:清光绪二十年,1894年。

[23]癸卯:清光绪二十九年,1903年。

[24]乙未:清光绪二十一年,1895年。

[25]提学使:清末省级教育行政机构提学使司长官。

[26]玉尺:借指选拔人才和评价诗文的标准。

轺(yáo)车:奉使者和朝廷急命宣召者所乘的车。亦指代使者。

[27]丁内艰:也作"丁内忧"。遭遇到母亲去世。

己亥:清光绪二十五年,1899年。

丁外艰:也作"丁外忧"。遭遇到父亲去世。

读礼:古人守丧在家,读有关丧祭的礼书,因称居丧为读礼。

[28]张文襄公督楚:指张之洞任湖广总督。张之洞,字孝达,号香涛,直隶南皮(今属河北)人。清同治二年(1863年)进士,官至体仁阁大学士。谥文襄。

[29]丙申:清光绪二十二年,1896年。

[30]平粜(tiào):中国历史上主张由国家调节粮食购售来稳定粮价的理论。平价出售称平粜,平价购进称平籴(dí)。

[31]奖借:称赞推许。

士林:指文人士大夫阶层、知识界。

翕(xī)服:顺服,悦服。

间言:闲言。非议,异议。

[32]壬寅:清光绪二十八年,1902年。

服阕:古丧礼规定,因父母死亡,服丧三年,期满除服,称服阕。阕:终。

[33]嘉纳:赞许并采纳。多为上对下而言。

[34]台:古代中央官署名。

想望丰采:谓非常仰慕其人,渴望一见。

[35]乙巳:清光绪三十一年,1905年。

[36]建白:对国事提出建议,陈述主张。

时艰:时局的艰难困苦。

[37]君主立宪:以宪法限制君主权力的政治制度,是资产阶级专政的一种形式。可分为议会制与二元制两种。

敷陈:铺叙,论列。

[38]泽贝子:指载泽。五大臣出洋考察中最年轻的一位。贝子:"固山贝子"的简称,为清代宗室封爵第四级。

[39]王大臣:清代满族贝勒(王)和大臣合称王大臣。

[40]阴嗾(sǒu):暗中唆使。

外出:谓离京出任地方官。

[41]丁未:清光绪三十三年,1907年。

行省:古代地方最高一级行政机构。参见本书第一卷陈所学《奉贺藩伯明卿周公(周嘉谟)六十初度序》注释[4]。

[42]擘(bò)画:筹划,安排。

倚重:依靠,器重。

[43]戊申:清光绪三十四年,1908年。

[44]逊位:犹让位。

蛰(zhé)居:长期隐居在某个地方,不出头露面。

薙(tì)草:除草。

[45]照席:宴饮时照料宾客,陪席。

[46]东坡芹芽鸠脍法:《东坡集》载:"蜀人贵芹芽脍,杂鸠肉为之。"苏东坡被贬黄州时,过蕲州,发现此地芹菜味美,他老家有道菜叫"春鸠脍",其做法是用雪下芹菜的嫩芽,配以斑鸠

肉丝炒熟。于是用蕲州的芹菜改良成"蕲芹春鸠脍"。

[47]樊山老人:樊增祥,字嘉父,别字樊山,号云门,晚号天琴老人。湖北恩施人。

属餍(yàn):饱足。

[48]引重:标榜,推重。

[49]甲寅:1914年。

平政院:北洋军阀时期审理行政诉讼和处理官吏违法行为的专门法院。设于1914年。

[50]丙辰:1916年。

洪宪建元:指袁世凯称帝。洪宪:北洋军阀首领袁世凯自谋称帝时定的年号。从1916年1月1日始至3月23日废止,为时仅两个多月。建元:开国后第一次建立年号。

正论:谓正直地议论事情。

不谓然也:不以为然。

[51]黄陂:黎元洪,号黄陂,湖北黄陂人。

[52]焕廷:田文烈,字焕廷,汉阳人。辛亥革命后,任河南省长。1924年卒于北京。

拨散闷怀:指排遣烦闷,散心。

四皓:典自"商山四皓"。秦末东园公、绮里季、夏黄公、甪里先生避秦乱,隐商山,年皆八十有余,须眉皓白,时称商山四皓。高祖召,不应。后高祖欲废太子,吕后用留侯计,迎四皓,辅太子,遂使高祖辍废太子之议。

[53]综理微密:综合管理,精微

周密。

小物克勤:克勤小物。勤勤恳恳做小事。

管摄:管辖统摄。

[54]调度:安排,调遣。

[55]怡怡:和顺的样子。语出《论语·子路》:"朋友切切偲偲,兄弟怡怡。"朋友间互相勉励,兄弟间和睦相处。后因以指兄弟和睦。

老而弥笃:越到老年,对某事物的感情越加深厚。笃:感情深厚。

[56]伯言:梅曾亮,字伯言,上元(今江苏南京)人。清代文学家。与方东树、管同、刘开并称为姚门四杰。其文章义法本桐城派,而又参以归有光。在姚鼐后以古文辞闻名于世。

才甫:刘大櫆(kuí),字才甫,一字耕南,号海峰,安徽桐城人。清代散文家。

二陈:指北宋陈师道、南宋陈与义。

后山:北宋陈师道,字履常,一字无己,号后山居士,彭城(今江苏徐州)人。苏门六君子之一。

简斋:南宋陈与义,字去非,号简斋,洛阳人。江西诗派后期代表作家。

[57]题主:旧丧礼,人死后,立一木牌,上写死者衔名。用墨笔先写作"×××之神王",然后于出殡之前请有名望者用朱笔在"王"字上加点成为"主"字,谓之"题主"。亦称"点主"。

[58]咸丰庚申:清成丰十年,1860年。

乙丑:1925 年。

[59]玉泉山之红门村:位于今北京市海淀区玉泉山路与红门村西路交汇处一带。

亥山巳向:坐西北朝东南。风水罗盘中间有一层是指示二十四山方位的。从北方开始依次序排列分别是壬子癸、丑艮寅、甲卯乙、辰巽巳、丙午丁、未坤申、庚酉辛、戌乾亥,共二十四个方位。每一个汉字表示一"山",占 360 度中的 15 度。如亥与巳相对,亥在西北,巳在东南,各占 15 度。

安宅:犹安居、安所。

刘元诚（三品，金山知县）

刘元诚（1829—?），谱名永薰，字思九，号赤飒（fān），天门市皂市镇马公埠村人。进士刘显恭族孙。清光绪八年（1882 年）壬午科举人，光绪十五年（1889 年）己丑科进士。光绪十七年（1891 年）至二十五年（1899 年）任松江府金山县知县。同知衔。诰授通议大夫（正三品）。

中国第一历史档案馆藏刚毅奏折《题请以刘元诚补授金山县知县事》云："有即用知县刘元诚，年伍拾岁，系湖北天门县人。由廪生在湖北捐输案内，于同治伍年伍月奏准作为廪贡生给予同知衔。中式光绪壬午科本省乡试第贰拾壹名举人，癸未科考充觉罗学汉教习，期满以知县用。己丑科会试中式第贰佰叁拾陆名贡士，殿试叁甲第贰拾捌名进士，朝考叁等，引见奉旨以知县即用，签掣江苏。拾伍年陆月初壹日奉部给照，柒月初玖日到省，派宁留苏差委。覆查：该员勤慎安详，留心吏治。以之题补金山县知县，洵堪胜任，与例亦属相符。该员系进士即用知县，请补知县，衔缺相当，无庸送部引见，亦无须查造参罚。"

吴节母金孺人赞

刘元诚

心多坚亦节多坚，盟海誓山报所天[1]。止孝止慈兼贞列，水投白璧忆当年[2]。

题解

本诗录自 1925 年版、天门市黄潭镇曾巷新村吴家老台《吴氏宗谱·卷六》第26 页。原诗无标题。诗前署名"清举人刘元诚，邑人"。据诗前《征诗引》介绍，清咸丰二年金孺人年方二十九岁，丧夫。咸丰四年遇"粤匪"，家宅被焚，投水。

注释

[1]所天:封建社会受支配的人称所依靠的人为所天。或指丈夫,或指君主,或指父。此处指丈夫。

[2]止孝止慈:语出《大学·传》第三章:"为人君,止于仁;为人臣,止于敬;为人子,止于孝;为人父,止于慈;与国人交,止于信。"作为国君,要达到"仁";作为臣下,要达到"敬";作为儿子,要达到"孝";作为父亲,要达到"慈";和国人交往,要达到"信"。

贞列:贞烈。谓刚正有志节。常用以赞美守节不辱的刚强女子。

赋得马饮春泉踏浅沙

刘元诚

别业寻春地,平沙策马天[1]。踏方依浅渚,饮恰向清泉[2]。桃涨停金埒,兰溪漾锦鞯[3]。溅珠消骥渴,漱玉觉鸥眠。

月角笼犹淡,霜蹄蹴未圆[4]。篆痕新雨后,鞭影夕阳前[5]。绕借江村竹,投将渭水钱[6]。呈材当圣代,云路快镳联[7]。

题解

本诗录自顾廷龙编、成文出版社 1992 年版《清代朱卷集成·卷六十六》第 69 页。标题下有"得泉字五言八韵"几字。

马饮春泉踏浅沙:语出唐代郎士元《酬王季友题半日村别业兼呈李明府》:"门通小径连芳草,马饮春泉踏浅沙。"

注释

[1]别业:别墅。

[2]渚:刚露水面的小洲。

[3]金埒(liè):借指名贵的马匹。
锦鞯(jiān):代指装饰华美之马匹。

[4]霜蹄:马蹄。

[5]篆痕:当指袅袅上升的青烟。
鞭影:马鞭的影子。

[6]渭水钱:典自"渭水三钱"。汉时项仲山饮马渭水,投钱三枚以为偿,后多以此典喻清白廉洁。

[7]呈材当圣:意思是,在圣明

的时代显示薄才。圣代:封建时代称
当代为圣代,意为圣明的时代。

云路:比喻仕途,高位。
镳(biāo)联:联镳。谓并骑而行。

由即用知县签掣江苏,感怀严君

刘元诚

弱冠束修斧藻勤,觥觥意气直凌云[1]。立身一念惟忠孝,抗志千
秋在典坟[2]。可奈枚乘需七发,难将管子荷三熏[3]。瞻望岵屺忧何
似,为废蓼莪不忍闻[4]。

一衿久困效冬烘,老骥何堪伏枥终[5]。蕊榜标名嗟发白,椒蕃教
胄掌厢红[6]。家书雁断秋风里,客馆灯寒夜雨中。寂寞京都羁六载,
孤身落魄感飘蓬[7]。

司马题桥念未灰,金台太学课都该[8]。三年教习观光近,百里宰
官衔旨回[9]。讲设鳣堂衣钵重,名书雁塔琼筵开[10]。杏花春雨江南
满,依旧一行作吏来。

忆昔受书束发期,慈闱珍惜异常儿[11]。青灯口授燃藜照,绛帐身
依画荻随[12]。料步云梯知有日,看披宫锦待何时[13]。伤心五斗邀偏
晚,未奉板舆衹泪垂[14]。

天风吹我下金闉,衣锦还乡惹恨长[15]。手足悲逢涕似雨,亲知惊
看鬓添霜[16]。牛椎争及三牲奉,乌哺难将五鼎尝[17]。谁似毛生先捧
檄,身前禄养喜非常[18]。

题解

本诗录自刘元诚著、清光绪二十八年(1902年)版《金山公余摘钞·卷二》第1
页。原题为《自壬午领乡荐,癸未考教习,甲申传到期满以知县用,己丑捷南宫,由
即用签掣江苏,严君已不及见矣,不禁感怀》。

即用:清代铨选官员有即用之制。谓遇缺即可补用。

签掣:掣签。明末孙丕扬创掣签法铨选官员。其法是将若干所选机关地区名

称等预先写在竹签上,杂置筒中,当堂让候选者随手掣取,与拈阄一样,清代沿用此制。

严君:本指父母,后也专指父亲。

注释

[1]束修:指学生致送教师的酬金。此处指求学。

斧藻:修饰。

觥觥(gōng):健壮貌。

[2]抗志:指高尚的志向。

典坟:亦作"坟典"。"三坟五典"的省称。指各种古代文籍。

[3]枚乘需七发:枚乘,字叔。西汉辞赋家。所撰《七发》为辞赋名篇。

管子荷三熏:典自"三衅三浴"。再三薰香沐浴。古时表示极其尊敬的一种礼节。《国语·齐语》:"严公将杀管仲,齐使者请曰:'寡君欲亲以为戮。若不生得以戮于群臣,犹未得请也。请生之。'于是严公使束缚以予齐使。齐使受而以退。比至,三衅三浴之。"韦昭注:"以香涂身曰衅,亦或为薰。"

[4]瞻望:仰望,仰慕。

岵屺(hù qǐ):常作"屺岵"。山有草曰岵,无草曰屺。借指父母。

为废蓼莪(lù é):典自"蓼莪咏废"。为追念父母尽心守孝的典故。参见本书第二卷谭篆《李氏节孝诗(李母王孺人并子占黄)》注释[21]"蓼莪不须删"。

[5]一衿:指秀才功名。衿:青衿、青领,系学子的服装。

冬烘:冬烘先生。旧指塾师。常含讥诮其迂腐浅陋之意。

[6]蕊榜标名:指作者中举。蕊榜:传说中道教学道升仙,列名蕊宫。后指科举考试中揭晓名第的榜示为蕊榜。标名:题名,显名。

椒蕃教胄掌厢红:指作者中举后任觉罗官学汉教习,子弟众多。椒蕃:比喻子孙繁盛众多。教胄:谓向后学讲解经义。厢红:镶红旗。此处指镶红旗觉罗官学。觉罗官学是清初为皇族子孙满清觉罗设立的学校。满清觉罗俗称红带子,是塔克世的旁系子孙。

[7]飘蓬:比喻漂泊无定。

[8]司马题桥念未灰:指司马相如题桥铭志之事。喻建立功名的壮志。晋代常璩(qú)《华阳国志·蜀志》:"城北十里有'升仙桥',有'送客观',司马相如初入长安,题市门曰:'不乘赤车驷马不过汝下也。'"

金台太学课都该:当指作者在京城的亦教亦学的经历。金台:指古燕都北京。太学:指国子监。课:教书讲学或攻读学习。都该:全都。

[9]教习:此处指作者任觉罗官学汉教习。此类教习由礼部从考取的举人、贡生以及新进士中择老成者充任。

清乾隆八年(1743年),定八旗官学汉教习三年期满,分等引见。考核获一等者知县补用,二等者教职铨选。一等者若再教习三年,确属认真训课,即用为知县。

觐光:朝见帝王,感受恩宠荣光。

宰官:特指县官。

[10]鳣(zhān)堂:语出《后汉书》卷五十四《杨震传》:后有冠雀衔三鳣鱼,飞集讲堂前,都讲取鱼进曰:"蛇鳣者,卿大夫服之象也。数三者,法三台也。先生自此升矣。"后以鳣堂称讲学的处所。

名书雁塔:指新中进士。唐神龙(唐中宗年号)以后,新进士有题名雁塔之举。

琼筵:琼林宴。礼部为庆贺进士登科而举行的宴会,唐宋称探花宴,明代称琼林宴,清代则称恩荣宴。

[11]慈闱:旧时母亲的代称。

[12]燃藜照:典自"藜阁家声"。参见本书第一卷陈所学《四六秋玉序》注释[19]"藜燃太乙"。藜阁为刘氏家族的代名词,燃藜指夜读或勤学。

绛帐:即红色纱帐。指讲座、讲台。典自太常官韦逞之母宋氏(宣文君)"隔绛帏而授业",教授《周礼》。参见本书第三卷敖名震《徐母廖太孺人暨朱太孺人八十寿序》注释[33]。

画荻:欧阳修四岁而孤,家贫,母郑氏以荻管画地写字,教其读书。

[13]宫锦:供宫廷使用的锦。

[14]五斗:指微薄的官俸。

板舆:代指官吏在任迎养父母。

[15]金阊:苏州有金门、阊门两城门,故以金阊借指苏州。此处指江苏。当时金山隶属江苏省松江府。

[16]亲知:亲戚朋友。

[17]牛椎:椎牛。椎牛恨。本指击杀牛。指亲人亡殁,不能奉养的痛苦。

三牲:牛、羊、豕。俗谓大三牲。亦泛指祭品。

乌哺:旧称乌鸟能反哺其母,故以喻人子奉养其亲。

五鼎:五只鼎。指大夫祭礼。古代行祭礼时,大夫用五个鼎,分别盛羊、豕、肤(切肉)、鱼、腊五种供品。

[18]毛生先捧檄:东汉人毛义有孝名。张奉去拜访他,刚好府檄至,要毛义去任守令,毛义拿到檄,表现出高兴的样子,张奉因此看不起他。后来毛义母死,毛义终于不再出去做官,张奉才知道他不过是为亲屈,感叹自己知他不深。见《后汉书·刘平等传序》。后以捧檄为为母出仕的典故。

禄养:此处指以官吏的薪俸孝养父母。

淇生胡公(胡聘之)过沪

刘元诚

甫驻星轺谒沪滨,高轩枉顾接芳尘[1]。张园置酒德星聚,满座春风快风人[2]。

指日旌旗向晋阳,苏门小泊太匆忙[3]。果然说士甘于肉,过后犹闻齿颊香[4]。

题解

本诗录自刘元诚著、清光绪二十八年(1902年)版《金山公余摘钞·卷二》第14页。原题为《浙江布政使淇生胡公过沪,余谒见天后宫,谈次眷注甚殷。旋邀公同介弟及公子游览张园、愚园诸名胜,置酒作竟日欢。未几,公有巡抚山西之命。道出苏垣,未及走谒为怅》。

注释

[1]星轺(yáo):使者所乘的车。亦借指使者。

高轩:高车。贵显者所乘。亦借指贵显者。

枉顾:屈尊看望。称人来访的敬辞。

芳尘:指名贤的踪迹。

[2]张园:即味莼园。清末上海名园。在静安寺路西端。

德星:古以景星、岁星等为德星,认为国有道有福或有贤人出现,则德星现。喻指贤士。

风人:诗人。

[3]晋阳:古邑名。代指太原。

苏门:此处指沪。当时上海地区隶属江苏省松江府。

[4]果然说士甘于肉:典自"抵肉李充"。《后汉书·李充传》记载,东汉时,大将军邓骘(zhì)置酒邀请李充,宾客满堂。席间,邓请求举荐贤才,李充却陈说海内隐居怀道之人。邓对此类人别有看法,不愿他再说下去,便请李吃肉,以塞其口。李充将肉推堕于地,说:"我难道是为了肉好吃而来的么?"后因用为咏官吏耿直之典。

拟邀周少朴(周树模)过署未从

刘元诚

当年落魄长安客,形影相依祇共怜[1]。一自云龙分逐后,天涯渺隔各情牵[2]。

海上忽闻驻客踪,高轩望过喜相逢[3]。谁知搔首停云久,榻下陈蕃竟未从[4]。

题解

本诗录自刘元诚著、清光绪二十八年(1902年)版《金山公余摘钞·卷二》第24页。原题为《余与同年周少朴编修燕京久客,夔蛇相怜。既君典试粤东,寻擢记名御史。己亥夏由沪入都,适余鲍系金山,拟邀过署,不谓越日开轮,为歉》。

过署未从:到访衙署却未能成行。过:来访。未从:未曾。

注释

[1]当年落魄长安客:指作者与周树模成进士之前在北京的窘况。长安:西汉、隋、唐皆建都于长安,故唐以后常通称国都为长安。

祇(zhǐ):正,恰,只。

[2]云龙:喻豪杰。此处指成进士。

分逐:指各自在仕途随众而行。

渺隔:远隔。

[3]高轩:高车。贵显者所乘。亦借指贵显者。

[4]停云:陶渊明《停云》诗:"霭霭停云,濛濛时雨。"因其自序称"停云,思亲友也",故后世多用作思亲友之意。

榻下陈蕃:典自"悬榻"。喻礼待贤士。《后汉书》卷五十三《徐稚传》记载,陈蕃为豫章太守时,特备一榻以接待徐稚,徐稚走后便悬挂起来。

九月十九日随恩太守勘荒

刘元诚

万顷黄云入望平，环村乐事庆丰亨[1]。乱真莫被新荒误，积久须教旧弊清。朋比作奸书一气，人田妄指役相争。餐风宿露缘何事，要把朴忠答圣明。

年年周历为查荒，猾吏强豪积弊防[2]。见屑鞭丝犹怕误，索瘢求垢不嫌详[3]。羊肠环绕花村隘，茧足分驰草宅忙[4]。又垦新田三百顷，津津满口说循良[5]。

题解

本诗录自刘元诚著、清光绪二十八年（1902 年）版《金山公余摘钞·卷二》第 14 页。原题为《九月十九日随恩太守勘荒。先是上年已剔去荒田三千亩，至是又剔除三千余亩。上官称其能，豪猾胥吏皆为敛迹》。

恩太守：指时任松江府太守恩兴。恩兴，字诗农，正红旗人。

注释

[1]入望：进入视野。

丰亨：富厚顺达。

[2]周历：遍历，遍游。

[3]见屑鞭丝：疑为忙里偷闲的意思。屑：屑屑。劳瘁匆迫貌。鞭丝：马鞭。借指出游。

索瘢求垢：同"吹垢索瘢"。犹言吹毛求疵。

[4]羊肠环绕花村隘：经过狭窄的小路到达鲜花盛开的村庄。隘：狭窄。

茧足分驰草宅忙：南来北往，走访农户，以致双足生茧。茧足：足生茧。形容竭尽努力。分驰：朝相反的方向走。草宅：茅房。

[5]循良：谓奉公守法的官吏。

晚泊盘门见洋房初建数间

刘元诚

　　洋楼高耸出层霄,丹黑分排牖户标[1]。万兆款交和约侈,三吴界辟外商骄[2]。旃裘顿使荒原聚,精卫难填恨海消[3]。从此中原无净土,寸天尺地可怜宵[4]。

　　澎湖已失去岩疆,满地荆榛蒿目伤[5]。川楚咽喉归扼要,苏杭唇齿尽通商[6]。羊肠顿辟康庄道,马路新开赛会场。太息神州成海国,茫茫世变感沧桑[7]。

题解

　　本诗录自刘元诚著、清光绪二十八年(1902年)版《金山公余摘钞·卷二》第15页。原题为《丙申四月十七日晚泊盘门,见洋房初建数间感怀》。丙申:清光绪二十二年,1896年。盘门:苏州水陆并联的古城门。

注释

[1]层霄:高空。

牖(yǒu)户:窗与门。

[2]万兆款交和约侈,三吴界辟外商骄:当指1895年清政府与日本签订《马关条约》,内容包括中国割让辽东半岛、台湾岛及其附属各岛屿、澎湖列岛给日本,赔偿日本2亿两白银,开放沙市、重庆、苏州、杭州为通商口岸,允许日本人在通商口岸开设工厂等等。

[3]旃(zhān)裘:古代北方游牧民族用兽毛等制成的衣服。此处指日本。

[4]可怜宵:可爱的夜晚。

[5]岩疆:边远险要之地。

蒿目:极目远望。借指忧世爱民之情。

[6]扼要:占据或控制要冲。

[7]太息:大声长叹,深深地叹息。

海国:临海之国或海外之国。

平粜稳米价

刘元诚

西成万宝庆丰盈,海舶乘风载米行[1]。出口禁严颁令甲,指困告尽听呼庚[2]。千钟粟贷居奇少,九府钱空市价平[3]。最喜喧嚣都已化,秋毫不扰静无声。

题解

本诗录自刘元诚著、清光绪二十八年(1902 年)版《金山公余摘钞·卷二》第21 页。原题为《奸商贩米出洋,内地一空,价因腾踊。余与各董商行平粜,部署如法。时邻境多以聚众滋闹,重累官长。金邑帖然,大府称善》。

平粜(tiào):中国历史上主张由国家调节粮食购售来稳定粮价的理论。平价出售称平粜,平价购进称平籴(dí)。

注释

[1]西成:秋天庄稼已熟,农事告成。

万宝:各种作物的果实。

[2]令甲:第一道诏令,法令的第一篇。后用为法令的通称。

指困:《三国志·吴志·鲁肃传》:"周瑜为居巢长,将数百人故过候肃,并求资粮。肃家有两囷米,各三千斛。肃乃指一囷与周瑜。"后以指囷喻慷慨资助。

呼庚:呼庚癸。粮的隐语。参见本书第三卷蒋启勋《赋得聚米为山》注释[4]。

[3]九府:周代掌管财币的机构。后泛指国库。

创立金邑团练

刘元诚

海滨多事此岩疆,未雨绸缪总预防[1]。光匪弄兵张赌厂,私枭拒捕扰盐场[2]。邑无百雉都城守,汛祇一弁部卒亡[3]。赖有乡团资捍卫,令如流水乐偕行[4]。

几年训练费经营,处处阅操鼓棹行[5]。百廿图联成劲旅,十三局选萃强兵。枪声雷动威容壮,阵势云排技击精。犒赏分颁争踊跃,士心凫藻作干城[6]。

题解

本诗录自刘元诚著、清光绪二十八年(1902年)版《金山公余摘钞·卷二》第23页。原题为《金邑滨海,匪徒出没不常,无城兵可守。余创立团练,如洙泾、张堰、松隐、吕巷、干巷、大石、甪(lù)里、卫城、钱圩、廊下、胥浦、泖港、兴塔等处,凡十三局,诸董均乐于从事。余给有旗帜、枪锚为倡。除各局自办兵器外,并请军装局松营给发枪炮百余件。演习娴熟,每至各局看操,赏给银洋。数年,地方安堵,诚保卫之良法也》。

注释

[1]岩疆:边远险要之地。

[2]弄兵:喻指兴兵作乱。

私枭:旧时私贩食盐的人。

[3]百雉:借指城墙。

汛祇(zhǐ)一弁部卒亡:只是汛地的官兵大多死亡,所剩无几。汛弁,汛地官兵。祇:正,恰,只。部卒:士兵。

[4]乡团:乡兵,团练。

偕行:一同出发,一起走。

[5]鼓棹:划桨。

[6]分颁:分赏。

凫藻:谓凫戏于水藻。比喻欢悦。

干(gān)城:比喻捍卫或捍卫者。

干:盾。城:城郭。

河道疏瀹告竣

刘元诚

吴中水利重河渠,三泖多堙久未疏[1]。近海青龙诸港塞,汇江黄浦众流潴[2]。泥沙乱逐奔涛下,潮汐难从息壤储[3]。愿使稻梁生潟卤,好追邺令作南车[4]。

连岁胼胝为治河,劳人草草此中过[5]。栉风两岸巡工急,克日三春课绩多[6]。源到深通方有本,流因虚受始盈科[7]。大江终古潮来去,灌注滔滔利若何[8]。

题解

本诗录自刘元诚著、清光绪二十八年(1902年)版《金山公余摘钞·卷二》第24页。原题为《金山农田恃河为溉,有积十余年至数十年不疏者,如洙泾、干吕、松冈、张卫、钱廊等处诸河道,疏瀹不下数十。凡地方开河,皆系业食佃力。余时捐廉以济,每至各局督诸董集夫催挑,一律深通,得早告竣,频年符占大有,疏瀹之力居多》。

疏瀹(yuè):疏浚,疏通。

注释

[1]吴中:今江苏吴县一带。亦泛指吴地。

三泖(mǎo):湖名。在上海市青浦西南,松江西和金山西北,现已淤为平地。

堙(yīn):堵塞。

[2]潴(zhū):水停聚。

[3]息壤:古代传说的一种能自生长,永不减耗的土壤。泛指泥土。

[4]潟(xì)卤:含有过多盐碱成分

不适于耕种的土地。

邺令:指西门豹、史起。西门豹,战国魏人,为邺令,曾开水渠十二条,引漳水以灌邺地之田。史起,战国魏人,也为邺令,曾引漳水灌邺地之田,以富河内,民歌颂之:"西门溉其前,史起灌其后。"

南车:即指南车。比喻正确方向的指引者。

[5]胼胝(pián zhī):手脚所生的

厚莹。

[6]课绩:考核政绩。

[7]虚受:虚心接受。

盈科:盈科而进。意谓有源之水

灌满坑洼后又向前进。比喻渐渐前进。语出《孟子·离娄下》。

[8]终古:久远。

七十生辰

刘元诚

花满柘湖酒百巡,万家春合一家春。七旬双寿开筵盛,五子十孙舞彩新[1]。称觞公堂皆硕彦,雕龙客座尽才人[2]。淋漓大笔追燕许,扃上金屏最炳麟[3]。

提倡宗风王太守,遍征诗社顾长康[4]。辋川百韵铿金石,泖水千篇富缥缃[5]。难得鹣班敦夙好,都教鸿案祝相庄[6]。钧天广奏张庭满,不羡閟宫颂鲁章[7]。

记当周甲悬弧辰,郢馆孤灯伴客身[8]。六十年中如泛梗,三千里外感飘萍[9]。不将生日告侪辈,偏有多情来故人。桃李盈门都鞠跽,称觞花样又翻新[10]。

数载棠阴覆海滨,苍生直似举家亲[11]。冠裳晋爵俱同契,父老杖鸠若比邻[12]。把酒恰逢司命醉,献芹莫向使君伸[13]。诸公寿我应知我,寿我还须寿子民。

题解

本诗录自刘元诚著、清光绪二十八年(1902年)版《金山公余摘钞·卷二》第20页。原题为《嘉平廿四日为余七十生辰,内子以明正廿六日双寿,邑人士送寿礼者却之,纳寿言而已》。嘉平:腊月的别称。本为腊祭的异名。腊祭,每年十二月八日举行的年终祭祀,以祭先祖百神为主,故十二月称嘉平。内子:妻的通称。称己之妻。

注释

[1]双寿:此处指夫妻七十寿辰。

舞彩:典自"彩衣""舞蝶斑衣"。指孝养父母。参见本书第二卷程飞云《李节孝(王太孺人并子占黄)》注释[1]。

[2]称觥(sì):举杯祝酒。觥:觥觚。古代一种酒器。

公堂:泛指一般厅堂。

硕彦:指才智杰出的学者。

雕龙:战国时齐人邹奭采邹衍之术,为文长于修饰,如雕镂龙文,时人称他雕龙奭。后用以比喻精心著文或善于文辞。

[3]燕许:唐玄宗时名臣燕国公张说、许国公苏颋(tǐng)的并称。两人皆以文章显世,时号"燕许大手笔"。

舄(xì)上:柱子上。舄指石舄,柱下石础。

金屏:此处指成组的条幅。

炳麟:光明貌。麟:通"燐"。

[4]宗风:文学艺术各流派独有的风格和思想。

顾长康:顾恺之,字长康。东晋画家。

[5]辋川:水名。即辋谷水。诸水会合如车辋环凑,故名。在陕西省蓝田县南,源出秦岭北麓,北流至县南入灞水。唐诗人王维曾置别业于此。

泖(mǎo)水:在上海市青浦西南,松江西和金山西北。此处疑指陆机,字士衡,吴郡华亭(今上海松江)人。西晋时期著名辞赋家、文学理论家。

缥缃(piǎo xiāng):指书卷。

[6]鹓(yuān)班:朝臣的行列。

凤好:素所喜好,早年的喜好。

鸿案祝相庄:祝鸿案相庄。鸿案相庄指夫妻和睦相敬。

[7]钧天:钧天乐。指天上的音乐,仙乐。

閟(bì)宫颂鲁章:閟宫为《诗经·鲁颂》篇名。其中有诗句"鲁侯燕喜,令妻寿母"。鲁侯安乐多庆喜,母寿妻贤世莫比。

[8]周甲:指60周岁生日。意指回到所生之年迎接新的甲子,故名。

悬弧辰:男子生日。

郧馆:指位于北京西城区红线胡同的郧中会馆。为湖北安陆府在京会馆。

[9]泛梗、飘萍:"漂梗飞蓬"的化用。顺水漂流的木梗、浮萍。比喻身不由己,飘荡无定。

[10]鞠跽(jì):弯腰跪着。跽:两膝着地,上身挺直。

[11]棠阴:周时召伯巡行南国,曾在棠树下听讼理事。召公死后,后人爱其树不忍翦伐。喻惠政或良吏的惠行。

[12]冠裳:本指全套的官服,因借称有官职的士绅。

晋爵:此处指向前敬酒。

同契:犹同志,同心。

杖鸠：拄着鸠杖。鸠杖系杖头刻有鸠形的拐杖。

[13]司命醉：醉司命。本指民间年终祭灶神的一种习俗。宋孟元老《东京梦华录·十二月》："二十四日交年，都人至夜请僧道看经……帖灶马于灶上，以酒糟涂抹灶门，谓之醉司命。"后因称农历十二月二十四日为醉司命。

献芹莫向使君伸：此处指作者拒收寿礼。献芹：请客送礼的谦词。

生前一日公出次晚返署作此自嘲

刘元诚

生来俗吏走风尘，放棹依然远问津[1]。本以南衙姑息影，岂知北陌又羁身[2]。斑衣仍用家中礼，倒屣难迎户外宾[3]。雀舫归来当日暮，高朋满座倍相亲[4]。

题解

本诗录自刘元诚著、清光绪二十八年（1902 年）版《金山公余摘钞·卷二》第 20 页。

注释

[1]俗吏：才智凡庸的官吏。

放棹：乘船，行船。

问津：寻访或探求。

[2]南衙：官署的通称。

息影：谓归隐闲居。

北陌：泛指田间小路。

羁身：谓因故不能分身。

[3]斑衣：彩衣。此处指官服。

倒屣：急于出迎，把鞋倒穿。

[4]雀舫：古代形似鸟状的游船。

子曰：行夏之时，乘殷之辂，服周之冕，乐则韶舞

——会试答卷一道

刘元诚

综四代而酌其中，大法立矣[1]。夫时、辂、冕、乐，其分著四代者，以克协乎中也[2]。为邦之大法，不于是立哉？且治法不外一中[3]，中者求之一事而各得，即推之事事而皆符者也。自来帝王稽中定务，与世变迁，当时制作[4]，所垂不相沿袭。而后之人追维其盛，觉一端之著，皆有精意之存[5]，贻诸万世而无弊。试为尚论及之，殊不禁罨然高望已[6]。吾夫子本时中之圣，尝以中庸之择称回，乃于其问为邦[7]，诏之曰：自虞帝以执中授禹[8]，历汤、文、武，而皆传之为心法、绍之为治法者也[9]。夫为邦亦善乎中之用而已。运会有升降，准以中，则升降可通姚姒子姬[10]。五德本代兴，损益不无殊辙，要惟援至当之[11]，规以权之，斯审端为有要焉[12]。治术有源流，揆以中，则源流悉合典章节奏[13]。三古不相假，因革各有征权，要惟守不过之[14]，则以范之，斯取法乃独精焉。是故绍虞者夏也[15]。自璇玑察于帝廷，殷地统，周天统，不若夏之时纪以人[16]。摄提起自孟陬，物候编详小正，顺布不忒[17]，此行之得中者。受夏者殷也。自鸾车兴于虞氏，夏钩车，周乘路，不若殷之辂贵乎质[18]。大路首崇郊祀，飞车不尚奇肱，行地无疆，此乘之得中者[19]。监二代者周也[20]。自皇祭肇于中天，夏后收，殷人冔，不若周之冕尚乎文[21]。繁露数备九成，邃延章隆五采，大观在上[22]，此服之得中者。若夫礼制定矣，乃可以作乐。彼育夏、甄殷、陶周者，非虞乎[23]？亦越《大夏》聿宣，殷《大濩》，周《大武》，要惟《韶舞》，为尽美而尽善[24]。升歌于上昭其德，合乐于庭备其容，观止蔑加[25]，此尤则之得中者。且夫中之求贵乎择，而中之用因乎时。一代之显庸创制，必有繁兴之典则，而非一物所能赅[26]。彼帝谛王往以还，一切经画所贻，纷然杂陈者，皆堪垂型乎当代[27]。而

何以时、辂、冕、乐,只此寥寥数事,不必更端以叩己,足历亘古而不刊,知择中有精心参酌所以至善也[28]。圣功之积,王道可期[29],回庶能择以求中也哉! 累朝之显翼扇巍,各有并播之休嘉,而非一姓所得擅[30]。彼治定功成之代,凡夫创垂所系、厘然备举者,孰不震铄乎来兹[31]?而何以虞夏殷周,惟此落落数朝[32]? 宛若专美有归,允足昭百王之盛轨[33],知时中有妙用,应运所以维新也。君相之猷,师儒可任[34],回尚随时以用中也哉!

题解

本文录自顾廷龙编、成文出版社 1992 年版《清代朱卷集成·卷六十六》第 57 页。

子曰:行夏之时,乘殷之辂(lù),服周之冕,乐则韶舞:语出《论语·卫灵公》:颜渊问为邦。子曰:"行夏之时,乘殷之辂,服周之冕,乐则韶舞。放郑声,远佞人。郑声淫,佞人殆。"意思是,颜渊问如何治理国家。孔子说:"推行夏朝的历法,乘坐殷朝的车子,戴周朝的礼帽,采用舜时的音乐。舍弃郑国的曲调,疏远光讲好话的人。郑国的音乐淫靡,光说好话的人危险。"按:儒家修身讲择善而从,治国也是如此。孔子告诉颜渊的正是这个道理。另外,也是因为颜渊是追求完美理想的人,所以孔子才给出了这样高的目标。殷之辂:殷代的车是木制成,比较朴实。辂:天子所乘的车。周之冕:周代祭服所用之冠。其制后高前下,前后有旒。韶舞:是舜时的舞乐,孔子认为是尽善尽美的。

注释

[1]四代:四个朝代。指虞夏商周。此处与标题中的夏商周虞相应。

酌:斟酌。择善而行。

大法:指朝廷的纲纪。

[2]克协乎中:能够符合中庸之道。

[3]治法:指治理国家之法。

[4]稽中定务:求与"中"相适的原则,确定努力的方向。

当时:适时。

制作:指礼乐等方面的典章制度。

[5]追维:追惟。追忆,回想。

精意:精深的意旨。

[6]皋(gāo)然:高远貌。皋:通"皋"。

[7]时中之圣:时时都能按理行事的圣人。时中:儒家谓立身行事,合乎时宜,无过与不及。

回:指颜渊。颜渊,姓颜名回,字子渊。深为孔子喜爱。

问为邦:指颜渊问孔子如何治理国家。

[8]诏:告知。

执中:谓持中庸之道,无过与不及。

[9]心法:泛指授受的重要心得和方法。

绍:连续,继承。

[10]运会:时运际会。

准以中:以中庸之道为准则。与下文"揆以中"义同。

姚姒(sì)子姬:虞姚、夏姒、殷子、周姬。指虞夏商周四代。

[11]五德:五行之德。战国末阴阳家邹衍对土、木、金、火、水五种原素的称谓。认为它们具有相生相克的性能,决定王朝的兴废。

代兴:谓更迭兴起或盛行。

损益:与下文"因革"为互文。因革损益:指对待传统文化或典章制度的态度与方法。因即因袭、继承;革即革除、废弃;损即减损;益即增益。

殊辙:不同的辙迹。指不同的途径。

至当:极为恰当。

[12]规以权之:与下文"则以范之"为互文,都是"以规则来衡量、规范"的意思。

审端:详尽公正。

[13]揆(kuí)以中:以中庸之道为

准则。揆:道理,准则。

典章:制度法令等的统称。

节奏:礼节制度。指有关礼仪的各种规定。

[14]三古:上古、中古、下古。指我国古代史上三个历史阶段。具体说法不一。一说指伏羲、文王、孔子代表的三个时代。一说指伏羲、神农、五帝代表的三个时代。

不过:无法超越、凌驾。

[15]绍虞者夏也:接替虞代的是夏代。

[16]自璇玑察于帝廷:根据星象变化推知人事。璇玑:"璇玑玉衡"的省称。古代观测天体的仪器。乾隆时有玑衡抚辰仪。帝廷:朝廷。

殷地统:商正建丑,为地统。建丑指以十二月(丑月)为岁首的历法。

周天统:周正建子,称天统。建子指以夏历十一月(子月)为岁首的历法。

纪:治理。

[17]摄提起自孟陬:一年起于正月。语出屈原《离骚》:"摄提贞于孟陬兮,惟庚寅吾以降。"岁星在寅的那一年的正月庚寅,我从天上翩然降临。

摄提:摄提格。十二地支中寅的别称,用以纪年。

孟陬(zōu):孟春正月。正月为陬,又为孟春月,故称。

小正:《夏小正》。中国现存最古的天文历法文献之一。传为夏代历书,实成书于战国中期。是书按夏历月序,分别记载每月中天象、物候和相应的农事、政事活动,为夏代以来积累的农牧业生产经验小结。

顺布不忒(tè):和顺分布,没有差错。

[18]自鸾车兴于虞氏,夏钩车,周乘(shèng)路:语出《礼记·明堂位》:"鸾车,有虞氏之路也。钩车,夏后氏之路也。大路,殷路也。乘路,周路也。"鸾车,是有虞氏的座车。钩车,是夏后氏的座车。大辂,是殷代帝王的座车。乘辂,是周代帝王的座车。路:亦作"辂"。

殷之辂贵乎质:殷车采用木辂装饰,比较质朴。

[19]大路:即大辂。天子祭天所乘之车。

郊祀:古代于郊外祭祀天地,南郊祭天,北郊祭地。

飞车不尚奇肱(gōng):典自"奇肱飞车"。传说有奇肱国,那里的人能够制作飞车,乘着风远行。商汤时代他们曾乘飞车到达豫州,汤发现后把他们的车子折掉,不让老百姓看到。十年以后东风又至,他们把车造好后才返回故居,而他们的国家在玉门关以外四万里。奇肱:神话传说中的国名。

行地无疆:语出《易·坤》:"牝(pìn)马地类,行地无疆,柔顺利贞。"雌马属于地上走兽,具有在大地上无限奔驰的能力,她的性情柔顺祥和,有

利于守持正道。

[20]监二代者周也:周朝的礼仪制度借鉴于夏、商二代。语出《论语·八佾》:子曰:"周监于二代,郁郁乎文哉!吾从周。"孔子说:"周代的制度是借鉴夏、商二代的制度而建立的,它多么丰富美好啊!我拥护周代的制度。"监:古同"鉴"。借鉴,参考。

[21]自皇祭肇于中天:皇祭之礼始于唐虞。中天:天运正中。喻盛世。此处当指唐虞。

夏后收:夏代冕。夏后:古部落名。相传禹为部落领袖。古史载禹受舜禅,建立夏王朝,也称夏后氏、夏后或夏氏。收:夏代冠名。

昦(xǔ):殷代冠名。

周之冕尚乎文:周代祭服重视华美。孔子主张在推行礼治时"服周之冕"(《论语·卫灵公》)。朱熹认为周冕"其为物小,而加于众体之上,故虽华而不为靡,虽费而不及奢。夫子取之,盖亦以为文而得其中也"(《论语集注·卫灵公》)。文:有文采,华丽。与"质"或"野"相对。

[22]繁露:亦作"繁路"。古代帝王贵族冠冕上所悬的玉串。

九成:九重。

邃延:下垂延覆。《礼记·玉藻》:"天子玉藻,十有二旒,前后邃延。"郑玄注:"前后邃延者,言皆出冕前后而垂也。"

大观在上:宏大壮观的气象总是

呈现在崇高之处。大观:谓为人所瞻仰。《易·观》:"大观在上,顺而巽。中正以观天下。"

[23]彼育夏、甄殷、陶周者:语出班固《典引》:"乃先孕虞育夏,甄殷陶周。"甄、陶:上下文互文。本指炼制陶器。此处与上文"育"同义。

[24]大夏:周代"六舞"之一。相传本为夏禹时代的乐舞。

大濩(hù):周代乐舞之一。相传为成汤时作。

大武:周代乐舞之一。属于武舞。

尽美而尽善:尽美尽善。孔子的美学观点。指美与善都要达到尽可能理想的程度。语出《论语·八佾》:子谓《韶》:"尽美矣,又尽善也。"

[25]升歌:谓祭祀、宴会登堂时演奏乐歌。

合乐:谓诸乐合奏。

观止蔑加:叹为观止。语出《左传·襄公二十九年》:"虽甚盛德,其蔑以加于此矣,观止矣。"盛德到达顶点,就不能再比这更有所增加了,看到这里就停止。

[26]显庸创制:显示出自己的功劳,创立统治天下的大业。

繁兴:兴起甚多。

典则:典章法规,准则。

赅(gāi):完备,包括。

[27]经画:经营筹划。

垂型:给后人作典范。

[28]更端以叩己:意思是,叩问自己,穷尽其理。语出《论语·子罕》:"有鄙夫问于我,空空如也。我叩其两端而竭焉。"有一个乡下人问我,我对他谈的问题本来一点也不知道。我只是从问题的两端去问,这样对此问题就可以全部搞清楚了。叩:发问。两端:两头,指事物的正反始末。更端:另一件事。

不刊:谓不容更动和改变。

参酌:参考实际情况加以斟酌。

[29]圣功:谓至圣之功。

王道:儒家提出的一种以仁义治天下的政治主张。与霸道相对。

[30]累朝:历朝,历代。

显翼扇巍:"扇巍巍,显翼翼"的缩略。高大雄伟,显赫而有次序。语出班固《东都赋》:"然后增周旧,修洛邑,扇巍巍,显翼翼。"这以后增广周王朝京城的旧制,修建东都洛阳,高大雄伟,显赫而有次序。

休嘉:美好嘉祥。

一姓:一个朝代。

[31]创垂:谓开创业绩,传之后世。

厘然备举:有条理地详细列举。

震铄乎来兹:光耀今后。震铄:震动,光耀。

[32]落落:稀疏,零落。

[33]专美:独享美名。

盛轨:美好的典范。

[34]君相:国君与国相。

猷(yóu):谋略。

师儒:指儒者、经师。

金山鸿泥偶存序

刘元诚

余宰金八年,学道滋惭,以颂祷之言进者谢焉,弗敢居也[1]。因念一行作吏[2],无日不与民相亲,固当为之问疾苦、同好恶。遇地方有利于民者必兴之,有害于民者必去之,尽其心之所不容已,凡以为民耳。阳城曰:"抚字心劳[3]。"抚字,吾职也;心劳,吾分也。以其职所当为,分所必尽,而故暴而张之耳目之间,非所以为民也。顾自抚育斯民以来,与诸君子结契最深[4]。今乞假归田,其人皆天各一方,会合不可以期,所相与惓惓不已者[5],仅赖有斯言之存。若并其言而失之,听其散佚于无何有之乡,则曩与诸君子往来之陈迹皆埋没无闻[6],后将何所征考焉?山居多暇,爰为编定付诸剞劂,名曰《金山鸿泥偶存》,亦欲览斯文者诵其言如见其人,是鸿爪雪泥之迹不存而存焉者也[7],不可常存而偶存焉者也。若云颂祷之足矜以自表其抚字之劳,则岂私衷所敢出哉[8]?

光绪壬寅孟夏月,竟陵刘元诚赤彪甫序[9]。

题解

本文录自刘元诚著、清光绪二十八年(1902年)版《金山鸿泥偶存》。

注释

[1]宰金:任金山知县。

颂祷:赞美祝福。

居:傲慢。

[2]一行作吏:一经作了官吏。

[3]阳城、抚字心劳:《旧唐书·阳城传》:"(阳城)赋税不登,观察使数加诮让。州上考功第,城自署其第曰:

'抚字心劳,征科政拙,考下下。'"唐代阳城任道州刺史,因征收赋税不顺利,观察使多次严厉斥责。当时州上考评每个官吏的政绩,阳城为自己写下评语:"处理政务身心憔悴,征收赋税力不从心,名列最下一等。"抚字:谓对百姓的安抚体恤。

[4]结契：谓结交相得。

[5]惓惓（quán）：深切思念，念念不忘。

[6]无何有之乡：语出《庄子·逍遥游》。原意为没有任何东西的地方，后用以转指空想的或虚幻的境界。

曩（nǎng）：从前，过去。

[7]剞劂（jī jué）：本指刻镂的刀具，此处是雕版、刻印的意思。

鸿爪雪泥：比喻往事留下的痕迹。

[8]私衷：内心。

[9]壬寅：清光绪二十八年，1902年。

甫：古代男子的美称。也作"父"。多附缀于表字后。

绣余伴读居学吟草序

刘元诚

吴宫绣五岳之图，艺称针绝[1]；苏氏织八寸之锦，诗妙文回[2]。是以鸳绣罢余，方许金针度世[3]；龙梭织就，才看锦字成章[4]。偷一刻之光阴，惜来分寸；伴三更之灯火，长此倡随。此耐寒女史《绣余伴读居学吟草》所由作也[5]。

女史家本武林，性耽文墨。十年姆教，早习组紃[6]；百首宫词，尤怜花蕊[7]。业已颂椒才艳，咏絮风高[8]。逮及笄归吾友顾君泰云明经[9]。顾君江左名流，云间诗伯[10]，与女史花飞双管，莲放并头。琉璃砚匣随身，翡翠笔床在手。当夫纤纤缱绻，乙乙思抽[11]。或璇闺方欲拈题属和，已来夫子[12]；或棐几欣逢得句推敲，尚待细君[13]。以伉俪作诗朋，以闺房联吟社。善心为窈，嘉耦曰妃，由来旧矣[14]。余自宰柘湖，君即以诗文结苔岑、盟金石[15]。会入闱襄校，君与夫人同以诗赠[16]。一时江花迷目，鲍茗熏心[17]，倾动艺林，艳称巾帼。迨余年届七袠[18]，又相与评松颂柏，同祝长春。鸣玉锵金，都成叠韵[19]。并出令妹琴仙女史画图持赠，愿添海屋之鹤筹，不惜家珍之朋锡[20]。乃复广集同人，征诗补祝。萃峰泖之宏词，作冈陵之善祷[21]。类皆鱼鱼雅雅，炳炳麟麟[22]。高吟华贵而骈臻，吉语便蕃而麕至，甚盛心也[23]。今秋余赋归田,君送抱推襟[24],连篇累牍。怅酒赋琴歌之已渺,益离声别恨之难禁。又邀诸社友纯嘏还赓,循声迭诵[25]。或素心早订而惆怅深之,或半面未交而馨香祝之[26]。罔不鲸铿远播,骊曲同歌[27]。

嗟乎！故人义重,高薄云天;知己情多,深逾潭水。身非木石,谁能遣此黄钟律转[28]？素尺书来,寄到女史诗集一部[29]。披香奁之佳篇,诵玉台之新咏[30]。有如天孙云锦,巧具化工[31];又若龙女轻绡,疑有神助[32]。且其中婉娵幽闲之态,馨露毫端[33];芬芳悱恻之怀,溢流口角。非顾君不能得此才媛,非女史不能配斯才士。两美必合,相得益彰。

信乎[34]！福慧之天生[35],唱和之韵事,已所望青云直上,白雪曲高。顾君从兹黼黻休明,显绣虎雕龙之业[36];女史亦将纱幮讲授,广锦心绣口之传[37]。行见乐府播词,中禁都呼元才子[38];诗笺志宠,才调共颂女相如[39]。

题解

本文录自刘元诚著、清光绪二十八年(1902年)版《金山公余摘钞·卷一》第11页。

注释

[1]吴宫绣五岳之图,艺称针绝:典自"吴宫三绝"。吴主孙权的赵夫人,其手巧妙无比。能以彩丝编织云霞龙蛇之锦,大则盈尺,小则方寸,被当时人称为机绝;能刺绣作列国,在方帛上绣以山川、地势和军阵之形,被称为针绝;能以头发编织罗縠(hú),制作为幔,内外视之,飘飘然如烟气轻动,而房内自爽凉,被称为丝绝。此三绝被称为吴宫三绝。

[2]苏氏织八寸之锦,诗妙文回:典自"织锦回文"。据《晋书·窦滔妻苏氏传》,前秦窦滔妻苏氏,名蕙,字若兰。不但善织锦,而且才思敏捷,创作了一种回文诗。为了表达对在外做官的丈夫的思念之情,将自己所写的怀夫诗织进了一块八寸见方的锦帕上,人称"织锦回文璇玑图"。

[3]金针度世:同"金针度人"。白居易有《白氏金针诗格》三卷。见《宋

史·艺文志八》。金元好问《论诗》诗之三："鸳鸯绣了从教看，莫把金针度与人。"因谓把某种技艺的秘法、诀窍传授给别人。金针：指传说中织女授予陶侃女采娘的绣花针。喻技术、秘诀。

[4]龙梭：《晋书·陶侃传》："侃少时渔于雷泽，网得一织梭，以挂于壁。有顷雷雨，自化为龙而去。"后因以龙梭为织梭的美称。

锦字：指前秦苏蕙寄给丈夫的织锦回文诗。

[5]耐寒女史：指《绣余伴读居学吟草》的作者张瑞文。张瑞文，字耐寒。顾钟泰之妻。女史：对知识妇女的美称。

[6]姆教：女师传授妇道于女子。

组紃（xún）：古指妇女从事的女红。

[7]宫词：古代的一种诗体，多写宫廷生活琐事，一般为七言绝句，唐代诗歌中多见之，如王建《宫词》。后世沿而作之者颇多。

花蕊：指花蕊夫人所作《花蕊夫人宫词》。百余篇，其中可确定为花蕊夫人所作的约90余首。据词中内容推测，似应出于王建小徐妃之手。五代时称"花蕊夫人"者，前后有两人。一为前蜀蜀主王建淑妃徐氏，二为后蜀蜀主孟昶（chǎng）妃，也姓徐。

[8]颂椒：据《晋书》卷九十六《列女传·刘臻妻陈氏传》，晋女陈氏，聪慧能文，曾于正旦献给皇帝《椒花颂》，歌颂新年升平景象。

咏絮：据《晋书·王凝之妻谢道韫传》，谢安家宴，天忽下雪，谢安问："这雪像什么？"侄儿谢朗说："撒盐空中差可拟。"侄女谢道韫说："未若柳絮因风起。"谢安大为称赞谢道韫的这句诗。世遂称谢道韫有咏絮之才。亦泛指有写诗之才的女子。

[9]及笄（jī）：笄是古代妇女簪的一种。照礼制，女子成年才能著笄，古称及笄，就是表示已成年，可以结婚。

归：出嫁，嫁。

顾君泰云明经：顾钟泰，字泰云，华亭县恩贡生。明经：明清时称贡生为明经。

[10]江左：江东。指长江下游以东地区。

云间：松江县（今属上海市）的古称。

诗伯：诗坛宗伯，诗坛领袖。

[11]纤纤缱绻（qiǎn quǎn）：形容伉俪情深。纤纤：细长貌，柔细貌。缱绻：缠绵。形容感情深厚。原文为"缝倦"。

乙乙思抽：语出陆机《文赋》："理翳翳而愈伏，思乙乙其若抽。"文理阴暗不明，愈找愈潜伏得深；文思难于表达，如同抽丝时断时续。乙乙：难出之貌。

[12]璇闺：闺房的美称。

拈题属和（zhǔ hè）：各人自认或拈

阎定题目,互相唱和。属和:跟着别人唱。

[13]棐(fěi)几:即几案。

细君:古称诸侯之妻。后为妻的通称。

[14]善心为窈:内心美。语出《广韵》:"善心曰窈,善色曰窕。"

嘉耦曰妃:好配偶,美姻缘。嘉耦:互敬互爱、和睦相处的夫妇。妃:配偶,妻子。语出《左传·桓公二年》。

[15]宰柘湖:任金山知县。柘湖在金山县。

苔岑:晋郭璞《赠温峤》诗:"人亦有言,松竹有林。及余(尔)臭味,异苔同岑。"后世因以苔岑指志同道合的朋友。

[16]入闱:指科举考试时考生或监考人员等进入考场。

襄校:襄校官。考官名。清末始设。负责协助阅卷大臣阅卷、评定等第。

[17]鲍茗:南朝著名女诗人鲍令晖(鲍照之妹),曾作《香茗赋》。原文已佚。

[18]七袠(zhì):七十岁。十年为一袠。

[19]鸣玉锵金:同"锵金鸣玉"。金玉相撞而发声。比喻音节响亮,诗句优美。

叠韵:此处指音韵和谐。

[20]海屋之鹤筹:同"海屋筹添"。原谓长寿,后以为祝寿之词。据苏轼《东坡志林·三老谈》,有一个老人讲他的年龄时说,每次见到沧海变成了桑田,便在房间内添上一根筹码,如今放的筹码已装满十间房子,以此说明他年龄之长。

朋锡:谓赏赐重厚。

[21]峰泖(mǎo):"九峰三泖"为松江著名风景。泖:湖名。又名三泖。在上海市青浦西南,松江西和金山西北,现已淤为平地。

冈陵之善祷:同"颂祝冈陵"。用于祝贺老人长寿,像山岗、丘陵那样绵延。

[22]鱼鱼雅雅:威仪整肃貌。雅:通"鸦"。鱼行成贯,鸦飞成阵,故称。

炳炳麟麟:光明貌。麟:通"燐"。

[23]骈臻:并至,一并到来。

便蕃:频繁,屡次。

麇(jūn)至:群集而来。

盛心:深厚美好的情意。

[24]赋归田:同"赋归去"。晋陶潜为彭泽令,不愿"为五斗米折腰",辞官归隐,并赋《归去来兮辞》:"归去来兮,田园将芜,胡不归?"后因以赋归去为辞官归隐之典。

送抱推襟:真诚相待的意思。

[25]社友:同社之人。

纯嘏(gǔ):大福。

还赓:再三和诗。

[26]素心:心地纯朴。

馨香祝之:真诚地祝愿。馨香:烧香的香味,也指烧香。

[27]鲸铿:语本汉班固《东都赋》:"于是发鲸鱼,铿华钟。"后因以"鲸铿"形容铿锵如击巨钟。

骊曲同歌:同吟告别之歌。骊曲:骊歌。古代客人告别时唱的诗篇。

[28]黄钟律转:古人把十二律与十二月相配,黄钟律配在十一月(即"仲冬之月")。后遂以黄钟应律代指十一月。

[29]素尺:尺素。古人以绢帛书写,常长一尺许,故称写文章所用的短笺为尺素。亦用作书信的代称。素:白色的生绢。

[30]玉台之新咏:《玉台新咏》系中国诗歌总集。南朝陈徐陵编选。大多为艳情宫体之作,也有一些优秀的民间诗篇。"玉台"一语,取义《穆天子传》,指帝王的后庭。据近人考证,《玉台新咏》是专为梁元帝萧绎的徐妃选编的。

[31]天孙:指传说中巧于织造的仙女。

化工:自然形成的工巧。与"画工"相对。

[32]龙女轻绡:《太平广记·卷三百一十一》云:"龙女出轻绡一疋赠旷。"轻绡:一种透明而有花纹的丝织品。

[33]婉嫕(yì):温顺娴静。

[34]信:果真,的确。

[35]福慧:福德与智慧。

[36]黼黻(fǔ fú):借指辞藻,华美的文辞。

休明:美好清明。

绣虎雕龙:比喻文采华美。

[37]纱幮(chú)讲授:典自太常官韦逞之母宋氏(宣文君)"隔绛帱而授业",教授《周礼》。参见本书第三卷教名震《徐母廖太孺人暨朱太孺人八十寿序》注释[33]。纱幮:纱帐。室内张施用以隔层或避蚊。

锦心绣口:比喻优美的文思,华丽的辞藻。

[38]播词:播于词林。播:谓配乐以广流传。

中禁:禁中。皇帝所居之处。

元才子:唐代诗人元稹的雅号。

[39]诗笺:写上诗的笺纸。

志宠:记录尊荣宠乐。

才调:犹才气。多指文才。

女相如:汉司马相如长于辞赋,后人因称有才华能诗文的女子为女相如。

重修金山卫学文庙大成殿碑记

刘元诚

夫为一事于众人万难为之日，独有人慨然任之而不恤，此非豪杰之士能自树立、信义积于中、不以众议沮其念者，未足与于斯也[1]。

金山卫自前明正统四年设卫学，十三年建文庙，国朝因之，顺康以降[2]，代有修葺。乾隆三十八年，学额裁拨，六邑大修，则六邑与卫共焉[3]。道光十二年，邑绅钱熙载翁纯等筹款续修，并设大观书院课士[4]，一时称盛。迨咸丰时遭兵燹，寖多毁坏[5]。同光间，华奉娄金等邑诸绅，迭次联名禀请兴修，俱以工钜款绌中止[6]。

余自莅斯土，见倾圮日甚，深为愀然[7]。亟与邑人士会议估修[8]，将作复辍者屡矣。顾君楚卿明经[9]，其人彬彬儒者，孝于亲，信于友，周恤于乡里，尝捐赀创设接婴局于山塘[10]。余心异之，既选充洒扫经董[11]，为告以修葺之难待也，顾君怦然有动于心。丁酉冬，过余[12]，谓大殿之役，愿身任之。已与郭、杨、张诸君倡捐，有成议矣，不取之他邑，不咨诸他人，将以明年鸠工庀材而从事焉[13]。余悚然敬之[14]，曰："贤哉！此六十余年来人人所集议而未行者[15]。君等力行之，何幸而得此！其亟勉勉焉，以观厥成[16]。"戊戌三月，群工集，众材备，君与同志部署而督理之[17]，迄十月落成。余以是月杪谒庙验收[18]，见向之败瓦断椽、颓楹破扉、不蔽风雨者，俱已完葺，丹艧焕然一新矣[19]，则信乎天下事之大可为，有志者事竟成，为不诬也[20]。倘所谓豪杰之士能自树立者非耶，他日本其慷慨果决之才，出膺艰钜[21]，何事不可为？将以此举卜之也[22]。

是役也，余既捐廉为助[23]，深嘉顾君之首捐钜款，有功文教，为请于大府，奖以崇道慕义[24]。余为题额，以旌其闾，并喜诸君之同心协力，得以相与有成也[25]。爰列名刊石以垂后，亦欲使后之闻风兴起者，知人人所万难为之事，必有人焉以为之。自兹以往，其率迹踵武及时兴修不难也[26]。是为记。

题解

本文录自刘元诚著、清光绪二十八年（1902年）版《金山公余摘钞·卷一》第1页。

金山卫学：金山卫又称小官镇。古政区名。明洪武九年（1386年）置。治所即今上海市金山区东南金山卫。清雍正二年（1724年）置金山县。清乾隆十七年（1752）省卫。卫学是明代设于卫一级军队的学校，为地方官学之一。亦称卫儒学。卫：明代军队编制名。5600人为一卫。《明史·兵志二》："天下既定，度要害地，系一郡者设所，连郡者设卫。大率5600人为卫，1120人为千户所，112人为百户所。"

文庙：中国纪念孔子的庙宇。唐玄宗开元二十七年（739年）封孔子为文宣王，因称孔庙为文宣王庙。明以后称文庙，相对武庙（关羽庙）而言。

注释

[1]夫为一事于众人万难为之日，独有人慨然任之而不恤，此非豪杰之士能自树立、信义积于中、不以众议沮其念者，未足与于斯也：在众人做一件事遇到各种困难的时候，却有人无所顾惜地出面承担起来，这不是能有所建树、信义蕴积于心中、不因众人的意见而改变主张的豪杰之士，是不能做这件事的。

慨然：无所吝惜貌。

不恤：不忧悯，不顾惜。

信义：信用和道义。

沮：终止。

与：参与。偕同。

[2]国朝：指本朝。

顺康：清顺治（清世祖年号）与清康熙（清圣祖年号）的并称。

以降：以下，以后。

[3]六邑与卫共焉：指学额裁拨以后，松江府所辖六县与金山卫共享卫学资源。

[4]课士：考核士子的学业。

[5]兵燹（xiǎn）：指因战乱所致的焚烧破坏。燹：兵火。

寖（jìn）：逐渐。

[6]同光：清同治（清穆宗年号）与清光绪（清德宗年号）的并称。

华奉娄金：指松江府所辖华亭、奉贤、娄、金山四县。

迭次：屡次，不止一次。

工钜款绌：工程浩大而经费不足。

[7]倾圮（pǐ）：倒塌。

愀（qiǎo）然：忧愁貌。

[8]会议：聚会论议。

[9]明经：明清时称贡生为明经。

[10]周恤：周济，接济。

[11]经董：主管。

[12]过：来访。

[13]鸠工庀(pǐ)材:招聚工匠,准
备材料。形容建筑工程的准备。鸠:
聚集。庀:准备。

[14]悚然:肃然恭敬貌。

[15]集议:共同评议。

[16]其:副词。表示祈使。犹
当,可。

勉勉:力行不倦貌。

[17]同志:指志趣相同的人。

[18]月杪(miǎo):月末。

[19]丹艧(huò):红色的涂漆。此
处作动词用。

[20]不诬:不假。

[21]本:根据,依据。

出膺:出任。膺:担当,接受重任。

艰钜:艰巨。此处指艰巨之事。

[22]卜:推断,预料。

[23]捐廉:旧谓官吏捐献除正俸
之外的养廉银。

[24]大府:明清时称总督、巡抚为
大府。

崇道慕义:崇慕道义。敬慕道义
之士。

[25]旌其间:谓旌表间里,以显彰
功德。间:里门。

相与:共同,一道。

[26]率迩踵武:循着前人的足迹。
比喻继承前人的事业。语出司马相如
《封禅文》:"率迩者踵武,逖听者风
声。"近世之事循其足迹,远世之事听
其遗风嘉声。

陶庵题词

刘元诚

北窗高士,南岳幽居[1]。博学不群,任真自得[2]。少嗜琴书之
乐,长轻轩冕之荣[3]。隐居柴桑,暂官祭酒;作令彭泽,旋遣督邮。乡
里儿岂向折腰,八十日即当解绶[4]。何堪劳役,竟赋归来。三径就
荒,五柳犹在[5]。酌春醪而适志,我醉欲眠[6];挹秋露以餐英,人淡如
菊[7]。品自超乎晋宋,名远媲于夷齐[8]。尚想其人,深思其操。吾庐
可爱,聊为容膝之安;人境无喧,愿结素心之契[9]。

此咸丰辛亥余所题南轩旧词也[10]。时巢居一室,读书养性以自
娱,表所居曰"陶庵",其夙心也[11]。越三十年,壬午登贤书[12]。又八
年,己丑捷南宫[13]。又二年,辛卯宰金山[14]。又八年,己亥赋归去

来[15]。一椽之室,半亩之园。啸傲轩东,高卧窗北[16]。人是羲皇以上,径存松菊之间,宛然栗里旧居也[17]。回忆辛亥,迄今五十余年矣。流光荏苒,得遂初衣,昔所云云,今无以易也[18]。因重录之,以榜其室[19]。

题解

本文录自刘元诚著、清光绪二十八年(1902年)版《金山公余摘钞·卷一》第23页。

注释

[1]北窗高士,南岳幽居:指陶渊明隐逸自适。

北窗:向北的窗户。借指隐逸自适的情致。陶渊明《与子俨等疏》:"五六月中,北窗下卧,遇凉风暂至,自谓是羲皇上人。"

南岳幽居:晋代颜延之在陶渊明去世时写的《靖节征士诔》中有这样的记载:"有晋征士浔阳陶渊明,南岳之幽居者也。"南岳:学者多以为指庐山。也有学者考证应为江东横山,古称衡山。今分属安徽省马鞍山市博望区(原属当涂县)、江苏省南京市溧水县及江宁区。幽居:僻静的居处。

[2]任真:听其自然。率真任情,不加修饰。

[3]轩冕:卿大夫的轩车和冕服。做官的代称。

[4]隐居柴桑……八十日即当解绶:陶渊明出生于浔阳柴桑,29岁当上江州祭酒(掌管教化),"少日自解归",在家赋闲七年。35岁时到桓玄部下去当佐吏,后到京口做了刘裕的参军(参谋军务的官),到江州刺史刘敬宣那里做参军,都是不久即辞职。后又到江西彭泽做县令,郡里派督邮到彭泽来,下属禀告他应"束带见之"。他感叹道:"吾不能为五斗米折腰,拳拳事乡里小人邪!"做县令才80天就解下官印,并赋《归去来兮辞》。

督邮:官名。汉置,郡的重要属吏,代表太守督察县乡,宣达教令,兼司狱讼捕亡。

解绶:解下印绶,谓辞去官职。

[5]三径就荒:语出陶渊明《归去来兮辞》:"三径就荒,松菊犹存。"三径:代指隐士的家园。

五柳犹在:陶渊明隐居,于宅边植有五柳,因以五柳为号,世称五柳先生。语出陶渊明《五柳先生传》。

[6]春醪(láo):春酒。陶渊明《和刘柴桑》诗云:"谷风转凄薄,春醪解饥劬(qú)。"

[7]挹(yì):指吸取。

[8]晋宋：指晋与南朝宋之交。东晋灭亡后，刘裕建立宋，历史正式进入南北朝时期。为了区分唐朝之后的北宋、南宋，这个时期的宋一般称为南朝宋。

夷齐：指伯夷、叔齐。殷代遗民、不食周粟饿死于首阳山下的隐士伯夷、叔齐的合称。

[9]人境：尘世，人所居止的地方。

结素心之契：与心地纯朴之人结交相得。结……契，谓结交相得。素心：心地纯朴。

[10]咸丰辛亥：清咸丰元年，1851年。

[11]表：标名，命名。

夙心：平素的心愿。

[12]壬午：清光绪八年，1882年。

登贤书：科举考试用语。指乡试中举。贤书：本义指举荐贤能的名单。

[13]己丑：清光绪十五年，1889年。

捷南宫：参加进士考试，中进士。南宫：指礼部会试，即进士考试。

[14]辛卯：清光绪十七年，1891年。

宰：任县令。

[15]己亥：清光绪二十五年，1899年。

赋归去来：陶渊明辞彭泽令赋《归去来兮辞》。此处指辞官归田。

[16]啸傲：放歌长啸，傲然自得。指言谈举止自由自在，不受礼俗约束（多指隐士生活）。

[17]羲皇：指上古伏羲时代。

栗里：地名。在今江西省九江市西南。陶渊明曾居于此。

[18]遂初衣：指达到辞官归隐的愿望。语出李白《送贺监妇四明应制》："久辞荣禄遂初衣，曾向长生说息机。"初衣：谓入仕前的衣着。

云云：犹言如此，这样。

[19]榜：书写张贴。

程村遇寇记

刘元诚

余之避难程村也，时咸丰甲寅五月八日，寇掠程氏获余[1]。贼首陈姓，年二十余，身著黑短衣短裆，猴跃而鬼躁[2]，蜂目而豺声。问余："程氏衣物安在？"余曰："若无状。余焉知此？"贼曰："必以告。不然，将杀汝！"余曰："我实不知。如必欲我从，男儿死则死耳，安能为不义以徇贼乎[3]!"贼愤甚,以竹鞭鞭余数百,胸背血丝垒涌[4],自腰以下无完肤。随以火灼铁瓢烙背,不顾。又以刃临余,持锚而伺者相环也。余思死生有命,若某命该死贼手,虽徇贼亦死;若命不该死,贼焉能杀余?余坚不应。贼见余倔强,大恚莫何[5]。

同时有何大者亦被获。大为人黠而险,为贼告其妇翁藏物处,引贼往,捋尽而还[6]。贼喜,大如所欲,乃益恨余。大又谓贼曰:"刘某者秀才,乃真妖,我非妖也。"时贼谓缙绅为妖,故大云云[7]。余曰:"痴儿,何出此言!我与若同病相怜[8],乃欲嫁祸于我。我死,若能独生乎?"贼随拥余与大至垌冢[9],置寺中,贼往掠他处。

寺惟留一老者,或谓余曰:"此余渭,汉邑廪生也[10],为贼师。"市有善士曰蔡曹复先生,年六十矣,好拯人危难,有朱家、郭解之风[11]。外舅程特卿公相识,托蔡说渭脱余焉[12]。

呜呼!今时士大夫平居里巷,相得称刎颈交,一旦临小利害,如秦越人之视其肥瘠[13]。蔡叟乃急人之难,不负诺责若此,可以风矣[14]。又吾村有杨叟者,名统塔,闻余被获,曰:"先生君子,人今有急,不忍坐视。"阴约老者十余辈,谋将遮说焉[15]。闻既释矣,乃还。晋荀罃在楚,贾人有谋欲置诸褚中以出[16]。后荀罃归,虽不由贾人如实出已,余于杨叟,盖不胜贾人之感焉。昔司马子长有言"知死必勇[17]"。方余遇寇时濒死者屡矣,然不畏者,知命之一定不可易也。彼世之临难苟免,纷纷然卖友自便,而卒身罹于祸者[18],亦可少自觉悟哉!

题解

本文录自刘元诚著、清光绪二十八年(1902 年)版《金山公余摘钞·卷一》第 46 页。

程村:今天门市胡市镇程老村。

寇:本书王毓藻《赤骊仁兄大人(刘元诚)暨德配程淑人七旬双寿序》称"粤寇""粤匪""粤逆",清朝统治阶级对太平天国起义者的污蔑之辞。

注释

[1] 咸丰甲寅：清咸丰四年，1854 年。

程氏：指作者之妻。

[2] 鬼躁：筋骨轻浮软弱，若无手足。

[3] 徇：顺从，曲从。

[4] 坌（bèn）涌：涌出。

[5] 恚（huì）：愤怒。

莫何：不知道怎么做才好。

[6] 骏（ái）：愚，呆。

拶（zǎn）：压紧。指拶指，用拶子套入手指，再用力紧收，是旧时的一种酷刑。

[7] 云云：犹言如此，这样。

[8] 若：你。

[9] 垌冢：地名。在今天门市胡市镇程老村以东。隶属汉川。

[10] 汉邑廪生：汉川县秀才。

[11] 善士：慈善之士，行善之人。

朱家、郭解：《史记·游侠列传序》所列游侠。

朱家：汉初关东地区的大侠。他好施舍，"趋人之急，甚于己私"。曾暗藏汉高祖严令捉拿的原项羽部将季布，并设法让他得到赦免。"朱家脱急"遂成为行侠济急解危的故事。

郭解：西汉河内轵（zhǐ，今河南济源）人，字翁伯。年少时任意杀人，藏匿亡命，犯法劫夺，并私铸钱币，偷掘坟墓。及长，折节为俭，常以德报怨，远近豪贤争相附之。

[12] 外舅：岳父。

说（shuì）：用话劝说别人，使他听从自己的意见。

[13] 秦越人之视其肥瘠：看他人的痛痒与己无关。此句意思与成语"秦越肥瘠"同。秦越，春秋时两个相距很远的诸侯国，一在西部，今陕西一带；一在东南，今浙江一带。肥：形容丰裕。瘠：指苦寒。

[14] 风：显扬，表彰。

[15] 遮说：拦路诉说。

[16] 晋荀䓨（yīng）在楚，贾人有谋欲置诸褚中以出：典自"入褚"。春秋时，晋将荀䓨被楚所俘，郑国一位商人打算把荀䓨藏在大口袋中带出楚国。后因谓战败被俘受屈为入褚。贾人：商人。褚：装衣物所用之囊。

[17] 司马子长：司马迁，字子长。

知死必勇：语出司马迁《史记·廉颇蔺相如传》。

[18] 临难苟免：语出《礼记·曲礼上》："临难毋苟免。"后因以临难苟免谓遇到危难时苟且偷生。

自便：自安，自利。

罹（lí）：被，遭受。

棠林冈祖墓碑记

刘元诚

夫崇封详于《戴记》，冢人掌自《周官》[1]。盖以魂气归天，形魄归地。入祖庙而思敬，过墟墓以生哀。矧夫溯生民于厥初，肇兴堂构[2]；颂其祥于长发，派衍云仍[3]。岂可使断碣残碑渐归乌有，荒烟蔓草尽付刍荛也哉[4]？

惟我始祖宝公，江右名宗，吉水望族[5]。庙留白马，先人节凛千秋[6]；氏著赤符，长子爻占一索[7]。乃以前明洪武二年弃营堰之故里，迁棠林之高冈。于焉瓜瓞初绵，椒繁代衍[8]。分六房而延世绪，绵百世以笃本支[9]。公没后与诸祖仍葬棠林冈，今梁老湾[10]，其旧冢也。望春陵之佳气，四面郁葱[11]；表泷冈之遗阡，三朝锡命[12]。

后再卜居马公埠，左右皆环绕长河[13]，春风杨柳之岸；背面悉膏腴沃壤，秋雨稻花之村。每当佳节清明，良辰祭扫，仰鼻祖而展拜，爇心香以告虔[14]。而乃旧迹犹存，前观顿改。刓凿穿碑于其上，芟夷宿草于其旁[15]。玄石非斧斤之具，蝌蚪胡为寝亡[16]；先茔岂樵苏之乡，牛羊又从而牧[17]？是可忍也，于汝安乎？彼数万里裹发囊灰，尚守故乡之祀[18]；况五百年尸斑血古，原非无主之坟[19]。今死者隐恨于泉台，生者痛心于尘世[20]。一坏之土孤悬，九原之耻难雪[21]。是用申盟禁约，遍告宗支[22]：枝叶既繁，本根当庇。如其怙仍再蹈，我将大复九世之仇[23]；须知律有严刑，彼岂能逃三章之法[24]？从此绳其祖武，马鬣加封[25]；诒厥孙谋，牛眠世守[26]。庶几遗徽永绍，播休声于禄阁墨庄[27]；华表增荣，光旧德于皇封紫诰[28]。

题解

本文录自刘元诚著、清光绪二十八年（1902 年）版《金山公余摘钞·卷一》第 45 页。

注释

[1]崇封:荣誉崇高的封赠。

戴记:《大戴记》《小戴记》的简称。指《礼记》。《礼记》有两种本子,都是汉代人编辑的。戴德编辑本称《大戴记》,原有85篇,现存39篇。戴圣编辑的称《小戴记》,共49篇,就是现在通行的《礼记》。

冢人:《周礼》官名。西周王室管理墓域的长官。

周官:又称"周官经"或"周礼"。书名。搜集周王朝官制和战国时代各国制度而成。近人考定为战国时作品。

[2]矧(shěn):况且。

生民于厥初:犹言人类诞生之初。语出《诗经·大雅·生民》:"厥初生民,时维姜嫄。"开始生育周人,是由姜嫄女子。姜嫄:周始祖后稷的母亲。厥初:最早,开初。

肇兴:初起,始兴。

堂构:殿堂或房舍的构筑。

[3]其祥于长发:语出《诗经·商颂·长发》:"浚哲维商,长发其祥。"商受天命而为帝王,发见祯祥,庆流子孙。长发:久已显现。

云仍:远孙。

[4]刍荛(chú ráo):割草打柴,也指割草打柴的人。

[5]江右:古人在地理上以东为左,以西为右,故江西又名江右。

名宗:有名望的宗族。

望族:有声望的家族。

[6]庙留白马:指白马庙。

[7]赤符:《赤伏符》的简称。据《后汉书·光武帝纪》载:儒生强华献《赤伏符》,上有谶(chèn)文说:"刘秀发兵捕不道,四夷云集龙斗野,四七之际火为主。"为刘秀称帝制造舆论。

长子爻(yáo)占一索:指初生得子。爻:组成八卦中每一卦的长短横道。一索:"一索得男"的省略。语出《易·说卦传》:"震一索而得男,故谓之长男。"震是初次求合所得的男性,所以叫做长男。

[8]瓜瓞(dié):大瓜熟小瓜生,代代相继。比喻子孙繁衍兴盛。瓞:小瓜。

椒繁:椒子繁盛。因椒结子多,比喻子孙盛多。

[9]世绪:世上的功业。

笃:丰厚。

[10]梁老湾:今属天门市胡市镇下福村。

[11]春陵:刘秀故里。东汉建武三年(27年)十月,光武帝刘秀回到故乡春陵,祠祭宗庙,并在旧居置酒,宴请故人父老。

[12]表泷(shuāng)冈之遗阡:指《泷冈阡表》,欧阳修为父亲撰写的墓表。

锡命:天子有所赐予的诏命。

[13]卜居:原指用占卜的办法选

择定居处所。古人以火灼烧龟甲取兆，来预测吉凶祸福，称为卜。后世以卜居泛指择地定居。

马公埠：今天门市皂市镇马公埠村。

长河：指长汀河，俗称老皂市河。

[14]鼻祖：始祖，有世系可考的最初的祖先。

展拜：谓拜谒，行跪拜之礼。

爇(ruò)：烧。

心香：指真诚的心意。敬事鬼神，心笃意诚，同于焚香，故称心香。

[15]刓(wán)凿：雕凿。

穹碑：圆顶高大的石碑。

芟(shān)夷：除草。

宿草：隔年的草。

[16]玄石：指石碑或墓碑。

蝌蚪：殷周时的一种书体。又称"蝌蚪篆""漆书"。因用竹蘸漆书写，极不流畅，字皆头粗尾细形似蝌蚪，故名。此处指石碑上的文字。

寖(jìn)：逐渐。

[17]樵苏：柴草。

[18]数万里裹发囊灰，尚守故乡之祀：指客死远方，亲人尚且将其灵柩运回故乡，谨守礼法祭奠。

[19]尸斑血古：此处指尸骨腐烂。原文为"尸斑血古"。

[20]泉台：墓穴。亦指阴间。

[21]一坯之土：一捧泥土。泛指坟墓。坯：抔(póu)。犹捧，掬。言其少。

九原：九泉，黄泉。

[22]是用：因此。

申盟：缔结盟约。

禁约：指禁止某些事物的条规。

宗支：指同宗之支派。亦指同族关系，或后嗣。

[23]愆(qiān)仍再蹈：依旧重复过错。愆：罪过，过失。

[24]三章之法：谓订立简明的条款，以资遵守。

[25]绳其祖武：依祖先的足迹继续走下去。比喻继承祖辈事业。绳：继承。武：足迹。

马鬣(liè)加封：此处指子孙显贵，先人受追封。马鬣：本指马鬃。孔子坟墓封土状如马鬣，后即代指坟墓。

[26]诒厥孙谋：为子孙妥善谋划，使子孙安乐。

牛眠世守：世世代代守住风水好的墓地。牛眠：即牛眠地，指风水好的墓地。语出《晋书·周光传》："前冈见一牛，眠山污中，其地若葬，位极人臣矣。"

[27]庶几：希望，但愿。

遗徽：死者生前的美好德行。

绍：连续，继承。

休声：美好的名声。

禄阁墨庄：同"墨庄藜阁"。刘氏的代名词。禄阁：天禄馆。典自"藜阁家声"。讲的是刘向勤学的故事。参见本书第一卷陈所学《四六积玉序》注释[19]"藜燃太乙"。墨庄：宋刘藏书室。太保礼部尚书刘式殁,有遗书数千卷。其妻陈夫人名之墨庄。此宋初墨庄在江西。

[28]旧德:谓先人的德泽。

紫诰:指诏书。古时诏书盛以锦囊,以紫泥封口,上面盖印,故称。

显考星田府君暨显妣方太淑人墓表

刘元诚

先考中议大夫卜吉严冈之五年[1],与先妣方太淑人合葬。又十七年,其子元诚宰金山,始得请于朝,叠锡命以光诸幽[2]。追维平生令德懿范,不可殚述[3]。所以储庥启祜、贲纶音而光泉壤者,其来有自[4]。谨举一二,以表于阡[5]。

先公天性正直,不设城府。无少长悉接以诚,推赤心置人腹中,无毫发芥蒂[6]。不喜记人过,有犯不与校[7],待之如初。尝自榜门曰[8]:"有容德乃大,无欺心自安。"盖实语也。慈惠爱人,如春风和气,被之者亢戾自消[9]。好拯人危难,赴义若热[10]。诸有争讼,惟恐中伤。每就质于庐,必正辞开寤[11],使人意解,相仇者转而相让。有两姓各蜂拥数百人,露刃相向,事急矣。公至,一言警觉,皆投戈反面[12],若鸟兽散。其感人神速,脱于钜祸[13],多如此。喜阴行善事,施德于不报;尤砥砺廉隅[14],一毫不苟取。以故贤者慕其德,不肖者服其化[15],士大夫皆知为君子。汉史称陈寔平心格物,王烈善教诱乡里,不是过已[16]。值发逆窜扰,督立团练以卫桑梓[17]。他处每以协从屠杀过多,独公不妄戮一人,所活甚众[18]。寇平后,井里萧然,征役繁兴,诸当路每造庐而请[19]。饶涤夫太守一见倾心,曰:"先生,温良人也[20]。"与商榷大计,犁然各当,深资倚赖[21]。唐鹤九、杨垒丛两明府尝过访咨诹,得片言奉为南针[22]。地方无扰,其保全乡闾无微不至[23],童叟妇孺皆爱之如父母。殁时咸走相吊,曰:"善人云亡,吾侪奚庇哉[24]?"

先公好古力学,与郡庠祉林伯父从邑名宿游[25]。迨癸巳入邑庠,庚子食廪饩，癸亥考授正贡，乙丑归部以训导、复设训导选用[26]。因团练奏准，加中书科中书衔[27]，未展其用为憾。著有《安愚堂文稿》。家居啸歌一室，音韵铿然[28]。义方甚笃[29]，不孝男元杰、元诚每侍，常训之曰："汝辈终日读书，若不体贴圣贤言[30]，即是不曾读。"皆谨志之[31]，不敢忘。

元诚少多病，公与太淑人惊忧，调持至废寝食者数年[32]，乃得就痊。年四十余，犹保护之，若婴儿也。尤爱怜诸孙。每扶杖逍遥，信步里巷间，随侍左右，顾而乐之。

太淑人系出名门，娴礼教，淑慎婉嫕，善事尊章、相夫子[33]。甫来归，本生祖妣张太淑人膺痼疾[34]。方盛暑，与先公侍奉汤药。中裙厕牏必亲浣[35]，抑搔扶持必以敬，能曲得其欢心。本生祖麟轩公尝亟称之。其事本生祖亦莫不然，以孝著闻[36]。质性明敏，言中窾要[37]。性宽容，娣姒间不闻诟谇声[38]。喜周恤戚里，遇事推解[39]。岁大祲，谷价腾踊，来籴者，必手浮其量以与之，饥黎得苏[40]。其好善与先公同，里深德焉[41]。

先公望子成名甚切。元杰早补弟子员，元诚幸掇甲科、登仕版，恭逢国有大庆，屡沐天恩[42]。曾祖德馨府君，妣陈、赵太淑人；祖旭山府君，妣何太淑人；本生祖麟轩府君，妣张太淑人；考星田府君，妣方太淑人，三世俱赠奉政大夫、晋赠中议大夫，妣俱赠宜人、晋赠淑人，得以显荣光大。且伯叔兄弟均如例请封，亦足彰先世积善之报，而慰在天之灵。惟念元诚晚叨一命，未及生前迎板舆侍膝下禄养[43]，所谓树欲静而风不止，子欲养而亲不存，可悲也已！

先公生于嘉庆壬戌二月二十一日，卒于同治庚午十月初五日，享年六十有九，里称直惠[44]。有婿郎中方宗坪诔词，老友蒋心乔、明经谭坤诸君挽诗，旧刊行述后[45]。太淑人生于嘉庆庚申正月二十二日，卒于光绪乙亥九月初二日，享年七十六，里称慈淑[46]。合葬于严家村前祖茔中。

男元杰，增贡生，候选光禄寺署正，诰封奉政大夫，晋封中议大夫[47]。元诚，壬午举人，癸未教习，己丑进士，花翎三品顶戴[48]，特授江苏金山县知县。女若兰,适郎中、候选知府方宗坪[49]。孙世勋,蓝翎,候选县丞[50]。守墀、绍勋,邑庠生[51]。正江,增贡,蓝翎,四品衔,由誊录议叙安徽候补通判[52]。守埏,邑庠生。兆青,候选藩经历[53]。守沂,邑庠生,候选训导。守坊,候选巡检[54]。守戴,邑庠生,湖南候补县丞。正海,蓝翎,候选藩经历。孙女五人,一适州吏目易得志,一适员外郎方成之[55],一适举人杨璋,一适候选员外郎、增贡生方世镕,一适候选同知方士铦[56]。曾孙宗锟、宗鋆、宗铭、宗镍、宗钰、宗铎、宗铨、宗钊、宗锜、宗钧、宗銮、宗钦、宗铸、宗镜、宗钺、宗镰、宗鉴、宗钜、宗镠[57]。曾孙女十五人。

　　光绪二十四年戊戌仲春月二十六日,男元诚表[58]。

题解

本文录自刘元诚著、清光绪二十八年(1902年)版《金山公余摘钞·卷一》第16页。原题为《诰授中议大夫中书科中书衔候选训导显考星田府君暨显妣方太淑人墓表》。来新夏主编、学苑出版社2006年版《清代科举人物家传资料汇编》第205页刘元诚履历记载:(刘元诚父)种榆,字星田,谱名昌燕。癸亥岁贡。中书科中书衔,选用训导。正直慈惠,化行乡里,事载邑志。

府君:旧时对已故者的敬称。多用于碑版文字。

注释

[1]中议大夫:清朝为文职从三品之封赠。此处为"星田府君"的封赠。下文类似词条参见本书第三卷附录《清代文职和命妇封赠品级表》。

卜吉:谓占问选择吉利的婚期或风水好的葬地等。

[2]叠锡命以光诸幽:朝廷屡次颁布诏命,以使逝者荣耀。锡命:天子有所赐予的诏命。幽:坟墓。

[3]追维:追惟。追忆,回想。

令德:美德。

懿范:专用以赞美妇女的好品德。

殚述:尽述。

[4]储庥(xiū)启祜(hù):承接先人并开启未来的美善。

贲(bì)纶音而光泉壤:与上文"叠锡命以光诸幽"意思接近。贲:光耀。纶音:犹纶言。帝王的诏令。泉壤:犹泉下,地下。指墓穴。

有自:有由来,有根源。

[5]表于阡:记入墓表立于墓道。语出欧阳修《泷(shuāng)冈阡表》:"惟

我皇考崇公，卜吉于泷冈之六十年，其子修始克表于其阡。"在我先父崇国公选择吉日下葬于泷冈六十周年之际，他的儿子欧阳修才立碑于墓道。阡：坟墓。

[6]无少长悉接以诚：无论少长，全都待人以诚。据《宋史·列传第一百八十六·道学一·邵雍》记载，邵雍"无贵贱少长，一接以诚"。

推赤心置人腹中：谓以至诚待人。语出《东观汉记·光武帝纪》："萧王推赤心置人腹中，安得不投死！"

芥蒂：比喻积在心中的怨恨、不满或不快。原文为"芥带"。

[7]校：计较。

[8]榜：书写张贴。

[9]被：领受。

亢戾：乖张无礼。

[10]赴义若热：趋义如挨了烫却不缩手。语出《庄子·列御寇》："其就义若渴者，其去义若热。"那趋义如口渴求饮那样急切的人，他弃义也会如挨了烫立即缩手那么快。

[11]质：评断。

正辞：正直、严正的言辞。

开寤：使醒悟。

[12]投戈反面：放下武器回过脸去。

[13]钜祸：大祸。

[14]砥砺廉隅：谓磨练节操。廉隅：棱角，喻指方正的操守。

[15]不肖：不才，不贤。

[16]陈寔平心格物：语出《后汉书·陈寔传》："寔在乡闾，平心率物。"平心：谓用心公平，态度公正。格物：犹正人。纠正人的行为。

王烈善教诱乡里：《后汉书·独行传》：王烈，字彦方。太原人也。少师事陈寔，以义行称乡里。有盗牛者，主得之，盗请罪曰："刑戮是甘，乞不使王彦方知也。"烈闻而使人谢之，遗布一端。

不是过已：不会超过他了。

[17]发逆：清朝统治者对太平天国起义军的蔑称。

团练：就地选取丁壮加以编组而教练。

[18]活：救活。

[19]征役：赋税与徭役。

造庐：登门造访。

[20]温良：温和善良。

[21]犁然各当：指饶涤夫太守欣赏"星田府君"。语出《庄子·山木》："木声与人声，犁然有当于人之心。"孔子击木唱歌，虽然不合节奏，但颇有感情，能打动听者的心。犁然：犹释然。自得貌。当：有当。适合，合宜。

深资倚赖：借以建功立业的依赖对象。深资：与"重资"同义。

[22]坌：音bèn。

明府：汉有以明府称县令，唐以后多用以专称县令。

谘诹(zōu)：征询，访问。

南针：即指南针。因能指示方向，

故常用来比喻正确的指导和准则。

[23]乡闾:家乡,故里。

[24]云亡:死亡。云:句中助词。

吾侪(chái)奚庇:哪个来保护我们。吾侪:我辈,我们这类人。

[25]郡庠:科举时代称府学为郡庠。

名宿:素有名望的人。

游:求学。

[26]迨:等到。

邑庠:明清时期州县学叫邑庠。

食廪饩(xì):指成为有津贴的廪膳生。廪饩:指科举时代由公家发给在学生员的膳食津贴。

正贡:谓正途出身的贡生。别于例贡(即捐纳取得的贡生)。

训导:学官名。明清府、州、县学皆设训导,为府学教授、州学学正、县学教谕的副职。

复设训导:清代由捐纳而得的官学教职名称。

[27]中书科中书:一种荣誉称号。清代可以捐得。

[28]啸歌:大声吟咏,歌唱。

[29]义方甚笃:"义方之训"甚笃。专一于以做人的正道教育子弟。义方:做人的正道。

[30]体贴:细心体会。

[31]志:记录。

[32]惊忧:惊恐忧愁。

调持:调养护理。

[33]太淑人:"淑人"为妇人名号。

北宋徽宗所定。尚书以上至未任执政官的大臣之妻为淑人。如封其母,则称为太淑人。明代以三品官之妻为淑人。清代因之。

娴礼教:娴熟于礼教的训导。

淑慎:善良恭慎。

婉嫕(yì):温顺娴静。

尊章:舅姑。对丈夫父母或对人公婆的敬称。

夫子:称丈夫。

[34]甫:才。

来归:古代称女子出嫁(从夫家方面说)。

本生:亲生,生身。

膺:承受。

[35]中裙:内裤。

厕牏(yú):便器。

[36]著闻:著名,闻名。

[37]质性:资质,本性。

明敏:聪明机敏。

窾(kuǎn)要:核心,要害。窾:空档,中心。

[38]娣姒(sì):古代妯娌间,以兄妻为姒,弟妻为娣;相谓亦曰姒。

诟谇(gòu suì):辱骂。

[39]周恤:周济,接济。

戚里:泛指亲戚邻里。

推解:"推食解衣"之省。《史记·淮阴侯列传》:"汉王授我上将军印,予我数万众,解衣衣我,推食食我,言听计用,故吾得以至于此。"后因以推食解衣极言恩惠之深。

[40]大祲(jìn):大侵。严重歉收,大饥荒。

腾踊:谓物价飞涨。

籴(dí):买进粮食,与"粜(tiào)"相对。

饥黎:饥民。

[41]德:感激。

[42]补弟子员:即"补廪食饩"。廪生一般为资历较深、由国家供给饭食的生员。经岁、科两试,成绩优秀,一等前列的,增生可依次升为资历较深的廪生,称补廪。

弟子员:指经本省各级考试取入府、州、县学学习者,通称秀才。参见本书第三卷附录《部分科举名词汇释》第3条。

掇甲科:指中进士。掇:考取。甲科:明清称进士为甲科。

登仕版:名列仕版。指做官。仕版:记载官吏名籍的册子。也引申指仕途,官场。

天恩:指帝王的恩惠。

[43]晚叨一命:好像大器晚成似的荣任一官。叨:犹忝。表示承受之意。常用作谦辞。作者任金山知县时年逾六十。

板舆:代指官吏在任迎养父母。

禄养:此处指以官吏的薪俸孝养父母。

[44]直惠:正直慈惠。

[45]郎中:从隋唐到清朝,各部都设郎中,分别掌管各司事务,成为尚书、侍郎以下的高级官员。

诔(lěi)词:即诔文。悼念死者的文章。

行述:即行状。亲友为死者所写的叙述生平事迹的文章。

[46]慈淑:慈善贤淑。

[47]增贡生:由增生捐出贡者,谓之增贡生。自捐例开,由廪生、增生、附生捐出贡者,谓之廪贡生、增贡生、附贡生,皆非正途出身。所谓出贡,凡屡试不第的贡生,可按年资轮次到京,由吏部选任杂职小官。某年轮着,就叫做出贡。

光禄寺署正:多见于清末教谕、训导的加衔。

诰封:明清时代对官员及其先代和妻室授予的封典,五品以上由皇帝诰命授予,称诰封;五品以下用敕命授予,称敕封。

晋封:加封。

[48]花翎三品顶戴:指三品顶戴花翎。顶戴花翎:清代官员区别等级的帽顶和花翎。

花翎(líng):清代以孔雀羽制成拖在帽后表示官品的帽饰。本来由皇帝赐给建有功勋的人或贵族,后来五品以上的官就可以出钱捐花翎戴。

顶戴:也称"顶子"。清代用以区别官员等级的帽饰。依顶珠品质、颜色的不同而区分官阶大小。

[49]适:嫁。

[50]蓝翎:清代礼冠上的饰物。

插在冠后,用鹖(hé)尾制成,蓝色,故称。初用以赏赐官阶低的功臣,后很滥,并可出钱捐得。

县丞:官名。县令辅佐。清代县丞为正八品官。

[51]邑庠生:明清时期州县学叫邑庠,所以秀才也叫邑庠生。庠生:明清两代府、州、县学的生员别称。

[52]誊录:誊录生。誊录所属下的誊录人员。清制,在会试下第的举人及顺天乡试正榜外选录能书者充任。

议叙:清制于考核官吏以后,对成绩优良者给以议叙,以示奖励。议叙之法有二,一加级,二记录。

通判:州府长官的行政助理,分掌粮运、督捕、水利等事务。

[53]藩经历:布政使司经历。职掌出纳文书。

[54]巡检:古代官名。宋初以名将充任。后主要设于关隘要地,维持地方治安。一般官位较低,属州县指挥。金、元巡检多限于一县之境。明、清巡检多设于距城稍远之处。

[55]吏目:明清知府以州同、州判为其佐官,以吏目为其事务长。吏目主管刑狱,掌管典簿文书事务。明代为从九品。

员外郎:清代六部之下设司,其主管官是郎中,副手是员外郎,再下是主事。

[56]同知:官名。称副职。

𨱔:音 shēng。

[57]鋆:音 yún。

鑅:音 héng。

钺:音 yuè。

镠:音 liú。

[58]光绪二十四年:1898 年。

附

赤驷仁兄大人(刘元诚)暨德配程淑人七旬双寿序

王毓藻

松柏凌冬而独茂者,其天全也。孔子曰:"仁者寿。"仁者,人中之松柏也。顾仁之为道,至大而又至精至微,曾闵以下恒难之。子不云乎:"刚毅木讷,近仁。"意者世之贤士大夫凝厚其性,贞固其操,殆夫子所许为近仁之质欤?

赤驷刘君,今之仁者也。天性孝友,生平学问宗旨程朱,施于为政,民受其福。谈者称其少年拒粤寇一事,则固贲育不足以夺其勇,君盖得天独厚而学力又足以贞其守者也。以名进士出为贤令尹,其享大年、膺多福宜也。岁之十二月二十四日,为七十悬弧之辰,毓藻等手一觞,播风徽以窃附于诗人介寿之义。

君,湖北天门人也。封翁星田公以团练功由岁贡选训导,晋中书衔,以纯懿著闻。君,其三子也。生而颖异,童年文名噪甚。尝以劬学得咯血疾,且数年静居斗室,葆练性真,榜所居曰"陶庵"。日取《小学》《近思录》读之,曰:"此入德之门也。"学益大进。病良已,咸丰壬子补博士弟子员,冠一军。同治癸亥食饩于庠。时封翁贡成均,所出廪缺,君即补之,士林传以为佳话云。

君事亲极孝。庚午之秋,封翁得疾,君自省试促归,日侍汤药,调护维谨,夜寐不脱冠带者且数月。比遭丧时,哀毁逾恒,丧仪悉尊朱子家礼,朝夕必泣拜栗主位前,三年如一日。及至乙亥,遭方太淑人之丧。君之侍母疾也,一如侍父疾时;居母丧也,一如居父丧时。君兄弟三人,次兄早世。长兄子隽先生,君事之极恭。吹埙吹篪,怡怡相得。君握符后常迎请来署。田氏紫荆,姜家大被,备极雁行之乐。返里时涕涔涔下,不忍离。比今年六月殁于里第,君哭之恸,以为手足之乐不可复得矣。君之孝友如此。

君以壬午膺乡荐,癸未考取觉罗官学汉教习,戊子期满授知县。己丑捷南宫,以知县即用签分江苏。时开藩吴下者为黄子寿方伯,君为黄公官鄂时孝廉堂肄业士也,谒见奖谕有加;抚吴者为刚子良尚书。君出其平日之所学以治一邑,又复相其地之风土人情所宜损益者,而斟酌补救之,如保甲,如团防,如禁赌博,如缉盗贼,如清词讼,如惩棍徒诸政,在他人得其一二已足以号称佳吏,而君之治迹则实不尽此。君治金之政之大有关于教养者,莫要于浚河道以开水利,莫善于兴文教以振人才。金邑稻田恃河流以灌溉,岁久多淤,农民苦之。自君任事后,倡捐钜款,选择绅董,连年疏浚,不下数十处,如洙泾之周、邵、市河,卫城之新河、城河,张堰之西山塘、参星河,干巷之杨林港、陆横泾,为工尤钜。君无不躬冒风雨,亲督丁役,刻日竣事,旱涝无患,岁乃有秋。汉史起令邺,决漳灌邺旁稻粱,君其有焉。邑有柘湖、大观两书院,每课校阅必亲,日月刮劘。第其高等,厚予膏奖。时复召生童而延接之,勖以士先器识,当尚朴实,毋染浮华。不视为官之试士,而视为师之课弟。并添课算学,于是黉隽之士遂多通畴人之学者。胡瑗以经义治事,两斋教士,实学蔚兴,君其有焉。君之为政如此。

当君为诸生时,值粤匪陷鄂城。君以甲寅五月避难程村,晨起,贼酋陈姓,短衣怒马,率党猝至,逼君协从,不可,奋然曰:“男儿死则死耳,安能从贼为!”贼酋愤甚,挞无算,鞭下血肉飞溅,屹不为动。继以火爇铁杓烙君背,终不为动。市有义士曰蔡曹复者,以计脱君于险。吁!君当日一避寇之书生,而能以死抗贼,使粤逆初起时,当时将帅有能如君之坚定不摇,则早足以遏凶锋而挫贼势,何至蹂躏至一十三行省之多?固知天下事非柔筋脆骨者所可苟焉胜任,倖生之人多而近仁之质为可贵也。

君之事亲,仁者之孝也;君之事兄,仁者之悌也;君之学学,仁者之学也;君之政行,仁者之政也;君之能仗义抗贼,则又仁者之勇也。天之寿君,天之寿仁者也!

德配程淑人系出名门,凤娴姆教。归君后事尊章以孝闻。居恒治家政,井然有绪。虽居官廨,操作勤苦,无异于居乡时贤内助也。以明年正月二十六日七十帨辰。

君有了五人:长正江,增生,誊录,议叙通判。次守埏,次守沂,次守戴,俱有声于庠。次正海,六品蓝翎。簪缨诗礼,能世其家。女一人。孙男十人,孙女九人。齐眉有庆,绕膝承欢。君之福寿,其未有艾乎!

钦命巡抚贵州、兵部侍郎、都察院右副都御史、年愚弟王毓藻顿首拜撰。

赐进士及第、翰林院修撰、提督云南全省学政、年愚弟张建勋顿首拜书。

江苏太仓直隶州知州、愚弟蒋体梅,署太湖同知、愚弟吴其昌,署长洲县知县、愚弟汪懋琨,准补武进县调署元和县知县、愚弟施沛霖,署吴县知县、愚弟赖丰熙,调补吴县知县、年愚弟朱秉成,昆山县知县、愚弟诸可宝,新阳县知县、愚弟苏品仁,署常熟县知县、年愚弟沈祖燕,署昭文县知县、年愚弟郁保章,吴江县知县、教弟方道济,震泽县知县、愚弟刘润珩,江阴县知县调署华亭县知县、愚弟刘有光,奉贤县知县、愚弟金元烺,娄县知县、愚弟屈泰清,南汇县知县、愚弟汪以诚,青浦县知县、愚弟汪瑞曾,镇洋县知县、愚弟吴镜沆,崇明县知县、愚弟田宝荣,嘉定县知县、愚弟章鸿森,桃源县调署宝山县知县、愚侄沈佺,无锡县知县、愚弟孙赞元,元和县调署江阴县知县、愚弟李超琼,丹徒县知县、愚弟王芝兰,溧阳县知县、愚弟曹宗周,同顿首拜祝。

　　光绪二十四年,岁次著雍阉茂,旃蒙赤奋若之月穀旦。

题解

　　本文录自刘元诚著、清光绪二十八年(1902年)版《金山鸿泥偶存·卷一》第1页。原题为《恭祝诰授通议大夫赤驷仁兄大人暨德配诰封淑人程淑人七旬双寿序》。

　　王毓藻:字鲁芗(xiāng),黄冈人。清同治二年(1863年)癸亥科进士。累官至贵州巡抚。

　　张建勋:字季端,号愉谷,广西临桂(今桂林)人。清光绪十五年(1889年)己丑科状元。先后任云南学政、黑龙江提学使兼民政使。

　　写作时间说明:"著雍阉茂,旃蒙赤奋若之月",太岁纪年、纪月名,指戊戌年(1898年)腊月。

陈本棠（知县）

陈本棠,字子苄、爱山。清光绪八年(1882年)壬午科举人,光绪十五年(1889年)己丑科进士。江西即用知县。

题黄鹤楼联

陈本棠

仙人曾否跨鹤重来,只玉笛吹回,添江汉几多风月;
过客大都登楼有感,把金樽倒尽,消古今无限情怀[1]。

题解

本联录自白雉山编、武汉出版社2012年版《黄鹤楼楹联选注》第98页。

注释

[1]金樽:酒樽的美称。

沈泽生（湖北省政务厅长）

湖北省地方志编纂委员会编、光明日报出版社 1989 年版《湖北省志人物志稿·第四卷(传)》第 1616 页记载："沈泽生(1873—1943 年)，天门人。清末进士，曾任吏部主事，1920 年任湖北政务厅长。"

1988 年版《天门县志》第 958 页记载：沈泽生(1873—1943 年)，字润泉，杨场乡人，祖籍江西省高安县。清末进士，曾任吏部主事、铨叙局长等职。1920 年任湖北省政务厅长。1943 年逝世于北京。

政协武汉市委员会文史学习委员会编、武汉出版社 1999 年版《武汉文史资料文库·第 1 辑·政治军事》第 113 页卢蔚乾《王占元、萧耀南把持下的湖北政局》记载："(1920 年)是年冬，夏寿康回湖北履新，接印视事。以沈泽生(天门人)为政务厅长。系周树模介绍的。"

1993 年版、天门市净潭乡白湖口村《沈氏宗族谱典》第 381 页、第 873 页及其他相关资料记载：沈泽生，天门渔薪杨场人。长房沈祖荫长子。应考时随祖父迁回远祖居住地江西高安。清光绪二十九年(1903 年)癸卯科进士。日本法政大学速成科毕业。吏部额外主事。民国初曾回杨场商议修谱事，到天门沈氏祠堂所在地净潭白湖口沈家阁老台祭祖。妻郭崇慈。子沈瑞骅、沈瑞毅、沈瑞骏，女沈瑞珍、沈瑞琨。

朔方多风沙

沈泽生

朔方多风沙，事理无足怪[1]。今兹日卓午，汹汹势更大[2]。有如万马声，萧萧拥旌旆[3]。又如三峡水，倒流激湍濑[4]。旋作怒声号，空中鸣虚籁[5]。苍天忽焉死,黄天取而代。隔手不见人,白昼森阴霭[6]。白沙撼窗楬,黄尘压冠盖。障扇恐污人,拔木虑为害[7]。造化者小儿,惯弄此狡狯[8]。胡为乎诹日,作剧毋乃太[9]。天心即人心,本不烦蓍蔡[10]。醉歌大风辞,刘季真无赖[11]【白昼作情昼[12]】。

己巳二月二日,大风昼晦纪事,南溪仁兄大雅两正[13]。云潜弟沈泽生。

题解

本诗录自雅昌艺术网刊载的沈泽生扇面书法作品照片。原文无标题。该网的作者说明称:"沈泽生(1873—1943 年),天门人。"

注释

[1]朔方:北方。

[2]卓午:正午。

[3]旌旆:旗帜。

[4]湍濑(lài):石上的急流。

[5]虚籁(lài):自然界的音响。

[6]阴霭:浓云。

[7]障扇:以扇挡风。

[8]造化者小儿:造化小儿。戏称司命之神。喻命运。者:这,此。

[9]诹日:商量选择吉日。

作剧毋乃太:风沙戏弄人们不是太过分了吗?作剧:戏弄,开玩笑。毋乃:语气副词。表示反诘语气。

[10]蓍(shī)蔡:犹蓍龟,筮卜。

[11]醉歌大风辞,刘季真无赖:刘邦还真是一个无赖,风沙分明污人为害,可他竟然醉后高吟《大风歌》。

大风辞、刘季、无赖:《史记·高祖本纪》记载,刘邦回到沛县,酒酣击筑,自为歌诗《大风歌》。刘邦,字季,称帝后为父祝酒时曾自言"无赖"。

[12]情昼:疑为"清昼"之误。清昼:白天。

[13]己巳:1929 年。

昼晦:白日光线昏暗。

大雅:泛指学识渊博的人。

次韵奉和寄怀

沈泽生

斗室遥知草不除,有人申纸索楹书[1]。香山老去风情在,平子归来落寞居[2]。野鹤闲云谁得似,藤床经卷近何如【新赋悼亡】。频年白发侵双鬓,惭愧桑榆说伍胥[3]。

题解

本诗录自天门市吴建平藏金焕模抄件。诗前云:"范山我兄握手。前诵手书并大作,本拟及时奉和,缘小孙卧病南京,函电交驰,举家惶骇,筹款托人,日夕不安。近已转危为安,回平休养,方寸乃宁。伏案咿喔,勉成初稿,录陈大雅一灿。君诗修洁,弟作剑拔弩张、有触即发,维斧正是幸。手此。顺颂刻绥。弟沈泽生顿。"诗后云:"范山我兄敲定。弟沈泽生作于北平邑园。"范山:金焕模(1876—1959年),又名达越,号范山,天门市岳口镇金家湾人。拔贡。阳朔知县。

注释

[1]楹书:《晏子春秋·杂下三十》:"晏子病,将死,凿楹纳书焉,谓其妻曰:'楹语也,子壮而示之。'"后因以指遗言、遗书。

[2]平子归来:张衡,字平子。张衡《归田赋》:"游都邑以永久,无明略以佐时……谅天道之微昧,追渔父以同嬉。"咏归隐及哀愁。

[3]伍胥:伍子胥。

次韵奉和东坡生日诗

沈泽生

东坡仙去近千载,几经桑田几沧海。赤壁两赋分前后,大江东流雪堂在[1]。苏黄州后宋黄州,名地名人纪胜游。江汉轩然大波起,万里云山一破裘^[2]【用苏句】。群龙无首谁作主,回首可怜罢歌舞。造化小儿惯弄人,盈虚消长月三五^[3]。风流歇绝数十年,武夫那解文字缘?胜迹灰余名祠废,如遭毒手饱老拳^[4]。迩来斗柄渐移子,依托风雅附庸比。马上不能治天下,还向书中觅故纸。吾友与苏为同庚,宋清两朝丙子生^[5]。展读雅集祀苏作,掀髯为饮酒百觥。

题解

本诗录自天门市吴建平藏金焕模抄件。原题为《次韵奉和东坡生日诗寄呈范山我兄是正》。诗后云:"弟沈泽生初稿,丁丑春月作于北平。"丁丑:1937年。

注释

[1]雪堂:苏轼在黄州寓居临皋亭,就东坡筑雪堂。故址在今湖北省黄州市东。

[2]万里云山一破裘:语出苏轼《赠王子直秀才》:"万里云山一破裘,杖端闲挂百钱游。"王子直虽是东坡晚年才结识的朋友,但在东坡贬谪惠州的艰苦日子里,两人结下了深厚的情谊。东坡乐意追随他终老江湖。

[3]造化小儿:戏称司命之神。喻命运。

[4]饱老拳:饱以老拳。痛打,尽情地揍。

[5]吾友与苏为同庚,宋清两朝丙子生:苏轼生于宋景佑三年,丙子,1036年;金焕模生于清光绪二年,丙子,1876年。

题杨家场花园后门联

沈泽生

花中有王,尔荆棘敢纵横当道;
草不嫌小,得春风便生意满园。

题解

本联录自党德信总主编,马玉田、舒乙主编,全国政协文史资料委员会编,中国文史出版社 2002 年版《文史资料存稿选编·第 24 辑教育》第 713 页朱国南《江汉平原的蒙馆和私塾》。

《江汉平原的蒙馆和私塾》原文万余字，作于 1964 年。第一部分《蒙馆私塾和经馆》第一至三段摘录如下：

"湖北省天门县的东乡，历史上曾是人才济济名儒辈出的'风水宝地'。而西乡则截然相反，纵横数十里人丁如潮，却几乎都是'白屋'，一个庠生也没有。后有一位姓潘的西乡巨族，倡议改修宗祠，他在青山寺旁修建了一座'文笔峰塔'，以招风水西上。至光绪初年，侥幸出了一名庠生潘登第，为此潘姓大受鼓舞，不少地方也从而仿效，蒙馆和私塾因此也逐渐多了起来。当地有个沈银匠，原籍江西，他在湖北天门县除经营银匠工艺外，并兼营杂货店生意，但因处在潘姓势力范围之内，所以时常受潘姓欺辱。为了撑其门户，乃令长子沈泽生在私塾攻读。泽生成年后，在县应考，但潘登第从中阻拦，说他在天门县没有田粮，不合应试条件（因为清代的考试制度是凡应科举者在县须有田粮）。泽生为此而未能参加县考（清时考庠生有县考和府考之别），无奈只得赴江西原籍参加科考，结果获得了江西是年第六十八名举人，上京殿试又中了进士，授吏部主事，时人呼为沈天官。沈泽生衣锦荣归天门县杨场客籍，在其花园后门贴了一幅对联，联曰：'花中有王，尔荆棘敢纵横当道；草不嫌小，得春风便生意满园。'这幅对联，一时轰传远近。潘相公登第，明知对联是谩骂自己，但他只是个庠生，在进士老爷面前哼也不敢哼一声，只能暗自生气。由于沈相公高榜得中，人们家传户议，认为这是文曲星君降落到了天门县西乡。附近的潜江、京山等地，只要借此灵光让青年人上学，也有可能光宗耀祖，改变门庭。于是顷刻间这一带农村便争先恐后地纷纷兴办私塾和书院，读书的人一时间也可谓多如河鲫，与此同时这一带地方的封建科第也就如雨后春笋次第而兴。"

2021 年 5 月 6 日，本书编者到天门市渔薪镇杨场村老街踏访，经当地长老指认，得知沈泽生宅第、花园、榨屋旧址所在，占地逾十亩。花园位于老街丁字街西侧，滨天门河。

沈白湖先生（沈德攀）八秩双庆寿联

沈泽生

绂佩齐年,白湖偕隐[1]；
箕裘济美,紫塞荣勋[2]。

题解

本联录自沈鸿烈编、1929 年版、天门市博物馆藏《白湖主人八秩双庆寿言》第
4 页。原文无标题。

沈白湖先生:沈鸿烈之父。沈德攀,谱名沈金桂,字际昌,号白湖、守拙山人,
天门市净潭乡白湖口村人。天门县养正高初两等学校校长。清道光丁未(1847
年)四月初七生,继配胡氏同年腊月十三生。

注释

[1]绂(fú)佩:佩系官印的丝带。
借指达官贵人。

齐年:年龄相同。

[2]箕(jī)裘:家传的事业。源自
《礼学·学记》:"良冶之子必学为裘,
良弓之子必学为箕。"良匠的儿子,想
必也能学习补缀皮衣;良弓的儿子,想

必也能制作畚箕。因为工艺相近。

济美:谓在以前的基础上使美好
的东西发扬光大。

紫塞:北方边塞。晋崔豹《古今
注·都邑》:"秦筑长城,土色皆紫,汉
塞亦然,故称紫塞焉。"沈鸿烈时任东
北海军司令。

府县郡制序

沈泽生

黄河之水,汪洋恣肆,何以走数千里而不竭？曰,有本原之故[1]。

泰华之松,凌霜傲雪,何以历数百年而长荣?曰,有根蒂之故[2]。立宪国之人民[3],何以对内而成秩序之社会,对外而为政府之后援?曰,有团体之故。府县郡者,集合无数市町村之小团体,而成一地方之大团体者也[4]。府县郡制者[5],即规定此地方之大团体所组织及行动之法律者也。地方制度本权舆于市町村而化成于府县郡[6],故府县郡尤重。考诸各国制度,英则以郡为最重,法则以县为最重,德则郡县并重,日本亦然。无市町村,则基础不立;无府县郡,则血脉不灵。譬筑室然,市町村者,一户一椽一榱一院[7],所构造之要素也。府县郡者,上栋下宇,钩心斗角[8],所支配之机关也。而国家者,不过内建中枢,外设藩篱,而为入此室处之主人翁也。故府县郡在法律上,一方为行政区划,一方为团体法人;而知事及郡长之性质[9],一方为国家行政之机关,一方为地方团体之监督。盖所关者大,而所任者重也。

吾国自祖龙夷天下为郡县,后封建之,古意虽亡,而地方之形式略具[10]。两汉以来,循吏彪炳,大半出自郡县。宋以文臣为州县牧,明以郎官出宰百里[11]。本朝纶音迭布,诏旨频颁,至以"尔俸尔禄,民脂民膏"等训,遍揭州县,垂为炯戒,关心民瘼,亦云至矣[12],所惜者皆为官治而非自治耳。即有一二亲民之吏、热心之士,或以公益提倡郡邑,或以乡约矜式族闾[13],然此亦任意之组织,而非强制之法规也。今者立宪预备决于政府地方自治,哗于国中[14]。吾意数年之内,必如水之盈科而后进[15],木之欣欣以向荣。讵非吾人所馨香祷祝、引领企望者耶[16]?惟是改革之初,事事取法东邻,苟徒摹仿其形式而不探索其精神,或摭拾其一部而不综贯其全文[17],将府县制中所谓府县知事有绝对认定权,府县会无救济手段云云者,不适足以长猾吏之恶而重吾民之毒乎?江南之橘,淮北变枳[18];姬旦官礼,新莽割裂,编者恫之[19]。爰略举编中所最注重者以为之警告。如曰国家之监督公法人视监督私法人为严,以其关系于国家全体之利害也。故府县等之组织变更,国家皆严为监督。至对于私法人之监督,不过使无犯法律、无害公益,有则取消之而已。又曰,府县之事,尽归府县会议决,并可提出意见书于府县知事及内务大臣。因其与地方关系密切,熟于利弊情形故也。又曰,府县者纯然一自治体也,自治体受国家监督,非仅国家对自治体有统治之关系,实为国家与自治体有区别之要点也。国家苟纵任自治体之自由,则自治体必变为独立之主体。国家苟侵害自治体之自由,则自治体又全失独立之意思。此其间束缚之固不可,放任之亦不能也。是以国家于法律命令范围以内,完全认自治体有自由之权,自治体亦于法律命令范围以内,完全认国家有监督之权,能见及此,思过半矣[20]。不但此也,而于人民权利之受侵害,或处分违法者,一则曰得为诉愿,再则曰得提起诉讼。凡此者,皆所以保护私人之权利,而防制官吏之专横也[21]。且有为豫防制之论者,谓府县知事权限太广,恐有不利于府县之自治权,而为中央集权之一例。又谓府县制无资助自治制之发达[22],而有缩小自治权之倾向。此种议论,篇中数见,亦无非望当道随时改良[23],为人民伸张权利,而完全发达其法制国之精神也。抑更有说者,日本模范村为全国町村之代表,闻其经营伊始,历数年而不得其要领,乃从地方财政入手,而事遂若网在纲,有条不紊。町村如此,府县郡何莫不然? 故府县制规定,府县会应议决事件,多半关于府县之收入及支出,其意从可识矣。

《大学》言"齐家治国平天下",而终之以"生财有大道"。《书》言政事而必曰"正德利用厚生[24]",此固无古今无中西,皆一也。吁!适者生存,天演公例[25]。抟抟大地[26],芸芸众生,无一国无不治之土,无一族无不治之人。我不自治,人将治我。与其待人治我而失自治之主权,毋宁自我治我而张自治之能力,且所谓自治云者,乃各地方团体于一定之范围内,以独立之意思,谋公共利益之谓也。既云独立意思,则我欲自治,其谁挠我? 既谋公共利益,则人皆自治,其谁后我? 虽无朝旨之敦促,令甲之频申[27],方将急起直追,完我自治资格,以适于生存。细流可成河海,劲草可御疾风。他日者对内而为秩序之社会,对外而为政府之后援,皆从自治始。吾重念之[28],吾厚望之,吾还责诸吾预备立宪之国民。

光绪三十四年,岁次戊申,正月,编者自识于日本江户旅次[29]。

题解

本文录自沈泽生编、湖北地方自治研究社发行、清光绪三十四年(1908年)版《地方自治讲义·第1种·府县郡制》第5页。原题为《序》。《府县郡制》署名为"留学日本法政大学、高安沈泽生编辑"。

注释

[1]汪洋恣肆:水势浩大而且放纵不拘。

本原:根源,根由。

[2]泰华:泰山与华山的并称。

根蒂:植物的根及瓜果的把儿。比喻事物的根基或基础。

[3]立宪:制订宪法。亦特指实行议会制度的君主国家制订约束君主权力的宪法。

[4]市町(tǐng)村:日本对于市、町、村等"基础自治体"(基础的地方公共团体)的总称,也是日本最底层的地方行政单位。町是日本行政区划名称,行政等级同市、村,相当于中国大陆或台湾的镇。

[5]府县郡制:指日本府县制、郡制。1890年(明治23年)5月建立。通过府县制,基本上健全了自治团体的权能和组织。知事官选,府县会议员实行复选制,由府县的市会、市参事会和郡会、郡参事会选举产生。郡会由各町村会选出的议员和大地主互选的议员组成,官方性质很强,自治权受限制。以后数次改革。1947年公布《地方自治法》,据此废除府县制。

[6]权舆:萌芽。

[7]棂(líng):旧式房屋的窗格。

[8]钩心斗角:谓建筑物或图纸的结构精巧工致。心:宫室的中心。角:檐角。

[9]知事、郡长:日本府县、郡行政区的首长。

[10]祖龙:指秦始皇。

形式:组织结构。

[11]州县牧:指州牧、县宰,州县长官。

郎官:隋唐以后,郎官多指六部的侍郎、郎中、员外郎。清代郎中、员外郎通称郎官。

百里:借指县令。《后汉书·循吏传·仇览》:"涣(王涣)谢遣曰:'枳棘非鸾凤所栖,百里岂大贤之路。'"李贤注:"时涣为县令,故自称百里也。"

[12]纶音:犹纶言。帝王的诏令。

尔俸尔禄、民脂民膏:官吏的薪水,来自人民用血汗换来的财物。语出五代后蜀孟昶(chǎng)《颁令箴》:"尔禄尔俸,民脂民膏……下民易虐,上天难欺……勉尔为戒,体朕深思。"宋太宗节其中'尔俸尔禄,民膏民脂。下民易虐,上天难欺'四句书赐官吏,名之曰《戒石铭》。

揭：发布。

垂为炯（jiǒng）戒：留给后人的明白的训诫。

民瘼（mò）：民众的疾苦。

至：极限。

[13] 矜式：示范。

[14] 立宪预备：清政府为抵制革命而采取的政治措施。1905 年清政府派五大臣出国考察宪政。次年宣布预备立宪。后又颁布"宪法大纲"，定预备立宪时间为九年，并宣布提前召开国会。资产阶级革命派不断揭穿预备立宪的骗局。辛亥革命爆发后，清政府被推翻，预备立宪终止。

哗：哗然。形容消息传开，引起轰动。

[15] 水之盈科而后进：盈科而进。意谓有源之水灌满坑洼后又向前进。比喻渐渐前进。语出《孟子·离娄下》。

[16] 讵（jù）：岂。

馨香祷祝：本指虔诚地向神祈祷祝愿，后引申为真诚地期望。馨香：烧香的香味，也指烧香。祷祝：祷告祝愿。

引领企望：殷切期望。引领：伸颈远望。多以形容期望殷切。企望：盼望。

[17] 东邻：指日本。

摭（zhí）拾：收取，采集。

[18] 江南之橘，淮北变枳：橘树生长在淮北，就不结橘子而结枳子了。比喻由于环境的影响，改变了品质。语出《周礼·考工记·序官》："橘逾淮而北为枳。"

[19] 姬旦官礼：西周文王四子周公姬旦，归政成王后，制礼作乐，建立典章制度。

新莽割裂：西汉和东汉各历时约两百年，中间经过新莽，中断 15 年。新莽指王莽。

恫（tōng）：悲痛，伤心。

[20] 思过半矣：谓已领悟大半。语出《易·系辞下》。

[21] 防制：防备和控制。

[22] 发达：表达。

[23] 当道：指执政者，掌权者。

[24] 正德利用厚生：端正德行，充分做到物尽其用，使民众富裕。语出《尚书·大禹谟》。

[25] 天演公例：谓自然进化的一般规律。

[26] 抟抟（tuán）：圆圆的样子。原文为"搏搏"，"搏搏（抟抟）"之误。

[27] 令甲：第一道诏令，法令的第一篇。后用为法令的通称。

[28] 重念：再思。

[29] 旅次：旅人暂居的地方。

周　杰（翰林院编修）

　　1988 年版《天门县志》第 956 页记载:周杰(1870—1928 年),字安赓,号子皋,竟陵镇人。出身贫寒,1893 年(清光绪十九年)中举,先后在县城和皂市设馆授业。1903 年(光绪二十九年)中进士,选为庶吉士,1905 年授编修。1907 年,留学日本士官学校,回国后任国史馆协修。1914 年任四川奉节县厘金局长。厘金局虽人称"肥缺",但周杰却廉洁自守。川中某大商人私贩白米数十船,运经奉节,为逃避征税,用重金买通厘金局属员向周杰说情、行贿。周杰大怒,厉声对左右说:"今日以重金贿我,来日必以高价售人;官得其利,民受其害,此伤天害理事,断不可为!"当即下令:"秉公办事,严禁行贿受贿。"数月后离任返乡,仍清贫如旧。1919 年,周杰任湖北省中医馆馆长,一年后辞职,暂居皂市。1923 年返回竟陵,避居深院,读医书、习书法,颇有名望。1928 年 9 月病逝于皂市。

赋得鄂州南楼天下无

周　杰

　　独占江山胜,南楼入画图。试探天下遍,得似鄂州无。地踞潇湘壮,星联翼轸俱[1]。西行谁记蜀,东向尽吞吴。杰阁留千古,奇踪冠九衢[2]。形从黄鹄建,名与白云殊[3]。石压城应断,矶危水欲扶。何与蓬岛近,连步到皇都[4]。

题解

本诗录自王德镜主编、1993 年版《竟陵历代诗选》第 231 页。

鄂州南楼天下无:语出宋黄庭坚《庭坚以去岁九月至鄂登南楼叹其制作之美成长句》:"江东湖北行画图,鄂州南楼天下无。"据《武昌县志》记载,此楼原为三国时吴王孙权之端门。因其在武昌县治之南,亦有人称为南楼。庾亮曾登此楼,故又名庾亮楼。

注释

[1]翼轸:二十八宿中的翼宿和轸宿。古为楚之分野。

[2]九衢:纵横交叉的大道,繁华的街市。

[3]黄鹄、白云:上下文互文。指黄鹤楼。

[4]连步:行走时,后脚迈到和前脚相齐的位置,再迈前脚向前进。此处泛指行走。

皇都:京城,国都。

和沈白湖先生(沈德攀)

周 杰

吴兴千里一源通,久识风徽世世同[1]。杜老诗篇传渭北,谢家门第重江东。时经浩劫耽高隐,福占洪畴锡上穹。七十精神殊矍铄,榆阴浓处日犹中。

论交心事本忘年,娓娓倾谈更蔼然。风雨琴尊时过往,文章香火旧姻缘。人亲杖履春常在,书读邱坟秘亦传[2]。桃李满门花灿烂,茫茫遗绪一身肩。

新诗吟就手频叉,纸贵洛阳自一家。北海豪情夸饮酒,南皮盛宴叙浮瓜[3]。古人即事文原重,老子含毫兴更赊[4]。好补耆英高会赋,香山原自擅才华[5]。

父子声名大小欧,行藏怀抱各千秋[6]。等身著作名山富,投笔勋猷万里侯[7]。天上麒麟孙送喜,腰间金紫世贻谋。一庭欢笑须多酌,好把梅花作酒筹。

题解

本诗录自沈鸿烈编、1929年版、天门市博物馆藏《竟陵沈白湖先生介眉集·和诗》第4页。沈白湖先生有七十自寿诗,本诗为和诗。原文无标题。

注释

[1]吴兴：吴兴（今浙江德清）为沈姓郡望。沈白湖先生远祖由吴兴迁浙江仁和。

风徽：风范，美德。

[2]邱坟：传说中的上古典籍。即三坟、五典、八索、九邱。亦泛指古代经典文献。

[3]南皮：县名。秦置。今属河北省。汉末建安中，魏文帝曹丕为五官中郎将，与友人吴质等文酒射雉，欢聚于此，传为佳话。后成为称述朋友间雅集宴游的典故。

盛宴：原文为"盛晏"。

浮瓜："浮瓜沉李"的省略。语出三国魏曹丕《与朝歌令吴质书》："浮甘瓜于清泉，沉朱李于寒水。"谓以寒泉洗瓜果解渴。后因以浮瓜沉李代指消夏乐事。

[4]老子：典自"香山老子"。指白居易。

含毫：含笔于口中。比喻构思为文或作画。

赊：高。

[5]好补耆英高会赋，香山原自擅才华：典自"洛社耆英"。唐会昌五年三月，白居易于洛阳与胡杲（gǎo）、吉旼（mín）、郑据、刘真、卢贞、张浑等，举行尚齿（敬老）会，各赋诗纪事。同年夏，又有李元爽及僧如满亦告老回洛，举行九老尚齿之会。因绘图，书姓名年齿，题为九老图。耆英：高年硕德者之称。高会：盛大宴会。香山：白居易，字乐天，晚号香山居士。

[6]大小欧：当指唐代书法家欧阳询、欧阳通父子。

行藏："用行舍藏"的省略。古代儒家的一种用世态度。指任用时就出来做一番事业，不用时就退隐。行：指出来做官。语出《论语·述而》："用之则行，舍之则藏。"

[7]名山：借指著书立说。

勋猷（yóu）：功勋。

沈氏谱序

周　杰

　　族谱者，谱一族之人以亲亲也[1]。然古人之为谱所以亲之，今人之为谱适以疏之而已。凡谱必原其姓之所自始，而其间似续相承，代远年湮，漫无可考，则胪列古人以实之[2]，不必其为吾祖也。大约仕者必详,而不仕者从略焉;善者必录,而不善者无与焉[3]。夫祖宗可任其去取,昭穆乌从而允当[4],于是有不宜联宗而联之者矣,有不宜合谱而合之者矣,有不宜伯叔而伯叔之、不宜兄弟而兄弟之者矣。其始也将就古人,其卒也又不能不将就今人。将就古人则谓他人父、谓他人母是亲人之亲,而置吾之亲于不问也。将就今人则引途人为骨肉,进疏于亲,实已侪亲于疏[5]。要皆非所以亲之,适以疏其所亲也。且谱之作也,何为也哉? 族日蕃亦日疏[6],不忍听其日疏,于是乎修谱。迨谱既成,而亲亲之道转泯焉[7]。因噎而废食者,不知为正本清源之法,反激而肆剖斗折衡之谈[8]。而谱遂为不甚爱惜,顽然一覆酱之物矣[9]。

沈氏成章及其侄碧舫,至勤于学,平日乐从予游者也,出其族谱,属序于予[10]。予观其谱,原原本本,断自所见,一准欧阳公之例[11]。即受姓之始[12],亦只姑存其说。例严而义正,是能矫世俗之失而有得乎亲亲之实者。苏明允公云:"观吾谱者,孝悌之心可以油然而生[13]。"是谱也,其庶乎[14]?

光绪二十九年癸卯孟夏月,翰林庶吉士周杰拜序[15]。

题解

本文录自 1929 年版、天门市净潭乡白湖口村、横林镇沈滩村《沈氏宗谱》。

注释

[1]谱一族之人:将一族之人按宗族关系记入谱牒。谱:按照事物的类别或系统编排记录。

亲亲:爱自己的亲属。

[2]原:推究。

似续:继承,继续。

湮(yān):埋没。

胪(lú)列:罗列,列举。

实:充实,填塞。

[3]无与:不参预,不相干。

[4]昭穆:此处泛指宗族关系。参见本书第二卷谭篆《安陆府志序》注释[14]。

乌从:无从。

允当:适合,符合。

[5]途人:路人,不相识的人。

侪亲于疏:将宗族关系亲近的等同于疏远的。

[6]蕃：繁盛。

[7]迨：等到，及。

泯：消灭，丧失。

[8]反激：用反话刺激。

肆剖斗折衡之谈：纵谈剖斗折衡。

肆……谈：纵谈。

剖斗折衡：常作"掊斗折衡"。谓毁弃斗和秤。反映道教顺应自然毁弃礼法的虚无观点。语出《庄子·胠箧（qū qiè）》："剖斗折衡，而民不争。"破开斗斛，折断秤杆，百姓就不会争夺。

[9]颓然：自然质朴貌。

覆酱之物：同"覆瓿（bù）"。覆瓿：西汉刘歆对扬雄评论侯芭，谓其著作只能用来盖酱罐。比喻著作学术价值不高。

[10]沈氏成章：沈鸿烈，字成章，天门市净潭乡白湖口村人。16—18岁求学于周杰在县城东文昌阁开设的学馆。先后任山东、浙江省政府主席。

碧舫：沈肇年，原名沈兆莲，字碧舫，号甓庐。与沈鸿烈同为学馆学生。1932年任湖北省政府委员兼财政厅长。

游：求学。

属（zhǔ）序于予：请我作序。

[11]断自所见，一准欧阳公之例：指以欧阳修"断自可见之世"为原则，完全按照欧阳修所创谱例编排。断自所见：指以世系接续可考的始迁祖为一世祖。此处强调的是，不牵强攀附、冒认祖宗。欧氏世系表又称横行体，为欧阳修所创。参见本书第二卷蒋祥墀《蒋氏族谱序》注释[4]。

[12]受姓：皇帝对有功臣民赐姓。

[13]苏明允公：苏洵，字明允，号老泉。

观吾谱者，孝悌之心可以油然而生：语出苏洵《苏氏族谱引》："观吾之谱者，孝悌之心可以油然而生矣。"孝悌：孝弟。孝顺父母，敬爱兄长。

[14]庶：表示希望发生或出现某事，进行推测。但愿，或许。

[15]光绪二十九年：癸卯，1903年。

翰林庶吉士：翰林院庶吉士。参见本书第三卷附录《部分科举名词汇释》第1条。

周孺人六旬荣辰寿序

周　杰

　　熊母周孺人，辑五先生之良配也。濂溪世系，其祖炳公，前清癸酉科乡荐；父之道公，吾邑宿儒，与予谱派同[1]。孺人甲寅孟夏，花甲令辰[2]。敝校同人先期序嘱,予乌能拒?且继辉与其三兄继昌均与予有友生谊[3],又乌能拒?惟予廿余年来离乡日久,徒为一切谀词[4],既非予所为,亦非孺人所乐闻,何以文为?同人曰:仅道其大者可。人生世上,靡异庸众,而为人所称许者必有远识、能尽庸行也[5]。识不远,不足以建伟大事业;行不庸,不足以步贤圣阶梯。吾辈功课余暇,与熊君继辉往还,其母之贤,尝耳其大概云[6]。辉昆弟六,辉最幼。其长兄继春能文拾芥,见夺天年莫保[7]。其二兄继宣,本邑自治毕业,因襄家政,未遑远游[8]。其三兄继昌,蒙张文襄公考取以官费派往日本[9],留学东亚铁道,近已派充吉长铁路局长,交通部奖给一等一级奖章。四兄继鹏,毕业日本商科大学,亦任吉长路课员。五兄继章,毕业省垣实业学校,充长春县厘金局长[10]。昆源、丙源转本邑中学。至继辉入学伊始,述其慈命云:"卢医扁鹊[11],普世难求。苟精其术,活国活人,为利实溥,力学之勿怠。"英才济济,萃于一门。他年显荣,不知何极[12]?向使其三兄游学时,孺人勿远识以骇异出而阻之,则开创无人继起,又乌能至是[13]?识既远,庸行亦因之以见,即此相寿,已足显扬其徽音[14],夫复何疑?余曰:"否,否。此远识之实,而非庸行之实。由此慨论遗孺人之善者不少,必继辉亦与周旋得备举其善而述之[15],斯可毫发无遗。"同人欣然唯退[16]。

少顷,继辉录其母生平实事以陈。略曰:吾母幼时,性雅静娴姆教[17]。前清甲戌来归[18],克尽妇道。数十年来室家康、财产隆,固由先考勤劳所得,尤赖吾母佐理以成其功[19]。撮厥大要有五,如孝、友、慎、宽、俭是[20]——

先考十二失怙[21],祖母是依。成人后怜祖母过劳,悉为亲任,伺祖母日衰善事奉养[22]。或因公远离,吾母以妇代子,深得祖母欢。至生则旌节,没则礼葬,虽先考、叔父善为经营,而吾母亦与有力[23]。此其孝也。

先考弟兄极友爱,母与叔母亦亲厚。同居数十载,甘苦共,劳逸均。叔父梦兰莫卜,母劝先考为赋小星[24],未几又以四兄嗣[25]。此其友也。

吾昆弟姊妹十人,课读工织,吾母管教极善,昆弟未敢或嬉,姊妹亦凛然承训。外此而动静起居,而酬酢往来,皆措置裕如[26]。此其慎也。

租课力从其轻,贳贷略取其息[27]。邻有赤贫辈,疾病则赠以药饵,岁晚则给以米粟。因有余以济不足,宽中实寓以仁。是举也,先考承祖母训倡于前,叔父步于后,吾母多方赞承其间。宽莫宽于此也。

先考持身淡泊[28],曰惜物非惜财,实惜福耳。茹苦含辛,爱得我衣食住,母则直过之无不及。壬子岁,先考弃养,母曰宁戚勿易[29]。客岁昆源完婚[30],母曰宁俭勿奢,恐少事铺张来外人非笑[31],而致自损。俭莫俭于此也。

(继)辉述其母生平实事如此,余故慨然曰:敦庸行者无骇俗之为[32],具远识者无速效之求。孝也,友也,慎也,宽也,俭也,即庸行也;一一相辅而行,即远识也。有是哉!孺人,其女中须眉乎?此轩辕重华之品谊,复绝千古[33];王季文王之作为[34],流芳百世。而嫘祖英皇、妊姒邑姜之淑德懿行[35],两两并立,咸称弗衰。孺人何幸,而为辑五先生妇;先生又何幸,而得孺人也。即是仪型[36],可与日月长新;卜将勿量之祜,岂仅上寿中寿下寿也哉[37]!徒于生辰祝福,寿亦已浅矣[38]。是即孺人生平实事,照人耳目于后世者。谨序。

前清翰林院编修、民国省议会监督、姻愚弟周杰敬序[39]。

题解

本文录自1928年版、天门市岳口镇邬越村《熊氏宗谱·卷终·女德志寿序》第31页。

注释

[1]濂溪:水名。源出今湖南道县西都庞岭,东北流入沱水。宋代理学家周敦颐为道县人,被称为濂溪先生。宗周敦颐的周氏自称濂溪世系。

乡荐:后世称乡试中试为领乡荐。即中举。

宿儒:修养有素的儒士。

谱派:字派。指同宗同谱的族人

事先拟定、表示家族辈份的一组字。

[2]甲寅:1914 年。

令辰:指吉日。

[3]友生:朋友。

[4]谀词:谄媚的言辞,奉承话。

[5]靡异庸众:不异于常人。与常人一样。庸众:常人,一般的人。

庸行:平平常常的行为。

[6]往还:交游,交往。

耳:听说。

[7]拾芥:喻极其容易。

见夺天年:指早逝。天年:自然的寿数。

[8]襄:相助,辅佐。

未遑:表示没有时间或不可能做某件事情。可译为"没有空闲""来不及"等。

[9]张文襄公:张之洞,谥文襄。时任湖广总督。

[10]省垣:省行政机关所在地。

厘金局:征收厘金的机关,又名厘局。厘金:指以人们所得收益的若干部分所充的税金。

[11]慈命:对尊上命令的敬称。

卢医:春秋时名医扁鹊的别称,因家于卢国。

[12]显荣:显赫荣耀。多指仕宦。

何极:用反问的语气表示没有穷尽、终极。

[13]向:从前。

游学:指离开本乡到外地求学。

远识:高远的见识。

骇异:惊异。

乌能至是:哪能至此。

[14]相:辅佐,扶助。

徽音:犹德音。指令闻美誉。

[15]周旋:反复。

备举其善而述之:指详尽叙说孺人的善行。

[16]唯退:唯唯而退。唯:唯唯。恭敬的应诺声。

[17]性雅静娴姆教:接受淡雅娴静之类的妇道教育。静娴:安详文静。姆教:女师传授妇道于女子。

[18]来归:古代称女子出嫁(从夫家方面说)。

[19]先考:称亡父。

佐理:协助治理。

[20]撮厥大要:取其大概。大要:要旨,概要。

如孝、友、慎、宽、俭是:如……是。像……这样。

[21]失怙(hù):失去依靠,特指丧父。怙:依靠。语出《诗经·小雅·蓼莪(lù é)》:"无父何怙? 无母何恃?"没有亲爹何所靠? 没有亲妈何所恃?

[22]伺祖母日衰善事奉养:在祖母衰年,能好好地侍奉。奉养:侍奉,赡养。

[23]旌节:表彰贞节。

与:参与。偕同。

[24]梦兰:指妇人怀孕。

赋小星:指纳妾。

[25]嗣:承嗣。旧时无子者以近

支兄弟或他人之子为后嗣。

[26]外此：除此之外。

措置裕如：处理事情轻松，毫不费力。

[27]租课：犹赋税。原文为"租稞"。

赊(shì)贷：借贷。

[28]持身：立身处世。

[29]弃养：父母逝世的婉词。谓父母死亡，子女不得奉养。

宁戚勿易：丧事，与其和易，不如悲戚。语出《论语·八佾》。

[30]客岁：去年。

[31]非笑：讥笑。

[32]慨然：感慨貌。

敦：推崇，崇尚。

[33]重华：虞舜的美称。相传舜目重瞳，故名。

夐(xiòng)绝：犹超绝。

[34]王季文王：周文王父子。王季：周文王之父。

[35]嫘(léi)祖：轩辕黄帝的元妃。她发明了养蚕，史称嫘祖始蚕。原文为"螺祖"。

英皇：帝舜二妃女英与娥皇的并称。

妊姒(sì)邑姜：按年代辈分应为"邑姜妊姒"，因与"嫘祖英皇"协韵而倒置。指太姜、太妊、太姒，周朝"三母"。周朝三位开国先君的夫人、母仪天下的典范。

妊姒：指太妊、太姒。分别为王季之妃、周文王之妻。

邑姜：姜子牙之女，周武王王后，周文王祖母。

[36]仪型：楷模，典范。

[37]祜：福。

上寿中寿下寿：即三寿。古称上寿百二十岁，中寿百，下寿八十。后泛指高寿。

[38]徒于生辰祝福，寿亦已浅矣：只是生日祝福，不足以增寿。意思是，孺人的生平实事才是高寿的根本原因。

[39]姻愚弟：姻弟。姻亲中同辈相互间的谦称或姻亲中长辈对晚辈的谦称。

秭归郭孝廉銮坡生圹碑志

周 杰

翰林院编修、愚弟天门周杰拜撰[1]。
内阁中书、年愚侄兴国刘瑞沄书丹[2]。

归州郭銮坡先生,名孝廉也。幼即天资绝高,多敏悟,又喜勤学。年十九即补州学弟子员,旋謦声虞廪,屡试居上选[3]。作文好驰骋,往往笔端有奇气。镕经铸史,不作琤琤细响;落笔洒洒,数千言顷刻立就。豪情胜慨,咄咄逼人[4]。癸酉入选佛场,登首选[5],俱可谓垂手得,旋失。学使洪簪花呼至案前,许必中前。肄业墨池、尔雅、丹阳诸书院[6],文名益噪。生平多著述,尤喜诗赋古文杂作,汇集成帖,为郡邑知名士,村学究无从望其肩背[7]。无如文章憎命,踏槐黄十二次,屡膺房荐堂备,未遂意[8]。后于癸已太后万寿恩科,以明经踏省举于乡,始赋鹿鸣以去,弟亦幸与其选[9]。闻捷时,即传榜中,得一名下士[10]。

次年进京会试,遇弟江汉轮船中。见其品端学富,吐嘱风雅,和易近人,倍增忻慕[11]。相与一路过鄱阳、庐山、大姑、小姑诸山,又观南京、金焦,以及芜湖、吴淞名胜地,俱有诗。至上海,同寓结伴渡海北上,遥瞻云浪连天,风涛卷月,汪洋浩瀚,茫无涯际,同依曲栏,指顾警异[12]。久之,泊天津,坐双套车,即所谓一车两马也,并辔经两日,过七十二沽,望蓟门烟树[13],北道风沙,燕赵景色,宛然在目。或先之,或后之,致相得也。入京邸,公复试举场;弟由东华门入殿补复,得瞻宫阙之盛[14]。后时相过从,及礼闱报罢南旋,公读礼家居[15]。

哲嗣庆飔,又于丁酉登萃榜,入京朝考[16],就分州职,还家二载以病殁,无嗣。公嫡室亦继逝[17],嘱公娶小延宗。公以内顾多忧[18],复因世局变更,竟自灰心仕官,不欲出山。今闻又生次男庆和,想诗礼传家,书香必再继也,科甲延绵有厚望焉[19]。作善者必降祥,其公之谓欤?公年逾花龄,自卜佳兆于溪之南[20],距贤夫人冢数步,亦欲百年后一家相聚,庶可稍慰也。子孙清明扫墓,踏青致祭,亦即甚近,公之意深矣。修生圹,成遗书,索序。弟幸入馆选[21],笔墨犹疏,愧不足以传公,特为敬述其略。爰为之铭,铭曰:

精深道蕴,锦绣诗肠[22]。挥毫珠玉,落纸芬芳。存心和厚,立品端方。后进之师,乡里之望[23]。先生之名,可同山高而水长。

题解

本文录自中国人民政治协商会议秭归县委员会文史资料工作组编、1988 年版《秭归文史资料》第 5 辑第 108 页。文后注"郭鸿汾搜集"。文字和标点有改动。

郭孝廉銮坡:当指郭建唐。清光绪二十七年(1901 年)版《归州志·卷之五·选举表》第 6 页、第 17 页,1921 年版《湖北通志·卷一百三十二卷·选举表》第 45 页记载:郭建唐,光绪十九年(1893 年)癸巳恩科举人。孝廉:明清时对举人的称谓。

生圹(kuàng):生前预造的坟墓。

注释

[1]愚弟:原文当为"年愚弟"。周杰与郭銮坡为同榜举人。

[2]沄(yún):原文左边为"冫"。

[3]补州学弟子员:增补为州学廪生。

虞廪:此处指州学。

上选:精选出来的上等品。

[4]胜慨:激昂的情绪。

[5]选佛场:比喻科举考试。唐宋时代把科举考试看作选官,借此说法,便将学佛参禅称作选佛。

[6]肄(yì)业:修习课业。古人书所学之文字于方版谓之业,师授生曰授业,生受之于师曰受业,习之曰肄业。

[7]杂作:各种技艺。

村学究:旧时称乡村塾师。亦以讥学识浅陋的读书人。

[8]无如:无奈。

文章憎命:谓工于为文,而命运多舛。

踏槐黄:唐代参加科举考试的举子往往于隔年秋天就在京城行卷,其时正值槐花盛开,后因称参加科举考试为踏槐花。

屡膺房荐堂备,未遂意:考卷屡次被房官列为备卷,未能如愿中举。原文为"屡膺房荐堂,备未遂意"。

房荐:科举考试房官所推荐之文卷。

堂备:备卷。清代科举,乡试录取者有正榜、副榜之别。取中正榜者称举人,取中副榜者称副贡,此二者均为正取。若尚有好的卷子,则作为备卷,亦称堂备。倘发现取中的举人或副贡有弊端,即用备卷补换,列为备卷者则为备取。

[9]明经:明清时称贡生为明经。

省:指省门。省治。省会。

赋鹿鸣:科举时代,以举人中式为赋鹿鸣。源于《诗经·小雅·鹿鸣》。原文为"赋鹿呜"。

弟亦幸与(yù)其选:指作者周杰也荣幸地中举。与:参与,在其中。

[10]名下士:享有盛名之士。

[11]吐嘱:谈吐。

忻慕:高兴而仰慕。

[12]指顾:手指目视,指点顾盼。

警异:机敏不凡。

[13]并辔(pèi):两马并驰。

七十二沽:河北省境白河支流,相传有七十二沽,其在天津者有二十一沽,故亦以借指天津。

蓟(jì)门烟树:沈榜《宛署杂记·古迹》记载:蓟丘,在县西德胜门外五里西北隅,即古蓟门也。旧有楼台并废,止存二土阜,旁多林木,翳郁苍翠,为京师八景之一,名曰蓟门烟树。

[14]举场:科举考场。

弟由东华门入殿补复,得瞻宫阙之盛:婉言作者参加会试、殿试,成进士。南宋吴自牧《梦梁录·卷三·五月·士人赴殿试唱名》记载:"诸路举人到者,排日赴都堂,帘引讫,伺候择日殿试。""士人入东华门,各行搜检身内有无绣体私文,方行放入。"

补复:补充缺职。

[15]过从:往来,交往。

礼闱:指礼部或其考试进士的场所。

报罢:科举时代称考试落第。

读礼:古人守丧在家,读有关丧祭的礼书,因称居丧为读礼。

[16]哲嗣:对别人儿子的敬称,等于说"令嗣"。

登萃榜:指被选为拔贡。清代以拔萃代称拔贡。清光绪二十七年(1901年)版《归州志·卷之五·选举表》第18页记载:郭庆飏,丁酉拔贡。

[17]嫡室:正妻。

[18]内顾:人在外而对家事或国事的顾念。

[19]科甲:汉唐取士,皆有甲乙等科,后世因称科举为科甲。此处指科甲出身。

[20]花龄:花季年龄。

佳兆:吉兆,好的朕兆。此处指风水好的墓地。

[21]入馆选:入选庶吉士。清制,殿试后举行朝考,分列等级,前列者用为庶吉士,称馆选。

[22]诗肠:指诗思,诗情。

[23]后进:后辈。亦指学识或资历较浅的人。

附 录

天门进士传略

皮光业，光业字文通，世为襄阳竟陵人。父日休，唐末为苏州军事判官，遂家焉。吴越武肃王辟置幕府，累署浙西节度推官。天宝九年使梁，梁特赐光业进士及第，仍赐秘书郎，授右补阙内供奉使。还兼两浙观察使。文穆王袭位，命知东府事。天福二年国建，拜丞相。八年卒，年六十七，谥贞敬。（董诰等编、清嘉庆二十三年<1818年>扬州诗局刻本《钦定全唐文·卷八九八·张瑗、皮光业》第4页）

皮光业（877—943年），吴越文穆王时丞相。字文通，世为襄阳竟陵（今湖北天门）人。生于姑苏，十岁能属文，及长以所业谒武肃王，与沈崧、林鼎同辟幕府。吴越天宝九年（梁贞明二年，916），出使于梁，梁赐光业进士及第，赐秘书郎、授右补阙内供奉，寻兼两浙观察使。文穆王钱元瓘立，命光业知东府事。晋天福二年（937），封元瓘吴越国王，国建，拜光业丞相，与曹仲达、沈崧同日受命，凡教令仪注多所考定。光业美容仪，善谈论，性嗜茗，尝作诗以茗为"苦口师"，国中多传其癖。天福八年（943）二月卒，年六十七。谥"贞敬"。所著有《皮氏见闻录》十三卷。（张哲永主编、广东教育出版社2004年版《中国历代宰相大词典》第718页）

苦口师，茶饮。拟称。宋·陶谷《清异录·茗荈》：皮光业耽茗事，一日，中表请尝新柑，才至，未顾尊罍，而呼茶甚急，径进一巨瓯。题诗曰："未见甘心氏，先迎苦口师。"（孙书安编著、北京出版社2000年版《中国博物别名大辞典》第453页）

张迪，景陵人。元丰间进士。累官谏议大夫。有诤臣风烈。

张徽，景陵人。以诗名。所著有《沧浪集》。司马光、范纯仁皆与之友。

张彻，徽之弟。元祐中七持使节、八剖郡符。公清超迈，计口受俸。其遗表有云："神虽去，干忠不忘君。"

（清康熙二十三年〈1684 年〉版《湖广通志·卷之第三十四·人物》第 2 页）

（祝松）纪松，复州景陵县人。南宋理宗朝登进士第，初授长水县主簿。终知郢州。（龚延明、祖慧《宋代登科总录》第 13 册第 6864 页）

万历《承天府志》卷一一《人物·宋》："纪松，景陵人。举进士。初为长水簿。端平初，以城陷誓死守郢，遗民立祠祀之。"（龚延明、祖慧《宋代登科总录》第 13 册第 6864 页）

黄翔，字仲翚（huī）。延佑甲寅进士及第。授饶州路浮梁通判。（清康熙三十一年〈1692 年〉版《景陵县志·卷之十·人物志·进士》第 5 页）

张渊道，元致和丙寅进士。授秘书监都事。与弟从道俱优文学。居竟陵古城。旧有双桂坊。（清康熙三十一年〈1692 年〉版《景陵县志·卷之十·人物志·进士》第 5 页）

张从道，渊道弟。同科进士。授武昌路通城县达鲁花赤。按：元制，达鲁花赤谓之监县，县尹也，犹今官制知县之称。（清康熙三十一年〈1692 年〉版《景陵县志·卷之十·人物志·进士》第 5 页）

胡浚，字士美。建文壬午科举人，永乐甲申科进士。任行人司司正。永乐十三年授江西布政司参议。（清康熙三十一年〈1692 年〉版《景陵县志·卷之十·人物志·进士》第 5 页）

谢廷敬，字宗文，号凤岐。隆庆戊辰进士。授行人，升刑部郎中。事祖母以孝闻。有青襟僵卧雪中，恻然覆之衣。在官日，江陵枋国夺情，抗疏劾之，直声大振。谳决江淮，多所平反。册封齐晋，一切馈遗，却不受。卒之日，崇祀乡贤。（清道光元年〈1821 年〉版《天门县志·卷之二十三·人物》第 5 页）

胡懋忠，字心廷。万历己卯科举人，庚辰科进士。固始知县。（据清道光元年〈1821 年〉版《天门县志·卷之十九·选举》第 11 页记载整理）

胡懋忠，万历八年任知县。进士。以病去（万历十三年浦柳继任）。（据清康熙三十二年〈1693 年〉版《固始县志·卷之四·秩官表》第 15 页记载整理）

李维标,字太瀛。邑布政使李淑四子也。由景陵学中万历丙戌科举人、丙戌科进士。授国子监典簿。公履历详京山志中。(清康熙三十一年〈1692 年〉版《景陵县志·卷之十·人物志·进士》第 18 页)

李维标,太瀛。诗。二房。丙辰八月初十日生。景陵县人。二甲五十五名。兵部政。辛卯四月授南国子监典簿。(天一阁藏《万历十四年进士履历便览》)

董历,字玉衡。万历戊子科举人第四名,乙未科进士。授蜀富顺令。挥霍不群,坚贞有守。吏畏其威,民戴其德,见奖于蜀抚云。(清康熙三十一年〈1692 年〉版《景陵县志·卷之十·人物志·进士》第 20 页)

董历,字玉衡,别号东陵。大明万历戊子科第四名经魁。专习易学。乙未科第一百三十六名进士。任四川富顺县知事。后又选吏部文选司。葬纱帽堰北鳎鱼地。(1935 年版、天门市胡市镇董大村四组董家大湾《董氏宗谱·卷一》)

蓝絅(jiǒng),字尚夫,号锦淙。前壬午孝廉蓝应斗子也。崇祯癸酉科举人,丁丑科进士。公天性孝友,尝赎其已嫁庶母遗腹子,归而抚育教训,爱逾同胞。以志不忘。(清康熙三十一年〈1692 年〉版《景陵县志·卷之十·人物志·进士》第 30 页)

蓝絅,(崇祯十年进士)顺昌知县。(清康熙八年〈1669 年〉版《安陆府志·卷十四·进士·景陵县》第 41 页)

刘延禟(táng),字廷绥,景陵人。崇祯庚辰进士。顺治初,总督佟养和闻其贤,委署荆西道副使,招抚流寇小秦王等三万余人,绥辑安陆、荆州、襄阳三府流民。父丧,去任。延禟抚孤侄成立。修本县学宫,设义田,建桥梁,掩胔(zì)骼,乡人称之。(《一统志》)(1921 年版《湖北通志·卷一百四十·人物列传》第 9 页)

黄腾龙,沔阳人,景陵籍。丙子(武进士)探花。沔阳卫指挥。(1921 年版《湖北通志·百二十八卷》第 29 页)

(武进士。明)黄腾龙,字健之。丙子科探花。寄景陵籍。沔阳卫指挥使。(清光绪二十年〈1894 年〉版《沔阳州志·卷八·选举》第 19 页)

萧维楗,字雪窦。邑富阳令萧岫(万历癸卯举人)之子也。顺治戊子科举人,己丑科进士。公父慕前邑侯程公维楗,有吏而本经术,故取以名其子。后果成进

士,出授枣强县令。未数年而卒。(清康熙三十一年〈1692 年〉版《景陵县志·卷之十·人物志·进士》第 32 页)

陈朝晖,字迩宸(yǐ)。顺治辛卯科第三名举人,壬辰科会魁。前孝廉陈朝时(崇祯壬午举人)胞弟也。公性孝友,工文章,潜心苦学,明性究理,未竟其业而卒,同时士林惜之。(清康熙三十一年〈1692 年〉版《景陵县志·卷之十·人物志·进士》第 32 页)

汪以淳,字渌(lù)水。由汉阳籍,顺治辛卯科举人,戊戌科进士。授定安知县,任吏部文选司主事。(清康熙三十一年〈1692 年〉版《景陵县志·卷之十·人物志·进士》第 33 页)

彭上腾,字云健。顺治甲午科举人,己亥科进士。考选推官,裁缺改授广西兴安县知县。旋移,病归。所著有《述轩文集》《粤西杂录》。(清康熙三十一年〈1692年〉版《景陵县志·卷之十·人物志·进士》第 34 页)

唐时模,字宪子,号豁庄。朝奎长子。邑庠生。中康熙壬子科武围举人、乙丑进士。任江南徐州萧营守备。敕封怀远将军。时际升平,虽军功未见,而军政严明,累为上台许可。天性孝友,与诸弟相友善,凡田园庐舍,至老未有分受,但各取其便而已,邑中亲友咸为推服。诗篇著有《南湖吟》《拙归草》,前邑乘中载有“清裘缓带之风”等语。葬于陶溪南朱团汤湖戴(家)门前,癸山丁向。娶周氏,敕封恭人,葬钓溪业香庵门前,与侄媳江氏、段氏同茔。继卞氏,葬于陶溪南朱团汤湖戴家门前,巽乾、巳亥为茔。生子一:国经。(清光绪十七年〈1891 年〉版、天门市马湾镇榨屋村朱家潭《唐氏宗谱·卷九·倧公房世系》第 2 页)

廖琬(wǎn),清代书法家。湖广景陵(今湖北天门)人,康熙三十九年(1700年)庚辰科进士。工书法,宗二王。(赵禄祥主编、北京出版社 2007 年版《中国美术家大辞典·下卷》第 2015 页)

胡鸣珂,湖北天门人。乾隆十五年以进士宰是邑。时河决,牲畜什物漂没无算。鸣珂觅舟数十艘分投各村,拨诸难民,载饼糗(qiǔ)亲散灾区。亟请于大府,得急赈数千金,全活无算。(黄笃赞撰、成文出版社有限公司 1968 年影印本《平云

县乡土志》第 6 页）

欧阳临,字临万,号西林。乾隆二年丁巳恩科武进士。贵州安顺府守备,升凯里营都司,复升游击、长寨参将、威宁镇总兵,致仕。(清道光元年〈1821 年〉版《天门县志·卷之十九·选举》第 44 页）

李兆元,字恺泽,号旦庵。幼颖慧,十余岁援笔成文。性质直简默。乾隆乙酉举于乡,己丑成进士。选甘肃大通知县。清勤自矢,饮食服用,依然儒素风。人异之,曰:"此地凋敝,所当为者正多,何暇他及!"境有金厂,初莅者必一巡视。或以为请,兆元叱曰:"商民未请勘,我岂以一往为胥吏充囊橐(náng tuó)乎?"卒不往。在任逾载,诸务毕兴。俄,以水土不宜卒于官。士民垂泣,助赀扶榇(chèn)归里。(清道光元年〈1821 年〉版《天门县志·卷之二十三·人物》第 31 页）

据大通县知县李兆元之子李见祥报称:"窃身父现年伍拾叁岁,系湖北天门县人。由己丑科进士于乾隆肆拾陆年叁月签掣四川新都县知县,肆月引见,奉旨调补甘肃大通县知县,于是年柒月初陆日到任。近因染患伤寒病症,医药未效,于乾隆肆拾柒年贰月拾陆日病故。"(中国第一历史档案馆李侍尧奏折。奏折上呈时间为乾隆肆拾柒年叁月初拾日。档案号为 03-3974-042)

李兆元(1730—1782 年),天门市干驿镇新堰村曹李台人。墓在天门市干驿镇杨巷村李家八湾西侧村口。

谭泽溥,字普岩,号沉庵。其父丙世,号力庵。敦行积学,为邑名诸生。母高氏生泽溥时,有白衣大士送孩之兆【丙世父明经大有,号竹斋】,故原名泽衣。胡学使岁试,以高等食饩,赏赉日为易今名。乾隆戊子科举人,壬戌成进士。选知安徽南陵县,居官有声。假归后修理钟谭合祠,尤笃一本。临卒,命其子曰:"田宅器用,必与尔叔分受,其不以宦余自私。"如此。(清道光元年〈1821 年〉版《天门县志·卷之二十三·人物》第 32 页）

据宁国府属南陵县知县谭泽溥详称:"卑职见年肆拾贰岁,湖北天门县人。由进士选授今职,于乾隆肆拾玖年拾贰月拾叁日到任。本年伍月间染患伤寒病症,旋即医痊。后又得怔忡之症,心神恍惚,元气有亏,一时难以就痊,恐致贻误公事。理合详请俯赐委验,以便回籍调理。"(中国第一历史档案馆书麟乾隆五十一年十月十九日奏折。档案号为 02-01-03-07645-003)

杨正声,字虞风。乾隆己亥武举,辛丑进士。由侍卫授福建游击,留心剿惕,护漳州总兵,官水师提督。有崇武,地方幽邃,会匪骚动,正声俟匪船进崇武,断其归路,得贼首林阿五等,诛之。晋陆路提标参将。丁内艰归。服阕,起安徽陆路参将,调安府中军。宿州变起,随中丞赴剿,尽歼渠贼。转江西袁州副将,署南赣总兵官。值龙泉县民争山械斗。正声获首犯审办,安辑良民。历官以来,简兵砺械,军纪严明,威惠并施。甲戌卒于官,年五十九。(清道光元年〈1821 年〉版《天门县志·卷之二十三·人物》第 33 页)

胡铨,嘉庆己卯科(武进士)。殿试,以营守备用。(清道光元年〈1821 年〉版《天门县志·卷之十九·选举》第 45 页)

吴之观,十三世(吴)之观,祖芳次子。字静夫,号用宾。道光庚子举人,辛丑进士。任山东沂州府蒙阴县,再任武定府商河县。甲辰科授同考试官。诰封文林郎。有诗集、文集待梓。生于嘉庆癸亥冬月初一寅时,于咸丰壬子正月十五午时卒于署内,葬骆驼庙祖茔。娶马氏,壬子举人梦硕公曾孙女,葬骆驼庙;生本清,止。再娶程氏,乙丑进士、山东夏津知县明懋公侄孙女,增生行恒公女,诰封孺人;嘉庆戊辰冬月二十八巳时,得年五十四岁卒,葬北郭祖茔;生本鸿、本崇。(1998 年版、天门市石家河镇吴坑村延陵世家《吴氏宗谱》)

吴之观,字静夫,湖北天门人。进士。道光二十七年任(知县)。(1936 年版《重修商河县志·卷之六·职官志》第 9 页)

吴之观,湖北天门人。道光辛丑进士。知商河县,遇旱蝗,躬率吏民捕治,遂不为灾。以劳卒于任,邑人祠之。道光二十七年任(知县)。(1918 年版《山东通志·卷七十五·职官·宦迹二》第 54 页)

部分科举名词汇释

科举：隋唐以来封建王朝分科目考试选拔文武官吏后备人员的制度。亦指这种考试。

制艺、制义、八股文、时文、时艺：文体名。科举考试是皇帝命令去考试"士子"的事，皇帝的命令称为"制"，皇帝命作的文艺便叫做"制艺"。文体略仿宋经义，又称"制义"。明清科举考试制度所规定的文体称"八股文"，每篇由破题、承题、起讲、入手、起股、中股、后股、束股组成。后四部分是正式议论，中股是全篇重心，在这四段中，都有两股排比对偶的文字，合共八股，故名。相对两汉唐宋的"古文"来说，是后起的文体，称为"时文"。八股既称"制艺"，牵连也称"时艺"。少数字的题，又称"小题"，多句或全章的题称为"大题"。

试贴诗：诗体名。在科场考试中与八股文并行。源于唐代，受"帖经""试帖"影响而产生，为科举考试所采用。其诗大都为五言六韵或八韵的排律，以古人诗句或成语为题，冠以"赋得"二字，并限韵脚。清代试帖诗，格式限制尤严，内容大多直接或间接歌颂皇帝功德，并须切题。

1. 进士、甲科、会试、会元、殿试、状元、榜眼、探花、赐进士及第、赐进士出身、赐同进士出身、鼎甲、金榜题名、庶吉士（翰林）、明通榜、同年

进士：科举时代称殿试考取的人。是赐予进士科殿试中选者的一种资格。语出《礼记·王制》，指优秀可进授爵禄的人才。隋大业中，以进士作为取士科目，称作进士科。唐宋沿其制。唐时称应试者为举进士，及第者称进士。明清殿试登第者称进士。

甲科：明清称进士为甲科。

会试：隶属礼部，为较乡试高一级的考试。因士子会集京师参加考试，故名。凡乡试录取的举人皆可应试。会试考中者称贡士、中式进士。会试第一名称会元。贡士于发榜后的下月参加殿试。

殿试：是皇帝对会试录取的贡士在宫殿中亲自进行的策问考试，又称御试、廷试、亲试、殿前试。这是科举制度中最高一级的考试。殿试取中者即为进士。凡会试中录取的贡士均参加殿试，试后根据成绩重排名次，并无黜落，分三甲发榜。一甲三人赐"进士及第"，第一名称状元，第二名称榜眼，第三名称探花。二甲若干人（约占应试者的1/3），赐"进士出身"，二甲第一名称传胪。三甲若干名（约占应试者的 2/3),赐"同进士出身"。殿试列一甲之三名者,立即授官,状元授予翰林院修撰,榜眼与探花授予翰林院编修。其余二、三甲进士需再经朝考,综计各场考试成绩分别授职,优者选为翰林院庶吉士,俗称翰林,余者分至各部任主事(部员),或放外地任县官。

鼎甲:科举制度中状元、榜眼、探花之总称。以鼎有三足,一甲共三名,故称。

金榜题名:因殿试后,例由黄纸书写新科进士姓名、甲第及名次,并张贴以布告天下,故称。

庶吉士:明清由新进士中选入翰林院庶常馆学习者。亦称庶常,以《尚书·立政》有庶常吉士之语,故称。

明通榜:清雍正、乾隆年间,在会试落卷内选文理明通的举人于正榜外续出一榜,名为明通榜。

同年:唐代进士入第之后,称同登金榜之人为同年。

2. 举人、孝廉、乙科、公车、乡试、解元、经魁、登贤书

举人:明清两代称乡试录取者,俗称孝廉。

乙科:明清称举人为乙科。

公车:古代应试举人的代称。汉代应举之人均用公家车马接送,后便以公车作为入京举人的代称。

乡试:明清科举考试之一。明清正式的科举考试分为乡试、会试、殿试三级。乡试每三年一次在京城和各省省城举行,逢子、午、卯、酉年为正科,遇庆典加科为恩科。乡试取中者称举人,俗称孝廉,第一名称解元,第二至第五名称经元。

解元:科举时代称乡试第一名为解元。唐代参加进士考试的人都由地方解送入试,后代称乡试考中为发解,第一名为解元。

经魁:乡试中式名列前五名者。此称始于明代。明制,乡试前五名必于习五经(诗经、书经、易经、礼记、春秋)者中各首选一名。五经之魁称五经魁,简称经魁。清代习惯上亦沿称前五名为五经魁,或五魁。

登贤书:科举考试用语。指乡试中举。贤书:本义指举荐贤能的名单。

3. 生员、秀才、诸生、庠生、弟子员、博士弟子、廪生、增生、附生、补弟子员(博士弟子)、贡生、五贡、恩贡、拔贡、副贡、优贡、岁贡、例贡、太学生、监生、童生

生员:国学及州、县学在学学生(既是学生又有员额限制,所以叫生员)。后指经本省各级考试取入府、州、县学学习者,通称秀才。

诸生:明清两代称已入学的生员。俗称秀才。

庠生：科举时代称府、州、县学的生员。明清时为秀才的别称。

弟子员：汉对太学生，明清对县学生员的称谓。

博士弟子：唐以后称生员为博士弟子。

廪生、增生、附生、补弟子员（博士弟子）：补弟子员（博士弟子）就是考试补充为增生、廪生，旧称补增、补廪。明清两代由公家给以膳食的生员，称廪生，又称廪膳生。明初生员有定额，皆食廪（廪即米仓）。其后名额增多，增多者谓之增广生员，省称增生。又于额外增取，附于诸生之末，谓之附学生员，省称附生。后凡初入学者皆谓之附生，其岁、科两试等第高者可补为增生、廪生。增生、附生无廪米。

贡生：指科举时代，考选府、州、县生员（秀才）送到国子监（太学）肄业的人。明代有岁贡、选贡、恩贡和纳贡；清代有恩贡、拔贡、副贡、岁贡、优贡和例贡。

五贡：清代科举制度中，五种贡生的总称。包括：恩贡、拔贡、副贡、岁贡和优贡。五贡都算正途出身资格。另有捐纳取得的贡生，称为例贡。

恩贡：明清科举制度规定，每年由府、州、县选送廪生入京都国子监肄业，称为岁贡。凡遇皇帝登基或其他庆典而颁布恩诏之年，除岁贡外再加选一次，称为恩贡。

拔贡：科举制度中选拔贡入国子监的生员的一种。清制，初定六年一次，乾隆七年改为每十二年（即逢酉岁）一次，由各省学政选拔文行兼优的生员，贡入京师，称为拔贡生，简称拔贡。

副贡：乡试中副榜录取的，入国子监，称副贡生。

优贡：清制，每三年各省学政于府、州、县在学生员中选拔文行俱优者，与督抚会考核定数名，贡入京师国子监，称为优贡生。经朝考合格后可任职。

岁贡：明清地方儒学贡入国子监生员的一种形式。因以食廪年深者挨次升贡，又称挨贡。

太学生、监生：在最高学府国子监学习的学生称太学生，简称监生，可直接考取举人。

童生：习举业而未考取秀才的读书人。

天门进士名录

朝代	科　名	公　元	正　榜	明通榜、武科、钦赐
唐	贞元、元和	785—820	刘虚白	
	咸通八年丁亥科	867	皮日休	
五代	后梁贞明二年(?)	916(?)		皮光业(钦赐)
宋	熙宁、元丰	1068—1085	张徽、张彻、张迪	
	端平	1234—1236	祝松(纪松)	
元	延佑元年甲寅科	1314	黄翔	
	泰定三年丙寅科	1326	张渊道、张从道	
	天历二年己巳科	1329	陶铸	
明	永乐二年甲申科	1404	胡浚	
	弘治十五年壬戌科	1502	鲁铎(会元)	
	嘉靖二十九年庚戌科	1550	李淑	
	嘉靖四十四年乙丑科	1565	吴文佳、周芸	
	隆庆二年戊辰科	1568	李维桢、徐成位、谢廷敬	
	隆庆五年辛未科	1571	周嘉谟	
	万历八年庚辰科	1580	胡懋忠、李登	
	万历十一年癸未科	1583	陈所学	
	万历十四年丙戌科	1586	李维标	
	万历二十年壬辰科	1592	熊寅、朱一龙	
	万历二十三年乙未科	1595	董历	
	万历二十六年戊戌科	1598	吴文企	
	万历三十二年甲辰科	1604	胡承诏	
	万历三十八年庚戌科	1610	李纯元、钟惺、魏士前	
	天启二年壬戌科	1622	刘必达(会元)、王鸣玉	

续表

朝代	科 名	公元	正 榜	明通榜、武科、钦赐
明	天启五年乙丑科	1625	熊开元	
	崇祯四年辛未科	1631	龚夑、谭元礼	
	崇祯十年丁丑科	1637	钟鼎、蓝绹	
	崇祯十三年庚辰科	1640	刘延禧	
	××丙子科(武进士)	?		黄腾龙
清	顺治六年己丑科	1649	沈伦、萧维楳	
	顺治九年壬辰科	1652	刘浑孙、陈朝晖、程一璧、刘临孙	
	顺治十五年戊戌科	1658	谭篹、汪以淳	
	顺治十六年己亥恩科	1659	欧阳鼎、彭上腾、程飞云、卢侯、胡鼎生	
	康熙三年甲辰科(武进士)	1664		赵双璧
	康熙九年庚戌科	1670	别楣、胡鸣皋	
	康熙十八年己未科	1679	程大夏	
	康熙二十一年壬戌科	1682	周寅旸	
	康熙二十四年乙丑科(武进士)	1685		唐时模
	康熙三十九年庚辰科	1700	周士玙、廖琬	
	康熙四十二年癸未科	1703	龚廷飏	
	康熙四十五年丙戌科	1706	黄裝	
	康熙四十五年丙戌科(武进士)	1706		吴天柱
	康熙四十八年己丑科	1709	程翅	
	康熙五十二年癸巳恩科	1713	唐建中	
	康熙五十四年乙未科	1715	张继咏	
	康熙五十七年戊戌科	1718	曾元迈、周璋	
	雍正二年甲辰科	1724	曾道亨、龚健飏	

朝代	科 名	公 元	正 榜	明通榜、武科、钦赐
清	雍正五年丁未科(明通榜)	1727		胡其森
	雍正十一年癸丑科	1733	谢咸	
	乾隆元年丙辰科	1736	谭卜世	
	乾隆二年丁巳恩科	1737	龚学海、邵如崙、黄琬(本姓别)	
	乾隆二年丁巳恩科(武进士)	1737		欧阳临
	乾隆二年丁巳恩科(明通榜)	1737		熊世正
	乾隆四年己未科	1739	胡鸣珂	
	乾隆七年壬戌科	1742	陈大经	
	乾隆十九年甲戌科(明通榜)	1754		谢兰
	乾隆二十二年丁丑科	1757	刘显恭	
	乾隆三十一年丙戌科	1766	胡必达、邹曾辉	
	乾隆三十四年己丑科	1769	李兆元	
	乾隆三十七年壬辰科	1772	谭泽溥	
	乾隆四十三年戊戌科	1778	萧蔚源	
	乾隆四十五年庚子恩科	1780	蔡楫	李作朋(钦赐国子监学正)
	乾隆四十六年辛丑科(武进士)	1781		杨正声
	乾隆五十五年庚戌恩科	1790	蒋祥墀	
	乾隆五十八年癸丑科	1793		陶庆、李本浩(两人均为钦赐翰林院检讨)
	嘉庆十年乙丑科	1805	程明橃(程守伊)、熊士鹏	
	嘉庆十三年戊辰科	1808	罗家彦	
	嘉庆十六年辛未科	1811	蒋立镛(状元)	
	嘉庆十九年甲戌科	1814	程德润	孙世泰(钦赐国子监学正)

续表

朝代	科 名	公 元	正 榜	明通榜、武科、钦赐
清	嘉庆二十四年己卯科(武进士)	1819		胡铨
	道光十三年癸巳科	1833	蒋元溥(探花)、许本墉	
	道光二十一年辛丑恩科	1841	吴之观	
	咸丰十年庚申恩科	1860	蒋启勋	
	同治四年乙丑科	1865	胡聘之	
	同治七年戊辰科	1868	胡乔年	
	同治十三年甲戌科	1874	敖名震	
	光绪十二年丙戌科	1886	蒋传燮	
	光绪十五年己丑科	1889	周树模、刘元诚、陈本棠	
	光绪二十九年癸卯科	1903	沈泽生、周杰	

本名录根据 1921 年版《湖北通志》、乾隆版《天门县志》、道光版《天门县志》以及进士题名录整理。旧志中的景陵、竟陵改为天门。同榜按进士题名录名次排序。

1921 年版《湖北通志》记载,清通榜天门进士二人:雍正五年(1727 年)胡其森、乾隆十九年(1754 年)谢兰。道光版《天门县志》记载,熊世正,雍正(应为乾隆)丁巳(1737 年)、壬戌(1742 年)、乙丑(1745 年)三取明通榜。

清代,天门武进士七人。道光版《天门县志·卷之十九·选举》记载,有赵双璧、唐时模、吴天柱、欧阳临、杨正声、胡铨六人。1921 年版《湖北通志·百二十八卷》第 29 页记载,有黄腾龙(沔阳人,天门籍。丙子探花)一人。

表中原籍天门,后随其祖、父或本人迁居外地,在新居地登科的占籍进士有:皮光业、李维桢、熊开元、汪以淳、周寅旸、胡鸣皋、沈泽生。李淑、周嘉谟世居天门,庠籍外地。

综合本表,天门文进士 100 人,其中,唐宋元三代 10 人,明代 29 人,清代 61 人。再加明通榜 3 人、武进士 7 人、钦赐进士 5 人,总数为 115 人。

天门进士著作存目

皮日休　皮子文薮、松陵唱和集

皮光业　皮氏见闻录

张　徽　沧浪集

鲁　铎　鲁文恪公集

吴文佳　白云遐思集、脉诀

李维桢　神宗显皇帝实录、大泌山房集、南北史小志、史通评释

徐成位　徐中丞集、冲漠馆集、六臣注文选（校勘）

周嘉谟　纶音屡锡全录、滇粤奏议、披沥疏稿、十五奏疏、蜀政纪略、余清阁年谱、省度质言、墨池清纪、采真园集、沧浪草

陈所学　检身录、会心集、鸿蒙馆集、鸿蒙馆续集、松石园诗集

吴文企　絮庵惭录、读书大义、耳鸣集、葫芦集

胡承诏　补续全蜀艺文志（杜应芳、胡承诏合审）

李纯元　空斋集

钟　惺　史怀（十七卷）、评选左史汉书、隐秀轩集、隐秀轩遗稿、诗归（钟惺、谭元春合编）、酒雅、楞严如是说

魏士前　陪郎集、晋阳集、紫芝集、蜀游集、北归集、戊己启编、观察魏先生选刻火攻纪要

刘必达　小山亭集、天如诗文集、皇明七山人诗集

王鸣玉　补山斋诗集、朝隐堂集、西庄合刻、环草

熊开元　鱼山疏稿、鱼山剩稿、檗庵别录、华山纪胜集、古谚集录、击筑余音、熊鱼山先生文集

龚　奭　秋水堂文集、渔圃诗集、左兵十二卷

谭元礼　黄叶轩诗集

沈　伦　秋心草、西来堂草

陈朝晖　诗经讲义、易经讲义

刘临孙　弋佣草、甜雪集、响石轩诗、石我亭诗稿、批评八大家

汪以淳　石芝堂稿

谭　篆　灌村诗集、高话园诗集、四枝馆诗集、安陆府志（康熙八年版）

欧阳鼎　韵会政事

彭上腾　述轩文集、粤西杂录

程飞云　鄂渚新诗、弄月堂集、景陵风俗论

卢　俣　石涛馆诗集

别　楣　德阳县志（康熙版）

程大夏　书种堂四部辨体一百卷、黎城县志（康熙二十一年版）

龚廷飏　虞迹图考、仕学轩文集

唐建中　周易毛诗义疏、国语国策纠正、耕织图诗一卷、梅花三十咏、牡丹百咏、长安街踏灯词一卷、吴江竞渡竹枝词一卷

曾元迈　制义专稿

龚健飏　胡辨传

谭卜世　听凉轩稿、燕来诗稿、秦岭诗集

龚学海　之官杂记、湘泛小草、龚学海诗文集八卷

邹曾辉　甄香集、松雨亭集

萧蔚源　四书习解辨

蔡　楫　学庸讲义、西爽轩文集

蒋祥墀　词林典故（奉敕修）、印心堂诗集、印心堂文集（四卷）、印心堂制义、散樗老人自纪年谱

熊士鹏　鹄山小隐诗集、鹄山小隐文集、东坡诗集、东坡文集、壮游草、天门书院杂著、耄学集、桐芭杂著、吾同山馆改课、吾同山馆试帖、荆湖知旧诗钞、竟陵诗选、竟陵诗话

罗家彦　嘉庆重修一统志（纂修）

蒋立镛　香案集、粤游草

程德润　白螺山馆诗钞（程玉樵诗稿）

蒋元溥　木天清课彤馆赋钞、漕运二十八册

蒋启勋　续纂江宁府志

胡聘之　山右石刻丛编、胡中丞奏稿

敖名震　心怡堂家书

周树模　黑龙江备忘录、沈观斋诗集、泊园居士遗怀诗（一卷）、谏垣奏稿、周中丞抚江奏稿

刘元诚　陶庵文集、金山公余摘钞二卷、金山鸿泥偶存五卷

沈泽生　府县郡制

明清天门文科举人名录

朝代	科　名	公　元	举人名录
明	洪武十七年甲子科	1384	史文琮
	洪武二十年丁卯科	1387	程昭
	建文四年壬午科	1402	胡浚
	永乐三年乙酉科	1405	何让、何庆源、雷铎
	永乐六年戊子科	1408	姜勉
	永乐九年辛卯科	1411	黄钟
	永乐十五年丁酉科	1417	何礼、邓以恭、徐显
	宣德元年丙午科	1426	李端
	宣德四年己酉科	1429	王以义
	宣德十年乙卯科	1435	蒋珪
	景泰元年庚午科	1450	廖训
	景泰四年癸酉科	1453	萧佐、张鼎
	成化十三年丁酉科	1477	王瑜
	成化十六年庚子科	1480	何玘、郭轩
	成化二十二年丙午科	1486	段谏、鲁铎
	正德八年癸酉科	1513	徐鹏、程鸿
	正德十一年丙子科	1516	鲁彭、张本洁、汪侢
	正德十四年己卯科	1519	鲁嘉
	嘉靖七年戊子科	1528	陈锭
	嘉靖十年辛卯科	1531	鲁思、谭述
	嘉靖二十二年癸卯科	1543	魏禀、戴度
	嘉靖二十五年丙午科	1546	李淑、魏寅

朝代	科　名	公　元	举人名录
明	嘉靖二十八年己酉科	1549	郑传、萧副
	嘉靖三十一年壬子科	1552	陶之肖
	嘉靖三十四年乙卯科	1555	江洲、赵嘉宾
	嘉靖三十七年戊午科	1558	王辂
	嘉靖四十年辛酉科	1561	朱高、刘世臣
	嘉靖四十三年甲子科	1564	吴文佳、谢廷敬、李维桢、周芸
	隆庆元年丁卯科	1567	周嘉谟、徐成位
	隆庆二年戊辰科	1568	周官
	万历元年癸酉科	1573	李登(解元)、熊寅、王曰然
	万历四年丙子科	1576	李维标、李维柱
	万历七年己卯科	1579	胡懋忠、陈所学、夏良弼、李维极
	万历十年壬午科	1582	蓝应斗、鄢应荐、彭万里
	万历十六年戊子科	1588	熊作霖、朱一龙、董历、高则腾、萧鸣世
	万历十九年辛卯科	1591	吴文企、鲁佶、秦光祚、陈所蕴、曾曰唯
	万历二十五年丁酉科	1597	谢廷赞、周命、夏敬承
	万历二十八年庚子科	1600	胡承诏、李纯元、熊一栋
	万历三十一年癸卯科	1603	钟惺、谢奇举、别如纶、彭健侯、萧岫
	万历三十四年丙午科	1606	江良构
	万历三十七年己酉科	1609	徐自化、石汝璧、魏士前、卢为敩
	万历四十年壬子科	1612	江有光、黄问、王鸣玉
	万历四十三年乙卯科	1615	沈应魁、刘必达、胡恒
	万历四十六年戊午科	1618	胡怀、熊开元
	天启元年辛酉科	1621	龚奭、陈盛楠、罗士淳
	天启四年甲子科	1624	谭元方、夏时仁
	天启七年丁卯科	1627	谭元春(解元)、詹在前、张三楚、彭曰炎
	崇祯三年庚午科	1630	别仲茂、毛一骏、谭元礼、吴骥、伍捷
	崇祯六年癸酉科	1633	蓝絧、李思孝、彭维钥
	崇祯九年丙子科	1636	沈伦、刘试位、胡承诺、刘必寿
	崇祯十二年己卯科	1639	程先达

朝代	科 名	公 元	举人名录
明	崇祯十五年壬午科	1642	马世盛、陈朝时、张自怡
清	顺治三年丙戌科	1646	程竑时、程一璧、卢侯、
	顺治五年戊子科	1648	萧维模、胡公寅、刘临孙、谭桓、程达时、萧贲
	顺治八年辛卯科	1651	陈朝晖、汪以淳、戴汝为、刘浑孙、邹山、叶逻、谭篆
	顺治十一年甲午科	1654	程飞云(解元)、欧阳鼎、周泽长、涂云步、陈应善、龚仲鹄
	顺治十四年丁酉科	1657	程相时、彭上腾、金岱、胡鼎生、邹嵾
	康熙二年癸卯科	1663	沈坦之、江琇生
	康熙五年丙午科	1666	郑时宜、胡公杰、徐则论、江琳生
	康熙八年己酉科	1669	程世法、别楣、龚铨、周志德、刘自宏、胡鸣皋、魏昌、陶士蒸
	康熙十一年壬子科	1672	帅士贞、周寅旸、程大夏、马翰如
	康熙十七年戊午科	1678	程鏈、陈崑、周文启
	康熙二十年辛酉科	1681	谭之蔺、程翅、周辉荸
	康熙二十三年甲子科	1684	熊源、杨之任
	康熙二十六年丁卯科	1687	魏必显
	康熙二十九年庚午科	1690	何自懋
	康熙三十二年癸酉科	1693	夏元起、陆士云、陶梓(张梓)、程世需
	康熙三十五年丙子科	1696	萧祖诒、廖琬、戴培翰、周士玙
	康熙三十八年己卯科	1699	龚廷飏、徐景祖
	康熙四十一年壬午科	1702	吴士元、危士科、谢圣宠、黄装、罗绂
	康熙四十四年乙酉科	1705	卢兆熊
	康熙四十七年戊子科	1708	彭滨、卢志熙、史琯
	康熙五十年辛卯科	1711	邹凤仪、张继咏、邱文正、萧友曹、伍方富
	康熙五十二年癸巳恩科	1713	曾元迈、唐建中、程咸临、熊奇生、马汝楫

朝代	科 名	公 元	举人名录
清	康熙五十三年甲午	1714	邹胜启、吴升
	康熙五十六年丁酉恩科	1717	龚赓飏、周瑋、高藩、周鹏滨、吴盼
	康熙五十九年庚子科	1720	吴亭、熊灼、谭一经、金宏籍、龚健飏、程子易
	雍正元年癸卯恩科	1723	周薪材、高藻、谢名扬、吴鹏起
	雍正二年甲辰科补正科	1724	毛允言、曾道亨、别琬、邵如崙、彭正光、汪如潮
	雍正四年丙午科	1726	周道尊、胡其升、谭襄世、夏用咸
	雍正七年己酉科	1729	吴音、谢咸、龚巽飏、杨荣桂
	雍正十年壬子科	1732	马梦砚、熊文趾、李用三、曾时亨、谭申世、熊嵘、谭卜世
	雍正十三年乙卯科	1735	陈大经、聂朝勋、白选、胡鸣珂、熊世正
	乾隆元年丙辰恩科	1736	龚学海、胡文蔚、聂萱
	乾隆三年戊午科	1738	刘诰、龚光海、龚大儒、程明履
	乾隆六年辛酉科	1741	陈上襄
	乾隆九年甲子科	1744	陈芝芳、周道立、刘宇春
	乾隆十七年壬申恩科	1752	伍杰、王文灿、萧中琪
	乾隆十八年癸酉科	1753	谢兰
	乾隆二十一年丙子科	1756	刘显恭、王国宾、熊元鼎、吴永升、金光铨、涂如耀
	乾隆二十四年己卯科	1759	胡必达、郭传哲、钟如绂
	乾隆二十五年庚辰恩科	1760	杨灿、董戒宁、徐乐儒
	乾隆二十七年壬午科	1762	胡惟仁、李崇德、高如峤、严大成
	乾隆三十年乙酉科	1765	李兆元、邹曾辉
	乾隆三十三年戊子科	1768	刘云华、张立诚、陈世光、谭泽溥
	乾隆三十五年庚寅恩科	1770	熊士凤、萧蔚源

朝代	科 名	公 元	举人名录
清	乾隆三十六年辛卯科	1771	蔡楫
	乾隆三十九年甲午科	1774	马以敏、倪元音、王光熊
	乾隆四十二年丁酉科	1777	萧尊德、谭泽周、谭泽青、谭薰世、萧中琳
	乾隆四十四年己亥恩科	1779	吴山、蒋其晖、邹曾光、李作朋(恩赐)
	乾隆四十五年庚子科	1780	龚联珂
	乾隆四十八年癸卯科	1783	沈联光、蒋祥墀
	乾隆五十三年戊申科	1788	王廷锦、黄先庚
	乾隆五十四年己酉科	1789	胡士连、金麟、刘梦苏
	乾隆五十七年壬子科	1792	蒋梁、萧蔚江、陶庆(恩赐)、李本浩(恩赐)
	乾隆五十九年甲寅科	1794	张祖骞
	乾隆六十年乙卯科	1795	郑书纯
	嘉庆三年戊午科	1798	程明懋、鄢梦璋、刘廷瑛、余芬、曾梦张(恩赐)
	嘉庆五年庚申恩科	1800	周鼎、马致远
	嘉庆六年辛酉科	1801	马钧光、熊士鹏
	嘉庆九年甲子科	1804	蒋立镛、周之煜、罗家彦
	嘉庆十年乙丑科	1805	萧成(钦赐)
	嘉庆十二年丁卯科	1807	蒋时淳
	嘉庆十三年戊辰恩科	1808	程鸿绪(程德润)、胡鼎元
	嘉庆十五年庚午科	1810	刘振纲、王廷钦(王廷龄)、孙世泰(恩赐)
	嘉庆十八年癸酉科	1813	马达玠、钱拐谦(钱春藻)、刘维宇(刘维寅)
	嘉庆二十一年丙子科	1816	余珏、胡正邦、刘天民
	嘉庆二十三年戊寅恩科	1818	史纪伦
	嘉庆二十四年己卯科	1819	戴芳
	道光二年壬午科	1822	蒋立鏊
	道光八年戊子科	1828	蒋德濛(蒋元溥)

续表

朝代	科　名	公　元	举人名录
清	道光二十年庚子恩科	1840	吴之观
	咸丰元年辛亥恩科	1851	蒋式松(蒋启勋)
	咸丰九年己未恩科	1859	李继章、胡乔年
	同治元年壬戌恩科	1862	曾本煜、程兆峰、张钦尧、廖炳烺
	同治三年甲子科	1864	胡聘之、敖名震
	同治六年丁卯科	1867	陈士龙(蕲洲人,天门籍)、周良源
	同治十二年癸酉科	1873	萧以清
	光绪二年丙子科	1876	王禹桂
	光绪五年己卯科	1879	龚廷镛、尹调元
	光绪八年壬午科	1882	刘元诚、陈本棠、程搏鹏、萧兆裕
	光绪十一年乙酉科	1885	贺作霖、周树模、蒋传燮(顺天榜)
	光绪十七年辛卯科	1891	徐先达
	光绪十九年癸巳恩科	1893	周杰、胡辅之
	光绪二十年甲午科	1894	石际烜
	光绪二十三年丁酉科	1897	程必藩、张子南、方士镣、程劭春
	光绪二十八年壬寅恩科	1902	胡子明(顺天榜)

本名录根据道光版《天门县志》和 1921 年版《湖北通志》整理。旧志中的景陵、竟陵改为天门。道光及以后的名录据《湖北通志》整理。

人名后括号内的名字为改名。

天门建制沿革表

　　天门,古竟陵地(陵至此竟也),名最久(廖鸣吾《楚纪》:黄帝得风后于竟陵),周末始见史传(《史记》:赧王三十七年,秦使白起攻楚拔郢,烧夷陵,遂东至竟陵)。幅员殊广,盖并数同(今之钟祥、京山、沔阳、汉川、应城,皆其境地)。秦置县,后分置殊区,称名互异。故沿革不详,征事多舛。是用先表其名,庶以考实。(本文及下表录自清乾隆乙酉〈1765年〉初版《天门县志·卷之一》第1页)

世	总部	郡府州	县(藩国)
皇古			风国(治竟陵)
唐虞	荆州		
夏商	荆州		
西周	荆州		郧国(治竟陵)
东周	楚地		竟陵
秦	南郡		竟陵县
汉	荆州	江夏郡 (分南郡东北部置)	竟陵县
晋	荆州	江夏郡 (移治安陆县)	竟陵县
东晋		竟陵郡 (分江夏西部置,治石城)	竟陵县 (又分县东部地置南新市县,交今应城、京山境。分县东南部置霄城县,交今汉川、沔阳境。分县东北部置云杜县,交今京山境)

世		总部	郡府州	县(藩国)
南北朝	宋		竟陵郡	竟陵县
	齐		竟陵郡	竟陵县
	梁		竟陵郡	竟陵县
			沔阳郡 (分县南部地置,时又置建安郡,领霄城县)	竟陵县
	西魏		沔阳郡	霄城县 (并霄城县入竟陵,县治遂易名曰霄城)
	后周		复州 (治建兴、废沔阳郡)	竟陵县 (因改竟陵郡曰石城郡兼置郢州)
隋	文帝		复州 (治竟陵,寻还州治)	竟陵县
	炀帝 大业元年		沔阳郡 (废复州)	竟陵县
唐		山东南道	复州 (治竟陵,废沔阳郡)	竟陵县
	明皇 天宝二年		竟陵郡 (州治)	
	肃宗 乾元元年		复州 (治竟陵)	
	肃宗 宝应元年		竟陵郡 (治竟陵)	
五代	梁		竟陵郡	竟陵县
	后唐		竟陵郡	
	晋		景陵郡	景陵县
	汉		复州	
	周		复州	

世		总部	郡府州	县(藩国)
宋	神宗熙宁六年	荆湖北路	安州 (今德安府,废复州)	景陵县
	哲宗元祐元年		复州 (治景陵)	
	理宗端平三年		复州 (移西汤镇,今沔阳州治)	
元	世祖至元十二年	荆湖北道宣慰司	复州 复州路 沔阳府	景陵县
明	洪武三年	湖广布政使司荆西道	沔阳府 属河南	景陵卫
	洪武九年		沔阳州 (改降为州)	景陵县
	嘉靖十年		承天府 (安陆州升)	景陵县
	天启元年		承天府	景陵县(直隶郡)
清	顺治	湖广布政使司荆南道	安陆府	景陵县
	康熙			
	雍正三年	湖广布政使司安襄郧道		
	雍正四年			天门县

清代文职和命妇封赠品级表

品　级	阶　称	命妇封号
正一品	光禄大夫	一品夫人
从一品	荣禄大夫	
正二品	资政大夫	夫人
从二品	通奉大夫	
正三品	通议大夫	淑人
从三品	中议大夫	
正四品	中宪大夫	恭人
从四品	朝议大夫	
正五品	奉政大夫	宜人
从五品	奉直大夫	
正六品	承德郎	安人
从六品	儒林郎（吏员出身者宣德郎）	
正七品	文林郎（吏员出身者宣义郎）	孺人
从七品	征仕郎	
正八品	修职郎	八品孺人
从八品	修职佐郎	
正九品	登仕郎	九品孺人
从九品	登仕佐郎	

本表引自马镛著、2013 年版《清代乡会试同年齿录研究》。

仰望天门进士的背影

李国仿

"禹门三级浪,平地一声雷。"这是报喜人给新科状元、榜眼、探花门前张贴的对联。对联暗喻经过乡试、会试、殿试三级考试,进士们才一跃龙门、一鸣天下。

科举制度是我国历史上各种制度中,历时最久、变化最小、影响最大的一种。从隋大业元年(605 年)到清光绪三十一年(1905 年),1300 年,通过分科取士,录取各类进士 12 万人。天门进士姓名可考者 115 人,其中文进士 100 人,明通榜 3 人,武进士 7 人,钦赐进士 5人。进士中,状元 1 人,探花 1 人,武探花 1 人,会元 2 人。在江汉平原腹地,天门进士以人数之众、巍科之显,政坛影响之大、文坛声望之高,成就了家乡文化高地、状元之乡的美誉。

应举登科的精英

天门于秦称竟陵,五代晋改名景陵,清雍正四年(1726 年)改名天门。数百年为竟陵郡郡治、复州州治。1987 年撤县建市,1994 年由省直管。虽行政区划屡经调整,地名几度变更,但在进士富集的明清时期,进士富集的核心区域却变化不大。爬梳天门进士名录和传略,就会发现:

天门进士大多出现在明清。龚延明主编的《宋代登科总录》,浩浩汤汤,14 卷,800 万字,天门进士寥若晨星。从全国看,唐代进士总量极小;宋代虽多,但非江即浙、非闽即赣。明清两朝,犹如井喷。而这一时期,天门进士如雨后春笋。这就引出另一话题,天门移民进人,明代是高峰期,大概是以县城、小板、干驿为一条线,往东南推进的。元以前,大约天门河以南、天岳线以东,是大片湖沼。人烟稀少,何谈进士？以清代为例,据沈登苗《清代全国县级进士的分布》,天门进士人数为51。较之于周边县份,天门则是一片科举高地:荆门10人、钟祥35人、京山13人、潜江20人、沔阳37人、汉川22人、应城16人。在全省范围内,除省会府治武昌、江夏、汉阳、黄冈,天门进士人数仅低于孝感77人、黄陂67人、蕲水55人,比襄阳、郧阳、宜昌、施南四府和荆门直隶州这一大片区域的总和还要多[1]。

巍科之显荆楚少见。蒋立镛、蒋元溥父子中状元、探花,鲁铎、刘必达获会元,黄腾龙获武探花,加上李登、程飞云以及谭元春获解元等等,可以见得,天门进士举人拔得头筹,成为一时一地乃至一国众望。

地域相对集中。县城是首善之区,也是进士密集之地。张渊道、张从道、徐成位、李登、李纯元、程飞云、程大夏、龚廷飓、曾元迈、龚健飓、龚学海、曾道亨、邵如崙、程德润、许本埠、吴之观、胡聘之、胡乔年、敖名震、周杰都是城关或城郊人。干驿古时是驿站,又是巡检署所在地,商贾云集,人文荟萃。鲁铎、周嘉谟、陈所学、魏士前、周寅旸、陈大经、邹曾辉、李兆元、周树模以及华严湖北边的蒋家五代进士,都生活在这一地区。这里有"一巷两尚书、五里三状元"之说。皂市鸡鸣四县、商贾云集。李淑、李维桢、李维标、钟惺、蔡楫、杨正声、刘元诚都是皂市人。

家族进士频现。父子进士、兄弟进士、叔侄进士逾20人。最为稀见的是蒋祥墀、蒋立镛、蒋元溥、蒋启勋、蒋传燮,五代进士,两登鼎甲,成为清代名扬荆楚的"甲科世家"。"三代承风,方称世家",蒋家自然是个奇迹。父族、母族的文化造诣往往与进士的成功正相关。父族的例子几乎覆盖所有的进士家族。天门谭氏、程氏和胡氏是章学诚关注的三个望族。谭元礼、谭篆、谭卜世均为一门。从程飞云到程大夏,到程德润,绵延七代。胡承诏胞弟胡承诰第五代孙胡鸣珂、第九代孙胡乔年,胞弟胡承诺第四代孙胡必达,他们与胡鼎生、胡鸣皋、胡聘之都属天门"城内城外胡氏"。古人讲究门当户对,婚姻的"政治半径"往往决定门风。蒋立镛的母亲出自汉川林氏,夫人出自京山易氏,都是具有科举基因的名门。

部分进士籍贯不一。皮日休本为天门人。唐代李吉甫撰、四库全书本《元和郡县志·卷二十三·山南道》第2页记载:山南道"管襄州、邓州、复州、郢州、唐州、随州、均州、房州。管县三十八","复州管竟陵、沔阳、监利三县。"山南道首府为襄阳,地方最高军事机构大都督府在襄阳,所以皮日休在《皮子世录》中自称"襄阳之竟陵人"[2]。明代钟惺《将访茗雪许中秘迎于金阊导往先过其甫里所往有皮陆遗迹》称:"鸿渐生竟陵,茶隐老茗雪。袭美亦竟陵,甫里有遗辙。"清代熊士鹏编《竟陵诗选》,吴履谦编《竟陵文选》,均称皮日休为天门人。天门石家河有蒋皮巷,横林有皮家河,彭市有皮日休家族后裔聚族而居的皮家台。李淑、李维桢、李维标父子,史书多称京山籍。李淑墓志铭记载,李淑家居皂市五华山旁。李维桢在《乳母高媪墓志铭》中自称10岁随祖父自皂市迁居京山。周嘉谟求学汉川,于是入籍汉川,但居家服丧、养病、养老,均在天门干驿。乾隆版《天门县志》记载,周嘉谟"学籍汉川,世居天门"。周嘉谟自撰年谱及旧版家谱明明白白地记载为天门人。熊开元也是随母入籍嘉鱼。周士玙、周璋兄弟,进士题名录记载兄为沔阳、弟为天门,而民国版《魏氏宗谱》收录的周士玙公文称"安陆府景陵县进士周士玙"。康熙十八年(1679年)版《安福县志·卷之二·选举志·进士》载入江西安福籍的天门进士有:谢廷敬(员外)、周嘉谟(吏部尚书,湖广中)、胡懋忠(知县)、蓝綳(湖广中)、谭篆(湖广中)、欧阳鼎(湖广中)。毛晓阳在《清代江西进士丛考》中订补的江西乡贯外省户籍的清代进士名单中,就有萧维模、谭篆、欧阳鼎、彭上腾、周士玙、唐建中、周璋 7 名天门进士[3]。原来，明代籍贯有户籍与乡贯之分，清初"凡民之著籍，其别有四：曰民籍；曰军籍，亦称卫籍；曰商籍；曰灶籍"[4]。而最关键的是人口流动、社会变迁。古人通常以三代来确定迁徙人物的籍贯，这就导致部分进士籍贯交叉。毛晓阳在《清代江西进士丛考》中，称唐建中为湖广景陵籍金溪县人[5]，这是高明之举。天门户籍外地乡贯、天门乡贯外地户籍、天门出生迁居外地，均应纳入天门。统计时虚浮溢出，概因如此。

魏士前为《观察魏先生选刻火攻纪要》作序署名之后还要钤以"庚戌进士"；蒋祥墀也每每在书法作品署名后钤以"庚戌翰林"，可见古人对进士、翰林之类名器的珍重。经童试成为秀才，经乡试成为举人，经会试成为贡士，经殿试成为进士。读书人经过科举的马拉松，跑到功名的尽头。会试一般每三年一次，每次应考六千，中试三百，历经如此"抡才大典"，进士自然就是精英中的精英了。

经邦纬国的名宦

进士身份是跻身国家行政机构的通行证。余秋雨在《十万进士》一文中写道，"中国居然有那么长时间以文化素养来决定官吏，今天想来都不无温暖"；"科举制度的最大优点是从根本上打破了豪门世族对政治权力的垄断"，使这片国土上的人才，都有可能参与国家行政机构的日常运转[6]。

不少天门进士经过郡县岗位的历练，留下了良好的政声。"县为国之基，民乃邦之本。"郡县治，天下安。自秦设立郡县，中国的基层组织管理都得依靠县治。曲江张九龄在《上封事》中说："今六合之间，元元之众，莫不悬命于县令，宅生于刺史。"天门程飞云说："利济苍生，莫便于令。"天门沈泽生说："两汉以来，循吏彪炳，大半出自郡县。"周芸、徐成位未到而立之年即任知县,便初露锋芒。右佥都御史兼领九边屯务庞尚鹏访得,分别以百字骈语上奏荐扬。龚蒇任淮安路桃源知县,爱民如子,桃源人为怀念他而破天荒地建生祠。谭元礼任浙江德清知县,重商苏商,抚琴而治,政绩考评,排名第一。程大夏任山西黎城知县,勤于官治,"后闻其卒,设位祭之,从祀名宦祠"。陈大经任江西分宜知县,断案如神。邹曾辉任云南大姚县知县,被誉为"三十年来名进士,四千里外好郎官"。刘元诚花甲之年成进士,"一行作吏,无日不与民相亲",主政金山八年,居然成了三品知县。胡承诏从四川夹江、内江知县起家,壹意爱民,平盐课,议马价,晋升四川按察副使,守蜀城,"亲冒矢石,绱士取胜"。陈所学任徽州知府,深得李贽推许,被引为"亲炙胜我师友":"用世事精谨不可当,功业日见烜赫,出世事亦留心。倘得胜友时时夹持,进未可量[7]。"吴文企先后任宁波、湖州知府,升宁夏兵粮道兼学政,智降夷酋,登抚夷台,"酋皆罗拜呼万岁去"。最为后人津津乐道的是,鲁铎、李维桢、周嘉谟、陈所学,就日瞻云,周嘉谟甚至成为顾命大臣;徐成位、程德润、胡聘之、周树模成为一方诸侯。无怪乎"宰相必起于州部,猛将必发于卒伍"。

不少天门进士竭忠尽智,深谋远虑,正色立朝,成仁取义,在封建王朝的政治舞台上扮演了重要的角色。周嘉谟与张居正有师生之分,与魏忠贤有忠奸之别,以顾命大臣的身份竭力支撑晚明大局,且能急流勇退、保全自身,表现出坚定的政治立场和非凡的政治智慧。陈所学为救杨涟,舍身上疏,并直面指斥魏忠贤,使魏哑口无言。就连远在四川担任左布政使的胡承诏,也顶住与阉党同流的四川巡抚的压力,拒绝为魏忠贤立生祠,最终,"天下皆祠,独蜀无祠[8]"。魏士前、王鸣玉决不附丽于阉党,以直节著称。

不少天门进士在朝为官,以过人的思想力和行动力而名垂青史。吴文佳上《条陈六事疏》,时任吏部尚书高拱上疏时分条引用,逐一分析,随后将萌生于吴疏的"事后追究",确立为官员监察的一种制度。

罗家彦忧国忧民,上疏《筹画旗民生计拟定章程》,建议旗人汉人学习纺织。倘使嘉庆皇帝开明一点,察纳雅言,恐怕日后就没有"八旗子弟"一词。胡聘之、周树模是在中国近代史上留下浓墨重彩的人物。胡聘之主政山西,胸怀天下,推行洋务,修建铁路,革新学堂,是与于谦、张之洞比肩的山西名抚,堪称中国改革开放的先驱。从明代李淑、李维桢、陈所学、魏士前到清代欧阳鼎、程大夏、龚廷飏、胡聘之,他们都是天门进士,宦于山西,且有建树,应了一句古话"楚才晋用"。周树模主政黑龙江,担任中俄勘界大臣,往复磋商,使俄政府始认将满洲里全城仍归中国管领。清帝授文职、武阶最高衔——一品光禄大夫、建威将军,文治武功,登峰造极。徐成位任登莱兵备道,有勇有谋,取得斧山抗倭之捷;周嘉谟"备兵泸州,单骑定建武兵变";吴文企"在宁夏,修敌楼,易战马";魏士前"补冀宁道,平渠贼神一魁";龚学海熟悉湖南、贵州的苗情,擅长处理苗族聚居地的动乱,他们都是天门进士能文能武的杰出代表。

清廉守正的循吏

天门进士大多留下了清廉的美名。鲁铎出使越南,坚拒馈赠。大学士李东阳生日,鲁铎相约以手巾为老师贺寿,而鲁家竟然没有,只好贺以半条干鱼。鲁铎的《谕俗歌》劝人疏财向善,与《红楼梦》中的《好了歌》异曲同工,却又比后者早了两百余年。道光帝第七子、咸丰帝异母弟醇亲王奕𫍽去世前将鲁铎的《谕俗歌》作为传家格言留给子孙。周嘉谟任广东韶州知府,"各县一疏不入府,本府一人不下县"。李登任大理评事,才两年,就卒于任,"未尝拓一椽舍,增一田圃"。吴文企官吴越时,家仆从官署后园割草攀枝为柴。老百姓私下议论:"吴知府不吃大肉大鱼,还可以理解。没有柴,怎么烧火做饭?

世上固然有清官,难道他能使锅自己热起来不成?"魏士前离任寿颍兵备道,将620亩田产捐赠给寿州循理书院。龚奭任淮安路桃源知县,"在任四载,囹圄一空。治装之日,萧然出桃,敝簏而已"。程飞云任获鹿知县,"萧然一署,自图书外绝无所累,盖官舍浑如僧舍冷也"。蒋立镛所作《六事廉为本》,虽是科举试帖诗,却堪称为官座右铭。蒋启勋"操守廉洁,颇有风骨",深得曾国藩的赏识[9]。

天门进士有为官守正、出污不染的,也有看破红尘、超世绝俗的。钟惺精研佛经,青灯残卷,终了人生。熊开元、熊寅托迹寺观。唐建中、刘显恭成进士,选庶常,忽弃官,或游历山水,或告归天门。他们从功名的制高点退缩于自我内心的修持,淡泊自甘。

邵如嵞任临淄知县,捐俸赈饥,集粟数千石,全活甚众。邵至临淄次年,枯泉漫溢,谚云:"温泉开,清官来。"不久罢官,竟然贫不能归,以授徒谋生。李兆元上任,拒绝走访金厂。以水土不宜卒于官,竟然无钱归葬。龚学海政绩卓著,在贵州巡抚李湖的眼中是一位"熟练强干大员",却也落得无力赔银子的结局。这一切折射出部分天门进士身后的赤贫与凄凉。

张继咏、邵如嵞是天门进士从人上人沦为阶下囚的特例。虽然在天门旧志中,他们是优秀的县官,但解密后的清代臣工奏折却告诉我们,在基建工程、粮食采购两起大案中,他们是"犯官"。冤案也好,铁案也罢,十年寒窗,付诸东流,令人扼腕、深思。

亦仕亦学的宗师

四书五经往往是敲门砖,登科及第必然是垫脚石。天门进士多数志在仕进,而非文名。但考察天门进士著作目录,研读遗文传略,不难发现,不少天门进士笔参造化、学究天人,正如程飞云在《景陵风俗论》中说的"文章之灵,生于山水;政事之才,生于文章"。天门进士部分著作目录涵盖经学、史学、文学、医学、佛学,从中可以窥见其兴趣取向和成果所在。李维桢有文集《南北史小志》《史通评释》,徐成位重校《六臣注文选》,吴文企撰《读书大义》,钟惺有《诗经图史合考》《毛诗解》《五经纂注》《楞严如是说》,刘必达编《皇明七山人诗集》,陈朝晖著《诗经讲义》,龚廷飓有《虞迹图考》,萧蔚源有《四书习解辨》,蔡楫有《学庸讲义》,蒋祥墀奉敕修《词林典故》。考察天门进士单篇著述,不难发现,许多进士不经意间便留下传世杰作。文论名篇如钟惺的《诗归序》,标志着竟陵体的开宗立派。地域大赋如胡聘之的《山右石刻丛编序》,直逼驻藏大臣和宁的《西藏赋》。读书窍要如周树模的《示从弟泽生书》,颇似钟嵘的《诗品序》,又像颜之推的《颜氏家训·勉学》。考察天门进士从教、出洋的经历,发现鲁铎、蒋祥墀、罗家彦三人都担任过国子监祭酒,蒋祥墀、熊士鹏、周树模主讲书院数年,是名副其实的儒林领袖;周树模随五大臣出国考察宪政,沈泽生、周杰留学东洋,既有古代士人的底色,又有现代知识分子的见识,算是晚清睁眼看世界的读书人。

天门进士自然是应举的八股文高手,也有不少诗歌、散文大家,也有不少中国文学史和湖北文学史不得忽略的名家。皮日休与陆龟蒙齐名,世称"皮陆"。鲁迅在《小品文的危机》中称皮陆小品为唐末"一塌糊涂的泥塘里的光彩和锋芒"。明诗虽远不及唐宋,但流派林立,名家辈出;文艺思潮,风起云涌。鲁铎师承李东阳,跻身茶陵派。山水田园诗文清新可爱,"不雕琢而自工,不模拟而自古[10]",给台阁体之后的文坛带来了新气象。李维桢提倡"缘机触变,各适其宜[11]",诗文弘肆有才气,是后七子后期的一位代表人物。钟惺与谭元春是中国文学史上开宗立派仅有的天门人,所创竟陵派"实际上是明末最重要的诗文流派之一[12]"。竟陵派的出现,既是晚明文学主潮的一个延续与深入,也是对这一主潮的一种"反动"[13]。钟惺既不满后七子末流偏狭、肤熟地拟古复古,也不同于公安派遗绪主心、俚俗地独抒性灵。他与谭元春一道,选编《诗归》,以文学批评和创作实践,倡导"幽深孤峭"的文学趣味。他们的理论主张得到文坛的积极响应[14],所编《诗归》被奉为金科玉律,"承学之士,家置一编,奉之如尼丘之删定[15]"。他们的创作也被视为典范之作,"海内称诗者靡然从之,谓之钟谭体"。虽如流星在晚明浪漫文学的天空旋兴旋衰,却也光耀三十余年。有清一代,天门进士的诗歌创作难有鲁铎的生气和钟惺的灵气,但仍然延续了竟陵的文脉。周树模身处陵谷之变,雍容应对,纪游咏物,殊有真气,以一卷诗史而被誉为继张之洞之后的"达官能诗者[16]"。

天门进士中,屡见儒而知医者。陈所学、龚健飏、蒋启勋不以医术为方技、小道,为弘扬医道、传播医学,欣然为医学专著作序。吴文佳官至福建右布政使,晚年居家研究医道,著《脉诀》若干卷;周杰官翰林,后主持湖北省中医馆,正所谓"不为良相便为良医"。

天门进士中,不乏诗画兼善者、以名联名世者。钱钟书在《谈艺录》中说:"伯敬(钟惺)之诗,去程李(程嘉燧、李流芳)远甚,而以其诗境诗心成画,品乃高出二子。"[17]蒋祥墀绘《童子钓游图》,林则徐有诗相题。熊士鹏、蒋立镛、罗家彦等也绘有丹青。龚廷飏、龚学海、蒋祥墀、程德润以名联嵌入名胜而共不朽。

"仕而优则学,学而优则仕。"子夏的意思是,学与仕互为前提互为目的,做官如果有余力的话就应该去读点书,读书如果有余力的话就应该出仕。天门进士诗文,既有学者的根底,又有仕宦的器局。推原厥本,天门进士是子夏思想的践行者,理当为亦仕亦学的宗师、仕不废学的典范。

报本反始的乡贤

　　进士们生于斯,长于斯,学于斯,对天门有着浓烈的乡土情怀。他们的字号离不开天门。李淑号五华山人,陈所学号松石居士,熊士鹏自称横林子。他们的归宿选择在天门。鲁铎的己有园、谢廷敬的枕流园、吴文企的香稻园、徐成位的冲漠馆、胡承诏的快阁、李纯元的瀼东园、刘必达的小山亭、王鸣玉的西庄、龚奭的渔圃、胡聘之的胡家花园,都在县城。李维桢、李维标兄弟的朗吟阁,钟惺的隐秀轩,都在皂市。周嘉谟的采真园、陈所学的松石园在干驿。他们的文章言必称天门。程飞云《景陵风俗论》就是一篇古代的天门赋。蒋祥墀《天门会馆落成记》罗列天门的精英,如数家珍。周树模《鲁文恪公集序》中自豪地称天门干驿"地气清淑,代产巨人"。周树模《上胡蕲老书》心系天门:"家乡频年水灾,今岁大风雹害尤甚。庐舍荡坏,邑里萧条;流亡者众,蒿目棘心。未识天意竟如何也!"

　　天门进士是地方事务的参与者和推动者。鲁铎初任北京国子监祭酒,得知家乡"大水荡民田庐,死亡过半",便"力请大臣往赈。于是敕都御史吴廷举以往,多所存活"。泗港与小泽口、大泽口的开塞之争,是明清时期两湖平原众多的水利纷争中的三个纷争事件之一。泗港纷争是使汉江两岸官民你死我活的斗争,也是争取赋税政策你死我活的斗争。站在斗争第一线的是两岸的群众,支撑群众的是郡县的官员,决定开塞的是朝廷的重臣。徐成位、周嘉谟、陈所学、龚廷飏、许本塘诸进士,无疑是天门一方的意见领袖和坚强后盾。周嘉谟任吏部尚书,为天门南粮改折奔走呼吁。现存残碑《南粮永折碑记》,碑文联署者"合邑缙绅"就有周嘉谟、陈所学、吴文企、胡承诏、李纯元、钟惺、魏士前、刘必达、龚奭等数十人。谭篆居家,参与地方志修纂。蒋立镛主考云南,途经家乡,上奏赶修江汉堤工、检举时任天门知县。程德润任御史时上奏:"下游州县连年被灾,而天门尤当其冲。"道光帝俞允修筑汉江王家营堤工。许本塘回乡守丧,遭遇动乱,便"带勇克复城池",皇上赏戴花翎。周树模回乡守丧,受湖广总督张之洞之托,主持汉江唐心口水利工程,并多次接受张关于地方事务的咨询。魏士前、刘必达、程一璧、程飞云、熊士鹏诸进士,为民请命,分别上书地方官员,或剿匪,或弭盗,或除弊,或疏渠,无一不事关家乡。至于周芸修鸿渐祠,徐成位修县城东西二堤,周嘉谟修干驿马骨泛渠,刘延禧修学宫,谭泽溥修钟谭合祠,蒋祥墀倡修北京天门会馆,这样的义举举不胜举。家乡人民引以为荣,报请朝廷批准,将部分天门进士作为典范人物入乡贤祠供祀。道光版《天门县志·卷之十一》记载的进士乡贤有:张迪、张徽、张彻、胡浚、鲁铎、吴文佳、谢廷敬、周嘉谟、徐成位、熊寅、陈所学、吴文企、胡承诏、李纯元、钟惺、刘必达、刘临孙、程飞云。

　　丁忧回籍,告老还乡,乡贤推举,这样的制度安排,使在朝为官与在乡为绅转换自如,使人才输出与人才回归良性循环。从一介书生到一代鸿儒,从一介布衣到一代名宦,从一介乡民到一代乡贤,天门进士画了一个又一个螺旋式上升的美丽的圆。

　　昔人已乘黄鹤去,此地空余翰墨香。了解天门进士,了解天门历史,了解天门文化,不能绕开原作。原作才有原味,舍弃原作,只读解读、戏说一类的衍生物,如同买椟还珠。2017年11月,北京大学钱理群教授对谈洪子诚教授时说:"我始终想不通,大家不读《论语》,《论语》几乎很短的篇幅而且并不深,偏要去读于丹的东西,不可理解不可思议。老老实实读《论语》,我是赞成的,而且是鼓励的[18]。"天门进士传世原作只是冰山一角,片言只字,犹如吉光片羽。黄泥下、荒草间、故纸堆,进士们的作品与泥草相偎、与书蠹共生,亟待后人去发现、去整理。当年,罗家彦敬仰周嘉谟,"欲衷集遗文疏稿,都为一集,以存先生之绪余,而卒不可得"。周树模"闻司徒有遗集钞本藏族之长老家","乐从事校雠之役",以使陈所学文集"广其传",而陈家并无响应。周嘉谟、陈所学文集失传,终成千古憾事。东隅已逝,桑榆未晚。尽管无从还原进士们的风采,但只要有罗家彦、周树模之心,或能补实际于万一。当下,我只能以让进士们见笑的《天门进士诗文》,权当家乡后辈向进士群像的望空祭拜。

天门进士的背影渐行渐远,而天门进士的诗文却像老酒一样愈陈愈醇。

引文说明

[1]陈文新,江俊伟.科举文化与明清知识体系.武汉:武汉大学出版社,2019.第283页.

[2]涉及天门进士事迹的引文均见本书进士碑传资料或进士诗文.

[3]毛晓阳.清代江西进士丛考.南昌:江西高校出版社,2014.第177、178、192、195、197、198、207页.

[4]清史稿·卷一百二十·志·九十五·食货志一.

[5]毛晓阳.清代江西进士丛考.南昌:江西高校出版社,2014.第207页.

[6]余秋雨.山居笔记·十万进士.上海:文汇出版社,2002.第211页.

[7]李贽.续焚书·卷一·书汇·复陶石篑.北京:中华书局,1961.第7页.

[8]胡承诺.绎志·卷十九·自叙.续修四库全书·945·子部·儒家类

[9]曾国藩.曾国藩全集·日记.长沙:岳麓书社,2011.第514页.

[10]鲁铎.鲁文恪公文集·李濂序.明隆庆元年方梁刻本.

[11]李维桢.唐诗纪序.

[12]廖可斌.明代文学思潮史.北京:人民文学出版社,2016.第446页.

[13]黄卓越.明中后期文学思想研究.北京:北京大学出版社,2005.第255页.

[14]"他们的理论主张""他们的创作"两句,王齐洲,王泽龙.湖北文学史.武汉:华中理工大学出版社,1995.第327页.

[15]"承学之士""海内称诗者靡然从之"两句,钱谦益.列朝诗集·丁集·钟

提学惺.

［16］"达官能诗者,广雅而外,当推泊园老人。"广雅指张之洞,泊园老人指周树模。汪国垣,王培军笺证.光宣诗坛点将录笺证.北京:中华书局,2008.第181页.

［17］钱钟书.谈艺录.北京:中华书局,1984.第106页.

［18］钱理群对谈洪子诚:重申"精致的利己主义者"概念.凤凰网文化2017.11.30.

访 谈 录

李国仿

问：什么时候产生要出这部书的念头？初衷是什么？

答：感谢记者朋友和读者朋友对拙著的关注。

2014年初，《李逢亨史料辑录》问世，这是我整理乡邦文献的第一次尝试。春节后，受老领导之托，注译与天门有关的古代文献，这才开始关注"天门进士"这一鲜为人知的群体。人们都知道天门是状元之乡，却不一定知道天门进士的大体情况。都知道进士笔参造化、学究天人，却不一定读过天门进士的几篇诗文。都知道文物应该保护，却不一定知道身边的文物正在逐渐湮灭。于是萌生了编辑进士文集的念头。2016年初，《天门进士文辑》很快就问世了，但很快我就发现"早产"了。为修订和扩充这本拙著，我继续搜集进士诗文，以"舍我其谁"的使命感和"时不我待"的紧迫感踏上了新的马拉松征程。

校注《天门进士诗文》，我的初衷是搜集进士文献、抢救历史文物、梳理历史文脉、传播状元文化，给前贤一个"聚会"的舞台，给后人一个研究的平台，让他们与今人来一次穿越时空的"约会"。

问：现在大功告成，结果与初衷是相距甚远，还是远远超出当初的设想？

答：成书并不等于成功。天门进士诗文是一座富矿，无人探明储量。进士诗文博大精深，我辈只能管窥蠡测。因此，天门进士诗文的深度整理，"永远在路上"。只有起点，没有终点。

就文本而言，"只有更好，没有最好"。点校、注释还有许多俯拾即是的疑问和错误，甚至是硬伤。比如原文抄错、词句断破、词语注错等等。极端的例子有，点校蔡复一《中庵徐公（徐成位）墓志铭》时，我照搬别人的标点，竟然没有发现铭文中交叉相协的韵脚，把墓志铭的华彩乐段点得稀乱,真是有愧于先贤,有负于读者。

　　问:请谈谈这部书的撰写过程。花了多长时间,为什么花了这么久的时间?

　　答:从《天门进士文辑》编纂起步到《天门进士诗文》成书,接近四年。时间分解到各个环节,我还是觉得时间紧、压力大。发现线索、查找原文、誊录校勘、标点分段、题解注释、编排校对、联系出版,哪一样都要耗费大量时间。其间还要阅读古籍整理学、文献学、训诂学、科举史、八股研究、官职沿革、地方志之类,以武装头脑;翻翻《儒林外史》,以丰富感性认识。

　　我以为,初涉古籍整理,务必原文求真、注解求准。

　　查找文献,需要上山下乡、北上南下。焦知云先生《荆门碑刻拓片选集》收录陈所学的一通碑记拓片,我按图索骥,独自到钟祥市东桥镇马岭村,在山坡上找到兀立的古碑,掌握了第一手材料。陈所学《云中城西十五里观音古刹碑记》原碑残损,巧在一次书博会上我发现《三晋石刻大全·大同市南郊区卷》收录了该碑清晰的拓片照片,如获至宝,因为此前见到的三种点校版都有很多错漏,就连拓片照片右边的释文也错了一字。国家方志馆收藏的康熙七年版《景陵县志》中,沈伦的《夜泛东湖》"荷力支持香不了,波声收拾梦将同"中的"力"笔画残缺,难以辨识。我到天津图书馆找到同版县志,才得以辨识。1988年版《天门县志》收录熊士鹏的《文学泉阁记》,我到国家图书馆,找到道光刻本《天门书院杂著》,一比对,发现上十处不一致,后人改坏了。胡聘之为《胡氏宗谱》作过序,我从天门净潭追溯至汉川二河,最后在仙桃城区见到了载录胡序的光绪版胡向湾《胡氏宗谱》。蒋立镛上奏检举时任天门知县吕恂,附以乡间"吃抚恤,吃钱粮,两张大口;欺皇上,欺百姓,整日勾心"之谣。但《清实录·道光朝实录》记载,道光皇帝派人查实,吕恂捐俸赈饥,与所奏判若两人。这则史料值得今天传播和轻信负面微信段子的人深思。还有,蒋祥墀是龚自珍的老师,蒋立镛是林则徐的同年,蒋启勋受曾国藩举荐,蒋家与林家有诗文互动。当然查找这些史料也是要花精力的。蒋祥墀撰写的李逢亨神道碑碑文,因原碑严重风化而留下大量空白,安康人编的碑版文集又没有收录。2017年6月,我再次赴陕西安康,在文庙瞻仰了碑阴紧贴围墙的李逢亨神道碑。又到市博物馆询问,馆长告诉我,这块碑太大,没有人拓,计划下半年拓,但要动用吊车。此后我仍然没见拓片,始终耿耿于怀。有一次,我在一位宗亲的陪同下访碑,居然发现一墓主与我的名字相同,真是无巧不有。

题解注释需要翻箱倒柜、反复探求。蒋立镛有《梅花书屋》一诗,不作题解的话,读者以为梅花书屋是蒋立镛的书屋。邹荻帆先生给《竟陵历代诗选》作序时也称"无疑地这是这位状元郎的书屋"。其实这首诗是题画诗,梅花书屋的主人是罗田潘焕龙。胡聘之的会试答卷《不违农时,谷不可胜食也》中有"作讹成易"一词,工具书资源库又没有收录,在《百度》中"寻他千百度",也没有。后来忽然发现是"东作、南讹、西成、朔易"四者的缩略,泛言四季农事。徐成位《燃灯寺》中的"翻经解六虫",陈所学《儒医痰火颛门序》中的"断不至愈为剧而生为死",陈所学《寿徐中庵先生(徐成位)七十序》中的"登金格",胡承诏《送真公请藏序》中的"请藏",钟惺《白云先生传》中的"时或一周旋之,又时或一折旋之",魏士前《中清堂野愤篇序》中的"宰兔、金白",谭篆《舟中遇沈友圣(沈麟)》中的"不炷济南香",程德润会试答卷中的"观其通于三十年",周树模《示从弟泽生书》中的"存乎其人之自至",这些词语,翻烂词典也茫然,还得求证于文献、问字于高人。由此反推,必然会有"此题无解"的缺憾。周嘉谟《曲江县儒学记》中的几个冷僻字词,陈所学《四六积玉序》中的"章华甫者",吴文企《秋兴八首(巡关西作)》中的"说药殷勤谢虏王",李纯元《李公义台先生(李倍)墓志铭》中的"摽阿六之榜",周树模《示从弟泽生书》中的"石湖著采大檽"等等,在行家的眼里是常识,在我如同天书,不知踏遍书山能否"问天"。

本书孕育的过程,是我坐冷板凳的过程,也是吃千家饭的过程。几年来,我到过国家图书馆、中国第一历史档案馆以及十几家省级图书馆。指点帮助过我的领导、专家和朋友很多。焦知云先生赠送天门古碑拓片,寄来王鸣玉摩崖石刻整理稿,替我辨识蒋祥墀诗抄中的疑难文字。许多朋友陪我走村串户,访察旧谱古碑。深圳探鱼餐饮管理有限公司的亲友,托人为我搜集到藏于中国台湾的孤本明版文献——周嘉谟的《南中奏牍叙》和徐成位的墓志铭。

可以问心无愧的是,几年来,我没有找单位报销一分钱的旅差费,没有报销一分钱的打印费。

问:"书到用时方恨少,事非经过不知难。"您在搜集、校注天门进士诗文时,最大的困难是什么?

答:困难一大堆。天门进士多数文集失传,存世的诗文又如沧海遗珠,归并起来难。进士诗文载体缺损,文字辨识难。加上古人好点窜,清代又盛行文字狱,许多诗文,版本真伪辨别难。古代耳熟能详的词语、典故、人物、事件,由于时过境迁,今天看起来十分隔膜,加上学力不济,部分词语注释难。归根到底,还是小马拉大车,学识匹配难。

当下是古籍整理的黄金时代,很多非专业人士涉足,成果有深浅之分、高下之别。我无力将自己的思维方式纳入专家教授的逻辑体系,无力将本书的题解注释纳入古籍整理的话语体系,只能凭借一腔赤诚,将碎片化的史料和臆测式的解读缀辑成书,算是非专业人士的又一次尝试。

问:谈谈整理校注《天门进士诗文》最大的收获有哪些?

答:一是文献资料的发现。发现了天门进士许多稀见的旧版著述。如谭篆《高话园诗初集》,萧蔚源《四书习解辨》,蒋祥墀《印心堂制义》,蒋立镛同治版《香案集》,程德润咸丰刻本《白螺山馆诗钞》,蒋元溥旧版探花卷,刘元诚《金山公余摘钞二卷》《金山鸿泥偶存五卷》,

上面提到的书名就连近年出版的《现存湖北著作总录》也没有收录进去。至于散见于各类文集、旧谱古碑的单篇著述就更多了。许多文献可能就是祖本文献、孤本文献。蒋立镛的墓志已经失踪而拓片尚存，蒋元溥的探花卷未见"历科鼎甲朱卷""中华状元卷"之类现代公开出版物收录。八股文是科举制度最为丑陋的部分，但我觉得它对儒学传承、公平考试、思维训练功不可没，又是进士晋身的通行证，研究一下未尝不可。谭元礼的两篇八股文被金圣叹作为教育子弟的范文，收入《小题才子书》。程德润的旧版会试朱卷为民间收藏，难得一见。这些发现，使尘封冬眠甚至濒于湮没的文献解封复苏，使先贤笔行天下的高光时刻和进士气象重现世间。近些年一版再版的《湖北文征》，前言曾提到名家阙如的就有天门陈所学。按照既定原则，依据我的发现，有遗珍之憾的仅天门进士就有近20人。发现了一些可以辨伪存真、弥补古书阙失的重要史料。如获得确凿证据，证明皮日休、李淑、李维桢、周嘉谟、熊开元为天门人，而通行文学史、唐史明史多称外地人。民国版《熊氏宗谱》记载的熊开元传略，揭开了熊的身世之迷。又如省志、府志、县志记载，沈伦官至梧州知府，而1929年版《沈氏宗谱》收录的三道诰命证明沈伦为广西兵备道。这些史料令人欣喜。孟子说："颂其诗，读其书，不知其人，可乎？"更重要的是，史家讲究论由史出，有些历史认知恐怕由于我的发现而要相应调整。

二是文献的整理校勘。查找文献，找到了祖本，原文照录，还不能算"原文求真"。文献中有大量的通假字、古今字、异体字，这不难，难的是错字、衍字、缺字。发现错误，纠正错误，避免以讹传讹，是责任，也是功德。周嘉谟《曲江县儒学记》中的"章逢家罔若轧于喑呃"，"轧于"的原文为"轧干"，经类似于"形训"的猜想、与近似说法的比对，又经过音训，才知道是"咿咿呜呜"的意思，打通了这个堵点，才明白了这句话的含义。万历版《千一疏》陈所学序，原文有"块比"二字，实为"块扎"之误。康熙版《黎城县志》程大夏的《白岩寺牡丹赋》，文中"沉香学比"为"沉香亭北"之误，《黎城县志》点校版照搬错误。《潇湘文库》收录点校本《龙膺集》,《龙膺集》中有吴文企《术蛾稿序》,300 字左右,与底本光绪版《纶澩文集》原文比对,竟多一字,少一字,错一字,阙一字。陈所学《寿徐中庵先生(徐成位)七十序》中有"棋置"一词,原文错成"綦置",是"綦置"的误书。刘必达《任氏三烈碑记》中的"礿尝",原文错成"瀹尝",是"禴尝"的误书。邵如崙《邵氏宗谱序》中的"夫花枝,开夫并蒂,共得锦绣之春;庇其同根,无判荣枯之景。"我以前点乱了。"庇其同根"之前原有"盍"字,语感异常。"花枝"总起,后两句分承,前一句承"花",后一句承"枝",句式很严整,"盍"是第三者插足,衍字。蒋元溥探花卷云:"庶几兵皆效用而恩义可怀、号令可一,临敌能得其力;将皆听制而诚信是待、机权是运,任使克尽其心。"原文"任使克尽其心"之前有个"而",与上文"临敌能得其力"不对称。殿试题目云:"盖练卒道在怀以恩义,一以号令,庶几临敌能得其力。练将道在待以诚信,运以机权,庶几任使克尽其心。"也足以证明探花卷中的"而"字多余。刘必达《行人子羽修饰之》中的"礼之经也"与下文"小国之道也"不对称,明显缺一字。王鸣玉《请修举屯田疏》中的"而关门海外绥中、遵化、密云以及各边",原文"中"字前可能缺"绥"。周树模《江省中俄边界办结情形折》,某版本竟漏录奏折一竖行二十余字。另外,据碑版判断钟惺《家传》中祖父钟山的生年,实为弘治乙丑(1505 年),而不是嘉靖乙丑(1565 年),天启版《钟伯敬先生遗稿》、崇祯版《翠娱阁评选钟伯敬先生合集》以及当代发行量最大的《隐秀轩集》点校本讹成享年只有九岁了,这是我思路延展旁伸的结果。

三是个人思想的转变和能力的提升。整理古籍,我是校注一路,品鉴一路,养心一路。化用孟子的话,诵其诗,读其书,圣贤文章育天下,无动于衷,可乎? 我也见证了盛世修文的名副其实,感受到公共服务的深圳速度。在家中向深圳图书馆索取电子版文献,两三秒钟就能如愿。向国家图书馆索取陈所学《四六积玉序》扫描件,但原件缺一筒两页,是上海图书馆帮我扫描补齐。由于对进士文献资料的持续关注,我在搜集文献、整理古籍方面不再陌生又陌生,在阅读明清旧版白文、利用工具书时不再踟蹰复踟蹰。

问:天门有多少进士? 为什么有这么多进士?

答:天门进士姓名可考者 115 人,其中文进士 100 人,明通榜 3 人,武进士 7 人,钦赐进士 5 人。进士中,状元 1 人,探花 1 人,武探花 1 人,会元 2 人。与毗邻县市比较,文进士人数是最多的。

为什么会有这么多进士? 弄清楚天门进士的时空分布和血缘关系,有助于回答这个问题。

从时间看,文进士中,唐宋元三代 10 人,明代 29 人,清代 61 人。

从空间看,东北以皂市为起点,向西至石家河,至天门城区,往南至新堰西,再顺牛蹄支河往东,至干驿华严湖周边,这一片区以皂市、城区、华严湖周边为三个支点,是已知里籍进士的富集区。天门移民进入,明代是高峰期,大概是以县城、小板、干驿为一条线,往东南推进的。而移民中,多数进士家族的始迁祖来自江西,自然把江西崇文重教的好传统也带到了天门。

从血缘关系看,父子、兄弟、叔侄之类家族进士频现。最为稀见的是蒋祥墀家族,五代进士,两登鼎甲,成为名扬荆楚的"甲科世家"。

如果仔细研究进士的家传资料,仔细研究明清时期天门兴修学宫、书院的史料,我们会得出一个结论,进士多的主要原因是:崇文重教,文风昌盛。

有人说,天门地处江汉平原腹地,农耕时代这里贫穷落后。穷则思变,人们便把读书当作改变命运的唯一阶梯。虽有道理,但华东特别是江浙,进士多的县份,那里不穷啊。

问:您从事过教育、党务、干部教育和政协等工作,以自己的阅历谈谈天门进士的成功有规律可循吗?

答:天门进士是天门的精英,是天门古代教育开出的奇葩。为天门进士诗文作题解注释时,我也常常连类而及,想到优秀的学生、优秀的同事、优秀的领导。大凡优秀,古今一理,优秀的理由都是一样的。今天的国民教育、干部培训、党员管理,都可以从进士成长的轨迹中找到对应的、管用的借鉴。

我理解的成功不仅有举业的成功,而且有事业的成功。因为进士是应考的终点、从政的起点。从已掌握的资料看,从政也好,治学也罢,天门进士多数都是成功的。进士的成功,得益于卓异的个体素质、良好的教育背景、公平的社会条件。

问:您认为天门进士精神的精髓是什么? 对比历代先贤,您认为今天的天门人最缺少的是什么? 从我们所处的时代谈谈天门人应当如何传承他们的精神。

答:"横看成岭侧成峰",进士精神可以有很多表述。我试着归纳为:勤于学,敏于行,厚于德。

对比先贤,今天的天门人可以从这三方面传承进士精神,以不断丰富新时代天门精神的内涵。

勤于学。钟惺学富五车,著作等身,诗画兼善,是勤学的典型。勤于学,这是人生成功的基本前提。为政者要学,工农商学、百业人士也要学,大家都要见贤思齐,终生学习。天门籍院士万卫星、欧阳明高、张联盟、田金洲,天门籍社科院学部委员谢伏瞻,勤奋学习,终有所成,获得中国科技或社会科学领域的最高荣誉,他们都是当今天门人的骄傲!

敏于行。指的是敢于担当,积极谋事、机敏行事、努力成事。这是干部建功立业的精神钙片,也是广大市民创新创业的精神钙片。当年,徐成位、周嘉谟单骑平定民变、兵变,胡聘之大举推行洋务,周树模主持中俄勘界,哪一个进士不是在风口浪尖拼出来的?

厚于德。这是做人做事成功的根本保证。古代做官,要求廉能,"廉"在"能"之前。当年,鲁铎出使越南,数次坚拒馈赠。周嘉谟任广东韶州知府,"各县一蔬不入府,本府一人不下县"。鲁铎的《谕俗歌》、蒋立镛的《六事廉为本》，堪称做人、为官的座右铭。张继咏、邵如崙在基建工程、粮食采购两起大案中，沦为"犯官"，则是当今廉政建设的反面教材。今天的"厚于德"，有全新的时代内涵，主要是践行社会主义核心价值观。我们理当比古人做得更好。

习近平同志 2014 年 3 月 27 日在联合国教科文组织总部演讲时指出，"让收藏在博物馆里的文物、陈列在广阔大地上的遗产、书写在古籍里的文字都活起来"。高山仰止，景行行止。我们要让天门进士站起来，让进士诗文活起来，弦歌不辍，薪火相传，把我们的家园建设得更加美丽。

本文原题为《让"天门进士"穿越时空走近你我——〈天门进士诗文〉著者李国仿先生访谈录》。原文 6000 余字，发表在天门社区网、2019 年第 1 期《天商》杂志，被搜狐网转载。收入本书时保留了提问的关键语句，改动了几处文字。提问人向金祥为天门日报社原副总编辑，主任记者。

后 记

《天门进士诗文》是《天门进士文辑》的修订版和扩充版。修订的内容有:进士所撰原文勘误、传略勘误、题解注释及附录更正。扩充的内容有:进士诗歌部分、进士散文部分篇目、部分进士传略、部分篇目的注释。删减的内容有:少数篇目、"附编二:天门名人文辑"部分、附录中的部分内容。

《天门进士文辑》是在很短的时间内成书的,有许许多多的缺憾和错误。书成之后,我又广泛搜求,在量的方面有了暴发性的收获。

一是查阅了天门进士的许多旧版文集。包括徐成位的《六臣注文选》、吴文企的《絮庵惭录》、刘必达的《皇明七山人诗集》、熊开元的《鱼山剩稿》、萧蔚源的《四书习解辨》、蒋祥墀的《印心堂诗集》《散樗老人自纪年谱》、熊士鹏的《竟陵诗选》、蒋立镛的《香案集》、程德润的《白螺山馆诗钞》、周树模的《沈观斋诗集》等等。这些文集中有几本书名就连近年出版的《现存湖北著作总录》也没有收录进去。

二是查阅了中国第一历史档案馆保存的天门进士奏折。有一些是后人常常提及的,如罗家彦的《筹画旗民生计拟定章程折》。有两件是林则徐、曾国藩举荐天门进士的。

三是查阅了旧版方志中天门进士的许多诗文。国家图书馆收藏的康熙三十一年(1692年)版《景陵县志》破损缺页,刘临孙的《纪前令方公异梦》、程飞云的《景陵风俗论》均无尾页。我从浙江图书馆找到了较为完整的同版县志,补足了两篇文章,又从康熙版《弋阳县志》中发现了数量可观的刘临孙诗文,从康熙七年(1668年)版《景陵县志》缩微胶片中,发现了版本更早、信息更多的程飞云《景陵风俗论》。

四是考察了不少古碑和古碑拓片。如状元汪如洋为蔡榗撰写的墓志铭,榜眼祝庆蕃、书法家何绍基分别为蒋立镛夫妇撰写的墓志铭,探花冯煦为蒋传燮撰写的墓志铭,等等。有博物馆收藏的,也有散处荒郊野外的。有许多古碑缺少保护,恐怕过些年只有从我这本书中才能找到它们的影子。

我到某寺访古,当地文化站站长说,以前寺里有一块由李鸿章撰文的古碑,现在下落不明,让人唏嘘不已。

五是查阅了许多旧版族谱。如干驿鲁铎家族、干驿多祥周嘉谟家族、城区李登家族、天门沔阳汉川钟惺家族、岳口新堰谭元春家族、胡市程飞云家族、横林龚廷飏家族、净潭蒋立镛家族的族谱。甘鹏云主编《湖北文征》时,"寿嘏之文,谱牒之叙,时艺之辩言,无故实可征、无意义可取者,不录"。旧谱的信度远不及进士文集、县志府志,但旧谱毕竟保存了大量的进士诗文。如周嘉谟的《余清阁年谱》、张懋修的《华台李公墓表》、蒋立镛的《纪恩述德篇八十韵》,都是稀见甚至是仅见的。康熙三十一年版《景陵县志》收录的程飞云墓志铭,缺损、漏录三、四百字,作者文集又没有收录,幸亏依旧谱才得以补齐。

为了这些收获,我也付出了不少。天门进士诗文,只要有线索,我都要紧抓不放,设法找到原件或影印件,尽力一睹真容。有些篇目的代价,说一字千金,一点儿也不过分。光是东跑西跑的路费,也是可以印一本书的。焦知云先生《荆门碑刻拓片选集》收录陈所学的一通碑记拓片,我按图索骥,独自到钟祥市东桥镇马岭村九组,在山坡上找到兀立的古碑。我这么投入,无非是要多掌握一些第一手材料,多抢救一些劫后残余而又日渐湮没的文物,多传达一些接近原貌的历史信息,力图以搜集天门进士文献,来梳理天门历史文脉、传播天门历史文化,给前贤一个聚会的舞台,给后人一个研究的平台。

心想不一定事成,本书注定还有许多缺憾。第一,天门进士多数文集失传,诗文归并难。第二,入选的进士诗文并不一定都是代表作。基于辑佚的初衷,限于文献的存量,囿于编选的见识,力求字字颜筋柳骨、句句绣口锦心,难。第三,进士诗文载体缺损,文字难以辨识,有数篇难以卒读。加上古人好点窜,清代又盛行文字狱,许多诗文,版本各异,真伪难辨。第四,部分词语注释困难。如胡聘之《山右石刻丛编序》,无一字无来历。不研究山右石刻碑文,不了解山西历史文化,读起来如堕五里雾中。力有不逮,只得留待高明。

本书注定有上述缺憾,我却不顾绠短汲长、汗青头白,依旧寻寻觅觅、故纸痴蝇,无力将自己的思维方式纳入专家教授的逻辑体系,无力将本书的题解注释纳入古籍整理的话语体系,只能凭借一腔赤诚,将碎片化的史料和臆测式的解读缀辑成书。书没有什么价值,只能用来盖盛酱的瓦罐,古人称为"覆瓿"。我期待读者朋友能巨眼洞察,不吝赐教,将高见发给我的电子邮箱TMSLGF@163.com,以使拙著修订之后不至于"覆瓿"。

本书孕育的过程,也是"吃千家饭"的过程。近几年支持的单位有:天门市皂市、干驿、净潭、卢市、横林、彭市、麻洋、黄潭、九真等地党委、政协联络处,国家图书馆、中国第一历史档案馆、浙江图书馆、广东省立中山图书馆、湖南图书馆、湖北省图书馆、江西省图书馆、福建省图书馆、深圳图书馆、天津图书馆、武汉图书馆、武汉大学图书馆、天门市博物馆、天门市档案馆、天门市图书馆。指点帮助过我的领导、专家和朋友有:焦知云(荆门)、马荣华、雷圣祥、肖孔斌、马炳成、沈爽、谢顺华、黎志敏(广州)、邵军(北京)、周承旺(荆门)、欧阳勋、胡和平、刘安国、周少明(澳大利亚)、曾凡义(京山)、李虎(随州)、潘彦文(十堰)、吴中华(湖北省书协)、王克平、吴增贵、许砚君(江苏丰县)、周治同,胡罡(深圳)、郭主义(中国台湾)、严幼云(北京)、周水斌、刘仁道、张朝晖、杨谧、杨伶俐、张松鹤、陈兵浩、王方文、程诗文、左平洲,程忠阳、胡华山、蒋中广、蒋在雄、鲁中海、周良明、周家耀、钟守镐、龚建平、董海水、马金娥、李汉斌、钟贤德、李辅英、李胜海、邵红旗、邵标、吴大升、刘兵、钟红松、谭守照、熊有成、唐玉红、徐新舫、沈步洲、胡瑞柏、胡荣茂、程俊云、魏天正、魏孝春、郭月甫、龚忠德、熊文军、阳凌云等。

特别难忘的是,焦知云先生到天门市博物馆拓碑,使原本模糊不清的李纯元撰文碑"原形毕露",使我于上年根据照片整理的碑文残篇不再是"鸡肋"。焦先生还给我寄来王鸣玉摩崖石刻整理稿,替我辨识蒋祥墀诗抄中的疑难文字,并应我的请托为本书赐序。序言高度评价天门进士的历史地位,充分肯定地方文献的史料价值,深刻阐明学习借鉴的现实意义。我常想,要是科举再延续一个甲子,焦先生也会"一日看尽长安花"。周少明先生发现了书稿中几处张冠李戴、关公战秦琼之类严重的错误。周承旺、吴增贵、王克平等先生指导我辨识古文献疑难文字。周水斌、钟贤德、张松鹤、熊文军等多位先生陪我走村串户,访察旧谱古碑。深圳探鱼餐饮管理有限公司的亲友,托人为我搜集藏于中国台湾的孤本明版文献——周嘉谟的《南中奏牍叙》和徐成位的墓志铭,并在资金保障方面一如既往、有求必应。几年来遇到的好人、巧事,让我感到:进士的背影之下,文化的守望之中,多的是布帛之暖。(2018年8月29日)

又：

拙著《天门进士诗文》被国家图书馆列入基本藏书,被几种学术资源库全文扫描,被部分读者著述时摘录引用,这一切,使我为几年来的努力感到些许欣慰,也为书中的硬伤感到惭愧不安,深恐这些硬伤成为儒林笑谈。

这一次增订,增补天门进士诗文联及附录相关诗文联186篇(副),增补传略数十则,增补篇幅26万余字,删掉7万余字,修改原文及题解、注释千余处。

这一次增订,得益于近三年的新发现。三年来,我到访国家图书馆、中国第一历史档案馆、广东省立中山图书馆、南京图书馆、浙江图书馆、深圳图书馆、宝安区图书馆、湖南图书馆、湖南省社科院图书馆、山东省图书馆、厦门市图书馆、韶关市图书馆、天门市博物馆、天门市档案馆,参观全国性书博会,发现、查阅了许多重要文献,比如周嘉谟的两篇奏疏,陈所学大同碑记的拓片照片,陈所学、魏士前的几篇书序,龚学海孟庙诗碑的照片,蒋元溥的探花卷,刘必达、唐建中的墓志铭,收录唐建中诗作数十首的诗集,蒋祥墀、程德润、刘元诚、沈泽生的文集。还在民间发现了徐成位、魏士前、刘必达、郭一裕、沈伦、程一璧、唐建中、李兆元、熊士鹏、胡聘之家族的古旧家谱。陈所学的碑记拓片证实了我所见的几种点校版均有文字漏录、讹误,蒋元溥的探花卷未见现代公开出版物收录。龚学海《沩宁烈妇刘母胡孺人诗纪二卷》原件,是在湖南省社科院图书馆书籍回迁尚未竣工的前提下,古籍部新老主任杨斌、肖吉雨破例向我提供的。陈所学、魏士前、陈大经、蒋元溥的数篇旧版著述,是陈峰、胡德盛先生发现并向我推荐的。沈泽生的诗作旧抄,是吴建平先生提供的。

这一次增订,得益于众多天门老乡的襄助与鼓励。胡德盛先生提出数百条修改意见,并赠我以新著《天门县东乡史考·〈乾镇驿乡土志〉注补》。焦知云、王树华、周治同、曾凡义、胡和平、陈峰、涂新发诸先生分别指出书中的严重错误。广州大学黎志敏教授与广外陈恩维教授,解答魏士前《中清堂野愤篇序》注释中的疑难问题。干驿镇沙嘴村鄢来发、净潭乡状元村蒋在雄(蒋菊发)两位谙熟掌故的长老,告诉我进士墓的具体地点。天门籍领导陈群林、焦知云、杨池林、肖孔斌、程远斌、李华、王和平、沈爽等,充分肯定了我整理乡土文献的举动。曾少军博士,周少明、胡德盛、王雄茂、陈峰等恢复高考后蟾宫折桂的天门才俊,向朋友推介本书。谢力军先生、张德本老师,向金祥、胡和平、胡华先生向社会广为宣传。张松鹤先生陪我走村串户，寻找民间文献。

这一次增订，得益于家人一如既往的支持。或慷慨解囊，或陪我北上南下，给我以强有力的资金保障和精神支撑。孩子们到香港拜访蔡澜先生，恳请先生为本书题名，先生欣然应允。蔡澜先生与金庸、黄霑、倪匡并称"香港四大才子"，著有纸质出版物近70部。先生的慷慨，让我感愧不已。

本次增订，硬伤不可能全部疗治，新伤不可能完全杜绝。题解、注释中，以其昏昏使人昭昭的地方肯定不少。有些疑难的词语、艰深的篇章，注释仍旧阙如，以待高明。《儒林外史》第四十九回"翰林高谈龙虎榜，中书冒占凤凰池"中，高翰林说："只把一个现活着的秀才拿来解圣人的经，这也就可笑之极了！"高翰林之讥，我之谓也。期待读者朋友继续关注，不吝赐教。

本书校注者
2023 年 2 月 19 日